A HISTÓRIA DO LADRÃO DE CORPOS

A HISTÓRIA DO LADRÃO DE CORPOS

ANNE RICE

Tradução de Aulyde Soares Rodrigues

Rocco

Título original
The Tale of the Body Thief

EDITORA ROCCO LTDA.
Rua Evaristo da Veiga, 65 – 11º andar
Passeio Corporate – Torre 1
20031-040 – Rio de Janeiro – RJ
Tel.: (21) 3525-2000 – Fax: (21) 3525-2001
rocco@rocco.com.br|www.rocco.com.br

Printed in Brazil/Impresso no Brasil

Preparação de originais
MAIRA PARULA

CIP-BRASIL. CATALOGAÇÃO NA PUBLICAÇÃO
SINDICATO NACIONAL DOS EDITORES DE LIVROS, RJ

R381h

Rice, Anne, 1941-2021
A história do ladrão de corpos / Anne Rice ; tradução Aulyde Soares Rodrigues. - 1. ed. - Rio de Janeiro : Rocco, 2024.
(As crônicas vampirescas ; 4)

Tradução de: The tale of the body thief
ISBN 978-65-5532-493-8
ISBN 978-85-8122-113-7 (recurso eletrônico)

1. Ficção americana. I. Rodrigues, Aulyde Soares. II. Título. III. Série.

CDD: 813
24-94317 CDU: 82-3(73)

Meri Gleice Rodrigues de Souza - Bibliotecária - CRB-7/6439

Para os meus pais,
Howard e Katherine O'Brien.
Seus sonhos e sua coragem estarão comigo
por todos os dias da minha vida.

VELEJANDO PARA BIZÂNCIO*
de W. B. Yeats

I
Este não é país para ancião.
Jovens aos beijos, aves a cantar
Mortal estirpe, saltos de salmão,
Cavalas que povoam todo o mar,
O peixe, o pelo e a pluma, no verão
Só louvam o que nasce e vai passar.
Na música sensual veem com desdouro
As obras do intelecto imorredouro.

II
Um velho é apenas coisa irrelevante.
Trapos sobre um bastão ele é na essência,
A menos que a alma aplauda e alegre e cante
Acima dos farrapos da existência;
Nem se aprende a cantar senão perante
Os monumentos da magnificência.
Sulquei por isso o mar e cheio de ânsia
Vim à cidade santa de Bizâncio.

III
Ah, vós, sábios de Deus no fogo santo,
Como em áureos mosaicos de um mural,
Ensinai-me a cantar, deixando entanto
O fogo, perno em giro vertical.
Tomais meu coração: ansiando tanto,
E preso a perecível animal,
Não se conhece; e eu seja assimilado
Pelo artifício da eternidade.

---

* Tradução de Paulo Vizioli em *W. B. Yeats, Poemas*. Companhia das Letras, 1991.

IV

Fora da natureza nunca mais
Forma da natureza irei tomar,
Mas forma que um ourives grego faz
Com ouro fino e fino cinzelar
E a sonolento imperador apraz;
Ou num galho dourado hei de cantar
Para a nobreza de Bizâncio ouvir
Do que passou, ou passa, ou há de vir.

Aqui fala o vampiro Lestat. Tenho uma história para vocês. Sobre uma coisa que aconteceu comigo.

Começa em Miami, no ano de 1990, e é aí mesmo que quero começar. Mas é importante contar os sonhos que eu estava tendo antes dessa época, pois são parte da história também. Me refiro aos sonhos com uma criança vampiro, com mente de mulher e cara de anjo, e ao sonho com meu amigo mortal David Talbot.

Mas havia também sonhos da minha infância mortal na França – neves de inverno, o castelo sinistro e arruinado do meu pai no Auvergne e a vez que saí para caçar uma alcateia de lobos que constantemente vinha importunar nosso pobre povoado.

Sonhos podem ser tão reais quanto fatos. Pelo menos foi o que me pareceu mais tarde.

E eu estava num estado de espírito horroroso quando esses sonhos começaram: um vampiro errante, vagando pela Terra, às vezes tão empoeirado que ninguém dava pela minha presença. De que adiantava o belo cabelo louro, os penetrantes olhos azuis, a roupa elegante, um sorriso irresistível e um corpo benfeito, com um metro e oitenta de altura que, a despeito dos seus duzentos anos de vida, parece o de um mortal de vinte anos? Na verdade eu era ainda um homem da idade da razão, um filho do século XVIII, no qual havia vivido, antes de Nascer para as Trevas.

Mas no final da década de 1980 eu era muito diferente do vampiro imaturo de antes, tão apegado à capa preta e à renda de Bruxelas, o cavalheiro com a bengala e luvas brancas, dançando sob o lampião a gás da rua.

Estava transformado numa espécie de deus das trevas, graças ao sofrimento, ao triunfo e a um excesso de sangue dos nossos antepassados vampiros. Possuía poderes que me deixavam atônito e às vezes me assustavam.

Poderes que me faziam sentir arrependimento, embora nem sempre pudesse explicar por quê.

Por exemplo, eu podia me mover no ar, bem no alto, viajar grandes distâncias nos ventos da noite, com a facilidade de um espírito. Podia criar ou destruir a matéria com a força da mente. Podia atear fogo a qualquer coisa apenas com minha vontade. Podia também chamar outros imortais em países e continentes distantes com minha voz paranormal e lia facilmente as mentes de vampiros e mortais.

Nada mau, vocês devem estar pensando. Eu odiava tudo isso. Sem dúvida porque lamentava a perda dos meus antigos eus – o garoto mortal, o espectro recém-nascido, disposto a ser bom na arte de ser mau, se fosse esse seu destino.

Compreendam, não sou pragmático. Tenho uma consciência perspicaz e impiedosa. Podia ter sido um bom sujeito. Talvez eu seja, às vezes. Mas sempre fui um homem de ação. Lamentar o que se perde é um desperdício, assim como o medo. E ação é o que vocês terão aqui, assim que eu terminar esta introdução.

Não esqueçam, todo começo é difícil e na maioria das vezes artificial. Foi a melhor época e a pior época... mas foi mesmo? Quando? E nem todas as famílias felizes são iguais; até Tolstói deve ter percebido isso. Eu não posso fazer uso de palavras como "No começo", ou "Eles me atiraram para fora do caminhão de feno no começo da tarde"; se pudesse, eu o faria. Sempre consigo tudo que posso, acreditem. E como disse Nabokov com a voz de Humbert Humbert: "Pode ter certeza de estar vendo um assassino quando encontra um escritor de estilo rebuscado." Rebuscado não pode significar experimental? É claro que sei que sou sensual, preciosista, exuberante, tímido – muitos críticos já disseram isso.

Infelizmente tenho de fazer as coisas ao meu modo. E vamos chegar ao começo – se isso não for de alguma forma uma contradição –, eu prometo.

Neste momento preciso explicar que, antes do começo desta aventura, eu estava lamentando os outros imortais que conheci e amei no final do século XX, e que há muito tempo não compareciam mais às nossas reuniões. Era tolice pensar que recriaríamos uma assembleia de imortais. Um a um eles haviam desaparecido no tempo e no mundo, o que era inevitável.

Na verdade, os vampiros não gostam dos seus semelhantes, embora precisem, desesperadamente, de companheiros imortais.

Para satisfazer essa necessidade eu tinha feito meus noviços – Louis de Ponte du Lac, que se tornou meu paciente e amoroso companheiro no sécu-

lo XIX, e, com sua ajuda inconsciente, a bela e malfadada criança vampiro Claudia. Durante aquelas noites longas e errantes do fim do século XX, Louis era o único imortal que eu via com frequência. O mais humano de nós todos, o menos parecido com um deus.

Nunca me aventurei por muito tempo longe da sua cabana na região selvagem da cidade alta de Nova Orleans. Mas vocês verão. Vou chegar lá. Louis está nesta história.

A verdade é que vocês vão encontrar pouca coisa sobre os outros. Na verdade, quase nada.

A não ser Claudia. Comecei a sonhar com ela com uma frequência cada vez maior. Ela fora destruída há mais de um século, mas eu sentia a sua presença o tempo todo, como se estivesse bem aqui.

Foi em 1794 que criei esse pequeno e suculento vampiro de uma órfã agonizante, e seis anos se passariam até ela se voltar contra mim. "Eu vou pôr você no seu caixão para sempre, pai."

Naquele tempo, eu dormia num caixão. E foi um verdadeiro retrato de época aquela violenta tentativa de assassinato, envolvendo como envolveu vítimas mortais impregnadas de veneno para atordoar a minha mente, facas rasgando minha carne branca, e por fim o abandono do meu corpo aparentemente sem vida nas águas fétidas de um pântano, muito além das fracas luzes de Nova Orleans.

Muito bem, não funcionou. São poucos os modos seguros de se matar um morto-vivo. O sol, o fogo... Deve-se conseguir a erradicação completa. Afinal de contas, estamos falando de mim, o vampiro Lestat.

Claudia pagou por seu crime, sendo executada tempos depois por um bando cruel de sugadores de sangue que moravam em pleno coração de Paris, no infame Teatro dos Vampiros. Eu violei as regras quando fiz de uma criança tão pequena uma sugadora de sangue e, só por isso, os monstros parisienses deviam ter acabado com ela. Mas Claudia também violou as leis quando tentou destruir seu criador. E essa foi, podemos dizer, a principal razão pela qual eles a obrigaram a ficar exposta à luz do dia até se transformar em cinzas.

Na minha opinião, é um meio terrível de se executar alguém, pois os responsáveis pela execução devem se retirar rapidamente para os seus caixões, e não podem ver o sol cumprir sua sentença. Mas foi o que fizeram com aquela preciosa e delicada criatura que eu havia transformado com meu sangue de vampiro, uma criança abandonada, suja, andrajosa, no cortiço de uma colônia espanhola, no Novo Mundo – para ser minha amiga, minha pupila, meu amor, minha musa, minha companheira de caçada. E sim, minha filha.

Se vocês leram Entrevista com o vampiro, *sabem tudo a esse respeito. É a versão de Louis do tempo que passamos juntos. Louis fala do seu amor por aquela nossa filha e da sua vingança contra os que a destruíram.*

Se leram meus livros autobiográficos, O vampiro Lestat *e* A Rainha dos Condenados, *sabem tudo a meu respeito, também. Conhecem a nossa história, pelo que ela possa valer – e história nunca vale muita coisa –, e como nascemos há milhares de anos e nos propagamos doando cuidadosamente o Sangue Negro aos mortais quando queremos levá-los conosco pelo Caminho do Demônio.*

Mas não precisam ler essas palavras para entender esta história. E também não vão encontrar aqui o elenco de milhares de figurantes que superlotaram A Rainha dos Condenados. *A civilização ocidental nem por um segundo vai oscilar à margem do abismo. E não haverá revelações de tempos remotos, nem meias-verdades e adivinhações apresentadas pelos velhos, nem promessas de respostas que de fato não existem e jamais existiram.*

Não, eu já fiz tudo isso antes.

Esta é uma história contemporânea. É um volume das Crônicas Vampirescas, *não tenham dúvida. Mas é um primeiro volume realmente moderno, pois aceita o absurdo assustador da existência desde o começo e nos leva à mente e à alma do seu herói – adivinhem quem? – para suas descobertas.*

Leiam esta história e eu lhes darei tudo o que precisam saber sobre nós, à medida que forem virando as páginas. A propósito, acontecem muitas coisas! Sou um homem de ação, como já disse – o James Bond dos vampiros, se quiserem –, chamado de príncipe moleque, criatura maldita e "o monstro" por vários outros imortais de todas as partes do mundo.

Os outros imortais estão ainda por aí, é claro – Maharet e Mekare, o mais velho de todos, Khayman da Primeira Geração, Eric, Santino, Pandora, e outros a quem chamamos de Filhos dos Milênios. Armand existe ainda, o encantador vampiro de quinhentos anos com cara de garoto, que durante um tempo dirigiu o Teatro dos Vampiros, e, antes disso, a assembleia dos adoradores do mal, sugadores de sangue que viviam sob o Cemitério Les Innocents, de Paris. Armand, eu espero, sempre existirá.

E Gabrielle, minha mãe mortal e filha imortal, sem dúvida vai aparecer uma noite destas, em alguma época, antes do final de outro milênio, se eu tiver sorte.

Quanto a Marius, meu velho professor e mentor, aquele que guardava os segredos da nossa tribo, ainda está conosco e sempre estará. Antes desta história começar, ele virá a mim uma vez ou outra para censurar e implorar: quando é que você vai parar com esses assassinatos descuidados, que sempre acabam nas páginas dos jornais dos mortais? Não vai parar de atormentar o seu amigo mortal David Talbot, tentando-o com o dom tenebroso do nosso sangue? Você não sabe que é melhor não criarmos mais nenhum?

Regras, regras, regras. Sempre acabam falando nelas. E eu adoro desobedecer às regras como os mortais adoram quebrar seus copos de cristal nos tijolos da lareira, depois de um brinde.

Mas chega de falar dos outros. Afinal, este livro é meu, do começo ao fim.

Deixem-me falar agora dos sonhos que começaram a me perturbar nas minhas andanças.

Com Claudia, eram quase um tormento. Logo depois que eu fechava os olhos ao primeiro sinal da madrugada, eu a via ao meu lado, ouvia sua voz num murmúrio urgente e muito baixo. Às vezes eu deslizava para trás, através dos séculos, até o pequeno hospital da colônia, com suas fileiras de pequenos leitos onde a menina órfã estava morrendo.

Vejam o tristonho e velho médico, barrigudo e trêmulo, erguendo o corpo da criança. E todo aquele choro. Quem está chorando? Claudia não estava chorando. Ela dormia quando o médico a confiou a mim, acreditando que eu fosse seu pai mortal. E ela aparece tão bonita nesses sonhos. Será que era bonita assim naquele tempo? É claro que era.

"Roubando-me das mãos mortais como dois monstros de pesadelo num conto de fadas, pais incapazes e cegos!"

Sonhei só uma vez com David Talbot.

David é jovem no sonho e está andando numa floresta, no pântano. Não é o homem de setenta e quatro anos que se tornou meu amigo, o paciente e estudioso mortal que recusava regularmente minha oferta de Sangue Negro e pousava a mão frágil e quente na minha carne fria, sem estremecer, para demonstrar a afeição e a confiança que nos unia.

Não. Este é o jovem David Talbot de anos atrás, quando seu coração não batia tão rapidamente no peito. Porém, ele está em perigo.

Tigre, tigre, incandescente,

É a sua voz ou a minha murmurando essas palavras?

E da luz mosqueada ele surge, as listras alaranjadas e pretas brilhantes como a luz e a sombra, tornando-o quase invisível. Vejo a cabeça enorme, o focinho macio, branco, com as cerdas dos bigodes longas e delicadas. Mas vejam os olhos amarelos, meras linhas horizontais, e repletos de horrível e insana crueldade. David, as presas! Não está vendo as presas?!

Mas ele, curioso como uma criança, vê a língua rosada tocar sua garganta, tocar o cordão fino de ouro que pende do seu pescoço. Ele está comendo o cordão? Meu Deus, David! As presas.

Por que minha voz parece secar dentro de mim? Será que estou mesmo na floresta do pântano? Meu corpo vibra quando me esforço para fazer um movimento, gemidos surdos soam atrás dos meus lábios selados, e cada gemido retesa todas as fibras do meu ser. David, cuidado!

Então vejo que ele está abaixado, apoiado num joelho, com o rifle longo e brilhante encostado no ombro. E o felino gigante está ainda a alguns metros de distância, avançando em direção a ele. Continua avançando até que o estampido do tiro o faz parar, então volta à carga quando o rifle soa outra vez, com os olhos amarelos repletos de fúria, as patas cruzadas num suspiro final na terra macia.

Eu acordo.

O que significa este sonho – que meu amigo mortal está em perigo? Ou simplesmente que seu relógio genético parou de funcionar? Para um homem de setenta e quatro anos, a morte pode chegar a qualquer momento.

Será que alguma vez penso em David sem pensar em morte?

David, onde você está?

Fi, Fai, Fo, Fum, sinto o cheiro de sangue de um inglês.

"Quero que você me peça o Dom Negro", disse a ele quando nos conhecemos. "Talvez eu não atenda o seu pedido. Mas quero que peça."

Ele jamais pediu. Nunca vai pedir. E passei a amá-lo. Eu o vi logo depois do sonho. Precisava ver. Mas não podia esquecer o sonho, que talvez tenha vindo a mim outras vezes no sono profundo das minhas horas do dia, quando estou frio e indefeso sob a proteção literal das trevas.

Tudo bem, vocês sabem sobre o sonho agora.

Mas imaginem a neve do inverno na França mais uma vez, se quiserem, amontoada em volta dos muros do castelo, e um jovem mortal adormecido no seu leito de palha, à luz da fogueira, com os cães de caça ao seu lado. Esta tornou-se a imagem da minha vida humana perdida, mais real do que qualquer lembrança dos bulevares e seus teatros em Paris, onde antes da Revolução fui tão feliz como um jovem ator.

Agora, estamos realmente prontos para começar. Que tal virar a página?

1

Miami – a cidade dos vampiros. Esta é a South Beach ao pôr do sol, no calor sensual do inverno sem inverno, limpa e próspera e inundada de luz elétrica. A brisa suave que chega do mar plácido invade as margens escuras da areia para refrescar as calçadas macias e largas cheias de felizes crianças mortais.

Como é belo o desfile de homens e mulheres jovens entre o rugido surdo e urgente do tráfego e das vozes humanas. Eles, exibindo com comovente vulgaridade os músculos cultivados; elas, orgulhosas dos seus membros aerodinâmicos aparentemente assexuados.

Antigos albergues de estuque, que um dia serviram de asilos de velhos, renasceram em elegantes tons pastel, com os novos nomes em rebuscadas letras de néon. Velas bruxuleavam sobre as toalhas brancas dos restaurantes ao ar livre. Carros americanos, grandes e brilhantes, passavam lentamente pela avenida, motoristas e passageiros assistindo ao desfile humano, pedestres sem pressa, aqui e ali bloqueando a passagem.

No horizonte distante as grandes nuvens brancas eram montanhas sob um céu descoberto e repleto de estrelas. Ah, sempre me encantou esse céu do sul, pintado de luz azul, com seu movimento preguiçoso e constante.

Ao norte erguiam-se em todo seu esplendor as torres na nova Miami Beach. Ao sul e a oeste, os impressionantes arranha-céus de aço do centro da cidade com suas barulhentas pistas de alta velocidade e portos movimentados, repletos de navios de passageiros. Pequenas lanchas deslizavam velozmente pela superfície brilhante dos inúmeros canais urbanos.

Nos tranquilos e imaculados jardins de Coral Gables, lâmpadas incontáveis iluminavam as belas e espaçosas vilas com seus telhados vermelhos e as piscinas cintilando sua luz azul-turquesa. Fantasmas caminhavam pelas salas escuras e suntuosas do Biltmore. As árvores maciças do pântano estendiam os galhos para cobrir as ruas largas e bem cuidadas.

Em Coconut Grove, os consumidores internacionais lotavam os hotéis luxuosos e as galerias sofisticadas. Casais se abraçavam nas varandas altas dos seus condomínios com paredes de vidro, silhuetas olhando para as águas serenas da baía. Carros passavam depressa pelas ruas movimentadas entre as palmeiras balouçantes e as delicadas árvores tropicais, as mansões de concreto vestidas de buganvília vermelha e roxa por trás dos seus portões de ferro.

Tudo isso é Miami, cidade da água, cidade da velocidade, cidade das flores tropicais, a cidade onde o céu é mais vasto. É para Miami, mais do que para qualquer outro lugar, que me dirijo quando, periodicamente, deixo minha casa em Nova Orleans. Homens e mulheres de nacionalidades e raças diferentes vivem nos bairros densos de Miami. Ouve-se iídiche, hebraico, línguas da Espanha, do Haiti, os dialetos e sotaques da América Latina, do interior do sul e do norte distante. Há uma ameaça que paira sob a brilhante superfície da cidade, há desespero e avidez incontroláveis; há o pulso profundo e regular de uma grande capital – a energia lenta e crepitante, o risco infindável.

Em Miami nunca é realmente escuro. Nunca há realmente silêncio.

É a cidade perfeita para o vampiro e jamais deixa de me presentear com um assassino mortal – um rosto distorcido e sinistro que me entrega uma dezena dos seus assassinatos quando esvazio os escaninhos da sua memória e sugo seu sangue.

Mas aquela era uma noite de caça graúda para este sugador de sangue, o banquete atrasado de Páscoa, depois do jejum da quaresma – a perseguição a um daqueles esplêndidos troféus humanos cujo sanguinolento *modus operandi* ocupa páginas de arquivos dos computadores dos departamentos mortais de homens da lei, um ser balizado pela imprensa, no seu anonimato, com um nome pomposo: “estrangulador da viela”.

Eu desejo ardentemente esse tipo de assassino!

Foi uma sorte para mim tal celebridade ter aparecido na minha cidade favorita. Sorte que tenha atacado seis vezes naquelas ruas – assassino dos velhos e enfermos, tão numerosos na cidade, onde vão viver à procura de um clima mais quente. Ah, eu atravessaria um continente para apanhá-lo, mas ele está à minha espera. À sua história sinistra, narrada em detalhes por nada menos do que vinte criminologistas, e passada para mim através do computador na minha caverna em Nova Orleans, acrescentei secretamente os elementos essenciais – seu nome e moradia mortal. Um truque simples para um deus das trevas que pode ler mentes. Por meio dos seus sonhos encharcados de sangue eu o encontrei. E nesta noite será meu o prazer de terminar sua carreira ilustre com um abraço cruel, sem o menor vestígio de iluminação moral.

Ah, Miami. O lugar perfeito para esse pequeno Drama da Paixão.

Eu sempre volto a Miami, assim como volto a Nova Orleans. E sou o único imortal que caça agora neste glorioso pedaço do Jardim Selvagem, pois, como já viram, os outros abandonaram nossa casa comum aqui – devido à impossibilidade de suportarem-se mutuamente. Como eu não consigo suportá-los.

Mas é muito melhor. Tenho Miami só para mim.

De pé na frente da janela do meu quarto, no elegante e pequeno Park Central Hotel, em Ocean Drive, uma vez ou outra eu permitia que minha audição paranormal percorresse os quartos em volta do meu, onde os turistas ricos desfrutavam aquele tipo de solidão especial – privacidade completa a poucos passos da rua barulhenta e movimentada –, meu Champs Élysées do momento, minha Via Veneto.

O meu estrangulador estava quase pronto para deixar o reino das suas visões espasmódicas e fragmentadas e passar para a terra da morte literal. Ah, estava na hora de me vestir para o homem dos meus sonhos.

Do meio da costumeira desordem de caixas recentemente abertas, valises e malas, escolhi um terno de veludo cinzento, uma antiga preferência, ainda mais quando o tecido é espesso e com brilho discreto. Não o melhor para aquelas noites quentes, tenho de admitir, mas o caso é que não sinto frio e calor como os humanos. E o paletó era justo com lapelas estreitas, muito simples, como uma jaqueta de cintura marcada, ou melhor, como as graciosas sobrecasacas de antigamente. Nós, os imortais, preferimos sempre as roupas antigas, que nos fazem lembrar o século em que Nascemos para as Trevas. Às vezes podemos calcular a verdadeira idade de um imortal pelo estilo da sua roupa.

Para mim é sempre uma questão de textura. O século XVIII era tão cintilante! Não suporto roupas sem um pouco de brilho. E este belo casaco combinava perfeitamente com a calça justa de veludo liso. Quanto à camisa branca de seda, o tecido era tão macio que ela toda cabia dentro da mão. Por que eu usaria outra coisa qualquer junto à minha pele indestrutível e tão curiosamente sensível? Depois, os sapatos. Ah, parecem com todos os meus belos sapatos dos últimos tempos. As solas são imaculadas pois raramente tocam a Mãe Terra.

Meu cabelo, a juba espessa amarelo-brilhante e ondulada, deixei solto, chegando até os ombros. O que os mortais pensariam da minha aparência? Francamente, não sei. Como de hábito, escondi meus olhos azuis atrás dos óculos escuros, para que sua força hipnótica não afetasse qualquer pessoa ao acaso – um grande inconveniente para mim –, e calcei luvas de couro cinzento macio nas mãos brancas e delicadas, portadoras de reveladoras unhas vitrificadas.

Ah, um pouco de óleo de bronzear para disfarçar a cor da pele. Passei a loção no rosto e em partes do pescoço e do peito que estavam descobertas.

Examinei no espelho o produto acabado. Ainda irresistível. Não admira que eu tenha sido um sucesso durante minha curta carreira como astro do rock. E sempre fui um sucesso fantástico como vampiro. Ainda bem que não fiquei invisível nas minhas andanças pelo espaço, um ser errante flutuando acima das nuvens, leve como cinzas ao vento. Sentia vontade de chorar cada vez que pensava nisso.

O esporte da caça graúda sempre me traz de volta ao real. Localizar, seguir, esperar, dar o bote no momento exato em que a presa estiver pronta para matar sua próxima vítima e tomá-la lenta e dolorosamente, saboreando a maldade, vendo através das lentes sujas de sua alma todas as suas vítimas anteriores...

Por favor, compreendam, não há nobreza nenhuma nisso. Não acredito que salvar um pobre mortal de um demônio como esse possa salvar a minha alma. Já tirei tantas vidas – a não ser que se acredite que a força de uma boa ação é infinita. Não sei se acredito ou não. O que eu acredito é nisto: o mal de um assassinato é infinito, e minha culpa é como minha beleza – eterna. Não posso ser perdoado, pois não existe ninguém para perdoar tudo que tenho feito.

Mesmo assim, gosto de salvar esses inocentes do seu destino terrível. E gosto de tomar meus assassinos para mim porque são meus irmãos e somos iguais, e por que não morrer em meus braços em vez de nos braços de um mortal misericordioso que jamais praticou uma maldade em toda a sua vida? Eis as regras do meu jogo. Sigo-as porque foram feitas por mim. E prometi a mim mesmo que dessa vez não ia deixar os corpos para serem vistos, procuro sempre fazer o que me mandam. Ainda assim... eu gostava de deixar a carcaça para as autoridades. Sempre gostei de ligar o computador, ao voltar para Nova Orleans, e ler todo o *post-mortem.*

De repente ouvi o som de uma viatura da polícia, os homens dentro dela falando sobre o meu assassino, dizendo que ia atacar muito em breve, que os astros dele estavam na posição certa, a lua na altura exata. Certamente seria numa das vielas de South Beach, como antes. Mas quem é ele? Como fazer com que ele pare com esses crimes?

Sete horas, informam os números pequenos do relógio digital, embora eu já soubesse, é claro. Fechei os olhos, inclinei a cabeça um pouco para o lado, reunindo forças, talvez para enfrentar os efeitos totais do poder que eu tanto odiava. Primeiro, o aumento da audição outra vez, como se eu tivesse ligado um aparelho da mais avançada tecnologia. Os sons suaves e murmurantes do mundo transformaram-se num coro infernal – repleto de risos e lamentos agudos, de mentiras e angústia e súplicas a esmo. Cobri os ouvidos com as mãos, como se adiantasse, e finalmente eu o desliguei.

Aos poucos vi as imagens dos pensamentos, vagas e sobrepostas, erguendo-se como milhões de pássaros frementes subindo para o firmamento. *Dê-me o meu assassino, dê-me sua visão!*

Lá estava ele, num quarto pequeno e miserável, muito diferente do meu, mas a apenas dois quarteirões de distância, levantando da cama. As roupas baratas estavam amarrotadas, o rosto vulgar coberto de suor. Ele estendeu a mão grossa e nervosa para o cigarro no bolso da camisa, mas o deixou onde estava, esquecido. Era um homem pesado, de traços indefinidos, e vi nos seus olhos uma vaga preocupação, ou um leve remorso.

Não lhe ocorreu vestir-se para a noite, para o Banquete pelo qual ansiava. E agora, a mente desperta quase entrava em colapso completo sob o peso dos sonhos terríveis e palpitantes. Ele sacudiu o corpo, o cabelo oleoso caiu na testa fugidia, os olhos eram como estilhaços de vidro escuro.

Imóvel, de pé no escuro silencioso do meu quarto, continuei a segui-lo, descendo a escada e saindo para a luz esfuziante da avenida Collins, passando por vitrines empoeiradas e cartazes comerciais, impulsionado para a frente, para o inevitável e não escolhido objeto dos seus desejos.

Quem poderia ser a felizarda, que caminhava às cegas e inexoravelmente para esse horror, entre os poucos transeuntes do começo da noite, naquela miserável área da cidade? Será que carrega um litro de leite e uma alface numa sacola de papel pardo? Vai apressar o passo quando vir o grupo de vagabundos na esquina? Lamenta ainda o desaparecimento da praia onde talvez tivesse morado, antes de os arquitetos e decoradores a expulsarem para as casas de cômodos, longe do mar?

E o que ele vai pensar quando a vir, este feio anjo da morte? Vai recordar-se da velha rabugenta da sua infância que o espancava até deixá-lo sem sentidos, e que foi erguida para o panteão de pesadelo do seu subconsciente, ou seria pedir muito?

Quero dizer que muitos desses assassinos não fazem a menor conexão entre símbolo e realidade, e sua lembrança não vai além de um ou dois dias atrás. A única coisa certa é que suas vítimas não merecem ser mortas e que eles, os assassinos, merecem se encontrar comigo.

Ora, muito bem, arrancarei seu coração ameaçador antes que ele tenha oportunidade de "liquidá-la", e ele vai me dar tudo que tem e tudo que é.

Desci vagarosamente os degraus e atravessei o elegante saguão com sua *art déco* e seu encanto de página de revista. Era bom caminhar como um mortal, tocar nos puxadores cromados das portas de vidro, sair para o ar fresco. Caminhei para o norte em meio aos transeuntes do começo da noite, olhando para os hotéis reformados e seus pequenos cafés.

O movimento aumentou quando cheguei à esquina. Na frente de um restaurante ao ar livre, câmaras de televisão gigantescas focalizavam suas lentes num trecho da calçada feericamente iluminado por enormes lâmpadas brancas. Caminhões bloqueavam o tráfego, os carros diminuíam a marcha para satisfazer a curiosidade dos motoristas e passageiros. Apenas um pequeno grupo de pessoas jovens e velhas assistia sem grande entusiasmo, pois as câmaras de televisão e de cinema perto de South Beach não eram novidade para ninguém.

Passei ao largo das luzes, temendo seu efeito na grande refletividade do meu rosto. Quem me dera ser um daqueles mortais bronzeados de sol, cheirando a dispendiosos óleos de praia e seminus com suas roupas vulgares de algodão. Virei a esquina. Outra vez procurei a presa. Ele estava correndo, a mente tão carregada de alucinações que mal conseguia controlar o passo.

Não havia mais tempo.

Com um leve impulso de velocidade, subi para os telhados baixos. A brisa era mais forte, mais limpa. Mais suave o ruído das vozes animadas, a música monótona dos rádios, o som do próprio vento.

Em silêncio, captei sua imagem nos olhos indiferentes dos que passavam por ele; em silêncio, vi outra vez suas fantasias de mãos e pés ressequidos, de faces encovadas e seios murchos. A tênue membrana entre fantasia e realidade começava a se romper.

Desci na calçada da avenida Collins com tanta rapidez que provavelmente dei a impressão de uma aparição. Mas ninguém estava olhando. Eu era a árvore proverbial tombando na floresta desabitada.

Comecei a andar, alguns passos atrás dele, um jovem com ar ameaçador, talvez, abrindo caminho entre os grupos de valentões parados na calçada, perseguindo a presa através das portas de vidro de uma enorme loja de conveniências com ar gelado. Ah, um verdadeiro circo para os olhos – a caverna de teto baixo repleta de todos os tipos imagináveis de embalagens com alimento congelado, artigos de toalete, produtos para o tratamento dos cabelos, noventa por cento dos quais não existiam no século em que eu nasci.

Estamos falando de absorventes higiênicos, colírios medicinais, grampos de plástico para o cabelo, lápis delineadores, cremes e loções para todas as partes citáveis do corpo humano, líquido para lavar pratos com todas as cores do arco-íris e tinturas de cores nunca antes inventadas e ainda indefinidas. Imaginem Luís XVI abrindo um saco plástico com estalos barulhentos e encontrando essas maravilhas? O que ele ia pensar de copos de plástico para café, biscoitos de chocolate embrulhados em celofane, ou canetas cuja tinta nunca acaba?

Bem, eu mesmo não estou ainda muito acostumado com essas coisas, embora tenha acompanhado pessoalmente o progresso da Revolução Industrial durante dois séculos. Sou capaz de andar encantado por essas lojas durante horas e horas. Às vezes eu paro maravilhado bem no meio do Walmart.

Mas dessa vez estava perseguindo uma presa, não estava? Tinha de deixar para depois as revistas *Time* e *Vogue*, computadores de bolso e relógios de pulso que funcionam até debaixo d'água.

Por que *ele* estava naquele lugar? As jovens famílias cubanas com seus bebês não eram seu estilo. Contudo, ele estava andando pelas passagens estreitas, sem ver as centenas de rostos bronzeados e o som rápido e alto do espanhol à sua volta, ignorado por todos, menos por mim, enquanto passava rapidamente os olhos vermelho-escuros pelas prateleiras.

Meu Deus, ele era sujo – toda a decência devorada por sua loucura, o rosto de linhas marcadas e o pescoço imundos. Será que vou gostar? Que diabo, ele é um saco de sangue. Por que desafiar a sorte? Eu não podia mais matar crianças, podia? Nem me banquetear com as prostitutas do cais, dizendo a mim mesmo que tudo estava bem, pois elas já haviam contaminado um bom número de barqueiros. Minha consciência está me matando, não está? E quando se é imortal, essa morte pode ser realmente longa e infame. Sim, olhe para ele, para esse assassino imundo, malcheiroso, desajeitado. Os detentos conseguem comida melhor do que isso na prisão.

Então percebi, quando examinei sua mente mais uma vez como quem corta um melão. Ele não sabe o que é! Nunca leu as manchetes a seu respeito! Na verdade, os episódios da sua vida não estão dispostos em nenhuma ordem em sua memória, não pode confessar nenhum dos crimes que cometeu pois, na verdade, não se lembra de nenhum e não sabe que vai matar esta noite! Ele não sabe o que eu sei!

Ah, que lamentável tristeza. Eu havia tirado a pior carta do baralho! Ah, Senhor Deus! No que estava pensando quando resolvi seguir este homem, quando o mundo iluminado pelas estrelas está repleto de animais muito mais astutos e cruéis? Senti vontade de chorar.

Mas chegou então o momento da tentação. Ele acabava de ver *a* velha, via os braços nus e enrugados, a pequena curvatura das costas, as coxas magras e trêmulas sob o short cor pastel. À luz das lâmpadas fluorescentes ela andava descansadamente, sentindo prazer no vozerio e no movimento à sua volta, a parte superior do rosto sombreada por um visor verde de plástico, o cabelo enrolado e preso com grampos na nuca.

Levava na cestinha meio litro de suco de laranja numa garrafa de plástico e um par de chinelos tão macios que estavam enrolados formando uma pequena bola. Agora, com evidente satisfação, parou ao lado de um mostruário giratório e acrescentou aos dois itens um livro de bolso, que já tinha lido, mas que segurou carinhosamente, sonhando em ler outra vez, como quem visita velhos conhecidos. *Uma árvore cresce no Brooklyn*. Sim, eu também gostei desse livro.

Em transe, ele se pôs atrás dela, tão perto que sem dúvida a mulher sentia sua respiração no pescoço. Os olhos embaciados e estúpidos a acompanharam à medida que ela se aproximava do caixa, tirando algumas notas sujas de um dólar do decote da blusa.

Os dois saíram da loja, ele com o ar apático e os passos pesados de um cão seguindo a cadela no cio, ela segurando as alças da sacola de compras, abrindo caminho vagarosamente entre os grupos de jovens atrevidos. Está falando sozinha? Parece que sim. Eu não li a mente da mulher, aquele pequeno ser que começava a andar cada vez mais depressa. Li a mente do animal atrás dela, que era incapaz de vê-la como a soma das suas partes.

Rostos pálidos e emaciados passavam por sua lembrança enquanto ele seguia a mulher. Via seios caídos e mãos com veias que pareciam raízes de árvores. Ansiava para deitar sobre um corpo envelhecido, para pôr a mão sobre uma velha boca.

Quando ela chegou ao pequeno e tristonho prédio de apartamentos, que parecia feito de giz esfarelado, como todo o resto naquela parte miserável da cidade, e era guardado por palmeiras maltratadas, ele parou de repente, oscilando o corpo, e observou em silêncio a mulher atravessar o pátio estreito de cimento, na direção dos degraus de entrada do prédio. Notou o número na porta quando ela a abriu, ou melhor, ele meio que pinçou o local e, encostando na parede, começou a sonhar especificamente com a morte da mulher num quarto de dormir despersonalizado e vazio que parecia ser apenas uma mancha de cor e de luz.

Ah, olhem para ele, encostado na parede como se tivesse sido esfaqueado, com a cabeça caída para um lado. É impossível sentir algum interesse por essa criatura. Por que não o mato agora?

Mas os momentos passaram e a noite perdeu a incandescência do crepúsculo. As estrelas cresceram, mais brilhantes. A brisa chegou e se foi.

Esperamos.

Com os olhos dela, eu vi a sala de estar como se pudesse realmente enxergar através das paredes e do assoalho – limpa, mas com móveis velhos e feios, envernizados, arredondados, sem nenhuma importância para ela. Mas tudo estava polido com seu óleo perfumado preferido, de uma garrafa ciumentamente guardada. A luz dos painéis luminosos atravessava as cortinas de *dacron* leitosas e sombrias como a parte do pátio de entrada que se avistava da janela. Mas a mulher tinha a luz reconfortante dos seus abajures distribuídos com esmero. Era isso que importava para ela.

Numa cadeira de balanço de madeira, estofada com um medonho pano xadrez, ela sentou, com muita compostura; uma figura pequena, mas cheia de dignidade, com o livro de bolso aberto na mão. Que felicidade estar outra vez com Francie Nolan. O robe de algodão estampado que ela tirou do armário mal dava para cobrir os joelhos magros e nos pés deformados estavam agora os chinelos azuis que pareciam um par de meias. O cabelo longo e grisalho era agora uma trança espessa e graciosa.

Na tela da televisão preto e branco artistas já falecidos discutiam, sem som. Joan Fontaine pensa que Cary Grant quer matá-la. E a julgar pela expressão dele, parece que quer mesmo. Como é possível confiar em Cary Grant, pensei – um homem que parecia feito de madeira polida?

Ela não precisava ouvir as palavras, já vira o filme, segundo seu cálculo preciso, treze vezes. O livro que tinha no colo fora lido apenas duas vezes, assim ia revisitar com verdadeiro prazer os parágrafos que ainda não sabia de cor.

Eu lá embaixo, nas sombras do jardim, percebi seu conceito e sua aceitação do próprio eu, sem drama e desligado do mau gosto das coisas que a rodeavam. Seus poucos tesouros podiam ser guardados em qualquer armário pequeno. O livro e a tela iluminada eram mais importantes do que qualquer outra coisa que possuía, e ela conhecia seu valor espiritual. Nem mesmo a cor das roupas que usava, estilizadas e funcionais, era importante.

O meu assassino estava quase paralisado, sua mente era um turbilhão de momentos tão pessoais que desafiava qualquer interpretação.

Dei a volta no pequeno prédio e encontrei a escada para a porta da cozinha. A fechadura se abriu ao meu comando, bem como a porta, como se eu as tivesse tocado.

Silenciosamente, entrei na pequena sala com assoalho de linóleo. O cheiro de gás do fogão branco me deixou enjoado, bem como o cheiro do sabão no pequeno prato de cerâmica. Mas a cozinha tocou meu coração no mesmo instante. Linda a louça preciosa azul e branca, empilhada com cuidado, com os pratos à mostra. Veja os livros de receitas muito usados! E como é limpa a mesa coberta com o oleado amarelo, enquanto a hera verde e brilhante, num vaso redondo cheio de água limpa, projeta no teto um único círculo de luz trêmula.

Porém, ali parado, rígido, fechando a porta com as pontas dos dedos, o que capturou a minha mente foi a descoberta de que ela não tinha medo da morte enquanto lia o romance de Betty Smith, olhando ocasionalmente para a tela da televisão. Não tinha nenhuma antena interna para detectar a presença do fantasma que, mergulhado na própria loucura, esperava na rua, nem do monstro que assombrava sua cozinha naquele momento.

O assassino estava tão imerso na própria alucinação que não notava as pessoas que passavam por ele. Não viu o carro da polícia fazendo a ronda, nem os olhares desconfiados e deliberadamente ameaçadores dos mortais uniformizados que sabiam tudo sobre ele, sabiam que ia atacar essa noite, mas não sabiam quem ele era.

Um filete de saliva desceu pelo queixo não barbeado. Nada era real para ele – nem sua vida durante o dia, nem o medo de ser descoberto –, somente o tremor elétrico que as alucinações transmitiam ao seu corpo, braços e pernas. Sua mão esquerda se crispou convulsivamente e o canto da boca tremeu.

Odiei aquele homem! Não queria tomar seu sangue. Ele não era um assassino de classe. Era o sangue da mulher que eu desejava.

Ali estava ela, na solidão e no silêncio, tão pequena, tão satisfeita, sua concentração como um raio de luz lendo os parágrafos da história que conhecia tão bem. Viajando, viajando no tempo para os dias em que leu o livro pela primeira vez, numa lanchonete movimentada na avenida Lexington, em Nova York, uma secretária elegante com a saia de lã vermelha e uma blusa branca de gola alta e botões de pérola nos punhos. Naquela época, trabalhava numa torre de pedra só de escritórios, infinitamente charmosa, com portas de bronze entalhado nos elevadores e ladrilhos de mármore amarelo-escuro nos corredores.

Eu queria apertar meus lábios contra suas lembranças, ao som dos saltos altos no chão de mármore, à imagem da perna macia coberta pela meia de seda pura quando ela a calçava com muito cuidado para não puxar o fio com as unhas longas e esmaltadas. Por um instante vi o cabelo vermelho. Vi o chapéu amarelo extravagante, potencialmente horrível, mas encantador.

Um sangue que valia a pena ser tomado. E eu estava faminto, faminto como poucas vezes estive nas últimas décadas. O inconveniente jejum da quaresma foi demais para mim. Ah, Senhor Deus, eu desejava *tanto* matar aquela mulher!

Ouvi o som gorgolejante dos lábios do assassino estúpido e vulgar lá embaixo, na rua, abrindo caminho entre a torrente de outros sons que se despejavam nos meus ouvidos de vampiro.

Finalmente, o animal desencostou da parede com um movimento brusco, cambaleou por um momento, como se fosse cair, depois caminhou para nós, atravessando o pequeno pátio e subindo os degraus da entrada.

Devia permitir que ele a assustasse? Parecia inútil. Eu posso vê-lo, não posso? Mesmo assim, deixei que aplicasse a pequena ferramenta de metal na porta, concedi tempo suficiente para forçar a fechadura. A corrente de segurança se desprendeu da madeira apodrecida.

Ele entrou na sala, paralisando-a com a expressão do seu rosto. A mulher ficou apavorada, encolheu-se na cadeira, o livro escorregou do seu colo.

Ah, mas então ele me viu na porta da cozinha – o vulto vago de um jovem vestido de veludo cinzento, óculos escuros empurrados para o alto da cabeça. Retribuí o olhar vazio e sem expressão do assassino. Teria o homem visto aqueles olhos cintilantes, a pele como marfim polido, o cabelo como uma explosão de luz branca? Ou eu era apenas um obstáculo entre ele e seu objetivo sinistro, toda a minha beleza ignorada?

O homem fugiu na hora. Estava descendo os degraus da entrada quando a mulher gritou e correu para bater com força a porta de madeira.

Fui atrás dele, sem me dar ao trabalho de tocar o solo, deixando que ele me visse por um instante parado sob a luz da rua, quando virou a esquina. No meio do quarteirão seguinte eu deslizei para o homem, um vulto vago que nem despertou a atenção dos mortais. Então parei imóvel ao seu lado e ouvi o gemido surdo quando ele começou a correr.

Repetimos o jogo nos quatro quarteirões seguintes. Ele corria, parava, via que eu estava bem atrás dele. O suor porejava do seu corpo, encharcando a roupa de baixo, a camisa sem manga. O tecido sintético e fino, molhado de suor, agora transparente, grudava na pele macia do peito.

Finalmente ele chegou à miserável casa de cômodos onde vivia e subiu correndo a escada. Eu estava no pequeno quarto do último andar quando ele chegou. Antes que ele pudesse gritar, eu o abracei. O fedor do cabelo sujo penetrou minhas narinas, misturado com o cheiro ácido do tecido da camisa. Mas agora não importava. Ele era uma fonte de intenso calor nos meus braços, um capão suculento, o peito arfando contra o meu, o cheiro do sangue inundando meu cérebro. Eu o ouvi pulsando nos ventrículos e nas válvulas e nas veias e artérias dolorosamente contraídas. Eu o lambi na carne tenra e vermelha sob os olhos.

O coração dele, acelerado, estava a ponto de explodir – cuidado, cuidado, não o amasse. Cravei os dentes na pele seca e enrugada do pescoço. *Ummm.* Meu irmão, meu pobre e confuso irmão. Mas era saboroso, era muito bom.

A fonte se abriu; sua vida era um esgoto. Todas aquelas velhas, aqueles velhos. Cadáveres ressequidos flutuando na corrente colidiram uns com os outros, sem sentido, quando o corpo do homem amoleceu nos meus braços. Nenhuma luta. Fácil demais. Nenhuma astúcia. Nenhuma malícia. Bruto como um lagarto, ele engolira mosca após mosca. Senhor Deus, saber isso é conhecer o tempo em que os répteis gigantescos dominavam a Terra, apenas vendo a chuva com seus olhos amarelos e ouvindo o trovão atrás das montanhas.

Não importa. Eu o soltei, deixando-o escorregar silenciosamente. Eu nadava com seu sangue de mamífero. Muito bom. Fechei os olhos, sentindo o calor penetrar meus intestinos, ou fosse o que fosse que havia agora neste corpo branco, musculoso e cheio de força. Através da névoa da sensação eu o vi se arrastar de joelhos. Tão curiosamente desajeitado, a camisa encharcada e transparente sobre as costas largas. Tão fácil apanhá-lo de cima dos jornais espalhados, a xícara caída de lado derramando café frio no tapete cor de poeira.

Eu o puxei bruscamente pelo colarinho. Os olhos grandes e vazios giraram para cima e desapareceram. Então ele me atacou às cegas com pontapés, aquele valentão, assassino de velhos e fracos, e a ponta do sapato raspou minha canela. Eu o ergui novamente para minha boca faminta, os dedos deslizando entre seus cabelos, e senti o corpo enrijecer, como se minhas presas estivessem cheias de veneno.

Outra vez o sangue inundou meu cérebro. Senti a eletricidade nos capilares do meu rosto. Senti o pulso nos meus dedos e um calor intenso e formigante desceu por minha espinha. Um fluxo atrás do outro me invadiu. Criatura pesada, suculenta. Então eu o larguei novamente, e quando ele outra vez se arrastou, tentando fugir, eu o arrastei de volta e o fiz olhar para mim, depois o atirei para longe, para que continuasse sua luta inútil.

E então ele começou a falar comigo em alguma coisa que devia ser uma língua, mas não era. Ele me empurrou, mas não conseguia mais enxergar claramente. E pela primeira vez uma dignidade trágica o envolveu, uma vaga expressão de ultraje nos olhos cegos. Tive a impressão de estar ornamentado e abraçado por histórias antigas, lembranças de estátuas de gesso e santos anônimos. Seus dedos agarraram meu sapato. Eu o levantei e dessa vez, quando rasguei sua garganta, o ferimento foi grande demais. Estava terminado.

A morte chegou como um soco no estômago. Por um momento, senti náusea, e depois apenas o calor, a plenitude, a luminosidade pura do sangue vivo, com aquela última vibração do consciente pulsando em todo meu corpo.

Deixei-me cair na cama suja. Não sei quanto tempo fiquei ali.

Olhei para o teto baixo. E quando o aroma azedo e abafado do quarto e o mau cheiro do corpo morto me envolveram, levantei cambaleante, uma figura tão desajeitada quanto ele fora, entregando-me sem resistência aos gestos mortais, com revolta e em silêncio, porque eu não queria ser o imponderável, o alado, o viajante da noite. Queria ser humano e me sentir humano, e seu sangue corria por todo o meu corpo, mas não era suficiente. Nem chegava perto do que eu precisava!

Onde estavam todas as minhas promessas? As palmeiras rígidas e maltratadas batiam nas paredes de estuque.

– Ah, você voltou – disse ela.

Uma voz forte e baixa, sem nenhum tremor. Ela estava de pé frente à feia cadeira de balanço de braços de madeira muito gastos, olhando para mim através dos óculos de aros prateados, com o livro na mão. A boca pequena e informe deixava entrever os dentes amarelos, um contraste sinistro com a personalidade misteriosa daquela voz não afetada por nenhuma enfermidade.

Por Deus, o que ela pensou quando sorriu para mim? Por que não estava rezando?

– Eu estava certa de que você viria – disse ela. Tirou os óculos e vi que os olhos estavam vidrados. O que ela estava vendo? O que eu a fazia ver? Eu, que posso controlar todos esses elementos com perfeição, sentia-me tão confuso que tive vontade de chorar. – Sim, eu sabia.

– Ah, e como soube? – murmurei, chegando mais perto, adorando a intimidade forçada da sala pequena e vulgar.

Estendi os dedos monstruosos, brancos demais para serem humanos, suficientemente fortes para arrancar a cabeça dela, e os encostei no seu pescoço. Cheiro de chantilly, ou de outro perfume de farmácia.

– Sim – disse ela com ar vago, mas decidido. – Eu sempre soube.

– Então beije-me. Quero que me ame.

Ela era quente, seus ombros tão pequenos, belos e fenecidos, a flor tingida de amarelo, mas perfumada ainda, veias azul-claras dançando sob a pele flácida; pálpebras modeladas com perfeição sobre os olhos fechados, a pele parecendo solta sobre os ossos do crânio.

– Leve-me para o céu – disse ela, e a voz saía do coração.

– Não posso. Gostaria de poder – ronronei no seu ouvido.

Meus braços a envolveram. Acariciei com o rosto o ninho macio de cabelos grisalhos. Os dedos dela como folhas secas na minha face provocaram um suave arrepio. Ela também estava tremendo. Ah, terna e gasta criatura, reduzida a pensamento e vontade com um corpo insubstancial como uma chama frágil. Apenas um pequeno gole. Só isso, nada mais.

Mas era tarde e eu compreendi isso ao sentir o primeiro jorro de sangue na minha língua. Eu a estava consumindo. Sem dúvida meus gemidos a alarmaram, mas agora ela não ouvia mais nada... Eles jamais escutam os ruídos reais quando tudo começa.

Perdoe-me.

Ah, meu querido!

Estávamos mergulhando juntos no tapete, amantes num retalho de flores desbotadas. Vi o livro caído no chão e o desenho da capa, mas parecia irreal. Eu a apertei nos meus braços cuidadosamente para evitar que se partisse. Mas era uma concha vazia. A morte aproximava-se depressa, como se ela estivesse caminhando para mim num largo corredor, em algum lugar muito privado e extremamente importante. Ah, sim, o mármore amarelo. Cidade de Nova York, e mesmo ali no alto eu ouvia o tráfego e as batidas surdas das portas no corredor.

– Boa-noite, meu querido – murmurou ela. Estaria ouvindo coisas? Como era possível que ela estivesse falando?

Eu te amo.

– Sim, querido, eu também te amo.

Ela estava de pé no corredor. Seu cabelo era vermelho, assentado com laquê, com as pontas graciosamente viradas para cima nos ombros. Sorria, e os saltos altos acabavam de estalar elegantemente no mármore, mas agora tudo era silêncio e as pregas da saia vermelha moviam-se ainda. Olhou para mim com um brilho estranho e inteligente nos olhos. Ergueu um pequeno revólver de cano curto e o apontou para mim.

Que diabo está fazendo?

Ela está morta. O estampido do tiro foi tão forte que por um momento não consegui ouvir nada. Somente o zumbido nos ouvidos. Deitado no chão, olhei para o teto, sentindo o cheiro de pólvora num corredor, em Nova York.

Mas estávamos em Miami. O relógio tiquetaqueava sobre a mesa. Da televisão superaquecida vinha a voz fraca e insignificante de Cary Grant dizendo a Joan Fontaine que a amava. E Joan Fontaine ficou tão feliz. Estava quase certa de que ele queria matá-la.

E eu também.

South Beach. Dê-me a faixa de luminosos outra vez. Só que dessa vez procurei me afastar do movimento das calçadas e caminhei pela areia, em direção ao mar.

Andei até não haver ninguém perto de mim – nem os que gostam de passear na praia ou nadar à noite. Só areia, limpa pelo vento das marcas dos pés, e o grande oceano noturno cinzento, trazendo suas ondas intermináveis para a praia paciente. Como parece alto o céu, repleto de nuvens em movimento e estrelas distantes e indiferentes.

O que eu fiz? Eu a matei, a sua vítima, suguei a luz daquela que eu pretendia salvar. Voltei e deitei-me com ela e a possuí e o tiro invisível chegou tarde demais.

E senti sede outra vez.

Depois, eu a deitei na cama estreita, sobre o acolchoado de náilon, cruzei seus braços e fechei seus olhos.

Bom Deus, ajude-me. Onde estão os santos anônimos? Onde estão os anjos com suas asas de penas que me levarão para o inferno? Quando eles chegarem, serão a última coisa bela que conseguiremos ver? Quando descemos para o lago de fogo, podemos ainda vê-los voando para o céu? Podemos esperar um último olhar para suas trombetas douradas e os rostos voltados para cima, refletindo a radiante face de Deus?

O que eu sei sobre o céu?

Fiquei ali por um longo tempo, olhando para a paisagem distante de nuvens puras e depois para as luzes piscantes dos novos hotéis, o brilho das luzes da rua.

Um mortal estava sozinho na calçada, olhando na minha direção, ou talvez não tivesse notado minha presença – um vulto minúsculo na borda do mar imenso. Talvez estivesse olhando para o oceano como eu tinha olhado, como se a praia fosse miraculosa, como se a água pudesse lavar nossas almas. Houve um tempo em que o mundo não era mais do que o mar; a chuva caiu durante cem milhões de anos! Mas agora o cosmo está infestado de monstros.

Ele continuava lá, aquele mortal solitário e pensativo. E aos poucos percebi que, sobre a faixa vazia da praia e a tênue escuridão, seus olhos estavam fixos nos meus. Sim, olhando para mim.

Não dei muita atenção, apenas continuei olhando para não me dar ao trabalho de virar para o outro lado. Então fui tomado por uma sensação curiosa – uma sensação que nunca havia sentido antes.

Começou com uma leve tontura, seguida por um formigamento que percorreu meu corpo e meus membros, fazendo-os vibrar. Era como se minhas pernas e meus braços estivessem sendo apertados, estreitados, como se a substância do seu interior estivesse sendo espremida. Na verdade, tive a impressão exata de que ia ser espremido de dentro de mim. Fiquei maravilhado. Era algo suave e delicioso, especialmente para mim, tão frio e resistente a qualquer sensação. Era assoberbante, como é assoberbante sugar sangue, embora não tão visceral. Além disso, nem bem eu tinha acabado de analisá-la e ela desapareceu.

Estremeci. Teria sido apenas imaginação? Eu continuava olhando para aquele mortal – uma pobre alma que olhava para mim sem a menor ideia de quem ou o que eu era.

O sorriso no rosto jovem era frágil e repleto de espanto insano. Lentamente percebi que já vira aquele rosto antes.

Sobressaltado, notei a expressão de reconhecimento e a atitude estranha de expectativa. De repente ele ergueu a mão direita e acenou para mim.

Espantoso.

Mas eu conhecia aquele mortal. Não, era mais certo dizer que o tinha visto mais de uma vez, e as únicas lembranças definidas chegaram a mim com plena força.

Veneza, passeando na periferia da Piazza San Marco, e meses depois em Hong Kong, perto do Mercado Noturno, e nessas duas vezes eu o notei porque sua atenção voltou-se especialmente para mim. Sim, lá estava o mesmo corpo alto e forte e o mesmo cabelo castanho ondulado e farto.

Não é possível. Ou talvez seja melhor dizer que não é provável, pois lá estava ele!

Novamente o pequeno gesto de reconhecimento e então, apressado ou, na verdade, um tanto constrangido, correu para mim, chegando cada vez mais perto com seus passos desajeitados na areia, enquanto eu o observava com espanto gelado.

Esquadrinhei sua mente. Nada. Hermeticamente fechada. Apenas o rosto sorridente cada vez mais claro à medida que entrava no reflexo luminoso do mar. O cheiro do seu medo inundou minhas narinas misturando-se com o cheiro de sangue. Sim, ele estava apavorado, e ao mesmo tempo extremamente empolgado. De repente pareceu convidativo – outra vítima atirando-se nos meus braços.

Como cintilavam seus grandes olhos castanhos. E como eram brilhantes seus dentes.

Parou a uns três passos de mim, com o coração disparado, e estendeu na mão úmida e trêmula um envelope grosso e amarrotado.

Continuei a olhar fixamente para ele, sem demonstrar nada – nem orgulho ferido, nem respeito pelo espantoso feito de ter me encontrado, de ter ousado. Minha fome era tanta que eu podia apanhá-lo e me banquetear outra vez sem pensar em nada mais. Olhei para ele, agora sem raciocinar. Via apenas sangue.

Como se percebesse meu estado, como se tivesse sentido plenamente, ele enrijeceu o corpo, olhou furioso para mim por um momento, atirou o envelope aos meus pés e se afastou com sua dança frenética na areia fina. Parecia que as pernas estavam prestes a dobrar sob o peso do corpo. Ele quase caiu quando deu meia-volta e correu.

Minha sede diminuiu um pouco. Talvez eu não estivesse raciocinando, mas hesitei; isso exigia alguma reflexão. Quem era aquele filho da mãe atrevido?

Outra vez tentei ler sua mente. Nada. Muito estranho. Mas existem mortais que se fecham naturalmente, mesmo quando não têm ideia de que alguém está tentando ler suas mentes.

Ele continuou sua corrida desesperada e deselegante e desapareceu no lado escuro de uma rua transversal, distanciando-se de mim.

Passaram alguns segundos.

Agora eu não sentia mais o cheiro dele, só o que ficara no envelope ainda na areia, aos meus pés.

O que significava tudo isso? Ele sabia exatamente quem eu era. Veneza e Hong Kong não foram coincidências. Seu medo era prova suficiente disso. Mas não pude deixar de sorrir pensando na sua coragem. Imagine, seguir uma criatura como eu.

Seria ele um adorador insano batendo à porta do templo, esperando que eu, por piedade, ou por admiração à sua coragem, lhe concedesse o Sangue Negro? Aquilo começava a me aborrecer, mas logo voltei à minha indiferença.

O envelope não estava fechado e não havia nada escrito. Dentro encontrei, por incrível que pareça, um conto impresso, aparentemente retirado de um livro.

Era um maço pequeno e grosso de páginas impressas num papel de qualidade inferior, grampeadas no canto superior esquerdo. Nenhum bilhete. O autor da história era uma criatura adorável que eu conhecia muito bem, H. P. Lovecraft, especializado no sobrenatural e no macabro. Na verdade, eu conhecia a história também e jamais esqueci o título: *A coisa na porta*. Para mim era irrisória.

A coisa na porta. Eu sorri. Sim, eu me lembrava da história, era inteligente, engraçada.

Mas por que aquele estranho mortal a teria levado para mim? Era ridículo. De repente, comecei a ficar furioso, tão furioso quanto permitia minha tristeza.

Guardei o envelope no bolso descuidadamente. Pensei por um instante. Sim, o homem havia desaparecido. Não conseguia sequer captar sua imagem na mente de outra pessoa.

Ah, se ao menos ele tivesse me tentado em outra noite qualquer, quando minha alma não estivesse doente e cansada, quando eu talvez pudesse me interessar, pelo menos para saber do que se tratava.

Mas era como se vários séculos tivessem se passado desde que ele chegou e partiu. A noite estava vazia, a não ser pelo murmúrio pulsante da grande cidade e das ondas do mar quebrando fracas na praia. Até as nuvens gloriosas tinham se esgarçado e desaparecido. O céu parecia infinito e sem forma, pungentemente imóvel.

Ergui os olhos para as estrelas brilhantes e deixei que o som surdo das ondas me envolvesse no silêncio. Lancei um último olhar lamentoso para as luzes de Miami, a cidade que eu tanto amava.

Então eu subi, com a simplicidade de um pensamento que se ergue, tão rápido que nenhum mortal poderia ter me visto, uma figura subindo cada vez mais alto no meio do vento ensurdecedor, até a grande cidade se transformar numa galáxia distante que aos poucos desaparecia de vista.

Tão frio era aquele vento que desconhece as estações. O sangue dentro de mim foi engolido como se seu doce calor jamais tivesse existido, e logo meu rosto e minhas mãos estavam embainhados numa camada gelada, como se eu estivesse congelado. Aquela bainha avançava sob minha roupa frágil, cobrindo toda a minha pele.

Mas sem provocar dor. Ou melhor dizendo, sem provocar muita dor.

Na verdade, o que aconteceu foi que toda a sensação de conforto foi eliminada. Era apenas melancólico, sombrio, a ausência do que faz a vida digna de ser vivida – o calor do fogo e das carícias, dos beijos e das discussões, do amor, do desejo e do sangue.

Ah, os deuses astecas deviam ser vampiros sedentos para convencer aquelas pobres almas humanas de que o universo cessaria de existir se o sangue não fosse derramado. Imagine, presidir a cerimônia naquele altar, estalando os dedos para outro e outro e mais outro, espremendo aqueles corações encharcados de sangue contra os lábios, como cachos de uva.

Eu girava e rodava com o vento; desci alguns metros, subi outra vez, abrindo os braços ludicamente, depois deixando-os cair ao lado do corpo.

Deitei-me de costas como um nadador experiente, olhando outra vez para as estrelas cegas e indiferentes.

Com a força do pensamento, dirigi meu corpo para o leste. A noite estendia-se ainda sobre a cidade de Londres, embora os relógios já marcassem as primeiras horas do dia. Londres.

Tinha tempo para me despedir de David Talbot.

Nosso último encontro fora há meses, em Amsterdã, e eu o deixara bruscamente. Sinto vergonha por isso e por perturbá-lo. Desde então, eu havia espionado sua vida algumas vezes, sem procurá-lo. Mas sabia que precisava ir até ele agora, não importava qual fosse meu estado de espírito. Não havia dúvida de que ele queria que eu o visitasse. Era a coisa certa e decente no momento.

Por um instante, pensei no meu adorado Louis. Certamente estaria ainda na pequena casa semiarruinada no profundo jardim pantanoso em Nova Orleans, lendo ao luar como sempre fazia, ou recorrendo à luz de uma vela quando a noite estava nublada e escura. Mas era tarde demais para dizer adeus a ele... Se havia alguém entre nós capaz de entender, esse alguém era Louis. Pelo menos era o que eu dizia a mim mesmo. Talvez o inverso fosse mais verdadeiro...

Assim, segui para Londres.

2

A ordem da Talamasca fica na periferia de Londres, silenciosa no meio do parque imenso de carvalhos antigos, seus telhados em ponta e os gramados cobertos com uma camada espessa e limpa de neve.

Um belo edifício de quatro andares, cheio de janelas com pinázios e chaminés de onde sobem constantemente espirais de fumaça para dentro da noite.

Um lugar de bibliotecas e salões com paredes forradas de madeira escura, quartos de dormir com tetos em caixotões, espessos tapetes cor de vinho e salas de jantar tão silenciosas quanto os refeitórios das ordens religiosas, e membros dedicados como padres e freiras, capazes de ler sua mente, ver sua aura, dizer o futuro na palma da sua mão e fazer uma estimativa de quem você pode ter sido na outra vida.

Bruxos? Bem, alguns são, talvez. Mas a maioria é de estudiosos – dedicados ao estudo do oculto em todas as suas manifestações. Alguns sabem mais do que os outros. Por exemplo, existem alguns membros dessa Ordem – e de outras, em Amsterdã, Roma ou no interior dos pântanos da Louisiana – que já viram vampiros e lobisomens, que já sentiram os poderes físicos telecinéticos potencialmente perigosos de mortais que podem provocar incêndios e mortes, que falaram com fantasmas e receberam respostas, que lutaram contra entidades invisíveis e venceram – ou perderam.

Essa ordem existe há mais de mil anos. Apesar de sua importância, suas origens estão envoltas em mistério – ou, para ser mais específico, David jamais quis me explicar.

De onde vem o dinheiro da Talamasca? Os cofres estão repletos de ouro e pedras preciosas. São lendários seus investimentos nos grandes bancos da Europa. Possuem propriedades em todas as cidades onde têm sede, com cuja renda poderiam viver perfeitamente, se nada mais tivessem. E há também os vários tesouros arquivados – quadros, estátuas, tapeçarias, peças e ornamentos antigos –, tudo adquirido em conexão com casos de ocultismo e aos quais não atribuem nenhum valor monetário definido, pois o valor histórico e cultural excede qualquer avaliação que possa ser feita.

Só a biblioteca pagaria o resgate de um rei em qualquer moeda do mundo. Há manuscritos em todas as línguas, alguns da famosa biblioteca de Alexandria, destruída num incêndio muitos séculos atrás, e outros das bibliotecas dos Mártires Cátaros, cuja cultura não existe mais. Muitos arqueólogos seriam capazes de matar só para dar uma olhada rápida em alguns textos do Antigo Egito que estão na biblioteca da Talamasca. Existem textos de seres sobrenaturais de várias espécies conhecidas, incluindo vampiros. Há cartas e documentos nesses arquivos escritos por mim.

Nenhum desses tesouros me interessa. Nunca me interessaram. Bem, nos meus momentos de maior descontração, brinquei com a ideia de arrombar os cofres e me apossar de algumas relíquias que pertenceram a imortais que amei. Sei que esses estudiosos guardaram objetos que eu abandonei – coisas que estavam nos quartos de Paris quase no fim do último século, os livros e tudo o mais que estavam na minha velha casa nas ruas sombreadas de árvores do Garden District, sob a qual dormi durante muitas décadas, ignorando completamente os que andavam sobre a madeira apodrecida do assoalho acima de mim. Só Deus sabe o que mais eles salvaram da boca destruidora do tempo.

Só que não tenho mais interesse por essas coisas. Eles podem ficar com tudo que conseguiram salvar.

Eu me importava era com David, o superior-geral, meu amigo desde uma noite, há muito tempo, em que, num impulso, entrei brusca e intempestivamente pela janela dos seus aposentos particulares no quarto andar.

David foi extremamente corajoso e digno. E eu gostava de olhar para ele, um homem alto, o rosto sulcado de linhas fundas e cabelo grisalho, cor de ferro. Eu imaginava se um homem jovem poderia possuir tamanha beleza. Mas o fato de me conhecer, saber o que eu era – esse foi sempre para mim seu maior encanto.

E se eu fizesse de você um de nós? Posso fazer isso, você sabe...

David jamais vacilou na sua convicção. "Nem no meu leito de morte eu aceitaria", eram suas palavras. Mas não podia esconder o fascínio que sentia por minha mera presença, embora tivesse sempre conseguido esconder de mim seus pensamentos, desde o começo.

Na verdade, sua mente tornou-se um cofre forte sem chave. Tive de me contentar com o afeto radiante refletido no seu rosto, com a voz suave e culta, capaz de convencer o Diabo a fazer o bem.

Agora, quando cheguei à Ordem, nas primeiras horas da madrugada, no meio da neve do inverno inglês, foi para a janela tão conhecida de David que me dirigi e encontrei os aposentos vazios e escuros.

Pensei no nosso encontro mais recente. Ele teria voltado para Amsterdã?

Daquela vez foi uma viagem inesperada, como descobri quando comecei a procurá-lo, antes que seu inteligente grupo de médiuns pudesse detectar a minha intrusão telepática – o que eles fazem com extrema eficiência – e me bloquear imediatamente.

Ao que parecia, um assunto de grande importância exigia a presença de David na Holanda.

A Ordem holandesa era mais antiga que a de Londres e mantinha no subsolo cofres fortes, para os quais só o superior-geral possuía a chave. David deveria localizar um retrato de Rembrandt, um dos tesouros mais preciosos da Ordem, mandar fazer uma cópia e remeter ao seu grande amigo Aaron Lightner, para uma importante investigação paranormal que estão realizando nos Estados Unidos.

Observei David em Amsterdã, dizendo a mim mesmo que não ia perturbá-lo como havia feito muitas vezes antes.

A uma distância segura, eu o segui enquanto ele caminhava rapidamente, tarde da noite, mascarando meus pensamentos com a mesma habilidade com que ele mascarava os seus. Que figura impressionante, sob os grandes olmos na rua Singel, parando uma vez ou outra para admirar as casas holandesas estreitas de dois e três andares, com cumeeiras altas e íngremes e janelas claras, todas descortinadas, aparentemente para o prazer dos que passavam por elas.

Quase imediatamente senti a mudança em David. Levava a bengala – que não precisava ainda – sobre o ombro, como sempre. Mas percebi uma ansiedade nos seus passos, um descontentamento evidente, e ele andou durante horas, como se o tempo não tivesse nenhuma importância.

Logo compreendi que David estava recordando o passado e vez ou outra eu conseguia apanhar uma imagem pungente da sua juventude nos trópicos, até mesmo visões rápidas de uma floresta verdejante, tão diferente desta fria cidade do norte, onde jamais fazia calor. Eu não havia sonhado ainda nem uma vez com o tigre. Não sabia o que isso podia significar.

Eram imagens de uma fragmentação torturante. David possuía uma indiscutível habilidade para proteger seus pensamentos.

Continuou a caminhar, parecendo às vezes estar sendo conduzido por uma força interna, e continuei a segui-lo, sentindo-me estranhamente reconfortado com o mero fato de vê-lo a alguma distância.

Se não fosse pelas bicicletas que passavam velozmente por ele, David pareceria um homem jovem. Mas as bicicletas o sobressaltavam, despertando o medo típico dos velhos de serem atropelados e feridos. Olhava com ar de censura para os jovens ciclistas. Depois, mergulhava outra vez nos próprios pensamentos.

Quase no fim da noite, ele inevitavelmente voltou para o prédio da Ordem. Sem dúvida, dormia durante grande parte do dia.

David caminhava novamente quando o alcancei outra noite, mais uma vez sem destino aparente. Andava a esmo pelas ruas estreitas de Amsterdã, calçadas com pedras. Parecia gostar daquela cidade tanto quanto gostava de Veneza e com razão, pois essas cidades, ambas densas e de cores escuras, apesar de todas as diferenças, têm um encanto semelhante. Veneza é uma cidade católica, rançosa e repleta de encantadora decadência. Amsterdã é protestante e, portanto, tão limpa e eficiente que às vezes me fazia sorrir.

Na noite seguinte, ele saiu outra vez para caminhar, assobiando baixinho, e compreendi que estava evitando a Ordem. Na verdade, David parecia estar evitando tudo e quando um dos seus amigos – outro inglês e membro da Ordem – o encontrou por acaso perto de uma livraria, na Leidsestraat, percebi pela conversa dos dois que David estava perturbado há algum tempo.

Os britânicos são muito formais quando argumentam e quando fazem o diagnóstico de certos assuntos. Mas consegui deduzir de toda aquela maravilhosa diplomacia o seguinte: David estava negligenciando seus deveres de superior-geral. Passava a maior parte do tempo fora da Ordem. Na Inglaterra, passava cada vez mais tempo na casa dos seus ancestrais, em Cotswolds. O que estava acontecendo?

David limitou-se a dar de ombros, como se não estivesse interessado na conversa. Fez um breve comentário a respeito de a Talamasca poder funcionar por um século sem um superior-geral. Era tão disciplinada e apegada às tradições e tinha tantos membros dedicados! E lá se foi ele, olhando os livros das livrarias, acabou comprando uma edição inglesa do *Fausto*, de

Goethe. Depois jantou sozinho num pequeno restaurante indonésio com o livro à sua frente, lendo com avidez, enquanto saboreava a comida picante.

Enquanto David estava ocupado com o garfo e a faca, fui até a livraria e comprei um livro idêntico. Que estranha obra literária!

Não posso dizer que compreendi, nem explicar por que David o estava lendo. Na verdade, assustou-me a ideia de que a razão pudesse ser óbvia e eu a rejeitei imediatamente.

Mesmo assim, gostei do livro, especialmente do fim, quando Fausto vai para o céu, é claro. Acho que não acontecia isso nas lendas antigas. Fausto sempre ia para o inferno. Atribuí essa mudança ao otimismo romântico de Goethe e ao fato de ele ser muito velho quando escreveu o fim do livro. A obra de um ancião é sempre extremamente interessante e infinitamente digna de ser meditada, em especial, acredito, porque a força criativa abandona a maior parte dos artistas muito antes de envelhecerem.

Nas primeiras horas da madrugada, depois que David desapareceu no interior da Ordem, caminhei sozinho pela cidade. Queria conhecê-la porque ele a conhecia, porque a Ordem era parte da sua vida.

Percorri o enorme Rijksmuseum, examinando os quadros de Rembrandt que sempre amei. Entrei sorrateiramente, como um ladrão, na casa de Rembrandt, na Jodenbreestraat, transformada durante o dia num pequeno santuário para o público, e caminhei pelas várias ruas estreitas da cidade, sentindo o brilho esmaecido dos velhos tempos. Amsterdã é um lugar estimulante, repleto de jovens de toda a nova Europa homogeneizada, uma cidade que nunca dorme.

Provavelmente eu nunca teria vindo à verdadeira Amsterdã se não fosse por David. A cidade jamais me atraíra. E passei a achá-la agradável, uma cidade de vampiros por suas enormes multidões noturnas, mas na verdade era David que eu queria ver. Compreendi que não poderia ir embora sem trocar pelo menos algumas palavras com ele.

Finalmente, uma semana depois da minha chegada, eu o encontrei no Rijksmuseum vazio, logo depois do pôr do sol, sentado num banco, na frente do quadro *Os síndicos da guilda dos fabricantes de tecidos*.

Será que David de algum modo soube que eu tinha estado no museu? Impossível. Ainda assim, ali estava ele.

Sua conversa com o guarda – que estava de saída – deixou bem claro que sua ordem venerável de intrometidos obsoletos contribuía substancialmente para as artes das várias cidades onde tinham suas sedes. Assim, seus membros podiam entrar nos museus para apreciar suas obras preferidas fora do horário de visitas.

E pensar que eu tenho de entrar sorrateiramente nesses lugares como um ladrão vulgar!

O silêncio era completo nos grandes salões de mármore com teto alto. Aproximei-me dele. David estava sentado, segurando displicentemente com a mão direita o exemplar de *Fausto,* agora com as pontas das páginas dobradas e cheio de anotações nas margens.

Olhava atentamente para os holandeses de porte digno do quadro, reunidos em volta de uma mesa, sem dúvida tratando dos seus negócios, mas com os olhos sob as abas dos chapéus grandes e pretos fitos serenamente no espectador. Isso não traduz de modo algum o efeito total do quadro. Os rostos são caprichosamente belos, cheios de sabedoria, de bondade e de uma paciência quase angelical. Na verdade, mais parecem anjos do que homens comuns.

Parecem donos de um grande segredo que, se fosse descoberto por todos os homens, não haveria mais maldade nem guerras no mundo. Como aqueles indivíduos chegaram a ser síndicos da associação dos mercadores de tecidos de Amsterdã, no século XVII? Mas agora estou me afastando da minha história...

David sobressaltou-se quando apareci, saindo lenta e silenciosamente das sombras. Sentei ao lado dele no banco.

Eu estava vestido como um vagabundo, pois não tinha conseguido moradia decente em Amsterdã e meu cabelo estava emaranhado pelo vento.

Fiquei imóvel por um longo momento, abrindo a minha mente com um ato de vontade quase humano, deixando que ele visse o quanto eu estava preocupado com seu bem-estar e como, para seu bem, eu havia tentado deixá-lo em paz.

O coração de David disparou. Quando me voltei para ele, sua expressão era generosa e cheia de calor.

Estendeu a mão direita e segurou meu braço.

– Estou feliz por vê-lo, como sempre, muito feliz.

– Ah, mas eu lhe fiz mal. Sei que fiz. – Eu não queria contar que o tinha seguido, que ouvira a conversa com o companheiro da Ordem, nem comentar sobre o que tinha visto com meus próprios olhos.

Prometi a mim mesmo não atormentá-lo com a minha antiga pergunta. Porém, vi a morte quando olhei para ele, mais intensamente talvez devido à alegria que demonstrava e ao vigor que vi nos seus olhos.

David olhou para mim, longa e pensativamente, retirou a mão do meu braço e voltou a olhar para o quadro.

– Existe algum vampiro neste mundo com rosto igual a estes? – perguntou. Estendeu o braço mostrando os homens que olhavam para nós da tela enorme. – Estou falando do conhecimento e compreensão que vejo nesses rostos. Estou falando de algo mais indicativo de imortalidade do que um corpo paranormal que depende anatomicamente de se alimentar com sangue humano.

– Vampiros com rostos iguais a esses? David, isso não é justo. Não existem *homens* com esses rostos. Jamais existiram. É absurdo pensar que possam ter existido, e muito mais que Amsterdã estivesse cheia deles no tempo de Rembrandt, que todos os homens e mulheres que ele conheceu eram anjos. Não, é Rembrandt que você vê nesses rostos, e é claro que Rembrandt é imortal.

Ele sorriu.

– Não é verdade o que está dizendo. E que solidão desesperada emana de você. Não compreende que não posso aceitar o seu dom e, se aceitasse, o que ia pensar de mim? Continuaria a gostar da minha companhia? E eu da sua?

Eu mal ouvi essas últimas palavras, absorto no quadro, nos rostos daqueles homens que pareciam anjos. E uma raiva silenciosa me invadiu e eu não queria mais ficar ali. Eu havia desistido do ataque, mas mesmo assim David estava se defendendo de mim. Não, eu não devia ter vindo.

Vigiá-lo sim, mas não ficar muito tempo ao lado dele. Então, mais uma vez, com um movimento rápido preparei-me para partir.

David ficou furioso. Ouvi o som da sua voz no imenso espaço vazio.

– Não é justo você sair assim! Decididamente grosseiro! Será que não tem honra? Se não tem, o que me diz de boas maneiras? – E então ele se calou, pois eu não estava em lugar algum, tinha desaparecido. David estava falando sozinho no museu enorme e frio.

Senti-me envergonhado, mas furioso e ofendido demais para voltar, embora não soubesse bem por quê. O que eu havia feito para aquele homem? Marius certamente ia me censurar por isso.

Andei a esmo por Amsterdã durante horas, comprei papel de carta espesso, tipo pergaminho, o meu preferido, e uma caneta preta de ponta fina, automática, cuja tinta nunca acaba, e depois procurei uma taverna barulhenta e sinistra numa antiga zona de meretrício, com mulheres muito pintadas e jovens vagabundos drogados, onde poderia escrever uma carta para

David sem ser notado ou perturbado, desde que tivesse sempre uma caneca de cerveja à mão.

Eu não sabia o que escrever. Queria apenas dizer que lamentava muito o meu comportamento, e que alguma coisa havia se soltado na minha alma quando ele falou dos homens no quadro de Rembrandt, e então escrevi apressadamente e em forma de narrativa a seguinte carta:

Você tem razão. Foi desprezível o modo que o deixei. Pior, foi covardia. Prometo que, quando nos encontrarmos novamente, vou deixá-lo dizer tudo que tem a dizer.

Eu tenho uma teoria sobre Rembrandt. Passei muitas horas estudando seus quadros em todas as partes do mundo – em Amsterdã, Chicago, Nova York, nos lugares em que eles estão –, e, como falei, acredito que tantas almas tão perfeitas não poderiam ter existido como Rembrandt nos quer fazer acreditar.

Esta é a minha teoria e, por favor, quando ler esta carta, lembre-se de que ela acomoda todos os elementos envolvidos. E essa acomodação era outrora a medida da elegância das teorias... antes da palavra "ciência" passar a significar o que significa hoje.

Acredito que Rembrandt vendeu a alma ao demônio quando era jovem. Foi um negócio simples. O demônio prometeu que ele seria o pintor mais famoso do seu tempo e enviou milhares de mortais para que Rembrandt os retratasse. Deu-lhe riqueza, uma casa encantadora em Amsterdã, uma esposa e mais tarde uma amante, porque estava certo de que teria sua alma, no fim.

Mas o encontro com o demônio provocou uma mudança em Rembrandt. Depois de ver a prova inegável do mal, passou a ser atormentado pela seguinte pergunta: O que é o bem? Procurava nos rostos dos seus modelos a divindade interior e com surpresa viu que era capaz de encontrar uma fagulha dessa divindade nos homens mais desprezíveis.

Seu talento era tal que – e por favor, compreenda, o demônio não conferiu a Rembrandt nenhuma habilidade artística; ele possuía naturalmente esse talento – não só podia ver a bondade, como também podia reproduzi-la na tela, podia fazer com que seu conhecimento e sua fé nessa bondade impregnasse o todo.

A cada retrato ele compreendia mais profundamente a graça e a bondade que existiam nos homens. Compreendia a potencialidade de compaixão e de sabedoria que existe em cada alma humana. Sua arte foi se aperfeiçoando à medida que trabalhava; o vislumbre do infinito tornava-se cada vez mais sutil, a pessoa, cada vez mais particular, e mais grandioso e mais sereno o todo.

Finalmente, os rostos pintados por Rembrandt não eram mais rostos de carne e osso. Eram expressões espirituais, retratos do que havia no interior do corpo do homem ou da mulher, visões do que cada pessoa era no seu momento de maior grandeza, do que cada um havia se tornado a partir daquele momento.

Por isso os homens da associação dos mercadores de tecidos parecem todos com os mais antigos e mais sábios santos de Deus.

Contudo, em nenhum outro lugar essa intensidade espiritual manifesta-se com maior clareza do que nos autorretratos de Rembrandt. Sem dúvida, você sabe que ele nos deixou nada menos do que vinte e dois.

Por que acha que Rembrandt fez tantos autorretratos? Eram uma súplica para que Deus notasse o progresso deste homem que, observando outros iguais a ele, sofrera uma intensa transformação religiosa. "Esta é a minha visão do homem", disse Rembrandt a Deus.

Quando Rembrandt chegava ao fim da sua vida, o demônio começou a ter suspeitas. Não queria que seu servo criasse obras tão magníficas, tão repletas de calor e bondade. Acreditava que o povo holandês era materialista e, portanto, voltado para as coisas terrenas. E ali, nos quadros em que apareciam ricas roupas e objetos de valor, cintilava a prova inegável de que os seres humanos são completamente diferentes de qualquer outro animal do cosmo – são uma combinação preciosa de carne e chama imortal.

Bem, Rembrandt suportou todos os tormentos inventados pelo demônio. Perdeu a bela casa na Jodenbreestraat. Perdeu a amante e, por fim, até o filho. Contudo, continuou a pintar, sem nenhuma demonstração de amargura ou de perversidade, continuou a infundir o amor nas suas obras.

Finalmente estava no seu leito de morte. O demônio cabriolava de alegria, pronto para apanhar a alma de Rembrandt e apertá-la entre os dedos do mal. Mas os anjos e os santos imploraram a intervenção de Deus.

"No mundo inteiro, quem conhece melhor a bondade?", perguntaram, apontando para Rembrandt que agonizava. "Quem mostrou mais do que este pintor? Olhamos para seus retratos quando queremos saber o que há de divino no homem."

Então Deus desfez o acordo entre Rembrandt e o demônio. Tomou para si a alma do pintor e o demônio, recentemente roubado da alma de Fausto pela mesma razão, ficou furioso.

Bem, ele enterraria na obscuridade a vida de Rembrandt. Providenciaria para que todos os bens pessoais daquele homem e todos os registros sobre sua vida fossem engolidos pela corrente do tempo. Por isso, pouco sabemos sobre a verdadeira vida de Rembrandt ou que tipo de homem ele era.

Mas o demônio não pôde controlar o destino dos seus quadros. Por mais que tentasse, não conseguiu fazer com que fossem queimados, jogados fora ou postos de lado para dar lugar aos artistas mais novos. Na verdade, aconteceu uma coisa muito curiosa, aparentemente de origem desconhecida. Rembrandt tornou-se o mais admirado pintor que já existiu. Veio a ser o maior pintor de todos os tempos.

Essa é a minha teoria sobre Rembrandt e aqueles rostos.

Agora, se eu fosse mortal, escreveria um romance sobre Rembrandt com esse tema. Mas não sou mortal. Não posso salvar a minha alma através da arte ou de Boas Obras. Sou uma criatura igual ao demônio, com uma diferença: eu amo os quadros de Rembrandt!

Mas olhar para eles me parte o coração. Meu coração se partiu quando vi você no museu. E tem razão quando diz que não há vampiros com rostos iguais aos dos santos da guilda dos fabricantes de tecidos.

Por isso eu o deixei daquele modo no museu. Não foi com a raiva do demônio. Apenas com mágoa.

Outra vez prometo que, no nosso próximo encontro, eu o deixarei dizer tudo que tem para dizer.

Anotei o número do meu agente em Paris no fim dessa carta, ao lado do endereço postal, como fazia antigamente quando escrevia para David. Mas David jamais respondeu.

Então parti numa espécie de peregrinação, revisitando os quadros de Rembrandt em todas as grandes coleções do mundo. Não vi nada que abalasse minha crença na bondade de Rembrandt. Foi uma peregrinação de penitência, pois continuei a acreditar na minha teoria, mas resolvi nunca mais perturbar David.

Então o sonho voltou. *Tigre, tigre*... David em perigo. Acordei assustado na minha cadeira na pequena cabana de Louis – como se tivesse sido sacudido por alguém.

A noite estava quase no fim, na Inglaterra. Precisava me apressar. Mas quando finalmente o encontrei, David estava numa elegante taverna, numa cidadezinha em Cotswolds à qual só se pode chegar por uma estrada estreita e traiçoeira.

Era sua cidade natal, não muito distante da mansão dos seus ancestrais. Li as mentes das pessoas do lugar – um povoado com uma única rua, casas do século XVI, lojas, uma estalagem que dependia agora da inconstância dos turistas e a qual David havia restaurado com seu dinheiro e visitava com frequência cada vez maior para fugir da vida de Londres.

Decididamente um lugarzinho sinistro!

David, porém, estava tomando tranquilamente seu uísque e desenhando o demônio em guardanapos de papel. Mefistófeles com seu alaúde? Satanás com chifres dançando à luz da lua? Eu havia detectado sua depressão durante a viagem, ou melhor, a preocupação dos que o observavam. Tinha captado a imagem de David nas mentes deles.

Eu queria tanto falar com ele. Mas não ousava. Ia provocar muita confusão na pequena taverna, onde o preocupado velho proprietário e seus dois sobrinhos enormes e silenciosos estavam ainda acordados com seus cachimbos, em honra à presença do senhor local, que estava ficando bêbado como um gambá.

Observei através da janela durante uma hora e fui embora.

Agora, com a neve caindo sobre Londres, os grandes flocos deslizando pela fachada da Ordem da Talamasca, procurei por ele, num estado de completo desânimo, dizendo a mim mesmo que David era a única pessoa que eu devia ver. Perscrutei as mentes dos membros da Ordem, os que dormiam e os que estavam acordados. Despertei a atenção de todos. Ouvi os estalos das luzes se acendendo quando levantaram da cama.

Mas consegui o que queria antes que eles pudessem detectar a minha presença.

David fora para a mansão em Cotswolds, sem dúvida perto daquele curioso povoado com a simpática taverna.

Muito bem, eu podia encontrar a mansão, não podia? Parti à procura dele.

A neve passou a cair com maior intensidade enquanto eu viajava perto da terra, com frio e zangado, com a lembrança do sangue que havia tomado completamente evaporada.

Outros sonhos voltaram, como sempre acontece no mais rigoroso inverno, sonhos das neves terríveis da minha infância mortal, dos quartos e salas de pedra gelados do castelo do meu pai e o pequeno fogo na lareira e os mastins roncando na palha ao meu lado, me aquecendo.

Os cães foram mortos pelos lobos naquela caçada há tanto tempo.

Eu detestava essa lembrança, mesmo assim era sempre doce pensar que estava lá outra vez – com o cheiro limpo do fogo e daqueles cães fortes encostados em mim, e sentindo-me vivo, realmente vivo! – e que a caçada nunca foi feita. Eu nunca tinha estado em Paris, jamais havia seduzido o poderoso vampiro Magnus. O cheiro dos bons cães enchia o pequeno quarto de pedra e eu podia dormir ao lado deles e me sentir seguro.

Finalmente cheguei à mansão elisabetana nas montanhas, uma bela estrutura de pedra com telhados em declive, beirais estreitos e janelas de vidro espesso nas paredes grossas, muito menor do que a da Ordem, mas grande em sua própria escala.

Só uma fileira de janelas estava iluminada. Quando me aproximei, vi que eram da biblioteca e lá estava David, sentado na frente do fogo alto e crepitante.

Tinha nas mãos o diário com capa de couro que eu conhecia tão bem e escrevia rapidamente nele. Não percebeu que estava sendo observado. Uma vez ou outra consultava outro livro com capa de couro na mesa ao lado. Vi que era a Bíblia cristã, pelas colunas duplas de letra miúda, as páginas com bordas douradas e a fita para marcar.

Com pequeno esforço consegui ver que David lia o Livro do Gênesis, enquanto tomava notas. O exemplar de *Fausto* estava ao lado da Bíblia. O que, nesses dois livros, podia lhe interessar tanto?

A sala era forrada de livros e iluminada por uma única lâmpada de pé, atrás do ombro de David. Era como quase todas as bibliotecas dos climas frios – aconchegante e convidativa, com teto baixo de vigas aparentes e cadeiras de couro antigas e confortáveis.

O que a distinguia das demais, porém, eram as relíquias de uma vida em outros climas. Lá estavam as lembranças queridas de tantos anos.

A cabeça empalhada de um leopardo malhado na parede acima da lareira. A cabeça grande e preta de um búfalo pregada na parede da direita. Várias estátuas indianas de bronze espalhavam-se sobre as mesas e as prateleiras das estantes. Pequenos tapetes indianos enfeitavam o carpete marrom, na frente da lareira, da porta e das janelas.

E a pele longa do seu tigre-de-bengala estendida no centro do assoalho, a cabeça cuidadosamente preservada, com olhos de vidro e aquelas presas imensas que eu via com horrível clareza no meu sonho.

De repente, toda a atenção de David se concentrou na pele do tigre. Depois, desviando os olhos com dificuldade, voltou a escrever. Tentei ler sua mente. Nada. Nem sei por que me dei ao trabalho. Não havia sequer a insinuação da floresta pantanosa onde o animal provavelmente fora morto. Mas David olhou outra vez para o tigre e, esquecendo a caneta, concentrou--se nos próprios pensamentos.

Era um conforto para mim apenas olhar para ele, como eu sempre fazia. Notei vagamente várias fotografias na sombra da sala, de David quando jovem, muitas delas tiradas na Índia na frente de um confortável bangalô com varandas largas e telhado alto. Retratos da sua mãe e do seu pai. De David com os animais que tinha abatido. Isso explicaria meus sonhos? Ignorei a neve que caía, cobrindo meus ombros e até meus braços cruzados. Finalmente fiz um movimento. Faltava uma hora para o amanhecer.

Dei a volta na casa, encontrei uma porta nos fundos, fiz a fechadura se abrir com a minha mente e entrei no corredor pequeno e quente de teto baixo. Madeira antiga, impregnada com várias camadas de verniz. Com as mãos no batente da porta, vi de relance um grande bosque de carvalhos iluminado pelo sol e então as sombras me envolveram. Senti o aroma do fogo distante.

David estava de pé na outra extremidade do corredor acenando para que eu me aproximasse. Porém, alguma coisa na minha aparência o assustou. Ah, bem, eu estava coberto de neve e uma fina camada de gelo.

Entramos na biblioteca e sentei na poltrona, de frente para ele. David me deixou por um momento e fiquei olhando para o fogo enquanto o gelo e a neve que me cobriam derretiam com o calor. Eu me perguntava por que estava ali e como ia explicar. Minhas mãos estavam brancas como a neve.

David voltou com uma toalha grande e quente para mim. Enxuguei o rosto, o cabelo e depois as mãos. Uma boa sensação.

– Obrigado – falei.

– Você parecia uma estátua – observou David.

– Sim, é o que pareço agora, não é mesmo? Estou a caminho.

– O que quer dizer? – David sentou de frente para mim. – Explique.

– Vou para um lugar deserto. Imaginei um meio de acabar com tudo. Não é uma coisa simples.

– Por que quer fazer isso?

– Não quero mais viver. Essa parte é fácil. Não vejo a morte como vocês a veem. O caso não é esse. Esta noite eu...

Calei-me. Vi a velha mulher na cama limpa e arrumada, o robe estampado sobre o acolchoado de náilon. Então vi aquele estranho homem de cabelos castanhos olhando para mim, o homem na praia que me entregou a história ainda guardada no bolso interno do meu paletó.

Não significa coisa alguma. Seja lá quem for, você chegou tarde demais.

Por que me dar ao trabalho de explicar?

De repente, vi Claudia como se ela estivesse ali de pé em outro mundo, olhando para mim, esperando que eu a visse. É impressionante como nossas mentes podem evocar uma imagem tão real. Ela parecia estar ao lado da mesa de trabalho de David, na sombra. Claudia, que havia enfiado uma faca no meu peito. "Eu vou pôr você no seu caixão para sempre, pai." Mas acontece que ultimamente eu via Claudia o tempo todo, não é verdade? Ela estava sempre comigo, sonho após sonho...

– Não faça isso – disse David.

– Está na hora, David – murmurei, pensando vagamente no desapontamento de Marius.

Teria David ouvido o que falei? Talvez eu tivesse falado em voz muito baixa. Alguma coisa estalou no fogo, um pedaço de madeira caindo ou talvez a seiva ainda úmida da tora maior. Vi o quarto frio da casa da minha infância outra vez, e de repente eu estava abraçando um daqueles cães enormes, preguiçosos e fiéis. Ver um lobo matar um cão é uma cena monstruosa!

Eu devia ter morrido naquele dia. Nem o melhor dos caçadores poderia exterminar uma alcateia de lobos. E talvez esse seja o erro cósmico. Eu estava destinado a ir, se é que existe realmente essa continuidade, e adiantando-me demais, chamei a atenção do gênio do mal.

David, recostado na poltrona com um dos pés apoiado na grade da lareira, olhava para o fogo. Embora soubesse esconder muito bem suas emoções, percebi que estava chocado, talvez até mesmo um pouco desesperado.

– Não vai ser doloroso? – perguntou, olhando para mim.

Por um momento não entendi a pergunta. Mas então lembrei.

Com uma risada breve, respondi:

– Vim me despedir de você, perguntar se tem certeza da sua decisão. Achei que devia contar a você o que pretendo fazer e que esta é a sua última chance. De certo modo me pareceu justo. Está entendendo? Ou pensa que não passa de outra desculpa? Na verdade, não importa.

– Como Magnus na sua história – disse ele. – Você faria o seu herdeiro e entraria no fogo.

– Não é só uma história. – Eu não pretendia começar uma discussão e não sei por que meu tom parecia agressivo. – Sim, talvez seja isso mesmo. Francamente, eu não sei.

– Por que quer se destruir? – David estava desesperado.

Quanto eu havia ferido aquele homem! Olhei para o tigre com suas magníficas listras pretas sobre o pelo cor de laranja.

– Esse era um devorador de homens, não era? – perguntei.

David hesitou, como se não tivesse compreendido a pergunta, depois, acordando do devaneio, fez um gesto afirmativo.

– Sim. – Olhou para o tigre, depois para mim. – Não quero que você faça isso. Deixe para mais tarde, pelo amor de Deus. Não faça. Por que esta noite?

Não pude deixar de rir.

– É uma ótima noite para isso – respondi. – Não, eu já resolvi. – E de repente senti-me eufórico porque compreendi que estava falando sério! Não se tratava de um capricho passageiro. Eu jamais teria contado a David se não fosse verdade. – Já imaginei um método. Vou subir o mais alto possível antes de o sol aparecer no horizonte. Então, não terei onde me abrigar. O deserto é extremamente inóspito.

E morrerei em chamas. Não frio, como me senti naquela montanha, cercado pelos lobos. No fogo, como Claudia.

– Não, não faça isso – pediu David, ansioso, persuasivo. Mas não adiantou.

– Você quer o sangue? – perguntei. – Não demora nada. A dor é insignificante. Tenho certeza de que os outros não lhe farão mal. Ficará tão forte que nada poderão fazer contra você.

Outra vez, quase repetindo a história de Magnus, que me deixou órfão sem me avisar que Armand e seu grupo antigo podiam tentar destruir minha nova vida. E Magnus sabia que eu prevaleceria.

– Lestat, eu não quero o sangue. Mas quero que você fique aqui. Escute, pense no assunto por mais algumas noites. Nada mais. Por nossa amizade, Lestat, fique comigo agora. Não pode me conceder algumas poucas horas? E então, se tiver de fazer o que diz, não vou mais tentar impedi-lo.

– Por quê?

David estava realmente abalado.

– Deixe-me falar com você, tentar fazê-lo mudar de ideia.

– Você matou o tigre quando era jovem, certo? Na Índia. – Olhei para os outros troféus. – Eu vi o tigre no meu sonho. – David não respondeu. Parecia ansioso e perplexo. – Sei que o magoei – falei. – Fiz com que lembrasse da sua mocidade. Fiz com que sentisse o passar do tempo, como nunca havia sentido antes.

Vi no seu rosto que o tinha magoado com essas palavras. David apenas balançou a cabeça.

– David, aceite o meu sangue agora! – murmurei bruscamente, desesperado. – Você não tem mais um ano de vida. Posso sentir quando estou ao seu lado! Ouço a fraqueza do seu coração.

– Você não sabe de nada, meu amigo – disse David, paciente. – Fique aqui comigo. Eu lhe contarei tudo sobre o tigre, sobre aqueles dias na Índia. Depois disso cacei na África, e uma vez na Amazônia. Tantas aventuras. Eu não era o estudioso que sou agora...

– Eu sei. – Sorri. David jamais havia falado desse modo, nunca ofereceu tanto. – Tarde demais, David. – Mais uma vez, eu vi o sonho. Vi o cordão de ouro em volta do pescoço dele. Será que o tigre queria o cordão? Isso era absurdo. Tudo que restava era a sensação de perigo.

Olhei para a pele do animal, para aquele rosto que era pura maldade.

– Foi divertido caçar o tigre? – perguntei.

David hesitou. Depois respondeu, com relutância:

– Ele era um devorador de homens. Banqueteava-se com crianças. Sim, acho que foi divertido.

Eu ri baixinho.

– Ah, então temos isso em comum, eu e o tigre. Claudia espera por mim.

– Você não acredita nisso, acredita?

– Não. Acho que se acreditasse teria medo de morrer.

Vi Claudia com extrema clareza... um pequeno retrato em porcelana, cabelo dourado, olhos azuis. Algo de feroz e real na expressão, a despeito das cores suaves e da moldura oval. Algum dia possuíra aquele medalhão, pois era isso que eu estava vendo. Um medalhão. Senti um arrepio. Lembrei a textura dos cabelos dela. Mais uma vez, como se estivesse muito perto de mim. Se eu virasse a cabeça, ia vê-la ao meu lado, nas sombras, com a mão nas costas da minha cadeira. Não me virei. Eu ia perder a coragem se não saísse dali.

– Lestat! – disse David, com urgência. Ele lia a minha mente, procurando desesperadamente algo para dizer. Apontou para o meu casaco. – O que é isso no seu bolso? Alguma coisa que escreveu? Pretendia deixar para mim? Quero ler agora.

– Ah, isto é uma história estranha – falei. – Tome, pode ficar com ela, eu a deixo para você. – Era o melhor lugar para aquelas páginas, uma biblioteca. Talvez ficassem esquecidas entre os livros, numa daquelas estantes.

Tirei do bolso o envelope dobrado.

– Sim, eu já li. É engraçada. – Joguei o envelope no colo dele. – Um mortal idiota me deu, uma alma ignorante que sabia quem eu sou e teve coragem de jogar isso aos meus pés. Uma experiência curiosa. – Pensei nele em Veneza. Será que David o tinha visto, aquele jovem belo e curioso, deslizando pelo café enquanto conversávamos? Acho que não e eu estava cansado demais para perguntar.

– Explique melhor – disse David. Tirou as páginas do envelope. – Por que as guardou? Meu Deus, Lovecraft. – David balançou a cabeça.

– Eu já expliquei. Não adianta, David, não vai me dissuadir. Estou decidido. Além disso, essa história não significa coisa alguma. Pobre tolo...

O jovem tinha uma luz estranha nos olhos. O que havia de errado no modo como correu até mim na areia? No pânico da sua fuga desajeitada? Parecia uma coisa tão importante para ele! Ah, mas tudo isso era bobagem. Eu não me importava. Estava certo do que ia fazer.

– Lestat, fique aqui! – disse David. – Você prometeu que no nosso próximo encontro ia me deixar falar. Escreveu isso na carta. Está lembrado? Não falte com sua palavra.

– Bem, tenho de fazer isso, David. E você tem de me perdoar porque estou de partida. Talvez não exista céu nem inferno e não possamos nos encontrar no outro lado.

– E se existir? O que acontece?

– Você andou lendo demais a Bíblia. Leia a história de Lovecraft. – Com uma breve risada, apontei para as páginas que ele tinha na mão. – É melhor para a paz da sua mente. E fique longe do *Fausto,* pelo amor de Deus. Pensa mesmo que no fim os anjos aparecem para nos levar? Bem, talvez não a mim, mas a você?

– Não vá – disse ele, e a suavidade suplicante da sua voz me comoveu.

Mas eu já estava partindo.

Mal o ouvi dizer atrás de mim:

– Lestat, preciso de você. É o único amigo que tenho.

Palavras trágicas! Eu queria dizer que sentia muito, sentia muito por tudo aquilo. Só que era tarde demais. Além disso, acho que ele sabia.

Lancei-me para cima na fria escuridão da noite, contra a neve que caía. A vida me parecia insuportável, tanto no seu horror quanto no seu esplendor. A casa parecia pequena e acolhedora lá embaixo, com a luz das janelas iluminando a neve, a fina espiral de fumaça azul saindo da chaminé.

Pensei outra vez em David andando em Amsterdã, mas depois pensei nos rostos dos quadros de Rembrandt. E vi novamente o rosto de David iluminado pela luz do fogo da lareira. Parecia um homem pintado por Rembrandt. Sempre foi assim, desde que o conheci. E o que nós parecíamos, congelados para sempre na forma que tínhamos quando o Sangue Negro entrou em nossas veias? Claudia foi durante décadas uma criança pintada em porcelana. E eu era como uma estátua de Michelangelo, branco como o mármore – e tão frio quanto.

Eu sabia que ia cumprir a minha palavra.

Mas, se querem saber, há uma terrível mentira nisto tudo. Eu não acreditava que *pudesse* ser morto pelo sol. Não mais. Bem, de qualquer modo, ia tentar.

3

O deserto de Gobi.

Há milhares de anos, na era sáuria, como os homens a chamaram, lagartos gigantescos morreram nesta parte do mundo. Ninguém sabe como vieram parar aqui ou por que morreram. Seria naquele tempo uma região com grandes árvores tropicais e pântanos de água quente? Não se sabe. Tudo que temos agora é o deserto e milhões de fósseis que contam uma história fragmentada de répteis gigantescos, cujos passos certamente faziam a terra tremer.

Portanto, o deserto de Gobi é um imenso cemitério e o lugar mais apropriado para um vampiro enfrentar o sol. Deitei-me na areia por um longo tempo antes do nascer do sol, pondo em ordem meus últimos pensamentos.

O que eu tinha a fazer era subir até o limite máximo da atmosfera, dentro do sol nascente, por assim dizer. Então, quando ficasse inconsciente, começaria a despencar no calor terrível, e meu corpo se faria em pedaços no solo do deserto. Como poderia me enterrar na areia com a força da minha maléfica vontade, para me esconder, deitado em solo macio?

Além disso, se a força da luz fosse suficiente para me incendiar, despido e tão acima da Terra, talvez estivesse morto antes que meus restos se chocassem contra a areia firme.

Como se costuma dizer, naquele momento parecia uma boa ideia. Seria muito difícil me deter. Mesmo assim, imaginei se os velhos imortais sabiam dos meus planos e se estavam preocupados. Não enviei a nenhum deles mensagens de despedida nem emiti imagens, ao acaso, do que pretendia fazer.

Finalmente, a grande aurora começou a deslizar sobre a areia do deserto. Fiquei de joelhos, tirei a roupa e comecei a subir, com os olhos já ardendo, na fraca luz do começo do dia.

Para cima, mais para o alto, impulsionando o corpo bem além do ponto em que normalmente teria parado, até começar a flutuar por força própria. Eu não podia respirar no ar rarefeito demais e só com grande esforço conseguia me manter naquela altura.

Então a luz chegou. Tão imensa, tão quente, tão ofuscante que parecia um rugido ensurdecedor, mais do que uma visão aos meus olhos. Uma chama alaranjada e amarela envolvia tudo. Olhei diretamente para a luz, e tive a impressão de que água fervendo escorria dos meus olhos. Acho que abri a boca para engolir aquele fogo divino! De repente, o sol era meu. Eu o via, estendia o braço para tocá-lo. Então a luz me cobriu como chumbo derretido, paralisando-me numa tortura insuportável, e gritei, gritei muito. Mas não desviei o olhar, não caí!

Assim eu o desafio, céu! E de repente não havia palavras nem havia pensamentos. Meu corpo se contorcia, nadava na luz. E quando a escuridão e o frio se ergueram para me envolver – nada mais do que a perda da consciência –, percebi que começava a cair.

Senti o ar passando velozmente por mim, e parecia que as vozes dos outros me chamavam. No meio do barulho horrível e variado, ouvi distintamente uma voz de criança.

Depois, nada mais...

Ou estaria sonhando?

Estávamos num lugar muito pequeno, um hospital com cheiro de doença e de morte. Eu apontava para a cama e para a criança muito branca e pequena quase morta.

Ouvi um riso agudo. Senti o cheiro do óleo do lampião quando o apagaram.

– Lestat – disse ela. Como era bela sua voz pequena e fraca.

Tentei falar sobre o castelo do meu pai, a neve caindo e os cães que me esperavam. Era para onde eu queria ir. De repente ouvi o latido dos cães ecoando nas encostas cobertas de neve e quase vi as torres do castelo.

Mas então ela disse:

– Ainda não.

Era noite outra vez quando acordei. Estava deitado na areia do deserto. Os grãos de areia das dunas, trazidos pelo vento, cobriam com uma fina camada minhas pernas e meus braços. Todo o meu corpo doía. Até a raiz dos cabelos. A dor era tanta que não consegui fazer nenhum movimento.

Fiquei ali deitado durante horas. Uma vez ou outra deixava escapar um gemido fraco que de modo algum aliviava a dor. Cada vez que fazia um movimento, por menor que fosse, a areia arranhava como pó de vidro nas minhas costas, na parte de trás das pernas e nos calcanhares.

Pensei em todos que eu podia chamar para me socorrer. Não chamei ninguém. Só aos poucos compreendi que, se ficasse ali, logo o sol chegaria e eu arderia em chamas outra vez. E talvez não morresse.

Eu tinha de ficar onde estava, não tinha? Só um covarde procuraria se abrigar naquele momento.

Mas bastou olhar para minhas mãos, à luz das estrelas, e soube que não morreria. Eu estava queimando, sim, minha pele estava escura, enrugada, e sentia muita dor. Contudo, a morte não havia nem chegado perto.

Finalmente virei o corpo e encostei o rosto na areia – o que não era melhor do que olhar para as estrelas.

Então senti que o sol estava chegando. Comecei a chorar quando a imensa luz alaranjada espalhou-se por toda a Terra. Senti a dor nas costas e parecia que minha cabeça estava em chamas, que ia explodir, e que o fogo estava consumindo meus olhos. Eu estava fora de mim quando o manto escuro da inconsciência me envolveu, completamente atordoado.

Acordei na noite seguinte, sentindo areia na boca, areia cobrindo a agonia do meu corpo. Naquele momento, consegui sobreviver enterrando-me na areia.

Fiquei ali durante horas, só pensando que a dor era maior do que qualquer criatura podia suportar.

Finalmente arrastei-me para a superfície, gemendo baixinho como um animal ferido, e fiquei de pé, cada movimento intensificando a dor, e então, levado só pela vontade, ergui-me no ar e comecei a lenta jornada para o oeste noite adentro.

Meus poderes não haviam perdido a força. Ah, só a superfície do meu corpo estava ferida.

O vento era infinitamente mais macio do que a areia. Ainda assim, trouxe um tormento próprio, como dedos esfregando a pele queimada e puxando meus cabelos. Fazia arder as pálpebras e arranhava os joelhos.

Viajei de modo suave durante horas, dirigindo-me mentalmente para a casa de David e, com um alívio glorioso, ainda que momentâneo, desci na neve fria.

Era quase dia na Inglaterra.

Entrei pela porta dos fundos outra vez, cada passo um tormento. Quase às cegas, encontrei a biblioteca e caí de joelhos, ignorando a dor, e depois desabei sobre o tapete de pele de tigre.

Deitei a cabeça ao lado da cabeça do tigre com o rosto encostado nas mandíbulas abertas. Uma pele tão macia e espessa! Estendi os braços sobre as patas e senti as garras duras. Ondas de dor percorriam meu corpo. O tapete era quase sedoso e a biblioteca estava escura e fria. Em desbotadas visões silenciosas, vi as florestas pantanosas da Índia, vi rostos escuros e ouvi vozes distantes. Em certo momento, vi com clareza David quando era jovem, como no meu sonho.

Parecia um milagre, aquele jovem cheio de vida, cheio de sangue e de tecidos vivos, com olhos que eram verdadeiros milagres, um coração que pulsava e cinco dedos em cada mão.

Vi a mim mesmo andando em Paris nos velhos tempos quando era vivo. Estava com a capa de veludo vermelho, forrada com as peles dos lobos que matei no meu nativo Auvergne, sem desconfiar das coisas que espreitavam nas sombras, coisas que podiam me ver e se apaixonar por mim só porque eu era jovem, coisas que podiam tirar a minha vida só porque me amavam e porque eu acabara de exterminar uma alcateia de lobos...

David, o caçador! Com blusão tipo safári e aquela arma magnífica.

Aos poucos, percebi que a dor estava diminuindo. Bom e velho Lestat, o deus, recuperando-se com rapidez sobrenatural. A dor era como um brilho profundo que envolvia meu corpo. Eu me imaginei iluminando a sala com minha luz.

Senti o cheiro de mortais. Um criado entrou na biblioteca e saiu rapidamente. Pobre e velho homem. Meio adormecido, eu ri, pensando no que ele havia visto – um homem nu, com a pele escurecida e um tufo de cabelos louros emaranhados, deitado no tigre de David na sala escura.

De repente, senti o cheiro de David e ouvi outra vez o pulsar ruidoso do sangue correndo pelas veias de um mortal. Sangue. Eu estava tão sedento de sangue. Minha pele queimada e meus olhos em fogo clamavam por isso.

Cobriram meu corpo com uma manta macia de flanela, muito leve e fria. Em seguida, ouvi vários sons leves. David estava fechando as cortinas pela primeira vez naquele inverno, tomando cuidado para não deixar entrar a menor réstia de luz.

– Lestat – murmurou ele. – Deixe-me levá-lo para o porão, onde estará mais seguro.

– Não tem importância, David. Posso ficar aqui?

– Sim, é claro que pode. – Tão solícito.

– Obrigado, David.

Mergulhei no sono outra vez. A neve entrava pela janela do meu quarto no castelo, mas então tudo ficou diferente. Vi outra vez o pequeno leito no hospital e a criança deitada nele, e por sorte aquela enfermeira tinha saído para atender outra criança que chorava. Ah, que som terrível, terrível. Abominável para mim. Tive vontade de estar... onde? Em casa, em pleno inverno francês, é claro.

Dessa vez, estavam acendendo o lampião a óleo, não o apagando.

– Falei que não estava na hora. – O vestido era branco e com pequeninos botões de pérolas. E a delicada coroa de rosas em volta da cabeça.

– Mas por quê? – perguntei.

– O que foi que disse? – perguntou David.

– Estou falando com Claudia – expliquei. Ela estava sentada na poltrona de *petit point* com as pernas estendidas para a frente, as pontas dos pés juntas, apontadas para o teto. Os sapatos eram de cetim? Segurei seu tornozelo e o beijei, e, quando ergui os olhos, vi o queixo e as pestanas dela, que ria, jogando a cabeça para trás. Um riso delicado e rouco.

– Há outros lá fora – comentou David.

Abri meus olhos, embora o movimento das pálpebras fosse doloroso, e vi as sombras vagas dos objetos na biblioteca. O sol estava quase chegando. Senti as garras do tigre sob meus dedos. Ah, animal precioso. David estava perto da janela, olhando através de uma minúscula abertura entre duas cortinas.

– Lá fora – disse ele. – Vieram para ver se você está bem.

Imagine!

– Quem são? – Eu não os ouvia, não queria ouvir. Seria Marius? Certamente não eram os muito velhos. Por que iam se preocupar com aquilo?

– Não sei – respondeu David. – Mas estão lá.

– Você sabe como é – murmurei. – Se os ignorar, eles vão embora. – De qualquer modo, estava quase na hora do nascer do sol. – Terão de partir. Na verdade, não farão mal a você, David.

– Eu sei.

– Não leia a minha mente se não me deixar ler a sua.

– Não fique zangado. Ninguém vai entrar nessa sala para perturbá-lo.

– Sim, posso estar em perigo mesmo em repouso... – Eu queria dizer mais, alertar mais, mas lembrei que David era o único mortal que não precisava ser avisado. Talamasca. Estudiosos da paranormalidade. Ele sabia.

– Agora durma – disse ele.

Achei graça. O que mais eu podia fazer quando o sol nascia? Mesmo que iluminasse o meu rosto. Mas o tom de David era firme e tranquilizador.

Pensar que nos velhos tempos eu sempre dormia no caixão, e às vezes dava um polimento cuidadoso na madeira e depois no pequeno crucifixo, sorrindo por conta do carinho com que esfregava o corpo contorcido do Cristo massacrado, o filho de Deus. Eu gostava do forro de cetim do caixão, gostava da forma e do ato de me erguer dos mortos na luz do fim do dia. Mas nada disso existia nesse momento.

O sol estava chegando, o sol frio de inverno, da Inglaterra. Eu podia senti-lo e de repente tive medo. Sentia a luz estendendo-se sorrateira no chão lá fora e iluminando as janelas. A sala, no entanto, continuou escura, protegida pelas cortinas de veludo.

Vi crescer a chama do lampião a óleo e me assustei, porque sentia ainda tanta dor e porque era uma chama. Os pequeninos dedos dela segurando a chave dourada e aquele anel, presente meu, com o pequeno brilhante rodeado de pérolas. E o medalhão? Devia perguntar pelo medalhão? "Claudia, alguma vez eu tive um medalhão de ouro?"

A chama do lampião crescia cada vez mais. O cheiro outra vez. A mão com covinhas nas juntas. O cheiro de óleo pairava por todo o longo apartamento da Rue Royale. Ah, aquele velho papel de parede e os móveis delicados feitos a mão e Louis escrevendo na sua mesa de trabalho, o cheiro acre da tinta preta, a pena raspando o papel...

Sua mão pequenina tocou meu rosto, tão deliciosamente fria. O arrepio que me percorre o corpo quando algum dos outros toca *nossa pele*.

– Por que alguém iria querer que *eu* continuasse vivo? – indaguei. Pelo menos foi o que comecei a perguntar... e então perdi a consciência.

4

Amanhecer. A dor intensa ainda. Eu não queria fazer nenhum movimento. A pele no peito e nas pernas muito esticadas formigava, apenas uma variação da dor.

Nem a sede de sangue, feroz e implacável, nem o cheiro do sangue dos criados da casa me animavam a sair de onde estava. Sabia que David estava ali, mas não falei com ele. Achei que, se tentasse falar, ia chorar de dor.

Dormi e sei que sonhei, mas não consegui lembrar os sonhos quando abri os olhos outra vez. A luz do lampião me assustava, bem como a voz de Claudia.

Em certo momento, acordei falando com ela no escuro.

– Por que você? Por que você nos meus sonhos? Onde está a sua faca assassina?

Aliviado, vi chegar a aurora. Várias vezes tampei a boca para não gritar de dor.

Quando acordei na segunda noite, a dor tinha diminuído. Todo o meu corpo estava sensível, talvez em carne viva, como dizem os mortais. Mas a agonia intensa havia passado. Eu estava ainda deitado sobre a pele do tigre e o frio da sala era quase desconfortável.

As toras de madeira estavam empilhadas na parte de trás da lareira, encostadas nos tijolos escurecidos. Os gravetos para acender o fogo estavam prontos, com alguns pedaços de papel. Tudo preparado. *Ummm*. Alguém havia chegado perigosamente perto enquanto eu dormia. Ansioso, roguei que os céus não tivessem permitido que eu tivesse estendido o braço e dominado a pobre criatura, como fazemos às vezes, em transe.

Fechei os olhos e escutei. Neve caindo do telhado, neve descendo pela chaminé. Abri os olhos e vi as gotas brilhantes de orvalho nas toras de madeira.

Então eu me concentrei e senti a energia saltar para fora de mim e alcançar os gravetos misturados com papel e envolvê-los imediatamente com as chamas dançantes. A casca espessa das toras de madeira começou a aquecer e empolar. O fogo logo estaria aceso.

Senti uma estranha pontada nas faces e na testa quando a luz do fogo ficou mais intensa. Interessante. Ajoelhei sobre a pele de tigre, depois fiquei de pé, sozinho na sala. Olhei para a lâmpada de bronze ao lado da poltrona de David e a acendi com um silencioso girar do botão de metal.

Vi roupas na poltrona, uma calça nova de flanela espessa e macia, camisa branca de algodão e um paletó velho de lã. Todas as peças eram um pouco folgadas para mim, até o chinelo forrado de pele. Eram de David. Mas eu queria me vestir. Havia também roupas de baixo de algodão, típicas do século XX, e um pente.

Não me apressei e senti apenas uma pequena sensação de latejamento quando o tecido tocou minha pele. Meu couro cabeludo doeu quando usei o pente. Por fim, eu apenas sacudi a cabeça até toda a areia cair sobre o tapete e desaparecer. Foi agradável calçar os chinelos. Mas o que eu queria mesmo era um espelho.

Encontrei um no corredor, velho e escuro com moldura dourada. A luz que vinha da biblioteca era suficiente para ver minha imagem.

Por um momento, não acreditei no que vi. Minha pele estava completamente lisa, limpa e sem marcas como sempre fora. Mas tinha agora uma cor ambarina, a cor da moldura do espelho, e um brilho discreto, como a pele de um mortal que tivesse passado as férias numa praia dos trópicos.

As sobrancelhas e pestanas brilhavam, como normalmente brilha o cabelo louro exposto ao sol, e as poucas linhas no meu rosto, deixadas pelo Dom das Trevas, estavam um pouco mais profundas. Estou falando de duas linhas em forma de vírgula nos cantos da minha boca, resultado de ter sorrido demais quando estava vivo, e de algumas tênues linhas nos cantos dos olhos, além de uma ou duas horizontais na testa. Gostei de encontrá-las pois havia muito tempo eu não as via.

Minhas mãos foram mais castigadas. Mais escuras do que o rosto, guardavam uma aparência muito humana, enrugadas, o que me chamou a atenção para o grande número de linhas que existe nas mãos dos mortais.

As unhas brilhavam ainda de um jeito que podia assustar os humanos, mas seria fácil esfregar um pouco de cinzas sobre elas. Meus olhos, é claro, eram outra conversa. Nunca pareceram tão brilhantes e iridescentes.

Mas tudo que eu precisava era de óculos cinzentos, opacos. Não eram mais necessários os óculos escuros para disfarçar o brilho da pele muito branca.

"Por todos os deuses, é uma maravilha", pensei, olhando para minha imagem no espelho. "Você parece quase um homem! Quase um homem!" A dor surda da queimadura tornou-se algo bem-vindo, pois me fazia lembrar a forma do meu corpo e seus limites humanos.

Senti vontade de gritar. Mas apenas rezei. "Que isto dure, e se não durar, vou fazer tudo de novo."

Então lembrei com sobressalto – a intenção era me destruir e não aperfeiçoar minha aparência para poder andar com maior liberdade entre os mortais. Eu devia estar morrendo. E se o sol do deserto de Gobi... Se aquele dia inteiro exposto ao sol e depois o segundo nascer do dia não conseguiram me matar...

"Ah, covarde", pensei. Podia ter pensado num meio de ficar na superfície do solo no segundo dia! Será que podia?

– Bem, graças a Deus, resolvi voltar.

Voltei-me e vi David no corredor. Acabava de chegar, o casaco pesado e escuro estava úmido de neve, bem como as botas.

Ele parou bruscamente e me examinou dos pés à cabeça, entrecerrando os olhos para ver melhor na sombra.

– Ah, a roupa serviu – comentou David. – Meu Deus, você parece um frequentador da praia, um desses jovens surfistas que vivem expostos ao sol.

Eu sorri.

David estendeu a mão – corajosamente, pensei –, segurou a minha e me levou para a biblioteca onde o fogo crepitava com vigor. Examinou-me outra vez.

– Não sente mais dor – disse, quase perguntando.

– Uma sensação, mas não exatamente o que se pode chamar de dor. Vou sair um pouco. Ah, não se preocupe. Voltarei. Estou com sede e preciso caçar.

No rosto inexpressivo e nos diminutos capilares dos olhos, eu vi a cor do sangue.

– Muito bem, o que você pensou? – perguntei. – Que eu tinha desistido?

– Não, é claro que não.

– Nesse caso, quer vir comigo só para ver?

David não respondeu, mas percebi que ficou assustado.

– Não se esqueça do que eu sou – falei. – Quando me ajuda, está ajudando o demônio. – Apontei para o exemplar de *Fausto* sobre a mesa. Ao lado da história de Lovecraft. *Ummm.*

– Você não precisa matar, precisa? – perguntou muito sério.

Mas que pergunta inconveniente.

– Eu gosto de tirar vidas – respondi, rouco, depois de um riso contido. Apontei para o tigre. – Sou um caçador, como você era antes. Acho divertido.

David olhou para mim por um longo momento, com uma expressão de espanto magoado, e depois assentiu como se aceitasse. Mas de modo algum podia aceitar.

– Jante enquanto eu estiver fora – falei. – Sei que está com fome. Pelo cheiro, sei que estão preparando o jantar em algum lugar dessa casa. E pode ficar certo de que vou jantar também.

– Faz realmente questão de que eu *o* conheça, não é mesmo? – disse ele. – Para que não haja nenhum sentimentalismo ou engano.

– Exatamente.

Arreganhei os lábios por um instante, mostrando minhas presas. Na verdade, são pequenas, nem podem ser comparadas às do leopardo ou do tigre, ao lado dos quais aparentemente ele gostava de estar. Mas isso sempre assusta os mortais. Mais do que isso: ficam chocados. Acho que enviam uma espécie de alarme primitivo aos seus corpos, que nada tem a ver com coragem ou sofisticação conscientes.

David empalideceu. Ficou imóvel, olhando para mim e depois, aos poucos, a expressão e o calor voltaram ao seu rosto.

– Muito bem – disse ele. – Estarei aqui quando voltar. Se você não voltar, vou ficar furioso! Juro que nunca mais falo com você. Se desaparecer esta noite, nunca mais terá sequer um meneio meu. Será um crime contra a hospitalidade. Compreendeu?

– Tudo bem, tudo bem! – Dei de ombros, embora estivesse comovido por David desejar minha presença. Eu fui sempre tão rude com ele. – Vou voltar. Além disso, quero saber.

– O quê?

– Por que você não tem medo da morte.

– Ora, *você* não tem medo, tem?

Não respondi. Vi o sol outra vez, a grande bola de fogo se transformando em terra e céu e estremeci. Então vi o lampião a óleo do meu sonho.

– O que foi? – perguntou David.

– Eu *tenho* medo de morrer – falei, assentindo enfaticamente. – Todas as minhas ilusões estão sendo destruídas.

– Você tem ilusões? – perguntou David, sinceramente.

– É claro que tenho. Uma delas é que ninguém pode recusar o Dom das Trevas, não conscientemente...

– Lestat, lembre-se de que você recusou.

– David, eu era um garoto. Fui obrigado. Lutei por instinto. Isso não teve nada a ver com recusar conscientemente.

– Não se menospreze. Eu acho que você teria recusado mesmo que compreendesse do que se tratava.

– Agora está falando das suas ilusões – comentei. – Estou faminto. Saia da minha frente, se não eu o mato.

– Não acredito. Acho melhor você voltar.

– Voltarei. Desta vez vou cumprir a promessa que fiz na carta. Você pode dizer tudo que tem para dizer.

Percorri as ruas estreitas e escuras de Londres. Estava perto da estação de Charing Cross, à procura de um assassino qualquer com muito sangue, mesmo que suas pequenas ambições só servissem para amargar a minha alma. Mas as coisas aconteceram de modo diferente.

Vi uma velha com um casaco imundo, panos enrolados nos pés, caminhando penosamente. Delirante e quase congelada, sem dúvida ia morrer antes do fim da noite. Gritava para quem quisesse ouvir que tinha fugido pela porta dos fundos do lugar em que quiseram prendê-la e jurava que nunca mais a apanhariam.

Formamos um belo par de amantes! Ela arranjou um nome para mim, envolto numa infinidade de lembranças, e lá estávamos os dois dançando na sarjeta. Eu a segurei nos braços por um longo tempo. Estava muito bem alimentada, como a maioria dos mendigos desse século, em que a comida é farta nos países do Ocidente. Eu bebi devagar, ah, bem devagar, saboreando e sentindo o sangue correr sob minha pele queimada.

Quando terminei, percebi que desde o começo eu estava sentindo muito frio. Estava muito sensível à menor mudança de temperatura. Interessante.

Odiei o vento que me açoitava. Talvez uma parte da minha carne ainda estivesse queimada. Eu não sabia. Senti o frio úmido nos pés e minhas mãos doíam tanto que tive de enfiá-las nos bolsos. Lembrei-me outra vez dos invernos gelados na França, no meu último ano em casa, do jovem senhor rural com uma cama de palha e só os cães por companhia. De repente, nem todo o sangue do mundo parecia suficiente. Precisava de mais, de muito mais.

Eram todos vagabundos miseráveis, condenados, atraídos para fora das suas pequenas casas de ripas de madeira para a noite gelada, ou pelo menos foi o que falei a mim mesmo, gemendo e me fartando no meio do fedor de suor rançoso, urina e catarro. Mas sangue é sangue.

Quando os relógios marcaram dez horas, eu continuava com sede e havia muitas vítimas possíveis, mas estava cansado e nada mais importava.

No sofisticado West End, entrei numa pequena loja escura, cheia de finas roupas masculinas – ah, a riqueza pré-fabricada desse tempo –, e escolhi uma calça de *tweed* cinzento, paletó cinturado, um suéter grosso de lã branca e até óculos escuros com delicada armação de ouro. Voltei para o frio da noite, para os flocos de neve rodopiantes, cantando e dançando sob a lâmpada da rua, como costumava fazer para Claudia e...

Tcham! Apareceu na minha frente um feroz e belo jovem com hálito de vinho, divinamente inconsistente, que enfiou uma faca no meu corpo, disposto a me matar pelo dinheiro que eu não tinha, o que me fez lembrar que eu era também um ladrão, pois tinha roubado todas aquelas finas roupas irlandesas. *Ummm.* Mas eu já não estava pensando, todo entregue ao abraço apertado, esmagando as costelas do filho da mãe, sugando seu sangue até deixá-lo seco como um rato no sótão. E ele caiu, espantado e em êxtase, com uma das mãos puxando dolorosamente meu cabelo.

O homem tinha algum dinheiro no bolso. Uma sorte. Deixei na loja para pagar as roupas que eu havia pego e, segundo meus cálculos, embora a despeito dos meus poderes sobrenaturais eu não seja muito bom em matemática, era uma quantia bastante justa. Escrevi um bilhete de agradecimento, que não assinei, é claro. Tranquei a porta da loja com alguns truques telepáticos e fui embora.

5

À meia-noite em ponto estava de volta à Talbot Manor. Era como se eu jamais tivesse visto a casa antes. Tive tempo de andar pelo labirinto no meio da neve, observando os desenhos dos arbustos podados, e imaginar como ficaria o jardim na primavera. Lindo e velho lugar.

Depois olhei os aposentos pequenos e escuros, construídos para servir de abrigo no rigoroso inverno inglês, e as pequenas janelas com caixilhos de chumbo, muitas delas iluminadas àquela hora e extremamente convidativas na noite gelada.

Evidentemente David já havia jantado, e os criados – um casal de velhos – trabalhavam ainda na cozinha, no térreo, enquanto o dono da casa trocava de roupa no quarto do segundo andar.

Eu o vi vestir sobre o pijama um robe longo e preto com lapelas e uma faixa de veludo preto que o fazia parecer um padre, embora fosse enfeitado demais para ser uma batina, especialmente com a echarpe de seda branca no pescoço.

Em seguida, ele desceu a escada.

Entrei por minha porta favorita, no final do corredor, e me aproximei de David, na biblioteca, quando ele se inclinou para atiçar o fogo.

– Ah, você voltou – disse ele, com mal-disfarçada satisfação. – Meu Deus, mas você entra e sai tão silenciosamente!

– Sim, é irritante, não é? – Olhei para a Bíblia sobre a mesa, o exemplar de *Fausto* e o pequeno conto de Lovecraft, ainda amarrotado, mas não dobrado. Lá estavam também a garrafa de cristal com o uísque e o copo também de cristal com fundo grosso e pesado.

Olhei para o conto de Lovecraft e me lembrei do jovem ansioso da praia. Seus movimentos eram tão estranhos. Um vago tremor percorreu meu corpo quando lembrei que ele havia me encontrado em três lugares diferentes.

Provavelmente eu jamais voltaria a vê-lo. Por outro lado... Eu tinha muito tempo para me preocupar com aquele mortal inconveniente. David estava agora nos meus pensamentos e era deliciosa a ideia de que tínhamos a noite toda para conversar.

– Onde foi que arranjou essa bela roupa? – perguntou David.

Seus olhos me examinaram lenta e cuidadosamente e ele notou meu interesse pelos livros.

– Ah, numa pequena loja em algum lugar. Eu nunca roubo a roupa das minhas vítimas, se é isso que está pensando. Além disso, sou viciado em gente da mais baixa classe, e eles nunca se vestem bem.

Sentei na poltrona de frente para ele, poltrona que passei a considerar minha. Couro macio, molas que rangiam, mas muito confortável, com espaldar alto e braços largos e sólidos. A cadeira de David era diferente na forma, mas igualmente confortável e um pouco mais usada.

David ficou de pé na frente da lareira, olhando para mim. Depois sentou. Tirou a tampa da garrafa de cristal, encheu o copo e o ergueu numa pequena saudação.

Tomou um gole demorado e fez uma careta quando a bebida aqueceu sua garganta.

Então, de repente, eu lembrei com extrema realidade aquela sensação. Lembrei-me de estar no jirau do celeiro, na França, tomando conhaque, fazendo aquela mesma careta e meu amigo e amante mortal, Nicki, tirando a garrafa das minhas mãos.

– Vejo que está bem outra vez – disse David, caloroso, abaixando um pouco a voz e olhando para mim. Recostou no espaldar e pousou o copo no braço da poltrona. Parecia muito digno, embora mais à vontade do que nunca. Seu cabelo espesso e ondulado estava elegantemente grisalho.

– Pareço estar bem? – perguntei.

– Está com aquele olhar malicioso – respondeu ele, em voz baixa, sem tirar os olhos de mim. – Vejo um leve sorriso nos seus lábios. Só desaparece por menos de um segundo quando você fala. E a pele... a diferença é notável. Espero que não esteja sentindo dor. Não está, certo?

Sacudi a mão no ar. Eu ouvia as batidas do coração de David. Um pouco mais fracas do que quando estávamos em Amsterdã. Uma vez ou outra irregulares.

– Por quanto tempo sua pele vai ficar escura assim? – perguntou.

– Anos, talvez, acho que foi o que me disse um dos anciãos. Não escrevi sobre isso no *Rainha dos Condenados*? – Pensei em Marius e na sua zanga, e no quanto ele desaprovaria o que eu tinha feito.

– Foi Maharet, sua anciã ruiva – disse David. – No seu livro, ela afirma ter feito exatamente a mesma coisa, só para escurecer a pele.

– Que coragem – murmurei. – E você não acredita que ela exista, acredita? Mesmo eu estando aqui sentado com você, agora.

– Ah, eu acredito nela. É claro que acredito. Acredito em tudo que você escreveu. Mas eu o conheço! Diga-me, o que aconteceu no deserto? Pensou mesmo que ia morrer?

– Sim, você tinha de fazer essa pergunta, David, e sem nenhum rodeio. – Suspirei. – Bem, não posso afirmar que acreditava realmente. É possível que fosse outra das minhas brincadeiras. Juro por Deus que não conto mentiras para os outros. Mas minto para mim mesmo. Acho que não posso morrer agora, pelo menos não por minhas próprias mãos.

David suspirou.

– Então, por que *você* não tem medo de morrer, David? Não quero atormentá-lo com minha antiga oferta. Para ser franco, não compreendo. Você não tem medo da morte e isso eu não sei explicar. Porque você *pode* morrer, é claro.

Será que ele começava a ter dúvidas? Não respondeu de imediato. Mas parecia interessado, isso eu podia perceber, podia ouvir seu cérebro trabalhando, embora não conseguisse ler seus pensamentos.

– Por que a peça do Fausto, David? Eu serei Mefistófeles? – perguntei. – Você é Fausto?

David balançou a cabeça.

– Eu posso ser Fausto – disse finalmente, depois do outro gole de uísque. – Mas você não é o demônio, isso é óbvio. – Suspirou.

– Mas estraguei tudo para você, não é verdade? Compreendi isso em Amsterdã. Você só fica na Ordem quando necessário. Eu não o estou enlouquecendo, mas tenho um péssimo efeito sobre você, não é verdade?

Também dessa vez ele não respondeu imediatamente. Olhou para mim com aqueles olhos grandes pretos e saltados enquanto estudava todos os ângulos da pergunta. As linhas profundas do seu rosto – na testa, nos cantos dos olhos e da boca – acentuavam a expressão amistosa e aberta. Não havia nenhum azedume naquele homem, mas havia infelicidade sob a superfície, envolta em considerações que se perdiam no tempo de uma longa vida.

– Teria acontecido de qualquer modo, Lestat – disse, finalmente. – Por muitas razões, não sou mais indicado para ser o superior-geral. Tenho certeza de que aconteceria de qualquer modo.

– Explique. Sempre pensei que você fosse o centro da Ordem, que ela era toda a sua vida.

David balançou a cabeça.

– Eu sempre fui um candidato pouco provável para a Talamasca. Já falei sobre a minha juventude na Índia. Eu poderia ter vivido para sempre daquele modo. Não sou um estudioso no sentido convencional da palavra, nunca fui. Contudo, como Fausto, eu faço parte do elenco. Estou velho e não resolvi os segredos do universo. Nem cheguei perto disso. Pensei que os tinha resolvido quando era jovem. Na primeira vez que tive uma... visão. Na primeira vez que conheci uma bruxa, a primeira vez que ouvi a voz de um espírito, a primeira vez que evoquei um espírito e o fiz atender o meu pedido. Pensei ter resolvido, mas isso não foi nada. São coisas terrenas... mistérios terrenos. Ou pelo menos, mistérios que eu jamais decifrarei.

Fez uma pausa como se quisesse dizer mais alguma coisa, alguma coisa especial. Em vez disso, apenas ergueu o copo e tomou um gole, distraidamente, sem fazer careta, pois aquele era sem dúvida seu primeiro drinque da noite. Olhou para o copo e serviu outra dose.

Irritava-me não poder ler seus pensamentos, não perceber a menor centelha do que estava por trás das suas palavras.

– Sabe por que me tornei um membro da Talamasca? – perguntou ele. – Não teve nada a ver com estudo ou conhecimento. Jamais pensei em ficar confinado na Ordem, afundado em papéis, enviando faxes para o mundo inteiro. Nada disso. Tudo começou com uma expedição de caça, uma nova fronteira, por assim dizer, uma viagem ao Brasil. Foi lá que descobri o oculto, nas pequenas e sinuosas ruas do Rio Antigo, e foi tão excitante e perigoso quanto as minhas caçadas ao tigre. Foi isso que me atraiu, o perigo. E como acabei ficando tão longe dele eu não sei.

Não respondi, mas algo ficou claro em minha mente. Conhecer-me significava perigo. David devia gostar desse perigo. Sempre pensei que se tratava de uma ingenuidade de estudioso, mas enfim compreendi que não era bem assim.

– Sim – disse David, arregalando os olhos com um sorriso. – Exatamente. Embora eu não possa acreditar que você seja capaz de me fazer algum mal.

– Não se engane – falei, de repente. – E você se engana, sabe muito bem. Você comete o antigo pecado. Acredita no que vê. Eu não sou o que você vê.

– Como assim?

– Ora, deixe disso. Eu pareço um anjo, mas não sou. As antigas normas da natureza abrangem muitas criaturas como eu. Somos belos como a cascavel ou como o tigre malhado, mas somos assassinos impiedosos. Você deixa que seus olhos o enganem. Mas não quero brigar com você. Conte essa história. O que aconteceu no Rio? Estou ansioso para saber.

Essas palavras me entristeceram. Eu queria dizer "se não posso ter você como meu companheiro vampiro, então deixe que o conheça como mortal". Era uma sensação de intenso prazer físico estar ali sentado ao lado dele.

– Está bem – disse David. – Você disse seus motivos e eu os aceito. Ser atraído por você anos atrás no auditório onde você cantava, vê-lo pela primeira vez que veio a mim, tudo isso possuía a tentação irresistível do perigo. E o fato de me tentar com sua oferta... isso também é perigoso, pois, como nós dois sabemos, eu sou apenas humano.

Recostei na cadeira, um pouco mais satisfeito, levantei a perna e apoiei o calcanhar no assento de couro da velha poltrona.

– Gosto que tenham um pouco de medo de mim – comentei, erguendo os ombros. – Mas o que aconteceu no Rio?

– Eu me vi frente a frente com a religião dos espíritos – disse ele. – O candomblé. Já ouviu essa palavra?

Dei de ombros outra vez.

– Uma ou duas vezes. Estou para ir até lá, talvez muito em breve.

Pensei nas grandes cidades da América do Sul, nas florestas tropicais e na Amazônia. Sim, eu tinha bastante disposição para essas aventuras, e o desespero que me havia levado ao deserto de Gobi parecia muito distante. Sentia-me feliz por estar vivo e em silêncio recusei a sentir-me envergonhado por isso.

– Ah, se eu pudesse visitar o Rio outra vez – disse David em voz baixa, mais para ele mesmo do que para mim. – É claro que não é mais o que era. Está cheio de arranha-céus e hotéis de luxo. Mas eu gostaria de ver a curva da praia outra vez, o Pão de Açúcar e o Cristo no alto do Corcovado. Acho que não existe uma paisagem mais deslumbrante em todo o mundo. Por que deixei passar tantos anos sem voltar lá?

– Por que você não pode ir? – perguntei, com um repentino senso de proteção. – Espero que aquele bando de monges em Londres não o impeça de viajar. Além disso, você é o chefe.

David riu com todo o seu cavalheirismo.

– Não, eles não me impediriam. O problema é saber se eu ainda tenho força tanto mental quanto física para a viagem. Mas isso não vem ao caso agora. Eu quero contar o que aconteceu. Ou talvez venha ao caso, eu não sei.

– Você tem meios para ir ao Brasil, se quiser?

– Sim, tenho, esse nunca foi o problema. Meu pai era um homem muito habilidoso quando se tratava de ganhar dinheiro. Como consequência, nunca precisei me preocupar muito com o assunto.

– Eu lhe daria o dinheiro se você não tivesse.

– Estou velho – retrucou ele, com um sorriso caloroso e tolerante. – Sinto-me só e um pouco tolo, como qualquer homem com um pouco de bom senso se sente. Mas não sou pobre, graças aos céus.

– Então, o que aconteceu no Brasil? Como começou?

David começou a falar e se calou.

– Você pretende mesmo ficar aqui? E ouvir o que quero contar?

– Sim. Por favor.

Compreendi que era o que eu mais desejava no mundo. Eu não tinha nenhum plano, nenhuma ambição, nenhum pensamento que não fosse o de ficar ali ao lado dele. Essa simplicidade me deixou atônito.

Mas David parecia relutar em confiar em mim. Então, alguma coisa mudou nele, que pareceu relaxar, ceder talvez.

Finalmente começou.

– Foi depois da Segunda Guerra Mundial. A Índia da minha infância tinha desaparecido, simplesmente desaparecido. Além disso, eu estava sedento por lugares novos. Organizei com meus amigos uma expedição de caça na Floresta Amazônica. Eu tinha uma verdadeira obsessão por aquela região. Queríamos caçar o jaguar sul-americano... – Apontou para a pele de um felino que eu não havia notado antes, montada num suporte num canto da sala. – Como eu desejava perseguir aquele felino.

– Ao que parece, você o encontrou.

– Não imediatamente – disse ele, com uma risada irônica. – Resolvemos começar a expedição com uns dias no Rio, umas duas semanas para conhecer a praia de Copacabana e todos os antigos pontos coloniais: mosteiros, igrejas e assim por diante. Naquele tempo, o centro da cidade era diferente, um labirinto de ruas pequenas e estreitas, repleto de uma maravilhosa arquitetura! Eu estava tão ansioso para ver tudo aquilo, tão entusiasmado com as características que me eram estranhas! É isso que leva os ingleses aos trópicos. Precisamos sair desta formalidade, desta tradição, e mergulhar numa cultura aparentemente selvagem a qual jamais poderemos compreender.

À medida que falava, David ficava mais vigoroso, mais cheio de energia, seus olhos brilhavam e as palavras fluíam rapidamente com aquele árido sotaque britânico que eu amava tanto.

– Bem, a cidade, é claro, ultrapassou todas as expectativas. Porém, nada era tão arrebatador quanto o povo. O povo do Brasil é diferente de qualquer outro que eu já vi. Para começar, são excepcionalmente belos, e, embora todos concordem com isso, ninguém sabe dizer por quê. Não, falo sério – disse ele, vendo o meu sorriso. – Talvez seja a mistura do português com o africano e um pouco de sangue indígena. Francamente não sei dizer. O fato é que são extraordinariamente atraentes, com uma voz sensual. É fácil se apaixonar pela voz deles, beijar essa voz. E a música, a bossa nova, sim, é a sua linguagem, sem dúvida.

– Você devia ter ficado lá.

– Ah, não! – disse ele, tomando outro gole de uísque. – Bem, continuando, eu me apaixonei, podemos dizer, por um garoto, Carlos, logo na primeira semana. Foi escandaloso. Fazíamos amor e bebíamos dia e noite, na minha suíte no Palace Hotel. Simplesmente obsceno.

– Seus amigos esperaram?

– Não, deram um ultimato. Venha conosco agora ou o deixamos aqui. Mas concordaram em levar Carlos na expedição. – Fez um gesto com a mão direita. – Eram todos cavalheiros sofisticados, naturalmente.

– Naturalmente.

– Mas foi um erro terrível. A mãe de Carlos era mãe de santo do candomblé, mas eu não sabia. Ela não gostou da ideia de levarmos o filho para a Floresta Amazônica. Queria que ele continuasse na escola. Por isso, mandou os espíritos atrás de mim.

Fez uma pausa, olhando para mim, talvez tentando avaliar minha reação.

– Deve ter sido muito divertido – falei.

– Eles me atacavam no escuro. Levantavam a cama do chão e me jogavam para longe! Fechavam as torneiras do chuveiro e eu quase me escaldava. Enchiam minha xícara de urina. Ao fim de uma semana, pensei que ia perder o juízo. Passei da irritação e da incredulidade para o puro terror. Os pratos voavam da mesa na minha frente. Sinos soavam nos meus ouvidos. Garrafas caíam das prateleiras. Aonde quer que eu fosse, via rostos escuros me vigiando.

– Você sabia que era a mulher?

– Não no começo. Só que Carlos confessou tudo. A mãe só ia retirar o feitiço quando eu fosse embora. Bem, parti naquela mesma noite. Voltei para Londres, exausto e quase prestes a perder o juízo. Mas não adiantou. Eles vieram comigo. Tudo recomeçou aqui em Talbot Manor. Portas batiam, móveis saíam do lugar, as campainhas tocavam o tempo todo na copa, no térreo, chamando os criados. Todo mundo estava perdendo o juízo. E minha mãe, que era um tanto espiritualista, sempre consultando médiuns por toda Londres, me levou à Talamasca. Contei toda a história e eles começaram a me explicar o candomblé e o espiritismo.

– Exorcizaram os demônios?

– Não, mas depois de uma semana de intenso estudo na biblioteca da Ordem e longas entrevistas com os poucos membros que tinham estado no Rio, consegui controlar os demônios. Foi uma surpresa geral. Quando resolvi voltar ao Brasil, ficaram atônitos. Advertiram que a mãe de santo tinha força suficiente para me matar.

"'Exatamente', respondi. 'Quero esse poder para mim. Serei seu aprendiz. Ela vai me ensinar.' Eles me pediram para não ir. Prometi um relatório por escrito quando voltasse. Pode compreender como me sentia. Eu tinha visto o trabalho daquelas entidades invisíveis. Senti seu contato, vi objetos voando por toda a parte. Pensei que o grande mundo do invisível estava se abrindo para mim. Eu *tinha* de voltar. Nada poderia me impedir. Nada."

– Sim, eu compreendo. Excitante como uma caçada.

– Exatamente. – David balançou a cabeça. – Bons tempos aqueles. Acho que eu acreditava que se a guerra não conseguiu me matar, nada mais conseguiria. – Mergulhou nas lembranças, esquecendo minha presença.

– Você enfrentou a mulher?

Ele fez um gesto afirmativo.

– Eu a enfrentei e a deixei impressionada, depois a conquistei. Disse que queria ser seu aprendiz. De joelhos, jurei que queria aprender, que não ia embora sem antes penetrar nos mistérios e aprender tudo que fosse possível. – David riu. – Aquela mulher jamais tinha visto um antropólogo, mesmo que fosse um amador, e acho que eu podia me chamar assim. De qualquer modo, fiquei um ano no Rio. E acredite, foi o ano mais notável da minha vida. Só deixei aquela cidade porque sabia que, se não o fizesse naquele momento, jamais a deixaria. David Talbot, o inglês, teria desaparecido.

– Aprendeu a invocar os espíritos?

David assentiu e outra vez estava vendo coisas que eu não podia ver. Parecia preocupado, tristonho.

– Eu escrevi tudo – disse, finalmente. – Está nos arquivos da Ordem. Muitas pessoas leram a minha história durante esses anos.

– Nunca pensou em publicar?

– Não posso. Sou membro da Talamasca e nunca publicamos fora do nosso círculo.

– Você receia ter desperdiçado sua vida, não é?

– Não, na verdade não... Mas o que falei antes é verdade. Eu não desvendei os segredos do universo. Jamais ultrapassei o ponto ao qual cheguei no Brasil. Sim, houve revelações chocantes depois disso. Lembro-me da minha incredulidade na primeira noite que li sobre os vampiros, e depois os momentos estranhos quando desci aos cofres fortes para ver as provas. Mas, no fim, foi igual ao candomblé. Só cheguei até certo ponto.

– David, o mundo vai sempre ser um mistério. Eu sei, pode acreditar. Se existe uma explicação, não é para nós, tenho certeza.

– Acho que tem razão – disse ele, tristemente.

– E acredito que você tem mais medo da morte do que quer admitir. Você adotou uma atitude obstinada comigo, baseada na moral, e eu não o censuro por isso. Talvez tenha idade e conhecimento suficientes para saber que não quer ser um de nós. Mas não fale da morte como se ela pudesse lhe dar todas as respostas. Tenho a impressão de que a morte é horrível. Você simplesmente para e não há mais vida, e nenhuma chance de saber coisa alguma.

– Não, não concordo, Lestat. Não posso concordar. – Olhou outra vez para o tigre e disse: – Alguém criou essa simetria assustadora, Lestat. Tem de haver um criador. O tigre e o cordeiro... não pode ter acontecido espontaneamente.

Balancei a cabeça.

– Há mais inteligência contida nesse antigo poema, David, do que na criação do mundo. Você fala como um episcopal. Mas entendo o que quer dizer. Já pensei nisso uma vez ou outra. Estupidamente simples. Tem de haver alguma coisa *nisto* tudo. Tem de haver! Tantas peças faltando. Quanto mais você pensa no assunto, mais os ateus parecem falar como fanáticos religiosos. Mas acho que é uma ilusão. Tudo não passa de um processo.

– Peças que faltam, Lestat. É claro! Imagine por um momento que eu construí um robô, uma réplica perfeita da minha pessoa. Suponha que passei para ele toda a informação possível das enciclopédias, você sabe, programei no seu cérebro de computador. Muito bem, infalivelmente chegaria o momento em que ele ia dizer: "David, onde está o resto? A explicação! Como tudo começou? Por que você não explicou o porquê do *big bang* que deu origem ao mundo, nem o que aconteceu quando os minerais e outros compostos inertes evoluíram de repente para formar células orgânicas? E o elo perdido no registro da evolução dos fósseis?"

Eu ri, encantado.

– E eu teria de revelar ao pobre robô – continuou David – que não existe explicação. Que eu não tenho as peças que faltam.

– David, ninguém tem. Nem jamais terá.

– Não tenha tanta certeza.

– Essa é a sua esperança, então? Por isso está lendo a Bíblia? Não conseguiu desvendar os segredos do universo e está voltando para Deus?

– Deus *é* o segredo do universo – respondeu David pensativamente, com ar meditativo, o rosto tranquilo e quase jovem. Balançava o copo que tinha na mão, talvez apreciando o reflexo da luz no cristal. Esperei que ele continuasse. – Acho que as respostas talvez estejam no Gênesis. Na verdade, acredito nisso.

– David, você me espanta falando assim em peças que faltam. O Gênesis é um monte de fragmentos. Lembra o que você me contou em Istambul, naquela noite na Hagia Sophia, de como os turcos atacaram a cidade e queimaram todos os livros relacionados com a Bíblia?! Todos aqueles textos antigos perdidos para sempre.

– Sim, mas restam fragmentos reveladores, Lestat. Deus criou o homem à sua imagem e semelhança. Acho que essa é a chave. Ninguém sabe o que isso significa. Os hebreus não acreditavam que Deus fosse um homem.

– Então, como pode ser a chave?

– Deus é a força criadora, Lestat. E nós também somos. Ele disse a Adão, "crescei e multiplicai-vos". Foi o que as primeiras células orgânicas fizeram, Lestat, cresceram e se multiplicaram. Não apenas mudaram de forma, mas triplicaram em número. Deus é a força criadora. Ele criou todo o universo a partir dele mesmo, por meio da divisão celular. Por isso, os demônios têm tanta inveja, os anjos caídos, quero dizer. Eles *não* são criaturas criadoras, não têm corpos nem células, são puro espírito. E acredito que não foi tanto por inveja quanto por suspeita de que Deus estava cometendo um erro criando Adão, outra máquina criadora, tão semelhante a Ele. Quero dizer, os anjos provavelmente achavam que o universo físico já era terrível, com todas aquelas células capazes de se reproduzir e seria pior com seres pensantes, com o poder da palavra, que podiam crescer e se multiplicar. Provavelmente acharam a experiência ultrajante. Esse foi o seu pecado.

– Então está dizendo que Deus não é puro espírito.

– Isso mesmo, Deus tem um corpo. Sempre teve. O segredo da vida, da divisão celular, está em Deus. E todas as células vivas têm uma pequena parte do espírito de Deus dentro delas, Lestat. Essa é a peça que falta para explicar a criação da vida, em primeiro lugar, que separa a vida da não vida. Exatamente como a gênese dos vampiros. Você disse que o espírito de Amel, uma entidade maléfica, está no corpo de todos os vampiros... Bem, os homens partilham assim também o espírito de Deus.

– Meu Deus, David, você está perdendo o juízo. Nós somos mutantes.

– Ah, sim, mas você existe no nosso universo e sua mutação reflete a mutação que nós somos. Além disso, outros chegaram a essa mesma teoria. Deus é o fogo e nós somos pequenas chamas e, quando morremos, essas chamas voltam ao fogo de Deus. Mas o importante é compreender que Deus é Corpo *e* Alma! Sem nenhuma dúvida.

"A civilização ocidental teve como base uma inversão. Mas acredito piamente que em nossos atos cotidianos conhecemos e honramos a verdade. Só quando falamos de religião dizemos que Deus é puro espírito, sempre foi e sempre será, e que a carne é má. A verdade está no Gênesis. Vou dizer o que foi a grande explosão, o *big bang*, Lestat. Foi quando as células de Deus começaram a se dividir."

– Uma bela teoria, David. Deus não ficou surpreso?

– Não, mas os anjos ficaram. Falo sério. Vou falar sobre a parte da superstição, a crença religiosa de que Deus é perfeito. Evidentemente Ele não é.

– Que alívio – falei. – Explica muita coisa.

– Agora você está sendo irônico. Não o culpo. Mas tem toda razão. Isso explica tudo. Deus cometeu muitos erros. Sem dúvida Ele sabe disso! E suspeito que os anjos tentaram avisá-Lo. O demônio se tornou demônio por tentar avisar Deus. Deus é amor. Mas não estou muito certo de que seja brilhante.

Por mais que eu tentasse, não conseguia disfarçar meu sorriso.

– David, se continuar com isso, vai ser atingido por um raio.

– Bobagem. Deus quer que os homens saibam.

– Não. Isso não posso aceitar.

– Quer dizer que aceita o resto? – perguntou ele com uma risada. – Não, estou falando sério. A religião é primitiva com suas conclusões ilógicas. Imagine um Deus perfeito permitindo a existência do demônio. Isso não faz sentido. A grande falha da Bíblia é a ideia de que Deus é perfeito. Representa uma falta de imaginação da parte dos antigos estudiosos. Essa crença é responsável por todas as impossíveis questões teológicas a respeito do bem e do mal que há séculos procuramos responder. Porém, Deus é o bem, é maravilhosamente bom. Sim, Deus é amor. Mas nenhuma força criadora é perfeita. Isso é evidente.

– E o demônio? Alguma coisa nova a respeito dele?

David olhou para mim com uma leve impaciência.

– Você é um ser tão cínico – murmurou.

– Não, não sou. Quero saber de verdade. É claro que tenho um interesse especial no demônio. Falo dele muito mais do que falo de Deus. Não compreendo por que os mortais o amam tanto, quero dizer, por que amam tanto a ideia da sua existência. Mas eles gostam.

– Porque não acreditam nele – disse David. – Porque um demônio perfeito é menos lógico do que um Deus perfeito. Imagine o demônio jamais ter aprendido coisa alguma durante todo este tempo, nunca ter mudado sua ideia de ser demônio. É um insulto à nossa inteligência.

– Então, qual é a sua verdade atrás da mentira?

– Ele não é simplesmente incapaz de ser redimido. É apenas uma parte do plano de Deus. Um espírito a quem foi concedida licença para tentar os humanos. Ele não aprova os seres humanos nem a experiência de Deus. A meu ver, essa é a natureza da queda do demônio. Ele pensou que a ideia não ia funcionar. Mas a chave, Lestat, é compreender que Deus é matéria! Deus é um ser físico, é o Senhor da Divisão Celular, e o demônio detesta permitir que essa divisão continue sem controle.

Mais uma vez, ele fez uma daquelas pausas irritantes, arregalando os olhos espantados.

– Tenho outra teoria sobre o demônio – prosseguiu ele.

– Diga.

– Há mais de um. E nenhum dos escolhidos gosta da tarefa que lhe foi confiada – disse isso quase num murmúrio. Parecia querer dizer mais, porém se calou.

Eu ri alto.

– Bem, *isso* eu posso compreender – falei. – Quem ia gostar de ser um demônio? E pensar que nenhum deles pode jamais sair vencedor. Especialmente considerando que o demônio era um anjo no começo de tudo, e, ao que dizem, muito inteligente.

– Isso mesmo. – Apontou para mim. – Sua história sobre Rembrandt. Se o demônio fosse inteligente, teria reconhecido o gênio de Rembrandt.

– E a bondade de Fausto.

– Ah, sim, você me viu lendo *Fausto* em Amsterdã, não viu? E por causa disso comprou um livro igual.

– Como sabe disso?

– O dono da livraria me contou na tarde seguinte. Um estranho francês louro chegou logo depois que eu saí e comprou o mesmo livro, depois ficou parado na rua, lendo, imóvel, durante uma hora. Com a pele mais branca que o homem já viu na vida. Só podia ser você.

Assenti e sorri.

– Eu faço essas bobagens. Não sei como ainda não fui apanhado numa rede por algum cientista.

– Não estou brincando, meu amigo. Você foi muito descuidado algumas noites atrás em Miami. Duas vítimas completamente sem sangue.

Confuso, a princípio fiquei calado e só depois de algum tempo disse que me admirava o fato de a notícia ter chegado até o outro lado do oceano. As asas sombrias do antigo desespero outra vez roçaram minha mente.

– Assassinatos estranhos são manchetes internacionais – disse ele. – Além disso, a Talamasca recebe relatórios sobre os mais variados assuntos. Temos pessoas que selecionam recortes dos jornais para nós, no mundo todo, e estão sempre enviando descrições de fatos relacionados com o paranormal para os nossos arquivos. "Vampiro assassino ataca duas vezes em Miami" foi a notícia que recebemos de várias fontes.

– Mas eles não acreditam que tenha sido um vampiro, você sabe que não.

– Eu sei, mas se você continuar vão acabar acreditando. Era o que você queria que acontecesse antes, com sua curta carreira de astro do rock. Você queria que eles percebessem. Não é inconcebível. E essa sua brincadeira com os assassinos em série! Está deixando uma boa pista.

Fiquei atônito. Minha caçada aos assassinos se estendera por quatro continentes. Nunca pensei que alguém pudesse fazer qualquer ligação entre aquelas mortes tão separadas, exceto Marius, é claro.

– Como foi que você descobriu?

– Já disse. Essas histórias sempre vêm parar em nossas mãos. Satanismo, vampirismo, vodu, feitiçaria, lobisomens, tudo passa pela minha mesa. É claro que a maior parte vai para o lixo. Mas sei reconhecer a verdade quando a encontro. E é muito fácil identificar os seus crimes. Já faz algum tempo que você procura esses criminosos. Deixa seus corpos expostos. O último você deixou num hotel onde foi encontrado uma hora depois de morrer. Quanto à mulher, também foi descuidado! O filho dela a encontrou no dia seguinte. O médico-legista não achou ferimentos em nenhuma das duas vítimas. Você é uma celebridade anônima em Miami, mais célebre do que o pobre homem morto no hotel.

– Não me importo nem um pouco – retruquei, zangado. Mas é claro que me importava. Deplorava minha falta de cuidado, mas não fazia nada para corrigi-la. Muito bem, precisava mudar isso. Nessa noite, tinha feito melhor? Parecia covardia procurar desculpas para meus atos.

David me observava com atenção. Uma de suas características dominantes era o espírito sempre alerta.

– Não é inconcebível – continuou ele – que você venha a ser apanhado.

Eu ri com desprezo incrédulo.

– Podem *trancá-lo* num laboratório, estudar você numa jaula de vidro.

– Isso é impossível. Mas é uma ideia interessante.

– Eu sabia! Você quer que aconteça.

Dei de ombros.

– Pode ser divertido por algum tempo. Escute, David, é impossível. Na noite em que apareci pela primeira vez como um astro do rock, aconteceu uma porção de coisas estranhas. O mundo mortal se juntou e cerrou fileiras. Quanto à mulher de Miami, foi um erro terrível. Não devia ter acontecido... – Parei de falar. E aqueles que tinham morrido em Londres naquela noite?

– Mas você tem prazer em matar – disse ele. – Você disse que era divertido.

A dor que me invadiu foi tão intensa que senti vontade de ir embora. Mas tinha prometido ficar. Continuei ali sentado, olhando para o fogo, pensando no deserto de Gobi, nos ossos dos grandes lagartos e na luz do sol enchendo o mundo todo. Pensei em Claudia. Senti o cheiro do pavio do lampião.

– Desculpe-me. Não tive intenção de ser cruel – disse ele.

– Ora, e por que não? Não posso imaginar um alvo melhor para a crueldade. Além disso, nem sempre sou muito bom para você.

– O que você quer? Qual é o seu maior desejo?

Pensei em Marius, em Louis, que tinha feito a mesma pergunta muitas vezes.

– O que pode redimir o que tenho feito? – perguntei. – Eu pretendia acabar com o assassino. Ele era um tigre devorador de homens, meu irmão. Eu o esperei na sombra. Mas a velha mulher… era uma criança na floresta, nada mais. Porém, o que importa? – Pensei nas criaturas miseráveis daquela noite. Eu havia feito uma verdadeira carnificina nas vielas escuras de Londres. – Eu gostaria de lembrar sempre que não tem importância – continuei. – Minha intenção era salvá-la. Mas de que adiantaria um ato de misericórdia comparado com tudo que tenho feito? Não acredito que exista um Deus e um demônio. Agora, por que não continua sua conversa sobre religião? O mais estranho é que acho toda essa discussão reconfortante. Fale mais sobre o demônio. Sem dúvida, ele é passível de mudança. Ele é esperto. Deve sentir. Por que permanece estático?

– Exatamente. Você sabe o que diz o Livro de Jó.

– Diga-me outra vez.

– Bem, Satã está no céu, com Deus. Deus pergunta: "Por onde tem andado?" Satã responde: "Vagando pela Terra!" Uma conversa normal. Então começam a discutir sobre Jó. Satã acha que a bondade de Jó é baseada unicamente na sua boa sorte. Deus concorda em permitir que Satã atormente Jó. Este é o quadro mais próximo da verdade que nós possuímos. Deus não é onisciente. O demônio é seu bom amigo. A coisa toda não passa de uma experiência. E esse Satanás não se parece nem um pouco com *o* demônio que conhecemos, que o mundo todo conhece.

– Você está falando dessas ideias como se fossem seres reais…

– Eu acho que são reais – disse ele, calando-se e mergulhando outra vez nos próprios pensamentos. Depois de algum tempo, continuou: – Quero lhe dizer uma coisa. Na verdade, devia ter confessado isso há muito tempo. De certo modo, sou tão supersticioso quanto qualquer outro ser humano. Porque tudo isso é baseado numa espécie de visão, você sabe, o tipo de revelação que afeta a nossa mente.

– Não, eu não sei. Tenho sonhos, mas não revelações – falei. – Por favor, explique.

David voltou ao devaneio, olhando para o fogo.

– Não se feche para mim – pedi, suavemente.

– *Ummm*. Certo. Eu estava pensando em como posso descrever essa visão. Bem, você sabe que sou ainda um sacerdote do candomblé. Quero dizer, posso evocar forças invisíveis, espíritos maléficos, seres astrais, seja lá como queiram chamá-los... os *poltergeists*, os pequenos fantasmas. Isso significa que possuo a capacidade latente de ver espíritos.

– Sim. Suponho...

– Muito bem, eu vi uma coisa certa vez, uma coisa inexplicável, muito antes de minha viagem ao Brasil.

– E então?

– Antes do Brasil, eu não dei muita importância. Na verdade, foi tão perturbadora, tão inexplicável que eu já a tinha afastado da lembrança quando viajei para lá. Porém, agora, penso nela o tempo todo. Não me sai do pensamento. Por isso recorri à Bíblia, à procura de alguma sabedoria.

– Conte.

– Aconteceu em Paris, pouco antes da guerra. Eu estava passando alguns dias de folga com minha mãe. Estava num café na margem esquerda, nem lembro mais em qual café, só sei que era um belo dia de primavera e o tempo certo para estar em Paris, como diz a canção. Eu bebia cerveja e lia os jornais ingleses, e percebi que estava ouvindo uma conversa. – David deslizou outra vez para o devaneio. – Eu gostaria de saber o que aconteceu realmente – murmurou ele.

David inclinou-se para a frente, apanhou o atiçador e empurrou as toras, fazendo as fagulhas saltarem entre os tijolos escuros.

Eu queria desesperadamente trazê-lo de volta, mas esperei.

– Eu estava num café, como já disse – retomou ele.

– Sim.

– E percebi que ouvia uma conversa estranha... não era em inglês nem em francês... e aos poucos compreendi que não era em nenhuma língua conhecida, mas que eu conseguia entender. Larguei o jornal e procurei me concentrar. A conversa continuou. Era uma discussão. E de repente percebi que não podia dizer se as vozes podiam ou não ser ouvidas, no sentido convencional. Não tinha certeza de que outra pessoa pudesse estar ouvindo também! Olhei em volta. E lá estavam eles... dois seres, sentados a uma mesa, conversando, e por um momento, tudo me pareceu normal... dois homens conversando. Voltei ao jornal e tive uma sensação estranha. De completa desorientação. Só consegui contê-la com um forte ato de vontade. Eu precisava de uma âncora, fixar a atenção no jornal, depois na toalha da mesa, para deixar de flutuar. O ruído do café voltou como uma orquestra. Compreendi que eu tinha acabado de virar a cabeça e olhar para dois seres que não eram humanos. Voltei a olhá-los, obrigando-me a focalizar a vista, a tomar conhecimento das coisas. Lá estavam eles, e não havia dúvida de que eram uma ilusão. Simplesmente não eram iguais a nada que havia à minha volta. Compreende o que estou dizendo? Posso explicar com detalhes. Eles não eram iluminados pela mesma luz, por exemplo, existiam numa região onde a luz emanava de outra fonte.

– A luz em Rembrandt.

– Sim, bem parecida. Suas roupas e seus rostos eram mais macios e lisos do que os dos seres humanos. Toda a cena tinha uma textura diferente, que era uniforme em todos os detalhes.

– Eles o viram?

– Não. Quero dizer, não olharam para mim nem deram nenhum sinal de notar minha presença. Olhavam um para o outro e continuaram a falar, e eu captei o fio da conversa. Era Deus falando com o Diabo, dizendo que ele devia continuar o seu trabalho. O Diabo não queria. Explicou que estava há muito tempo nessa missão. Estava acontecendo com ele o que havia acontecido com todos os outros. Deus disse que compreendia, mas que o Diabo devia reconhecer a própria importância, não podia negligenciar seus deveres, não era tão simples assim, explicou, e que ele precisava ser forte. Tudo isso numa conversa amigável.

– Como eram eles?

– Essa é a pior parte. Eu não sei. Na ocasião, vi dois vultos vagos, masculinos, ou tendo assumido a forma de homens, podemos dizer, e de aparência agradável... nada monstruoso, nada fora do normal. Eu não notei a ausência de nenhuma particularidade, entende, cor do cabelo, traços faciais, essas coisas. As duas figuras pareciam completas. Mas quando tentei reconstruir o acontecimento, mais tarde, não consegui lembrar nenhum detalhe! Não acredito que a ilusão *fosse* tão completa. Acho que minha impressão de imagens completas teve origem em outra coisa.

– Que coisa?

– O conteúdo, o significado, é claro.

– Eles não o viram nem demonstraram saber da sua presença.

– Meu caro rapaz, eles tinham de saber que eu estava ali. Tinham de saber. Deviam estar fazendo aquilo para mim! Do contrário, por que permitiram que eu os visse?

– Eu não sei, David. Talvez não tivessem essa intenção. Talvez a verdade seja que algumas pessoas podem ver e outras não podem. Talvez uma pequena fenda na textura do tecido de tudo que existia à sua volta.

– Podia ser. Mas temo que não tenha sido. Acho que tudo foi feito para mim, para provocar algum efeito em mim. Esse é o horror, Lestat. Não causou um grande efeito.

– Você não mudou sua vida por causa daquilo.

– Não, de modo nenhum. Dois dias depois, eu duvidava de ter visto de fato alguma coisa. E cada vez que eu contava para outra pessoa, a cada confronto verbal seguido por "David, você está perdendo o juízo", tornava-se mais e mais incerto e vago. Não, eu nunca fiz coisa alguma a respeito.

– Mas o que podia fazer? O que se pode fazer a respeito de uma revelação, a não ser viver corretamente? David, de certo você contou aos seus amigos da Talamasca.

– Sim, sim, contei. Só que muito mais tarde, depois da minha viagem ao Brasil, quando arquivei minhas longas memórias, como deve fazer todo bom membro da instituição. Contei a história toda, exatamente como aconteceu, é claro.

– E o que eles disseram?

– Lestat, a Talamasca nunca diz muita coisa sobre qualquer assunto, essa é a verdade. "Nós observamos e estamos sempre presentes." Além disso não era o tipo de visão muito popular para ser assunto de conversa. Fale sobre os espíritos do Brasil que terá uma boa audiência. Mas o Deus dos cristãos e o seu demônio? Não, a Talamasca está sujeita a certos preconceitos e até se deixa levar por assuntos mais atuais, como qualquer outra instituição. Minha história fez erguer algumas sobrancelhas. Não me lembro de muita coisa além disso. Mas, quando você diz a cavalheiros que viu lobisomens, que foi seduzido por vampiros e conversou com fantasmas, o que espera que eles façam?

– Mas Deus e o Diabo – argumentei, com uma risada –, David, são os maiorais. Talvez tenham ficado com inveja de você.

– Não, eles não levaram a sério – disse ele, rindo também. – Para ser franco, estou surpreso por você ter acreditado.

David levantou de repente, agitado, foi até a janela e abriu um pouco a cortina. Ficou ali algum tempo, tentando ver alguma coisa na noite coberta de neve.

– David, o que acha que queriam que você fizesse?

– Não sei – respondeu com desânimo amargurado. – É isso que me preocupa. Tenho setenta e quatro anos e não sei. Vou morrer sem saber. E não há nenhuma indicação, portanto, que assim seja. Isso é uma resposta, esteja eu consciente para saber ou não.

– Volte para cá e sente, por favor. Quero ver seu rosto enquanto fala.

David obedeceu, quase automaticamente, sentou e estendeu a mão para o copo vazio, olhando outra vez para o fogo.

– Lestat, diga francamente. No seu íntimo, o que acha? Existe realmente um Deus ou um demônio? Quero saber de verdade, no que você acredita?

Pensei durante um longo tempo antes de responder.

– Acho que Deus existe. Não gosto de dizer isso. Mas acredito. E provavelmente existe também uma forma de demônio. Eu admito, é uma questão de peças que faltam, como dissemos antes. E você pode muito bem ter visto o Ser Supremo e seu adversário no café, em Paris. Mas faz parte do jogo desvairado o fato de nunca sabermos ao certo. Você quer uma explicação provável para o comportamento deles? Para o fato de permitirem que os visse brevemente? Queriam enredar você em alguma espécie de reação religiosa! Eles brincam conosco desse modo. Lançam visões e milagres e um pouco disto, um pouco daquilo, pedaços de revelação divina. E nós ficamos impressionados e procuramos uma igreja. Tudo é parte do jogo, parte da conversa infinita entre os dois. Quer saber de uma coisa? Eu acho que o que você viu, um Deus imperfeito e um demônio aprendendo, é tão bom quanto qualquer outra interpretação. Acho que você acertou em cheio.

Ele olhava atentamente para mim, mas não disse nada.

– Não – continuei. – Nosso destino não é saber as respostas. Nunca saberemos se nossas almas vão de corpo em corpo, no processo da reencarnação. Não vamos jamais saber se Deus criou o mundo. Se Ele é Alá, Jeová, Shiva ou Cristo. Se Ele existe. Ele levou os turcos a Istambul para destruir os livros porque continham conhecimentos demais. Ele ateou fogo na antiga biblioteca de Alexandria. Ele planta as dúvidas como planta as revelações. Somos todos seus títeres.

David continuou calado.

– Saia da Talamasca, David. Vá para o Brasil antes de ficar velho demais. Volte para a Índia. Veja os lugares que quer ver.

– Sim, acho que eu devia fazer isso – disse ele, em voz baixa. – Eles provavelmente cuidarão de tudo para mim. Os anciãos já se reuniram para tratar do problema de David e suas recentes ausências da Ordem. É claro que vão me aposentar com uma boa pensão.

– Eles sabem que você me vê?

– Ah, sim. Isso é uma parte do problema. Os anciãos proibiram qualquer contato. Muito engraçado, na verdade, uma vez que estão desesperados para pôr os olhos em você.

– Sim, eu sei. O que quer dizer com proibiram contato?

– Ah, apenas a advertência de praxe – contou ele, olhando para o fogo. – Tudo muito medieval, e baseado numa antiga diretriz: "Você não deve encorajar esse ser, nem iniciar ou prolongar uma conversa com ele; se ele persistir nas visitas, você deve fazer o possível para atraí-lo para um lugar de grande movimento. Todos sabem que essas criaturas detestam atacar quando estão no meio de mortais. E jamais, jamais tente descobrir segredos desse ser, nem acredite por um momento nas ideias que ele possa externar, pois essas criaturas são hábeis farsantes, e sabemos que, por motivos que não podem ser analisados, já levaram muitos mortais à loucura. Isso aconteceu com investigadores sofisticados e com pessoas inocentes com as quais os vampiros têm contato. Você deve comunicar imediatamente aos anciãos qualquer encontro, qualquer contato visual etc."

– Você sabe mesmo isso de cor?

– Eu escrevi essa diretriz – confessou ele, com um sorriso. – Tenho repetido essas palavras para muitos membros, através dos anos.

– Eles sabem que estou aqui agora?

– Não, é claro que não. Deixei de comunicar nossos encontros há muitos anos. – Ficou algum tempo absorto em pensamentos e então perguntou: – Você procura Deus?

– É claro que não – respondi. – Não posso imaginar maior perda de tempo, mesmo para quem tem todo o tempo do mundo. Acabei com todo tipo de procura. Agora olho o mundo à minha volta procurando a verdade, a verdade escondida nas coisas físicas e na estética, verdades que posso abraçar por completo. Dou valor à sua visão, por se tratar de você, e eu te amo por ter me contado. Mas isso é tudo.

David recostou na cadeira e olhou para as sombras da sala.

– Não tem importância, David. Daqui a algum tempo você vai morrer. E provavelmente eu também.

Seu sorriso carinhoso dizia que para ele isso era uma espécie de piada.

Durante um longo silêncio, ele serviu outra dose de uísque no copo de cristal e bebeu mais devagar do que antes. Não estava nem perto de ficar embriagado. Percebi que era o que ele queria. Quando eu era mortal, sempre bebia para me embriagar. Mas naquele tempo eu era muito jovem e muito pobre, tendo um castelo ou não, e em geral a bebida não prestava.

– Você procura Deus – disse ele, com uma pequena inclinação da cabeça.

– Mas que inferno, é claro que não procuro! Você é muito cheio de autoridade. Sabe muito bem que não sou o jovem que está vendo.

– Ah, não posso me esquecer disso, tem razão. Mas você jamais suportou o mal. Se disse pelo menos a metade da verdade nos seus livros, está farto de maldade desde o começo. Daria qualquer coisa para descobrir o que Deus quer de você, para fazer a vontade Dele.

– Você está caducando. Trate de fazer seu testamento.

– Aaah, tão cruel – disse ele, com seu sorriso radiante.

Eu ia continuar a falar, mas algo me distraiu. Alguma coisa no meu consciente. Sons. Um carro passando muito devagar na estrada estreita que levava ao povoado, no meio de toda aquela neve.

Procurei descobrir mentalmente do que se tratava, mas não captei nada, só a neve caindo e o carro seguindo com cautela. Pobre e triste mortal dirigindo no meio do campo àquela hora. Eram quatro horas da manhã.

– É muito tarde – falei. – Preciso ir. Não quero passar outra noite aqui, embora você tenha sido muito bom para mim. Não tem nada a ver com outras pessoas ficarem sabendo. Simplesmente prefiro...

– Eu compreendo. Quando o verei outra vez?

– Talvez antes do que pensa – falei. – David, diga uma coisa. A outra noite, quando eu saía, decidido a me incinerar no deserto de Gobi, por que disse que sou seu único amigo?

– Você é.

Silêncio.

– Você também é o meu único amigo, David.

– Aonde você vai?

– Não sei. Voltar para Londres, talvez. Quando eu atravessar o Atlântico de novo, eu te aviso, está bem?

– Sim, avise-me. Nunca... nunca pense que eu não o quero ver, nunca mais me abandone.

– Se eu pensasse que posso ser bom para você, se tivesse certeza de que deixar a Ordem e voltar a viajar seria bom para você.

– Ah, mas é. Não pertenço mais à Talamasca. Nem sei se confio nela ou nos seus objetivos.

Eu queria dizer mais – dizer quanto o amava, que tinha procurado abrigo sob o seu teto e que jamais me esqueceria que ele me protegeu, e que faria tudo que ele quisesse, qualquer coisa.

Mas me pareceu inútil dizer tudo isso. Não sei se ele teria acreditado nem que valor daria a essas palavras. Eu continuava convencido de que me ver não era bom para ele. Eu não tinha comprometido sua sanidade, mas provoquei uma grande insatisfação e não restava muita coisa mais nesta vida para ele.

– Sei de tudo isso – disse David com aquele sorriso outra vez.

– David, o relatório das suas aventuras no Brasil. Você tem uma cópia aqui? Posso ler?

David foi até a estante com porta de vidro perto da sua mesa de trabalho. Examinou vários papéis durante um longo tempo, depois retirou duas grandes pastas de couro da estante.

– Isto é a minha vida no Brasil, o que escrevi na floresta mais tarde, numa pequena máquina de escrever portátil sobre uma mesa de campanha, antes de voltar para a Inglaterra. É claro que fui procurar o jaguar. Eu tinha de fazê-lo. Mas a caçada não foi nada comparada com minhas experiências no Rio, absolutamente nada. Esse foi o ponto decisivo, você compreende. Acredito que escrevi tudo isso como uma tentativa desesperada de voltar a ser um inglês, de me distanciar do povo do candomblé, da vida que eu estava levando com eles. Meu relatório para a Talamasca foi retirado deste material.

Eu apanhei a pasta, agradecido.

– E isto – disse ele, estendendo a outra pasta – é um breve resumo dos meus tempos na Índia e na África.

– Eu gostaria de ler também.

– A maior parte é de histórias de caçadas. Eu era jovem quando escrevi isso. São cheias de grandes espingardas de caça e muita ação! Foi antes da guerra.

Apanhei a segunda pasta, depois me levantei como um cavalheiro.

– Eu falei a noite toda – disse ele, de repente. – Muito rude da minha parte. Talvez você tivesse alguma coisa para dizer.

– Não, de modo nenhum. Era exatamente o que eu queria.

Estendi a mão e ele a apertou. Impressionante a sensação dos seus dedos na carne queimada.

– Lestat – disse ele –, este pequeno conto... de Lovecraft. Quer levar ou prefere que eu o guarde para você?

– Ah, sim, é uma história interessante, quero dizer, o modo como me deram *isso*.

Guardei a história no bolso. Talvez eu a lesse outra vez. Minha curiosidade voltou, acompanhada por uma forte suspeita. Veneza, Hong Kong,

Miami. Como aquele estranho mortal conseguiu me encontrar nesses três lugares e como percebeu que eu o tinha visto?

– Não quer me contar? – perguntou David, gentilmente.

– Quando eu tiver mais tempo", eu conto. – "Especialmente se eu encontrar aquele homem outra vez", pensei. Como é que ele conseguia?

Saí de modo civilizado, deliberadamente batendo de leve a porta lateral da casa.

Estava quase amanhecendo quando cheguei a Londres. E, pela primeira vez em muitas noites, fiquei feliz com meus novos poderes e com a sensação de segurança que eles me transmitiam. Eu não precisava de caixão nem de esconderijos escuros, somente de um quarto protegido contra a luz do sol. Um hotel elegante com cortinas pesadas forneceria o conforto e a paz que eu procurava.

E algum tempo para me instalar ao lado da luz quente de uma lâmpada de mesa para começar a ler a aventura de David no Brasil, que eu ansiava com verdadeiro prazer.

Não tinha quase nenhum dinheiro comigo, graças ao meu descuido e à minha loucura, por isso usei todo meu poder de persuasão com os funcionários do velho e venerável Claridge para que aceitassem o número do meu cartão de crédito, embora não tivesse o cartão comigo. Depois de assinar – Sebastian Melmoth, um dos meus pseudônimos favoritos –, fui conduzido a uma acolhedora suíte num andar alto com encantadora mobília estilo rainha Anne e com todo o conforto que eu podia desejar.

Dependurei no lado de fora da porta o aviso de que não queria ser perturbado, avisei na portaria para não me chamarem antes do pôr do sol, depois tranquei as portas por dentro.

Não tive tempo para ler. A manhã estava chegando atrás do céu cinzento e a neve continuava a cair com flocos grandes e macios. Fechei todas as cortinas, exceto uma, para ver o céu, e fiquei de frente para a janela, esperando o espetáculo da chegada da luz, ainda um pouco temeroso da sua fúria, o medo acentuando o ardor na minha pele.

David não me saía da lembrança. Eu pensava constantemente na nossa última conversa. Ouvia sua voz e tentava imaginar sua fragmentada visão de Deus e do Diabo no café. Mas a minha posição era simples e previsível. Para mim, David estava dominado por ilusões bastante confortadoras.

E logo ele me seria tomado. A morte o reclamaria em pouco tempo. Só me restariam aqueles manuscritos sobre sua vida. De modo nenhum eu podia acreditar que ele viesse a descobrir mais respostas depois de morto.

Mesmo assim, na verdade surpreendeu-me o rumo da conversa, a energia de David e as coisas interessantes e estranhas que tinha dito.

Absorto nesses pensamentos e olhando o céu cinzento e a neve que se empilhava na rua lá embaixo, de repente fui acometido por uma vertigem – na verdade, um momento de completa desorientação, como se estivesse mergulhando no sono. Era uma experiência agradável, uma leve vibração, acompanhada por uma sensação de imponderabilidade, como se eu estivesse flutuando do mundo real para dentro dos meus sonhos. Em seguida veio a pressão que eu havia sentido levemente em Miami – uma contração de todo meu corpo para dentro, e a imagem assustadora de todo meu ser sendo espremido para fora, pelo topo da cabeça!

Por que aquilo estava acontecendo? Estremeci, como havia feito na praia da Flórida. E imediatamente tudo passou. Voltei ao normal, um tanto irritado.

Havia alguma coisa errada com a minha anatomia bela e quase divina? Impossível. Eu não precisava que os anciãos me garantissem essa impossibilidade. Estava pensando se devia me preocupar, esquecer a experiência ou talvez tentar repeti-la por meio da minha vontade, quando bateram à porta.

Uma interrupção bastante inconveniente.

– Uma mensagem para o senhor. O cavalheiro pediu que fosse entregue pessoalmente.

Devia ser engano. Abri a porta.

O homem me entregou um envelope. Grosso, pesado. Por um segundo, fiquei imóvel. Tirei do bolso a nota de uma libra, o que tinha restado do dinheiro do ladrão que ataquei naquela noite, dei ao empregado do hotel e fechei a porta.

Era um envelope exatamente igual ao que o mortal lunático havia me dado em Miami. E a sensação! A mesma que tinha experimentado quando meus olhos pousaram naquela criatura estranha. Ah, mas não era possível...

Abri o envelope com mãos trêmulas. Era outro conto impresso tirado de um livro, exatamente como o primeiro, e grampeado no canto superior esquerdo do mesmo modo!

Fiquei atônito! Como aquele ser estranho podia ter me seguido até ali? Ninguém sabia onde eu estava! Nem mesmo David. Bem, havia os cartões de crédito, mas, Deus do céu, qualquer mortal levaria horas para me localizar por esse meio, se isso fosse possível – o que não era.

E o que tinha a sensação a ver com tudo isso – a estranha vibração e a pressão para dentro do meu corpo?

Mas eu não tinha mais tempo para pensar no assunto. Estava amanhecendo!

Imediatamente percebi o perigo. Por que diabo eu não havia compreendido isso antes? Aquele ser tinha meios de saber onde eu estava – até mesmo onde eu resolvia me esconder durante o dia! Precisava sair daquela suíte do hotel. Que situação ridícula!

Tremendo de irritação, fiz um esforço para ler rapidamente aquelas poucas páginas. "Os olhos da múmia", de Robert Bloch. Um pequeno conto inteligente, mas o que podia significar para mim? Pensei no conto de Lovecraft, muito mais longo e que me parecia diferente. Que diabo significava tudo aquilo? A aparente idiotice do fato me deixou furioso.

Entretanto, era tarde demais para pensar a respeito. Apanhei os manuscritos de David e deixei o quarto, passei por uma saída de incêndio e subi para o telhado. Revistei mentalmente a noite, em todas as direções. Não consegui encontrar o filho da mãe! Sorte dele. Se o encontrasse, eu o destruiria. Quando se trata de proteger meu esconderijo diurno, não tenho muita paciência nem penso duas vezes.

Subi para a noite, percorrendo quilômetros com a maior velocidade possível. Finalmente desci num bosque coberto de neve, ao norte e bem distante de Londres, e cavei a terra congelada, como havia feito tantas vezes, para fazer meu abrigo.

Estava furioso por ser obrigado a fazer aquilo. Simplesmente furioso. Vou matar esse filho da mãe, pensei, seja ele que diabo for. Como se atreve a me seguir, atirando essas histórias no meu rosto! Sim, é o que vou fazer: assim que o encontrar, eu o mato.

Mas então chegou o sono, o desligamento, e logo nada importava...

Sonhei outra vez e lá estava ela, acendendo o lampião e dizendo: "Ah, a chama não o assusta mais..."

"Está fazendo pouco de mim", falei, sentindo-me muito infeliz. Estava chorando.

– Ah, mas, Lestat, você tem o dom de se refazer rapidamente desses desesperos cósmicos. Lá estava outra vez dançando sob as lâmpadas da rua, em Londres. Lembra?

Eu queria protestar, mas chorava tanto que não conseguiria dizer uma palavra...

Num último lampejo de consciência, eu vi aquele mortal em Veneza, sob os arcos de San Marco, onde o notei pela primeira vez, e reparei naqueles olhos castanhos e na boca jovem e macia.

O que você quer?, perguntei.

Ah, mas é o que você quer, ele pareceu responder.

6

Quando acordei, não estava mais tão furioso. Na verdade, ele me intrigava. O sol já tinha desaparecido e a vantagem era toda minha.

Resolvi fazer uma experiência. Fui a Paris, numa viagem muito rápida.

Agora, uma pequena digressão para explicar que nos últimos anos eu havia evitado Paris e na verdade não sabia nada das características da cidade no século XX. O motivo provavelmente é óbvio. Num passado muito remoto, eu havia sofrido demais naquele lugar e evitava o espetáculo dos prédios modernos que se erguiam em volta do cemitério Père-Lachaise e as rodas-gigantes iluminadas com luz elétrica girando nas Tulherias. Mas é claro que no meu íntimo sempre desejei voltar. Não podia ser de outro modo.

E essa pequena experiência deu-me coragem e o pretexto perfeito. Amenizava a dor inevitável do que estava vendo, pois eu tinha um objetivo em mente. Porém, poucos minutos depois da minha chegada, compreendi que de fato estava em Paris – não podia ser nenhum outro lugar –, e eufórico e feliz caminhei pelas grandes avenidas, inevitavelmente passando pelo lugar onde ficava o Teatro dos Vampiros.

Poucos teatros daquela época haviam sobrevivido aos tempos modernos e lá estavam eles, imponentes e ornamentados, atraindo ainda o público, entre as estruturas mais modernas.

Caminhando pela Champs Élysées feericamente iluminada – cheia de pequenos automóveis velozes e milhares de pedestres –, compreendi que Paris não era uma cidade-museu, como Veneza. Estava tão viva quanto sempre esteve nos últimos dois séculos. Uma capital. Um lugar de inovação e de corajosas mudanças.

Admirei o esplendor severo do Centro Georges Pompidou, erguendo-se ousadamente tão perto dos veneráveis e leves botaréus de Notre-Dame. Sim, eu estava feliz por estar em Paris.

Mas tinha uma tarefa a cumprir.

Não contei a ninguém, mortal ou imortal, que estava ali. Não telefonei para meu advogado em Paris, embora isso me causasse alguma inconveniência. Consegui uma boa quantia em dinheiro usando o método tradicional, ou seja, nos bolsos de alguns criminosos nojentos e cruéis das ruelas escuras.

Fui então para a Place Vendôme, coberta de neve, com os mesmos prédios que eu conhecia e, sob o nome de Barão van Kindergarten, me instalei confortavelmente no Ritz.

Por duas noites não saí do hotel, desfrutando o luxo e o estilo dignos do Versalhes de Maria Antonieta. Na verdade, a exagerada decoração parisiense do hotel, com suas belíssimas cadeiras Luís XVI e os deslumbrantes painéis estofados nas paredes, me comoveu até as lágrimas. Ah, Paris. Onde mais a decoração toda dourada poderia ser tão bela?

Comodamente deitado na cama estilo diretório, comecei a ler os manuscritos de David, parando uma vez ou outra para andar um pouco pelo quarto e pela sala ou para abrir uma verdadeira janela francesa com sua maçaneta oval e olhar para o jardim dos fundos do hotel, tão formal, tão silencioso e tão imponente.

Os manuscritos de David me cativaram. Sentia-me mais próximo dele do que nunca.

Deduzia-se imediatamente que David era um homem de ação na sua juventude. Só os livros que falavam de ação o interessavam e seu grande prazer era a caça. Caçou o primeiro animal de grande porte quando tinha dez anos. As descrições das caçadas ao tigre-de-bengala transmitiam a empolgação de localizar e seguir a fera e os riscos que ele enfrentava. Sempre procurando se aproximar o máximo possível antes de atirar, mais de uma vez David quase fora morto.

Ele amava a África tanto quanto a Índia, e passava dias e dias caçando elefantes, quando ninguém podia imaginar que logo seriam uma espécie em extinção. Também os elefantes machos muitas vezes ameaçaram sua vida antes do tiro fatal. Arriscada também era a caça aos leões na Planície do Serengeti.

Na verdade, David buscava o perigo, seguindo difíceis trilhas nas montanhas, nadando em rios perigosos, pondo a mão no dorso áspero de um crocodilo, dominando sua inveterada aversão por cobras. Gostava de dormir ao ar livre, de escrever no seu diário à luz de lampiões a óleo ou de velas, comer somente a carne dos animais que caçava, mesmo quando era pouca, e esfolar todos sem ajuda de ninguém.

Seu poder de descrição não era dos melhores. Não tinha paciência com a palavra escrita, especialmente quando era jovem. Mesmo assim, eu sentia o calor dos trópicos nas suas memórias, ouvia o zumbido dos insetos. Parecia inconcebível que um homem como esse pudesse sentir prazer no conforto frio de Talbot Manor ou na suntuosidade dos prédios da Ordem, como ele parecia sentir agora.

Porém, muitos outros cavalheiros ingleses tiveram de fazer essa escolha e decidiram a favor do que julgavam mais apropriado à sua posição e idade.

Quanto à aventura no Brasil, parecia escrita por outro homem. O mesmo vocabulário esparso e preciso, e a mesma avidez na busca do perigo, mas, ao descrever o sobrenatural, surgia um indivíduo mais profundo e intelectualizado. Na verdade, o próprio vocabulário mudava para incorporar palavras estranhas de origem portuguesa e africana, as quais descreviam conceitos e sensações físicas que David não conseguiu explicar de outro modo.

Mas o ponto principal eram os profundos poderes telepáticos adquiridos por ele através de uma série de sessões apavorantes e primitivas com a mãe de santo no Brasil e também com os espíritos. O corpo de David tornou-se um mero instrumento dessa força psíquica, preparando o caminho para o estudioso que surgiu nos anos seguintes.

Havia um grande número de descrições físicas. Falava das pequenas cabanas de madeira onde se reuniam os crentes do candomblé, acendendo velas para estátuas de gesso de santos católicos e dos orixás do candomblé. Falava dos tambores e das danças e dos transes inevitáveis dos vários membros do grupo que recebiam espíritos e adquiriam os atributos de certas divindades durante uma infinidade incontável de tempo.

Mas a ênfase era voltada toda para o invisível – para a percepção da força interior e a batalha contra as forças exteriores. O jovem aventureiro que havia procurado a verdade unicamente nas coisas físicas – o cheiro dos animais, a trilha na floresta, o estampido da espingarda, a queda da presa – desapareceu.

Quando David deixou o Rio de Janeiro, era outro homem. Pois, embora a narrativa tivesse sido abreviada e corrigida mais tarde, e sem dúvida revisada, ainda assim incluía uma grande parte do seu diário escrito na época. Era evidente que David estava à beira da loucura no sentido convencional. Para onde quer que olhasse, não via mais ruas, prédios ou pessoas, mas espíritos, deuses, poderes invisíveis que emanavam de outros indivíduos e os vários níveis de resistência espiritual da parte dos humanos, consciente e inconsciente, para todas as coisas. Na verdade, se David não tivesse ido para a Floresta Amazônica, se não tivesse se esforçado para voltar a ser um caçador britânico, estaria perdido para este mundo para sempre.

Durante meses ele foi uma criatura emaciada, queimada de sol, em mangas de camisa e calça manchada, vagueando pelas ruas do Rio à procura de uma experiência espiritual maior, sem nenhum contato com seus concidadãos, por mais que eles procurassem se aproximar. Então, vestiu a calça e o blusão cáqui, apanhou suas grandes espingardas, comprou provisões da melhor qualidade para a viagem, saiu à procura do jaguar e voltou recuperado, depois de esfolar e eviscerar sozinho a carcaça do animal.

Corpo e alma!

Era compreensível que durante todos esses anos David não tivesse pensado em voltar ao Rio de Janeiro, pois, se fosse, era quase certo que jamais voltaria.

Porém, a vida de um adepto do candomblé não era suficiente para ele. Os heróis procuram aventura, mas a aventura não os devora completamente.

Saber daquelas experiências acentuou o amor que eu sentia por ele, e uma grande tristeza me invadiu ao pensar em todos os anos que David havia passado na Talamasca. Não era uma coisa digna dele, ou melhor, não parecia a melhor coisa para fazê-lo feliz, por mais que insistisse em dizer que foi sua escolha. Na minha opinião, foi um erro enorme.

Evidentemente, o fato de conhecê-lo melhor intensificou meu desejo. Lembrei que, na minha soturna juventude paranormal, eu havia feito amigos que jamais poderiam ser meus companheiros – Gabrielle, que não precisava de mim; Nicolas, que enlouqueceu; Louis, que não me perdoava por tê-lo seduzido para o reino dos mortos-vivos, embora fosse essa a sua vontade.

Claudia era a única exceção – minha intrépida e pequenina Claudia, companheira de caçada e assassina de vítimas ocasionais –, vampira por excelência. E foi essa força tentadora que a fez voltar-se contra o seu criador. Sim, ela era a única realmente igual a mim – como dizem nestes dias e nestes tempos. Talvez por isso tenha passado a me atormentar.

Sem dúvida havia alguma conexão com meu amor por David! Eu nunca tinha pensado nisso antes. O quanto eu o amava e o quanto minha vida ficou vazia quando Claudia voltou-se contra mim e deixou de ser a minha companheira.

Os manuscritos revelaram outra coisa também. David era exatamente o homem que recusaria o Dom das Trevas até o fim. Esse homem não temia coisa alguma. Não gostava da morte, mas não a temia. Jamais temeu.

Mas eu não fora a Paris só para ler as memórias de David. Tinha outro objetivo. Deixei o isolamento abençoado e intemporal do hotel e comecei a andar – lenta e ostensivamente – pela cidade.

Na rua Madeleine comprei roupas finas, incluindo um paletó jaquetão de cashmere. Depois passei horas na margem esquerda visitando os cafés iluminados e convidativos, pensando na história de David sobre Deus e o Diabo e imaginando o que na verdade ele tinha visto. É claro que Paris era o lugar ideal para Deus e o Diabo, mas...

Andei de metrô por algum tempo observando os passageiros, tentando descobrir o que havia de tão diferente nos parisienses. Seria seu espírito sempre alerta, sua energia? O modo com que evitavam o contato visual? Eu não sabia dizer, mas eram muito diferentes dos americanos – eu vira isso em toda a parte –, e descobri que eu os compreendia e que gostava deles.

Surpreendia-me a riqueza de Paris, repleta de casacos de peles e joias caras e um número incrível de butiques. Parecia mais rica do que as cidades da América. Talvez não parecesse menos rica no meu tempo, com os coches envidraçados e homens e mulheres com perucas empoadas. Mas os pobres também estavam por toda a parte, até morrendo nas ruas. E agora eu via somente os ricos e, em certos momentos, a cidade inteira, com os milhões de automóveis e centenas de casas de pedra, hotéis e mansões, parecia quase irreal.

É claro que fiz a minha caçada e me alimentei.

Ao cair da noite seguinte, eu estava no último andar do Pompidou sob um céu violeta tão puro quanto o da minha adorada Nova Orleans, vendo se acender as luzes da grande cidade! Olhei para a Torre Eiffel, distante, erguendo-se altiva no começo da noite divina.

Ah, Paris, tive certeza de que eu ia voltar, sim, muito em breve. Em alguma noite no futuro eu faria meu covil na Île St. Louis, que sempre amei. Para o inferno com as grandes casas da avenida Foch. Eu encontraria o prédio onde Gabrielle e eu havíamos trabalhado juntos em nossa magia sombria, a mãe conduzindo o filho para fazer dela sua filha e a vida mortal a libertou como se fosse apenas um pulso que eu segurava.

Trarei Louis comigo – Louis, que amava tanto essa cidade antes de perder Claudia. Sim, ele devia ser convidado para amá-la outra vez.

Enquanto isso, eu caminharia devagar até o Café de la Paix, no grande hotel onde Louis e Claudia se hospedaram naquele ano trágico, durante o reinado de Napoleão III, e ficaria sentado sem tocar na minha taça de vinho, obrigando-me a pensar calmamente em tudo que fora feito.

Muito bem, eu havia me fortalecido com o sofrimento no deserto, isso era evidente. E estava preparado para o que ia acontecer...

... E finalmente, nas primeiras horas da manhã, quando eu estava um pouco melancólico e lamentando o desaparecimento dos antigos prédios de 1780, e quando a neblina pairava sobre o rio semicongelado e eu estava encostado na amurada de pedra do rio, perto da ponte da Île de la Cite, eu o vi.

Primeiro foi a sensação, e dessa vez eu sabia o que significava. Eu a estudei enquanto acontecia, a leve desorientação que não combati, embora tenha mantido o controle, as ondas de deliciosa vibração e depois a constrição – dedos, braços, pernas, tronco – como antes. Sim, como se todo o meu corpo, sem perder suas proporções, estivesse diminuindo e alguma coisa estivesse me forçando a sair de dentro dele. No momento em que parecia quase impossível continuar dentro de mim mesmo, minha mente clareou e todas as sensações voltaram ao normal.

Exatamente como nas duas outras vezes. Parado na ponte, considerei o que acabava de sentir, memorizando todos os detalhes.

Então vi um carro pequeno e amassado parar de repente na entrada da ponte e dele saiu o jovem de cabelos castanhos, desajeitado como antes, empertigando o corpo e fixando em mim os olhos admirados e brilhantes.

Ele deixou o motor do carro ligado. Como da outra vez, senti o cheiro do seu medo. Ele estava me vendo, não havia nenhuma dúvida. Eu estava ali na ponte há duas horas, esperando que aquele homem me encontrasse e suponho que ele sabia disso.

Por fim, juntando toda a coragem, ele caminhou para mim, no meio da neblina, uma figura impressionante com um sobretudo longo, uma echarpe branca no pescoço, meio andando, meio correndo, e parou a alguns passos de mim. Encostado na amurada da ponte, olhei friamente para ele. O jovem me estendeu outro envelope. Eu segurei a mão dele.

– Não seja precipitado, Monsieur de Lioncourt – murmurou ele, desesperadamente. Sotaque britânico, requintado, muito parecido com o de David, e seu francês era quase perfeito. Estava quase morrendo de medo.

– O que é você? – perguntei.

– Tenho uma proposta para lhe fazer! É um tolo se não quiser me ouvir. É algo que você quer muito. E que ninguém mais no mundo pode lhe oferecer, pode ter certeza!

Soltei a mão dele e o homem saltou para trás, quase caindo, e segurou na amurada da ponte. O que havia de errado com os gestos daquele homem? Era alto e forte, mas movia-se como uma criatura tímida e pequena. Estava além da minha compreensão.

– Explique essa proposta agora! – falei e ouvi quando seu coração parou por um segundo dentro do peito.

– Não – disse ele. – Leia minha mensagem! – Uma voz culta, educada.

Refinado e cauteloso demais para aqueles olhos castanhos enormes e quase vidrados e o rosto jovem e forte. Seria ele uma espécie de planta de estufa que havia crescido além dos limites, na companhia de pessoas idosas, sem jamais ver alguém da própria idade?

– Não seja precipitado! – gritou ele outra vez e correu, tropeçou, recobrou o equilíbrio, ajeitou com dificuldade o corpo grande no carro pequeno e partiu no meio da neve congelada.

Sua pressa era tanta que, quando ele desapareceu na St. Germain, pensei que ia bater o carro e morrer.

Olhei para o envelope. Outro maldito conto, sem dúvida. Abri furioso, sem saber ao certo se tinha feito bem em deixá-lo ir embora e ao mesmo tempo gostando daquele jogo, e até sentindo prazer com a minha indignação perante sua inteligência e capacidade de me encontrar em qualquer lugar do mundo.

Dessa vez, era o videoteipe de um filme recente, *Vice-versa*. Que diabo significava aquilo... Li o que estava escrito na fita. Uma comédia.

Voltei ao hotel. Outra encomenda me esperava. Outro videoteipe. O título era *Um espírito baixou em mim* e a descrição na parte de trás dava uma boa ideia do que se tratava.

Subi para meu quarto. Não tinha aparelho de vídeo! Nem mesmo no Ritz. Telefonei para David, embora a noite estivesse quase no fim.

– Quer vir a Paris? Já providenciei tudo. Vejo você na hora do jantar, oito horas, amanhã no restaurante do hotel.

Então tirei meu agente mortal da cama e mandei arranjar a passagem para David, limusine, suíte e tudo o mais que fosse necessário. Devia providenciar dinheiro, flores e champanhe gelada. Então saí à procura de um lugar tranquilo para dormir.

Uma hora depois, no porão úmido de uma velha casa abandonada, perguntei a mim mesmo se o jovem filho da mãe podia me ver ainda, se sabia onde eu dormia e talvez pudesse trazer o sol ao meu esconderijo, como qualquer caçador barato de vampiros, sem nenhum respeito pelo mistério.

Fui bem para o fundo do porão. Nenhum mortal poderia me encontrar ali. E, se me encontrasse, mesmo dormindo eu poderia estrangular qualquer um sem saber o que estava fazendo.

– Então, o que você acha que significa? – perguntei a David.

O salão de jantar, finamente decorado, estava quase vazio. Sentado ali à luz das velas, de smoking preto, camisa crepe, com os braços cruzados, sentia-me feliz por precisar somente dos óculos de lentes roxo-claras para esconder meus olhos. Via perfeitamente as tapeçarias nas paredes e o jardim além das janelas.

David comia com apetite. Estava encantado por estar em Paris, adorou a suíte, com vista para a Place Vendôme, os tapetes de veludo e móveis dourados, e tinha passado a tarde no Louvre.

– Bem, você já percebeu o tema – disse ele.

– Não estou bem certo – respondi. – Vejo elementos comuns, é claro, mas esses contos são todos diferentes.

– Como assim?

– Bem, no de Lovecraft, Asenath, a mulher diabólica, troca de corpo com o marido. Ela anda pela cidade com o corpo dele, enquanto o marido fica em casa com o corpo dela, infeliz e confuso. Na verdade, achei muito engraçado. Muito inteligente, e é claro que Asenath não é Asenath, se bem me lembro, mas seu pai, que trocou de corpo com ela. Então tudo fica muito lovecraftiano, com demônios pegajosos semi-humanos e tudo o mais.

– Essa pode ser a parte irrelevante. E a história egípcia?

– Completamente diferente. O morto semidecomposto, que ainda tem vida, você sabe...

– Sim, mas a história.

– Bem, a alma da múmia consegue possuir o corpo de um arqueólogo e ele, o pobre diabo, vai para o corpo semidecomposto da múmia...

– Sim?

– Meu Deus, compreendo o que você quer dizer. E depois o filme *Vice-versa*. É sobre a alma de um garoto e a alma de um homem que trocam de corpos! A confusão é tremenda, até conseguirem destrocar. O filme *Um espírito baixou em mim* também é sobre troca de corpos. Você tem toda razão. As quatro histórias são sobre o mesmo tema.

– Exatamente.

– Meu Deus, David. Agora começo a entender. Não sei como não percebi antes. Mas...

– Esse homem quer que você acredite que ele sabe alguma coisa sobre troca de corpos. Está tentando convencê-lo de que isso pode ser feito.

– É claro! Isso explica tudo, o modo como ele se move, anda e corre.

– O quê?

Fiquei por um momento imóvel e calado, lembrando o animalzinho, procurando rever mentalmente cada detalhe do seu corpo e dos seus movimentos. Sim, mesmo em Veneza, ele parecia desajeitado.

– David, ele *pode* fazer.

– Lestat, não tire nenhuma conclusão precipitada! Talvez ele pense que pode. Talvez queira tentar. Pode estar vivendo num mundo de ilusões...

– Não. Essa é sua proposta, David, a proposta que, segundo ele, eu quero ouvir! Ele *pode* trocar de corpo com outra pessoa.

– Lestat, você não pode acreditar...

– David, é isso que há de errado com ele! Estou tentando descobrir desde que o vi na praia, em Miami. Aquele não é o seu corpo. Por isso ele não sabe usar sua musculatura... nem sua altura. Por isso, cada vez que corre, ele quase cai. Bom Deus, aquele homem está no corpo de outra pessoa. E a voz, David. Já falei sobre a voz. Não é a voz de um homem jovem. Ah, isso explica tudo! E sabe o que acho? Acho que ele escolheu aquele corpo para que eu o notasse. E tem mais. Ele já tentou o truque comigo, mas não conseguiu.

Não consegui continuar. Estava por demais atônito, pensando naquela possibilidade.

– Como assim, ele tentou?

Descrevi as sensações estranhas – a vibração e a compressão. David ficou imóvel, com os olhos semicerrados, a mão direita fechada ao lado do prato.

– Foi um assalto à minha pessoa, não foi? Ele tentou me tirar de dentro do meu corpo! Talvez para entrar nele. E é claro que não conseguiu. Mas por que ia se arriscar a me ferir mortalmente desse modo?

– Ele o feriu mortalmente? – perguntou David.

– Não, só me deixou mais curioso, extremamente curioso!

– Aí está a resposta. Acho que ele o conhece muito bem.

– O quê? – Ouvi o que ele disse, mas não respondi imediatamente, absorto na lembrança daquelas estranhas sensações. – É uma coisa tão forte. David, não vê o que ele está fazendo? Está sugerindo que pode trocar de corpo comigo. Está me oferecendo aquele belo e jovem corpo mortal.

– Sim – disse David com frieza. – Acho que tem razão.

– Por que outro motivo ele ficaria naquele corpo? – falei. – Pode-se ver que não é confortável. Ele quer trocar. Está dizendo que quer trocar! Por isso está se arriscando tanto. Deve saber que é fácil para mim matá-lo, amassá-lo como um inseto. Eu nem gosto dele... do seu modo, quero dizer. O corpo é excelente. É claro, é isso. Ele pode fazer, David, ele sabe como.

– Esqueça, Lestat. Você não pode pôr isso à prova.

– O quê? Por que não? Está dizendo que não pode ser feito? Em todos aqueles arquivos não tem nenhum registro de...? David, eu sei que ele conseguiu. Só que não pode me obrigar. Mas ele trocou de corpo com outro mortal, disso tenho certeza.

– Lestat, quando isso acontece, chamamos de possessão. É um acidente psíquico. A alma de uma pessoa morta se apossa de um corpo vivo. Um espírito se apossa de um ser humano e temos de convencê-lo a sair. Gente viva não anda por aí fazendo isso deliberadamente e de comum acordo. Não, não acho que seja possível. Acho que não temos nenhum caso! Eu... – Não concluiu o que ia dizer, obviamente estava em dúvida.

– Você sabe que tem – falei. – Tem de haver.

– Lestat, isso é muito perigoso, perigoso demais para ser feito como uma experiência.

– Escute, se pode acontecer por acidente, pode acontecer desse modo também. Se a alma de um morto pode fazer isso, por que não a alma de um vivo? Eu sei o que é viajar fora do meu corpo. Você sabe. Aprendeu no Brasil. Você descreveu com todos os detalhes. Muitos, muitos seres humanos sabem. Ora, fazia parte das religiões antigas. Não é inconcebível que se possa voltar para o corpo de outra pessoa e tomar conta dele, enquanto a alma dessa pessoa luta em vão para recuperar o que lhe pertence.

– Que ideia horrível.

Descrevi outra vez as sensações, acentuando sua força.

– David, talvez ele tenha roubado aquele corpo!

– Ah, isso é mesmo uma maravilha.

Lembrei novamente a sensação de constrição, a sensação terrível e estranhamente agradável de estar sendo espremido para fora de mim mesmo pelo topo da cabeça. Com uma força extraordinária! Ora, se ele podia me fazer sentir aquilo, sem dúvida podia tirar um mortal de dentro de si mesmo, especialmente se este não tivesse a menor ideia do que estava acontecendo.

– Procure se acalmar, Lestat – disse David, um pouco aborrecido. Pôs o garfo no prato ainda não vazio. – Agora, pense bem. Talvez a troca dure apenas alguns minutos. Mas fixar-se em um novo corpo, ficar dentro dele e funcionar ali durante dias e dias? Não. Isso significaria funcionar acordado ou dormindo. Você está falando de algo completamente diferente e muito perigoso. Não pode fazer essa experiência. E se der certo?

– Essa é a questão. Se der certo, então eu posso entrar naquele corpo. – Fiz uma pausa. Era difícil dizer as palavras, mas finalmente consegui: – David, eu posso ser um homem mortal.

Era de tirar o fôlego. Por um momento, nos olhamos em silêncio. A expressão de temor nos olhos de David não diminuiu meu entusiasmo.

– Eu saberia como usar aquele corpo – falei, quase num murmúrio. – Eu saberia como usar aqueles músculos e aquelas pernas. Ah, sim, ele escolheu aquele corpo porque sabia que assim eu talvez considerasse a possibilidade, uma possibilidade real...

– Lestat, não pode fazer isso! Ele está falando em troca! Você não pode deixar que esse tipo suspeito fique com o seu corpo! É uma ideia monstruosa. Você dentro daquele corpo é demais para mim!

Continuei em silêncio, deslumbrado.

– Escute – disse David, tentando me fazer voltar para ele –, perdoe-me se falo como o superior-geral de uma ordem religiosa, mas você não pode fazer isso. Para começar, *onde* ele arranjou aquele corpo? E se ele realmente o roubou? Sem dúvida, nenhum jovem bonito ia entregar seu corpo sem mais nem menos! Esse homem é sinistro e deve ser tratado como tal. Não pode entregar a ele um corpo forte como o seu.

Eu ouvi, compreendi, mas não registrei.

– Pense nisso, David – pedi, sabendo que minhas palavras soavam incoerentes como as de alguém que perdeu a sanidade. – David, eu posso ser um homem mortal.

– Quer ter a bondade de acordar e prestar atenção ao que estou dizendo, por favor? Não se trata de histórias engraçadas e romances góticos de Lovecraft. – Enxugou os lábios com o guardanapo e com um gesto irritado tomou um gole de vinho. Depois, estendeu a mão sobre a mesa e segurou meu pulso.

Eu devia ter deixado que ele erguesse meu braço, mas não cedi. David compreendeu imediatamente que era tão impossível mover a minha mão quanto levantar uma estátua de pedra.

– É isso, exatamente! – disse ele. – Você não pode brincar com isso. Não pode arriscar a possibilidade de isso dar certo e esse demônio, seja lá quem for, tomar posse da sua força.

Balancei a cabeça.

– Eu sei o que você está dizendo. Eu compreendo, mas, David, imagine só. Preciso falar com ele! Tenho de encontrar esse homem e descobrir se isso pode ser feito. Ele não é importante. O que importa é o processo. Será que pode ser feito?

– Lestat, estou pedindo. Não procure saber mais nada. Vai cometer outro erro terrível!

– O que quer dizer? – Era difícil prestar atenção ao que ele dizia. Onde estaria aquele demônio astuto? Pensei nos olhos, como seriam belos se *ele* não estivesse olhando por eles. Sim, era um belo corpo para a experiência. Onde ele o *conseguiu*? Eu tinha de descobrir.

– David, vou deixá-lo agora.

– Não, não vai! Fique onde está ou juro por Deus que mando uma porção de duendes atrás de você, todos os espíritos imundos com os quais estive em contato no Rio de Janeiro! Agora, ouça o que vou dizer.

Eu ri.

– Fale mais baixo. Vão nos expulsar do Ritz.

– Muito bem, façamos um trato. Eu volto para Londres e consulto o computador. Procuro todos os casos de troca de corpos nos nossos arquivos. Quem sabe o que vamos descobrir! Lestat, talvez aquele corpo esteja em deterioração e ele não possa evitar que continue nem consiga sair. Já pensou nisso?

Balancei a cabeça.

– Não está em deterioração. Eu teria sentido o cheiro. Não tem nada de errado com aquele corpo.

– A não ser o fato de ter sido talvez roubado e da pobre alma estar vagando dentro do *próprio* corpo e, ao que parece, não temos a menor prova do contrário.

– David, acalme-se, por favor. Volte para Londres, procure nos arquivos, como disse. Vou procurar o filho da mãe. Vou ouvir o que ele tem a dizer. Não se preocupe! Não farei nada sem falar com você. E se me decidir...

– Não vai decidir! Não sem falar comigo primeiro.

– Está bem.

– Você jura?

– Por minha honra, a honra de um assassino sedento de sangue, sim, eu juro.

– Quero um número de telefone de Nova Orleans.

Olhei fixamente para ele por um momento.

– Tudo bem. Nunca fiz isto antes. Mas aqui está. – Dei o número do telefone do meu apartamento de cobertura no French Quarter. – Não vai anotar?

– Já guardei na memória.

– Então, adeus!

Levantei, esforçando-me para me mover como um ser humano. Ah, mover-se como um ser humano. Pense nisso, estar dentro de um corpo humano. Ver o sol, ver de verdade, uma bola de fogo no céu azul!

– Ah, David, ia me esquecendo, tudo está pago aqui. Telefone para o meu agente. Ele providencia sua passagem de volta...

– Não estou preocupado com isso, Lestat. Escute. Vamos combinar agora mesmo um encontro para discutir o assunto! Se você desaparecer, eu nunca mais...

Sorri para ele. Eu sabia do fascínio que exercia sobre David. Ele jamais pararia de falar comigo. Absurdo!

– Outro erro terrível – comentei, ainda sorrindo. – Sim, eu cometo erros terríveis, não é mesmo?

– E qual será o resultado para você... e para os outros? Para o seu precioso Marius, os anciãos, se fizer isso?

– Você pode ter uma surpresa, David. Talvez tudo o que eles desejam é voltar a ser humanos. Talvez seja o que nós todos queremos. Outra chance. – Pensei em Louis em sua casa de Nova Orleans. Meu Deus, o que Louis ia pensar quando eu contasse tudo isso a ele?

David murmurou alguma coisa, zangado e impaciente, mas sua expressão era afetuosa e preocupada.

Soprei um beijo para ele e parti.

***

Menos de uma hora depois, compreendi que eu não podia encontrar aquele demônio astuto. Se ele estava em Paris, estava muito bem protegido do alcance da minha mente. Além disso, não consegui uma imagem sua na mente de ninguém.

Isso não significava que houvesse deixado Paris. A telepatia pode depender muito do acaso e Paris era uma cidade vasta, com pessoas de todas as partes do mundo.

Voltei ao hotel. David já tinha saído, deixando vários números de telefone para fax, computador e chamadas comuns.

"Por favor, entre em contato comigo amanhã à noite", dizia seu recado. "Terei alguma informação para você."

Subi para o quarto. Pretendia me preparar para a viagem de volta. Eu não podia esperar mais para ver aquele sujeito. Além disso, precisava contar tudo a Louis. Certamente a primeira coisa que diria era que não acreditava. Mas iria compreender o poder de atração da ideia. Ah, sim, Louis compreenderia.

Menos de um minuto depois de entrar no quarto, quando estava ainda pensando no que precisava levar comigo – ah, sim, os manuscritos de David –, vi um envelope na mesa de cabeceira, encostado no vaso de flores, endereçado com letra clara e firme ao Conde van Kindergarten.

Não tive dúvida nenhuma sobre o remetente. O bilhete dentro do envelope fora escrito a mão, com a mesma letra forte e masculina.

> Não seja precipitado. E não dê ouvidos ao seu tolo amigo da Talamasca. Vejo você em Nova Orleans amanhã à noite. Não me desaponte. Jackson Square. Combinaremos então uma hora para uma pequena alquimia particular. Acho que agora você já sabe do que se trata.
>
> Sinceramente,
> Raglan James

– Raglan James – murmurei.

Raglan James. Não gostei do nome. Era igual a ele.

Liguei para a portaria.

– Vocês têm no hotel esse novo sistema de fax? – perguntei em francês. – Diga-me como funciona, por favor.

Exatamente como eu tinha pensado. Uma cópia daquele bilhete podia ser enviada do hotel, através da linha telefônica, para o fax de David em Nova Orleans. Desse modo, além da informação, David teria uma amostra da letra dele, se é que adiantava alguma coisa.

Apanhei os manuscritos, passei pela portaria e mandei enviar a nota de Raglan James por fax, então fui a Notre-Dame para me despedir de Paris com uma breve oração.

Era uma loucura. Loucura completa. Nunca me senti tão feliz! Na catedral escura, fechada àquela hora ao público, lembrei da primeira vez que eu tinha entrado ali, muitas, muitas décadas atrás. Não havia uma grande praça na frente da igreja, apenas a pequena Place de Greve, apertada entre os prédios antigos, e não existiam as grandes avenidas em Paris, só ruas largas cobertas de lama que todos achavam uma maravilha.

Pensei em todos aqueles céus azuis, lembrei da sensação de sentir fome, fome de pão e de carne, de me embriagar com vinho. Pensei em Nicolas, meu amigo mortal que eu amava tanto, e em como era frio nosso quartinho no sótão. Nicki e eu discutindo como eu acabara de discutir com David! Ah, sim.

Minha longa existência, desde aquele tempo, era como um pesadelo, cheio de gigantes e monstros e máscaras horrendas cobrindo os rostos dos seres que me ameaçavam nas trevas eternas. Eu estava tremendo. Estava chorando. Ser humano, pensei. Ser humano outra vez. Acho que falei em voz alta.

Então um riso abafado me sobressaltou. O riso de uma criança, nas sombras, uma menina.

Voltei-me rapidamente. Tinha quase certeza de que podia vê-la – um vulto pequeno e cinzento correu por uma das passagens, na direção de um altar lateral, e desapareceu. Mal se ouviam seus passos. Mas eu devia estar enganado. Nenhum cheiro. Nenhuma presença real. Só ilusão.

Mesmo assim, gritei: "Claudia!"

Minha voz voltou para mim num eco áspero. Não havia ninguém, é claro.

Pensei em David dizendo: "Vai cometer outro erro terrível!"

Sim, algo se mantém na atmosfera dos meus sonhos recentes, mas de modo superficial, como uma sensação evanescente de estar com ela. Algo como um lampião a óleo e Claudia rindo de mim.

Pensei outra vez na sua morte – o poço de ventilação com paredes de tijolo, o sol chegando, e Claudia tão pequena. Lembrei-me da dor no deserto de Gobi, e foi demais para mim. Eu tremia, com os braços cruzados no peito, o corpo rígido, como se acabasse de levar um choque elétrico. Ah, mas certamente ela não sofreu. Certamente foi instantâneo para aquele corpo tão pequeno e frágil. Do pó vieste, para o pó voltarás...

Era pura agonia. Não era desse tempo que eu queria lembrar, embora tivesse passado horas no Café de la Paix, pensando na força que tinha adquirido. Eu queria lembrar de minha Paris antes do Teatro dos Vampiros, quando eu era inocente e estava vivo.

Fiquei mais algum tempo no escuro, olhando para os arcos imensos do teto. Uma igreja maravilhosa e majestosa – mesmo agora, com o ruído dos automóveis lá fora. Era como uma floresta de pedra.

Soprei um beijo para Notre-Dame e saí para a longa viagem de volta para casa.

7

Nova Orleans. Cheguei no começo da noite, porque tinha voltado no tempo, viajando na direção contrária ao movimento da Terra. Fazia frio, mas não um frio cortante, embora o vento norte estivesse a caminho. O céu estava sem nuvens, repleto de estrelas pequenas e muito brilhantes.

Fui diretamente para a minha cobertura no French Quarter, que, apesar de todo seu charme, não é muito alta, no topo de um prédio de quatro andares, construído muito antes da Guerra Civil, com vista para o rio e suas duas belas pontes e com fragmentos das vozes no Café du Monde, quando as janelas estão abertas, e nas lojas e ruas em volta da Jackson Square.

O encontro com o sr. Raglan James estava marcado para a noite seguinte. Apesar da minha impaciência para vê-lo, agradou-me a ideia de ter tempo para me encontrar com Louis.

Antes, porém, entreguei-me ao prazer mortal de um banho de chuveiro quente, vesti um terno de veludo preto muito simples, como o que tinha usado em Miami, e sapatos também pretos. Ignorando o cansaço – se estivesse na Europa, àquela hora estaria dormindo ainda sob a terra –, saí, caminhando pela cidade como um mortal.

Sem saber bem por quê, dei uma volta e passei no antigo endereço da Rue Royale, onde eu havia morado com Claudia e Louis. Na verdade, eu fazia isso frequentemente, quase sem pensar, só me dando conta quando estava quase chegando.

Nossa convivência no simpático apartamento durou mais de cinquenta anos. Esse fator seria levado em conta quando eu fosse condenado, por mim mesmo ou por outros, por todos os meus erros. Louis e Claudia foram criados por mim e, não posso negar, para mim. Entretanto, foi uma existência incandescente e gratificante, até Claudia decidir que eu devia pagar com a vida o crime de tê-los criado.

O apartamento era provido de todo o conforto e todo o luxo que se podia ter naquele tempo. Tínhamos uma carruagem e cavalos num estábulo próximo e criados que moravam no terreno nos fundos do prédio. Os velhos edifícios de tijolos estavam agora fanados, malconservados, o apartamento vazio por algum tempo, ocupado talvez por fantasmas, quem sabe, e a loja no térreo fora alugada a um livreiro que jamais tirava o pó dos livros nas vitrines e nas estantes. Uma vez ou outra, ele procurava um livro para mim – ensaios do historiador Jeffrey Burton Russell sobre a natureza do mal ou as maravilhosas obras filosóficas de Mircea Eliade, bem como certos romances que eu amava.

O velho estava lá dentro lendo e eu o observei por alguns minutos através do vidro. O povo de Nova Orleans é diferente das pessoas de todo o resto dos Estados Unidos. Ganhar dinheiro não significava nada para aquele homem grisalho.

Recuei um pouco e olhei para as grades de ferro. Pensei nos meus sonhos – o lampião, a voz. Por que Claudia me atormentava agora mais do que nunca?

Bastava fechar os olhos para ouvi-la falando comigo, mas as palavras não tinham mais sentido. Outra vez pensei na vida e na morte dela.

O lugar miserável onde a encontrei nos braços de Louis não existia mais. Uma casa condenada pela praga, na qual só um vampiro entraria. Nenhum ladrão tentou roubar o cordão de ouro do cadáver da mãe de Claudia. E como Louis ficou envergonhado por ter escolhido uma criança frágil como vítima. Mas eu compreendi. O hospital para onde a levaram mais tarde também havia desaparecido. A rua por onde passei carregando nos braços aquele corpo mortal, pequenino e morno, era estreita e coberta de lama. Louis correu atrás de mim, implorando para que eu dissesse o que pretendia fazer.

Uma rajada de vento frio me tirou do devaneio.

Ouvi a música barulhenta das tavernas da Rue Bourbon, as pessoas passando na frente da catedral, o riso de uma mulher. A buzina estridente de um carro rasgando a noite. O pulsar leve e eletrônico de um telefone moderno.

Dentro da livraria, o velho girou o botão do rádio, passando da Dixieland para a música clássica e finalmente para uma voz lamentosa recitando uma poesia ao som da música de um compositor inglês...

Por que eu voltara para aquele prédio soturno e indiferente feito um túmulo com todas as suas letras e datas apagadas pelo tempo?

Eu não queria mais perder tempo.

Estava ainda sob o efeito da inebriante euforia de Paris e queria contar tudo a Louis.

Mais uma vez preferi caminhar, sentindo a terra, medindo-a com meus pés.

No nosso tempo – algumas décadas antes da Guerra Civil –, não existiam ainda os bairros residenciais. Era tudo campo na parte superior do rio. Havia plantações e as estradas pavimentadas com conchas moídas eram estreitas e difíceis.

Mais tarde, no século XIX, depois da destruição do nosso pequeno refúgio, quando eu, magoado e deprimido, fui a Paris à procura de Claudia e Louis, a parte do campo, com seus pequenos povoados, havia sido absorvida pela cidade e foram construídas inúmeras casas de madeira ao estilo vitoriano.

Algumas dessas construções de madeira, com seu excesso de ornamentação, são tão imponentes quanto as casas no estilo neoclássico do Garden District, construídas antes da guerra e que me faziam lembrar de templos, ou as casas vistosas do French Quarter de Nova Orleans.

Porém, essa parte da cidade, com as pequenas casas de tábuas e as grandes residências, para mim conserva ainda o aspecto do campo, com os carvalhos e magnólias enormes, mais altos do que os telhados, e tantas ruas sem calçada, onde a sarjeta não passa de uma vala repleta de flores silvestres, a despeito do frio do inverno.

As pequenas ruas comerciais – trechos aqui e ali de prédios conjugados – nos fazem lembrar não o French Quarter com sua fachada de pedra e a sofisticação do velho mundo, mas as interessantes "ruas principais" da região rural da América.

É um ótimo lugar para passear à noite. Ouvimos o canto dos pássaros como jamais ouviríamos no Vieux Carré e o crepúsculo dura uma eternidade sobre os telhados dos armazéns na margem do rio sinuoso, brilhante através dos galhos pesados das árvores. De repente, passamos por esplêndidas mansões com balcões de formas diversas e decoração vulgar, casas com torres e telhados em ponta e galerias descobertas acima do telhado. Vemos balanços nas varandas de madeira atrás de cercas de madeira pintadas. Cercas de estacas pintadas de branco. Largas avenidas de gramados limpos e aparados.

A aparência das casas pequenas é extremamente variada. Algumas são pintadas de cores vivas, segundo a moda do momento, outras, malcuidadas, mas nem por isso menos belas, cinzentas como a madeira que flutua no rio, podendo desabar a qualquer momento nesse clima úmido.

Aqui e ali encontramos uma rua tão cheia de mato que é difícil acreditar que estamos na cidade. Maravilhas silvestres e plumbaginas cobrem as cercas de ferro que delimitam a propriedade. Os galhos dos carvalhos muito baixos obrigam os transeuntes a abaixar a cabeça. Mesmo no inverno mais rigoroso, Nova Orleans é sempre verde. A geada não consegue matar as camélias, apenas as deixa amareladas. O jasmim amarelo e a buganvília roxa sobem pelas cercas e pelas paredes.

Atrás de um desses trechos escuros protegidos por plantas, além de uma longa fileira de enormes árvores de magnólia, Louis instalou seu lar secreto.

A velha mansão vitoriana, com seus portões enferrujados, está vazia, com a tinta amarela quase toda descascada. Apenas vez ou outra, Louis anda pela casa com uma vela na mão. Ele mora numa pequena construção de tábuas, no fundo – coberta por um emaranhado de trepadeira cor-de-rosa. Lá estão seus livros e os objetos que colecionou durante todos esses anos. Da rua é impossível avistar as janelas. Provavelmente ninguém sabia da existência daquela casa. Os altos muros de pedra, as velhas árvores e o oleandro que crescia em volta dela escondiam-na dos vizinhos. Não havia nenhum caminho entre a relva alta.

Quando eu cheguei, todas as janelas estavam abertas. Louis, sentado à sua mesa, escrevia à luz de uma vela porque as árvores copadas e densas impediam a passagem da claridade do céu estrelado.

Eu o observei por um longo tempo. Gostava de fazer isso. Muitas vezes eu o seguia durante sua caçada simplesmente para vê-lo tomar seu alimento. O mundo moderno não tem significado para Louis. Ele anda pelas ruas como um fantasma, lenta e silenciosamente, atraído por aqueles que desejam a morte ou que parecem desejá-la. (Não tenho certeza de que exista alguém que realmente deseje a morte.) Quando ele se alimenta, o faz de modo indolor, delicado e rápido. Louis tem de tirar a vida da sua vítima. Ele não sabe poupá-la. Nunca soube tomar apenas "um pequeno drinque" como eu faço tantas vezes, ou fazia, antes de me tornar um deus faminto.

Suas roupas eram antiquadas, empoeiradas. Como muitos de nós, ele prefere se vestir de acordo com a moda de quando era mortal. Camisas folgadas com mangas largas e punhos compridos e calças muito justas. O paletó, que ele raramente usava, era igual aos meus – do tipo de roupa de montaria –, comprido e largo na parte inferior.

Às vezes, levo esse tipo de roupa para Louis, para evitar que se vista com andrajos. Mais de uma vez, pensei em arrumar a casa dele, pendurar quadros nas paredes, decorar com objetos finos como eu tinha no passado.

Acho que Louis gostaria disso, mas não iria admitir. Ele não tinha eletricidade nem aquecimento moderno e vivia no meio do caos, fingindo estar contente.

Algumas janelas da casa não possuíam vidro e era raro que fechasse as venezianas antigas. A chuva entrava livremente, sem que ele se importasse. Tudo que havia na casa era lixo e coisas velhas amontoadas.

Estou certo de que esperava que eu fizesse alguma coisa para melhorar isso. Ele costumava visitar com frequência meus aposentos brilhantemente iluminados no centro da cidade. Ficava horas na frente da tela gigantesca da minha televisão. Às vezes levava fitas de vídeo ou discos. *A companhia dos lobos* era um dos que ele assistia vezes sem conta. *A bela e a fera,* de Jean Cocteau, era outro dos seus preferidos. Depois, via *Os vivos e o mortos* de John Huston, baseado numa história de James Joyce. Por favor, compreendam, esse filme não tem nada a ver com vampiros. É sobre alguns mortais comuns, na Irlanda, que se reúnem para o jantar de Natal. Louis gostava de muitos outros filmes. Como eu não encorajava essas visitas, logo ele deixou de aparecer. Louis censurava o "materialismo decadente" no qual eu me "chafurdava" e olhava com desprezo minhas almofadas de veludo, o tapete espesso que cobria o assoalho e o banheiro luxuoso de mármore. Depois de pouco tempo, voltou ao seu barracão tristonho e coberto de trepadeiras.

Nessa noite ele estava sentado à mesa do trabalho, em toda sua glória empoeirada, uma mancha de tinta no rosto, lendo um livro enorme e pesado, uma recém-publicada biografia de Dickens escrita por um escritor inglês. Ele virava as páginas lentamente, pois Louis lê devagar como a maioria dos mortais. Na verdade, de todos nós, os sobreviventes, Louis é o que conserva maior número de características humanas. E isso por escolha própria.

Muitas vezes ofereci a ele meu sangue mais poderoso. Ele sempre recusa. O sol do deserto de Gobi o teria reduzido a pó. Seus sentidos são aguçados e típicos dos vampiros, mas não como os de um Filho dos Milênios.

Louis não sabe ler muito bem os pensamentos alheios e quando provoca um transe em alguém é sempre um desastre.

Evidentemente não posso ler seus pensamentos porque eu o criei, e as mentes da criatura e do criador não podem se comunicar, não sabemos por quê. Suponho que seja pelo fato de conhecermos nossas sensações e nossos sentimentos, e a amplificação é intensa demais para permitir uma imagem clara. Teoria. Talvez algum dia *isso* seja estudado nos laboratórios. Imploraremos, então, que nos deem vítimas vivas, atrás dos vidros espessos da nossa prisão, enquanto fazem perguntas e mais perguntas e tiram amostras de sangue das nossas veias. Ah, mas como fazer isso com um ser capaz de transformar qualquer pessoa em cinzas só com a força do pensamento?

Louis não percebeu minha presença na relva alta no lado de fora da sua casa.

Entrei na sala como uma sombra imensa e já estava sentado na minha *bergère* favorita de veludo vermelho – um antigo presente meu – quando ele ergueu os olhos.

– Ah, você! – exclamou, fechando o livro com um estalo.

Seu rosto, magro e de traços finos, delicado, a despeito da forca evidente, estava corado. Louis saíra à caça mais cedo e eu tinha perdido o espetáculo. Por um breve segundo, fiquei arrasado.

Mesmo assim era excitante vê-lo tão cheio de vida com o pulsar do sangue humano. Senti o cheiro de sangue, o que emprestou uma nova dimensão àquela proximidade. Acho que eu o idealizo quando não estou com ele, mas quando o vejo, fico completamente fascinado.

É claro que o que primeiro me atraiu foi a sua beleza, na minha primeira noite, quando a Louisiana era ainda um lugar selvagem, uma colônia sem lei, e Louis um bêbado idiota e imprudente, jogando, procurando briga nas tavernas e fazendo o possível para se destruir. Bem, ele conseguiu o que pensava que queria, mais ou menos.

Por um momento não compreendi a expressão de horror nos olhos dele, nem por que se aproximou de mim e tocou o meu rosto. Então lembrei. Minha pele queimada de sol.

– O que você fez? – murmurou Louis. Ajoelhou e olhou para mim, com a mão pousada levemente no meu ombro. Adorável intimidade, mas eu não ia admitir. Fiquei impassível.

– Não foi nada – respondi. – Já acabou. Fui a um deserto. Queria ver o que aconteceria...

– Queria ver o que aconteceria? – Louis levantou-se, recuou um passo e olhou furioso para mim. – Queria se destruir, não é isso?

– Na verdade, não. Fiquei exposto à luz durante um dia inteiro. Na segunda manhã, não sei bem como, me enterrei na areia.

Ele olhou para mim por um longo momento, como se estivesse prestes a explodir, e depois voltou para a mesa, sentou na cadeira, um tanto ruidosamente para um ser tão gracioso, apoiou as mãos no livro grosso e olhou outra vez para mim, com fúria maldosa.

– Por que fez isso?

– Louis, preciso lhe contar uma coisa muito importante. Esqueça isso. – Fiz um gesto largo, incluindo o meu rosto. – Aconteceu uma coisa extraordinária e preciso contar tudo.

Levantei, sem conter a agitação. Comecei a andar com cuidado para não tropeçar nas pilhas de lixo e fiquei irritado com a luz fraca da vela, não porque limitava a minha visão, mas porque era fraca e eu gosto de muita luz.

Contei tudo – desde a primeira vez que vi aquela criatura, Raglan James, em Veneza, depois em Hong Kong e em Miami. A mensagem que me enviou em Londres e como me seguiu até Paris, como eu esperava que fizesse. Agora íamos nos encontrar perto da praça na noite seguinte. Falei dos contos e do seu significado. Expliquei a estranheza da figura do jovem porque ele estava em outro corpo e falei que acreditava que ele era capaz de fazer esse tipo de troca.

– Você perdeu o juízo – disse Louis.

– Não seja precipitado – respondi.

– Está repetindo as palavras desse idiota para mim? Destrua esse homem. Acabe com ele. Procure-o esta noite e, se o encontrar, acabe com ele.

– Louis, pelo amor de Deus...

– Lestat, essa criatura pode localizar você a qualquer momento? Isso significa que sabe onde você mora. Você o conduziu até aqui agora. Ele sabe onde eu moro. É o pior inimigo que podemos imaginar! *Mon Dieu*, por que você está sempre procurando desgraças? Nada na Terra pode destruí-lo agora, nem os Filhos dos Milênios conjugando todas as forças podem fazê-lo, nem o sol a pino do deserto de Gobi... Então você procura o inimigo que tem algum poder sobre sua pessoa. Um mortal que pode andar à luz do dia. Um homem que pode dominá-lo completamente deixando-o sem a menor fagulha de consciência ou de vontade. Não, você deve destruí-lo. Ele é perigoso demais. Se eu o encontrar, vou acabar com ele.

– Louis, esse homem pode me dar um corpo humano. Você não ouviu nada do que falei?

– Corpo humano! Lestat, você não pode se tornar humano simplesmente entrando num corpo humano! Você não era humano nem quando estava vivo! É um monstro desde que nasceu e sabe disso. Como diabos pode se iludir desse modo?

– Se você não parar com isso, eu vou chorar.

– Pois chore. Gostaria de vê-lo chorar. Li muito sobre seu choro nas páginas dos seus livros, mas nunca o vi pessoalmente.

– Ah, isso faz de você o mais perfeito mentiroso – retruquei, furioso. – Você descreveu meu choro em suas miseráveis memórias, numa cena que nós dois sabemos que nunca aconteceu!

– Lestat, mate essa criatura! Será loucura deixar que ele chegue suficientemente perto para dizer três palavras que sejam.

Eu estava confuso, completamente confuso. Sentei outra vez e olhei para o espaço. A noite pulsava de forma suave lá fora, a fragrância da trepadeira mal tocando o ar úmido e frio. Uma leve incandescência parecia emanar do rosto de Louis e das suas mãos cruzadas sobre a mesa. Envolto na imobilidade, ele esperava minha resposta, pensei, embora não soubesse por quê.

– Não esperava isso de você – comentei, desapontado. – Achei que faria uma interminável dissertação filosófica, como aquele lixo que escreveu em suas memórias, mas não isso.

Louis continuou em silêncio, olhando fixamente para mim, com o reflexo momentâneo da luz nos olhos verdes. Parecia profundamente atormentado, como se minhas palavras o tivessem ferido. Sem dúvida, não era por causa da referência insultante às suas memórias. Eu fazia isso de modo constante. Era uma brincadeira. Bem, uma espécie de brincadeira.

Eu não sabia o que dizer ou fazer. Louis estava me dando nos nervos. Então ele disse em voz muito baixa:

– Na verdade, você não quer ser humano. Não acredita nisso, acredita?

– Sim, acredito – respondi, humilhado pela emoção que transparecia na minha voz. – Como *você* pode não acreditar? – Levantei da cadeira e comecei a andar outra vez. Dei uma volta na casa e saí para o jardim cheio de mato, abrindo caminho entre a densa cortina das trepadeiras. Estava tão confuso que não conseguia mais falar com ele.

Pensava na minha vida mortal, tentando inutilmente não encará-la como um mito, mas incapaz de me libertar daquelas lembranças – a última caçada aos lobos, meus cães morrendo na neve. Paris. O teatro da avenida. Nada concluído! *Na verdade, você não quer ser humano.* Como Louis podia dizer uma coisa dessas?

Minha impressão era de ter passado séculos naquele jardim, mas finalmente, para o que desse e viesse, entrei na casa. Louis continuava de pé, ao lado da mesa, e olhou para mim com expressão soturna, quase de desespero.

– Escute – falei –, eu só acredito em duas coisas. A primeira é que nenhum mortal pode recusar o Dom das Trevas quando sabe realmente o que ele significa. E não venha me falar de David. Ele não é um homem igual aos outros. A segunda coisa é que todos nós voltaríamos a ser humanos se fosse possível. É nisso que acredito, em nada mais.

Com um pequeno gesto de concordância, Louis sentou. A cadeira rangeu de leve com seu peso e ele ergueu a mão direita languidamente, sem se dar conta da força sedutora do seu gesto, passando os dedos pelos fios escuros despenteados.

Veio-me a lembrança quase dolorosa da noite em que dei a ele o sangue, de como discutiu comigo, dizendo que eu não devia fazer aquilo e depois cedeu. Eu tinha explicado tudo antes – enquanto Louis era ainda um jovem fazendeiro bêbado e febril, doente, com o rosário dependurado na cabeceira da cama. Mas não é uma coisa que possa ser explicada totalmente. E Louis estava tão certo de que queria vir comigo, tão certo de que a vida mortal nada significava para ele – tão amargurado, tão sofrido, tão jovem!

O que ele sabia quando o conheci? Alguma vez leu um poema de Milton ou ouviu uma sonata de Mozart? O nome Marco Aurélio teria algum significado para ele? Provavelmente diria que era um belo nome para um escravizado negro. Ah, aqueles senhores rurais, selvagens e arrogantes, com suas espadas e suas pistolas com cabo de madrepérola! Gostavam de todos os excessos. Pensando bem, eu devia ter dado isso a eles.

Mas Louis estava muito distante daquele tempo agora. Autor de *Entrevista com o vampiro,* um título simplesmente ridículo! Procurei me acalmar. Eu o amava demais para perder a paciência e esperei que ele falasse. Afinal, eu o criei da carne e do sangue humanos para ser meu algoz no mundo sobrenatural.

– Não pode ser desfeito com essa facilidade – disse Louis, despertando-me das minhas lembranças, levando-me de volta à sala empoeirada. Com voz suave, quase conciliatória ou suplicante, continuou: – Não pode ser tão simples. Você não pode trocar de corpo com um homem mortal. Francamente, não acho que seja possível, mas se fosse...

Não respondi. Queria dizer: "E se for possível? E se eu puder saber outra vez o que é estar vivo?"

– Além disso, e o seu corpo? – Agora ele quase implorava, controlando de modo admirável a raiva e a revolta. – Não pode pôr seus poderes à disposição dessa criatura, desse feiticeiro, ou seja lá o que for. Os outros me disseram que não podem sequer calcular os limites do seu poder. Ah, não. É uma ideia assustadora. Diga-me, como ele sabe onde encontrá-lo? Essa é a parte mais importante.

– É a parte menos importante – respondi. – Mas, se esse homem pode trocar corpos, naturalmente pode deixar o próprio corpo. Pode vagar como um espírito para me encontrar e me seguir. Devo ser muito visível para ele, quando está nesse estado, considerando o que eu sou. É um verdadeiro milagre, compreenda isso.

– Eu sei – disse ele. – Pelo menos é o que tenho lido e ouvido. Acho que você encontrou um ser realmente perigoso. É pior do que nós.

– Como assim, pior?

– Pressupõe outra tentativa desesperada para conseguir a imortalidade por meio da troca de corpos! Pensa que esse mortal pretende ficar velho nesse ou em outro corpo qualquer e depois morrer?

Sim, eu compreendia a lógica do que ele estava dizendo. Então falei sobre a voz do homem, o sotaque britânico acentuado, uma voz culta que não parecia pertencer a um jovem.

Louis estremeceu.

– Ele pode ser da Talamasca – disse. – Provavelmente foi onde descobriu tudo sobre você.

– Para saber tudo a meu respeito, basta comprar um livro de bolso.

– Ah, mas não para *acreditar*, Lestat, não para acreditar que tudo é verdade.

Contei que havia falado com David. Se o homem pertencesse à ordem, David saberia, mas eu não acreditava nisso. Aqueles estudiosos jamais fariam algo assim. E havia algo de sinistro nesse mortal. Os membros da Talamasca eram de uma integridade quase exagerada. Além disso, não importava. Eu ia falar com o homem e descobrir tudo.

Louis ficou outra vez pensativo e muito triste. Era quase doloroso olhar para ele. Eu queria sacudi-lo pelos ombros, mas isso só serviria para enfurecê-lo.

– Eu te amo – disse ele, suavemente.

Fiquei atônito.

– Você está sempre procurando o triunfo – continuou ele. – Nunca desiste. Mas não há nenhum caminho para o triunfo. Nós dois estamos no purgatório. Tudo que podemos fazer é dar graças por não ser o inferno.

– Não, não acredito. Escute, não importa o que você ou David dizem. Vou falar com Raglan James. Quero saber do que se trata! Nada vai me impedir.

– Ah, então David Talbot também o preveniu contra ele.

– Não procure aliados entre os meus amigos!

– Lestat, se esse humano chegar perto de mim, se eu achar que ele é perigoso, eu vou destruí-lo. Quero que compreenda isso.

– É claro que compreendo. Ele não chegaria perto de você. O escolhido fui eu, e é fácil ver por quê.

– Ele o escolheu porque você é descuidado, extravagante e vaidoso. Não digo isso como ofensa. Sinceramente. Você gosta de ser visto, abordado e compreendido e de criar situações difíceis, agitar tudo para ver se chega à fervura e se Deus não o agarra pelos cabelos. Muito bem, Deus não existe. É possível que você seja Deus.

– Você e David... a mesma ladainha, as mesmas advertências, só que ele afirma ter visto Deus e você diz que Ele não existe.

– David viu Deus? – perguntou ele, em tom respeitoso.

– Não de verdade – murmurei, com um gesto de desprezo. – Mas vocês dois me censuram do mesmo modo. Marius também.

– Naturalmente você escolhe entre as vozes que o censuram. Sempre fez isso, do mesmo modo que escolhe aqueles que se voltam contra você e enfiam uma faca no seu coração.

Ele falava de Claudia, mas eu não podia pronunciar o nome dela. Eu sabia que talvez o magoasse profundamente se o fizesse, como se estivesse atirando uma praga no seu rosto. Tive vontade de dizer: "Você contribuiu, você estava lá quando eu a criei e também quando ela empunhou a faca!"

– Não quero ouvir mais nada! – falei. – Você vai recitar a ladainha das suas limitações durante todos os anos tediosos da sua vida, não vai? Muito bem, eu não sou Deus. Não sou o Diabo do inferno, embora às vezes eu me passe por ele. Não sou o maldito e astucioso lago. Não invento cenários horríveis do mal. E não posso abafar a minha curiosidade ou o meu espírito. Sim, quero saber se o homem é capaz de fazer isso. Quero saber o que acontece. E não vou desistir.

– E cantará o hino da vitória eternamente, embora não haja nenhuma vitória para ser cantada.

– Ah, mas há sim. Tem de haver.

– Não. Quanto mais aprendemos, mais ficamos convencidos de que não há vitórias. Não poderíamos voltar à natureza, fazer o possível para suportar e nada mais?

– Essa é a definição mais insignificante de natureza que já ouvi. Olhe com atenção... não a poesia, mas o mundo lá fora. O que você vê na natureza? O que faz as aranhas se esconderem entre as tábuas do assoalho, o que faz as traças com suas asas multicoloridas parecerem enormes flores do mal voando no escuro? O tubarão no mar, por que ele existe? – Apoiei as mãos na mesa e o encarei. – Eu tinha tanta certeza de que você compreenderia. E a propósito, não sou monstro desde que nasci! Nasci como uma criança mortal, como você. Mais forte do que você! Com mais vontade de viver do que você! Foi crueldade sua dizer isso.

– Eu sei. Estava errado. Às vezes você me assusta tanto que tenho de ofendê-lo. É tolice. Estremeço só de pensar que você podia ter morrido no deserto! Não suporto a ideia de uma existência sem você. Você me deixa furioso! Por que não zomba de mim? Já fez antes.

Tirei as mãos da mesa e virei de costas para ele. Olhei para a relva que ondulava com a brisa do rio e para os elos da trepadeira que formavam uma cortina na frente da porta aberta.

– Não vou zombar de você – falei. – Mas vou fazer o que falei, não quero mentir para você. Meu Deus, será que não compreende? Se eu puder ficar cinco minutos num corpo mortal, quanto posso aprender?

– Tudo bem – disse ele, desanimado. – Espero que descubra que o homem o seduziu com um monte de mentiras, que tudo que ele deseja é o Sangue Negro, e que você o mande direto para o inferno. Mais uma vez, estou avisando, se eu o vir, se ele me ameaçar, eu o mato. Não tenho a sua força. Dependo do meu anonimato, do fato de a minha ridícula memória, como você diz, ter sido tão apagada do mundo deste século que ninguém acredita que eu tenha existido.

– Não deixarei que ele faça mal a você, Louis. – Voltei-me com um olhar maldoso. – Eu jamais deixaria que alguém lhe fizesse mal.

Com essas palavras, eu o deixei.

É claro que era uma acusação. Antes de partir, certifiquei-me de que Louis a sentira agudamente como tal.

Na noite em que Claudia voltou-se contra mim, ele ficou parado, uma testemunha indefesa, odiando o que ela fazia, mas sem pensar em interferir, nem quando eu o chamei.

Louis carregou o que ele pensou ser meu corpo sem vida e o atirou no pântano. Ah, ingênuos principiantes, pensando que era tão fácil livrarem-se de mim.

Mas para que pensar nisso agora? Louis me amava naquele tempo, embora talvez não soubesse. Eu nunca tive dúvida do meu amor por ele e por aquela criança infeliz e zangada.

Louis lamentou minha morte, tenho de admitir. Mas, afinal, ele é tão bom nisso! Ele usa a desgraça como os outros usam o veludo. O sofrimento o enfeita como a luz das velas. As lágrimas o adornam como joias.

Nada desse lixo combina comigo.

Voltei à minha cobertura, acendi minhas maravilhosas lâmpadas elétricas e chafurdei no materialismo decadente durante algumas horas, assistindo a um desfile infindável de imagens na tela gigantesca da televisão, depois dormi por algum tempo no meu sofá macio, antes de sair para a caçada.

Eu estava cansado, com meu relógio biológico desregulado por causa de tantas viagens. Sentia sede também.

Tudo era silêncio além das luzes do Quarter e dos arranha-céus da cidade, eternamente iluminados. Nova Orleans mergulhava rapidamente na semiobscuridade, tanto nas ruas da zona rural que já descrevi, quanto no meio dos prédios e casas tristonhas de tijolos do centro da cidade.

Atravessei essas áreas comerciais desertas, com suas fábricas e armazéns fechados e casas pequenas e pobres, e cheguei a um lugar maravilhoso perto do rio que talvez tivesse um significado especial só para mim e ninguém mais.

Era um campo aberto, ao lado do cais, que se estendia além dos pilones das rodovias que davam acesso às pontes gêmeas sobre o rio e as quais eu sempre chamei, desde a primeira vez em que as vi, de Dixie Gates.

Devo confessar que o mundo oficial escolheu um nome muito menos charmoso para as duas pontes. Mas eu dou pouca atenção ao mundo oficial. Para mim, elas sempre serão as Dixie Gates e, sempre que volto para casa, vou até um lugar de onde possa admirar suas inúmeras luzes piscantes.

Compreendam, não se trata de uma obra de arte como a Brooklyn Bridge, que mereceu a admiração do poeta Hart Crane. Não têm a grandeza solene da Golden Gate de San Francisco.

Mas são pontes e todas as pontes são belas e nos fazem meditar. Quando são iluminadas como aquelas, sua estrutura se envolve numa aura mística.

Quero acrescentar que o mesmo milagre das luzes ocorre no escuro da noite na região rural do sul com as enormes refinarias de petróleo e usinas elétricas, que se erguem num esplendor magnífico da terra plana e invisível. Além disso, elas ainda possuem a glória das chaminés por onde sai a fumaça constante das chamas do gás. A Torre Eiffel é hoje não uma mera estrutura de ferro, mas uma escultura de estonteante luz elétrica.

Mas estamos falando de Nova Orleans, e nessa noite caminhei em direção à região deserta da margem do rio, limitada, de um lado, pelas casas pequenas, escuras e pobres, e, do outro, por armazéns abandonados. Na extremidade norte ficam os maravilhosos depósitos de ferro-velho e as cercas de grades de aço cobertas por lindas trepadeiras floridas.

Ah, campos de pensamento, campos de desespero. Eu gostava de andar naquela terra árida, entre o mato alto e pedaços de vidro espalhados, ouvindo o pulsar do rio, embora não o pudesse ver, olhando para o brilho rosado e distante do centro da cidade.

Parecia a essência do mundo moderno, aquele lugar horrendo e esquecido, aquele abismo enorme no meio de pitorescos prédios antigos onde quase nunca passava um carro nas ruas desertas e supostamente perigosas.

Preciso explicar que essa área, a despeito das ruas escuras que lhe dão acesso, nunca estava completamente às escuras. As luzes das rodovias e das lâmpadas das ruas próximas fluíam até ela, criando uma obscuridade moderna que parecia não vir de fonte alguma.

Dá vontade de correr para ela, não dá? Você não está morrendo de vontade de vaguear nessa rua, no meio do lixo?

Falando sério, é divinamente triste ficar ali parado, uma figura pequenina no cosmo, estremecendo com o ruído abafado da cidade, com o gemido distante das máquinas espantosas dos complexos industriais e o ronco de um ou outro caminhão que passa acima da cabeça.

Fui a um prédio de apartamentos abandonado e fechado com tábuas e nos quartos cheios de lixo encontrei um par de assassinos drogados, com os quais me alimentei lenta e silenciosamente, deixando-os inconscientes, mas vivos.

Voltei para o campo aberto e solitário, caminhando com as mãos nos bolsos, chutando as latas que encontrava, e andei em círculos sob a rodovia. Depois dei um salto e caminhei para o braço norte da Dixie Gate mais próxima.

Como é profundo e escuro o meu rio. O ar é sempre frio acima dele e, apesar da tênue neblina que a tudo cobria, eu podia avistar uma infinidade de estrelas pequeninas e cruéis.

Por muito tempo eu andei, pensando em tudo o que Louis dissera, em todas as palavras de David, ainda ansiando por meu encontro com o estranho Raglan James na noite seguinte.

Finalmente, fiquei farto até do meu rio. Percorri mentalmente o centro da cidade à procura do espião mortal e não o encontrei. Procurei nos bairros da periferia e não o encontrei. Mesmo assim, senti-me inseguro.

Tarde da noite, fui na direção da casa de Louis – escura e deserta àquela hora – e vaguei pelas ruas estreitas, meio que procurando meu espião mortal e sempre alerta. Certamente Louis estava a salvo no seu santuário secreto, seguro dentro do caixão para o qual se retirava muito antes do nascer do dia.

Voltei ao campo, cantarolando e dizendo a mim mesmo que as Dixie Gates com todas as suas luzes me faziam lembrar os belos barcos a vapor do século XIX, que pareciam enormes bolos de casamento enfeitados com velas, deslizando na água. A metáfora parece inadequada? Não me importa. Ouvia a música dos barcos a vapor na minha mente.

Tentei imaginar o próximo século e as formas que ele nos traria e como iria combinar o feio e o belo com nova violência, como acontece em cada novo século. Estudei os pilones das rodovias, arcos graciosos de aço e concreto, escultura suave, simples e monstruosa, hastes de relva delicadamente curvas.

O trem, enfim, chegou, com seu barulho metálico nos trilhos distantes, na frente dos armazéns, com sua monótona fila de vagões de carga deselegantes e horrendos, sobressaltando com seu apito estridente a minha alma demasiado humana.

A noite se fechou em completo vazio quando o último apito e o último chacoalhar metálico morreu na distância. Não havia nenhum carro nas pontes e a névoa pesada se estendia silenciosa sobre todo o rio, obscurecendo as estrelas que começavam a empalidecer.

Eu estava chorando outra vez. Pensava em Louis e nas suas advertências. Mas o que podia fazer? Eu não sabia o que era resignação. Jamais saberia. Se aquele miserável do Raglan James não comparecesse ao encontro, eu percorreria o mundo à procura dele. Não queria falar mais com David, não queria ouvir suas advertências. Sabia que ia levar a cabo o meu intento.

Continuei a olhar para as Dixie Gates. Não me saía da cabeça a beleza das luzes piscantes. Eu queria ver uma igreja com velas acesas – centenas de velas bruxuleantes como as que vi em Notre-Dame. A fumaça erguendo-se como prece dos seus pavios.

Uma hora até o nascer do sol. Tempo suficiente. Dirigi-me lentamente para o centro da cidade.

A Catedral de St. Louis fica trancada à noite, mas aquelas fechaduras nada significavam para mim. Fiquei na parte da frente da igreja, no vestíbulo escuro, olhando as velas sob a estátua da Virgem. Os fiéis faziam as oferendas na caixa de moedas de bronze antes de acenderem as velas. Luzes de vigília, eles as chamavam.

Muitas vezes à noite eu sentava na praça, ouvindo aquela gente entrar e sair. Eu gostava do cheiro da cera, gostava da pequena igreja escura que parecia não ter mudado no último século. Respirei fundo, então tirei do bolso duas notas de um dólar amassadas e as enfiei na abertura da caixa.

Apanhei o longo pavio de cera, mergulhei numa chama antiga e levei o fogo para uma vela nova, vi a pequena língua de luz ficar cor de laranja e brilhante.

"Que milagre", pensei. Uma chama pequenina pode fazer tantas outras, uma pequenina chama pode pôr fogo no mundo. Na verdade, com aquele gesto simples, eu acabava de aumentar a soma de luz no universo.

Um grande milagre, para o qual jamais haverá explicação, e não há Deus e o Diabo conversando em nenhum café em Paris. Entretanto, as teorias absurdas de David me acalmaram quando meditei sobre elas sonhadoramente. "Crescei e multiplicai-vos", disse o Senhor, o grande Senhor Jeová – da carne de dois uma multidão de filhos, como um grande fogo de duas pequenas chamas...

Ouvi um ruído agudo, distinto, soando na igreja como passos fortes e pausados. Fiquei petrificado, atônito por não ter percebido que havia alguém ali. Então lembrei-me da Notre-Dame e do som de passos de crianças. De repente senti medo. Ela estava ali, não estava? Se eu olhasse para o lado, ia vê-la, talvez com a touca na cabeça e os cachos do cabelo soltos pelo vento e as mãos protegidas por luvas de lã, e ela olharia para mim com aqueles olhos imensos. Cabelos dourados e lindos olhos.

O som outra vez. Odiei o medo que sentia!

Voltei-me lentamente e vi Louis aparecendo da sombra. Apenas Louis. A luz das velas aos poucos revelou o rosto plácido e um pouco emaciado.

Vestia um casaco velho e empoeirado, e a camisa muito gasta estava aberta no pescoço. Ele parecia estar com frio. Aproximou-se de mim devagar e segurou meu ombro com dedos firmes.

– Algo de terrível vai acontecer a você outra vez – disse ele com a luz das velas brincando delicadamente em seus olhos verde-escuros. – Você vai ver, eu sei.

– Vou sair vitorioso – falei, com um riso meio constrangido, feliz por tê-lo ao meu lado. Depois dei de ombros. – Você não sabe disso ainda? Eu sempre venço.

Espantava-me que ele tivesse me encontrado, que tivesse me procurado quando faltava tão pouco para o nascer do dia. Eu tremia ainda por causa das coisas que acabara de imaginar: que ela estivesse ali, que tivesse vindo como nos meus sonhos, e eu queria saber por quê.

De repente, fiquei preocupado com Louis. Ele parecia tão frágil com a pele pálida e as mãos longas e delicadas. Mas, como sempre, eu sentia a força fria que emanava dele, a força da ponderação, de quem não faz nada por impulso, de quem examina cada detalhe por todos os ângulos, de quem escolhe com cuidado suas cartas. De quem nunca brinca com o sol no começo do dia.

Louis se afastou bruscamente e saiu da igreja. Fui atrás dele, esquecendo-me de trancar a porta, um gesto imperdoável, suponho, pois a paz das igrejas não deve ser perturbada, e o vi caminhando na manhã escura, pela calçada, perto do condomínio Pontalba, no outro lado da praça.

Louis andava com pressa, a passos largos, graciosos e leves. A luz estava chegando, cinzenta e letal, com um reflexo opaco nas vitrines, sob o telhado de beirais largos. Eu podia suportá-la por mais uma hora, talvez. Louis não podia.

Lembrei então que não sabia onde estava o caixão dele e a que distância da praça. Eu não tinha a menor ideia.

Antes de chegar à esquina mais próxima do rio, Louis virou para trás. Acenou para mim e naquele gesto havia mais afeição do que em qualquer coisa que ele pudesse dizer.

Voltei para trancar a porta da igreja.

8

Na noite seguinte, fui imediatamente para a Jackson Square.

O terrível vento do norte chegou afinal a Nova Orleans, gelado e agressivo. Isso pode acontecer a qualquer momento durante o inverno, embora em alguns anos não aconteça. Parei primeiro na minha cobertura para vestir um casaco pesado de lã, feliz pela nova sensação na minha pele bronzeada.

Poucos turistas enfrentavam o mau tempo para visitar os cafés e as confeitarias ainda abertas perto da catedral, e o tráfego estava barulhento e apressado. O sebento e velho Café du Monde estava repleto e com as portas fechadas.

Eu o avistei imediatamente. Uma sorte.

Como sempre, os portões da praça foram fechados no começo da noite, o que era muito inconveniente. Ele estava no lado de fora, de frente para a catedral, olhando ansiosamente em volta.

Por um momento pude observá-lo, antes que me visse. Era um pouco mais alto do que eu, um metro e noventa aproximadamente, e tinha um corpo muito benfeito, como eu já havia notado antes. Como eu calculara, não passava dos vinte e cinco anos. Usava roupas caras – capa de chuva forrada de pele, de corte perfeito, e uma echarpe vermelha de *cashmere*.

Quando me viu, um estremecimento de ansiedade e inebriante prazer percorreu seu corpo. O sorriso estranho tentava em vão disfarçar o pânico. Olhou para mim quando me aproximei, movendo-me como um humano.

– Ah, Monsieur de Lioncourt, o senhor parece um anjo – murmurou ele com voz entrecortada. – A sua pele bronzeada está maravilhosa. Um esplêndido aperfeiçoamento. Perdoe-me por não ter dito isso antes.

– Então está aqui, sr. James – falei, erguendo as sobrancelhas. – Qual é a sua proposta? Não gosto do senhor. Fale depressa.

– Não seja grosseiro, Monsieur de Lioncourt. Estaria cometendo um erro terrível em me ofender, um erro terrível. – A voz igual à de David. Provavelmente da mesma geração. E, sem dúvida, um quê da Índia no sotaque.

"Está certo", disse ele em pensamento. "Passei muitos anos na Índia também. E algum tempo na Austrália e na África."

– Ah, então lê meus pensamentos com facilidade.

– Não, não com tanta facilidade como pensa, e agora provavelmente não conseguirei mais.

– Eu vou matá-lo se não disser como conseguiu me seguir e o que quer.

– Sabe o que quero – retrucou ele, com uma risada fria, olhando para mim e depois para o lado. – Falei por meio dos contos, mas não posso falar aqui nesse frio gelado. Isso é pior do que Georgetown, onde eu moro. Eu esperava escapar desse tipo de clima. Por que me obrigou a ir a Paris e a Londres nesta época do ano? – Outra risada quase espasmódica e fria. Obviamente ele não podia olhar para mim por mais de um minuto, como se eu fosse uma luz ofuscante. – Estava muito frio em Londres, e detesto o frio. Aqui estamos no trópico, não estamos? Ah, você com seus sonhos sentimentais de inverno e neve.

Não tive tempo de disfarçar meu espanto. Por um momento, fui dominado pela raiva, mas logo me controlei.

– Vamos ao café – sugeri, apontando para o French Market, do outro lado da praça. Caminhei apressado pela calçada, confuso e ansioso demais para continuar a falar.

O café era barulhento e quente. Eu o conduzi a uma mesa no canto mais distante da porta, pedi o famoso *café au lait* para nós dois e fiquei rígido e em silêncio, abominando a mesa pegajosa e sinistramente fascinado por aquele homem. Ele estremeceu de frio, tirou a echarpe vermelha com um gesto nervoso, tornou a enrolá-la no pescoço e finalmente descalçou as luvas de couro macio, guardou-as no bolso, tirou outra vez, calçou uma delas e deixou a outra sobre a mesa, depois a apanhou e calçou.

Havia algo de decididamente horrível naquele homem, no modo como seu corpo esplêndido era acionado pela mente nervosa e nos seus acessos de riso cínico. Mas eu não conseguia tirar os olhos dele. Sentia um prazer malévolo em observá-lo. E acho que ele sabia disso.

Sob o belo rosto escondia-se uma inteligência alerta. Naquele momento compreendi o quanto tinha me tornado intolerante para com qualquer pessoa tão jovem.

O café foi servido e segurei com as mãos nuas a xícara quente. Deixei que a fumaça subisse para meu rosto. Os olhos grandes e castanhos me observavam como se fosse ele o fascinado e tentava, com grande esforço, sustentar calmamente o meu olhar. Boca deliciosa, pestanas bonitas, dentes perfeitos.

– Que diabo há com você? – perguntei.

– Você sabe. Já descobriu. Não gosto deste corpo, Monsieur de Lioncourt. Um ladrão de corpos tem algumas dificuldades, como deve imaginar.

– Então você é um ladrão de corpos.

– Sim, de primeira classe. Mas já sabia disso quando concordou com este encontro, não sabia? Deve perdoar minha ocasional deselegância. Durante a maior parte da vida fui um homem magro e pequeno, quase emaciado. Nunca tive tanta saúde.

Suspirou, o rosto jovem entristecido por um momento.

– Mas esses capítulos estão encerrados agora – disse, com certo embaraço. – Vamos ao ponto, considerando seu enorme intelecto sobrenatural e sua vasta experiência...

– Não zombe de mim, sua coisa insignificante – falei, em voz baixa. – Se brincar comigo, eu o faço em pedaços lentamente. Já disse que não gosto de você. Nem gosto do nome que escolheu.

Isso o calou e ele ficou paralisado. Talvez tivesse se deixado dominar pela ira ou estava petrificado de medo. O mais provável é que o medo tivesse dado lugar à raiva fria.

– Tudo bem – disse, suavemente e muito sério, sem nenhuma agitação. – Quero trocar de corpo com você. Quero seu corpo por uma semana. Vou providenciar para que fique com este. É jovem e saudável. Evidentemente, gosta da aparência dele. Se quiser, posso mostrar vários certificados de saúde. Antes de me apossar dele, passou por um exame completo. Ou melhor, antes de roubá-lo. Como pode ver, é muito forte, extremamente forte.

– Como faz isso?

– Vamos fazer juntos, Monsieur de Lioncourt – disse ele, educadamente, a voz cada vez mais polida e cortês. – É impossível roubar um corpo quando se trata de uma criatura como o senhor.

– Mas você tentou, não tentou?

Olhou para mim calado, por um momento, pensando na melhor resposta.

– Bem, não pode me culpar por isso, pode? – implorou ele. – Do mesmo modo que não posso culpá-lo por beber sangue. – Sorriu ao pronunciar "sangue". – Mas, na verdade, estava tentando chamar sua atenção, o que não é fácil. – Parecia sincero. – Além disso, é necessário certo nível de cooperação, por mais insignificante que seja esse nível.

– Sim – respondi –, mas qual é o mecanismo? Se é que posso chamá-lo assim... Como é essa cooperação? Seja específico. Não acredito que possa ser feito.

– Ora, é claro que acredita – afirmou gentilmente, com a paciência de um professor. Parecia quase uma personificação de David, sem seu vigor. – De que outro modo eu poderia ter me apossado deste corpo? – Fez um gesto indicando a própria pessoa e continuou: – Devemos nos encontrar no lugar apropriado. Então saímos dos nossos corpos, o que o senhor sabe fazer muito bem e descreveu com tanta eloquência nos seus livros, e depois tomamos posse do outro corpo. Na verdade, é simples, exigindo apenas coragem e força de vontade. – Suas mãos tremiam violentamente quando ergueu a xícara e tomou um gole de café quente. – Para você, será apenas um teste de coragem.

– O que me permite permanecer no novo corpo?

– Não haverá ninguém por perto para tirá-lo, Monsieur de Lioncourt. Compreenda, isso é diferente da possessão. Ah, a possessão é uma batalha. Quando entrar neste corpo, não terá de enfrentar nenhuma resistência. Pode ficar até resolver sair.

– É muito estranho! – falei, irritado. – Sei que já se escreveu muito sobre isso, mas há alguma coisa definitivamente...

– Deixe-me pôr em perspectiva – disse em voz baixa, estranhamente paciente. – Estamos lidando com ciência, mas uma ciência ainda não codificada pelas mentes científicas. O que temos são registros de poetas e de aventureiros do oculto, incapazes de anatomizar o que acontece.

– Exatamente. Como você disse, eu já fiz isso, quero dizer, viajar para fora do meu corpo. Mas não sei o que acontece. Por que o corpo não morre quando o deixamos? Eu não compreendo.

– A alma tem mais de uma parte, bem como o cérebro. Certamente deve saber que uma criança que nasce sem o cerebelo pode viver se tiver o que chamamos de medula oblonga.

– Uma terrível possibilidade.

– É bastante comum, pode ter certeza. Vítimas de acidentes com lesão irreversível do cérebro podem respirar e até bocejar quando dormem, enquanto o cérebro inferior estiver funcionando.

– E você pode possuir esses corpos?

– Ah, não, preciso de um cérebro saudável para tomar posse completa, todas as células precisam estar em ordem e funcionando, capazes de se adaptar à *mente invasora*. Guarde bem minhas palavras, Monsieur de Lioncourt. O cérebro não é a mente. E não estamos falando de possessão, eu repito, mas de algo infinitamente mais perfeito. Permita que eu continue, por favor.

– Continue.

– Como eu dizia, a alma tem mais de uma parte, bem como o cérebro. A parte maior... identidade, personalidade, consciência, se quiser... é que se solta e viaja, mas a pequena alma residual permanece no corpo e o mantém animado, por assim dizer. Do contrário, morreria, é claro.

– Compreendo. A alma residual anima a medula, é isso que quer dizer.

– Sim. Quando sair do seu corpo, vai deixar a alma residual. E quando entrar neste corpo, vai encontrar a alma residual. A mesma que encontrei quando tomei posse dele. Essa alma vai se ligar ávida e automaticamente a qualquer outra alma de nível superior. Ela quer abraçar a alma mais elevada. Sem ela, sente-se incompleta.

– E em caso de morte, as duas almas se retiram?

– Exatamente. As duas saem juntas, a residual e a maior, numa ejeção violenta. Então, o corpo se torna uma concha sem vida e começa a se decompor. – Olhou para mim por um momento com aquela paciência aparentemente sincera e depois disse: – Acredite, a força da verdadeira morte é muito maior. Não há perigo algum no que pretendemos fazer.

– Mas, se essa pequena alma residual é tão receptiva, por que não posso, com todo o meu poder, expulsar uma alma mortal do seu corpo e entrar nele?

– Porque a alma superior tentaria retomá-lo, Monsieur de Lioncourt. Mesmo que não compreendesse o processo, ia continuar tentando. As almas não gostam de ficar sem um corpo. E embora a alma residual receba bem o invasor, alguma coisa nela reconhece a alma da qual originalmente era uma parte. Se houver uma luta, vai escolher a primeira. Até mesmo uma alma aturdida e confusa tem força para tentar a recuperação do seu corpo mortal.

Fiquei calado e, por mais que suspeitasse dele e procurasse não me esquecer de manter a guarda, reconheci que havia certa coerência na explicação.

– A possessão é sempre uma batalha sangrenta – disse ele. – Veja o que acontece com espíritos do mal, fantasmas, esse tipo de coisa. Sempre acabam sendo expulsos, mesmo que o vitorioso não saiba o que aconteceu. Quando o padre chega com incenso, água benta e sua cantilena, está incitando a alma residual a expulsar o intruso e puxar para dentro a alma original.

– Mas, na troca com cooperação dos dois lados, ambas as almas ganham novos corpos.

– Exatamente. Acredite, se pensa que pode pular para dentro de um corpo humano sem a minha ajuda, experimente e vai entender o que estou dizendo. Não se pode sentir verdadeiramente os cinco sentidos de um mortal enquanto houver uma batalha dentro dele.

Seu tom se tornou mais cauteloso e confidencial.

– Olhe outra vez para este corpo, Monsieur de Lioncourt – disse, com voz suave. – Pode ser seu, real e completamente seu. – Suas pausas pareciam tão precisas quanto as palavras. – Faz um ano que o viu pela primeira vez, em Veneza. Desde então, ele abriga um intruso. Vai abrigá-lo também.

– Onde o conseguiu?

– Roubei, como já disse. O antigo dono está morto.

– Precisa ser mais específico.

– Preciso mesmo? Detesto me incriminar.

– Não sou um mortal agente da lei, sr. James. Sou um vampiro. Fale de modo que eu possa compreender.

Com uma risada abafada e irônica, respondeu:

– O corpo foi escolhido com muito cuidado. A mente do antigo dono não estava mais funcionando. Ah, não havia nada de errado no seu organismo, absolutamente nada. Como já disse, ele foi extensamente examinado. Tornou-se uma espécie de cobaia de laboratório. Não se movia. Não falava. Seu raciocínio estava destruído, por mais que as células saudáveis do cérebro continuassem a funcionar, como sempre fazem. Consegui a troca por estágios. Expulsá-lo do corpo foi simples. O que exigiu toda minha habilidade foi atraí-lo para meu velho corpo e deixá-lo dentro dele.

– Onde está seu velho corpo agora?

– Monsieur de Lioncourt, não há a menor possibilidade de a alma antiga vir reclamar este corpo, pode ter certeza.

– Quero ver uma fotografia do seu antigo corpo.

– Para quê?

– Porque pode me dizer muitas coisas a seu respeito, mais talvez do que está dizendo. Eu exijo. Não farei nada sem ver a foto.

– Não fará nada? – continuou com o sorriso cortês. – E se eu me levantar e for embora?

– Eu mato seu corpo esplêndido antes que possa tentar. Ninguém neste café vai perceber. Vão pensar que está bêbado e que caiu nos meus braços. Faço isso o tempo todo.

Ele ficou em silêncio, mas percebi que estava pensando nas opções. Compreendi o quanto ele estava saboreando tudo aquilo, durante toda a nossa conversa. Era como um grande ator, absorto no papel mais desafiador da sua carreira.

Com um sorriso inesperado e sedutor, descalçou devagar a luva da mão direita e tirou do bolso uma antiga fotografia que me estendeu. Vi um homem macilento com cabelo branco ondulado e farto. Calculei que devia ter uns cinquenta anos. Vestia uma espécie de uniforme branco com uma pequena gravata borboleta.

Era um homem de boa aparência, mais frágil do que David, mas com certa elegância britânica e um sorriso agradável. Estava encostado numa grade que podia ser a amurada de um navio. Sim, era um navio.

– Sabia que eu ia pedir isto, não sabia?

– Mais cedo ou mais tarde.

– Quando foi tirada?

– Isso não importa. Por que quer saber? – Deixou transparecer uma leve irritação, mas logo a dominou. – Há dez anos – disse, com voz menos firme. – Serve para o que quer?

– Então você deve ter... o quê? Sessenta e poucos, talvez?

– Digamos que está certo – respondeu ele com um sorriso largo e conspirador.

– Como aprendeu tudo isso? Por que outras pessoas não fizeram o mesmo?

Ele me observou de cima a baixo friamente e pensei que ia perder a calma. Então voltou à atitude cortês e delicada.

– Muitas pessoas o fizeram – disse, assumindo um tom de confidência. – Seu amigo David Talbot podia ter lhe contado isso, mas não quis. Ele mente, como todos aqueles feiticeiros da Talamasca. São religiosos. Pensam que podem controlar as pessoas, usam seus conhecimentos para controlar.

– Como sabe tanto sobre eles?

– Fui um membro da Ordem – disse, com um brilho malicioso nos olhos e sorriu outra vez. – Eles me expulsaram. Acusaram-me de estar usando meus poderes em proveito próprio. De que outro modo poderia ser, Monsieur de Lioncourt? Como usar nossos poderes se não for em proveito próprio?

Então, Louis tinha razão. Fiquei calado. Tentei ler a mente dele, sem resultado. O que consegui foi uma forte sensação da sua presença física, do calor que emanava dele, da fonte quente do seu sangue. Suculento, essa era a palavra que descrevia aquele corpo, não importa o que pudesse pensar da sua alma. Não gostei da sensação porque me deu vontade de matá-lo na mesma hora.

– Descobri tudo sobre você por meio da Talamasca – disse ele, com o mesmo tom confidencial. – É claro que já conhecia seus pequenos livros de ficção. Leio tudo sobre o assunto. Por isso, usei aqueles contos para me comunicar. Mas foi nos arquivos da Talamasca que descobri que suas ficções não eram ficções.

Continuei calado, furioso por Louis ter acertado.

– Tudo bem – falei, afinal. – Compreendo tudo isso sobre as duas partes do cérebro e da alma, mas e se você não quiser devolver meu corpo depois da troca, e eu não tiver força suficiente para recuperá-lo? O que o impede de desaparecer para sempre com o meu corpo?

Ele ficou imóvel por um momento, depois falou lenta e cuidadosamente.

– Um suborno muito grande.

– Ah.

– Dez milhões de dólares numa conta bancária esperando por mim, quando recuperar este corpo. – Tirou do bolso um cartão de plástico com o retrato do seu novo rosto. Havia também a impressão digital do polegar e seu nome, Raglan James, além de um endereço em Washington.

– É óbvio que pode providenciar isso. Uma fortuna que só será entregue ao homem com este rosto e esta impressão digital. Não pensa que eu deixaria de receber uma fortuna dessas, pensa? Além disso, não quero o seu corpo para sempre. Nem mesmo *você* o quer para sempre, quer? Foi muito eloquente na descrição das suas agonias, sua angústia, sua longa e ruidosa descida ao inferno e por aí vai. Não. Quero seu corpo por pouco tempo. Existem muitos corpos por aí esperando que eu me aposse deles, muitos tipos de aventuras.

Examinei o pequeno cartão.

– Dez milhões – falei. – Um preço bastante alto.

– Não é nada para você, sabe muito bem. Sei que tem milhões guardados nos bancos internacionais sob seus imaginosos pseudônimos. Uma criatura com seus poderes formidáveis pode adquirir todo o dinheiro do mundo. Só os vampiros vulgares dos filmes de segunda classe vagueiam pela eternidade vivendo ao deus-dará e nós dois sabemos disso.

Limpou os lábios delicadamente com um lenço de linho, depois tomou outro gole de café.

– Suas descrições do vampiro Armand, no livro *A Rainha dos Condenados*, despertaram minha curiosidade – disse ele. – A forma como ele usa seus poderes preciosos para fazer fortuna e criar sua grande empresa, a Ilha da Noite, um nome encantador. Fiquei extasiado. – Sorriu e continuou, com a mesma voz amável e macia: – Não tive dificuldade para documentar e anotar suas afirmações, embora sabendo tão bem quanto o senhor que seu misterioso companheiro há muito abandonou a Ilha da Noite e desapareceu dos registros dos computadores... pelo menos até onde pude averiguar.

Fiquei calado.

– Além disso, dez milhões é uma pechincha pelo que estou oferecendo. Quem mais já lhe fez essa oferta? Não existe mais ninguém... neste momento, quero dizer... que possa ou queira fazer isso.

– E suponha que *eu* não queira desfazer a troca, no fim de uma semana? – perguntei. – Suponha que eu queira ser humano para sempre.

– Para mim, está tudo bem – disse ele, graciosamente. – Posso me desfazer do seu corpo quando quiser. Muitos outros estarão dispostos a tirá-lo das minhas mãos. – Seu sorriso se tornou repleto de respeito e admiração.

– O que vai fazer com o meu corpo?

– Aproveitar. Desfrutar a força, o poder! Já tive tudo que o corpo humano pode oferecer: juventude, beleza, resistência. Já estive até no corpo de uma mulher. A propósito, não recomendo de modo nenhum. Agora quero o que *você* tem para oferecer. – Entrecerrou os olhos e inclinou a cabeça para o lado. – Se existissem anjos com corpos físicos pairando por aí, eu talvez procurasse um deles.

– A Talamasca não tem registro de anjos?

Ele hesitou, depois riu discretamente.

– Anjos são puro espírito, Monsieur de Lioncourt. Estamos falando de corpos, certo? Sou viciado nos prazeres da carne. E os vampiros são monstros com corpos, não são? Vivem de sangue. – Outra vez percebi uma chamada nos olhos dele quando pronunciou "sangue".

– Qual é o seu jogo? – perguntei. – Quero dizer, de verdade. Qual é a sua paixão? Não pode ser o dinheiro. O que planeja fazer com ele? O que vai usá-lo para comprar? Experiências que ainda não teve?

– Sim. Posso dizer que sim. Experiências que ainda não tive. Obviamente sou sensualista, na falta de uma palavra melhor, mas, se quer saber a verdade, e não vejo motivo para mentirmos um para o outro, sou um ladrão em todos os sentidos. Não sinto prazer em coisa alguma quando não tenho de negociar, conseguir fraudulentamente ou roubar. É o meu modo de tirar alguma coisa do nada, pode-se dizer, o que me torna semelhante a Deus!

Parou, como que empolgado com as próprias palavras. Seus olhos dançavam e então olhou para a xícara quase vazia com um sorriso misterioso.

– Está acompanhando meu pensamento, não está? – perguntou. – Roubei estas roupas. Tudo que tenho na minha casa, em Georgetown, foi roubado: cada móvel, cada quadro, cada pequeno objeto de arte. A própria casa foi roubada, ou podemos dizer, me foi entregue sob um lodaçal de falsas impressões e falsas esperanças. Acho que chamam a isso de falcatrua. Tudo a mesma coisa. – Sorriu orgulhoso, com tanta emoção que me surpreendeu. – Todo o dinheiro que tenho foi roubado. Assim como o carro que dirijo em Georgetown e as passagens aéreas que usei para persegui-lo por todas as partes do mundo.

Eu não disse nada. Era um homem muito estranho, pensei, intrigado e ao mesmo tempo sentindo repulsa, a despeito dos seus modos finos e sua aparente sinceridade. Estava representando, mas era um desempenho quase perfeito. E o rosto encantador, a cada nova revelação, parecia mais expressivo e maleável. Deixei de lado meus pensamentos. Precisava saber muito mais.

– Como conseguiu me seguir por toda parte? Como sabia onde eu estava?

– Para ser franco, de dois modos. O primeiro é evidente. Posso sair do meu corpo por pequenos períodos e, nesse tempo, percorrer vastas extensões à sua procura. Mas não gosto dessa viagem sem corpo. Além disso, não é fácil encontrá-lo. Você se fecha completamente por longos tempos, então é se expõe sem qualquer cuidado numa explosão de visibilidade, e seus movimentos não seguem nenhum padrão. Muitas vezes, quando eu o localizava e levava meu corpo para o lugar, você já tinha partido.

"Existe outro modo, quase tão mágico – a internet. Você usa vários pseudônimos. Já descobri quatro deles. Geralmente não consigo chegar a tempo quando o descubro por meio do computador. Mas posso estudar suas pegadas. Então, quando você volta pelo mesmo caminho, sei onde posso surpreendê-lo."

Fiquei calado, atônito com a satisfação que ele parecia ter com tudo aquilo.

– Aprovo seu gosto pelas cidades – disse ele. – Gosto dos hotéis que escolhe... o Hassler, em Roma, o Ritz, em Paris, o Stanhope, em Nova York. E, é claro, o Park Central, em Miami, pequeno e encantador. Ah, não fique tão desconfiado. É muito fácil localizar pessoas por meio da internet. Não é preciso subornar empregados de hotel para ver o número do cartão de crédito nem ameaçar funcionários de banco para revelar coisas que não deveriam. Pequenos truques funcionam muito bem. Não é preciso ser um assassino sobrenatural para fazer isso. Não, de modo algum.

– Você usa a internet para roubar?

– Sempre que posso – disse ele, com um leve trejeito dos lábios. – Eu roubo por todos os métodos. Nada está abaixo da minha dignidade. Mas não sou capaz de roubar dez milhões de dólares. Se pudesse, não estaria aqui. Não sou tão inteligente. Fui apanhado duas vezes. Estive na prisão. Foi lá que aperfeiçoei a arte de viajar fora do corpo, pois não tinha outra escolha. – O sorriso era cansado e sarcástico.

– Por que está me contando tudo isso?

– Porque seu amigo, David Talbot, vai lhe contar. E porque eu acho que devemos nos entender. Estou farto de correr riscos. Este é o grande negócio, seu corpo... e dez milhões de dólares quando eu devolver.

– O que significa para você? – perguntei. – Tudo isso me parece tão mundano.

– Acha mundano dez milhões de dólares?

– Acho. Você trocou um corpo velho por um novo. É jovem outra vez! E o passo seguinte, se eu consentir, será o meu corpo, meus poderes. Mas o que importa para você é o dinheiro. É de fato apenas o dinheiro e nada mais.

– As duas coisas! – disse ele, com desafiadora amargura. – São muito semelhantes. – Com esforço evidente, recobrou a calma. – Você não compreende, porque adquiriu a riqueza e o poder ao mesmo tempo – continuou. – Imortalidade e um grande esquife cheio de ouro e pedras preciosas.

Não é essa a história? Você saiu da torre de Magnus imortal e rico como um rei. Ou é tudo mentira? Não há dúvida de que você é real. Mas não tenho certeza a respeito de tudo que escreveu. Porém, acho que entende o que estou dizendo. Você também é um ladrão.

Senti-me invadido por um assomo de raiva. De repente, ele me parecia mais desagradável do que quando estava ansioso e agitado. Seus modos controlados e discretos me enfureciam.

– Não sou ladrão – falei, em voz baixa.

– Sim, é – respondeu ele, com espantosa simpatia. – Você sempre rouba as suas vítimas. Sabe muito bem disso.

– Não, nunca roubo, a não ser... quando preciso.

– Acredite no que quiser. Eu acho que você é um ladrão. – Inclinou-se para a frente, os olhos brilhando outra vez, e continuou com a voz suave e tranquila: – Você rouba o sangue que bebe, não pode negar.

– O que houve com você na Talamasca? – perguntei.

– Eu já disse. A Talamasca me expulsou. Fui acusado de usar meus dons para conseguir informação para uso pessoal. Fui acusado de fraude. E de roubo, é claro. Seus amigos da Talamasca foram muito tolos e muito bitolados. Eles me subestimaram completamente. Deviam ter reconhecido o meu valor. Podiam ter me estudado. Deviam pedir para que eu ensinasse tudo que sei.

"Em vez disso, me expulsaram. Seis meses de gratificação. Uma ninharia. E recusaram meu último pedido... passagem de primeira classe para os Estados Unidos, no *Queen Elizabeth 2*. Teria sido simples para eles atender o meu pedido. Deviam-me muito mais do que isso depois de tudo que revelei. Deviam ter atendido." Suspirou e olhou de soslaio para mim, depois para a xícara. "Pequenas coisas têm importância neste mundo. Muita importância."

Não respondi. Olhei outra vez para a fotografia, o homem no convés do navio, mas acho que ele não percebeu. Seus olhos dançavam, passando pelo movimento barulhento do café, as paredes, o teto e os turistas que entravam e saíam, sem ver realmente coisa alguma.

– Tentei negociar com eles – continuou com a voz suave e calma. – Ofereci algumas vantagens ou algumas respostas, você sabe. Mas recusaram, não era do feitio deles! E o dinheiro não significa coisa alguma para eles nem para você. Foram honestos demais e nem sequer consideraram a minha proposta. Deram-me uma passagem de avião de segunda e um cheque correspondente a seis meses de ordenado. Seis meses! Ah, estou tão cansado de todos esses pequenos altos e baixos!

– Por que pensou que podia enganá-los?

– Eu os *enganei* – disse ele, com um leve sorriso nos olhos. – Não são muito cuidadosos com seus inventários. Na verdade, não têm ideia de quantos tesouros consegui roubar. Jamais saberão. É claro que você foi o verdadeiro furto... o segredo da sua existência. Ah, descobrir aquele pequeno cofre repleto de relíquias foi realmente uma sorte. Compreenda, não tirei nada do que pertenceu a você no passado: casacos apodrecidos do seu armário em Nova Orleans, pergaminhos com sua assinatura, havia até um medalhão com o rosto daquela maldita criança...

– Cuidado com a língua – murmurei.

Ele abaixou a voz.

– Desculpe. Não quis ofender.

– Que medalhão? – perguntei.

Será que ele podia ouvir meu coração disparado? Procurei ficar imóvel, evitando que o sangue me subisse ao rosto.

Quase com humildade, ele respondeu:

– Um medalhão de ouro num cordão, com uma miniatura oval dentro dele. Ah, eu não o roubei, juro. Deixei onde estava. Pergunte ao seu amigo Talbot. Ainda está no cofre.

Esperei, mandando meu coração ficar parado e afastando qualquer imagem do medalhão da minha mente.

– O caso é que foi apanhado pela Talamasca e eles o expulsaram.

– Não precisa me insultar – disse ele, humildemente. – Podemos fazer nosso pequeno negócio sem qualquer incidente desagradável. Sinto muito ter mencionado o medalhão, eu não...

– Quero pensar na sua proposta – falei.

– Isso pode ser um erro.

– Por quê?

– Arrisque! Aja rapidamente. Agora. E por favor, lembre-se, se me fizer algum mal, estará jogando fora essa oportunidade para sempre. Sou a única chave para essa experiência. Faça uso de mim ou nunca mais vai saber o que é ser humano. – Chegou tão perto de mim que senti seu hálito no rosto. – Nunca vai saber como é caminhar sob o sol, saborear uma refeição verdadeira, fazer amor com uma mulher ou com um homem.

– Quero que você vá agora. Saia desta cidade e nunca mais volte. Quando estiver pronto, vou procurá-lo no seu endereço em Georgetown. E a troca não vai ser por uma semana. Pelo menos, não na primeira vez. Será...

– Posso sugerir dois dias?

Não respondi.

– E se começarmos com um dia? – perguntou ele. – Se gostar, podemos combinar um tempo maior.

– Um dia. – Minha voz soou em um tom estranho. – Um período de vinte e quatro horas... na primeira vez.

– Um dia e duas noites – disse ele, com calma. – Permita-me sugerir a próxima quarta-feira, logo depois do pôr do sol, como você gosta. Faremos a segunda troca na sexta-feira, antes do amanhecer.

Não respondi.

– Tem esta noite e a noite de amanhã para se preparar – disse ele, persuasivo. – Depois da troca, terá toda a noite de quarta-feira e todo o dia de quinta. É claro que terá também a noite de quinta-feira até... digamos, duas horas antes do sol nascer na sexta. Isso me parece bastante razoável.

Ele me observou com atenção e depois ficou mais ansioso.

– Ah, e traga um dos seus passaportes. Não importa qual. Mas eu quero um passaporte e alguns cartões de crédito e dinheiro no bolso, além dos dez milhões. Compreendeu?

Continuei calado.

– Você sabe que vai dar certo.

Eu não disse nada.

– Acredite, tudo que falei é verdade. Pergunte a Talbot. Não nasci belo como me vê agora. E este corpo está neste minuto esperando por você.

Silêncio.

– Procure-me na quarta-feira – disse ele. – Vai ficar muito satisfeito. – Fez uma pausa e então continuou, com voz ainda mais suave: – Escute, eu... sinto que o conheço – murmurou. – Sei o que você quer! É horrível querer uma coisa e não ter. Ah, mas saber então que está ao seu alcance!

Ergui os olhos lentamente para os dele. O rosto bonito estava tranquilo, inexpressivo, e os olhos pareciam miraculosos, frágeis e atentos. A pele parecia macia como cetim. Então ouvi a voz outra vez, num murmúrio sedutor, as palavras com uma sugestão de tristeza.

– Isso é uma coisa que só nós dois podemos fazer – disse. – De certo modo é um milagre que só você e eu podemos entender.

De repente, o rosto pareceu monstruoso com sua beleza tranquila; até a voz parecia monstruosa, com o timbre sonoro e eloquente, tão repleta de empatia e até mesmo afeição, talvez até amor.

Tive vontade de agarrar a criatura pelo pescoço, sacudir até ele perder a compostura e aquela aparência de profunda emoção, mas nem podia pensar em fazer isso. Eu estava mesmerizado pelos olhos e pela voz. Estava me deixando hipnotizar, como tinha permitido que aquelas sensações de assalto físico me dominassem. Ocorreu-me então que permitia tudo isso porque aquela criatura me parecia tão frágil e tola e eu estava tão seguro da minha força.

Mas não era verdade. Eu queria fazer aquilo! Queria fazer a troca.

Só depois de algum tempo ele tirou os olhos dos meus. Estaria apenas fazendo sentir seu poder? O que se passava naquela alma inteligente, astuta e fechada? Um ser capaz de trocar de corpo! Que podia viver dentro do corpo de outra pessoa.

Com gestos lentos, ele tirou uma caneta do bolso, escreveu o nome e o endereço do banco num guardanapo de papel e me entregou. Eu guardei no bolso, sem dizer uma palavra.

– Antes de fazermos a troca, vou lhe dar meu passaporte – disse ele, me encarando. – O que tem a fotografia do meu rosto verdadeiro, é claro. Vou deixá-lo confortavelmente na minha casa. Espero que tenha algum dinheiro no bolso. Você sempre tem. Vai achar a casa bastante acolhedora e gostar de Georgetown. – As palavras eram como dedos macios batendo nas costas da minha mão, irritantes, mas vagamente excitantes. – É um lugar muito civilizado e antigo. É claro que está nevando. Você sabe. Faz frio. Se você não quiser fazer a troca num clima frio...

– A neve não me incomoda – falei, em voz baixa.

– Sim, é claro. Bem, vou deixar alguns bons agasalhos – garantiu ele, com o mesmo tom conciliatório.

– Esses detalhes não importam. – Que tolo ele era pensando que eram importantes. Eu senti meu coração frear.

– Bem, não sei. Quando for humano, poderá vir a descobrir que muitas coisas são importantes.

"Para você talvez", pensei. "Para mim, tudo que importa é estar nesse corpo e estar vivo." Mentalmente vi a neve daquele último inverno no Auvergne. Vi o sol se derramando sobre as montanhas, e vi o pequeno padre da paróquia do povoado tremendo de frio no grande salão, queixando-se para mim dos lobos que atacavam à noite. Claro, eu ia caçar os lobos. Era meu dever. Não me importava que ele estivesse lendo esses pensamentos.

– Ah, mas não quer sentir o gosto da comida? Não quer tomar um bom vinho? O que me diz de uma mulher ou um homem? Vai precisar de dinheiro e um lugar agradável para morar, é claro.

Não respondi. Eu vi o sol na neve. Ergui devagar os olhos para o rosto dele. Pensei em como parecia estranhamente gracioso com aquela expressão de quem procura agradar; na verdade, era muito parecido com David.

Ele ia continuar sua descrição dos prazeres de ser humano, mas eu ergui a mão, pedindo silêncio.

– Está bem – falei. – Acho que vai me ver na quarta-feira. Digamos, uma hora depois do anoitecer? Ah, e quero avisar uma coisa. Sobre essa fortuna de dez milhões de dólares. Só estará à sua disposição durante duas horas na manhã de sexta-feira. Terá de comparecer pessoalmente. – Toquei levemente no ombro dele. – Esta pessoa, é claro.

– É claro. Não vejo a hora.

– E vai precisar de uma senha para completar a transação. Só vai saber qual é o código quando devolver meu corpo, como combinamos.

– Não. Nada de senhas. A transferência de fundos deve estar completamente e irrevogável antes do banco fechar na tarde de quarta-feira. Na sexta-feira, tudo que terei de fazer é aparecer pessoalmente, permitir que tirem minha impressão digital, se você insistir, e depois passaremos o dinheiro para meu nome.

Fiquei calado, pensando.

– Afinal, meu belo amigo – disse ele –, e se você não gostar do seu dia como um ser humano? Se achar que não valeu todo esse dinheiro?

– Vai valer – murmurei, mais para mim do que para ele.

– Não – disse ele, com paciência insistente. – Nada de senhas.

Olhei para ele com atenção. Ele sorriu e parecia inocente e jovial. Meu Deus, isso tem de significar *alguma coisa* para ele, todo esse vigor da juventude. Como não o deixou deslumbrado, pelo menos por um tempo? No começo talvez tenha achado que acabava de conquistar tudo que queria.

– Nem chegou perto! – disse ele, de repente, como se não pudesse evitar que as palavras saíssem dos lábios. Não me contive e ri. – Deixe-me contar um pequeno segredo acerca da juventude – sugeriu com extrema frieza. – Bernard Shaw disse que é desperdiçada nos jovens. Você se lembra dessa observação inteligente e superestimada?

– Sim.

– Muito bem, não é verdade. Os jovens sabem o quanto a juventude pode ser difícil e terrível. O horror de tudo é que é um desperdício para qualquer pessoa. Os jovens não têm autoridade, não merecem respeito.

– Você está fora de si – falei. – Acho que não sabe usar muito bem o que rouba. Como pode não ficar encantado com tanta força? Sentir a glória da beleza que vê refletida nos olhos dos outros?

Ele balançou a cabeça.

– Isso compete a você desfrutar – disse ele. – O corpo é jovem do modo como você foi jovem. Vai ficar encantado com sua força, como disse. Vai sentir a glória de todos os olhares carinhosos.

Calou-se, tomou o último gole de café e olhou para a xícara.

– Nada de senhas – disse, delicadamente.

– Está bem.

– Ah, ótimo. – O sorriso era caloroso e cintilante. – Não esqueça que ofereci uma semana por essa quantia. A decisão de um dia é sua. Talvez depois de experimentar queira mais tempo.

– Pode ser – falei. Mais uma vez me distraí dos meus pensamentos, vendo-o calçar a luva na mão forte e quente.

– Outra troca vai custar outra bela soma – disse ele, jovialmente, todo sorrisos agora, ajeitando o cachecol dentro do casaco.

– Sim, é claro.

– O dinheiro na verdade *não* significa nada para você, não é mesmo? – perguntou ele, pensativo.

– Nada. – "Como deve ser trágico para você", pensei, "significar tanto."

– Bem, acho que devo ir agora, e deixar que comece seus preparativos. Eu o vejo na quarta-feira, como combinamos.

– Não pense em fugir de mim – retruquei em voz baixa, inclinando-me um pouco para a frente. Ergui a mão e toquei no rosto dele.

O gesto o sobressaltou. Ficou imóvel, como um animal selvagem pressentindo um perigo inesperado. Mas o rosto continuou calmo e meus dedos pousaram por um momento na pele macia e escanhoada.

Então deslizei a mão para a linha firme do queixo e para o pescoço. Ali a navalha passara também, deixando uma leve sombra escura. A pele era firme, surpreendentemente musculosa e limpa. Senti o perfume da juventude quando o suor brotou na testa dele e os lábios se ergueram num sorriso gracioso.

– Certamente você sentiu algum prazer em ser jovem – murmurei.

Mais uma vez, seus lábios se entreabriram, como que seguros da sedução do sorriso.

– Eu sonho os sonhos dos jovens – disse ele. – E sempre são sonhos de ficar mais velho, mais rico, mais sábio e mais forte, não acha?

Eu ri por um momento.

– Estarei lá na quarta-feira – disse ele com a mesma sinceridade aparente. – Pode ficar certo. Venha. Vai acontecer, eu prometo. – Inclinou-se para a frente e disse: – Você estará dentro deste corpo. – Outra vez o sorriso encantador. – Vai ver.

– Quero que você saia de Nova Orleans agora.

– Ah, sim, imediatamente. – Sem dizer mais nada, levantou, recuou alguns passos e, então, tentou disfarçar o medo. – Já tenho a passagem. Não gosto da sua cidade atrasada e suja. – Riu, como para se desculpar, e depois continuou como um professor censurando o aluno: – Conversaremos mais quando for a Georgetown. E não tente me espionar. Eu vou saber. Sou muito bom para detectar esse tipo de coisa. Até os membros da Talamasca ficaram admirados. Eles deviam ter me mantido na Ordem! Deviam ter me estudado!

– De qualquer modo, vou vigiá-lo – falei, imitando o tom baixo e cauteloso da voz dele. – Não me importa que você saiba.

Com uma risada rouca e discreta, inclinou de leve a cabeça numa despedida e caminhou com pressa para a porta. Era outra vez a criatura desajeitada e deselegante que mal podia conter a emoção. Realmente trágico, pois aquele corpo podia se mover como uma pantera com outra alma dentro dele.

Eu o assustei quando apareci ao seu lado, na calçada; na verdade, a surpresa quase descontrolou sua pequena e poderosa mente. Éramos quase da mesma altura.

– O que você quer fazer com meu corpo? – perguntei. – Quero dizer, além de fugir do sol todas as manhãs, como um inseto noturno ou uma lesma gigante?

– O que você acha? – disse ele, outra vez no papel do encantador cavalheiro inglês, com absoluta sinceridade. – Quero beber sangue. – Arregalou os olhos e inclinou-se para mim. – Quero tirar a vida da minha vítima enquanto faço isso. Esse é o objetivo, não é? Não é apenas o sangue que você rouba, mas a vida. Nunca roubei nada tão valioso. – E com um sorriso quase cúmplice, acrescenta: – O corpo, sim, mas não o sangue e a vida.

Eu o deixei ir, recuando tão rapidamente quanto ele havia recuado quando apareci. Meu coração disparou e estremeci quando olhei para ele, para aquele rosto belo e aparentemente inocente.

Ele continuou, sorrindo.

– Você é um ladrão por excelência. Cada respiração sua é roubada! Ah, sim, preciso do seu corpo. Preciso experimentar isso. Invadir os arquivos da Talamasca sobre vampiros foi um triunfo, mas possuir seu corpo e roubar sangue enquanto estiver dentro dele! Ah, está muito além das minhas mais perfeitas realizações! Você é o ladrão perfeito.

– Afaste-se de mim – murmurei.

– Ora, vamos, não seja tão sensível. Você detesta quando os outros o tratam assim. Você é privilegiado, Lestat de Lioncourt. Encontrou o que Diógenes procurava. Um homem honesto. – Outro largo sorriso e depois a risada que ele não conseguiu mais conter. – Eu o vejo na quarta-feira. E deve chegar cedo. Quero aproveitar a noite tanto quanto for possível.

Ele correu pela rua, acenando freneticamente, passou na frente dos carros tentando entrar num táxi que tinha parado para outra pessoa. Depois de uma pequena discussão, entrou no carro e bateu a porta na cara do outro candidato. Então ele e o táxi desapareceram.

Atordoado e confuso, fiquei ali na calçada por um longo tempo, incapaz de fazer um movimento. Apesar do frio da noite, as ruas estavam movimentadas, repletas de turistas, de carros que diminuíam a marcha quando passavam pela praça. Distraído, sem palavras, tentei ver a rua como devia ser à luz do sol. Imaginei o céu, vagamente azul naquele momento.

Então, levantei a gola do casaco.

Caminhei durante horas. Ouvia mentalmente a voz bela e educada.

Não é apenas o sangue que você rouba, mas a vida. Nunca roubei nada tão valioso. O corpo, sim, mas não o sangue e a vida.

Eu não podia enfrentar Louis naquele momento. Não suportava a ideia de falar com David. E se Marius viesse a saber, eu estaria acabado antes mesmo de começar. Quem sabe o que poderia fazer comigo só por pensar em seguir em frente com aquilo? Contudo, com toda a sua experiência, ele poderia me dizer se era verdade ou fantasia! Por todos os deuses, será que Marius jamais havia pensado em fazer algo do tipo?

Finalmente, voltei para meu apartamento, acendi as luzes e deitei no sofá macio de veludo, olhando para a cidade lá embaixo através da parede de vidro.

E por favor, lembre-se, se me fizer algum mal, estará jogando fora essa oportunidade para sempre... Faça uso de mim ou nunca mais vai saber o que é ser humano... Nunca vai saber como é caminhar sob o sol, saborear uma refeição verdadeira, fazer amor com uma mulher ou com um homem.

Pensei no poder de sair do próprio corpo físico. Eu não gostava desse poder, e nunca me acontecia espontaneamente, essa projeção astral, como é chamada, essa viagem do espírito. Na verdade eu podia contar nos dedos as vezes que fizera uso dele.

Com todo o sofrimento no deserto de Gobi, nem uma vez tentei sair do meu corpo, nem fui lançado para fora dele, nem mesmo pensei nessa possibilidade.

Na verdade, a ideia de estar desligado do meu corpo – de flutuar preso a terra, sem poder encontrar uma porta para o céu ou para o inferno – me apavorava. Na primeira vez que usei esse poder, compreendi que essa alma viajante, desligada do corpo, não poderia passar pelos portões da morte quando desejasse. Mas passar para o corpo de um mortal! Permanecer dentro dele, andar, sentir, ver como um mortal, ah, eu mal podia conter meu entusiasmo. Estava se transformando em puro sofrimento.

Depois da troca, terá toda a noite de quarta-feira e todo o dia de quinta. Todo o dia de quinta, todo o dia...

Finalmente, um pouco antes de amanhecer, telefonei para meu agente em Nova York. Ele não sabia da existência do meu agente em Paris e me conhecia apenas por dois dos meus nomes que eu há muito tempo não usava. Era pouco provável que Raglan James soubesse dessas duas identidades e dos seus recursos variados. Pareceu-me o caminho mais simples.

– Tenho um trabalho para você, muito complicado. E deve ser feito imediatamente.

– Sim, senhor, sempre, senhor.

– Tudo bem, vou lhe dar o nome e o endereço de um banco no Distrito de Colúmbia. Quero que anote...

9

Na noite seguinte providenciei todos os documentos necessários à transferência de dez milhões de dólares e os enviei por mensageiro ao banco em Washington, junto com a carteira de identidade e a foto de Raglan James, além de reiterar por escrito todas as minhas instruções, com a assinatura de Lestan Gregor, que, por vários motivos, foi o melhor nome que eu podia ter escolhido para aquele negócio.

Meu agente em Nova York conhecia também outro dos meus nomes, como eu já disse, e acertamos que esse nome não devia de modo algum aparecer na transação, mas que seria usado, junto com uma senha, se eu precisasse entrar em contato com ele para transferir dinheiro mediante uma simples instrução verbal.

Quanto ao nome Lestan Gregor, devia desaparecer completamente do registro assim que o sr. James entrasse na posse dos dez milhões. O restante da conta do sr. Gregor devia ser transferido para meu outro nome – que, a propósito, era Stanford Wilde, embora não tenha mais importância.

Todos os meus agentes estão acostumados a esse tipo de instruções estranhas – transferência de fundos, desaparecimento de identidades e a autoridade para enviar ordens de pagamento para qualquer parte do mundo mediante um simples telefonema meu. Mas eu fechei mais o sistema. Inventei senhas estranhas, de pronúncia difícil. Em suma, fiz todo o possível para reforçar a segurança das minhas identidades e para fixar os termos da transferência dos dez milhões do modo mais seguro.

A partir do meio-dia de quarta-feira, o dinheiro estaria numa conta no banco de Washington e só poderia ser retirado pelo sr. Raglan James, e somente entre as dez e as doze horas da sexta-feira. O sr. James deveria comprovar sua identidade por meio de fotografia, impressão digital e assinatura para que o dinheiro fosse depositado no seu nome. Um minuto depois das doze horas da sexta-feira a transação estaria anulada e o dinheiro deveria ser enviado de volta para Nova York. O sr. James seria informado de todas essas condições na tarde de quarta-feira, o mais tardar, e com a garantia de que nada poderia evitar a transferência, se todas as instruções fossem seguidas à risca.

Na minha opinião eu estava agindo com a maior segurança possível, mas acontece que, ao contrário do que pensava o sr. James, eu não era um ladrão. E sabendo que ele era, examinei à exaustão todos os aspectos da transação, quase compulsivamente, para ter certeza de que não conferia a ele nenhuma vantagem.

Mas, perguntei a mim mesmo, por que continuava a me enganar supondo que podia ainda desistir da experiência? Certamente era o que eu queria.

Enquanto eu pensava em tudo isso, sentado no escuro, o telefone tocava sem cessar no meu apartamento. Era David, tentando desesperadamente falar comigo. Não atendi, e depois de algum tempo, irritado, desliguei o telefone.

Era desprezível o que eu pretendia fazer. Aquela criatura abjeta ia usar meu corpo, sem dúvida para cometer crimes sinistros e cruéis. E eu ia permitir, apenas para ser humano. Como podia explicar isso, sob qualquer aspecto, a qualquer conhecido?

Cada vez que eu pensava na possibilidade de os outros descobrirem a verdade – *qualquer* um deles –, eu estremecia e afastava a ideia da minha mente. Tomara que estivessem todos muito ocupados por todo esse mundo vasto e hostil, cuidando dos próprios interesses.

Era muito melhor pensar na coisa toda com ansiosa expectativa. E o sr. James tinha razão sobre o dinheiro, é claro. Dez milhões não significavam coisa alguma para mim. Carreguei minha grande fortuna através dos séculos, aumentando seu valor sem nenhum esforço, e ela se tornou tão grande que nem eu sabia exatamente a quanto montava.

E mesmo sabendo o quanto o mundo é diferente para um mortal, não compreendia por que o dinheiro era tão importante para o sr. James. Afinal, estávamos lidando com magia extremamente poderosa, de imensa força sobrenatural, com um devastador potencial de conhecimentos espirituais e de atos demoníacos, se não heroicos. Mas estava claro que dinheiro era tudo que o filho da mãe queria. E talvez fosse melhor assim.

Imaginem como seria perigoso se ele tivesse ambições realmente grandiosas. Mas não tinha.

E eu *queria* aquele corpo humano. E ponto final.

O resto era, na melhor das hipóteses, tentativas de explicação. E, à medida que as horas passavam, foi exatamente o que eu fiz.

Por exemplo, seria tão desprezível assim a entrega do meu poderoso corpo? O vermezinho não sabia nem usar o corpo humano que tinha. Transformou-se num perfeito cavalheiro inglês por meia hora, no café, depois anulou tudo com os gestos desajeitados assim que se levantou da cadeira. Jamais poderia usar a força do meu corpo. Não seria capaz de orientar meus poderes telecinéticos, por mais espiritualista que ele fosse. Podia se dar bem com a telepatia, mas, quando se tratasse de provocar um transe ou um encantamento, eu não acreditava que ele tivesse a mínima ideia de como usar esses dons. Eu duvidava até que ele conseguisse se mover com rapidez. Na verdade, seria desajeitado e ineficiente. Voar provavelmente seria impossível. E era capaz até de arranjar alguma encrenca.

Sim, era uma sorte ele ser um miserável e mesquinho trapalhão. Melhor do que um deus num acesso de fúria, certamente. Quanto a mim, quais eram os meus planos?

A casa em Georgetown, o carro, nada significavam para mim. Fui sincero quando disse a ele que queria me sentir vivo! E claro que ia precisar de dinheiro, comida e bebida. Mas não se paga nada para ver a luz do dia. Na verdade, para experiência espiritual e física de ser mortal outra vez. De modo algum eu me considerava igual ao miserável Ladrão de Corpos!

Restava, porém, uma dúvida. E se dez milhões não fossem suficientes para fazer com que ele devolvesse meu corpo? Talvez fosse melhor dobrar a quantia. Para uma pessoa com ambições tão mesquinhas, vinte milhões seriam sem dúvida um prêmio irresistível. No passado sempre achei conveniente dobrar a quantia cobrada por qualquer serviço, comprando desse modo uma lealdade de que nem os próprios beneficiados sabiam que eram capazes.

Telefonei outra vez para Nova York e instrui que a quantia fosse dobrada. É claro que meu agente pensou que eu tinha perdido o juízo. Usamos nossas novas senhas para confirmar a autenticidade da transação. Desliguei o telefone.

Estava na hora de falar com David ou partir para Georgetown. Eu fizera uma promessa a David. Fiquei imóvel, esperando o telefone tocar. Dessa vez atendi.

– Graças a Deus você está aí.

– O que aconteceu? – perguntei.

– Eu reconheci o nome Raglan James imediatamente e você está certo. O homem não está dentro do próprio corpo! A pessoa com quem você está tratando tem sessenta e sete anos. Nasceu na Índia, foi criado em Londres e foi preso cinco vezes. É um ladrão conhecido por toda a polícia da Europa e é o que eles chamam de vigarista nos Estados Unidos. Tem também poderosos dotes psíquicos, muito versado em magia sombria... um dos mais habilidosos que conhecemos.

– Foi o que ele me disse. Ele conseguiu entrar para a Ordem.

– Sim, conseguiu e foi uma das nossas maiores falhas. Mas, Lestat, esse homem é capaz de seduzir a Virgem Maria e roubar o relógio de bolso do Deus Vivo. Porém, ele mesmo se traiu depois de alguns meses. Isso é a parte mais importante do que quero dizer. Agora, por favor, escute. Esse tipo de adepto da magia sombria, ou feiticeiro, sempre acaba provocando a própria desgraça. Com os dons que possui, devia ser capaz de nos enganar para sempre, mas em vez disso usou sua habilidade para prejudicar os outros membros e roubar os nossos arquivos secretos!

– Ele me contou isso. E o que me diz dessa questão de troca de corpos? Pode haver alguma dúvida?

– Descreva o homem como você o viu.

Obedeci. Acentuei a altura e a robustez do seu físico. O cabelo espesso e brilhante, a pele macia e lisa. A beleza excepcional.

– Ah, estou olhando para a fotografia desse homem neste momento.

– Explique.

– Ele foi confinado por pouco tempo num hospital de Londres para criminosos insanos. Mãe anglo-indiana, o que pode explicar a excepcional beleza da pele que você descreveu e que eu estou vendo perfeitamente. O pai, chofer de táxi na cidade, morreu na prisão. O filho trabalhava numa oficina em Londres, especializada em carros muito caros. Como bico, vendia drogas para poder comprar os carros nos quais trabalhava. Certa noite, ele matou a família inteira... mulher, dois filhos, cunhado e a mãe... e depois entregou-se à polícia. Foi encontrada uma assustadora mistura de drogas no seu sangue, além de uma grande quantidade de álcool. As drogas que ele vendia para os jovens do bairro.

– Lesão dos sentidos, mas nenhum dano no cérebro.

– Exatamente, o acesso de fúria criminosa foi provocado pelas drogas, na opinião das autoridades. O homem jamais disse uma palavra depois do incidente. Permaneceu imune a qualquer estímulo até a terceira semana de confinamento no hospital, quando escapou misteriosamente, deixando o corpo de um atendente no seu quarto. Adivinhe quem era o atendente morto?

– James.

– Exato. Identificação *post-mortem* positiva das impressões digitais confirmada pela Interpol e pela Scotland Yard. James estava trabalhando há um mês no hospital, sob nome falso, antes do crime, sem dúvida esperando a chegada do corpo!

– E então ele alegremente matou o próprio corpo. Um filho da mãe corajoso.

– Bem, era um corpo muito doente, estava morrendo de câncer, para ser mais exato. A autópsia revelou que ele não viveria mais seis meses. Lestat, ao que sabemos, James pode ter contribuído para os crimes que puseram aquele jovem à sua disposição. Se ele não tivesse roubado esse corpo, teria entrado em outro no mesmo estado. E quando matou o próprio corpo, toda a ficha criminal de James foi enterrada com ele.

– Por que ele me disse seu verdadeiro nome, David? Por que me contou que foi membro da Talamasca?

– Para que eu pudesse verificar sua história, Lestat. Tudo que ele faz é calculado. Você não imagina como ele é astuto. Quer que você saiba que pode fazer o que prometeu! E que o antigo dono do corpo que está usando não pode interferir de modo algum.

– Mas, David, ainda não compreendo certas coisas. A alma do outro homem. Por que ela morreu naquele corpo velho? Por que ela... não saiu?

– Lestat, a pobre criatura provavelmente nunca soube que isso era possível. Sem dúvida, James manipulou a troca. Escute, tenho aqui registrado o testemunho de outros membros da Ordem a respeito de como esse homem os expulsou dos próprios corpos e possuiu os mesmos durante algum tempo. Tudo aquilo que você sentiu, a vibração, a constrição, eles também sentiram. Mas estamos falando aqui de pessoas cultas, membros da Talamasca. Esse mecânico não tinha conhecimento dessas coisas. Sua experiência com o sobrenatural se resumia a drogas. E só Deus sabe que ideias deviam estar misturadas com elas. Durante todo o tempo, James estava lidando com um homem em profundo estado de choque.

– E se tudo não passar de um ardil Inteligente? – ponderei. – Descreva James para mim, o homem que você conheceu.

– Magro, quase emaciado, olhos vibrantes e cabelo branco muito farto. Não um homem de má aparência. E, se estou lembrado, uma bela voz.

– Esse é o nosso homem.

– Lestat, seu fax de Paris não deixa nenhuma dúvida. A letra é de James. É a assinatura dele. Não compreende que ele descobriu tudo sobre você através da Ordem, Lestat? Para mim, é o aspecto mais assustador disso tudo, o fato de ele ter descoberto os nossos arquivos.

– Foi o que ele disse.

– Ele entrou para a Ordem com a intenção de ter acesso a esses segredos. Decifrou nosso sistema de computador. Não sabemos o que mais ele descobriu. Mas não resistiu à tentação de roubar um relógio de prata de um dos membros e um rosário de brilhantes do cofre. Ele pregou peças de mau gosto nos outros membros também. Invadiu os quartos deles para roubar! Você não pode manter mais nenhum contato com esse indivíduo! Está fora de cogitação.

– Agora está falando como o superior-geral, David.

– Lestat, estamos falando da troca! Significa pôr o seu corpo, com todos os seus dons, à disposição desse homem.

– Eu sei.

– Não pode fazer isso. E vou fazer uma sugestão que vai chocá-lo. Se você gosta de tirar vidas, Lestat, como me disse, por que não mata esse homem revoltante assim que puder?

– David, é seu orgulho ferido que está falando. E *estou* chocado.

– Não brinque comigo. Não temos tempo para isso. Já pensou que esse homem é bastante esperto para estar contando com sua natureza inconstante nesse jogo? Ele o escolheu para a troca exatamente como escolheu o pobre mecânico em Londres. Estudou todas as provas da sua natureza impulsiva, curiosa, sua temeridade. E é bem possível que tenha certeza de que não vai ouvir nenhuma palavra do que estou dizendo.

– Interessante.

– Fale mais alto, não estou ouvindo.

– O que mais pode me contar?

– De que mais você precisa?

– Quero entender como isso funciona.

– Por quê?

– David, compreendo seu ponto de vista sobre o pobre mecânico, ainda assim, não sei por que a alma não pulou fora quando James o atingiu com um golpe na cabeça.

– Lestat, você acaba de dizer. Um golpe na cabeça. A alma já estava embutida no novo cérebro. Não houve um momento de clareza ou de vontade para que ela tivesse se libertado. Mesmo com um feiticeiro esperto como James, se você provoca uma lesão grave nos tecidos do cérebro, antes da alma ter tempo de se soltar, ela não pode mais sair, e segue-se a morte física, levando a alma inteira para fora deste mundo. Se resolver dar cabo desse monstro miserável, tem de apanhá-lo de surpresa, e ter certeza de destruir o crânio dele como se fosse um ovo cru.

Eu ri.

– David, eu nunca o vi tão furioso.

– Isso é porque eu o conheço e acho que está disposto a fazer essa troca e que não deve!

– Quero mais algumas respostas. Preciso pensar mais no assunto.

– Não.

– Experiências de quase-morte, David. Você sabe, aquelas pobres almas que sofrem um infarto, entram num túnel, veem uma luz e depois voltam à vida. O que está acontecendo com elas?

– Sua teoria é tão boa quanto a minha.

– Não acredito. – Reproduzi, do melhor modo possível, o que James dissera sobre a medula e a alma residual. – Nessas experiências de quase morte, um pedacinho da alma ficou no corpo?

– Talvez, ou pode ser que esses indivíduos enfrentem a morte, passem realmente para o outro lado, mas a alma, completa, é mandada de volta. Eu não sei.

– Porém, seja qual for o caso, não se pode morrer simplesmente por sair do corpo, pode? Se no deserto de Gobi eu tivesse saído do meu corpo, não teria encontrado o portão de entrada, teria? Ele não estaria lá. O portão se abre unicamente para a alma completa.

– Sim. Até onde eu sei, sim – continuou, depois de uma pausa. – Por que me pergunta isso? Pensa ainda em morrer? Eu não acredito. Você ama desesperadamente a vida.

– Estou morto há dois séculos, David. O que me diz dos fantasmas? Os espíritos que ficam na Terra?

– Eles não encontraram o portão, embora estivesse aberto. Ou se recusaram a passar por ele. Escute, podemos falar sobre isso em outra noite qualquer, no futuro, passeando pelas ruas do Rio ou onde você preferir. O importante é você jurar que não vai fazer nenhum trato com esse feiticeiro, se não quiser aceitar minha sugestão de acabar com ele na primeira oportunidade.

– Por que você tem tanto medo dele?

– Lestat, tente compreender o quanto esse indivíduo pode ser destrutivo e cruel. Não pode entregar seu corpo a ele! É exatamente o que pretende fazer. Escute, se você quisesse ter um corpo mortal por algum tempo, eu seria absolutamente contrário à ideia, pois é uma coisa diabólica e antinatural! Mas entregar seu corpo a um sujeito como esse! Por todos os deuses, quer, por favor, vir a Londres? Deixe que eu o convença a desistir. Não acha que me deve pelo menos isso?

– David, você o investigou antes de ele entrar para a Ordem, não é verdade? Que tipo de homem ele é... Quero dizer, como ele se tornou essa espécie de feiticeiro?

– Ele nos enganou com uma quantidade incrível de mentiras muito bem elaboradas e de registros falsos. Ele gosta desse tipo de jogo. Além disso, é uma espécie de gênio da computação. Nossa verdadeira investigação foi feita depois que ele partiu.

– Então como foi que tudo começou?

– Família de comerciantes ricos. Muito dinheiro antes da guerra. A mãe foi uma médium famosa, aparentemente genuína e dedicada, e cobrava muito pouco por seus serviços. Em Londres, todos a conhecem. Lembro-me de ouvir falar nela muito antes de começar a me interessar por essas coisas. A Talamasca confirmou que ela era genuína mais de uma vez, mas ela recusou permitir que a estudassem. Era uma criatura frágil e muito amada pelo filho.

– Raglan – falei.

– Sim. Ela morreu de câncer. Dores terríveis. A sua única filha é costureira e trabalha ainda para uma casa especializada em artigos para noivas, em Londres. Um trabalho delicado e artístico. Está ainda muito abalada com a morte do irmão problemático, mas de certa forma aliviada. Falei com ela esta manhã. Ela disse que o irmão ficou destruído, quando ainda muito jovem, com a morte da mãe.

– Compreensível.

– O pai trabalhou durante quase toda a vida para a companhia de navegação Cunard e passou os últimos anos como camareiro na primeira classe do *Queen Elizabeth 2*. Muito orgulhoso da sua ficha profissional. Passou por grande escândalo e vergonha há não muito tempo, quando James foi empregado pela companhia, graças à influência do pai, e roubou quatrocentas libras, em dinheiro, de um dos passageiros. O pai o rejeitou e foi readmitido pela Cunard antes de morrer. Nunca mais falou com o filho.

– Ah, a fotografia no navio – falei.

– O quê?

– E, quando vocês o expulsaram, ele quis viajar naquele mesmo navio, de volta aos Estados Unidos... Primeira classe, é claro.

– Ele disse isso? É possível. Na verdade, esses detalhes não são da minha alçada.

– Não é importante, continue. Como ele se interessou pelo oculto?

– Ele tinha boa instrução. Estudou muitos anos em Oxford, embora às vezes tivesse de viver como um mendigo. Começou a estudar mediunidade antes mesmo da morte da mãe. Só iniciou a praticar na década de 1950, em Paris, onde logo conseguiu um grande número de seguidores, e então começou a fraudar os clientes do modo mais vulgar e óbvio e foi parar na prisão.

"O mesmo aconteceria em Oslo, mais tarde. Depois de uma série de empregos, incluindo trabalho braçal, fundou uma espécie de igreja espiritualista, roubou as poucas economias de uma viúva e foi deportado. Foi para Viena, onde trabalhou como garçom num hotel de primeira classe durante algumas semanas, até se tornar conselheiro espiritual dos ricos. Logo teve de deixar a cidade às pressas, escapando por pouco de ser preso. Em Milão, lesou um membro da aristocracia em alguns milhões, foi descoberto e deixou a cidade no meio da noite. Sua próxima parada foi Berlim, onde foi preso, mas, com boa conversa, conseguiu se livrar e voltou para Londres, onde o puseram novamente na cadeia."

– Altos e baixos – falei, lembrando as palavras dele.

– Esse é o padrão constante. Ele vai do emprego mais reles para uma vida de luxo extravagante, gastando quantias absurdas em roupas finas, automóveis caros, excursões em aviões a jato e então tudo desmorona por causa de crimes mesquinhos, fraudes e traições. Ele não consegue quebrar o círculo. *Sempre* é levado para baixo.

– É o que parece.

– Lestat, há algo de estúpido nessa criatura. Ele fala oito línguas, pode entrar em qualquer sistema de computador e possuir os corpos de outras pessoas o tempo suficiente para esvaziar seus cofres... a propósito, tem uma obsessão quase sexual por cofres de parede!... mas mesmo assim continua a usar truques ridículos que põem algemas nos seus pulsos! Teve dificuldade para vender os objetos roubados dos nossos cofres e acabou negociando-os no mercado clandestino por uma ninharia. O homem é realmente um renomado idiota.

Com uma risada discreta, falei:

– Os roubos são simbólicos, David. É uma criatura compulsiva e obsessiva. É tudo um jogo. Por isso não pode conservar o que rouba. Para ele, o que conta é o processo, nada mais.

– Mas, Lestat, é um jogo infinitamente destrutivo.

– Sei disso, David. Agradeço sua informação. Telefono depois.

– Espere um pouco, não pode desligar, não vou permitir, será que não compreende...

– É claro que compreendo, David.

– Lestat, há um ditado no mundo do oculto. Os semelhantes atraem semelhantes. Sabe o que significa?

– O que eu sei sobre o oculto, David? É a sua seara, não a minha.

– Não é hora para brincadeira.

– Desculpe. O que significa?

– Quando um feiticeiro usa seus poderes de modo mesquinho e egoísta, o feitiço sempre vira contra o feiticeiro.

– Agora você está sendo supersticioso.

– Estou falando de um princípio tão velho quanto a própria magia.

– Ele não é um mágico, David, apenas uma criatura com poderes psíquicos mensuráveis e definidos. Ele tem o dom de exercer a possessão sobre outras pessoas. Num caso que conhecemos, ele fez uma troca real.

– É a mesma coisa! Se usar esses poderes para fazer o mal a alguém, o mal recai sobre quem os usou.

– David, eu sou a prova evidente de que esse conceito é falso. Se continuar assim, daqui a pouco vai querer me explicar o conceito de carma e eu vou dormir de tédio.

– James é a quintessência do feiticeiro do mal! Já venceu a morte à custa de outro ser humano. Alguém precisa fazê-lo parar.

– Por que você não tentou *me* fazer parar, David, quando teve oportunidade? Eu estava à sua mercê em Talbot Manor. Podia ter descoberto um meio.

– Não procure me afastar com suas acusações!

– David, eu te amo. Entrarei em contato muito em breve. – Ia desligar quando me lembrei de outra coisa. – David, quero saber mais uma coisa.

– Sim, o que é? – Estava claramente aliviado porque eu não desliguei.

– Vocês ainda guardam aquelas nossas relíquias, coisas antigas que nos pertenceram, nos seus cofres?

– Sim – respondeu, constrangido. Aparentemente o assunto o envergonhava.

– Um medalhão – falei –, por acaso já viu um medalhão com o retrato de Claudia?

– Acho que sim. Verifiquei o inventário de todos aqueles itens depois do nosso primeiro encontro. Creio que havia um medalhão. Na verdade, tenho quase certeza. Devia ter dito para você, não devia?

– Não. Não tem importância. Era um medalhão num cordão, do tipo que as mulheres usam?

– Sim. Quer que o procure? Se o encontrar, entrego a você.

– Não, não agora. Talvez algum dia, mais tarde. Até logo, David. Logo falarei com você.

Tirei o telefone da tomada. Então havia um medalhão, um medalhão feminino. Mas para quem fora feito? E por que eu o via nos meus sonhos? Claudia não usaria o próprio retrato num medalhão. E, se usasse, eu lembraria. Quando tentei visualizar o objeto, ou lembrar a sua forma, fui invadido por uma estranha sensação de tristeza e temor. Tive a impressão de estar muito perto de um lugar escuro, um lugar repleto de morte. E como acontece muitas vezes nas minhas lembranças, ouvi risadas. Mas desta vez não era o riso de Claudia. Era o meu. Tive a sensação de juventude sobrenatural e de infinitas possibilidades. Em outras palavras, estava lembrando do jovem vampiro que eu fora, no século XVIII, antes do tempo desfechar seus golpes.

Muito bem, por que iria me importar com aquele maldito medalhão? Talvez eu tivesse captado a imagem da mente de James, enquanto ele me perseguia. Apenas um instrumento usado por ele para me atrair. A verdade era que eu jamais vira o medalhão. Teria sido melhor para ele escolher algo que tivesse pertencido a mim.

Não, essa explicação era simples demais. A imagem era muito vívida. Eu a vi nos meus sonhos antes de James invadir minhas aventuras. De repente, fiquei furioso. Precisava pensar em outra coisa, agora. Afaste-se de mim, Claudia. Por favor, apanhe seu medalhão, *ma chérie,* e vá embora.

* * *

Fiquei por um longo tempo sentado nas sombras, ouvindo o relógio sobre a lareira e o ruído ocasional do tráfego na rua.

Tentei pensar nos argumentos de David. Mas só conseguia pensar em uma coisa... Então James pode fazer isso, pode realmente fazer isso. Ele é o homem de cabelos brancos da fotografia e trocou de corpo com o mecânico, no hospital, em Londres. Pode ser feito!

Uma vez ou outra, o medalhão aparecia na minha mente – eu via a miniatura do rosto de Claudia artisticamente pintado a óleo. Mas eu não sentia nada mais, nem tristeza, nem raiva, nem a dor da perda.

Meu coração estava completamente voltado para James. Ele pode fazer! Não está mentindo. Eu posso viver e respirar naquele corpo! E quando o sol nascer em Georgetown, naquela manhã, eu o verei com aqueles olhos.

Cheguei a Georgetown uma hora antes da meia-noite. A neve pesada que caía desde o começo da noite empilhava-se nas ruas, limpa e bela, e amontoava-se na frente das portas das casas, tingia de branco as grades de ferro trabalhado e os caixilhos das janelas. A cidade era imaculada e encantadora – com prédios graciosos da época da Guerra Civil, quase todos de madeira, com as linhas simples do século XVIII, caracterizadas pela ordem e pelo equilíbrio, embora muitos tivessem sido construídos nas primeiras décadas do século XIX. Percorri durante longo tempo a rua M, deserta, com seus vários estabelecimentos comerciais, o campus silencioso da universidade próxima e depois as ruas alegremente iluminadas na encosta da colina.

A casa de Raglan James, na cidade, era uma estrutura de boa qualidade, de tijolo vermelho, que dava diretamente para a rua. A bonita porta de entrada tinha uma aldrava de bronze e dois lampiões a gás brilhavam atrás do vidro branco. Venezianas sólidas, de estilo antigo, enfeitavam as janelas, e a bandeira da porta era de vidro.

Olhei pelas janelas limpas, apesar da neve nos parapeitos, para as salas claras e em perfeita ordem. A decoração era elegante: couro branco, com uma discrição moderna e evidentemente dispendiosa. Havia numerosos quadros nas paredes – Picasso, De Kooning, Jasper Johns, Andy Warhol – e, intercaladas entre as telas multimilionárias, grandes fotografias de navios modernos. Na sala do andar térreo havia várias réplicas de navios de passageiros dentro de estojos de vidro. O sinteco do assoalho brilhava. Pequenos tapetes orientais, com desenhos geométricos, estavam espalhados por toda a parte e os ornamentos sobre as mesinhas de vidro e armários embutidos de teca eram quase todos chineses.

Meticulosa, moderna, dispendiosa e extremamente pessoal – essa era a personalidade da casa. A mim parecia o que as moradias dos mortais sempre pareciam: uma série de perfeitos cenários de teatro. Era impossível imaginar que eu pudesse ser mortal e morar naquela casa, nem que fosse por uma hora.

Na verdade, a limpeza e a ordem extremas dos pequenos cômodos davam a impressão de que ninguém vivia neles. A cozinha estava repleta de brilhantes panelas de cobre e aparelhos elétricos com portas de vidro, armários com alças visíveis para abri-los e pratos de cerâmica vermelha.

A despeito da hora, não encontrei James em lugar algum.

Entrei na casa.

No segundo andar ficava o quarto com uma cama baixa e moderna, nada mais do que um estrado de madeira com colchão, uma coberta de desenhos geométricos e vários travesseiros brancos – tão austeros e elegantes quanto o resto da casa. O guarda-roupa estava abarrotado de roupas caras, bem como as gavetas da cômoda chinesa e uma arca pequena entalhada a mão, ao lado da cama.

Os outros quartos estavam vazios, mas em nenhum havia o menor sinal de descuido. Não encontrei um computador. Sem dúvida, deveria estar em outro lugar.

Dentro da chaminé da lareira de um desses quartos vazios escondi uma parte da grande soma de dinheiro que trazia comigo.

A outra parte guardei atrás do espelho de parede no banheiro que não era usado.

Mera precaução. Eu não podia realmente imaginar o que era ser humano. Podia me sentir desamparado, sem saber o que fazer. Na verdade, não tinha ideia.

Subi para o telhado. Avistei James no sopé da colina, na esquina da rua M, carregando uma porção de embrulhos. Sem dúvida, todos roubados, pois àquela hora não havia nenhuma loja aberta. Eu o perdi de vista quando ele começou a subir a ladeira na direção da casa.

Então, sem fazer nenhum som capaz de ser ouvido por um mortal, apareceu um visitante estranho. Um cão enorme como que se materializou do nada e caminhou para os fundos da casa.

Senti o cheiro dele logo que se aproximou, mas só o vi quando cheguei à parte do telhado que dava para os fundos da casa. O normal teria sido ele farejar minha presença, perceber que eu não sou humano e começar a rosnar e latir.

Os cães sempre me causam muitas inconveniências através dos séculos, mas às vezes eu consigo provocar um transe e dominá-los. Ainda assim, sempre temi a rejeição instintiva que me magoa profundamente.

Aquele cão não latiu nem deu nenhum sinal de notar a minha presença. Olhava com atenção para a porta dos fundos da casa e para o quadrado amarelo desenhado na neve pela luz que passava pelo vidro da bandeira da porta.

Eu o observei em silêncio. Era um dos maiores cães que eu já tinha visto.

O pelo era longo e espesso, de uma cor dourada e cinza, e recoberto nas costas por uma espécie de sela de pelos mais longos e pretos. Parecia um lobo, mas era grande demais e não tinha a atitude furtiva e maléfica própria dos lobos. Ao contrário, seu porte era majestoso, ali sentado imóvel, olhando para a porta.

Na verdade, ele parecia um pastor alemão gigantesco, com o focinho preto e expressão alerta.

Quando chegou mais perto da beirada do telhado e finalmente ergueu os olhos para mim, fiquei admirado com a expressão inteligente e feroz dos olhos escuros e amendoados.

Ele não latiu nem rosnou. Parecia quase humano. Mas como explicar aquele silêncio? Eu não fiz nada para subjugá-lo, atraí-lo ou confundir sua mente canina. Nada. Não demonstrou nenhuma aversão instintiva.

Saltei para a neve na frente dele, e o animal continuou olhando para mim com aqueles olhos incrivelmente expressivos. Era tão grande, tão calmo, tão seguro que eu ri com prazer, olhando para ele. Não resisti e toquei o pelo macio entre suas orelhas.

Ele inclinou a cabeça para o lado, com um olhar quase carinhoso, e depois, para meu espanto, levantou a pata enorme e acariciou meu casaco. A pata era tão grande e tão pesada que me fez lembrar os mastins do meu passado. Tinha a graça lenta e pesada dos meus cães de caça. Inclinei-me para abraçá-lo, adorando sua força e seu peso, e o cão se ergueu nas pernas traseiras, apoiou as patas enormes no meu ombro e passou a língua grande e rosada no meu rosto.

Uma felicidade imensa me envolveu; pensei que ia chorar e depois comecei a rir nervosamente. Eu o acariciei e o abracei, adorando o cheiro do pelo limpo, e beijei o focinho preto e então olhei nos seus olhos.

Ah, foi isso que Chapeuzinho Vermelho viu, pensei, quando encontrou o lobo com a touca da sua avó, na cama. Na verdade, a expressão inteligente daqueles olhos chegava a ser engraçada.

– Por que você não me reconhece pelo que eu sou? – perguntei.

Então, quando ele sentou e com sua pose majestosa olhou para mim quase obedientemente, ocorreu-me que aquele cão era um presságio.

Não, "presságio" não era a palavra certa. Aquele dom, aquele presente, não vinha de ninguém. Era apenas algo para me lembrar do que eu pretendia fazer, por que eu queria fazer e do pouco que me importava com os riscos envolvidos.

Fiquei ao lado do cão acariciando-o por um longo tempo, no pequeno jardim, com a neve caindo, acumulando-se em volta de nós, e sentindo acentuar a dor na minha pele. As árvores eram vultos nus e escuros dentro da tempestade silenciosa. Se havia flores ou relva, estavam cobertas de neve, mas algumas estátuas de concreto escuro e uma cerca verde – que já não passava de uns poucos galhos finos e neve – marcavam o feitio retangular do espaço todo.

Depois de uns três minutos encontrei uma medalha de prata que pendia da corrente fina no pescoço do animal e a ergui para a luz.

Mojo. Ah, eu conhecia essa palavra. Mojo. Algo relacionado com vodu, gris-gris, encantamentos. Mojo era um amuleto protetor. "Um ótimo nome para um cão", pensei, esplêndido na verdade, e quando o chamei, ele se agitou um pouco e me acariciou outra vez com a pata enorme.

– Então é Mojo? – repeti. – Um belo nome.

Beijei o focinho áspero. Havia mais alguma coisa escrita na medalha. Era o endereço da casa de James.

De repente, o cão enrijeceu o corpo, com um movimento lento e gracioso ficou de pé em posição de alerta. James estava chegando. Ouvi seus passos rangendo na neve. Ouvi a chave na fechadura. Senti quando ele percebeu que eu estava muito perto.

Com um rosnado surdo e feroz o cão se aproximou lentamente da porta dos fundos da casa. Ouvi os passos de James no assoalho brilhante.

O cão latiu uma vez, zangado. James abriu a porta, fixou os olhos ensandecidos em mim, sorriu e atirou alguma coisa pesada no animal, que a evitou com um gesto rápido.

– É um prazer vê-lo! Mas chegou muito cedo – disse ele. Não respondi. O cão continuava a rosnar ameaçadoramente para ele.

– Livre-se dele! – exclamou, furioso. – Mate esse cão!

– Está falando comigo? – perguntei friamente. Com a mão na cabeça do animal, murmurei uma ordem para ele ficar quieto. Mojo chegou mais perto de mim, encostando na minha perna, e sentou-se ao meu lado.

James observou tudo isso tenso e tremendo de frio. Levantou a gola do paletó e cruzou os braços. A neve caía sobre ele como pó branco, cobrindo suas sobrancelhas e o cabelo.

– Ele pertence a esta casa, não pertence? – perguntei, com voz fria. – A esta casa, que você roubou, como tudo o mais?

A expressão de James era de ódio e de repente os lábios se ergueram num daqueles sorrisos malignos e medonhos. Desejei ardentemente que ele voltasse a ser o delicado lorde inglês. Era muito mais fácil para mim. Passou por minha mente a ideia de que qualquer espécie de negócio com aquele homem seria abjeto. Imaginei se Saul achava a Feiticeira de Endor tão repulsiva. Mas o corpo, ah, o corpo, era realmente esplêndido.

Mesmo furioso, encarando o cão, ele não conseguia desfigurar completamente a beleza do corpo.

– Bem, parece que você roubou o cão também – observei.

– Vou me livrar dele – murmurou James, olhando outra vez para o animal com desprezo feroz. – E você, o que resolveu? Não vou esperar a vida inteira. Ainda não me deu uma resposta definitiva. Quero uma agora.

– Vá ao banco amanhã de manhã – falei. – Vejo você à noite. Ah, mas há mais uma condição.

– O que é? – disse ele, com os dentes cerrados.

– Alimente o animal. Dê um pouco de carne para ele.

Então praticamente desapareci da frente dele e, quando olhei para trás, vi Mojo olhando para mim, através da noite e da neve e sorri, pensando que o cão havia visto o meu movimento rápido. A última coisa que ouvi foi James praguejando e batendo a porta com força.

Uma hora depois, eu estava deitado no escuro, esperando a chegada do sol lá em cima e pensando outra vez na minha juventude na França, nos cães deitados ao meu lado, naquela última caçada com os dois enormes mastins escolhendo com cuidado o caminho no meio da neve.

E o rosto do vampiro me espiando das sombras, em Paris, me chamando de "Matador de lobos" com uma expressão de insana reverência, antes de me arrastar como um pobre cordeiro para seu covil imundo.

Mojo, um presságio.

Assim, estendemos a mão para o caos furioso, apanhamos alguma coisa pequena e brilhante e nos agarramos a ela, dizendo para nós mesmos que ela tem significado, que o mundo é bom, que não somos a encarnação do mal e que no fim iremos para casa.

"Amanhã à noite", pensei, "se aquele maldito estiver mentindo, vou abrir seu peito e arrancar seu coração pulsando e atirá-lo para aquele belo animal. Aconteça o que acontecer, vou ficar com aquele cão."

E fiquei.

Antes de continuar esta história, quero dizer alguma coisa sobre esse cão. Ele não vai fazer coisa alguma neste livro.

Não vai salvar de afogamento nenhuma criança nem entrar numa casa em chamas para acordar os moradores de um sono quase fatal. Não está possuído por um espírito do mal nem é um cão vampiro. Aparece nesta narrativa simplesmente porque eu o encontrei na neve, atrás daquela casa em Georgetown e o amei, e, desde aquele primeiro momento, ele pareceu me amar. Foi tudo muito de acordo com as leis cegas e impiedosas nas quais eu acredito – as leis da natureza, como dizem os homens, ou as leis do Jardim Selvagem, como eu digo. Mojo amou a minha força e eu amei sua beleza.

E nada mais importava.

10

— Quero os detalhes – falei – de como você o expulsou do próprio corpo e como conseguiu fazer com que entrasse no seu.

Quarta-feira, afinal. Não fazia nem meia hora que o sol tinha desaparecido no horizonte. Eu o assustei quando apareci nos degraus dos fundos da casa.

Estávamos sentados na cozinha imaculada e branca, um lugar estranhamente desprovido de mistérios para aquele encontro esotérico. A única lâmpada numa elegante cúpula de cobre derramava uma luz rosada sobre a mesa entre nós dois, emprestando um falso aconchego à cena.

A neve continuava a cair e no porão da casa a fornalha roncava continuamente. Levei o cão para dentro, para grande irritação do dono da casa, e o acalmei com algumas palavras tranquilizadoras. O animal estava imóvel como uma esfinge, olhando para nós, as pernas dianteiras estendidas sobre o assoalho encerado. Uma vez ou outra, James olhava para ele, compreensivelmente apreensivo. Mojo parecia ter o diabo no corpo e o diabo parecia estar a par de toda a história.

James se mostrava mais à vontade do que em Nova Orleans. Voltara a ser o lorde inglês impecável, o que era vantajoso para seu corpo belo e forte. Vestia um suéter cinzento muito justo sobre o peito largo e calça escura.

Anéis de prata nos dedos e um relógio barato no pulso. Eu havia me esquecido desses itens. Ele me observava com um brilho malicioso nos olhos, muito mais suportável do que os sorrisos medonhos e ferozes. Eu não conseguia tirar os olhos dele, daquele corpo que logo seria meu.

É claro que eu sentia o cheiro do sangue, e isso acendia as brasas de uma paixão dentro de mim. Quanto mais eu olhava para ele, mais imaginava como seria beber seu sangue e acabar com tudo de uma vez por todas. Será que ele tentaria escapar do corpo e me deixar com uma concha vazia?

Olhei para os olhos dele e pensei: "Feiticeiro..." Uma excitação estranha obliterou por completo minha sede de sangue. Entretanto, acho que eu ainda não acreditava que ele pudesse fazer a troca. Para mim, a noite ia acabar com um banquete delicioso, nada mais.

Refiz minha pergunta.

– Como você encontrou este corpo? Como conseguiu fazer com que a alma dele passasse para o seu?

– Eu estava procurando um espécime bem como este: um homem psiquicamente em estado de choque, incapaz de um ato de vontade e de pensar, mas são de corpo e de cérebro. A telepatia ajuda muito nesses casos, pois só um telepata poderia alcançar o residual de inteligência ainda existente dentro dele. Tive de convencê-lo no nível mais profundo da inconsciência, por assim dizer, de que estava ali para ajudá-lo, de que eu sabia que ele era uma boa pessoa, de que estava do seu lado. E quando atingi o centro mais rudimentar, foi relativamente fácil roubar suas lembranças e manipular sua vontade. – Deu de ombros. – Pobre coitado. Suas respostas eram supersticiosas. Acho que no fim ele ficou convencido de que se tratava do seu anjo da guarda.

– E você o atraiu para fora do corpo?

– Sim, por meio de uma série de sugestões grotescas e bastante elaboradas, foi exatamente o que eu fiz. Nessa fase, a telepatia também ajudou muito. Só alguém com grande força psíquica pode manipular outra pessoa desse modo. Na primeira vez, ele subiu uns trinta ou sessenta centímetros e, bam, voltou para dentro. Mais um reflexo do que uma decisão. Mas eu fui paciente, ah, sim, muito paciente. Quando finalmente o atraí para fora pelo período de alguns segundos, saltei para dentro dele e focalizei minha intensa energia na tarefa de empurrá-lo para dentro do que restava de mim.

– Você descreve tudo com expressões muito delicadas.

– Bem, nós somos corpo e alma, você sabe – disse ele com um sorriso plácido. – Mas para que falarmos sobre isso agora? Você sabe sair do seu corpo. Não vai ser difícil para *você*.

– Talvez você tenha uma surpresa. O que aconteceu com ele depois que entrou no seu corpo? Ele sabia o que tinha acontecido?

– Não. Entenda que o homem estava psicologicamente incapacitado. Além disso, era um idiota ignorante.

– E você não lhe deu nenhum tempo, certo? Você o matou.

– Monsieur de Lioncourt, o que fiz foi um ato de misericórdia! Seria terrível deixá-lo naquele corpo, confuso como estava! Precisa compreender que ele não iria recobrar a consciência, não importa em que corpo estivesse. Assassinou a família toda. Até o bebê no berço.

– Você teve alguma coisa a ver com isso?

– Tem uma péssima opinião a meu respeito! De modo nenhum. Eu estava vigiando os hospitais à procura de um espécime. Eu sabia que ele ia aparecer. Mas por que essas perguntas agora? David Talbot não lhe disse que existem inúmeros casos de troca de corpos nos arquivos da Talamasca?

David não tinha me contado isso. Mas eu não o culpava.

– Há algum caso de assassinato? – perguntei.

– Não. Alguns foram negócios como o que estamos fazendo.

– Às vezes eu fico pensando... formamos um par estranho, nós dois.

– Sim, mas bem-combinados, tem de admitir. Este corpo que tenho para você é especial – disse ele, levando a mão ao peito largo. – Não tão belo quanto o seu, é claro. Mas muito bonito! É exatamente o que você precisa. Quanto ao seu corpo, o que mais posso dizer? Espero que não tenha dado atenção a David Talbot. Ele tem cometido erros fatais.

– Do que está falando?

– Ele está rendido àquela organização horrorosa – disse, com sinceridade. – Eles o controlam. Se ao menos eu tivesse oportunidade de falar com ele, no fim, David teria visto o significado do que eu estava oferecendo, o quanto eu podia ensinar a eles. Ele contou as suas aventuras no Rio de Janeiro? Sim, uma pessoa excepcional, uma pessoa que eu gostaria de conhecer. Mas não se engane, é também uma pessoa a quem nunca se deve enganar.

– O que o impede de me matar assim que trocarmos de corpo? Foi o que você fez com a criatura que atraiu para seu velho corpo, com um rápido golpe na cabeça.

– Ah, então você falou com Talbot – disse ele, sem se abalar. – Ou pesquisou por conta própria? Vinte milhões de dólares vão me impedir de matá-lo. Preciso do corpo para ir ao banco, não está lembrado? Foi maravilhoso de sua parte dobrar a quantia, mas eu teria mantido o trato por dez. Ah, você me liberou, Monsieur de Lioncourt. A partir desta sexta-feira, exatamente na hora em que Cristo foi pregado na cruz, jamais vou precisar roubar outra vez.

Tomou um gole de chá quente. Por maior que fosse seu controle, percebi que ficava cada vez mais ansioso. E uma ansiedade muito parecida crescia dentro de mim. "E se der certo?", pensei.

– Ah, mas vai dar certo – disse ele, com aquele tom sério e sincero. – E existem outras boas razões para que eu nem pense em lhe fazer mal. Vamos examiná-las.

– Mas é claro.

– Bem, você pode sair do corpo mortal se eu o atacar. Já expliquei que deve cooperar.

– E se você for rápido demais?

– Está teorizando. Eu não tentaria. Seus amigos iriam saber. Lestat, enquanto você estiver dentro de um corpo humano saudável, seus companheiros nem pensarão em destruir seu corpo sobrenatural, mesmo que eu o esteja controlando. Não fariam isso com você, estou certo? Mas se eu o matar... você sabe, destruir seu rosto, ou coisa assim, antes que possa se libertar... e Deus sabe, é uma possibilidade, eu compreendo muito bem, pode ter certeza... seus companheiros, mais cedo ou mais tarde, descobririam que sou um impostor e acabariam comigo na mesma hora. Ora, provavelmente eles sentiriam a sua morte quando isso acontecesse. Não acha?

– Não sei. Mas é certo que descobririam tudo no fim.

– É claro!

– É imperativo que você fique longe deles enquanto estiver no meu corpo. Não chegue perto de Nova Orleans, mantenha-se afastado de todos os sugadores de sangue, mesmo dos mais fracos. Deve fazer uso da sua habilidade de fechar sua mente, compreende...

– Sim, concordo. Pode ficar seguro de que já considerei todos os ângulos. Se eu queimasse seu belo Louis de Pointe du Lac, os outros saberiam de pronto, não é verdade? E eu seria a próxima tocha ardendo no silêncio da noite.

Não respondi. A raiva se movia dentro de mim como um líquido frio, eliminando toda a expectativa ansiosa e toda a coragem. Mas eu queria aquilo! Eu queria e estava ao alcance da minha mão!

– Não se preocupe mais com toda essa bobagem – pediu ele. Seu modo de falar parecia demais com o de David Talbot. Talvez fosse deliberado. Talvez David fosse o modelo. Acho que se devia mais ao fato de possuírem uma formação semelhante, porém, aquela capacidade instintiva de persuasão nem mesmo David possuía. – Eu não sou um assassino, você sabe – disse ele, com repentina intensidade. – Adquirir coisas é tudo com que me importo. Quero conforto, beleza, todo o luxo imaginável, o poder de viver onde desejar.

– Precisa de alguma instrução?

– A respeito do quê?

– Do que deve fazer quando estiver no meu corpo.

– Meu caro rapaz, você já me deu instruções suficientes. Li todos os seus livros. – Inclinou a cabeça para o lado com um largo e caloroso sorriso, como se estivesse tentando me atrair para dormir com ele. – Li também todos os documentos dos arquivos da Talamasca.

– Que tipo de documentos?

– Bem, descrições detalhadas da anatomia dos vampiros, seus limites óbvios, esse tipo de coisa. Você devia ler. Talvez ache engraçado. Os trechos mais antigos foram escritos na Idade das Trevas e estão cheios de bobagens e fantasias capazes de fazer chorar até Aristóteles. Mas os mais recentes são bastantes científicos e exatos.

Não me agradava aquela conversa. Não me agradava nada o que estava acontecendo. Tive vontade de acabar com tudo naquele instante. Então, de repente, compreendi que eu iria até o fim. Eu sabia.

Uma calma estranha me envolveu. Sim, nós íamos fazer aquilo dentro de alguns minutos. E ia funcionar. Senti o sangue fugir do meu rosto – um resfriamento imperceptível da pele, ainda dolorida da terrível experiência ao sol.

Duvido que ele tenha notado essa mudança, ou qualquer expressão mais determinada no meu rosto, pois continuou falando no mesmo tom:

– As observações escritas na década de 1970, depois da publicação de *Entrevista com o vampiro,* são muito interessantes. Bem como os artigos mais recentes, inspirados na sua história fragmentada e fantasiosa da espécie, francamente! Não, sei tudo sobre seu corpo. Talvez mais do que você. Sabe o que a Talamasca realmente deseja? Uma amostra do seu tecido, um espécime das suas células de vampiro! Deve tomar cuidado para que jamais o consigam. Na verdade, você tem sido muito descuidado com Talbot. Ele pode ter aparado suas unhas ou cortado uma mecha do seu cabelo enquanto estava dormindo na casa dele.

Uma mecha de cabelo. Não havia uma mecha de cabelo louro naquele medalhão? Tinha de ser cabelo de vampiro! O cabelo de Claudia. Estremeci, mergulhando mais em mim mesmo e isolando-o. Muitos séculos atrás, houve uma noite em que Gabrielle, minha mãe mortal e minha filha recém-nascida, cortou seu cabelo de vampiro. Durante as longas horas do dia, deitada no caixão, o cabelo cresceu outra vez. Eu não queria lembrar os gritos dela quando descobriu isso – aquele cabelo luxuriante e longo outra vez sobre seus ombros! Eu não queria pensar nela e no que ela diria sobre o que eu ia fazer. Há anos eu não a via. Séculos poderiam passar antes que a visse novamente.

Olhei para James, ali sentado, numa expectativa radiante, procurando ser paciente, o rosto cintilando à luz cálida.

– Esqueça a Talamasca – falei, em voz baixa. – Por que você tem tanta dificuldade com esse corpo? Você é desajeitado. Só está confortável sentado numa cadeira, quando pode deixar tudo a cargo da sua voz e do seu rosto.

– Muito observador da sua parte – comentou ele, imperturbável.

– Não acho. É por demais evidente.

– Acontece que é um corpo grande demais – respondeu ele, calmo. – Muito musculoso também... ou talvez seja melhor dizer atlético? Mas é perfeito para você.

Calou-se, olhou para a xícara de chá pensativamente, depois para mim outra vez. Os olhos muito grandes pareciam inocentes.

– Lestat, pare com isso – disse ele. – Por que perder tempo com esta conversa? Não pretendo dançar no Royal Ballet quando estiver no seu corpo. Simplesmente quero desfrutar a experiência, tentar ver o mundo através dos seus olhos. – Olhou para o relógio. – Muito bem, eu ofereceria um pequeno drinque para lhe dar coragem, mas, no longo prazo, teria um efeito oposto, não é mesmo? Ah, a propósito, o passaporte. Você o conseguiu? Lembra-se de que pedi para me dar um passaporte? Espero que tenha lembrado, e é claro, tenho um para você. Temo que você não consiga ir a lugar nenhum com esta tempestade de neve...

Pus meu passaporte na mesa, na frente dele. James tirou o dele de dentro do suéter e o pôs na minha mão.

Eu o examinei. Era americano e falso. Até a data da emissão, dois anos atrás, era falsa. Raglan James. Idade: 26. A fotografia verdadeira. Boa foto. O endereço da casa em que estávamos, em Georgetown.

Ele estudou o meu passaporte americano – também falso.

– Ah, sua pele bronzeada! Você preparou isso especialmente... Deve ter sido ontem à noite.

Não me dei ao trabalho de responder.

– Muito habilidoso – disse ele –, e que ótima fotografia. – Observou a foto atentamente. – Clarence Oddbody. Onde arranjou esse nome?

– Uma piada particular. Que importa? Você vai ficar com ele só até amanhã à noite. – Dei de ombros.

– Tem razão. Têm toda razão.

– Eu o espero de volta na manhã de sexta-feira, entre três e quatro horas.

– Excelente. – Ele começou a guardar o passaporte no bolso e parou, com uma risada. Então olhou para mim com uma expressão de puro êxtase. – Está pronto?

– Não ainda. – Tirei uma carteira do bolso, abri, tirei a metade das notas que continha e as entreguei a ele.

– Ah, sim, o dinheiro para as pequenas despesas, muita gentileza sua ter lembrado – disse ele. – Estou tão animado que esqueço os detalhes. Imperdoável, e você sempre o perfeito cavalheiro.

Ele apanhou o dinheiro e mais uma vez se conteve antes de guardá-lo no bolso. Deixou-o sobre a mesa e sorriu. Pousei a mão sobre a carteira.

– O resto é para mim, para depois da troca. Espero que isso seja suficiente. O ladrãozinho que há em você não vai tentar roubar o que deixei para mim, vai?

– Vou fazer o possível para me comportar – disse ele, com bom humor. – Agora, quer que eu troque de roupa? Roubei essas especialmente para você.

– Estão ótimas.

– Talvez eu deva esvaziar minha bexiga? Ou quer ter esse privilégio?

– Sim, eu gostaria.

Ele fez um gesto afirmativo.

– Estou com fome. Pensei que você ia preferir assim. Há um ótimo restaurante no fim da rua. Paolo's. As massas são ótimas. Pode ir a pé, mesmo com essa neve.

– Maravilhoso. Não estou com fome. Pensei que seria mais fácil para você. Você falou sobre um carro. Onde está?

– Ah, sim, o carro. Lá fora, à esquerda da entrada. Porsche vermelho conversível, achei que ia gostar. Aqui estão as chaves. Mas tenha cuidado...

– Com o quê?

– Bem, com a neve, é claro. É possível que nem possa usar o carro.

– Obrigado pelo aviso.

– Não quero que você se machuque. Pode me custar vinte milhões se não estiver aqui na sexta-feira, como combinamos. Mas a carteira com fotografia correta está na mesa, na sala de estar. Qual é o problema?

– Roupas para você – falei. – Esqueci completamente de providenciar outras. Só trouxe as que tenho no corpo.

– Ah, pensei nisso há muito tempo, quando revistei seu quarto no hotel, em Nova York. Tenho meu guarda-roupa, não se preocupe, e gosto daquele terno de veludo preto. Você tem muito bom gosto. Sempre teve, não é mesmo? Mas, na verdade, vem de uma época em que as roupas eram muito ricas. Este século deve parecer muito sem graça para você. Esses botões são antigos? Ora, terei muito tempo para examiná-los.

– Para onde pretende ir?

– Aonde eu quiser, é claro. Está perdendo a coragem?

– Não.

– Sabe dirigir?

– Sei. Se não soubesse, eu descobriria.

– Acha mesmo? Pensa que vai ter inteligência sobrenatural quando estiver neste corpo? Eu duvido. Não tenho certeza. As pequenas sinapses do cérebro mortal talvez não funcionem com a mesma rapidez.

– Não sei coisa alguma sobre sinapses – falei.

– Muito bem. Vamos começar então.

– Sim, agora, eu acho. – Meu coração era um pequeno nó dentro do peito, mas James adotou uma atitude autoritária de comando na mesma hora.

– Ouça com atenção – disse ele. – Quero que saia do seu corpo, mas só quando eu acabar de falar. Mova-se para cima. Você já fez isso antes. Quando estiver perto do teto e olhando diretamente para nós dois, ao lado dessa mesa, concentre-se no esforço de penetrar neste corpo. Não pense em mais nada. Não deixe que o medo interrompa sua concentração. Não fique imaginando como funciona. Você quer descer para este corpo, quer entrar em contato imediato com cada fibra e célula. Imagine isso enquanto estiver fazendo. Imagine-se já dentro dele.

– Sim, compreendi.

– Como falei, há algo invisível no processo, algo que permanece do antigo ocupante e que está ávido para ser um todo outra vez... com a sua alma.

Assenti, e ele continuou:

– Você pode ser presa de várias sensações desagradáveis. Vai sentir este corpo muito denso e muito apertado quando estiver entrando. Não hesite. Imagine seu espírito invadindo os dedos de cada mão, de cada pé. Olhe com os olhos dele. Isso é muito importante. Porque os olhos fazem parte do cérebro. Quando olhar com eles, estará se fixando no cérebro. Então não vai querer se libertar, pode ter certeza. Uma vez instalado, vai precisar de um grande esforço para sair.

– Vou ver seu espírito enquanto estivermos fazendo a troca?

– Não, não vai. Seria possível, mas exige um grande desvio de concentração do objetivo principal. Tudo que você deve ver é este corpo, deve querer entrar nele e começar a se mover e respirar por meio dele, e ver com os olhos dele, como falei.

– Sim.

– Uma coisa que vai assustá-lo é a visão do seu corpo sem vida ou, finalmente, habitado por mim. Não se deixe impressionar. Neste processo entram em jogo a confiança e um pouco de humildade. Acredite quando eu digo que vou tomar posse sem prejudicar em nada seu corpo e, depois, sairei imediatamente, para poupá-lo da lembrança constante do que fizemos. Não vai me ver outra vez antes de sexta-feira de manhã, como combinamos. Não vou falar com você porque o som da minha voz saindo da sua boca pode perturbá-lo e distraí-lo. Você compreende?

– Qual será o som da sua voz? E o da minha?

Mais uma vez, ele olhou para o relógio e depois para mim.

– Haverá diferenças – disse. – O tamanho da laringe é diferente. Este homem, por exemplo, deu-me uma voz um pouco mais profunda. Mas o ritmo será o mesmo, o sotaque, os padrões da fala, é claro. Só o timbre será diferente. Sim, essa é a palavra.

Olhei atenta e demoradamente para ele.

– É importante para mim acreditar que isto é possível?

– Não – disse ele, com um largo sorriso. – Não estamos numa sessão espírita. Não precisa avivar o fogo do médium com sua fé. Vai ver num instante. Agora, o que mais posso dizer? – Inclinou para a frente na cadeira, muito tenso.

De repente, o cão rosnou surdamente.

Estendi a mão para ele, acalmando-o.

– Comece! – disse James bruscamente, em voz muito baixa. – Saia do seu corpo, agora!

Recostei na cadeira e com um gesto mandei o cão ficar imóvel. Então, ordenei a mim mesmo para subir e senti uma vibração brusca e total em todo o corpo. Depois, a compreensão maravilhosa de que estava realmente subindo, sob a forma de espírito, sem peso e livre, a forma do meu corpo ainda visível, com braços e pernas, subindo até um pouco abaixo do teto branco, e quando olhei para baixo vi o espetáculo assombroso do meu corpo sentado ainda na cadeira. Ah, que sensação gloriosa, como se eu pudesse ir a qualquer lugar num segundo! Como se não precisasse do corpo, que minha união com ele tivesse sido uma farsa desde que nasci.

O corpo físico de James pendeu de leve para a frente na cadeira e seus dedos começaram a se mover sobre a toalha branca. Não podia me distrair. Tinha de pensar na troca!

"Para baixo, para baixo, para dentro daquele corpo!", falei em voz alta, mas nenhuma voz se ouviu e então, sem mais palavras, obriguei-me a mergulhar e submergir naquela nova carne, naquela nova forma física.

Um som alto e precipitado encheu meus ouvidos, depois a sensação de aperto, como se todo o meu corpo estivesse sendo empurrado através de um tubo estreito e escorregadio. Uma agonia. Eu queria me livrar. Mas senti que penetrava braços e pernas, a carne pesada e formigante se fechando sobre mim, uma máscara de sensações similares cobrindo meu rosto.

Esforcei-me para abrir os olhos antes mesmo de perceber que estava movendo as pálpebras daquele corpo mortal, piscando, olhando através daqueles olhos mortais para a luz fraca da cozinha, olhando para o meu antigo corpo, minha pele bronzeada, os olhos azuis olhando para mim através dos óculos violeta.

Tive a impressão de que ia sufocar – precisava escapar daquilo! –, mas então compreendi, eu estava dentro! Estava no corpo mortal! A troca estava feita. Instintivamente respirei fundo, o ar entrando com um ruído áspero, movendo aquele enorme envoltório de carne, depois bati com a mão no peito, surpreso com sua espessura, e ouvi o sangue entrar quase aos borbotões no meu coração.

– Meu Deus, entrei! – exclamei, procurando iluminar a escuridão que me rodeava, o véu de sombra que me impedia de ver com nitidez o vulto brilhante à minha frente que tomava vida.

Meu antigo corpo estremeceu, num movimento quase espasmódico, e ergueu os braços apavorado, fazendo uma das mãos bater na lâmpada, que explodiu. A cadeira caiu ruidosamente no chão e o cão levantou-se de um salto, latindo de forma ameaçadora.

– Não, Mojo, deitado, deitado. – Ouvi minha voz saindo da garganta mortal, enquanto meus olhos se esforçavam ainda para enxergar no escuro, vi *minha* mão segurar a coleira do cão, puxando-o para trás antes que pudesse atacar o corpo do vampiro, que olhou atônito para o animal, os olhos azuis com um brilho feroz, muito abertos.

– Ah, sim, mate esse cachorro! – disse a voz de James, um rugido extremamente alto, saindo da minha antiga boca sobrenatural.

Levei as mãos aos ouvidos para me proteger daquele som. O cão avançou de novo e outra vez eu o segurei pela coleira, os dedos doloridos apertando a corrente de ferro, surpreso com a força do animal e com a pouca força que parecia haver no meu corpo mortal. Por todos os deuses, eu tinha de fazer aquele corpo funcionar! Afinal, era apenas um cão, e eu, um mortal muito forte!

– Pare, Mojo! – implorei, quando ele me puxou para fora da cadeira, fazendo-me cair de joelhos no chão. – E você, dê o fora daqui! – gritei. A dor nos meus joelhos era insuportável. Minha voz, fraca e opaca. – Fora! – gritei outra vez.

A criatura que estava no meu antigo corpo passou por mim num passo quase de dança, agitando os braços, ainda sem controle, e chocou-se contra a porta, estilhaçando o vidro, deixando entrar uma rajada de vento frio. Mojo estava furioso e eu mal podia controlá-lo.

– Fora! – gritei outra vez e, consternado, vi a criatura lançar-se de costas contra a porta, partindo a madeira, estilhaçando o que restava do vidro. Erguendo-se do assoalho de madeira da varanda, lançou-se na noite e na neve.

Eu o vi por um momento, suspenso no ar acima dos degraus, uma aparição medonha, com a neve rodopiando em volta, pernas e braços movendo-se em harmonia, nadando num mar invisível. Os olhos azuis, muito abertos, ainda vazios de expressão, cintilavam como duas pedras preciosas incandescentes, como se ele não conseguisse organizar a carne sobrenatural em volta deles para transmitir os pensamentos e as sensações. A boca – minha antiga boca – estava aberta num riso largo e inexpressivo.

Então ele desapareceu.

Senti que mal podia respirar. O vento gelado invadia cada canto da cozinha, derrubando as panelas de cobre e empurrando a porta que dava para a sala de jantar. De repente, Mojo se aquietou.

Percebi que estava sentado no chão, ao lado dele, com o braço direito em volta do seu pescoço e o esquerdo abraçando o seu peito peludo e macio.

Cada respiração era um tormento. Os meus olhos estavam semicerrados para se proteger neve, e eu, encurralado naquele corpo estranho forrado com pesos de chumbo e molas pulsantes. O meu rosto e as minhas mãos ardiam no ar gelado.

– Meu Deus, Mojo – murmurei no ouvido rosado e macio. – Meu Deus, aconteceu. Sou um homem mortal.

11

— Tudo bem – falei estupidamente, surpreso ainda com a fraqueza da minha voz rouca. – Começou, agora, trate de se controlar. – A ideia me fez rir.

O pior naquele momento era o vento gelado. Meus dentes batiam. A dor que ardia na pele era diferente da que eu sentia como vampiro. Precisava consertar aquela porta, mas não tinha a menor ideia de como fazê-lo.

Teria sobrado alguma coisa da porta? Eu não sabia dizer. Era como tentar enxergar através de uma nuvem de fumaça. Levantei-me devagar, percebendo o aumento na estatura, e com a sensação de estar mais pesado na parte de cima do corpo e sem equilíbrio.

Todo calor tinha saído da cozinha. Eu ouvia a casa toda estalando com o vento que entrava pela porta quebrada. Lenta e cautelosamente saí para a varanda. Gelo. Meus pés deslizaram para a direita, atirando-me contra o batente da porta. Em pânico, consegui agarrar a madeira molhada com aqueles dedos enormes e trêmulos, para não despencar pelos degraus. Esforcei-me outra vez para enxergar no escuro, mas não via nada com nitidez.

"Procure se acalmar", falei para mim, sentindo os dedos molhados de suor e ao mesmo tempo insensíveis de frio. "Não há nenhuma luz artificial aqui, e você está olhando através de olhos mortais. Agora, trate de agir de maneira inteligente." Com passos cuidadosos, quase escorregando outra vez, voltei para dentro.

Vi o vulto de Mojo sentado, olhando para mim, respirando ruidosamente com um minúsculo ponto de luz num dos olhos. Falei com ele em voz baixa e calma.

– Sou eu, Mojo amigo, certo? Sou eu!

Acariciei o pelo entre as orelhas. Depois, segurei na mesa e sentei desajeitadamente na cadeira, surpreso ainda com a espessura incrível e a esponjosidade da minha nova carne, depois tapei a boca com a mão.

"Aconteceu mesmo, seu tolo", pensei. "Não há a menor dúvida. Um belo milagre. Você está finalmente livre daquele corpo sobrenatural! É um ser humano. Um homem. Agora, chega de pânico. Pense como o herói que se orgulha de ser! Há muitas coisas práticas para resolver. A neve está caindo em cima de você. Por todos os deuses, este corpo mortal está congelando! Agora, faça o que deve fazer!"

Porém, tudo que eu fiz foi arregalar mais os olhos para o que parecia ser a neve começando a empilhar seus pequenos cristais sobre a mesa, esperando que minha visão ficasse mais nítida, quando devia saber que isso era impossível.

Aquilo era o chá derramado, não era? E cacos de vidro. Não se corte com o vidro, o corte não vai se curar sozinho! Mojo se aproximou, encostando o corpo quente e peludo na minha perna trêmula. Mas por que a sensação parecia tão distante, como se estivesse envolta em camadas de flanela? Por que eu não sentia o cheiro delicioso da lã limpa molhada? Tudo bem, os sentidos são limitados. Devia esperar por isso.

"Agora, vá se olhar no espelho para ver o milagre. Sim, e trate de isolar a cozinha do resto da casa."

– Venha, garoto – falei para Mojo e fomos para a sala de jantar.

Cada passo meu era desajeitado e lento. Com os dedos trêmulos e imprecisos, fechei a porta. O vento batia contra a madeira e penetrava pelos lados, mas a porta continuou fechada.

Dei meia-volta, senti que me desequilibrava por um segundo e firmei o corpo. Francamente, não podia ser tão difícil aprender a usar aquele corpo! Firmei os pés no chão e olhei para eles, atônito com seu tamanho, depois para minhas mãos, grandes também. Mas nada feias, nada feias. Não entre em pânico. O relógio de pulso me incomodava, mas eu precisava dele. Tudo bem, fique com o relógio. Mas e os anéis? Eu não os queria nos meus dedos. Davam coceira. Tentei tirá-los. Não consegui! Não saíam.

"Meus Deus! Pare com isso. Vai ficar furioso só porque não pode tirar os anéis dos dedos? Isso é bobagem. Procure se acalmar. Pode tentar com sabão, sabe? Ensaboe as mãos, essas mãos enormes, escuras e geladas, que os anéis vão sair."

Cruzei os braços, surpreso com a sensação da carne humana lisa sob a camisa, nada parecido com o suor de sangue, e respirei profundamente, ignorando a sensação de peso no peito e a aspereza do ar, que entrava e saía, e me obriguei a olhar em volta.

Não era hora de gritar de horror. "Olhe para a sala."

Estava escuro. Só uma lâmpada de pé, num canto distante, e outra acima da lareira estavam acesas, mas iluminavam muito pouco. Eu tinha a impressão de estar submerso em água escura, cheia de tinta.

Isso é normal. Isso é mortal. É assim que eles enxergam. Mas como tudo parecia sinistro, segmentado, sem a vastidão espacial dos ambientes em que um vampiro se movimenta.

Tudo era tetricamente triste, as cadeiras escuras, a mesa quase invisível, a luz dourada e sem brilho esgueirando-se pelos cantos, as sancas no alto das paredes desaparecendo na sombra, na sombra impenetrável, e a escuridão do corredor parecia assustadoramente vazia.

Qualquer coisa podia se esconder naquelas sombras – um rato, qualquer coisa. Poderia haver outro ser humano naquela sala. Olhei para Mojo surpreso com sua forma indistinta, como parecia misterioso e diferente. Era isso, as coisas perdiam o contorno naquela luz fraca. Não era possível calcular com precisão sua textura nem seu tamanho.

Lá estava o espelho, sobre a lareira.

Caminhei até ele, estranhando o peso das minhas pernas, o medo de tropeçar e a necessidade de olhar mais de uma vez para os pés. Levei a pequena lâmpada para mais perto do espelho e olhei para a imagem do meu rosto.

Ah, sim, eu estava ali atrás dele, e como parecia diferente! A tensão dos músculos e o brilho nervoso dos olhos tinham desaparecido. Um jovem olhava para mim e parecia muito assustado.

Levei a mão à boca e às sobrancelhas, à testa, um pouco mais alta do que a minha, e depois ao cabelo macio. Era um rosto muito agradável, infinitamente mais agradável do que eu tinha imaginado, quadrado, sem rugas, bem-proporcionado e com olhos dramáticos. Mas não gostei da expressão de medo. Não gostei nem um pouco. Tentei ver algo diferente, exigir que os traços demonstrassem o quanto eu estava maravilhado, mas não era fácil. E não estou muito certo de que era isso realmente o que eu sentia. *Ummm.* Não conseguia ver naquele rosto nada do que havia dentro de mim.

Abri a boca vagarosamente e falei. Disse, em francês, que eu era Lestat de Lioncourt naquele corpo, e que tudo estava bem. A experiência fora um sucesso! Era a minha primeira hora, e o demônio James tinha desaparecido, e tudo estava bem! Então, vi um pouco da minha ferocidade nos olhos no espelho e, quando sorri, vi meu espírito irrequieto e malicioso por um instante, depois o sorriso desapareceu e voltou a expressão de espanto.

Olhei para o cão que estava ao meu lado, os olhos fitos em mim, como de costume, e perfeitamente satisfeito.

– Como você sabe que eu estou aqui – perguntei – no corpo de James?

Ele inclinou a cabeça para o lado e moveu uma orelha de forma quase imperceptível.

– Tudo bem – falei –, chega de tanto absurdo e fraqueza, vamos em frente!

Comecei a andar na direção do corredor escuro, e de repente minha perna direita amoleceu e escorreguei pesadamente, colocando a mão esquerda no chão para diminuir o impacto da queda. Bati a cabeça e o cotovelo no mármore da lareira e senti uma explosão de dor brusca e violenta. Com um estridor de metal, os instrumentos de ferro da lareira caíram em cima de mim, mas isso não foi nada. A dor no cotovelo subiu por meu braço como fogo.

Deitei de bruços e fiquei imóvel, esperando passar a dor. Só então senti que minha cabeça latejava. Levei a mão ao local da pancada e senti o cabelo úmido de sangue. Sangue!

"Ah que beleza! Louis ia achar muito engraçado", pensei. Fiquei de pé e a dor passou para o lado direito da minha testa, como se fosse um peso, deslizando para a frente, dentro da cabeça, e eu procurei me firmar segurando na cornija de mármore da lareira.

Vi um daqueles pequenos tapetes orientais enrugados no chão à minha frente. O culpado. Eu o chutei para longe e, virando-me lenta e cautelosamente, entrei no corredor.

Mas para onde estava indo? O que pretendia fazer? A resposta chegou de repente. Minha bexiga estava cheia e o desconforto piorou com a queda. Eu precisava urinar.

Não havia um banheiro por ali, em algum lugar? Encontrei o interruptor no corredor e acendi a luz. Olhei por um longo momento para as pequenas lâmpadas do lustre – devia haver umas vinte – pensando que era um bocado de luz, mas, independentemente da minha opinião, ninguém tinha dito que eu não podia acender todas as luzes da casa se quisesse.

Foi o que resolvi fazer. Acendi a luz na sala de estar, na pequena biblioteca e na escada. A luz continuava a me desapontar, a sensação de falta de claridade não me deixava, o contorno indistinto dos objetos começava a me deixar alarmado e confuso.

Finalmente, subi a escada com cautela, a todo instante temendo perder o equilíbrio ou tropeçar, e irritado com a leve dor nas pernas. Pernas tão longas.

No topo da escada, olhei para baixo e fiquei atônito. "Você pode cair nesses degraus e morrer", pensei.

Entrei no pequeno banheiro e acendi a luz. Eu precisava urinar, simplesmente precisava, e há mais de duzentos anos não fazia isso.

Abri o fecho da calça moderna, retirei meu órgão, espantado com seu tamanho e flacidez. O tamanho era perfeito, é claro. Quem não quer ter um pênis grande? E era circuncisado, um detalhe interessante. Mas a flacidez me parecia decididamente repulsiva e eu não queria tocar naquela coisa. Tive de me fazer lembrar de que aquele órgão era meu. Que beleza!

E o cheiro que emanava dele e se espalhava no ar? "Ah, também é seu, meu querido! Agora, faça com que ele funcione."

Fechei os olhos, apliquei pressão, talvez de modo errado e com muita força, pois um jato enorme de urina fedorenta saiu daquela coisa, errando o vaso e se espalhando no assento branco.

Revoltante. Recuei, corrigindo a mira, e olhei com fascinação enojada a urina enchendo o vaso, formando bolhas na superfície. O cheiro ficava cada vez mais forte, até se tornar insuportável. Finalmente, a bexiga ficou vazia. Enfiei aquela coisa flácida e nojenta na calça, fechei o zíper e baixei a tampa do vaso. Puxei a manivela da descarga. Lá se foi a urina, exceto a que tinha caído no assento e no chão do banheiro.

Tentei respirar fundo, mas o cheiro nojento infestava o ar. Levantei as mãos e vi que estava nos meus dedos também. Abri a torneira do lavatório, apanhei o sabão e lancei-me ao trabalho. Ensaboei as mãos várias vezes, sem certeza de que estavam realmente limpas. A pele era mais porosa do que a do meu corpo de vampiro e parecia sempre suja. Comecei então a tirar os horríveis anéis de prata.

Nem com toda aquela espuma os anéis saíam. Tentei lembrar. Sim, o filho da mãe estava com eles em Nova Orleans. Provavelmente também não conseguiu tirá-los e sobrou para mim! Era irritante, mas eu não podia fazer nada até encontrar um joalheiro capaz de tirá-los com uma pequena serra, pinças ou qualquer outro instrumento. Fiquei tão ansioso só de pensar nisso que meus músculos começaram a se tensionar e a relaxar com pequenos espasmos. Dei ordem ao meu corpo para parar com aquilo.

Retirei o sabão das mãos, enxaguando ridiculamente várias vezes, e depois enxuguei com a toalha, outra vez enojado com sua textura absorvente e com a sujeira escura em volta das unhas. Meu Deus, por que aquele idiota não lavava as mãos?

Olhei para o espelho na parede na outra extremidade do banheiro e vi uma coisa realmente nojenta. Uma grande mancha de urina na frente da calça. Aquele órgão estúpido não estava seco quando eu o empurrei para dentro!

"Bem, nos velhos tempos eu nunca me preocupei com isso", pensei. Mas naquela época eu era um senhor rural imundo que só tomava banho no verão ou quando resolvia mergulhar nas águas de uma fonte, nas montanhas.

Decididamente eu não podia ficar com aquela mancha de urina na calça. Saí do banheiro, passei pelo paciente Mojo com um pequeno afago na sua cabeça, entrei no quarto, abri o guarda-roupa, escolhi uma calça melhor, de lã cinzenta e, após descalçar os sapatos, tirei a calça manchada e vesti a outra.

"O que devo fazer agora?" Bem, sair para comer. Então percebi que estava com fome! Sim, era isso. O desconforto que eu sentia, além da bexiga cheia e da vaga sensação de excesso de peso, era fome, desde o começo daquela pequena aventura.

Comer. Mas, se você comer, sabe o que acontece? Terá de voltar a esse banheiro, ou a outro qualquer para se livrar da comida digerida. A ideia quase me fez vomitar.

Na verdade, fiquei tão nauseado ao pensar no excremento humano saindo do meu corpo que por um momento pensei que fosse realmente vomitar. Sentei imóvel aos pés da cama moderna, procurando me controlar.

Tentei me convencer de que eram os aspectos mais simples da condição humana. Eu não devia permitir que suplantassem os problemas maiores. Além disso, eu estava agindo como um perfeito covarde, e não o herói que dizia ser. Compreendam: não acredito, na verdade, que eu *seja* um herói para o mundo. Entretanto, resolvi há muito tempo que devia viver como se fosse um – que devia vencer todas as dificuldades que aparecessem no meu caminho, porque elas são apenas meus inevitáveis círculos de fogo.

Tudo bem, aquele era um pequeno e desprezível círculo de fogo. Eu tinha de deixar imediatamente de ser covarde. Comer, saborear, sentir, ver – esse era o nome daquela provação! E que provação ia ser!

Por fim, eu me levantei, alongando um pouco mais o passo para acomodar minhas novas pernas, e voltei em direção ao guarda-roupa. Surpreso, verifiquei que, na verdade, não havia muitas roupas dentro dele. Duas calças de lã, dois paletós de lã bastante leves, ambos novos, e umas três camisas na prateleira.

Ummm. O que aconteceu com todo o resto? Abri a primeira gaveta da cômoda. Vazia. Na verdade, todas as gavetas estavam vazias. Bem como a pequena arca ao lado da cama.

O que significava isso? James levara toda a roupa ou a tinha mandado para o lugar onde pretendia ir? Mas por quê? Não iam servir no seu novo corpo, e ele garantiu que já havia providenciado tudo isso. Fiquei preocupado. *Podia significar que ele não pretendia voltar?*

Era absurdo. James não ia perder os vinte milhões. E eu não podia passar meu tempo precioso de mortal me preocupando com essas ninharias!

Desci a escada perigosa, com Mojo ao meu lado dando passos suaves. Percebendo vagamente que começava a controlar melhor meu novo corpo, embora o sentisse ainda pesado e estranho, abri o armário do hall. Só havia um velho casaco no cabide. Um par de galochas. Nada mais.

Fui até a mesa de trabalho na sala de estar. James disse que era onde tinha deixado a carteira de motorista. Abri a gaveta devagar. Vazia. Tudo estava vazio. Ah, mas havia alguns papéis. Aparentemente tinham a ver com a casa e em nenhum deles aparecia o nome de Raglan James. Esforcei-me para compreender o que significavam aqueles documentos. Mas os termos oficiais eram demais para mim. Eu não estava recebendo a impressão imediata do significado, como quando olhava as coisas com meus olhos de vampiro.

Lembrei-me do que James dissera sobre sinapses. Sim, meu raciocínio estava mais lento. Sim, eu tinha dificuldade para ler as palavras.

Ora, que importância tinha isso? Não havia nenhuma carteira de motorista. E o que eu precisava era de dinheiro. Ah, sim, dinheiro. Eu tinha deixado as notas sobre a mesa. Certamente foram levadas para fora pelo vento.

Voltei para a cozinha, que estava gelada agora, com a mesa, as panelas e o fogão cobertos por uma fina camada de geada branca. A carteira com o dinheiro não estava na mesa. E a lâmpada fora quebrada por James.

Ajoelhei no escuro e comecei a apalpar o chão. Nada da carteira. Só cacos de vidro da lâmpada, que espetaram meus dedos e me cortaram em dois lugares. Pequenas gotas de sangue nas minhas mãos. Nenhum cheiro. Nenhum gosto. Tentei procurar sem a ajuda das mãos. Nada da carteira. Saí para a varanda com cuidado para não escorregar outra vez. Nada. Eu não via nada na neve alta do quintal.

Ah, mas era inútil, não era? A carteira era pesada demais para ser levada pelo vento. Ele a tinha levado! Provavelmente tinha voltado para apanhá-la. O monstrinho vulgar, e ao lembrar-me de que ele estava no meu corpo, no meu esplêndido corpo sobrenatural, quando fez aquilo, fiquei paralisado de raiva.

"Tudo bem, você calculou que isso podia acontecer, não calculou? Fazia parte da natureza dele. E você está congelando outra vez, está tremendo de frio. Volte para a sala de jantar e feche a porta."

Foi o que eu fiz, depois de esperar por Mojo, que não tinha pressa, como se o vento e a neve não significassem nada para ele. A sala de jantar estava fria também por causa do tempo que a porta tinha ficado aberta. Na verdade, quando subi a escada, notei que toda a casa tinha ficado mais fria por causa daquela minha rápida ida à cozinha. Precisava me lembrar de fechar as portas.

Entrei no primeiro quarto vazio, onde tinha escondido o dinheiro na chaminé da lareira. Quando enfiei o braço, não encontrei o envelope, e sim uma única folha de papel. Fiquei furioso, antes mesmo de acender a luz e ler o que estava escrito.

> Você é um tolo se pensou que um homem com a minha experiência não encontraria seu pequeno esconderijo. Não é preciso ser um vampiro para perceber um pouco de umidade no chão e na parede. Tenha uma aventura agradável. Eu o vejo na sexta-feira. Cuide-se! Raglan James.

Por um momento, a raiva me paralisou. Eu estava furioso. Fechei as mãos com força.

– Seu ladrãozinho mesquinho! – falei com aquela voz fraca, pesada, opaca, entrecortada.

Fui para o banheiro. É claro que o dinheiro não estava mais atrás do espelho. Encontrei outro bilhete.

> O que é a vida humana sem dificuldades? Deve compreender que não posso resistir a essas pequenas descobertas. É o mesmo que deixar garrafas de vinho por toda a parte para um alcoólatra. Eu o vejo na sexta-feira. Por favor, ande com cuidado nas calçadas cobertas de gelo. Não quero que quebre uma perna.

Antes que pudesse me controlar, dei um soco no espelho! "Ah, ainda bem. Aí está uma bênção para você. Não um buraco enorme na parede, como teria feito Lestat, o vampiro. Apenas uma porção de cacos de vidro quebrado. E má sorte. Má sorte por sete anos!"

Desci a escada e voltei para a cozinha, dessa vez fechando a porta, e abri a geladeira. Nada! Completamente vazia!

Ah, aquele demônio, o que eu ia fazer com ele! Como pôde pensar que ia se safar disso tudo? Pensou por acaso que eu não seria capaz de lhe dar vinte milhões de dólares e depois torcer seu pescoço? O que ele estava pensando...

Ummm.

Não era difícil imaginar. Ele não estava planejando voltar, estava? É claro que não.

Voltei para a sala de jantar. Não encontrei pratos nem talheres no armário com porta de vidro, mas tinha certeza de que havia na noite anterior. Entrei no corredor. Nenhum quadro nas paredes. Verifiquei a sala de estar. Nada de Picasso, Jasper Johns, De Kooning ou Warhol. Nada! Até as fotografias dos navios tinham desaparecido.

Não havia nenhuma escultura chinesa. As estantes de livros estavam quase vazias. E os tapetes. Havia pouquíssimos – um na sala de jantar, que quase me matou! E um ao pé da escada.

Todos os objetos de valor haviam sido retirados! Faltava metade dos móveis! O miserável filho da mãe não ia voltar! Nunca fez parte do seu plano.

Sentei na poltrona mais próxima da porta. Mojo, que até então tinha me acompanhado fielmente, aproveitou a oportunidade e deitou no chão, ao meu lado. Enfiei a mão no pelo espesso, puxei, alisei, pensando no conforto que era a sua presença.

É claro que James seria um tolo de pensar em fazer aquilo. Será que julgava que eu não poderia chamar os outros?

Ummm. Chamar os outros para me ajudar – que ideia horrível. Não era preciso muita imaginação para adivinhar o que Marius ia dizer quando soubesse o que eu tinha feito. Talvez ele já soubesse e estivesse fervendo de indignação. Quanto aos mais velhos, estremeci só de pensar. Minha maior esperança, sob qualquer ângulo, era que a troca passasse despercebida de todos. Sabia disso desde o começo.

O mais importante era que James não sabia o quanto os outros iam ficar furiosos comigo por me aventurar nessa experiência. Ele não podia saber. E não conhecia também os limites do poder que possuía agora.

Ah, mas tudo isso era prematuro. O roubo do dinheiro, o saque na casa – era tudo a ideia que James fazia de uma brincadeira de mau gosto, nem mais, nem menos. Ele não podia deixar as roupas e o dinheiro para mim. Sua natureza não o permitia. Precisava sempre enganar, nem que fosse pouca coisa, isso era tudo. É claro que pretendia voltar e reclamar seus vinte milhões. Ele contava com a certeza de que eu não lhe faria nenhum mal porque ia querer repetir a experiência, porque daria valor a ele por ser o único capaz de fazer aquela troca.

"Sim, esse era o seu trunfo", pensei. Ele estava certo de que eu não faria mal ao único mortal capaz de fazer a troca sempre que eu quisesse.

Fazer isto outra vez! Não era possível deixar de rir. E que som estranho tinha o meu riso. Fechei os olhos com força e fiquei imóvel por um momento, odiando o suor no meu peito, odiando a sensação de peso nas mãos e nos pés. E quando abri os olhos e vi aquele mundo sinistro de formas indistintas e cores esmaecidas...

"Fazer isso outra vez? Ai! Controle-se, Lestat! Você cerrou os dentes com tanta força que cortou a língua! Está fazendo sua boca sangrar! E o sangue tem gosto de água com sal, nada além de água e sal, água e sal! Por todos os infernos, procure se controlar! Pare!"

Depois de alguns momentos, levantei e fiz uma revista sistemática na casa, à procura de um telefone.

Não encontrei nenhum.

"Que maravilha."

Que tolice a minha não ter planejado melhor essa experiência. Deixei-me levar pelos aspectos espirituais mais importantes. Não me preveni contra nada. Devia ter reservado uma suíte no Willard e dinheiro no cofre do hotel! Devia ter providenciado um carro.

O carro. Sim, o carro de James.

Fui até o armário do hall, vesti o casaco, notei que o forro estava rasgado – provavelmente por isso ele não o vendeu –, procurei as luvas no bolso, mas não encontrei, e saí pelos fundos, depois de fechar cuidadosamente a porta da sala de jantar. Perguntei a Mojo se ele queria ir comigo ou se preferia ficar em casa. É claro que ele me acompanhou.

A neve ao lado da casa tinha quase trinta centímetros de profundidade. Chapinhei até a rua, onde estava muito mais alta.

Nenhum Porsche vermelho, é claro. Nem à esquerda da entrada da casa, nem naquele quarteirão. Só para ter certeza, fui até a esquina e voltei. Meus pés e minhas mãos estavam congelando e a pele do meu rosto ardia.

"Tudo bem, tenho de caminhar, pelo menos até encontrar um telefone público." O vento e a neve sopravam nas minhas costas, o que era uma bênção, mas a verdade era que eu não sabia para onde estava indo.

Quanto a Mojo, parecia gostar daquele tipo de tempo e chapinhava na minha frente com passos firmes, com a neve brilhando no pelo longo e espesso. "Eu devia ter trocado de corpo com o cão", pensei. Então, a ideia de Mojo no meu corpo de vampiro provocou um dos meus acessos de riso. Eu ri e ri, rodopiando, e finalmente parei pois estava quase morrendo de frio.

Mas tudo era terrivelmente engraçado. Ali estava eu, um ser humano, o acontecimento extraordinário com o qual eu sonhava desde a minha morte, e o estava detestando tanto quanto era possível! Meu estômago roncou e se contraiu de fome, uma vez, depois outra, com o que eu só podia definir como cólicas de fome.

"Paolo's, tenho de encontrar o Paolo's, mas como vou conseguir comer? *Preciso* de comida, não preciso? Não posso ficar sem comer. Vou ficar fraco se não comer."

Quando cheguei à esquina da avenida Wisconsin, vi luzes e movimento lá embaixo. A neve fora retirada e a rua estava aberta ao tráfego. Eu via pessoas passando sob as luzes da rua, mas sempre como se estivesse olhando através de uma névoa.

Apressei o passo, com os pés dormentes, o que não é uma novidade para quem já andou na neve, e vi as luzes de um café. Nick's. Tudo bem. Esqueça o Paolo's. Tinha de me contentar com o Nick's. Um carro parou na frente do café, um belo casal jovem desceu dele e correu para dentro. Aproximei-me da porta e vi uma moça bonitinha, ao lado da mesa alta de madeira, entregar o menu ao jovem casal e conduzi-los depois para o fundo da sala. Vi velas, toalhas xadrez. Compreendi que o cheiro enjoativo que enchia minhas narinas era de queijo queimado.

Como vampiro eu não teria gostado daquele cheiro, não, de modo algum, mas não teria me provocado aquela náusea. Seria uma coisa fora de mim. Naquele momento, porém, parecia ligado à fome que eu sentia, puxando os músculos da minha garganta. Na verdade, o cheiro estava dentro do meu estômago, provocando enjoo por meio de pressão.

"Curioso. Sim, preciso notar tudo isso. Isso é estar vivo."

A moça bonita voltou. Vi seu perfil pálido quando ela consultou um papel na mesa alta e apanhou a caneta para fazer uma anotação. Tinha cabelos longos e escuros e a pele muito pálida. Eu gostaria de vê-la melhor. Esforcei-me para sentir seu cheiro, mas não consegui. Só sentia o cheiro de queijo queimado.

Abri a porta, ignorando a investida daquele forte odor, e caminhei através dele até chegar à frente da moça e senti um calor abençoado me envolver, com os cheiros e tudo. Ela era dolorosamente jovem, com traços fortes e olhos estreitos e pretos. A boca era larga, com batom muito bem aplicado, e tinha um pescoço longo e elegante. O corpo era do século XX – só ossos sob o vestido preto.

– Mademoiselle – falei, exagerando de propósito meu sotaque francês. – Estou com muita fome, e está muito frio lá fora. Posso fazer alguma coisa para ganhar um prato de comida? Posso esfregar o chão, lavar panelas e pratos, qualquer coisa.

Por um momento, ela olhou para mim sem compreender. Depois, recuou um passo, balançou o cabelo longo e ondulado, olhou para o teto e mais uma vez para mim.

– Dê o fora – respondeu.

Sua voz soou fraca e sem sonoridade. Mas não era, é claro; isso se devia à limitação da minha audição mortal. Eu não podia detectar a ressonância percebida por um vampiro.

– Pode me dar um pedaço de pão? – perguntei. – Só um pedaço de pão? – O cheiro de comida, por pior que fosse, me atormentava. Eu não lembrava mais do sabor. Não me lembrava da textura e da sensação de fome saciada, mas alguma coisa puramente humana estava me dominando. Eu precisava desesperadamente de comida.

– Vou chamar a polícia – disse ela, com a voz um pouco trêmula – se não sair agora mesmo.

Tentei ler a mente dela. Nada. Olhei em volta, semicerrando os olhos no escuro. Tentei ler as mentes dos outros humanos. Nada. Não tinha esse poder no meu corpo. "Ah, mas não é possível." Olhei para ela outra vez. Nada. Nem uma pequena centelha de pensamento. Nem mesmo a sensação instintiva do tipo de pessoa que ela era.

– Ah, está bem – falei, com meu sorriso mais gentil, sem ideia de como devia parecer para ela, nem do efeito que podia ter. – Eu espero que você queime para sempre no inferno por sua falta de caridade. Mas Deus sabe que eu mereço tudo isso. – Dei meia-volta e ia sair quando ela tocou na minha manga.

– Escute – disse a jovem tremendo um pouco de raiva e de embaraço –, não pode entrar aqui esperando que alguém lhe dê comida!

O sangue pulsava no rosto pálido. Eu não sentia nenhum cheiro. Mas sentia o perfume almiscarado que emanava dela, um cheiro parte humano, parte perfume. De repente, vi as pequenas pontas dos seios sob o vestido. Extraordinário. Tentei outra vez ler seus pensamentos, dizendo a mim mesmo que tinha de ser capaz, que era um poder inato em mim, só que não consegui.

– Falei que trabalho para pagar a comida. – Tentei não olhar para os seios dela. – Faço o que você mandar. Escute, desculpe, não quero que queime no fogo do inferno. Não sei por que falei uma coisa tão horrível. Só que estou atravessando um momento difícil. Muita coisa desagradável me aconteceu. Veja, aquele é o meu cachorro. Como vou fazer para alimentá-lo?

– Aquele cachorro! – Olhou pelo vidro para Mojo que estava sentado majestosamente na neve. – Deve estar brincando!

Que voz estridente a dela! Sem nenhuma personalidade. Tantos sons iguais que chegavam aos meus ouvidos, metálicos e finos.

– Não, ele é meu – falei, levemente indignado. – Gosto muito dele.

Ela riu.

– Esse cachorro todas as noites come na porta da cozinha!

– Ora, isso é maravilhoso. Um de nós vai comer. Fico feliz por ouvir isso, mademoiselle. Talvez se eu for até a porta da cozinha, ele deixe alguma comida para mim.

O sorriso dela era frio e insincero. A moça me observava, olhando com interesse para meu rosto e minha roupa. Como eu pareceria para ela?

O casaco preto não era barato, mas também não era muito elegante. O cabelo castanho da minha nova cabeça estava coberto de neve.

Quanto a ela, tinha uma certa sensualidade elegante e esbelta. Nariz fino, olhos interessantes. Belos ossos.

– Está bem – disse ela –, sente ali no balcão. Vou mandar trazer alguma coisa. O que você quer?

– Qualquer coisa, tanto faz. Agradeço sua bondade.

– Tudo bem, pode sentar. – Abriu a porta e gritou para Mojo, acenando com a mão. – Vá para a porta dos fundos.

Mojo continuou sentado, uma paciente montanha de pelo. Saí para o vento gelado e disse a ele para ir até a porta da cozinha. Apontei para a viela atrás do restaurante. Depois de olhar para mim por um momento, Mojo levantou, caminhou lentamente para o lugar indicado e desapareceu.

Voltei para o café, mais uma vez feliz por sair do frio, embora meus sapatos estivessem cheios de neve derretida. Entrei no restaurante escuro, tropecei num pequeno banco de madeira que não enxerguei, quase caí e enfim sentei na frente do balcão. Já tinham arrumado um lugar para mim, com a pequena toalha azul e garfo e faca de metal. O cheiro de queijo era sufocante. Havia outros – cebolas cozidas, alho, gordura queimada. Todos nojentos.

A banqueta era extremamente desconfortável. A borda redonda de madeira parecia cortar minhas pernas e mais uma vez me irritou o fato de não poder enxergar no escuro. Minha impressão era de que o restaurante era muito comprido; na verdade, era composto de várias salas enfileiradas. Só que eu não podia ver muito além de onde estava. Ruídos assustadores, como grandes panelas batendo em objetos de metal, feriam meus ouvidos, ou melhor, me agrediam.

A moça reapareceu com um belo sorriso e pôs uma taça com vinho tinto na minha frente. O cheiro era azedo e parecia enjoativo.

Agradeci. Tomei um gole, mantive o vinho algum tempo na boca, engoli e me engasguei. Não sei o que aconteceu – se engoli errado ou se o vinho irritou minha garganta. Só sei que comecei a tossir furiosamente e cobri a boca com um guardanapo de papel que estava ao lado do garfo. Sentia o vinho na parte posterior do meu nariz. Quanto ao gosto, era fraco e ácido, até mesmo um pouco metálico. Fiquei muitíssimo frustrado.

Fechei os olhos, apoiei a cabeça na mão esquerda fechada sobre o guardanapo.

– Tome, tente outra vez – disse ela.

Abri os olhos. Ela estava enchendo minha taça outra vez.

– Está bem – falei –, obrigado.

Eu estava com uma sede terrível. Na verdade, aquele gole de vinho tinha aumentado a minha sede. "Dessa vez", pensei, "não vou engolir com tanta força." Tomei um pequeno gole, tentei saborear, embora aparentemente não houvesse nada para saborear, então engoli devagar e o vinho desceu pelo lugar certo. Ralo, tão ralo, completamente diferente de um delicioso gole de sangue. "Preciso aprender a fazer isto", pensei. Esvaziei a taça. Então apanhei a garrafa de cristal, enchi a taça outra vez e tomei tudo.

Por um momento, tudo que senti foi frustração, mas aos poucos comecei a ficar enjoado. "A comida vai chegar logo", pensei. "Ah, aí está." Um cesto com pão em forma de varetas, ao que parecia.

Apanhei uma, cheirei para me certificar de que era pão e comi rapidamente. O gosto era de areia, até o fim. Exatamente como a areia do deserto de Gobi. Areia.

– Como é que os mortais comem isso? – perguntei.

– Mais devagar – disse a bela jovem com uma risada curta. – Você não é mortal? Vem de que planeta?

– Vênus – respondi, sorrindo. – O planeta do amor.

Ela me observava abertamente e o rostinho anguloso corou.

– Bem, fique por aí até eu deixar o trabalho, que tal? Pode me levar para casa.

– Definitivamente é o que vou fazer – falei.

O significado dessa troca de palavras produziu em mim um efeito curioso. Eu podia dormir com aquela mulher, talvez. Ah, sim, era uma possibilidade no que se referia a ela. Meus olhos pousaram nos bicos dos seios pequenos marcando tentadoramente a seda preta do vestido. "Sim, vou dormir com ela", pensei, "e como é macia a carne do seu pescoço."

O órgão ficou inquieto entre as minhas pernas. "Muito bem, alguma coisa está funcionando", pensei. Tratava-se de uma sensação curiosamente localizada, aquele enrijecimento e aumento de volume, que ocupava completamente meus pensamentos. A necessidade de sangue nunca era localizada. Olhei para o espaço. Não abaixei os olhos quando puseram um prato de espaguete com molho de carne na minha frente. O cheiro quente penetrou nas minhas narinas – queijo derretido, carne queimada e gordura.

"Abaixe", eu estava dizendo para o órgão. "Ainda não está na hora para isso."

Finalmente olhei para o prato. A fome parecia ter mãos que apertavam meus intestinos, tentando puxá-los para fora. Será que eu me lembrava dessa sensação? Deus sabe que passei fome muitas vezes na minha vida mortal. A fome era como a própria vida. A lembrança, contudo, parecia muito distante, sem importância. Segurei o garfo, que jamais usei naquele tempo, pois não tínhamos nenhum – só colheres e facas no nosso mundo rústico –, enfiei as pontas sob a massa de espaguete e levei à boca.

Senti que estava quente demais antes da comida tocar a minha língua, mas não parei a tempo. O espaguete queimou minha boca e deixei cair o garfo. "Ora", pensei, "isso é uma estupidez", e talvez fosse meu décimo quinto ato de pura estupidez. O que eu podia fazer para abordar os problemas com mais inteligência, mais paciência e mais calma?

Procurei uma posição melhor na banqueta desconfortável, tanto quanto é possível naquele tipo de coisa sem ir parar no chão, e tentei pensar.

Eu precisava dominar aquele novo corpo, cheio de fraquezas e sensações incomuns – pés gelados e doloridos, por exemplo, molhados e congelando com a corrente de ar que passava à altura do assoalho –, e estava cometendo erros compreensíveis, mas idiotas. Devia ter calçado as galochas. Devia ter procurado um telefone e falado com meu agente em Paris. Não estava raciocinando, mas me comportando obstinadamente como se fosse um vampiro, o que eu não era.

Aquela comida quase fervendo não teria queimado minha boca de vampiro, é claro. Mas eu não estava com a boca nem com a pele de vampiro. Por isso devia ter usado as galochas. Pense!

Mas a experiência estava indo muito além do que eu esperava. Por todos os deuses! Ali estava eu falando sobre o que devia pensar quando tinha imaginado que ia só aproveitar todos os prazeres de ser mortal! Ah, pensei que ia mergulhar em sensações, lembranças, descobertas e tudo que eu conseguia pensar era em como me controlar!

A verdade era que eu havia imaginado prazeres, uma infinidade de prazeres – comer, beber, uma mulher na minha cama, depois um homem. Mas nada do que tinha experimentado até aquele momento podia ser chamado de prazer.

Muito bem, eu era o culpado por estar naquela situação embaraçosa, portanto, eu mesmo podia mudar tudo. Limpei a boca com meu guardanapo, um pedacinho áspero de fibra artificial, tão pouco absorvente quanto um oleado, e tomei outra taça de vinho. Outra onda de náusea me envolveu. Minha garganta se apertou e cheguei a ficar tonto. "Meu Deus, duas taças e estou ficando bêbado?"

Segurei o garfo outra vez. Levei à boca uma boa porção da massa pegajosa e agora fria. Engasguei outra vez! Minha garganta fechou, como para impedir que eu me sufocasse com ela. Parei, respirei vagarosamente pelo nariz, disse a mim mesmo que não era veneno, que eu não era um vampiro, e mastiguei aquela coisa horrível com cuidado para não morder a língua.

Mas já tinha mordido antes, e agora o local ferido começava a arder. O ardor era muito mais forte do que o gosto da comida. Mesmo assim, continuei a mastigar o espaguete e pensei na falta de sabor, no leve gosto de azedo, no sal e na consistência horrível e então engoli, sentindo a contração dolorosa outra vez e um nó apertado no peito.

Se Louis estivesse passando por aquela experiência, e você fosse o vampiro presunçoso sentado na frente dele, observando, condenaria tudo que ele estava fazendo e pensando, ia desprezá-lo por sua timidez, por estar desperdiçando essa experiência, por sua incapacidade de compreender as coisas.

Levantei o garfo outra vez. Mastiguei outra porção, engoli. Bem, tinha um pouco de sabor. Nem se comparava ao gosto deliciosamente pungente do sangue, é claro. Era muito mais brando, mais granuloso, mais pegajoso. Tudo bem, outra garfada. Você pode aprender a gostar. Além disso, talvez não seja uma comida muito boa. Outra garfada.

– Ei, mais devagar – disse a bela mulher. Estava muito perto de mim, mas eu não podia sentir sua maciez saborosa através do meu casaco. Voltei-me e olhei em seus olhos outra vez, admirando as pestanas longas, curvas e pretas, a suavidade dos lábios quando sorria. – Você está devorando a comida.

– Eu sei. Muita fome – falei. – Escute, sei que posso parecer ingrato. Mas não tem outra coisa que não seja essa massa coagulada? Você sabe, alguma coisa mais sólida... carne, talvez.

Ela riu.

– Você é o homem mais estranho que já vi. Falando sério, de onde você é?

– França, do campo – respondi.

– Está bem, vou trazer outra coisa.

Assim que ela se afastou, tomei outra taça de vinho. Eu estava com certeza ficando bêbado, e um calor agradável percorria meu corpo. De repente, senti vontade de rir e compreendi que enfim tinha conseguido ficar um pouco embriagado.

Resolvi observar os outros humanos no salão. Era tão estranho não poder sentir o cheiro deles, tão estranho não ouvir seus pensamentos. Na verdade, eu não podia nem ouvir suas vozes, só o barulho e o vozerio alto. Também era tão estranho sentir calor e frio ao mesmo tempo, a cabeça nadando no ar aquecido e os pés congelando na corrente de ar frio.

A jovem pôs o prato na minha frente – vitela, segundo ela. Apanhei uma tira de carne, o que aparentemente a surpreendeu – eu devia ter usado o garfo e a faca –, dei uma mordida e descobri que era tão sem sabor quanto o espaguete, mas era melhor. Parecia mais limpo. Mastiguei com algum prazer.

– Muito obrigado, foi muito boa para mim – falei. – Você é realmente encantadora e me arrependo do que disse antes, de verdade.

A moça parecia fascinada, e é claro que eu estava representando. Estava fingindo ser gentil, o que na verdade não sou.

Ela se afastou para fechar a conta de um casal e voltei à minha refeição – minha primeira refeição de areia e cola e pedacinhos de couro cheios de sal. Eu ri. "Mais vinho", pensei, "parece que não estou tomando nada, mas o efeito é real."

Depois de tirar meu prato vazio, ela pôs outra garrafa com vinho na minha frente. E fiquei ali sentado, com as meias e os sapatos molhados, frio e desconfortável na banqueta de madeira, esforçando-me para enxergar no escuro e ficando cada vez mais bêbado. Então ela estava pronta para irmos.

Não me sentia mais à vontade naquele momento do que quando entrei no café. E assim que desci da banqueta, percebi que mal podia andar. Não sentia as pernas. Olhei para baixo para ver se ainda estavam no lugar.

A bela mulher achou engraçado. Eu não tinha tanta certeza. Ela me ajudou a andar na calçada coberta de neve, chamou Mojo, dizendo apenas "vem, cachorro", com grande respeito e ênfase, e me garantiu que morava "logo adiante, na mesma rua". A única coisa boa em tudo aquilo era que eu não sentia mais tanto frio.

Eu não conseguia manter o equilíbrio. Minhas pernas pareciam de chumbo. Mesmo os objetos mais iluminados pareciam fora de foco. Pensei que ia cair. Na verdade, o medo de uma queda se transformou em pânico.

Porém, felizmente chegamos à casa dela e subimos um lance de escada acarpetada – e fiquei tão exausto com a subida que meu coração batia forte e o suor brotava no meu rosto. Eu não enxergava quase nada! Era um absurdo! Ouvi a chave girar na fechadura.

Um novo cheiro horrível assaltou minhas narinas. O apartamento pequeno e sinistro parecia um galinheiro de papelão e madeira compensada, com indistintos pôsteres nas paredes. Mas o que seria aquele cheiro? Logo descobri que era dos gatos que faziam suas necessidades numa caixa cheia de terra. Vi a caixa, cheia de excremento de gato no chão do banheiro, e pensei que tudo estava acabado, que eu ia morrer! Fiquei imóvel, esforçando-me para não vomitar. Senti uma dor dilacerante no estômago – dessa vez não era fome e minha barriga estava dolorosamente distendida.

A dor aumentou. Compreendi que precisava fazer o que os gatos tinham feito na caixa. Tinha de fazer ou ia passar uma vergonha tremenda. Eu precisava entrar naquele banheiro. Meu coração subiu para a boca.

– O que aconteceu? – perguntou ela. – Está se sentindo mal?

– Posso usar o banheiro? – perguntei, apontando para a porta aberta.

– É claro. À vontade.

Saí do banheiro dez minutos depois, talvez um pouco mais, tão enojado com o simples processo de eliminação – o cheiro, a sensação de estar fazendo aquilo e a aparência – que mal conseguia abrir a boca. Mas estava acabado, estava feito. Tudo que me restava era a embriaguez, a experiência deselegante de estender o braço para o interruptor da luz e errar, de tentar girar a maçaneta da porta com aquela mão enorme – e errar.

O quarto era muito quente e abarrotado de móveis modernos medíocres e baratos sem nenhum estilo especial.

A jovem mulher estava nua sentada na beirada da cama. Tentei ver seu corpo com nitidez, apesar da distorção provocada pela luz da lâmpada. Mas o rosto era uma massa feia de sombras e a pele parecia emaciada. O cheiro das cobertas sujas a envolvia.

Tudo que concluí foi que ela era idiotamente magra, como tendem a ser as mulheres desta época, as suas costelas apareciam através da pele leitosa, os seios eram quase anormalmente pequenos com mamilos delicados cor-de-rosa e os quadris não existiam. Parecia um fantasma. Mas ali estava ela, sentada, sorrindo, como se tudo aquilo fosse normal, com todo aquele cabelo bonito e ondulado descendo pelas costas, e escondendo a sombra pequena do púbis com uma das mãos.

Muito bem, era mais do que óbvio que ia acontecer uma maravilhosa experiência humana. Mas eu não sentia nada por ela. Nada. Sorrindo, comecei a me despir. Tirei o casaco e senti frio. Por que ela não sentia frio? Tirei o suéter e fiquei horrorizado com o cheiro do meu suor. "Bom Deus, será que era assim antes?" Aquele corpo parecia tão limpo!

Aparentemente ela não notou. Dei graças por isso. Tirei a camisa, os sapatos, as meias e a calça. Meus pés ainda estavam frios. Na verdade, eu estava gelado e nu, completamente nu, sem saber ao certo se ia gostar daquilo. Então, vi minha imagem no espelho da penteadeira e compreendi que aquele órgão estava dormindo, completamente embriagado.

Isso também não a surpreendeu.

– Venha cá – disse ela. – Sente-se.

Obedeci, tremendo de frio. Então comecei a tossir. Começou com um espasmo, que me apanhou de surpresa. Depois, a tosse incontrolável, um acesso tão violento que formou um círculo de dor em volta das minhas costelas.

– Desculpe – falei.

– Adoro seu sotaque francês – murmurou ela, passando a mão no meu cabelo e arranhando de leve meu rosto.

Bem, era uma sensação agradável. Inclinei a cabeça e beijei o pescoço dela. Sim, isso também era bom. Nada tão excitante quanto morder uma vítima, mas era bom. Tentei lembrar como era duzentos anos atrás, quando eu era o terror das meninas da cidade. Se bem me lembro, sempre havia um fazendeiro nos portões do castelo, praguejando e brandindo o punho fechado, dizendo que sua filha estava grávida de mim, que eu precisava fazer alguma coisa a respeito! Naquele tempo, tudo parecia tão divertido. E as garotas, ah, as garotas adoráveis.

– O que foi? – perguntou ela.

– Nada.

Beijei seu pescoço outra vez. Senti o cheiro de suor no corpo dela. Não gostei. Mas por quê? Nenhum desses cheiros eram tão acentuados como os que eu sentia com meu outro corpo. Mas estavam ligados a uma coisa neste corpo, essa era a parte desagradável. Não podia me proteger daqueles odores. Não pareciam artefatos, mas algo capaz de me invadir e me contaminar. Por exemplo, o suor do pescoço dela estava agora nos meus lábios. Eu sabia que estava, sentia o gosto e tive vontade de me afastar dela.

Ah, mas que besteira. Ela era um ser humano e eu era um ser humano. Graças a Deus tudo estaria terminado na sexta-feira. Mas que direito eu tinha de agradecer a Deus?

Os seios pequeninos roçavam meu peito, muito quentes, macios e esponjosos, com os bicos rijos. Passei um braço pela cintura dela.

– Você está quente, acho que está com febre – disse ela, no meu ouvido. Beijou meu pescoço como eu tinha beijado o dela.

– Não, estou bem. – Mas não tinha a menor ideia se estava ou não. Aquilo era trabalho pesado!

De repente, a mão dela tocou meu órgão e me sobressaltei, para logo depois ficar excitado. Senti o órgão crescer e enrijecer. Era uma sensação inteiramente concentrada, mas foi como uma descarga elétrica no corpo todo. Quando olhei para os seios pequenos e o triângulo de pelos macios entre as pernas dela, meu órgão endureceu mais ainda. Sim, eu me lembrava bem disso. Meus olhos estão ligados ao processo e nada mais importava, *ummm*, tudo bem. Trate de fazê-la deitar na cama.

– Nossa! – murmurou ela. – Uma peça e tanto de equipamento!

– É mesmo? – Olhei para baixo. A coisinha monstruosa estava com o dobro do tamanho. Parecia desproporcional a tudo o mais. – Sim, acho que é. Eu devia saber que James teria esse cuidado.

– Quem é James?

– Ora, não importa – murmurei.

Virei o rosto dela para mim e beijei a boca pequena e molhada, sentindo os dentes atrás dos lábios finos. Ela abriu a boca para a minha língua. Isso era bom, embora eu não gostasse do gosto da sua boca. Não tinha importância. Então minha mente disparou para o sangue. Beba o sangue dela.

Onde estava a intensidade pulsante de se aproximar da vítima, um pouco antes dos meus dentes se cravarem na pele e o sangue esguichar na minha língua?

Não, não vai ser tão fácil nem tão gratificante. Vai ser entre as pernas dessa vez, mais parecido com um intenso tremor, mas um senhor tremor, tenho de admitir.

Porém, a simples ideia do sangue acendeu meu desejo e eu a empurrei sem cerimônia, fazendo-a deitar de costas na cama. Eu queria terminar, nada mais importava, a não ser terminar.

– Espere um pouco – disse ela.

– Esperar o quê?

Montei nela e a beijei outra vez, enfiando a língua profundamente na sua boca. Nada de sangue. Ah, tão pálida. Nenhum sangue. Meu órgão deslizou entre as coxas quentes e quase me satisfiz. Mas não era suficiente.

– Falei para esperar! – gritou ela, com o rosto muito vermelho. – Não pode fazer sem camisinha.

– Que diabo está dizendo? – murmurei. Eu conhecia a palavra, mas parecia não ter sentido. Especialmente naquele momento. Era melhor não falar. Procurei com a mão a entrada com pelos macios, depois a fresta úmida que me pareceu deliciosamente pequena.

Ela gritou para que eu a deixasse e me empurrou com as mãos abertas. De repente, assim corada e zangada, me pareceu muito bela, e quando seu joelho encostou em mim, deitei com todo o peso em cima dela, levantei um pouco, o tempo suficiente para penetrá-la com meu órgão, senti o suave envoltório de carne quente se fechar em volta dele e por um momento prendi a respiração.

– Não, pare, pare, estou dizendo! – gritou ela.

Mas eu não podia esperar. "Por que ela achava que era hora de discutir aquelas coisas?", pensei, vaga e atordoadamente. Então, num instante de excitação espasmódica e total, eu me satisfiz. O sêmen jorrou com um rugido do órgão!

Por um momento aquilo foi eterno, no outro tinha terminado, como se nunca tivesse começado. Fiquei deitado em cima dela, exausto, molhado de suor, um pouco irritado com a pegajosidade da coisa toda e com os gritos de pânico da mulher.

Finalmente, rolei para o lado e fiquei de costas na cama. Estava com dor de cabeça e todos os cheiros horríveis do quarto voltaram – o cheiro da cama suja, com o colchão encaroçado, o cheiro enjoativo dos gatos.

Ela saltou da cama. Parecia descontrolada. Chorando e tremendo, apanhou um cobertor na cadeira, enrolou no corpo e começou a gritar, mandando-me sair, ir embora, dar o fora.

– O que há com você? – perguntei.

Ela respondeu com uma saraivada de palavrões modernos.

– Seu vagabundo, seu miserável, seu idiota, cretino!

Esse tipo de coisa. Eu podia ter alguma doença, disse ela. Na verdade, enumerou várias, além do mais eu podia engravidá-la. Eu era um verme. Um babaca, um nojento! Queria que eu saísse imediatamente. Como tinha a coragem de fazer aquilo com ela? "Caia fora, antes que eu chame a polícia!"

De repente, senti sono. Tentei focalizar os olhos, apesar do escuro. Então fui dominado por uma náusea como jamais havia sentido. Lutei para me controlar, e só por um enorme ato de vontade não vomitei ali mesmo.

Enfim, sentei e saí da cama. Olhei para ela, ali parada, chorando e gritando, e de repente vi que ela estava sofrendo, que eu a havia realmente ofendido e notei uma mancha roxa no rosto dela.

Pouco a pouco compreendi o que tinha acontecido. Ela queria que eu usasse um preservativo e eu tinha forçado a relação sexual. Nenhum prazer para ela, apenas medo. Eu a vi outra vez no momento em que me satisfiz, me empurrando, e compreendi que ela jamais ia entender que eu tinha gostado da luta, que senti prazer com sua fúria e seus protestos, senti prazer em dominá-la. Na verdade, de um modo insignificante e comum, foi o que aconteceu.

Tudo me parecia tão sem graça e isso me encheu de desespero. O prazer, propriamente dito, não foi nada! "Não posso suportar isso por nem mais um minuto", pensei. Se eu pudesse falar com James, eu teria oferecido a ele outra fortuna só para desfazer a troca imediatamente. Se pudesse falar com James... Eu tinha esquecido completamente a necessidade de procurar um telefone.

– Escute, *ma chère* – falei. – Sinto muito. Tudo saiu errado. Eu sei. Quero que me desculpe.

Ela avançou para mim com a mão erguida, mas segurei seu pulso e abaixei o braço, sem nenhuma dificuldade, machucando-a um pouco.

– Saia daqui – repetiu ela. – Dê o fora ou chamo a polícia.

– Eu compreendo o que está dizendo. Há uma eternidade que eu não fazia isso. Fui desajeitado. Fui péssimo.

– Você é pior do que péssimo! – disse ela, com voz rouca e feroz.

E dessa vez ela me esbofeteou. Não fui suficientemente rápido. Fiquei atônito com a força daquele tapa e com o ardor no meu rosto. Levei a mão ao local atingido. Que dorzinha incômoda. Uma dor que era um insulto.

– Fora! – gritou ela outra vez.

Comecei a me vestir, mas era como levantar um saco de tijolos. Eu me sentia deprimido e envergonhado, com uma sensação tão profunda de desconforto e embaraço no menor gesto, na menor palavra, que só desejava me enfiar num buraco no chão.

Com tudo finalmente abotoado e fechado e meus pés outra vez com aquelas miseráveis meias molhadas e os sapatos de sola fina, eu estava pronto para partir.

Ela estava sentada na cama, chorando, os ombros muito magros, os ossos frágeis das costas aparecendo sob a carne pálida e o cabelo ondulado e espesso descendo até o cobertor que apertava contra o peito. Como parecia frágil, tão tristemente bela e repulsiva.

Tentei vê-la como se eu fosse Lestat, mas não consegui. Parecia uma coisa comum, sem nenhum valor, nem mesmo interessante. Fiquei vagamente horrorizado. Teria sido assim na minha infância e mocidade? Tentei me lembrar daquelas moças, mortas e desaparecidas há tantos séculos, mas não consegui ver seus rostos. Tudo que eu lembrava era a felicidade, a diversão, a grande exuberância que me fazia esquecer por algum tempo a privação e o desespero da minha vida.

O que isso significava naquele momento? Como podia aquela experiência ser tão desagradável, aparentemente tão sem sentido? Se eu fosse Lestat, o vampiro, a teria achado fascinante, como um inseto é fascinante. Até o pequeno apartamento pareceria bonito, nos menores e mais insignificantes detalhes! Ah, a afeição que eu sentia pelas tristes habitações dos pequenos mortais. Mas por quê?

Ah, aquela mulher, aquele pobre ser humano, seria bela para mim só pelo fato de estar viva! Eu não poderia ser degradado por ela mesmo que sugasse seu sangue durante uma hora. Naquele momento, contudo, sentia-me imundo por ter estado com ela e imundo por ter sido cruel. Eu compreendia seu medo de pegar uma doença! Eu também me sentia contaminado! Mas onde estava a perspectiva da verdade?

– Eu sinto muito – repeti. – Acredite em mim. Não era o que eu queria. Eu não sei o que eu queria.

– Você é louco – murmurou ela, com amargura, sem olhar para mim.

– Voltarei para você em algum momento e trarei um preservativo, uma coisa bela que você queira de verdade. Então talvez me perdoe.

Ela não respondeu.

– Diga, o que você quer de verdade? O dinheiro não importa. O que é que você quer e não pode ter?

Ela ergueu os olhos e eu vi o rosto vermelho e inchado. Limpou o nariz com as costas da mão.

– Você sabe o que eu queria – respondeu, com voz rouca e desagradável, nada sexual.

– Não, eu não sei. Diga o que é.

Seu rosto estava tão desfigurado e a voz tão estranha que me assustei. Sentia-me ainda um pouco tonto por causa do vinho, mas minha mente estava clara. Uma bela situação. Aquele corpo embriagado, mas eu não.

– Quem é você? – perguntou ela. Parecia empedernida e amargurada. – Você é uma pessoa importante, não é... não apenas... – Não terminou a frase.

– Não acreditaria se eu dissesse.

Virou a cabeça com um gesto brusco e olhou para mim, como se de repente tivesse compreendido tudo. Eu não podia imaginar o que se passava na sua cabeça. Tudo que eu sabia era que tinha pena daquela mulher e não gostava dela. Não gostava daquele quarto sujo e em desordem, com o teto baixo, a cama horrível, o carpete feio cor de areia, a luz fraca e a caixa dos gatos fedendo no banheiro.

– Vou me lembrar de você – falei, triste e ternamente. – Vou lhe fazer uma surpresa. Voltarei com algo maravilhoso para você, algo que jamais vai esquecer, uma coisa que nunca poderia comprar. Um presente de outro mundo. Mas, neste momento, tenho de deixá-la.

– Sim – disse ela. – Acho melhor ir embora.

Virei-me para sair. Pensei no frio lá fora, em Mojo me esperando no corredor e na casa com a porta dos fundos quebrada, na falta de dinheiro e de telefone.

Ah, o telefone.

Havia um telefone no quarto, sobre a penteadeira.

Quando me dirigi para o aparelho, ela gritou e atirou alguma coisa em minha direção. Acho que foi um sapato. Acertou meu ombro sem me machucar. Apanhei o fone, apertei zero duas vezes para fazer uma ligação interurbana e liguei para meu agente em Nova York, a cobrar.

O telefone tocou e tocou. Ninguém atendeu. Nem a secretária eletrônica. Muito estranho e bastante inconveniente.

Eu a via no espelho, olhando para mim silenciosa e ofendida, com o cobertor enrolado no corpo como um vestido moderno. Como tudo aquilo me parecia patético.

Telefonei para Paris. Outra vez o telefone tocou várias vezes, mas então ouvi a voz conhecida – meu agente, acordando. Em francês, e falando rapidamente, falei que estava em Georgetown, que precisava de vinte mil dólares, imediatamente, não, era melhor mandar trinta mil.

Ele disse que começava a amanhecer em Paris. Precisava esperar que os bancos abrissem, mas mandaria o dinheiro logo que fosse possível. Estaria em Georgetown por volta do meio-dia. Guardei de memória o nome da agência do banco e implorei a ele para mandar depressa e sem falta. Era uma emergência, eu estava sem dinheiro nenhum. Tinha contas a pagar. Meu agente garantiu que tudo seria providenciado imediatamente. Desliguei o telefone.

Ela estava olhando para mim. Acho que não compreendeu nada do que disse, porque não falava francês.

– Vou me lembrar de você – garanti. – Por favor, perdoe-me. Vou agora. Já causei muito aborrecimento.

Ela não respondeu. Olhei atentamente para aquela mulher, tentando compreender por que ela me parecia tão vulgar e desinteressante. Qual era meu ângulo de visão antes, quando toda a vida me parecia bela e todas as criaturas variações do mesmo tema magnífico? Até em James eu tinha visto uma beleza cintilante, como a de uma cigarra ou uma mosca.

– Adeus, *ma chère* – falei. – Eu sinto muito, de verdade.

Mojo estava sentado no corredor, esperando pacientemente, e passei por ele, chamando-o com um estalar dos dedos. Então descemos os degraus para a noite fria.

O vento entrava livremente na cozinha e passava sob a porta da sala de jantar, mas os outros cômodos da casa estavam aquecidos. O ar quente subia das pequenas grades de metal no chão. Foi muita bondade de James não ter desligado o aquecimento. É claro que ele pretende deixar esta casa assim que tiver os vinte milhões de dólares. Não tinha intenção de pagar nenhuma conta.

Subi para o segundo andar, atravessei o quarto e entrei no banheiro agradável, com azulejos brancos novos, espelhos limpos e um grande boxe para chuveiro com portas de vidro brilhante. Experimentei a água. Quente e farta. Deliciosamente quente. Tirei a roupa molhada e malcheirosa, estendi as meias sobre a grade de aquecimento, para secar, e dobrei cuidadosamente o suéter, pois era o único que eu tinha. Depois tomei um longo banho bem quente de chuveiro.

Acho que adormeci de pé, com a cabeça encostada nos azulejos da parede. Mas então, comecei a chorar e depois, a tossir. Senti um calor ardido no peito e no nariz.

Saí do box, me enxuguei e olhei outra vez para aquele corpo no espelho. Não encontrei nenhuma marca, nenhuma falha. Os braços e o peito eram fortes e harmoniosamente musculosos. As pernas eram benfeitas. O rosto era realmente belo, a pele marrom perfeita, sem nenhuma sugestão dos traços infantis remanescentes no meu verdadeiro rosto. Era o rosto de um homem – retangular, com traços talvez um tanto fortes demais, mas belo, muito belo, talvez por causa dos olhos grandes. Estava também um pouco áspero. A barba um pouco crescida. Precisava me barbear. Um aborrecimento.

– Na verdade, isso devia ser esplêndido – falei, em voz alta. – Você tem o corpo de um homem de vinte e seis anos, em perfeitas condições. Mas tem sido um pesadelo. Você cometeu um erro depois do outro. Por que não é capaz de enfrentar este desafio? Onde estão sua vontade e sua força?

Eu estava gelado. Mojo dormia no chão, ao pé da cama. Era o que eu devia fazer, dormir. Dormir como um mortal e, quando acordasse, a luz do dia estaria entrando no quarto. Mesmo que o céu esteja encoberto, vai ser maravilhoso. Vai ser dia. Você vai ver o mundo durante o dia, como tem desejado todos esses anos. Esqueça toda esta luta abismal, essas trivialidades, esse medo.

Porém, uma dúvida atroz me fazia perguntar se toda a minha vida mortal não havia sido apenas luta abismal, trivialidades e medo. Não era assim para a maioria dos mortais? Não era essa a mensagem de mais de uma dezena de escritores e poetas modernos – que desperdiçamos nossas vidas com tolas preocupações? "Não seria isto tudo um terrível lugar-comum?"

Essa ideia me deixou abalado. Tentei argumentar comigo mesmo mais uma vez, como tinha feito o tempo todo. Mas de que adiantava?

Era horrível estar naquele corpo humano lento e indolente. Sentia uma falta enorme dos meus poderes sobrenaturais. E o mundo, olhe para ele, era lúgubre e miserável, desgastado e cheio de acidentes. Ora, nem consigo enxergar a maior parte dele. De que mundo estou falando?

Ah, mas amanhã! Ah, Senhor, outro terrível lugar-comum! Comecei a rir e acabei com um terrível acesso de tosse. Dessa vez a dor, bastante forte, era na garganta. Meus olhos estavam lacrimejando. É melhor dormir, melhor descansar, melhor me preparar para meu único e precioso dia.

Apaguei a lâmpada e puxei as cobertas da cama. Ainda bem que estava limpa. Deitei a cabeça no travesseiro, encostei os joelhos no peito e me cobri até o queixo, cheio de sono. Pensei vagamente que, se a casa pegasse fogo, eu morreria queimado. Se os gases da fornalha subissem pelas grades de aquecimento, eu morreria. Alguém podia entrar pela porta quebrada e me matar. Todo o tipo de desastre era possível. Mas Mojo estava ali, não estava? E eu estava cansado, tão cansado.

Acordei algumas horas mais tarde.

Tossia violentamente e estava gelado. Precisava de um lenço. Encontrei uma caixa com lenços de papel e assoei o nariz uma centena de vezes. Então, respirando outra vez, fui dominado por uma fraqueza febril, com a sensação de estar flutuando no ar.

"É só um resfriado mortal", pensei. O resultado de permitir que meu corpo ficasse tanto tempo exposto ao frio. "Vai estragar tudo, mas não deixa de ser uma experiência que devo explorar."

Quando acordei novamente, Mojo estava de pé ao lado da cama, lambendo meu rosto. Estendi o braço, encostei a mão no focinho peludo, ri para ele e tossi outra vez, com a garganta em fogo, e compreendi que estava tossindo havia algum tempo.

A luz estava horrivelmente clara. Maravilhosamente clara. Graças a Deus, uma lâmpada forte neste mundo enevoado, finalmente. Sentei na cama. Ainda sonolento, levei uns momentos para entender o que estava vendo.

O céu aparecia perfeitamente azul na parte superior dos vidros das janelas, com um azul-vibrante, o sol se derramava pelo chão encerado, e o mundo todo parecia glorioso e iluminado – os galhos nus das árvores com suaves contornos de neve e os telhados nevados no outro lado da rua –, e o quarto estava inundado de claridade branca e cintilante; a luz dançava no espelho, nos vidros de cristal da penteadeira, na maçaneta de bronze da porta do banheiro.

– *Mon Dieu*, olhe só para isso, Mojo – murmurei, empurrando as cobertas. Corri até a janela e a abri. Que importava a investida do ar frio? Veja a cor profunda do céu, as nuvens brancas viajando para oeste, veja o verde intenso e belo do pinheiro no quintal do vizinho.

De repente, comecei a chorar incontrolavelmente e a tossir dolorosamente.

– Este é o milagre – murmurei. Mojo encostou o focinho em mim, com um ganido estridente. As dores mortais não importavam. Aquela era a promessa bíblica que não se cumprira por duzentos anos.

12

Assim que saí da casa para a luz gloriosa do dia, compreendi que aquela experiência valia todas as dificuldades e toda a dor. Nenhum resfriado mortal com seus sintomas debilitantes me impediria de desfrutar o sol da manhã.

Não importava a intensidade da fraqueza física, não importava a sensação de que era feito de pedra quando comecei a andar com Mojo, nem o fato de não poder saltar a sessenta centímetros do solo, ou de precisar de um esforço tremendo para empurrar a porta do açougue, nem a certeza de que meu resfriado estava piorando.

Quando Mojo terminou de devorar os pedaços de carne que pedi ao açougueiro, saímos juntos para a luz e senti que estava me embriagando com o espetáculo da luz do sol nas janelas e nas calçadas, nas capotas dos automóveis, nas poças de neve derretida, nas vitrines e nas pessoas – milhares e milhares de pessoas felizes, começando mais um dia de trabalho.

Aquelas eram muito diferentes das pessoas da noite, pois é claro que se sentiam mais seguras à luz do dia e andavam e conversavam descontraidamente, cuidando dos seus afazeres diurnos, que nunca são realizados com tanto vigor depois que o sol se põe.

Ah, ver as mães apressadas, levando os filhos radiantes pela mão, enchendo de frutas seus cestos de compras, ver os enormes e barulhentos caminhões de entrega estacionados na rua, na neve semiderretida, enquanto homens fortes e musculosos entravam pelas portas dos fundos com caixas e caixas de mercadorias! Ver homens retirando a neve e limpando as janelas, os bares cheios de criaturas agradavelmente tranquilas consumindo enormes quantidades de café e desjejuns com cheiro forte de fritura, enquanto liam os jornais da manhã, falavam do tempo ou comentavam o trabalho daquele dia. Era encantador ver os pequenos colegiais com seus uniformes engomados, enfrentando bravamente o vento frio para organizar jogos num pátio de asfalto, inundado de sol.

Eu sentia a energia imensa e otimista que unia todos aqueles seres, emanando dos estudantes que corriam entre os prédios do campus da universidade ou se reuniam nos restaurantes aquecidos para almoçar.

Como flores voltadas para a luz, aqueles seres humanos desabrochavam, acelerando o passo e a fala. Quando eu senti o calor do sol no rosto e nas mãos, também desabrochei como uma flor. Senti a resposta do corpo mortal, a despeito do resfriado que congestionava minha cabeça e da dor insistente nas mãos e nos pés gelados.

Ignorando a tosse, que piorava a cada instante, e a visão outra vez embaçada que me incomodava, caminhei com Mojo pela barulhenta rua M até Washington, a verdadeira capital da nação, e comecei a passear entre os memoriais de mármores e monumentos, os enormes e impressionantes edifícios e residências oficiais. Percorri a beleza suave e triste do Cemitério de Arlington com as milhares de pequenas lousas mortuárias iguais e depois a pequena e empoeirada mansão do grande general confederado, Robert E. Lee.

A essa altura eu estava delirando. Era provável que o desconforto físico contribuísse para aumentar minha felicidade: me sentia um tanto sonolento ou atordoado, como se estivesse embriagado ou drogado. Não sei. Só sei que me sentia feliz, muito feliz, e o mundo à luz do dia não era o mundo das trevas.

Muitos, muitos turistas como eu enfrentavam o frio para visitar os locais famosos. Eu me deleitava em silêncio com aquele entusiasmo, sentindo que o espetáculo magnífico da capital os afetava do mesmo modo que a mim – que se sentiam alegres e transformados com a visão do vasto céu azul e dos espetaculares monumentos de pedra erguidos para lembrar as grandes realizações da humanidade.

"Eu sou um deles!", compreendi então – não o Caim eterno procurando o sangue do seu irmão. Olhei em volta, em um estado de completo deslumbramento. "Eu sou um de vocês!"

Do alto de Arlington, olhei por um longo tempo para a cidade lá embaixo, tremendo de frio e até chorando um pouco, emocionado com o que via – tanta ordem, verdadeira representação dos princípios da grande Idade da Razão –, e desejei que Louis estivesse comigo, ou David. Meu coração apertou com a ideia do quanto desaprovariam o que eu estava fazendo.

Sim, era o verdadeiro planeta que eu via, a Terra viva nascida da luz do sol e do calor, mesmo sob o manto cintilante da neve do inverno.

Finalmente desci a colina, Mojo correndo na minha frente e voltando para ficar ao meu lado, e caminhamos pela margem do Potomac congelado admirando o reflexo do sol no gelo e na neve derretida. Era maravilhoso ver até mesmo a neve derretida.

No meio da tarde, eu estava outra vez no monumento de mármore de Jefferson, um pavilhão grego elegante e espaçoso com palavras solenes e comoventes gravadas nas paredes. Com o coração a ponto de explodir, compreendi que, por algumas horas preciosas, eu podia sentir tudo que aquelas palavras expressavam. Na verdade, durante algum tempo, entrei no meio da multidão de humanos, nem um pouco diferente deles.

Mas era mentira, não era? Eu levava a culpa dentro de mim – na continuidade da memória, na minha irredutível alma individual, Lestat o assassino, Lestat, o caçador noturno. Lembrei-me da advertência de Louis: "Você não pode se tornar humano simplesmente entrando num corpo humano!" Revi mentalmente a expressão trágica dos olhos dele.

Mas, Senhor Deus, e se o vampiro Lestat jamais tivesse existido, se fosse apenas uma criação literária, pura invenção do homem em cujo corpo eu vivia e respirava! Que ideia maravilhosa!

Fiquei um longo tempo nos degraus do monumento, de cabeça baixa, com o vento açoitando minha roupa. Uma mulher bondosa disse que eu estava doente e que devia abotoar o casaco. Olhei nos olhos dela, certo de que ela via apenas um jovem comum. Ela não estava deslumbrada nem assustada. Nenhum tipo de fome espreitava dentro de mim incitando-me a tirar sua vida para poder viver melhor a minha. Pobre e adorável criatura de pálidos olhos azuis e cabelos grisalhos! Num impulso, segurei a mãozinha enrugada e a beijei, dizendo em francês que a amava e vi o sorriso iluminar o rosto fino e fanado. Como me pareceu adorável, tão adorável quanto qualquer ser humano que meus olhos de vampiro já haviam visto.

Toda a vulgaridade sórdida da noite anterior tinha desaparecido, apagada por aquelas horas de luz. Acho que meus mais ousados sonhos sobre aquela aventura foram realizados naquele dia.

Mas o inverno me envolvia, pesado e rigoroso. Embora encantadas com o azul do céu, as pessoas falavam na tempestade mais violenta que se aproximava. As lojas estavam fechando mais cedo, as ruas iam ficar novamente intransitáveis, o aeroporto estava fechado. Os transeuntes avisavam para comprar velas porque a cidade ia ficar sem energia. Um velho cavalheiro com um gorro grosso de lã me censurou por estar sem chapéu. Uma jovem disse que eu parecia doente e devia voltar depressa para casa.

Só um resfriado, eu respondi. Uma boa dose de tônico para a tosse, ou seja lá como chamam, e eu ficaria bom. Raglan James saberia o que fazer quando aparecesse para reclamar seu corpo. Não ia gostar, mas podia se consolar com os vinte milhões. Além disso, eu ainda tinha muitas horas para tomar remédios e descansar.

Naquele momento, sentia-me inquieto e desconfortável demais para me preocupar com isso. Já tinha gasto muito tempo com mesquinharias. Era óbvio que não seria difícil encontrar solução para todas as inconveniências triviais da vida – ah, a verdadeira vida.

Na verdade, eu havia esquecido do tempo. O dinheiro devia estar na agência à minha espera. Vi um relógio na vitrine de uma loja. Duas e meia. O relógio grande e barato no meu pulso dizia a mesma coisa. Eu só tinha mais umas treze horas.

Treze horas naquele corpo horrível, com a cabeça latejando e dor no corpo todo! Minha felicidade desapareceu com um estremecimento gelado de medo. Ah, mas era um dia belo demais para ser estragado por minha covardia! Simplesmente afastei a ideia.

Trechos de poesia vieram-me à mente... e uma vez ou outra, a lembrança muito vaga do meu último inverno como mortal, agachado ao lado da lareira no grande salão da casa do meu pai, tentando desesperadamente aquecer as mãos no fogo fraco. Eu me entreguei ao momento de um modo completamente incomum para minha pequena mente febril, calculista e maligna. Tão encantado eu estava com tudo à minha volta que durante horas não me preocupei com absolutamente nada.

Era extraordinário, absolutamente extraordinário. Na minha euforia, eu tinha certeza de que a experiência valia todos os percalços mesquinhos da noite anterior. Eu levaria comigo para sempre a lembrança daquele único dia.

Em certos momentos, tive a impressão de que não ia aguentar a caminhada de volta a Georgetown. Mesmo antes de deixar o monumento a Jefferson, o céu começou a ficar nublado e escureceu rapidamente. A luz secava como se fosse líquida.

Mas eu estava adorando o dia agora na sua fase mais melancólica. Encantava-me o espetáculo dos mortais que, ansiosos, trancavam as lojas e andavam apressados contra o vento com sacos carregados de compras, das lâmpadas das ruas brilhando quase alegremente na escuridão que se adensava a cada minuto. Não haveria crepúsculo. Ah, era uma pena. Mas, como vampiro, eu muitas vezes assistia essa passagem do dia para a noite. Então que razão tinha para me queixar? Mesmo assim, por um breve segundo, me arrependi de ter passado meu tempo precioso em pleno inverno. Porém, por motivos que eu não podia explicar, era exatamente o que eu queria. Inverno rigoroso como os da minha infância. Como aquela noite em Paris em que Magnus me carregou para o seu covil. Eu estava satisfeito. Estava contente.

Quando cheguei à agência, até eu, com minha inexperiência, sabia que a febre e os arrepios de frio estavam me derrubando e que precisava procurar abrigo e alimento. Ainda bem que o dinheiro tinha chegado. Um novo cartão de crédito fora impresso com um dos meus pseudônimos de Paris, Lionel Potter, e um talão de cheques de viagem me esperava. Guardei tudo no bolso e, sob o olhar escandalizado do funcionário do banco, os trinta mil dólares também.

– O senhor vai ser roubado – murmurou ele, inclinando-se para mim, sobre o balcão. Depois disse alguma coisa que não compreendi bem, sobre depositar o dinheiro antes que o banco fechasse, além de ir à emergência de um hospital, antes de a tempestade cair. Em todos os invernos havia muitos casos de gripe, quase uma epidemia.

Para facilitar as coisas, concordei com tudo que ele disse, mas não tinha nenhuma intenção de passar minhas últimas horas como mortal nas mãos dos médicos. Além disso, não era necessário. Tudo que eu precisava era de comida quente e uma bebida também quente, além da paz de uma macia cama de hotel. Então eu podia devolver aquele corpo a James numa condição razoável e voltar para o meu.

Mas antes precisava mudar de roupa. Eram só três e quinze da tarde e eu não ia passar as doze horas que me restavam com aqueles andrajos sujos e miseráveis!

Cheguei ao grande e elegante Georgetown Mall quando começavam a fechar as portas para que as pessoas pudessem chegar a suas casas antes da nevasca, mas consegui entrar numa loja de artigos masculinos e empilhei para o vendedor impaciente tudo que ia precisar. Senti uma tontura quando entreguei o cartão a ele. Divertiu-me o fato de que o homem, esquecido da tempestade, tentava me vender cachecóis e gravatas. Eu mal compreendia o que ele estava dizendo. "Ah, sim, pode colocar na conta. Daremos tudo isto ao sr.

James às três horas da manhã. O sr. James gosta de conseguir coisas sem pagar. Está bem, o outro suéter, e por que não, o cachecol também."

Quando me livrei dele e saí da loja carregando as caixas e as sacolas brilhantes, fui acometido por outra tontura. Na verdade, tudo estava ficando escuro à minha volta. Minha vontade era cair de joelhos e desmaiar ali mesmo. Uma bela jovem correu a me ajudar.

– Você parece que vai desmaiar!

Eu estava suando profusamente e sentia frio, apesar do aquecimento no interior da loja.

O que eu precisava era de um táxi, expliquei, mas não havia nenhum. Na verdade, quase não se via mais ninguém na rua M e a neve estava caindo outra vez.

Eu tinha visto um belo hotel de tijolos perto do Mall, com o nome romântico de Four Seasons, e caminhei apressado para ele, despedindo-me com um aceno da bela e bondosa criatura, e abaixei a cabeça para enfrentar o vento furioso e frio. Estaria aquecido e a salvo no Four Seasons, eu pensei, repetindo em voz alta e saboreando o nome do hotel. Posso jantar e não preciso voltar para aquela casa horrível até a hora da nova troca. Quando finalmente cheguei ao saguão do hotel, eu o achei mais do que satisfatório e depositei uma grande soma para garantir que Mojo agiria limpa e educadamente durante nossa permanência no hotel, e eu também. A suíte era suntuosa, com enormes janelas que davam para o Potomac, extensões aparentemente infindáveis de carpete claro, banheiros dignos de um imperador romano, televisões e geladeiras escondidas em belos gabinetes de madeira e tudo o mais que se possa imaginar. De imediato pedi um verdadeiro banquete para mim e para Mojo, abri o pequeno bar, cheio de balas e outras guloseimas, bem como bebidas, e servi uma dose generosa do melhor uísque. Gosto absolutamente horrível! Como David podia beber aquilo? A barra de chocolate era melhor. Fantástica! Devorei-a inteira, depois telefonei outra vez para o serviço de quarto e pedi todas as sobremesas de chocolate que havia no menu.

"David, preciso telefonar para David." Mas parecia impossível levantar da cadeira e andar até o telefone. Além disso, precisava pensar em tanta coisa. Que se danassem os desconfortos, estava sendo uma experiência e tanto! Eu estava até me acostumando com aquelas mãos enormes, penduradas uma polegada mais abaixo do que deveriam estar, e aquela pele porosa e marrom. "Não posso dormir agora. Que desperdício..."

A campainha me sobressaltou. Eu estava dormindo! Havia passado uma hora inteira de meu tempo mortal. Levantei da cadeira e, sentindo-me como se estivesse levantando tijolos a cada passo, abri a porta para a jovem atraente de cabelo louro-claro que entrou na sala de estar da suíte com o carrinho cheio de comida coberto por uma toalha branca.

Dei o bife para Mojo depois de estender uma toalha de banho no chão para ele. Mojo começou a mastigar avidamente, deitando para comer, uma coisa que só os cães de grande porte fazem e que o fazia parecer mais monstruoso, como um leão mastigando preguiçosamente um cristão indefeso preso entre suas patas dianteiras.

Tomei logo a sopa quente, quase sem sentir gosto, mas isso era de esperar com aquele resfriado miserável. O vinho era maravilhoso, muito melhor do que o da noite anterior e, embora ainda parecesse ralo demais comparado ao sangue, tomei duas taças e ia começar a devorar a *posta*, como eles chamam, quando ergui os olhos e vi que a jovem atendente ainda estava na sala.

– O senhor está doente – disse ela. – O senhor está muito, muito doente.

– Tolice, *ma chère* – respondi. – Estou resfriado, com um resfriado mortal, nada mais, nada menos. – Tirei do bolso da camisa um maço de dinheiro, dei a ela várias notas de vinte e a mandei sair. Mas a moça hesitou.

– Está com uma tosse muito feia – teimou ela. – Eu acho que o senhor está muito doente. Esteve muito tempo exposto ao frio, não esteve?

Olhei para ela, comovido com tanto zelo e prestes a chorar como um tolo. Queria avisá-la de que eu era um monstro, que aquele corpo era apenas uma concha. Ela era muito atenciosa, evidentemente uma boa criatura.

– Estamos todos unidos – falei. – Toda a humanidade. Devemos cuidar uns dos outros, não devemos?

Achei que ela fosse ficar horrorizada com aquele sentimentalismo barato, expresso com a emoção arrastada da embriaguez, e que então me deixasse em paz. Mas ela não deixou.

– Sim, devemos. Deixe-me chamar um médico antes que a tempestade piore.

– Não, minha querida, pode ir.

Com um último olhar preocupado para mim, ela se foi.

Depois de comer um prato de macarrão com molho branco, sentindo só o gosto do sal, comecei a imaginar se a moça não estaria certa. Fui para o banheiro e acendi as luzes. O homem no espelho estava com péssima aparência, olhos congestionados, tremendo de frio, e a pele marrom amarelada, quase pálida.

Levei a mão à testa, mas de que adiantava? Eu não podia morrer daquilo, certo? Mas, na verdade, não tinha muita certeza. Lembrei a expressão da moça e a preocupação das pessoas que falaram comigo na rua. Fui acometido por outro acesso de tosse.

"Preciso fazer alguma coisa", pensei. Mas o quê? E se os médicos me dessem um sedativo forte e eu não pudesse voltar à casa para o encontro com James? E se os remédios afetassem a minha concentração, impedindo a troca? Deus do céu, eu não tinha sequer tentado sair daquele corpo humano, uma coisa que sabia fazer tão bem com meu antigo corpo.

Na verdade, eu não queria tentar. E se não conseguisse voltar? Não, espere por James para essas experiências e fique longe de médicos e de seringas!

A campainha tocou. Era a moça de bom coração com uma sacola cheia de remédios – vidros com líquidos vermelhos e verdes, e tubos plásticos com comprimidos.

– O senhor devia chamar um médico – insistiu, enfileirando toda aquela farmácia sobre o tampo de mármore. – Quer que o hotel chame um?

– De modo nenhum – falei, dando mais dinheiro para ela e levando-a até a porta.

– Espere – disse ela. Eu não queria que ela levasse o cão para dar uma volta, por favor, já que ele tinha acabado de comer?

Ah, sim, uma ideia maravilhosa. Mais algumas notas passaram para a mão dela. Mandei Mojo sair com a moça e fazer aquilo tudo que ela mandasse. Aparentemente Mojo a fascinava. Ela murmurou alguma coisa sobre a cabeça dele ser maior do que a dela.

Voltei para o banheiro e olhei para os vidros de remédios. Eu não confiava naquelas coisas! Mas não seria delicado de minha parte devolver a James um corpo doente. E se ele não o aceitasse? Ora, mas certamente não iria abrir mão de vinte milhões. Não, claro que não. Ele ficaria com os vinte milhões, com a tosse e com os arrepios de frio.

Tomei um gole revoltante do remédio verde, lutando contra a náusea, e depois voltei com esforço para a sala de estar e desabei na cadeira ao lado da mesa.

Vi o papel de carta e uma caneta esferográfica que funcionava muito bem, escorregadia como todas as canetas desse tipo. Comecei a escrever, uma tarefa difícil com aqueles dedos enormes, e descrevi com detalhes tudo que tinha sentido e visto. Escrevi durante um longo tempo, embora mal conseguisse manter a cabeça em pé, respirando com dificuldade, todo congestionado. Por fim, quando acabou o papel e eu não conseguia mais ler os meus garranchos, enfiei tudo num envelope, passei a ponta da língua na cola da borda, fechei e enderecei para mim, no meu apartamento em Nova Orleans. Depois guardei no bolso da camisa, sob o suéter, para não perder. Por fim deitei no chão. O sono estava chegando. Ia levar muitas das horas mortais que me restavam, pois minhas forças estavam no fim.

Mas não dormi profundamente. A febre estava alta e eu sentia muito medo. Lembro que a jovem voltou com Mojo e disse outra vez que eu estava doente.

Lembro-me de uma camareira da noite que entrou no quarto e, ao que me pareceu, ficou horas andando de um lado para o outro. Lembro-me de Mojo deitar ao meu lado e do seu calor, e de ter me aconchegado a ele, apreciando seu cheiro, o cheiro maravilhoso do seu pelo, embora não fosse nada tão intenso como seria com meu antigo corpo, e por um momento pensei que estivesse outra vez na França, naqueles velhos tempos. Essa lembrança fora, de certo modo, obliterada por aquela experiência. Uma vez ou outra, eu abria os olhos, via a auréola em volta da lâmpada acesa, via os móveis refletidos nas janelas escuras e tinha a impressão de ouvir a neve lá fora.

Em certo momento, levantei para ir ao banheiro, bati a cabeça no batente da porta e caí de joelhos. *Mon Dieu*, aqueles pequenos tormentos! Como é que os mortais aguentam isso? Como aguentei no passado? Que dor! Como líquido espalhando-se sob a pele.

Mas coisas piores me esperavam. Recorrendo a toda a minha força de vontade, usei o toalete para me limpar cuidadosamente depois. Nojento! E mais esforço para lavar as mãos! Quando descobri que o rosto daquele corpo estava coberto por uma espessa sombra de barba áspera, eu ri. Era como uma crosta sobre meu lábio superior, no meu queixo e até a altura do colarinho. O que eu parecia? Um vagabundo miserável e insano. Eu não tinha como tirar toda aquela barba. Não tinha uma navalha e certamente ia cortar minha garganta se tivesse.

A camisa estava imunda. Eu tinha me esquecido das roupas que comprei, mas não era tarde demais para isso? Com espanto atordoado, vi que eram duas horas da manhã. Deus do céu, quase na hora da transformação.

– Venha, Mojo – falei e preferimos a escada ao elevador, o que não era grande coisa, porque estávamos no primeiro andar, então passamos pelo saguão silencioso e quase deserto e saímos para a noite.

A neve se acumulava por toda a parte. As ruas estavam intransitáveis para os veículos e às vezes eu caía de joelhos, enfiando os braços na neve, e Mojo lambia meu rosto, tentando me manter aquecido. Mas continuei a luta para subir a colina, ignorando meu estado físico ou mental. Consegui finalmente chegar à esquina e pude ver as luzes da casa.

A cozinha escura tinha uma camada espessa de neve no chão. Achei que era só uma questão de atravessar mais um trecho de neve, até perceber que havia uma camada fina e escorregadia de gelo – da noite anterior – sob a neve macia.

Consegui chegar a salvo na sala de jantar e deitei no chão tremendo de frio. Só então percebi que tinha esquecido o casaco com todo o dinheiro nos bolsos. Tinha apenas algumas notas no bolso da camisa. Mas não importava. O Ladrão de Corpos ia chegar logo. Eu teria outra vez meus braços e pernas, todos os meus poderes! Então como seria doce lembrar tudo aquilo, a salvo e em segurança no meu apartamento de Nova Orleans, quando a doença não tivesse significado, quando não existissem mais dores e desconfortos, quando eu fosse outra vez o vampiro Lestat, pairando sobre os telhados, estendendo as mãos para alcançar as estrelas.

A casa me pareceu gelada comparada ao hotel. Virei a cabeça para a lareira apagada e tentei acender com a força da minha mente. Então eu ri, lembrando que ainda não era Lestat, mas que James ia chegar logo.

– Mojo, não aguento este corpo nem mais um segundo – murmurei.

Sentado na frente da janela, Mojo olhava para fora e sua respiração embaçava o vidro fino.

Tentei ficar acordado, mas não consegui. Quanto mais frio eu sentia, mais sono tinha. Então ocorreu-me um pensamento assustador. E se eu não conseguisse sair daquele corpo no momento da troca? Se não pudesse acender o fogo, não pudesse ler as mentes, não pudesse...

Quase dominado pelo sono, tentei o pequeno truque psíquico. Deixei a minha mente mergulhar até quase a margem dos sonhos. Senti o sinal surdo e vibratório que sempre precede a saída do espírito do corpo. Mas não aconteceu nada incomum. Tentei outra vez. "Levante-se", falei. Tentei visualizar mentalmente a minha forma etérea saindo e subindo até perto do teto. Nada. Era como se estivesse tentando fazer nascer duas asas nas minhas costas. E eu estava tão cansado, com o corpo tão cheio de dores. Continuei ancorado àquelas pernas e braços, ao peito dolorido, cada respiração um esforço tremendo.

Mas James ia chegar logo. O feiticeiro, o que conhecia o truque. Sim, James, ávido pelos vinte milhões, sem dúvida ia conduzir o processo.

Quando abri os olhos outra vez, foi para a luz do dia.

Sentei bruscamente, olhando para a frente. Não havia dúvida. O sol estava alto no céu e entrando pelas janelas, espalhava uma orgia de luz no assoalho brilhante. Ouvi os sons do tráfego lá fora.

– Meu Deus – murmurei, pois *Mon Dieu* simplesmente não significa a mesma coisa. – Meu Deus, meu Deus, meu Deus.

Deitei outra vez, ofegante e atônito demais para um pensamento ou uma atitude coerentes, ou para decidir se o que sentia era raiva ou um medo apavorante. Ergui lentamente o pulso e consultei o relógio. Onze e quarenta e sete da manhã.

Dentro de menos de quinze minutos a fortuna de vinte milhões de dólares, no banco da cidade, voltaria para Lestan Gregor, meu pseudônimo, que fora abandonado ali no corpo de Raglan James, que, evidentemente, não tinha voltado para sua casa em Georgetown antes do nascer do dia para realizar a troca, de acordo com nosso trato, e agora, depois de abrir mão daquela imensa fortuna, provavelmente nunca mais voltaria.

– Ah, Deus me ajude – falei em voz alta. Comecei a tossir com pontadas terríveis no peito. – Eu sabia – murmurei. – Eu sabia. Que tolo eu fui, que grande e extraordinário tolo.

"Seu vagabundo miserável", pensei, "seu desprezível ladrão de corpos, não vai se safar disso, maldito! Como ousa fazer isso comigo, como ousa? E este corpo! Este corpo que me deixou, tudo que tenho agora para sair à sua procura, está muito, muito doente."

Quando saí cambaleando para a rua, era meio-dia em ponto. Mas que importância tinha isso? Eu não lembrava o nome nem o endereço do banco. De qualquer modo, não poderia explicar o que pretendia fazer lá. Para que reclamar vinte milhões que dentro de cinco segundos iam voltar para mim? Pensando bem, para onde eu iria levar aquela massa de carne que tremia de frio?

Ao hotel, para reclamar meu dinheiro e minhas roupas?

Ao hospital, para o remédio de que precisava tanto?

Ou a Nova Orleans, para Louis, talvez o único que pudesse me ajudar. O Ladrão de Corpos não ia voltar, não nessa noite nem nunca, isso estava mais do que claro. E como eu ia localizar aquele miserável desonesto autodestrutivo sem a ajuda de Louis? Ah, mas o que Louis ia fazer quando eu me aproximasse dele? Qual seria seu julgamento quando soubesse o que eu tinha feito?

Eu estava caindo. Perdendo o equilíbrio. Estendi a mão para a grade de ferro e não consegui encontrá-la. Um homem corria para mim. A dor explodiu na minha nuca quando bati com a cabeça no degrau. Fechei os olhos e cerrei os dentes para não gritar. Então, abri outra vez e vi lá em cima o mais sereno céu azul.

– Chame uma ambulância – disse o homem para o outro que estava ao lado dele. Apenas vultos escuros contra o brilho do céu, daquele céu vibrante e envolvente.

– Não! – tentei gritar, mas apenas murmurei. – Preciso ir para Nova Orleans. – Falando rapidamente, tentei explicar o que tinha acontecido no hotel, o dinheiro, as roupas, se alguém podia me ajudar a ficar de pé, se alguém poderia chamar um táxi, porque eu precisava sair de Georgetown, ir para Nova Orleans imediatamente.

Então fiquei deitado muito quieto na neve. Pensei como era belo o céu azul, com as nuvens finas e brancas correndo sobre ele e até aquelas sombras vagas que me rodeavam, aquela gente que falava em voz baixa e tão furtiva que eu não podia ouvir. E Mojo latindo, latindo e latindo. Tentei falar, mas não consegui, nem para dizer a ele que tudo ia ficar bem, perfeitamente bem.

Uma menina apareceu ao meu lado. Eu vi o cabelo longo, as mangas bufantes e um pedaço de fita dançando ao vento. Ela olhava para baixo, para mim, como os outros, o rosto só sombras e o céu atrás dela brilhando assustadora e perigosamente.

– Por Deus, Claudia, a luz do sol, saia daí! – exclamei.

– Fique quieto, moço, eles já vêm buscar o senhor.

– Fique quieto, companheiro.

Onde estava ela? Para onde tinha ido? Fechei os olhos esperando ouvir os saltos do sapato na calçada. Aquilo que estava ouvindo era uma risada?

A ambulância. Máscara de oxigênio. E eu *compreendi*.

Eu ia morrer naquele corpo e seria tudo tão simples! Como um bilhão de outros mortais, eu ia morrer. Ah, essa era a razão para tudo aquilo, por isso o Ladrão de Corpos tinha me procurado, o Anjo da Morte, para me dar os meios que eu procurava com mentiras e orgulho e enganando a mim mesmo. Eu ia morrer.

E eu não queria morrer!

– Meu Deus, por favor, não desse modo, não neste corpo – murmurei, fechando os olhos. – Não ainda, não agora. Por favor, eu não quero! Não quero morrer. Não permita que eu morra.

Eu estava chorando, derrotado, apavorado e chorando. Ah, mas era perfeito, não era? Senhor Deus, não podia haver um padrão mais perfeito: o monstro covarde que fora ao Gobi, não à procura do fogo do céu, mas por orgulho, por orgulho, por orgulho.

Fechei os olhos com força. Sentia as lágrimas descendo pelo meu rosto. "Não me deixe morrer, por favor, por favor, não me deixe morrer. Não agora, não desse modo, não neste corpo! Ajude-me!"

Senti a mão pequenina tentando segurar a minha e então conseguiu, terna e quente. Ah, tão macia. Tão pequenina. "Você sabe de quem é essa mão, você sabe, mas está assustado demais para abrir os olhos."

"Se ela estiver aqui, então você está mesmo morrendo. Não posso abrir os olhos. Estou com medo, com tanto medo." Tremendo e soluçando, segurei a mãozinha com tanta força que devia estar machucando, mas não abri os olhos.

"Louis, ela está aqui. Ela veio me buscar. Ajude-me Louis, por favor. Não posso olhar para ela. Não quero olhar. Não posso tirar a minha mão da dela! E onde está você? Dormindo sob a terra, nas profundezas do seu jardim malcuidado, com o sol de inverno derramando-se sobre as flores, dormindo até a noite chegar outra vez".

"Marius, me ajude. Pandora, onde quer que esteja, ajude-me. Khayman, venha me ajudar. Armand, nenhum ódio entre nós dois agora. Preciso de vocês! Jesse, não deixe que isso aconteça comigo."

Ah, o murmúrio abafado e triste da prece de um demônio dominado pelo som estridente da sirene. "Não abra os olhos. Não olhe para ela. Se olhar, está acabado."

"Claudia, você gritou por socorro nos últimos momentos? Você teve medo? Viu a luz como o fogo do inferno invadindo o poço de ventilação ou como a grande e bela luz enchendo o mundo todo de amor?"

Ficamos juntos no cemitério, numa noite quente e perfumada, repleta de estrelas distantes e luz púrpura suave. Sim, as muitas cores das trevas. Veja a pele dela brilhando, a linha cor de sangue dos lábios, o castanho intenso dos seus olhos. Ela segurava um buquê de crisântemos amarelos e brancos. Jamais esquecerei aquele perfume.

"Minha mãe está enterrada aqui?"

"Não sei, *petite chérie*. Nem sei o nome dela." O corpo estava deteriorado e cheirava mal quando o encontrei, as formigas enchiam os olhos e a boca aberta.

"Você devia ter procurado saber seu nome. Devia ter feito isso por mim. Eu gostaria de saber onde ela está enterrada."

"Isso foi há meio século, *chérie*. Me culpe por coisas maiores. Me odeie, se quiser, por não estar agora enterrada ao lado dela. Se estivesse, ela a aqueceria? O sangue é quente, *chérie*. Venha comigo e beba sangue, como sabe fazer agora. Podemos beber sangue juntos até o fim do mundo."

"Ah, você tem resposta para tudo." Como era frio o seu sorriso. Na sombra eu quase podia ver a mulher nela, desafiando a forma permanente de doçura infantil, com a inevitável tentação de beijar, abraçar, amar.

"Nós somos a morte, *ma chérie*, a morte é a resposta final." Eu a tomei nos braços, senti que ela se aconchegava a mim, então beijei, beijei e beijei sua pele de vampiro. "Não há mais perguntas depois disso."

A mão dela tocou minha testa.

A ambulância corria em disparada, como se fugisse da perseguição da sirene, como se a sirene fosse sua força propulsora. A mão dela tocou a minha pálpebra. "Não vou olhar para você!"

"Ah, por favor, me ajudem...", foi a prece lúgubre do demônio aos seus asseclas enquanto ele despenca rapidamente para as profundezas do inferno.

13

"Sim, eu sei onde estamos. Desde o começo você tenta me trazer para cá, para o pequeno hospital." Parecia um lugar tristonho, tão primitivo com as paredes de argila, venezianas de madeira nas janelas e os pequenos leitos rústicos, de madeira, enfileirados. Mas ela estava deitada ali, não estava? Conheço a enfermeira, sim, e o médico de ombros redondos e vejo você na cama – é você, a pequenina com o cabelo aparecendo acima do cobertor, e Louis está ali também...

Tudo bem, por que estou aqui? Sei que é um sonho. Não é a morte. A morte não tem nenhuma consideração com as pessoas.

"Tem certeza?", disse ela.

Estava sentada na cadeira de espaldar alto, o cabelo louro atado com uma fita azul e sapatinhos de cetim azul nos pés pequeninos. Então isso significava que ela estava ali, na cama e ali na cadeira, minha bonequinha francesa, minha bela, com os pés e as mãos pequeninos e benfeitos.

"E você, você está aqui conosco e está numa cama na sala de emergência em Washington. Você sabe que está morrendo, não sabe?"

– Hipotermia grave, possivelmente pneumonia. Mas como vamos saber que tipo de infecção temos aqui? Vamos dar uma dose maciça de antibióticos. Não podemos pôr este homem na tenda de oxigênio agora. Se o mandarmos para o hospital da Universidade, vai também ficar no corredor.

– Não me deixem morrer. Por favor... estou com tanto medo.

– Estamos aqui com você, estamos cuidando de você. Pode dizer seu nome? Você tem alguém a quem possamos notificar?

* * *

"Vamos, conte a eles quem você é", disse ela com uma risada sonora, a voz sempre tão delicada, tão bonita. Só de olhar para seus lábios sinto a maciez deles na minha pele. Eu costumava apertar seu lábio inferior com meu dedo, brincando, quando beijava suas pálpebras e a testa macia.

"Não banque a espertinha!", falei, com os dentes cerrados. "Além disso, quem eu sou aqui?"

"Não um ser humano, se é isso que quer saber. Nada poderia fazer de você um ser humano."

"Tudo bem, eu lhe dou cinco minutos. Por que me trouxe aqui? O que quer que eu diga – que me arrependo do que fiz, tirando-a daquela cama e fazendo de você um vampiro? Muito bem, quer saber a verdade, a pura verdade, a verdade do meu leito de morte? Não sei se estou arrependido. Eu sinto muito por você ter sofrido. Sinto sempre o sofrimento de qualquer um. Mas não posso dizer com certeza que me arrependo daquele pequeno truque."

"Não está com um pouco de medo de ficar sozinho?"

"Se a verdade não pode me salvar, nada mais pode." Eu detestava o cheiro de doença, todos aqueles corpos, febris e molhados sob as cobertas desbotadas, todo o ambiente miserável e desesperançoso do pequeno hospital de muitas décadas atrás.

"Meu pai que estás no inferno, Lestat será o seu nome."

"E você? Depois de ser queimada no Teatro dos Vampiros, você foi para o inferno?"

Uma risada, tão alta e pura como moedas cintilantes sacudidas numa bolsa.

"Nunca vou dizer!"

"Eu sei que isso é um sonho. Tudo um sonho, desde o começo. Por que alguém iria voltar do mundo dos mortos para dizer coisas tão triviais e idiotas?"

"É muito comum, Lestat. Não fique tão nervoso. Agora, quero que preste atenção. Olhe para aquelas pequenas camas, olhe para aquelas crianças que sofrem."

"Eu a tirei desse sofrimento", falei.

"Sim, do mesmo modo que Magnus tirou você da sua vida e lhe deu em troca algo monstruoso e maligno. Você fez de mim uma assassina dos meus irmãos. Todos os meus pecados têm origem naquele momento, quando você me tirou daquela cama."

"Não, não pode pôr toda a culpa em mim. Não vou aceitar. O pai é a origem dos pecados dos filhos? Tudo bem, e se for verdade? Quem vai me pedir satisfações? Esse é o problema, você não compreende? Não há ninguém."

"Logo, temos o direito de matar?"

"E lhe dei *vida*, Claudia. Não para sempre, mas era vida e até a nossa vida é melhor do que a morte."

"Como você mente, Lestat. 'Até a nossa vida', você diz. Na verdade, você acha que nossa vida amaldiçoada é *melhor* do que a própria vida. Admita. Olhe para você nesse corpo humano. Como o detestou."

"É verdade. Admito. Mas, agora, quero ouvir você falar com o coração, minha belezinha, minha pequena tentadora. Teria mesmo preferido a morte naquela cama estreita à vida que eu lhe dei? Vamos, diga. Ou isso é como um tribunal mortal onde o juiz pode mentir, e os advogados podem mentir, e só os que estão sendo julgados devem dizer a verdade?"

Ela olhou para mim pensativamente, a mãozinha gorducha brincando com a bainha do vestido. Quando abaixava os olhos, a luz refletia delicadamente nas suas faces, na boca pequena e escura. Ah, uma criação perfeita. A boneca vampiro.

"Como eu poderia escolher?" Olhava para a frente, com os olhos muito grandes cheios de luz. "Eu nem tinha chegado à idade da razão quando você fez seu trabalho sujo, e a propósito, pai, eu sempre quis saber. Você gostou de cravar os dentes no meu pescoço?"

"Isso não importa", murmurei. Olhei para a órfã agonizante sob o cobertor. Vi a enfermeira com o uniforme muito gasto, o cabelo preso na nuca, caminhando com indiferença, de cama em cama. "As crianças mortais são concebidas com prazer", falei, mas sem saber se ela me ouvia ainda. Eu não queria olhar para ela. "Não posso mentir. Não importa se estou na frente de um juiz e de um júri. Eu..."

– Não tente falar. Dei a você uma combinação de medicamentos que vai ajudá-lo. A febre já está baixando. Estamos eliminando a congestão nos seus pulmões.

– Não me deixem morrer, por favor. Nada está terminado e tudo é monstruoso. Se existe inferno, e acho que não existe, é para lá que eu vou. Se existe o inferno, é um hospital como este, só que cheio de crianças doentes, crianças que estão morrendo. Mas eu acho que o que existe é apenas a morte.

– Um hospital cheio de crianças?

"Ah, veja como ela sorri para você, como põe a mão na sua testa. As mulheres te amam, Lestat. Ela te ama, mesmo nesse corpo, olhe para ela. Tanto amor."

"Por que não iria se importar comigo? É uma enfermeira, não é? E eu sou um homem agonizante."

"E um belo homem agonizante. Eu devia saber que você só faria a troca se alguém oferecesse um corpo muito belo. Como você é vaidoso e superficial! Olhe para esse rosto. Mais bonito do que o seu."

"Eu não diria tanto!"

Ela sorriu, maliciosa, com o rosto brilhando no quarto mal iluminado e tristonho.

– Não se preocupe, estou com você. Vou ficar aqui sentada até você melhorar.

– Já vi muitos humanos morrerem. Eu provoquei suas mortes. É tão simples e traiçoeiro, o momento em que a vida deixa o corpo. Eles simplesmente deslizam para longe.

– Você está falando bobagens.

– Não, estou dizendo a verdade, e você sabe disso. Não posso dizer que vou fazer reparações se viver. Não creio que seja possível. Mas morro de medo de morrer. Não largue a minha mão.

"Lestat, por que estamos aqui?"

Louis?

Olhei para cima. Ele estava na porta do hospital pequeno e primitivo, confuso, um tanto desalinhado, como na noite em que eu o fiz, não mais o jovem mortal dominado pela fúria absoluta, mas o cavalheiro sombrio com a paz nos olhos e uma paciência infinita de um santo na alma.

"Ajude-me a levantar", falei, "preciso tirá-la daquela cama."

Ele estendeu a mão, confuso ainda. Não tinha sua parte naquele pecado? Não, é claro que não, porque estava sempre fazendo bobagens e sofrendo, reparando o mal no mesmo momento em que o praticava. Eu era o demônio. Eu era o único que podia tirá-la daquela cama pequenina.

Estava na hora de mentir para o médico.

"Aquela criança é minha filha."

E ele ficou tão contente por se livrar de mais um fardo.

"Pode levá-la, monsieur, e muito obrigado." Olhou agradecido para as moedas que joguei na cama. É claro que fiz isso. Nunca deixei de ajudá-los. "Sim, muito obrigado. Deus o abençoe."

Tenho certeza de que vai abençoar. Sempre me abençoou. Eu o abençoo também.

– Agora durma. Vamos levá-lo para o quarto, logo que tivermos algum disponível, então ficará mais confortável.

– Por que tem tanta gente aqui? Por favor, não me deixe.

– Sim, vou ficar aqui sentada com você.

Oito horas. Eu estava deitado na maca, com a agulha no braço e o saco plástico cheio de líquido refletindo delicadamente a luz. Eu podia ver o relógio. Virei a cabeça devagar.

Ela ainda estava ali. Vestia um casaco, muito preto, contrastando com as meias brancas e os sapatos brancos e macios. Tinha o cabelo preso na nuca e estava lendo. O rosto era largo, com traços fortes, pele clara e grandes olhos cor de avelã. As sobrancelhas escuras eram perfeitas e, quando olhou para mim, adorei sua expressão. Ela fechou o livro silenciosamente e sorriu.

– Você está melhor – disse ela.

Voz rica e macia. Uma leve sombra azulada sob os olhos.

– Estou?

O barulho feria meus ouvidos. Tanta gente. Portas abrindo e fechando.

Ela se levantou, atravessou o corredor e segurou minha mão entre as suas.

– Ah, sim, muito melhor.

– Então vou viver?

– Vai – respondeu ela. Mas não tinha certeza. Será que fez questão de demonstrar isso?

– Não me deixe morrer neste corpo – pedi, umedecendo os lábios com a língua. Estavam tão secos! Bom Deus, como eu odiava aquele corpo, odiava a respiração difícil, odiava até a voz que saía dos meus lábios e a dor atrás dos olhos era insuportável.

– Lá vai você outra vez. – O sorriso ficou mais brilhante.

– Sente aqui ao meu lado.

– É o que estou fazendo. Já disse que não vou embora. Vou ficar aqui com você.

– Ajude-me e estará ajudando o demônio – murmurei.

– Foi o que você me disse.

– Quer ouvir toda a história?

– Só se ficar calmo enquanto conta e falar bem lentamente.

– Que belo rosto você tem. Como se chama?

– Gretchen.

– Você é uma freira, não é, Gretchen?

– Como descobriu?

– Eu sei. Para começar, suas mãos, a pequena aliança de prata e alguma coisa no seu rosto, um brilho radiante, o brilho dos que acreditam. E o fato de ter ficado comigo, Gretchen, quando os outros disseram que podia ir embora. Sei reconhecer uma freira. Eu sou o demônio e reconheço o bem quando o encontro.

Será que eu estava vendo lágrimas nos olhos dela?

– Está brincando comigo – disse ela, bondosamente. – Este pequeno crachá no meu bolso diz que sou uma freira, não diz? Irmã Marguerite.

– Eu não o vi, Gretchen. Não queria fazê-la chorar.

– Você está melhor. Muito melhor. Acho que vai ficar bom.

– Eu sou o demônio, Gretchen. Ah, não Satã em pessoa, Filho da Manhã, ben Sharar. Mas sou o mal. Demônio de primeira classe, sem dúvida.

– Está delirando. É a febre.

– Não seria esplêndido? Ontem, parado na neve, imaginei justamente isso... que toda a minha vida de maldade podia ser o sonho de um homem mortal. Mas não tenho essa sorte, Gretchen. O demônio precisa de você. O demônio está chorando. Quer que você segure sua mão. Não tem medo do demônio, tem?

– Não se ele precisa da minha misericórdia. Durma agora. Eles estão chegando para a outra injeção. Não vou embora. Veja, eu trouxe a cadeira para perto da cama para segurar sua mão.

"O que você está fazendo, Lestat?"

Estávamos agora na nossa suíte, no hotel, muito melhor do que aquele hospital fedorento – prefiro uma boa suíte de hotel a qualquer hospital, a qualquer hora –, e eu acabava de tomar um pouquinho de sangue do pescoço dela. É claro que achei delicioso! Por que um vampiro não ia gostar de sangue? Esse é o segredo principal de toda existência – tudo que você precisa fazer deve ser inevitavelmente bom, a não ser que tenha invertido a ordem das coisas.

"Claudia, Claudia, escute. Acorde, Claudia... Você está doente, está ouvindo? Deve fazer o que eu mando para ficar boa." Cravo os dentes no meu próprio pulso e, quando o sangue começa a sair, o encosto nos lábios dela. "Isso mesmo, querida, mais..."

– Tente tomar um pouco disto. – Ela pôs a mão na minha nuca. Ah, a dor quando levantou minha cabeça.

– É tão ralo. Não parece nem um pouco com sangue.

Suas pálpebras eram pesadas e macias. Como uma mulher grega pintada por Picasso, tão simples, com ossos grandes e muito forte. Alguém já teria beijado seus lábios de freira?

– As pessoas estão morrendo aqui, não estão? Por isso os corredores estão cheios. Ouço gente chorando. É uma epidemia, não é?

– Um momento difícil – disse ela, mal movendo os lábios virginais. – Mas você vai ficar bom. Eu estou aqui.

Louis estava furioso.

"Mas, por quê, Lestat?"

Porque ela era bela, porque estava morrendo, porque eu queria ver se ia funcionar. Porque ninguém a queria e ela estava lá, e eu a apanhei e a carreguei nos braços. Porque era uma coisa que eu podia realizar, como a pequena chama da vela, na igreja, capaz de criar outra chama sem se apagar – meu modo de criar, meu único modo, não compreende? Num momento éramos dois e então éramos três.

Ele parecia estar sofrendo tanto, ali de pé com o longo casaco preto, mas não podia tirar os olhos dela, do rosto que parecia de marfim polido, dos pulsos pequeninos. Imagine uma criança vampiro! Uma de nós.

"Eu compreendo."

Quem falou? Sobressaltei-me, mas não foi Louis, foi David, ali de pé com a Bíblia na mão. Louis ergueu os olhos devagar. Não conhecia David.

"Estamos mais perto de Deus quando criamos alguma coisa do nada? Quando, como a chama pequenina, acendemos outras chamas?"

David balançou a cabeça.

"Um grande erro."

"Exatamente como o mundo, então. Ela é nossa filha..."

"Não sou sua filha. Eu tenho mãe."

"Não, querida, não mais." Olhei para David. "Muito bem, responda."

"Por que você atribui objetivos tão elevados para o que fez?", perguntou David, mas em tom compassivo, tão gentil. Louis ainda estava horrorizado, olhando para ela, para os pezinhos brancos. Pezinhos tão sedutores.

– Então resolvi fazer aquilo, sem me importar com o que ele ia fazer com meu corpo desde que pudesse me fazer ficar neste corpo humano durante vinte e quatro horas, o bastante para ver a luz do sol, sentir o que os mortais sentem, conhecer suas fraquezas e suas dores.

Apertei a mão dela enquanto falava.

Ela balançou a cabeça, enxugou minha testa, sentiu meu pulso com os dedos mornos.

– ... e eu resolvi fazer isso, simplesmente resolvi. Ah, eu sei que foi um erro, um erro deixar que ele se fosse com todo aquele poder, mas agora compreendo por que não posso morrer neste corpo. Os outros nem vão saber o que aconteceu comigo. Se soubessem, viriam...

– Os outros vampiros – murmurou ela.

– Sim.

Então estava contando tudo a respeito deles, contando sobre minha procura, há muito tempo, dos outros, na época em que julgava que se soubesse a história das coisas, teria a explicação do mistério... Falei e falei, explicando o que éramos, contei a minha longa viagem através dos séculos, a tentação da música de rock, o teatro perfeito para mim e o que eu queria fazer, falei sobre David, sobre Deus e o Diabo num café de Paris, sobre David ao lado da lareira com a Bíblia na mão, dizendo que Deus não é perfeito. Às vezes meus olhos estavam fechados, às vezes abertos. Ela segurava minha mão o tempo todo.

As pessoas chegavam e saíam. Médicos discutiam. Uma mulher chorava. Lá fora era dia outra vez. Vi quando abriram a porta e aquela cruel e gelada rajada de vento varreu o corredor. "Como vamos dar banho em todos esses pacientes?", perguntou uma enfermeira. "Aquela mulher devia estar isolada. Chame o médico e diga que temos um caso de meningite no corredor."

– É dia outra vez, não é? Você deve estar cansada, passou comigo a tarde e a noite toda. Estou muito assustado, mas agora você tem de ir.

Mais doentes chegavam. O médico disse a ela que precisavam virar as macas para que todos ficassem com a cabeça para a parede.

O médico disse que ela devia ir para casa. Várias enfermeiras acabavam de entrar de serviço. Ela devia descansar.

Eu estava chorando? Senti a dor da pequena agulha no meu braço, a garganta seca, os lábios secos.

– Não podemos admitir esses pacientes nem mesmo oficialmente.

– Pode me ouvir, Gretchen? – perguntei. – Compreende o que estou dizendo?

– Você me perguntou isso uma porção de vezes – respondeu ela –, e eu sempre respondi que estou ouvindo e que compreendo. Estou ouvindo o que você diz. Não vou deixá-lo.

– Doce Gretchen. Irmã Gretchen.

– Quero tirar você daqui e levá-lo comigo.

– O que foi que disse?

– Para a minha casa, comigo. Você está muito melhor agora, a febre baixou bastante. Mas se ficar aqui... – Confusão no rosto dela. Encostou a xícara nos meus lábios outra vez e tomei vários goles.

– Eu compreendo. Sim, por favor, leve-me com você, por favor. – Tentei sentar na cama. – Tenho medo de ficar aqui.

– Mas não agora – disse ela, fazendo-me deitar outra vez na maca. Então tirou o esparadrapo do meu braço e a agulhinha da minha veia. Meu Deus, eu precisava urinar! Aquelas necessidades físicas revoltantes nunca acabavam? Que diabo era a mortalidade? Evacuar, urinar, comer e o ciclo se repetia! Será que ver o sol vale isso? Não bastava estar morrendo. Eu precisava urinar. Mas não ia aguentar a comadre outra vez, embora mal lembrasse dela.

– Por que não tem medo de mim? – perguntei. – Acha mesmo que estou delirando?

– Você só faz mal às pessoas quando é vampiro – disse ela, simplesmente. – Quando está no seu verdadeiro corpo. Não é verdade?

– Sim – respondi –, é verdade. Mas você é como Claudia. Não tem medo de nada.

"Você a está fazendo de boba", disse Claudia. "Vai magoá-la também."

"Bobagem, ela não acredita." Sentei no sofá da saleta do pequeno hotel, olhando para o quarto elegante, sentindo-me muito à vontade entre aqueles móveis delicados e dourados. O século XVIII, o meu século. O século do espertalhão e do homem racional. Minha época mais perfeita.

Flores em *petit point*. Brocados. Espadas douradas e o riso dos bêbados nas ruas lá embaixo.

David estava de pé na frente da janela, olhando para a cidade colonial, por cima dos telhados baixos. Ele já estivera neste século antes?

"Não, nunca", disse David, deslumbrado e interessado. "Todas as superfícies são trabalhadas a mão, nenhuma medida é regular. Como é tênue o domínio da natureza sobre as coisas criadas, como se pudessem facilmente voltar para a terra."

"Vá embora, David", disse Louis, "seu lugar não é aqui. Nós temos de ficar. Não podemos fazer nada."

"Você está sendo melodramático", disse Claudia. "Francamente." Ela vestia a camisola suja do hospital. Bem, logo eu ia remediar aquilo. Percorreria as lojas de rendas e fitas. Compraria sedas para ela, finos braceletes de prata e anéis com pérolas.

Mandaria pintar uma miniatura do seu rosto num medalhão e o levaria no bolso do meu casaco para poder vê-la com a mesma facilidade com que via as horas no meu relógio.

Passei o braço sobre os ombros dela. "Ah, como é bom ouvir alguém dizer a verdade", falei. "Um cabelo tão lindo que agora será lindo para sempre."

* * *

Tentei sentar outra vez, mas não consegui. Um doente grave entrou no corredor com uma enfermeira de cada lado. Alguém bateu na minha maca e a vibração percorreu todo meu corpo. Então tudo ficou quieto e os ponteiros do relógio grande se moveram com um pequeno espasmo. O homem ao meu lado gemeu e virou a cabeça para mim. Tinha um enorme curativo sobre os olhos, e sua boca parecia despida de expressão.

– Precisamos levar esses doentes para o isolamento – disse alguém.

– Vamos agora, vou levá-lo para casa.

E Mojo, que fim tinha levado Mojo? E se o levassem? Nesse século costumam prender cachorros apenas por serem cachorros. Eu precisava explicar isso. Gretchen estava me levantando da maca, ou melhor, tentando me levantar, com o braço em volta do meu ombro. Mojo latindo na casa de James. Teria sido apanhado?

Louis estava triste.

"A praga chegou à cidade."

"Mas isso não pode afetar você, David", falei.

"Tem razão", concordou ele. "Mas há outras coisas..."

Claudia riu.

"Quer saber de uma coisa, ela está apaixonada por você."

"Você teria morrido com a praga", falei.

"Talvez não tivesse chegado a minha hora."

"Acredita nisso? Que cada um tem sua hora?"

"Não, na verdade não acredito", disse ela. "Talvez fosse mais fácil culpar você por tudo que aconteceu. Você compreende, eu nunca cheguei a distinguir o bem do mal."

"Teve muito tempo para aprender", observei.

"Você também, na verdade, teve muito mais tempo do que eu."

– Graças a Deus vai me tirar daqui – murmurei. Eu estava de pé. – Estou com tanto medo – continuei. – Medo puro e simples.

***

"Um fardo a menos para o hospital", disse Claudia com uma risada sonora, sentada na cadeira, com os pezinhos balançando no ar. Estava outra vez com um vestido elegante, bordado. Uma grande melhora.

– Gretchen, a bela – murmurei. E vi uma chama acender no rosto dela.

Gretchen sorriu, passou meu braço esquerdo sobre seu ombro e com o direito enlaçou minha cintura.

– Vou tomar conta de você – murmurou no meu ouvido. – Não fica muito longe.

Ao lado do pequeno automóvel, no vento cortante, segurei aquele órgão fedorento, vi o arco amarelo de urina, envolto numa aura de vapor, atingir a neve que começava a derreter.

– Bom Deus – falei. – Isso é quase bom! O que são os seres humanos, capazes de sentir prazer nas coisas mais horríveis?!

14

Algum tempo depois, no meu sono intermitente, percebi que estávamos num carro pequeno, com Mojo resfolegando no meu ouvido, e atravessávamos trechos de florestas nas colinas cobertas de neve. Enrolado num cobertor branco, me sentia nauseado por causa do movimento do carro. Tremia de frio também. Lembrei-me vagamente de termos voltado a casa, na cidade, onde Mojo nos esperava com sua eterna paciência. Sonolento, pensei que poderia morrer naquele veículo a gasolina se outro veículo se chocasse com ele. Eu poderia morrer de tantos modos! Tudo parecia dolorosamente real, tão real quanto a dor no meu peito. E o Ladrão de Corpos tinha me enganado.

Toda a atenção de Gretchen estava na estrada sinuosa. O sol formava uma auréola de luz em volta da sua cabeça, fazendo brilhar os fios de cabelo delicados que escapavam da trança pesada nas têmporas. "Uma freira, uma bela freira", pensei, enquanto meus olhos abriam e fechavam como se tivessem vontade própria.

Mas por que essa freira está sendo tão boa para mim? Porque é uma freira?

Tudo estava quieto. Havia casas entre as árvores, nas colinas, nos pequenos vales, uma muito perto da outra. Um subúrbio rico, talvez, com aquelas mansões em madeira não muito grandes, que os mortais ricos preferem às casas realmente palacianas do século passado.

Enfim entramos na passagem lateral de uma delas, passamos por um pequeno bosque de árvores com os galhos nus e paramos suavemente ao lado de uma casa pequena com telhado cinzento – um alojamento de criados ou casa de hóspedes, um pouco afastada da residência principal.

O interior era aconchegante e quente. Eu queria deitar numa cama limpa, mas estava sujo demais para isso e insisti em dar um banho naquele corpo repugnante. Gretchen protestou, enfatizando que eu estava doente, que não podia me lavar ainda. Mas eu a ignorei. Encontrei o banheiro e me recusei a sair dali enquanto não tomasse um banho.

Então adormeci outra vez encostado nos azulejos da parede, enquanto Gretchen enchia a banheira. O vapor era delicioso. De onde eu estava, via Mojo deitado ao lado da cama, a esfinge lupina, vigiando-me pela porta aberta. Será que para Gretchen ele era a própria imagem do demônio?

Apesar da fraqueza absurda e do atordoamento, eu estava falando com Gretchen, explicando como tinha chegado àquele estado e do quanto precisava falar com Louis em Nova Orleans, para que ele me desse o sangue poderoso.

Em voz baixa, contei a ela muita coisa, em inglês, usando o francês apenas quando, por algum motivo, não encontrava a palavra adequada; falei da França do meu tempo e da rústica e pequena colônia de Nova Orleans, onde eu havia morado depois, e como achava maravilhosa a era atual e como durante algum tempo fui uma estrela do rock porque achava que, como um símbolo do mal, eu podia fazer algum bem.

Seria humano querer a compreensão dela, aquele medo desesperado de morrer nos seus braços, sem que ninguém jamais soubesse o que tinha acontecido?

“Ah, mas os outros, eles sabiam e não viriam em meu auxílio.”

Falei sobre isso também. Descrevi os anciãos e sua desaprovação. Acho que não poupei nenhum detalhe, mas ela precisava entender, aquela freira bela e especial, o quanto eu tinha desejado fazer o bem quando era um astro do rock.

– Esse é o único meio pelo qual o verdadeiro demônio pode fazer o bem – falei. – Representar o próprio papel para expor o mal. A não ser que alguém acredite que ele está fazendo o bem quando faz o mal, mas isso faria de Deus um monstro, não acha? O demônio é simplesmente uma parte do plano divino.

Ela parecia ouvir com atenção crítica. Mas não fiquei surpreso quando disse que o demônio não era uma parte do plano de Deus. Falou em voz baixa e humilde. Estava tirando minha roupa suja enquanto falava e acho que, na verdade, ela não queria falar, tentava apenas me acalmar. O demônio era o mais poderoso dos anjos, disse ela, e por orgulho rejeitou Deus. O mal não podia ser uma parte do plano de Deus.

Perguntei se ela conhecia todos os argumentos contra essa teoria e como era ilógica, se sabia o quanto todo o cristianismo era ilógico, e ela respondeu calmamente que isso não importava. O importante era fazer o bem. Isso era tudo. Uma coisa muito simples.

– Ah, sim, então você compreende.

– Perfeitamente – disse ela. Mas eu sabia que não era verdade.

– Você é boa para mim – falei, beijando suavemente seu rosto, quando me ajudou a entrar na água.

Deitei na banheira, Gretchen começou a me lavar e notei que era uma sensação boa, a água quente no meu peito, a esponja macia na minha pele, talvez a melhor coisa que eu já havia suportado até então. Como aquele corpo humano parecia comprido! Meus braços, como eram compridos. Lembrei-me de um filme antigo – o monstro de Frankenstein arrastando os pés, balançando as mãos como se não pertencessem às extremidades dos seus braços. Sentia-me como um monstro. A verdade nua e crua era que eu me sentia completamente monstruoso como humano.

Acho que falei alguma coisa a esse respeito. Ela me mandou ficar quieto. Disse que meu corpo era forte e bem-proporcionado e que não havia nada fora do normal. Parecia muitíssimo preocupada. Senti vergonha de deixar que ela lavasse minha cabeça e meu rosto. Ela explicou que as enfermeiras faziam isso o tempo todo.

Disse que tinha passado a vida em missões no exterior, cuidando de doentes, em lugares tão imundos e tão mal-equipados que o hospital abarrotado de Washington parecia um sonho comparado a eles.

Vi os olhos dela percorrendo meu corpo, o rubor no rosto bonito e o modo como olhou para mim, envergonhada e confusa, com uma curiosa inocência.

Por dentro, achei graça, mas temi que ela se magoasse por causa de suas próprias sensações carnais. Era uma ironia cruel para nós dois o fato de Gretchen achar aquele corpo atraente. Mas não havia dúvida que achava, e a ideia agitou meu sangue, meu sangue humano, apesar da febre e da exaustão. Ah, aquele corpo estava sempre lutando para conseguir alguma coisa.

Só com muita força de vontade consegui ficar de pé enquanto Gretchen me enxugava. Beijei a cabeça dela e Gretchen ergueu lentamente os olhos com uma expressão vaga de curiosidade e incompreensão. Eu queria beijá-la outra vez, mas não tive forças. Ela enxugou minha cabeça com o mesmo cuidado delicado com que enxugou meu rosto. Há muito tempo ninguém tocava em mim daquele modo. Falei que a amava pela pura bondade daquele ato.

– Eu odeio tanto este corpo. É um inferno estar dentro dele.

– É tão difícil assim ser humano?

– Não precisa fingir que concorda comigo – falei. – Eu sei que não acredita em nada do que contei.

– Ah, mas as nossas fantasias são como nossos sonhos – ela disse, muito séria. – Têm significado.

De repente olhei para o meu reflexo no espelho do armário de remédios – aquele homem alto com pele marrom-clara e fartos cabelos castanhos, e a mulher de ossos grandes e pele macia ao lado dele. O choque foi tão grande que meu coração parou.

– Deus amado, ajude-me – murmurei. – Quero meu corpo de volta.

Tive vontade de chorar.

Gretchen me fez sentar na cama, apoiado nos travesseiros. O calor do quarto era agradável. Ela começou a me barbear, graças a Deus! Eu detestava a sensação de barba no rosto. Disse a ela que, quando morri, eu não usava barba, seguindo a moda da época, e, quando se é feito vampiro, nossa aparência permanece a mesma para sempre. Ficamos cada vez mais pálidos, isso é verdade, e cada vez mais fortes, e as rugas do rosto ficam menos acentuadas. Mas o cabelo permanece sempre do mesmo comprimento, bem como a barba, quando a usamos na ocasião, e eu nunca tive muita.

– Essa transformação foi dolorosa? – perguntou ela.

– Sim, foi, porque eu lutei contra ela. Não queria que acontecesse. Na verdade não sabia o que estavam fazendo comigo. Foi como se eu tivesse sido capturado por um monstro medieval e arrastado para fora da cidade civilizada. Naquele tempo, Paris era um lugar maravilhosamente civilizado. É claro que, se você hoje pudesse voltar a Paris daquela época, ia achá-la bárbara e primitiva, mas, para o senhor rural de um castelo imundo, era excitante, com aqueles coches indo de um lado para outro, a ópera, os bailes da corte. Nem pode imaginar. E então a tragédia, o demônio saindo das trevas e me levando para sua torre. Mas o ato propriamente dito, o Truque Negro, não é doloroso, é um êxtase. Seus olhos se abrem e toda a humanidade é bela para você, com uma beleza que nunca viu antes.

Vesti o pijama de lã, muito limpo, deitei e deixei que ela pusesse as cobertas até o meu queixo. Tive a impressão de estar flutuando. Na verdade, a sensação mais agradável desde que eu me tornara mortal – aquela espécie de embriaguez. Ela tomou meu pulso e pôs a mão na minha testa. Vi o medo nos seus olhos, mas me recusei a acreditar.

Falei que o verdadeiro sofrimento para mim, como um ser do mal, era o fato de compreender a bondade e respeitá-la. Jamais deixei de ter consciência. Durante toda a minha vida – mesmo como um jovem mortal –, fui obrigado a contrariar a minha consciência para obter qualquer coisa boa ou de valor.

– Mas como? O que quer dizer? – perguntou ela.

Contei que tinha fugido com um grupo de atores quando era menino, cometendo um ato de desobediência. Cometi o pecado de fornicação com uma das jovens do grupo. Porém, naquela época, representar no palco do povoado e fazer amor eram coisas de valor inestimável!

– Veja bem, isso foi quando era vivo, apenas vivo. Os pecados triviais de um jovem! Depois que morri, cada passo que eu dava no mundo era um compromisso com o pecado. Contudo, todas as vezes eu via a parte sensual e bela.

"Como isso era possível?", pensei. Quando fiz de Claudia uma criança vampiro e de Gabrielle, minha mãe, uma vampira extremamente bela, eu estava mais uma vez procurando a maior intensidade! Para mim era irresistível. Naqueles momentos, nenhum conceito de pecado tinha sentido.

Falei mais, de David outra vez e da sua visão de Deus e o Diabo no café, e de como ele pensava que Deus não é perfeito, que está sempre aprendendo, e que, na verdade, o demônio aprendeu tanto que passou a desprezar seu trabalho e pediu para ser demitido. Mas eu sabia que já havia contado tudo isso no hospital, quando Gretchen segurava minha mão.

Em certos momentos, ela parava de ajeitar os travesseiros e de apanhar comprimidos e copos com água e apenas olhava para mim. Seu rosto ficava imóvel, enfático, as pestanas escuras e espessas sombreando os olhos mais claros, na boca larga e macia a eloquência da bondade.

– Eu sei que você é boa – falei. – E a amo por isso. Mesmo assim, eu lhe daria o Sangue Negro, para fazê-la imortal, para ter você comigo por toda a eternidade, porque é tão misteriosa e tão forte.

Um manto de silêncio me envolvia, nos meus ouvidos soava um rugido surdo e um véu cobria meus olhos. Imóvel, eu a vi encher a seringa, levantá-la para tirar o ar, empurrar um pequeno jato de líquido para cima e inclinar-se para mim. O leve ardor da picada parecia muito distante, muito sem importância.

Tomei avidamente o suco de laranja que ela me deu num copo alto. *Ummm*. Isso sim, tinha sabor, espesso como sangue, mas muito doce, e tive a impressão de estar tomando um gole de luz.

– Não me lembrava mais dessas coisas – falei. – Que sabor delicioso, na verdade, melhor que vinho. Eu devia ter tomado isso antes. E pensar que podia ter voltado sem experimentar. – Deitei a cabeça outra vez no travesseiro e olhei para as vigas do teto baixo e inclinado. Quarto bonito e limpo, muito branco. A cela da freira. A neve caía suavemente no lado de fora da pequena janela. Contei doze retângulos de vidro.

Eu dormia e acordava, num sono intermitente. Tenho uma vaga lembrança de Gretchen tentar em vão me fazer tomar um pouco de sopa. Eu tremia incontrolavelmente e me apavorava a ideia de ter aqueles sonhos outra vez. Eu não queria a presença de Claudia. A luz do quarto pequeno queimava meus olhos. Contei a ela que Claudia me assombrava e descrevi outra vez o pequeno hospital.

– Cheio de crianças. – Ela não dissera isso antes? Parecia tão intrigada. Falou com voz suave do seu trabalho nas missões... com crianças. Nas florestas da Venezuela e no Peru. – Não fale mais.

Sim, eu sabia que a assustava. Eu flutuava outra vez, entrando e saindo das trevas, sentindo a toalha fria na testa e rindo outra vez daquela sensação de falta de peso. Falei que, no meu corpo, eu podia voar. Contei da luz do sol no deserto de Gobi.

Uma vez ou outra, eu abria os olhos sobressaltado, chocado por me encontrar ali. No seu pequeno quarto branco.

À luz brilhante vi um crucifixo na parede, com o Cristo ensanguentado, uma estátua da Virgem Maria numa pequena estante de livros – a velha imagem da Mediadora de Todas as Graças, com a cabeça inclinada para a frente e as mãos estendidas. Aquela seria Santa Rita, com o ferimento na testa? Ah, as velhas crenças, e pensar que elas estavam vivas no coração daquela mulher!

Com os olhos semicerrados, tentei ler os títulos dos livros: São Tomás de Aquino, Maritain, Teilhard de Chardin. O esforço de identificar aqueles nomes como sendo de filósofos católicos me deixou exausto. Ainda assim, li outros, pois minha mente febril não podia descansar. Livros sobre doenças tropicais, doenças de crianças, psicologia infantil. Ao lado do crucifixo, havia uma fotografia emoldurada de um grupo de freiras, talvez numa cerimônia. Não podia dizer se ela estava na foto, não com aqueles olhos mortais cheios de febre. As freiras usavam hábitos azuis curtos e véus azuis e brancos.

Ela segurou a minha mão. Repeti que precisava ir para Nova Orleans. Precisava viver para procurar meu amigo Louis, que me ajudaria a recuperar o corpo perdido. Descrevi Louis para ela – como ele existia fora do alcance do mundo moderno numa pequena casa sem luz, atrás de um jardim cheio de mato. Expliquei que ele era fraco, mas podia me dar o sangue de vampiro, então eu seria um vampiro outra vez e iria procurar o Ladrão de Corpos para tirar dele meu antigo corpo. Contei que Louis era o mais humano dos vampiros, que seu sangue não me daria muita força vampírica, mas eu não poderia encontrar o Ladrão de Corpos se não tivesse um corpo sobrenatural.

– Então este corpo morrerá – falei – quando Louis me der seu sangue. Você o está curando para a morte. – Comecei a chorar. Só então percebi que estava falando francês, mas aparentemente ela compreendia, porque me disse em francês que eu precisava descansar, que eu estava delirando.

– Estou com você – disse ela, em francês, lenta e cuidadosamente. – Eu o protegerei. – A mão delicada e quente estava sobre a minha. Com que cuidado ela afastou o cabelo da minha testa!

A noite envolveu a pequena casa.

O fogo estava aceso na lareira e Gretchen deitada ao meu lado, com uma longa camisola de flanela muito macia e branca e o cabelo solto. Ela me abraçava e eu tremia de frio. Gostei de sentir o corpo dela perto do meu e a abracei, temendo machucá-la. A todo momento, enxugava meu rosto com uma toalha e me obrigava a tomar suco de laranja ou água. A noite se adiantava e meu pânico crescia.

– Não vou deixá-lo morrer – murmurou ela no meu ouvido.

Mas ouvi o medo que ela não podia disfarçar. O sono se desenrolou sobre meu corpo tenuamente de modo que o quarto manteve sua forma, sua cor, sua luz. Eu voltei a chamar os outros, pedindo a Marius para me ajudar. Comecei a pensar em coisas terríveis – que estavam todos ali sob a forma de pequenas estátuas como as da Virgem Maria e de Santa Rita, vigiando e recusando-se a me ajudar.

Um pouco antes do nascer do dia, ouvi vozes. Um médico estava no quarto – um jovem cansado, pálido e com olhos vermelhos. Mais uma vez, senti a agulha no meu braço. Bebi avidamente a água gelada. Eu não entendia o que o médico estava dizendo em voz baixa, e não era mesmo para entender. Mas a voz era calma e tranquilizadora. Captei as palavras "epidemia", "tempestade de neve" e "condições impossíveis".

Quando a porta se fechou, implorei a ela para voltar.

– Ao lado do seu coração – murmurei no ouvido dela quando deitou outra vez ao meu lado. Como era agradável, os braços pesados e macios, os seios grandes encostados no meu peito, a perna ao lado da minha. Eu estaria doente demais para ter medo?

– Durma agora – disse ela. – Procure não se preocupar.

Finalmente o sono estava chegando, profundo como a neve lá fora, na escuridão.

"Não acha que está na hora de se confessar?", perguntou Claudia. "Sabe que está 'por um fio', como se diz." Ela estava sentada no meu colo, olhando para mim, as mãos nos meus ombros, o rostinho muito perto do meu.

Meu coração se apertou e explodiu de dor, mas não havia nenhuma faca, só as mãos pequeninas agarradas em mim e o perfume de rosas amassadas emanando dos seus cabelos cintilantes.

"Não. Não posso me confessar", falei. Como minha voz estava trêmula. "Ah, Senhor meu Deus, o que você quer de mim?"

"Você não está arrependido! Nunca esteve! Diga isso. Diga a verdade! Você merecia a faca com que atravessei seu coração, e sabe disso, sempre soube!"

"Não!"

Alguma coisa se partiu dentro de mim e olhei para ela, para o rostinho delicado emoldurado pelo cabelo fino. Eu a ergui do meu colo, a levei para a cadeira na frente da minha e fiquei de joelhos na sua frente.

"Claudia, escute. Eu não comecei isso. Não criei o mundo. Esse mal sempre existiu. Estava nas sombras, me apanhou, me fez parte dele e eu fiz o que senti que devia fazer. Não ria de mim, por favor, não vire o rosto. Eu não criei o mal! Eu não criei a mim mesmo!"

Como ficou perplexa, olhando para mim, me vigiando, e então a boquinha macia se abriu num belo sorriso.

"Não foi só angústia", falei, apertando os ombros frágeis. "Não foi o inferno. Diga que não foi. Diga-me que havia felicidade. Os demônios podem ser felizes? Meu Deus, eu não compreendo."

"Você não compreende, mas sempre *faz* alguma coisa, não faz?"

"Sim, e não me arrependo. Não estou arrependido. Posso gritar isso do alto dos telhados para o céu. Claudia, eu faria tudo outra vez!" Suspirei profundamente. Repeti as palavras, com a voz num crescendo. "*Eu faria tudo outra vez!*" Eu estava tremendo.

Quietude no quarto. Sua calma inabalável. Estaria furiosa? Surpresa? Impossível saber olhando para aqueles olhos inexpressivos.

"Ah, você é o mal, meu pai", disse ela com voz suave. "Como pode aguentar isso?"

David deixou a janela e ficou de pé atrás dela, olhando para mim que continuava ajoelhado.

"Sou o ideal da minha espécie", falei. "Sou o vampiro perfeito. Está olhando para o vampiro Lestat quando olha para mim. Ninguém pode ser melhor do que esta figura que está na sua frente, ninguém!" Levantei-me vagarosamente. "Não sou um brinquedo do tempo, nem um deus empedernido pelos milênios, não sou o bufão com o gorro preto nem o nômade contrito. Eu tenho consciência. Sei distinguir o certo do errado. Sei o que faço e, sim, sou o vampiro Lestat. Aí está a sua resposta. Faça o que quiser com ela."

Madrugada. Descolorida e brilhante sobre a neve. Gretchen dormia abraçada a mim.

Não acordou quando sentei na cama e apanhei o copo com água. Sem gosto, mas fria.

Então ela abriu os olhos e sentou de um salto, com o cabelo louro-escuro caindo dos dois lados do rosto, seco e limpo e cheio de luz.

Beijei o rosto quente e senti os dedos dela no meu pescoço, e depois na minha testa.

– Você conseguiu me salvar da morte – falei, com voz trêmula e rouca. Depois deitei, senti outra vez as lágrimas no meu rosto e fechando os olhos, murmurei "adeus, Claudia", esperando que Gretchen não tivesse ouvido.

Quando abri os olhos novamente, ela me deu um prato de sopa quente, que tomei, achando quase bom. Vi maçãs e laranjas cortadas num prato. Comi avidamente, encantado com a textura firme das maçãs e a fibrosidade das laranjas. Então ela me deu uma mistura de bebida forte, mel e limão, e eu gostei tanto que Gretchen se apressou a fazer mais.

Pensei outra vez no quanto ela parecia as mulheres gregas de Picasso, grande e bela. As sobrancelhas eram de um castanho-escuro, os olhos claros –

quase verdes –, o que a fazia parecer muito séria e inocente. Ela não era jovem, aquela mulher, o que, para mim, valorizava sua beleza.

Havia nela algo de desprendido e distante, como quando respondeu a minha pergunta com uma leve inclinação da cabeça, dizendo que sim, eu estava melhor.

Parecia sempre absorta em pensamentos. Olhou demoradamente para mim, como quem procura resolver um mistério, depois inclinou-se, num gesto lento, e pousou os lábios nos meus. Uma vibração excitante percorreu meu corpo.

Dormi outra vez. Sem sonhos. Era como se eu sempre tivesse sido humano, sempre naquele corpo, e ah, extremamente agradecido por aquela cama macia e limpa.

Tarde. Remendos de azul entre as árvores.

Como num transe, eu a vi acender a lareira. Observei o reflexo das chamas nos seus pés descalços. O pelo cinzento de Mojo estava coberto por flocos de neve, e ele comia, segurando o prato entre as patas dianteiras, uma vez ou outra olhando para mim.

Meu pesado corpo humano ainda ardia em febre, mas me sentia um pouco melhor, as dores eram menos agudas, e eu não tremia mais de frio. "Ah, por que Gretchen fizera tanto por mim? Por quê? E o que posso fazer por ela?", pensei. Eu não tinha mais medo de morrer. Mas quando pensei no que viria depois – precisava encontrar o Ladrão de Corpos –, senti uma pontada de pânico. E por mais uma noite estaria impossibilitado de sair daquele quarto.

Outra vez abraçados, cochilamos, vendo a luz diminuir lá fora, só a respiração de Mojo quebrando o silêncio. O fogo brilhava na pequena lareira. O quarto estava quente e silencioso. O mundo todo parecia quente e silencioso. A neve começou a cair e logo a escuridão impiedosa da noite desceu sobre nós.

Olhei para o rosto dela, lembrando a expressão absorta dos seus olhos, e senti um impulso de protegê-la. Até sua voz era profundamente melancólica. Alguma coisa naquela mulher sugeria uma mansa resignação. Não importa o que acontecesse, eu não a deixaria até saber o que poderia fazer para retribuir tanta bondade. Além disso, eu gostava dela. Gostava da noite que vivia dentro dela, do mistério, da simplicidade da sua fala e dos seus movimentos, da sinceridade no olhar.

Quando acordei novamente, o médico estava no quarto – o mesmo jovem cansado, com a pele emaciada, mas parecia mais tranquilo e o paletó branco estava muito limpo. Ele encostou um pedacinho de metal no meu peito e estava ouvindo meu coração, meus pulmões, ou qualquer outro órgão barulhento, para conseguir alguma informação. Suas mãos estavam cobertas por luvas de plástico escorregadias e feias. Falou com Gretchen em voz baixa, como se eu não estivesse ali, sobre os problemas do hospital.

Gretchen estava com um vestido azul simples, que seria um vestido de freira se não fosse curto, e calçava meias pretas. O cabelo estava muito bem assentado com gel e muito limpo, o que me fez pensar no feno que a princesa transformava em ouro na história de Rumpelstiltskin.

Lembrei-me outra vez de Gabrielle, minha mãe, daquele tempo sinistro de pesadelo, logo depois que fiz dela um vampiro e ela cortou o cabelo louro que cresceu novamente no espaço de um dia, enquanto dormia na cripta, o que a enfureceu. Lembrei-me dos seus gritos e do quanto custou para acalmá-la. Não sei por que pensei nisso, só sabia que amava o cabelo daquela mulher. Gretchen não se parecia em nada com Gabrielle. Em nada mesmo.

O médico, enfim, parou de me apalpar, ouvir, examinar e afastou-se da cama para falar com Gretchen. Amaldiçoei minha audição mortal. Mas eu sabia que estava quase curado. Quando ele voltou e disse que eu ia "ficar bom" e que precisava apenas de mais alguns dias de repouso, respondi que os cuidados de Gretchen tinham me curado.

Ele concordou com um gesto enfático da cabeça e um murmúrio ininteligível, então saiu para a neve. Ouvi o ruído fraco do pequeno carro afastando-se da casa.

Eu me sentia tão bem e com a mente tão clara que tive vontade de chorar. Tomei mais daquele delicioso suco de laranja e comecei a pensar... a lembrar.

– Preciso deixá-lo por pouco tempo – disse Gretchen. – Vou comprar comida.

– Sim, e eu vou pagar – respondi. Segurei o pulso dela. Com voz ainda fraca e rouca, contei o que tinha acontecido no hotel, que meu dinheiro estava no bolso do casaco. Era suficiente para pagar todo o tratamento e mais a comida. Ela precisava ir apanhá-lo para mim. A chave devia estar em algum bolso, expliquei.

Minha roupa estava dependurada em um cabide e Gretchen encontrou a chave no bolso da camisa.

– Está vendo? – falei, com uma risada. – Tudo que contei é verdade.

Ela sorriu com aquela expressão calorosa. Disse que iria ao hotel apanhar o dinheiro para mim, se eu concordasse em ficar deitado e quieto. Não era uma boa ideia deixar dinheiro assim desse modo, mesmo num bom hotel.

Pensei em responder, mas estava com muito sono. Eu a vi através da janela, caminhando na neve e entrando no pequeno carro. Era uma mulher forte, robusta, mas tinha a pele macia e uma suavidade que a fazia adorável de ver e de abraçar. O fato de ela me deixar me assustava.

Quando abri os olhos outra vez, ela estava de pé com meu casaco no braço. "Um bocado de dinheiro", disse ela. Gretchen apanhou tudo que havia na minha suíte. Jamais vira tanto dinheiro em pequenos pacotes e maços. Que pessoa estranha eu era. Eram mais ou menos vinte e oito mil dólares. Gretchen fechou minha conta no hotel. Estavam preocupados comigo. Eles me viram quando saí apressadamente pela neve e a fizeram assinar um recibo. Estendeu-me o pedacinho de papel, como se fosse importante. Tudo estava ali, todas as roupas ainda nas caixas e nas sacolas.

Queria agradecer. Mas onde estavam as palavras? Eu agradeceria quando voltasse com meu verdadeiro corpo.

Depois de guardar tudo, Gretchen preparou um jantar simples, sopa e pão com manteiga. Comemos juntos, com uma garrafa de vinho, da qual bebi muito mais do que ela achava que eu devia tomar. Devo dizer que aquele pão com manteiga e o vinho foi a melhor refeição humana que eu tinha feito até então. Disse isso para Gretchen. E queria mais um pouco de vinho, por favor, porque aquela embriaguez era absolutamente sublime.

– Por que me trouxe para cá? – perguntei.

Ela sentou na beirada da cama, olhando para o fogo, enrolando as pontas dos cabelos com os dedos, sem olhar para mim. Começou a explicar outra vez o excesso de doentes no hospital, a epidemia.

– Não, por que eu? Havia outros lá.

– Porque você é diferente de todas as pessoas que já conheci – disse ela. – Me faz lembrar uma história que li certa vez... sobre um anjo obrigado a vir para a Terra dentro de um corpo humano.

Com uma pontada de dor, pensei em Raglan James dizendo que eu parecia um anjo. Pensei no meu outro corpo percorrendo o mundo, poderoso e sob seu controle odioso.

Gretchen suspirou e olhou para mim. Estava intrigada.

– Quando tudo isso terminar, eu volto com meu corpo verdadeiro – falei. – Vou me revelar para você. Não sei por quê. Talvez signifique alguma coisa saber que não foi enganada. Você é tão forte que tenho certeza de que a verdade não vai magoá-la.

– A verdade?

Expliquei que, quando nos revelamos aos mortais, geralmente eles enlouquecem – pois somos seres sobrenaturais, mas não sabemos nada sobre a existência de Deus ou do Diabo. Quer dizer, somos uma visão ou uma revelação. Uma experiência mística sem a força da verdade.

Gretchen estava fascinada, com uma luz suave nos olhos. Pediu-me para explicar como eu era na minha outra forma.

Contei como fui feito vampiro quando tinha vinte anos. Eu era alto para aquela época, louro, com olhos claros. Contei outra vez como queimei minha pele em Gobi. Eu temia que o Ladrão de Corpos quisesse ficar para sempre com meu corpo e que ele deveria estar em algum lugar escondido dos demais, tentando aperfeiçoar o uso dos meus poderes.

Ela me pediu para descrever a sensação de voar.

– É mais flutuar, simplesmente subir pela força da vontade, impulsionar o corpo nesta ou naquela direção. É um desafio à gravidade diferente do voo das criaturas naturais. É assustador. O mais assustador dos nossos poderes e acredito que o mais prejudicial para nós. É um poder que nos enche de desespero. A prova final de que não somos humanos. Acho que tememos alguma noite deixar a terra e jamais poder voltar.

Pensei no Ladrão de Corpos usando esse poder. Eu o vira fazer isso.

– Não sei como fiz a tolice de deixar que ele se apossasse de um corpo tão forte quanto o meu – confessei. – Eu estava obcecado pelo desejo de ser humano.

Ela apenas olhava para mim. Com as mãos cruzadas no colo, olhava para mim com os olhos grandes e castanhos muito calmos.

– Você acredita em Deus? – perguntei, apontando para o crucifixo na parede. – Acredita nos filósofos católicos que escreveram os livros que estão na sua estante?

Ela pensou por um longo momento.

– Não do modo que você está perguntando.

– Como, então? – perguntei com um sorriso.

– Tenho levado uma vida de sacrifício desde que me conheço por gente. É nisso que acredito. Acredito que devo fazer todo o possível para aliviar o sofrimento. É tudo que posso fazer, e é uma coisa enorme. É um grande poder, como seu poder de voar.

Fiquei perplexo. Jamais imaginei que o trabalho de uma enfermeira pudesse ter alguma relação com o poder. Mas entendi muito bem o que ela queria dizer.

– Tentar conhecer Deus pode ser interpretado como um pecado de orgulho ou falta de imaginação. Mas nós todos conhecemos o sofrimento. Conhecemos a doença, a fome, a privação. Eu tento aliviar tudo isso. É o baluarte da minha fé. Mas para responder sinceramente... sim, eu acredito em Deus e em Cristo. Você também acredita.

– Não, não acredito – afirmei.

– Quando estava com febre, acreditava. Você falou de Deus e do Diabo de um modo que nunca ouvi ninguém falar.

– Falei de tediosos argumentos teológicos.

– Não, você falou da irrelevância deles.

– Você acha?

– Sim. Você sabe reconhecer o bem. Disse que sabia. Eu também. Minha vida é devotada a tentar fazer o bem.

Suspirei.

– Sim, compreendo. Eu teria morrido se tivesse me deixado no hospital.

– Talvez. Para ser honesta, eu não sei.

Era um prazer olhar para ela. Seu rosto era grande com poucos contornos e não tinha nada da elegância da beleza aristocrática. Mas era extremamente belo. E o tempo fora generoso. Quase não havia deixado sua marca.

Eu sentia nela uma sensualidade incipiente, uma sensualidade na qual ela não confiava e que não estimulava.

– Explique outra vez. Você disse que se tornou um astro do rock porque queria fazer o bem? Queria ser bom sendo um símbolo do mal? Fale mais um pouco sobre isso.

Eu respondi que sim. Contei como havia formado uma pequena banda, As Noites de Satã, e como fiz deles profissionais. Contei que fracassei; houve uma guerra entre os de nossa espécie, eu mesmo tinha sido levado à força, e todo o desastre aconteceu sem nenhuma ruptura no tecido racional do mundo mortal. Fui então obrigado a voltar para a invisibilidade e para a irrelevância.

– Não há lugar para nós na Terra – concluí. – Talvez tenha havido antes, eu não sei. O fato de existirmos não justifica. Os caçadores expulsam os lobos deste mundo. Pensei que, se revelasse nossa existência, os caçadores também nos expulsariam deste mundo. Mas não deu certo. Minha breve carreira foi um rosário de desilusões. Ninguém acredita em nós. É assim que tem de ser. Talvez nosso destino seja morrer de desespero, desaparecer do mundo lenta e silenciosamente.

"Mas eu não suporto isso. Não suporto ficar quieto e ser nada e aceitar a vida com prazer, vendo as criações e realizações dos mortais por toda a parte, e não fazer parte delas, mas ser Caim. O solitário Caim. Isso é o mundo para mim, o que os mortais fazem e o que fizeram. Não o grande mundo natural. Se fosse, então talvez eu tivesse mais prazer em ser imortal. É a realização dos mortais. Os quadros de Rembrandt, os monumentos da capital, as grandes catedrais. Estamos isolados para sempre de tudo isso, e com razão, mas podemos ver essas coisas com nossos olhos de vampiros."

– Por que trocou de corpo com um homem mortal? – perguntou ela.

– Para andar sob o sol outra vez, por um dia. Para pensar e respirar como um mortal. Talvez para pôr à prova uma crença.

– Que crença?

– Que ser mortal outra vez é tudo o que nós queremos, que sentíamos ter abandonado o mundo, que a imortalidade não vale a perda das nossas almas humanas. Mas agora sei que estava errado.

De repente, pensei em Claudia. Pensei nos meus sonhos durante a febre. Uma quietude pesada me envolveu. Quando tornei a falar, foi por um ato de força de vontade.

– Prefiro ser vampiro – falei. – Não gosto de ser mortal. Não gosto de ser fraco, ou doente, ou frágil, não gosto de sentir dor. É horrível. Quero meu corpo de volta, assim que puder tirá-lo daquele ladrão.

Gretchen parecia chocada.

– Mesmo matando quando está no seu outro corpo, mesmo bebendo sangue humano e odiando tudo isso, inclusive o que você é?

– Eu não odeio. E não me odeio. Não compreende? Essa é a contradição. Eu nunca me odiei.

– Mas você disse que é o mal. Disse que, ajudando-o, eu estava ajudando o demônio. Não diria isso se não odiasse tudo o que faz.

Não falei nada por um tempo.

– Meu maior pecado foi sempre o fato de ter um prazer imenso em ser o que sou – admiti. – A culpa está sempre comigo, minha repulsa moral está sempre presente, mas eu me divirto. Sou forte, uma criatura de grande força de vontade e de intensos sentimentos. Tem de compreender, esse é o centro do dilema para mim: como posso gostar tanto de ser vampiro quando sei que é abominável? Ah, é uma velha história. Os homens compreendem quando vão para a guerra. Dizem a si mesmos que estão defendendo uma causa. Então experimentam a sensação de matar, como se fossem simples animais. E os animais conhecem essa sensação, conhecem muito bem. Os lobos conhecem. Conhecem o prazer intenso de despedaçar a presa. Eu sei.

Ela ficou um longo tempo absorta em pensamentos. Estendi o braço e toquei a sua mão.

– Venha, deite e durma – sugeri. – Deite outra vez ao meu lado. Não vou lhe fazer mal. Não posso. Estou doente demais. – Com um riso breve, acrescentei: – Você é muito bonita. Eu nem pensaria em magoá-la. Só quero estar perto de você. Já é tarde e quero que deite aqui comigo.

– Você é sincero em tudo que diz, não é?

– É claro.

– Você sabe que é uma criança, não sabe? Há em você uma grande simplicidade. A simplicidade de um santo.

– Minha querida Gretchen – falei, rindo –, está cometendo um grave erro de julgamento. Ou talvez não. Se eu acreditasse em Deus, acreditaria na salvação, nesse caso eu teria de ser santo.

Ela pensou durante um longo tempo, depois disse em voz baixa que estava há um mês de licença temporária do seu trabalho em uma missão na Guiana. Estudava na universidade de Georgetown e ajudava no hospital como voluntária.

– Quer saber por que pedi essa licença? – perguntou.

– Quero.

– Eu queria conhecer um homem. Conhecer o calor de estar perto de um homem. Estou com quarenta anos e nunca estive com um homem. Você fala de detestar a moral. Sim, foram as palavras que usou. Eu detestava a minha virgindade, a pura perfeição da minha castidade. Não importa o que os outros pensem, para mim era um ato de covardia.

– Compreendo. Fazer o bem nas missões com certeza nada tinha a ver com castidade.

– Não é isso, há uma ligação entre essas duas coisas – disse ela. – Porque o trabalho árduo só é possível quando não temos outras preocupações e somos casadas apenas com Cristo.

Eu garanti a ela que compreendia.

– Mas, se o autossacrifício se torna um obstáculo para o trabalho, então é melhor conhecer o amor de um homem, não é isso?

– Foi o que pensei – respondeu ela. – Sim. Ter essa experiência e depois voltar ao trabalho de Deus.

– Exatamente.

– Estou procurando esse homem, por enquanto – disse lentamente, com uma voz sonhadora.

– Então essa é a resposta, por isso me trouxe para cá.

– Talvez – disse ela. – Deus sabe que eu tinha medo de todos os outros. Não tenho medo de você. – Olhou para mim como se estivesse surpresa com as próprias palavras.

– Deite aqui e durma. Vamos esperar que eu fique bom para você saber se é o que deseja realmente. Eu não a forçaria de modo algum nem seria capaz de ser cruel com você.

– Mas, se você é o demônio, como pode falar com tanta bondade?

– Eu já disse, esse é o mistério. Ou a resposta, um dos dois. Venha, venha deitar comigo.

Fechei os olhos. Senti quando ela deitou ao meu lado sob as cobertas, a pressão quente do seu corpo contra o meu, o braço sobre o meu peito.

– Sabe de uma coisa? Isso, esse lado de ser humano, é quase bom.

Eu estava quase dormindo quando a ouvi murmurar.

– Eu acho que há uma razão para *você* também ter tirado uma licença provisória, e talvez você a desconheça.

– Não vai dizer que acredita em mim – murmurei com voz arrastada e sonolenta.

Como era delicioso abraçá-la outra vez, acomodar a cabeça dela no meu pescoço. Beijei os cabelos finos, amando o contato deles com meus lábios.

– Tem de haver um motivo secreto para você ter descido à Terra – disse ela. – Para usar o corpo de um homem. O mesmo motivo que trouxe Cristo.

– E qual é?

– Redenção – disse ela.

– Ah, sim, ser salvo. Não seria maravilhoso?

Eu queria dizer mais, como era impossível sequer imaginar uma coisa daquelas, mas já estava deslizando para o sonho. E sabia que Claudia não estaria nele.

Talvez não fosse um sonho, mas só uma lembrança. Eu estava no Rijksmuseum com David, olhando para a grande tela de Rembrandt.

Ser salvo. Que bela e extravagante ideia. E impossível... Era um prazer ter encontrado a única mulher mortal no mundo capaz de pensar seriamente nessa probabilidade.

E Claudia não ria mais. Porque Claudia estava morta.

15

Madrugada, um pouco antes do nascer do sol. No passado, a hora em que eu estava quase sempre meditando, exausto e meio apaixonado pelo céu cambiante.

Tomei um banho demorado e cuidadoso, no banheiro fracamente iluminado e cheio de vapor. Minha mente estava clara e eu me sentia feliz, como se o simples fato de não estar doente fosse uma forma de alegria. Fiz a barba bem devagar, até meu rosto ficar impecavelmente macio, e encontrei no armário de remédios o que eu procurava – os preservativos que a protegeriam de mim, evitando que eu a engravidasse, plantando nela uma semente das trevas que poderia lhe trazer consequências imprevisíveis.

Coisinhas engraçadas aquelas – luvas para o órgão. Minha vontade foi jogá-las fora, mas não queria cometer o mesmo erro outra vez.

Fechei a porta com espelho silenciosamente. E só então vi o telegrama pregado na parede – um retângulo de papel amarelado com as palavras nitidamente impressas.

GRETCHEN, VOLTE, PRECISAMOS DE VOCÊ. NENHUMA PERGUNTA. ESTAMOS À SUA ESPERA.

A data era recente – de poucos dias atrás. A origem era Caracas, Venezuela.

Cheguei perto da cama com cuidado para não fazer barulho, deixei os preservativos à mão na mesa de cabeceira, deitei outra vez ao lado dela e comecei a lhe beijar a boca macia e adormecida.

Lentamente beijei o rosto, os olhos, sentindo as pestanas com os lábios. Eu queria sentir o contato da pele do pescoço. Não para matar, mas para beijar. Não para possuir, mas para uma breve união física que não tiraria nada de nenhum dos dois, mas que nos uniria num prazer tão intenso que é quase dor.

Ela acordou sob minhas carícias.

– Confie em mim – murmurei. – Não vou machucar você.

– Ah, mas eu quero que me machuque – respondeu no meu ouvido.

Gentilmente tirei a camisola de flanela que ela vestia. Gretchen estava deitada de costas, olhando para mim, os seios tão belos quanto todo o resto do corpo, os mamilos rijos e as auréolas pequenas e rosadas. A barriga era macia, os quadris largos. Beijei a sombra da penugem entre as suas pernas que refletiam a luz que penetrava pela janela. Beijei as coxas, separei as pernas dela com as mãos, expondo a carne quente, e meu órgão estava rígido e pronto. Olhei para o lugar secreto, fechado e tímido, rosado entre a penugem macia. Uma excitação animalesca e quente percorreu meu corpo, enrijecendo ainda mais o órgão. Era uma sensação tão urgente que eu poderia tê-la forçado.

Mas não dessa vez.

Deitado sobre ela, aceitei seus beijos e suas carícias, lentas e desajeitadas. Senti sua perna contra a minha, suas mãos movendo-se no meu corpo, procurando o calor das minhas axilas e os cabelos úmidos da parte inferior daquele corpo masculino, espessos e escuros. Era o meu corpo, pronto para ela e esperando. Era meu peito que ela tocava, com prazer. Meus braços que beijava como se adorasse sua força.

Minha paixão diminuiu um pouco, só para voltar mais forte do que antes, tornou a diminuir, esperando, e cresceu mais uma vez.

Não pensei em beber sangue, não pensei no rugido de vida dentro dela, a torrente escura que eu teria consumido em outros tempos. Nada disso. Era um momento perfumado com o calor do corpo vivo dela. E me pareceu desprezível a ideia de que alguém pudesse feri-la, de que qualquer coisa pudesse desfazer o mistério comum daquela mulher – sua confiança, seu desejo e seu medo profundo e normal.

Minha mão deslizou para a pequena porta de entrada. Uma pena, uma tristeza que aquela união tivesse de ser tão parcial, tão breve.

Então, enquanto meus dedos tentavam penetrar delicadamente a passagem virginal, o corpo dela pareceu se incendiar. Os seios cresceram contra meu peito, e eu a senti desabrochar, pétala por pétala, com a boca ávida na minha.

Mas e os perigos? Ela não se importava? Na nova paixão, parecia desprovida de vontade, completamente sob o meu comando. Obriguei-me a parar, tirei o preservativo da embalagem, desenrolei, cobrindo o órgão com ele, sempre com os olhos de Gretchen fixos em mim, submissa.

Era dessa rendição total que ela precisava, era tudo que exigia dela mesma. Beijei-a outra vez. Ela estava úmida e pronta para mim. Eu não podia me conter por mais tempo e não era possível continuar agindo com gentileza. A pequena passagem era acolhedora e aquecida pelos fluidos que emanavam dela. Vi o sangue subir para o seu rosto quando acelerei o ritmo. Passei a ponta da língua nos mamilos eretos, depois beijei sua boca outra vez. O gemido final de Gretchen foi como um gemido de dor. E lá estava outra vez, o mistério – como uma coisa podia ser tão totalmente perfeita e durar tão pouco. Apenas um momento precioso.

Teria sido uma união? Seríamos um só naquele silêncio clamoroso?

Não, não acredito. Ao contrário, parecia a mais violenta das separações. Dois seres opostos lançados um contra o outro, ardendo de desejo, num misto de confiança e ameaça, os sentimentos de cada um desconhecidos e misteriosos para o outro – a doçura do momento, tão terrível quanto sua brevidade. A solidão tão dolorosa quanto as chamas que o alimentavam.

Gretchen nunca me pareceu tão frágil como naquele instante, com os olhos fechados, a cabeça deitada de lado no travesseiro, os seios imóveis. Uma imagem que pedia violência, que despertava a mais baixa crueldade no coração de um homem.

Por quê?

Eu não queria que nenhum outro mortal a tocasse!

Não queria que o sentimento de culpa a tocasse. Não queria me arrepender de tê-la magoado, nem que os males da mente humana se aproximassem dela.

Só então pensei outra vez no Dom das Trevas e não em Claudia, mas no esplendor suave e pulsante de criar Gabrielle, que jamais olhou para trás, para a lembrança daquele momento tão distante. Revestida de força e segurança, ela começou sua viagem errante, sem jamais sentir nem por um segundo o tormento moral, deixando-se atrair pelas complexidades do grande mundo.

Ninguém sabia o que o Sangue Negro podia proporcionar a uma determinada alma humana. E esta mulher virtuosa, que acreditava em divindades antigas e impiedosas, embriagada pelo sangue dos mártires e pelo êxtase do sofrimento de milhares de santos, jamais pediria para receber o Dom das Trevas, jamais o aceitaria, tal como David.

Mas que importância tinha tudo isso enquanto ela não tivesse certeza de que tudo que eu dizia era verdade? E se eu jamais pudesse provar essa verdade para ela? Se jamais tivesse outra vez o Sangue Negro dentro de mim para dar a quem eu quisesse e continuasse preso para sempre naquele corpo mortal? Deitado, imóvel, vi a luz do sol inundar o quarto. Vi quando iluminou o corpo pequeno do Cristo crucificado acima da estante de livros, observei quando atingiu a Virgem com a cabeça inclinada.

Abraçados, dormimos outra vez.

16

Meio-dia. Eu estava com a roupa nova e limpa comprada naquele fatídico dia – camisa de malha de manga comprida, calça jeans desbotada.

Tínhamos feito uma espécie de piquenique na frente do fogo crepitante da lareira – um lençol branco estendido sobre o carpete para o nosso último desjejum juntos, enquanto Mojo comia na cozinha com a avidez e os maus modos próprios dos cães. Pão francês com manteiga, outra vez, suco de laranja, ovos cozidos e frutas cortadas em pedaços grandes. Comi com grande apetite, ignorando a advertência de Gretchen de que eu não estava ainda totalmente curado. Seu pequeno termômetro digital provava isso.

Eu precisava ir para Nova Orleans. Se o aeroporto estivesse aberto, podia chegar ao cair da noite. Mas não queria deixá-la ainda. Pedi mais vinho. Queria conversar. Queria compreendê-la e também tinha medo de deixá-la, medo de ficar sozinho sem ela. Pensava na viagem de avião com um pavor covarde. Além disso, eu gostava de estar com ela...

Gretchen falara descontraidamente sobre sua vida nas missões, de como gostou daquele trabalho desde o começo. Passou os primeiros anos no Peru, depois foi para Yucatán. Seu posto mais recente fora na Guiana Francesa – entre as aldeias de indígenas primitivos. A missão era a de Santa Margarida Maria – seis horas de viagem subindo o rio Maroni em barco a motor, partindo da cidade de St. Laurent. Ela e as outras freiras restauraram a capela de concreto, a pequena escola caiada de branco e o hospital. Frequentemente tinham de abandonar a missão para atender as pessoas nos diversos povoados vizinhos. Disse que adorava aquele trabalho.

Mostrou uma porção de fotografias – pequenas fotos retangulares e coloridas das casas rústicas da missão, ela com as outras freiras, o padre que ia à missão para rezar a missa. Nenhuma das freiras usava hábito ou véu.

Vestiam roupas cáqui ou de algodão branco e não prendiam o cabelo – verdadeiras freiras trabalhadoras, explicou ela. E ali estava Gretchen – com uma felicidade radiante, sem nenhum vestígio da melancolia pensativa tão evidente. Numa das fotografias ela estava no meio de indígenas sorridentes de pele escura, na frente de uma pequena construção curiosa com entalhes ornamentais nas paredes. Em outra estava aplicando uma injeção num homem velho e esquelético sentado numa cadeira de espaldar alto e reto pintada com cores vivas.

A vida naqueles povoados da floresta era a mesma há muitos séculos, contou ela. Aqueles povos existiam muito antes de os franceses e os espanhóis desembarcarem na América do Sul. Era difícil fazer com que confiassem nas freiras, nos médicos ou nos padres. Para ela, não era importante que eles aprendessem as orações. Preocupava-se com as vacinas e com a desinfecção dos ferimentos. Procurava corrigir do modo certo os ossos quebrados para evitar que ficassem aleijados para sempre.

É claro que eles queriam que ela voltasse. Tinham sido muito pacientes com seu pedido de licença. Precisavam dela. O trabalho a esperava. Gretchen mostrou o telegrama que eu já tinha visto pregado na parede acima do espelho do banheiro.

– Dá para notar que você sente falta do trabalho na missão – falei.

Eu a observava com atenção, procurando algum sinal de sentimento de culpa pelo que fizemos, mas não encontrei. Ela também não parecia ter nenhum sentimento de culpa em relação ao telegrama.

– É claro que vou voltar – disse ela simplesmente. – Pode parecer absurdo, mas foi muito difícil para mim deixar a missão. Porém, a questão da castidade se tornou uma obsessão destrutiva.

Sim, eu compreendia. Os olhos grandes e tranquilos se voltaram para mim.

– E agora você sabe que na verdade não é tão importante dormir ou não com um homem. Não foi isso que descobriu?

– Talvez – respondeu com um sorriso leve.

Como parecia forte, ali sentada no cobertor, com as pernas dobradas para o lado, o cabelo solto parecendo mais um véu de freira do que em qualquer fotografia sua.

– Como foi que tudo começou para você? – perguntei.

– Acha que é importante? Tenho a impressão de que você não vai aprovar se souber.

– Quero saber.

Gretchen era filha de uma professora primária católica e de um contador de Bridgeport, Chicago, e desde cedo demonstrou grande talento para o piano. A família toda fez sacrifícios para que pudesse estudar com um professor famoso.

– Autossacrifício, você sabe – disse ela, com um leve sorriso. – Desde o começo. Só que naquele tempo era pela música, não pela medicina.

Já naquele tempo ela era profundamente religiosa, lia as vidas dos santos e sonhava em ser como eles e em trabalhar nas missões quando crescesse. Santa Rosa de Lima a fascinava. Bem como São Martin de Porres, que tinha trabalhado mais no mundo. E Santa Rita. Queria tratar de leprosos algum dia, encontrar uma vida de trabalho exaustivo e heroico. Fez um pequeno oratório atrás da casa, onde ficava ajoelhada durante horas na frente do crucifixo, esperando que as chagas de Cristo aparecessem em suas mãos e pés – os estigmas.

– Eu levava muito a sério essas histórias – confessou ela. – Os santos são reais para mim. Bem como a possibilidade de heroísmo.

– Heroísmo – falei. A minha palavra, mas com um significado completamente diferente. Não a interrompi.

– Ao que parece, o piano declarou guerra à minha alma. Eu queria largar tudo e dedicar minha vida aos outros, o que significava desistir do piano, acima de tudo.

Isso me entristeceu. Tive a impressão de que ela não contava essa história com muita frequência e sua voz soava desanimada e tristonha.

– Não pensou na felicidade que proporcionava aos que a ouviam tocar? – perguntei. – Não era uma coisa valiosa?

– Bem, posso dizer que era – disse em voz mais baixa ainda, as palavras saindo com lentidão dolorosa. – Mas naquele tempo eu não tinha certeza. Eu não era a pessoa indicada para possuir aquele talento. Não me importava que me ouvissem, mas não gostava de ser vista. – Corou levemente e olhou para mim. – Talvez fosse diferente se eu pudesse tocar no coro da igreja ou atrás de uma tela.

– Compreendo. É claro que muitos humanos sentem isso.

– Mas você não, certo?

Balancei a cabeça.

Explicou que para ela era um sofrimento tocar em público, ter de usar um belo vestido de renda. Fazia isso para agradar aos pais e aos professores.

Os concursos de piano eram uma agonia. Mas quase sempre era a vencedora. Quando fez dezesseis anos, sua carreira era um empreendimento de toda a família.

– E a música? Você gostava de música?

Ela pensou por um momento.

– Era um êxtase total. Quando eu tocava sozinha... sem ninguém para me ver, eu me entregava inteiramente à música. Era quase como estar drogada. Era... era quase erótico. Certas melodias chegavam a me obcecar. Soavam sem parar na minha cabeça. Quando eu tocava, perdia a noção do tempo. Na verdade, até hoje não posso ouvir música sem me transportar por completo. Você não vê nenhum rádio ou aparelho de som aqui. Não posso ter essas coisas por perto.

– Mas por que negar isso a você mesma?

Olhei em volta. Também não havia piano.

Ela balançou a cabeça.

– O efeito é envolvente demais, não compreende? Posso esquecer de todo o resto. E nada se realiza quando isso acontece. A vida fica em compasso de espera, por assim dizer.

– Mas, Gretchen, isso é verdade? Para muitos de nós um sentimento de tal intensidade *é* a vida! Procuramos o êxtase. Nesses momentos... transcendemos toda dor e toda mesquinharia e toda luta. Era assim para mim quando eu estava vivo e é assim para mim agora.

Ela pensou por um momento, com uma expressão suave e tranquila no rosto bonito.

– Eu quero mais do que isso – disse, com convicção. – Quero algo mais genuinamente construtivo. Em outras palavras, não posso desfrutar esses prazeres quando há tanta gente que sofre.

– Mas sempre houve sofrimento no mundo. E as pessoas precisam de música, Gretchen, tanto quanto precisam de consolo e de comida.

– Acho que não concordo. Na verdade, estou certa de que não penso assim. Tenho de passar a vida tentando aliviar o sofrimento. Acredite, já discuti esses argumentos muitas vezes.

– Ah, mas preferir a enfermagem à música... Não posso nem imaginar. É claro que ser enfermeira é bom. – Eu estava triste e confuso demais para continuar. – Como foi que você fez a escolha? Sua família não tentou impedir?

Ela explicou que, quando tinha dezesseis anos, sua mãe ficou doente e durante meses ninguém conseguia descobrir a causa. Estava anêmica, tinha febre o tempo todo e, por fim, ficou evidente que estava definhando. Fizeram todos os exames, mas os médicos não conseguiam encontrar uma explicação. Todos estavam certos de que a mulher morreria. A atmosfera da casa estava impregnada de dor e de amargura.

– Eu pedi um milagre a Deus – disse ela. – Prometi que nunca mais, pelo resto da minha vida, tocaria no teclado de um piano se minha mãe ficasse boa. Prometi que entraria para o convento logo que me permitissem, que devotaria a vida a cuidar dos doentes e dos agonizantes.

– E sua mãe ficou boa.

– Sim. Um mês depois ela estava curada. Está viva até hoje. Aposentou-se e agora leciona à noite num armazém do cais, num bairro de Chicago habitado majoritariamente por negros. Nunca mais ficou doente.

– E você cumpriu a promessa?

Ela fez um gesto afirmativo.

– Entrei para a Ordem das Irmãs Missionárias quando completei dezessete anos e elas me mandaram para o colégio.

– E a promessa de jamais tocar piano?

Outra vez inclinou a cabeça afirmativamente, sem o menor sinal de remorso, sem se preocupar com minha compreensão ou aprovação. Na verdade, acho que ela percebeu minha tristeza e sua reação foi sentir pena de mim.

– Era feliz no convento?

– Ah, sim. – Deu de ombros. – Você não compreende? Uma vida comum é impossível para alguém como eu. Preciso estar fazendo alguma coisa difícil. Preciso correr riscos. Entrei para essa ordem religiosa porque suas missões ficam nos lugares mais remotos e perigosos da América do Sul. Nem pode imaginar como amo aquelas florestas! – continuou em voz baixa e quase urgente. – Para mim nunca são quentes ou perigosas demais. Há certos momentos, quando estamos todas exaustas, quando o hospital está superlotado, e as crianças doentes, deitadas em barracões improvisados e redes, em que eu me sinto tão viva! Não consigo nem explicar. Paro o tempo suficiente para enxugar o suor do rosto, lavar as mãos, talvez tomar um copo de água. Penso: "Estou viva, estou aqui, estou fazendo uma coisa importante."

Sorriu outra vez.

– É outro tipo de intensidade – falei. – Completamente diferente de fazer música. Eu compreendo a diferença crucial.

Pensei no que David dissera sobre sua juventude – como procurava a euforia do perigo. Gretchen estava procurando a euforia do sacrifício completo. Ele havia procurado o perigo do oculto no Brasil. Ela procurava o difícil desafio de levar saúde a milhares de seres anônimos e eternamente pobres. Isso me perturbou de uma maneira bem profunda.

– É claro que existe vaidade nisso também – disse ela. – A vaidade é o eterno inimigo. Era o que mais me preocupava em relação à minha... à minha castidade, o quanto me orgulhava dela. Mas, na verdade, até mesmo voltar para os Estados Unidos deste modo era um risco. Quando desci do avião e compreendi que estava aqui em Georgetown e que nada ia me impedir de dormir com um homem se eu quisesse, fiquei apavorada. Acho que foi o medo que me levou a trabalhar no hospital. Deus sabe que a liberdade não é tão simples.

– Essa parte eu compreendo – falei. – Mas e sua família, como reagiu à sua promessa de desistir da música para sempre?

– Eu não contei no começo. Anunciei a minha vocação. E fiquei firme. Todos me recriminaram. Afinal, minhas irmãs e meus irmãos tinham vestido roupas usadas para que eu pudesse estudar piano. Mas quase sempre é assim. Mesmo numa boa família católica, a notícia de que uma filha quer ser freira raramente é recebida com aplausos e alegria.

– Eles lamentavam o desperdício do seu talento.

– Sim, lamentavam – disse ela, arqueando um pouco uma sobrancelha. Como parecia sincera e tranquila. Nem uma vez sua voz traiu frieza ou revolta. – Só que minha visão era de algo mais vasto do que uma jovem dando um concerto e levantando da banqueta para receber um ramo de rosas. Só muito mais tarde contei a eles a minha promessa.

– Anos mais tarde?

Fez um gesto afirmativo.

– Eles compreenderam. Viram o milagre. Como podia ser de outro modo? Falei que me considerava mais afortunada do que qualquer outra jovem que já entrou para um convento. Eu recebi um sinal de Deus. Ele resolveu todos os nossos conflitos.

– Você acredita mesmo nisso.

– Sim, acredito. Mas, de certo modo, não importa se é verdade ou não. E, se alguém pode compreender, esse alguém é você.

– Por quê?

– Porque você fala de verdades religiosas e de ideias religiosas e sabe que são importantes, mesmo como metáforas. Foi o que ouvi quando você estava delirando.

– Nunca sente vontade de tocar piano outra vez? – perguntei com um suspiro. – Nem pensa, por exemplo, em procurar um teatro vazio, com um piano no palco, sentar e...

– É claro que penso. Mas não posso fazer isso e não o farei.

O sorriso dela se tornou muito belo.

– Gretchen, sob certo aspecto é uma história terrível. Por que, como uma boa católica, não interpretou seu talento como um dom de Deus, um dom que não podia ser desperdiçado?

– Vinha de Deus. Disso tenho certeza. Mas você não compreende? Havia uma encruzilhada no caminho. O sacrifício do piano foi a oportunidade que Deus me deu de servi-lo de um modo especial. Lestat, que significado teria a música, comparada ao ato de ajudar os outros, ajudar centenas de pessoas?

Balancei a cabeça.

– Acho que a música pode ter a mesma importância.

Ela pensou por um longo tempo antes de responder.

– Eu não podia continuar. Talvez tenha usado a crise da doença de minha mãe, eu não sei. Eu precisava ser enfermeira. Não havia outro caminho para mim. A verdade é que não consigo viver bem quando me deparo com o sofrimento do mundo. Não posso justificar confortos ou prazer quando outras pessoas estão sofrendo. Não sei como outras pessoas podem.

– Certamente não pensa que pode mudar isso, Gretchen.

– Não, mas posso passar a vida melhorando muitas outras vidas. É isso que conta.

A história de Gretchen me deixou tão abalado que eu não queria mais ficar sentado ali. Levantei, me espreguicei, fui até a janela e olhei para o campo de neve lá fora.

Teria sido fácil aceitar aquilo se Gretchen fosse uma pessoa digna de pena, mentalmente desequilibrada ou atormentada por conflitos e instabilidades. Mas não havia nada disso nela. Para mim, Gretchen era quase incompreensível.

Era tão estranha quanto meu amigo mortal de muitas décadas atrás, Nicolas, não por ser igual a ele, mas porque o cinismo zombeteiro e a rebeldia sistemática de Nicolas continham uma abnegação que jamais consegui compreender. Meu Nicki, aparentemente repleto de excentricidades e excessos, sentindo prazer só quando provocava os outros.

Abnegação – esse era o centro de tudo.

Virei outra vez para ela. Gretchen estava me olhando. Tive de novo a impressão exata de que não era realmente importante para ela o que eu dissesse. Ela não precisava da minha compreensão. De certo modo, era uma das pessoas mais fortes que encontrei em toda a minha longa vida.

Não era de admirar que tivesse me tirado do hospital. Nenhuma outra enfermeira teria assumido essa responsabilidade.

– Gretchen, nunca tem medo de ter desperdiçado sua vida... de que a doença e o sofrimento simplesmente continuarão a existir muito tempo depois de você ter deixado esta Terra, e o que você fez não terá nenhum significado num plano maior?

– Lestat, é o plano maior que não tem significado. – Seus olhos estavam muito claros. – O que importa são os pequenos atos. É claro que a doença e o sofrimento continuarão a existir depois que eu me for. Mas o importante foi eu ter feito tudo que podia. Esse é o meu triunfo e a minha vaidade. Minha vocação e meu pecado de orgulho. Esse é o meu tipo de heroísmo.

– Mas, *chérie*, só funciona assim se alguém estiver marcando os pontos, se o Ente Supremo ratificar sua decisão, se você for recompensada pelo que fez ou pelo menos se seu trabalho for reconhecido.

– Não – disse ela, escolhendo muito bem as palavras. – Nada está mais longe da verdade. Pense no que falei. Estou falando de coisas obviamente novas para você. Talvez seja um segredo religioso.

– Como assim?

– Muitas vezes fico acordada à noite, consciente de que não existe um Deus individual e de que o sofrimento das crianças que eu vejo todos os dias nos nossos hospitais jamais será compensado ou redimido. Penso naqueles velhos argumentos... Você sabe, como Deus pode justificar o sofrimento de uma criança? Dostoiévski fez essa pergunta. Albert Camus também. Nós mesmos estamos sempre nos perguntando a mesma coisa. Mas na verdade não é o que mais importa. Deus pode existir ou não. Mas o sofrimento é real. É absolutamente real e inegável. Nessa realidade está o meu compromisso, o âmago da minha fé. Tenho de fazer alguma coisa a respeito!

– E na hora da sua morte, se Deus não existir...

– Que seja. Eu saberei que fiz o possível. A hora da minha morte pode ser agora. – Deu de ombros. – Eu não pensaria de modo diferente.

– Por isso não se sente culpada por termos dormido juntos.

Ela pensou por um momento.

– Culpada? Sinto-me feliz quando penso no que fizemos. Não sabe o que você fez por mim? – Esperou e seus olhos se encheram de lágrimas. – Eu vim para cá para conhecer você, para estar com você – disse ela, com mais emoção na voz. – E agora posso voltar para a missão.

Inclinou a cabeça e lentamente, em silêncio, recuperou a calma e as lágrimas desapareceram. Então ergueu o olhar.

– Quando você falou de levar aquela criança, Claudia... quando falou em levar sua mãe, Gabrielle, para o seu mundo... falou em tentar alcançar alguma coisa. Chamaria de transcendência? Quando trabalho até cair de cansaço no hospital da missão, eu transcendo. Transcendo a dúvida e algo... algo de desesperançado e sombrio dentro de mim. Eu não sei.

– Desesperançado e sombrio, sim, essa é a chave, não é? A música não fazia com que isso desaparecesse.

– Sim, fazia, mas era um falso desaparecimento.

– Falso por quê? Por que fazer um bem... tocar piano, no caso... era falso?

– Porque não fazia o bastante para os outros, por isso.

– Ah, mas fazia. Dava prazer, tinha de dar.

– Prazer?

– Perdoe-me, estou escolhendo o caminho errado. Você perdeu a si mesma na sua vocação. Quando tocava piano, você era você... Não compreende isso? Era a única Gretchen! O verdadeiro sentido da palavra "virtuose". E você queria perder essa individualidade.

– Acho que tem razão. A música simplesmente não era o meu caminho.

– Gretchen, você me assusta!

– Mas não devia. Não estou dizendo que o outro caminho é errado. Se você fazia o bem com a música, cantando rock, a breve carreira que descreveu era todo o bem que podia fazer. Eu faço o bem a meu modo, isso é tudo.

– Não, há em você uma feroz negação do seu eu. Você tem sede de amor do mesmo modo que eu todas as noites tenho sede de sangue. Seu trabalho como enfermeira é uma autopunição, a negação dos seus desejos carnais, do seu amor pela música, de todas as coisas do mundo que são como a música. Você *é* uma "virtuose", uma virtuose da própria dor.

– Está errado, Lestat – argumentou ela, com outro sorriso, balançando a cabeça. – Sabe que não é verdade. É o que quer acreditar de uma pessoa como eu. Lestat, escute. Se tudo que me disse é verdade, não é evidente, à luz desse fato, que estava destinado a me encontrar?

– Como assim?

– Venha cá. Sente ao meu lado e fale comigo.

Não sei por que hesitei, por que senti medo. Finalmente sentei no cobertor estendido no chão, de frente para ela, e cruzei as pernas. Encostei ao lado da estante de livros.

– Você não percebe? – perguntou ela. – Eu represento o caminho contrário, o caminho no qual você jamais pensou, mas que pode trazer o consolo que procura.

– Gretchen, você não acredita, nem por um momento, que falei a verdade a meu respeito. Não pode acreditar. Não espero que acredite.

– Acredito em você! Em cada palavra que disse. E a verdade literal não é importante. Você procura uma coisa que os santos procuravam quando renunciavam às suas vidas normais com violência, quando erravam no serviço de Cristo. Não importa que você não acredite em Cristo. O importante é que tem sofrido miseravelmente na existência que levou até agora, sofrido de uma angústia profunda, e que meu caminho pode lhe oferecer uma alternativa.

– Está pensando nisso para mim? – perguntei.

– É claro que estou. Não vê o padrão? Você desce à Terra nesse corpo, cai nos meus braços, concede-me o momento de amor de que preciso. Mas o que eu dei a você? Que significado tenho para você?

Ergueu a mão impedindo-me de responder.

– Não, não fale outra vez de planos maiores. Não pergunte se existe um Deus no sentido literal. Pense em tudo que falei. Falei para mim mesma, mas também para você. Quantas vidas você tirou nessa sua existência no outro mundo? Quantas vidas eu salvei, literalmente, nas missões?

Eu estava pronto para negar qualquer possibilidade quando ocorreu-me que devia esperar, ficar em silêncio e apenas pensar.

Pensei outra vez na ideia apavorante de jamais recuperar meu corpo, de ficar encurralado naquele até o fim da minha vida. Se eu não conseguisse apanhar o Ladrão de Corpos, se os outros não me ajudassem, a morte que falei desejar seria minha dentro de alguns anos. Voltei no tempo.

E se houvesse mesmo um plano? Se existisse o destino? E se eu passasse toda a minha vida mortal trabalhando como Gretchen, devotando todo o meu ser físico e espiritual aos outros? E se eu simplesmente fosse com ela para a floresta? Não como seu amante, é claro. Algo assim não era possível para Gretchen, é claro. Mas se eu fosse como seu auxiliar, seu assistente? Se eu enquadrasse minha vida mortal naquela moldura de autossacrifício?

Outra vez obriguei-me a ficar calado, para considerar o assunto.

É claro que havia outra possibilidade da qual ela não tinha ideia – o dinheiro que eu podia investir na sua missão, em outras missões iguais. Embora fosse uma riqueza incalculável para outros homens, eu podia calcular. Numa perspectiva abrangente e incandescente eu via seus limites e seus efeitos. Populações inteiras alimentadas e vestidas, hospitais com estoques enormes de medicamentos, escolas com livros, quadros-negros, rádios e pianos. Sim, pianos. Ah, essa era uma história antiga. Um velho sonho, muito velho.

Continuei calado, considerando as possibilidades. Vi os momentos de cada dia da minha vida mortal – minha possível vida mortal – gastos com minha fortuna nesse sonho. Era como a areia deslizando através do centro apertado de uma ampulheta.

Naquele minuto, enquanto estávamos ali sentados no quarto pequeno e limpo, as pessoas morriam de fome nos grandes bairros pobres do mundo oriental. Morriam de fome na África. No mundo inteiro, morriam de doenças e em desastres. Enchentes levavam suas casas, a seca matava seu alimento e suas esperanças. A miséria de um único país seria mais do que qualquer mente poderia suportar se fosse descrita mesmo com detalhes vagos.

Entretanto, se eu investisse tudo que possuía nesse empenho, em última análise, o que eu teria realizado?

Como eu podia saber se a medicina moderna era mais adequada para um povoado na floresta do que os antigos métodos de cura? Como saber se a educação dada a uma criança na floresta significava felicidade para ela? Como saber se tudo isso valia a perda de mim mesmo? Como me obrigar a me importar realmente em saber? Esse era o horror.

Eu não me importava. Podia chorar por uma alma sofredora, mas sacrificar minha vida por milhões de anônimos do mundo era uma ideia que não me agradava! Na verdade, enchia-me de medo, um medo escuro e terrível. Era uma tristeza maior do que a tristeza. Não se parecia em nada com a vida. Era o oposto da transcendência.

Balancei a cabeça. Em voz baixa e insegura expliquei por que aquela ideia me assustava tanto.

– Séculos atrás, quando entrei pela primeira vez naquele palco, em Paris, quando vi os rostos felizes, quando ouvi os aplausos, foi como se o meu corpo e a minha alma tivessem encontrado seu destino. Senti a realização de todas as promessas do meu nascimento e da minha infância.

"Ah, havia outros atores, piores e melhores, outros cantores, outros palhaços. Tem havido milhões deles desde então e outros milhões virão a partir deste momento. Mas cada um brilha com um poder próprio intransferível. Cada um tem sua chance de vencer todos os outros para sempre, na mente dos que o ouvem ou o veem, e esse é o único tipo de realização na qual o ego – este ego, se quiser – se completa e triunfa.

"Sim, eu podia ter sido um santo, tem razão, mas teria de fundar uma ordem religiosa ou conduzir um exército numa batalha. Teria de fazer milagres de tal importância que o mundo todo se ajoelharia aos meus pés. Eu sou aquele que precisa ousar, mesmo que esteja errado – completamente errado. Gretchen, Deus me deu uma alma individual e eu não a posso enterrar."

Fiquei surpreso ao ver que ela continuava a sorrir para mim, suave e sem questionamentos, com uma expressão de respeito e admiração.

– É melhor reinar no inferno – perguntou ela, cautelosamente – do que servir no céu?

– Ah, não. Eu traria o céu para a terra, se pudesse. Mas tenho de erguer minha voz, preciso brilhar e tentar alcançar o êxtase que você negou a si própria, a intensidade da qual fugiu! Quando eu criei Claudia, por mais que fosse um erro crasso, sim, foi transcendência. Quando criei Gabrielle, por mais cruel que fosse, sim, foi transcendência. Foi um ato isolado, poderoso e medonho que exigiu o emprego de todo meu poder singular e da minha coragem. "Elas não morrerão", foi o que pronunciei, sim, talvez as mesmas palavras que você diga para as crianças da missão. Mas foi para levá-las para meu mundo sobrenatural que eu as pronunciei. O objetivo não era unicamente salvar, mas fazer delas o que eu era: um ser único e terrível. Para lhes conferir a individualidade que eu considerava valiosa. Nós viveremos mesmo nesta condição de mortos-vivos, nós amaremos, sentiremos, desafiaremos os que querem nos julgar e nos destruir. Essa foi a minha transcendência. E o sacrifício e a redenção não faziam parte dela.

Era frustrante não conseguir me comunicar com ela. Não podia fazer com que ela acreditasse literalmente em tudo.

– Não compreende, sobrevivi a tudo que me aconteceu porque sou quem sou. Minha força, minha vontade, minha recusa em ceder... eis os únicos compartimentos do meu coração e da minha alma que posso identificar. Este ego, se quer chamar assim, é a minha força. Eu sou o vampiro Lestat e nada, nem mesmo este corpo mortal, pode me derrotar.

Mais uma vez ela me surpreendeu, assentindo, aceitando totalmente.

– E, se vier comigo, o vampiro Lestat morreria, não é mesmo? – perguntou com suavidade. – Na própria redenção...

– Sim, morreria. Morreria lenta e horrivelmente no meio de tarefas mesquinhas e pequenas, cuidando das infindáveis hordas dos anônimos, dos sem-rosto, dos eternamente necessitados.

Uma tristeza profunda me impediu de continuar. Senti um cansaço mortal, o resultado da química da mente sobre o corpo. Pensei no meu sonho e no meu discurso para Claudia que acabava de repetir para Gretchen e senti que me conhecia como jamais tinha conhecido.

Apoiei os braços nos joelhos dobrados e a testa nos braços.

– Não posso fazer isso – falei em voz baixa. – Não posso me enterrar vivo desse modo. E não quero, isso é o pior. Não quero fazer isso! Não acredito que desse modo salvaria a minha alma. Não acredito que pudesse ser importante.

Senti as mãos dela no meu braço. Gretchen acariciou meus cabelos, afastando-os da testa outra vez.

– Eu compreendo – disse ela –, mesmo sabendo que está errado.

Olhei para ela, e ri. Com um guardanapo do nosso piquenique, enxuguei os olhos e limpei o nariz.

– Mas não abalei sua fé, certo?

– Não – disse ela, e dessa vez o sorriso era diferente, mais caloroso e mais radiante. – Você a confirmou – murmurou. – Como você é estranho, e que milagre você ter vindo para mim! Quase sou capaz de acreditar que o seu caminho é o certo para você. Quem mais pode ser você? Ninguém.

Recostei na estante de livros e tomei um gole de vinho aquecido agora pelo calor do fogo, mas saboroso, e uma pequena torrente de prazer percorreu minhas veias. Tomei mais um pouco. Larguei o copo e olhei para ela.

– Quero perguntar uma coisa – falei. – Responda com o coração. Se eu vencer minha batalha... se recuperar meu corpo... quer que eu a procure? Quer que mostre que estou dizendo a verdade? Pense bem antes de responder.

"Eu quero fazer isso. De verdade. Mas não sei se seria bom para você. Sua vida é quase perfeita. Nosso pequeno episódio carnal jamais poderia desviá-la do seu caminho. Eu estava certo, não estava? Naquilo que disse antes. Você sabe que o prazer erótico não é importante para você e muito em breve vai voltar para seu trabalho na floresta."

– É verdade – disse ela. – Mas há mais uma coisa que você precisa saber. Houve um momento, esta manhã, que pensei que eu podia desistir de tudo só para ficar com você.

– Não, não você, Gretchen.

– Sim, eu. Eu me senti arrebatada, como a música costumava me arrebatar. E se você dissesse "venha comigo", mesmo agora, eu talvez fosse. Se esse seu mundo existisse realmente... – Não terminou a frase e deu de ombros, balançou a cabeça e depois ajeitou o cabelo para trás do ombro. – O significado da castidade é não se apaixonar – continuou então, olhando atentamente para mim. – Eu poderia me apaixonar por você. Sei que poderia.

Ficou calada por alguns momentos e depois falou com voz baixa e entrecortada:

– Você poderia ser o meu deus. Sei que é verdade.

Isso me assustou, mas ao mesmo tempo senti um prazer cínico, satisfação e um orgulho tristonho. Tentei não ceder à lenta excitação física. Afinal, ela não sabia do que estava falando. Não podia saber. Mas havia alguma coisa muito convincente na sua voz e no seu modo.

– Vou voltar – disse ela, no mesmo tom de voz, repleto de certeza e de humildade. – Provavelmente dentro de poucos dias. Mas sim, se você vencer essa batalha, se recuperar sua forma antiga... pelo amor de Deus, me procure. Eu quero... quero *saber*!

Não respondi. Estava muito confuso. Então transformei em palavras minha confusão.

– Quero que saiba que, de certo modo horrível, quando eu voltar para você e revelar o meu verdadeiro eu, talvez fique desapontada.

– Por quê?

– Você me considera um ser humano sublime por causa do conteúdo espiritual de tudo que falei. Você me vê como uma criatura meio delirante, derramando uma verdade cheia de equívocos, como um místico ou um verdadeiro insano. Mas eu não sou humano. E quando souber disso, talvez me odeie.

– Não, eu jamais poderia odiá-lo. E saber que tudo que me disse é verdade, isso seria... um milagre.

– Talvez, Gretchen. Talvez. Mas lembre-se do que falei. Nós somos uma visão sem revelação. Um milagre sem sentido. Você quer realmente andar ao lado de outros, tantos outros?

Ela não respondeu. Pensava nas minhas palavras. Eu não podia imaginar o que significavam para ela. Segurei sua mão e seus dedos se dobraram gentilmente sobre os meus, sem deixar de olhar para mim.

– Deus não existe, existe, Gretchen?

– Não, não existe – murmurou ela.

Eu queria rir e chorar. Recostei na estante, rindo e olhando para ela, para aquela figura calma e escultural, com a luz do fogo refletida nos olhos castanhos.

– Você não sabe o que fez para mim – disse ela. – Não sabe o quanto isto significou para mim. Estou pronta... pronta para voltar agora.

Fiz um gesto afirmativo.

– Então acho que não faz mal, minha bela, voltarmos para aquela cama. Pois certamente é o que devemos fazer.

– Sim, é o que devemos fazer, eu acho – respondeu ela.

Era quase noite quando eu me levantei silenciosamente, levei o telefone para o banheiro e liguei para meu agente em Nova York. Mais uma vez tocou e tocou e, quando eu ia desistir e ligar novamente para Paris, alguém atendeu e disse com voz lenta e constrangida que meu agente de Nova York estava morto. Fora assassinado violentamente algumas noites atrás, no seu escritório da Madison Avenue. Roubo fora confirmado como motivo do crime. Seu computador e todos os seus arquivos tinham desaparecido.

Fiquei tão chocado que mal podia falar. Finalmente me controlei um pouco e consegui fazer algumas perguntas.

O crime fora cometido na quarta-feira, aproximadamente às oito da noite. Não, ninguém sabia a extensão do prejuízo causado pelo roubo dos arquivos. Sim, infelizmente o pobre homem tinha sofrido.

– Uma coisa horrível, horrível – disse a voz no outro lado da linha. – Se o senhor estivesse em Nova York, teria sabido. Todos os jornais publicaram o fato. Estão chamando de "o crime do vampiro". O corpo não tinha uma gota de sangue.

Desliguei o telefone e permaneci sentado por um longo tempo em silêncio. Então telefonei para Paris. Meu agente atendeu, depois de uma pequena demora.

Graças a Deus que tinha telefonado, disse ele. Mas por favor, eu precisava me identificar. Não, as palavras de código não bastavam. Que tal assuntos de conversas que tivemos no passado? Ah, sim, sim, isso mesmo. Fale, fale, disse ele. Imediatamente desfiei um rosário de segredos que só nós dois conhecíamos e percebi o alívio do homem.

Coisas estranhas estavam acontecendo, disse ele. Por duas vezes fora contatado por alguém que afirmava ser eu, mas que evidentemente não era. Esse indivíduo conhecia até mesmo nossas senhas do passado e inventou uma história muito bem elaborada para justificar o fato de não conhecer as senhas mais recentes. Nesse meio-tempo, meu advogado recebera várias ordens para transferências de fundos, mas em todas as vezes os códigos estavam errados. Porém, não completamente errados. Na verdade, tudo parecia indicar que essa pessoa estava prestes a decodificar nosso sistema.

– Mas, monsieur, deixe-me dizer a parte mais simples para mim. Esse homem não fala francês como o senhor! Sem querer ofender, monsieur, mas seu francês é um tanto... como direi, fora do comum? O senhor usa palavras antigas. E uma construção diferente. Eu sei quando é o senhor.

– Compreendo perfeitamente – falei. – Agora quero que preste atenção no que vou dizer. Não deve mais falar com essa pessoa. Ele pode ler a sua mente. Está tentando descobrir as senhas telepaticamente. Nós dois vamos organizar um sistema. Quero que faça uma transferência para mim agora... para meu banco em Nova Orleans. Mas, depois disso, tudo deve ser trancado. E quando eu entrar em contato com o senhor outra vez, vou usar três palavras do francês antigo. Não vamos determinar quais serão elas... mas serão palavras que já me ouviu usar e vai reconhecê-las.

É claro que era arriscado. Mas o importante era ele poder me reconhecer! Contei que o ladrão em questão era extremamente perigoso, que tinha assassinado violentamente meu agente em Nova York e que deviam ser tomadas todas as precauções. Eu pagaria por isso tudo – um grande número de guardas de segurança noite e dia. Era melhor pecar pelo excesso.

– Terá notícias minhas muito em breve. Lembre-se, palavras antigas. Vai me reconhecer quando falar comigo.

Desliguei o telefone, tremendo de raiva, uma raiva insuportável! Ah, o monstrinho! Não bastava ter o corpo de um deus, queria saquear também a riqueza do deus. O demônio insignificante, o diabrete. E eu fora bastante tolo para não imaginar que isso ia acontecer!

"Ah, você é humano sem dúvida", disse para mim mesmo. "Você é um humano idiota!" E pensar na fúria que Louis despejaria sobre mim antes de consentir em me ajudar!

E imagine se Marius soubesse! Uma ideia terrível. Trate de falar com Louis o mais depressa possível.

Precisava arranjar uma mala e rumar para o aeroporto. Mojo sem dúvida ia viajar numa caixa de transporte e isso também precisava ser providenciado. Meu adeus a Gretchen não seria a despedida lenta e amorosa que eu tinha imaginado. Mas certamente ela compreenderia.

Muitas coisas estavam acontecendo dentro do mundo complexo e ilusório do seu amante misterioso. Era hora de nos separarmos.

17

A viagem para o sul foi um pesadelo. O aeroporto, reaberto depois de várias tempestades de neve, estava abarrotado de mortais ansiosos que esperavam finalmente a saída dos seus voos atrasados, ou que estavam ali para receber amigos e parentes que chegavam.

Gretchen chorou e eu também. Ela sentia um medo terrível de nunca mais me ver e não consegui convencê-la de que iria procurá-la na sua missão de Santa Margarida Maria, nas florestas da Guiana Francesa, subindo o rio Maroni, partindo de St. Laurent. O endereço escrito foi guardado cuidadosamente no meu bolso com todos os números importantes da sede da Ordem em Caracas, onde as irmãs poderiam me dar indicações se eu não conseguisse encontrar o caminho sozinho. Gretchen já havia reservado uma passagem no voo da meia-noite para a primeira parte da sua volta à missão.

– De um modo ou de outro, preciso vê-lo outra vez! – disse ela com uma voz que me cortou o coração.

– Você verá, *ma chère* – falei –, prometo. Encontrarei a missão. Encontrarei você.

O voo foi um inferno. Tudo que fiz foi ficar ali sentado num verdadeiro estupor, esperando que o avião explodisse despedaçando meu corpo mortal. As enormes doses de gim-tônica em nada contribuíram para amenizar o medo, e quando eu conseguia libertar a mente por alguns momentos, era para pensar nas dificuldades que tinha de enfrentar. Meu apartamento de cobertura, por exemplo, estava cheio de roupas que não serviam. E eu costumava entrar por uma porta no telhado. Não tinha comigo a chave para a escada secreta. Na verdade, a chave estava no meu local de repouso noturno, debaixo do Cemitério Lafayette, uma câmara secreta à qual eu não poderia ter acesso com minha força mortal, pois havia várias portas que nem um bando de homens mortais conseguiria abrir.

E se o Ladrão de Corpos tivesse estado em Nova Orleans antes de mim? Se tivesse saqueado meu apartamento e roubado todo o dinheiro escondido nele? Pouco provável. Não, mas se tinha roubado todos os arquivos do meu pobre e infeliz agente de Nova York... Ah, é melhor pensar na explosão do avião. E havia também Louis. E se eu não o encontrasse? E se... Continuei com essas divagações por quase duas horas.

Finalmente fizemos nossa aterrissagem pesada, barulhenta e apavorante no meio de uma tempestade de proporções bíblicas. Apanhei Mojo, joguei fora a caixa de transporte e corajosamente o fiz entrar no táxi. E lá fomos nós no meio da tempestade furiosa, com o motorista mortal enfrentando todos os riscos possíveis e imagináveis, atirando Mojo nos meus braços e eu nos braços dele, por assim dizer, vezes sem conta.

Quase à meia-noite chegamos às ruas estreitas e ladeadas de árvores dos bairros residenciais, com uma chuva tão pesada e intensa que mal se podia ver as casas atrás das cercas de ferro. Assim que avistei a casa sinistra e abandonada da propriedade de Louis, no meio das árvores escuras, paguei o táxi, apanhei minha mala e eu e Mojo saímos para o aguaceiro.

Fazia frio, sim, bastante, mas não o frio intenso e cortante de Georgetown. Mesmo com aquela chuva gelada, a folhagem escura e exuberante das magnólias altas e dos carvalhos sempre verdes pareciam tornar o mundo mais alegre e suportável. Por outro lado, meus olhos mortais jamais tinham visto nada tão triste e solitário quanto a casa grande e maciça que ficava na frente da cabana secreta de Louis.

Por um momento quando, protegendo os olhos da chuva, olhei para as janelas escuras e vazias, um medo terrível me assaltou. Não morava ninguém naquele lugar, eu estava fora de mim e destinado a ficar com meu corpo mortal para sempre.

Mojo saltou comigo a cerca de ferro. E juntos atravessamos a relva alta, passamos pelas ruínas da velha varanda e chegamos ao jardim dos fundos molhado e cheio de mato. O ruído da chuva enchia a noite, trovejando nos meus ouvidos mortais, e quase chorei quando vi na minha frente a casa pequenina, entre as trepadeiras molhadas.

Chamei Louis num murmúrio cauteloso. Esperei. Não se ouvia nenhum som dentro da casa. Na verdade, ela parecia a ponto de desabar. Com passos lentos, cheguei à porta.

– Louis – repeti. – Louis, sou eu, Lestat.

Entrei cautelosamente na sala atulhada de objetos cobertos de pó. Eu não enxergava nada! Distinguia apenas o vulto da mesa, a brancura do papel e a vela com uma pequena caixa de fósforo ao lado.

Só após várias tentativas meus dedos trêmulos conseguiram acender o fósforo. Encostei a chama no pavio e a luz pequena e brilhante encheu a sala, cintilando na cadeira de veludo vermelho, que era minha, e nos outros objetos gastos e empoeirados.

Uma sensação de intenso alívio me invadiu. Eu estava ali! Quase salvo! E ainda são. Aquele era o meu mundo, aquele lugarzinho insuportável e em desordem! Louis ia chegar. Louis devia chegar logo. Louis estava chegando. Deixei-me cair na cadeira, exausto. Estendi o braço para afagar a cabeça e as orelhas de Mojo.

– Nós conseguimos, amigo. E logo vamos sair à procura daquele demônio. Descobriremos um modo de vencê-lo. – Eu tremia de frio e sentia de novo aquela terrível congestão no peito. – Meu Deus, não outra vez – falei, em voz alta. – Louis, pelo amor de Deus, venha logo! Onde quer que você esteja, volte agora. Preciso de você.

Eu ia tirar do bolso um dos muitos lenços de papel que Gretchen havia me dado quando percebi um vulto de pé à minha esquerda, a poucos centímetros do braço da poltrona, e a mão muito branca estendendo-se para mim. No mesmo instante, Mojo levantou-se de um salto e, rosnando ameaçadoramente, avançou para o vulto.

Tentei gritar, me identificar, mas antes mesmo de abrir a boca fui lançado ao chão, ensurdecido pelos latidos de Mojo, e senti a sola de um sapato de couro na garganta, quase a ponto de quebrar os ossos do meu pescoço.

Eu não conseguia falar nem me livrar daquele peso. Mojo soltou um grito estridente e depois se calou. Ouvi os sons surdos do seu corpo pesado caindo. Senti o peso dele sobre minhas pernas e comecei a me debater frenética e inutilmente, apavorado. Incapaz de pensar, eu tentava afastar o pé do meu pescoço, batia na perna forte, respirando com dificuldade, emitindo apenas gemidos roucos e inarticulados.

Louis, é Lestat. Estou neste corpo humano.

O pé apertava cada vez mais. Eu estava sendo estrangulado, meus ossos prestes a serem quebrados, e não podia dizer uma palavra para me salvar. Olhei para cima e, na penumbra, vi o rosto dele – o brilho tênue da carne branca que não parecia carne, os ossos perfeitamente simétricos e a mão delicada pairando no ar numa atitude de indecisão. Os olhos fundos verdes e incandescentes estavam fitos em mim sem o menor sinal de emoção.

Com todas as forças da minha alma gritei outra vez, mas Louis jamais fora capaz de adivinhar o pensamento de suas vítimas. Eu podia fazer isso, mas ele não! "Ah, Deus, me ajude, Gretchen, me ajude", minha alma bradava.

Quando o pé aumentou a pressão talvez pela última vez, desaparecida toda a indecisão, virei a cabeça para a direita, consegui inalar um pouco de ar e forçando a garganta disse uma única palavra com voz rouca, "Lestat", apontando para meu corpo com o indicador da mão direita.

Foi a última coisa que consegui fazer. Eu estava sufocando e tudo começou a ficar escuro. Uma onda de náusea subiu para a minha garganta e quando eu desisti de lutar, com uma agradável sensação de leveza na cabeça, a pressão cessou e rolei no chão, ergui um pouco o corpo, apoiado nas mãos, e comecei a tossir frenética e dolorosamente.

– Pelo amor de Deus! – exclamei, as palavras saindo entre os haustos de respiração ofegante. – Eu sou Lestat. Sou Lestat neste corpo! Não podia ter me dado a chance de falar? Você mata qualquer mortal infeliz que entra na sua casa? Onde estão as antigas leis da hospitalidade, seu cretino idiota? Por que diabo não põe grades de ferro na porta?

Fiquei de joelhos com dificuldade, e de repente a náusea me dominou. Vomitei um jato imundo de comida no chão empoeirado e recuei com nojo, olhando para ele.

– Você matou o cachorro, não matou? Seu monstro! – Cheguei perto do corpo inerte de Mojo. Mas ele não estava morto, apenas inconsciente, e senti as batidas do seu coração. – Graças a Deus. Se você tivesse feito isso, eu jamais, jamais, o perdoaria.

Com um gemido surdo Mojo moveu a perna esquerda, depois a direita. Encostei a mão na cabeça dele. Sim, estava voltando a si, ileso. Mas que experiência terrível! Meu corpo mortal chegar tão perto da morte justamente ali, na casa de Louis! Furioso outra vez, olhei para ele.

Louis estava imóvel, num silêncio atônito. O barulho da chuva, os sons escuros e cheios de vida da noite de inverno – tudo pareceu evaporar quando olhei para ele. Eu jamais o vira com olhos mortais. Nunca tinha visto aquela beleza pálida e fantasmagórica. Como os mortais podiam acreditar que Louis era humano quando passavam por ele? Ah, o rosto finamente cinzelado, e as mãos, sim, as mãos – como as das estátuas dos santos adquirindo vida nas cavernas sombrias. E que ausência completa de sentimentos naquele rosto, os olhos não mais janelas da alma, mas belas pedras preciosas refletindo a luz.

– Louis – falei. – O pior aconteceu. O pior. O Ladrão de Corpos realizou a troca. Mas roubou meu corpo e não pretende devolvê-lo.

Nada pareceu se mover nele enquanto eu falava. Na verdade, era uma figura tão sem vida e tão ameaçadora que eu de repente comecei a falar em francês, descrevendo todas as imagens e todos os detalhes dos quais podia me lembrar, esperando que me reconhecesse. Falei sobre nossa última conversa naquela casa e no breve encontro na catedral. Lembrei-me da sua advertência para que eu nunca mais me encontrasse com o Ladrão de Corpos. Confessei que não fui capaz de resistir à oferta e viajei para o norte, para aceitar a proposta.

Porém, não vi nenhum sinal de vitalidade naquele rosto impiedoso e, subitamente, me calei. Mojo tentava se levantar, gemendo de vez em quando. Abracei o pescoço peludo e me inclinei para ele, respirando com dificuldade, dizendo em voz baixa e calma que tudo estava bem, que estávamos salvos. Que nenhum mal iria lhe acontecer.

Louis olhou lentamente para o animal e outra vez para mim. Então, aos poucos, a linha da sua boca suavizou-se de leve. Estendeu o braço, segurou minha mão e me ajudou a ficar de pé – sem minha cooperação nem meu consentimento.

– Sim, é você mesmo – disse ele, num murmúrio áspero e profundo.

– Claro que sou eu. E você quase me matou, não está vendo? Quantas vezes vai tentar esse pequeno truque, antes que todos os relógios da Terra marquem o último segundo? Maldição, eu preciso da sua ajuda! E você tenta me matar. Agora, quer por favor fechar as venezianas que existem ainda nessas malditas janelas e acender o fogo nessa lareira miserável?

Instalei-me outra vez na cadeira de veludo vermelho, tentando recobrar o ritmo da respiração, e ouvi um ruído estranho de animal bebendo. Ergui os olhos. Louis continuava imóvel, olhando para mim como se eu fosse um monstro. Mas Mojo lenta e pacientemente devorava todo o vômito espalhado no chão.

Deixei escapar uma risada nervosa que quase se transformou em riso histérico.

– Por favor, Louis, o fogo. Acenda o fogo – falei. – Estou congelando neste corpo mortal! Mexa-se!

– Bom Deus – murmurou ele. – O que você fez agora?

18

Meu relógio de pulso marcava duas horas da manhã. A chuva atrás das duas portas e das venezianas quebradas estava mais fraca e eu, enrodilhado na cadeira de veludo vermelho, aproveitava o calor do fogo na lareira de tijolos. Estava outra vez com arrepios e com aquela tosse seca e dolorosa. Porém, o momento de me ver livre de tudo aquilo estava próximo.

Eu tinha contado tudo.

Num acesso de sinceridade mortal, descrevi cada experiência medonha e espantosa, desde minha conversa com James Raglan até a triste despedida de Gretchen. Contei até os meus sonhos com Claudia no pequeno hospital, num passado tão distante, nossa conversa na sala de estar do hotel do século XVIII, e falei no terrível sentimento de solidão que me invadiu ao fazer amor com Gretchen, porque eu sabia que, no íntimo, ela acreditava que eu estivesse delirando e só por isso me amou. Para ela eu não passava de uma espécie de beato insano, nada mais.

Tudo estava terminado. Eu não tinha ideia de onde poderia encontrar o Ladrão de Corpos. Mas precisava encontrá-lo. E só podia fazer isso quando voltasse a ser vampiro, quando aquele corpo alto e forte fosse alimentado com sangue sobrenatural.

Por mais fraco que fosse o sangue que Louis podia me dar, ainda assim eu ficaria vinte vezes mais forte do que estava naquele momento e talvez capaz de pedir a ajuda dos outros, pois não tinha ideia de que espécie de vampiro recém-nascido ia me tornar. Uma vez o sangue transformado, sem dúvida eu teria uma voz telepática. Podia pedir ajuda a Marius, ou chamar Armand, até, quem sabe, Gabrielle – ah, sim, minha amada Gabrielle –, pois ela não seria mais criação minha e conseguiria me ouvir, o que, no plano normal das coisas – se é que podemos usar essa expressão –, não era possível.

Louis continuava sentado à mesa, na mesma posição em que, ignorando as rajadas de vento, é claro, e a chuva que batia nas venezianas quebradas das janelas, ouvira minha história, observando com uma expressão de piedade e de espanto meus passos agitados pela sala enquanto eu falava.

– Não me julgue pela minha idiotice – implorei. Contei outra vez meu sofrimento em Gobi, minha conversa estranha com David e sua visão no café de Paris. – Eu estava desesperado quando fiz isto. Você sabe por que eu fiz. Não preciso dizer. Mas, agora, tem de ser desfeito.

Eu tossia sem parar e assoava o nariz com aqueles horríveis lenços de papel.

– Não pode imaginar como é revoltante estar neste corpo – concluí. – Agora, por favor, faça depressa, com sua maior arte. Há cem anos você o fez pela última vez. Graças a Deus por isso. O poder não se dissipou. Estou pronto agora. Não precisamos de nenhum preparativo. Quando eu recuperar a minha forma, eu o empurro para dentro deste corpo e o transformo em cinzas.

Louis não disse nada.

Levantei-me e comecei a andar outra vez de um lado para outro, agora para me aquecer e para acalmar a terrível apreensão que começava a me dominar. Afinal de contas, eu estava prestes a morrer para renascer novamente, como tinha acontecido há mais de duzentos anos. Ah, mas não ia sentir dor... somente um profundo desconforto que não era nada comparado à dor que estava sentindo no peito, ou ao frio nos meus dedos, nos meus pés.

– Louis, pelo amor de Deus, seja rápido – falei. Parei de andar e olhei para ele. – O que é? Qual é o problema?

Com voz muito baixa e insegura, ele respondeu:

– Não posso fazer isso.

– O quê?!

Olhei para ele tentando adivinhar o que queria dizer, qual a dúvida que poderia ter, qual a possível dificuldade que teríamos de resolver. Pude perceber então a apavorante mudança em seu rosto fino – toda a maciez havia desaparecido, substituída por uma máscara de dor. Mais uma vez compreendi que eu o estava vendo como os seres humanos o viam. Uma leve sombra vermelha embaçava os olhos verdes. Todo seu corpo, aparentemente tão sólido e poderoso, tremia.

– Não posso fazer isso, Lestat – repetiu ele, e toda sua alma parecia ter saído com as palavras. – Não posso ajudá-lo!

– Em nome de Deus, o que está dizendo?! – gritei furioso. – Eu o criei. Você existe esta noite graças a mim! Você me ama, você mesmo disse. É claro que vai me ajudar.

Avancei para ele e bati com as mãos na mesa.

– Louis, responda! Por que diz que não pode me ajudar?

– Ah, não o culpo pelo que fez. Não mesmo. Mas não vê o que aconteceu? Lestat, você conseguiu. Você renasceu como um homem mortal.

– Louis, não é hora para sentimentalismos sobre a transformação. Não atire minhas palavras contra mim! Eu estava errado.

– Não, não estava.

– O que está querendo dizer!? Louis, estamos perdendo tempo. Preciso procurar aquele monstro! Ele está com o meu corpo.

– Lestat, os outros se encarregarão dele. Talvez já o tenham feito.

– Já tenham feito! O que quer dizer com isso?

– Pensa que eles não sabem o que aconteceu? – Louis estava extremamente triste, e zangado também. Era notável como a expressão humana aparecia e desaparecia do seu rosto enquanto falava. – Como uma coisa dessa poderia acontecer sem que eles soubessem? – disse, como se estivesse suplicando para que eu entendesse. – Você disse que esse Raglan James é um feiticeiro. Mas nenhum feiticeiro pode se esconder completamente de criaturas poderosas como Maharet ou sua irmã, tão poderosas quanto Khayman e Marius, ou mesmo Armand. E é um feiticeiro desajeitado, para matar seu agente mortal de modo tão cruel e violento. – Balançou a cabeça e tapou a boca com as mãos. – Lestat, eles sabem! Têm de saber. E é possível que seu corpo já tenha sido destruído.

– Eles não fariam isso.

– Por que não? Você entregou a Raglan um instrumento de destruição...

– Mas ele não sabia como usá-lo! Foi só por trinta e seis horas de tempo mortal! Louis, seja como for, precisa me dar o sangue. Faça seu sermão depois. Faça o Truque Negro e encontrarei resposta para todas essas perguntas. Estamos desperdiçando minutos preciosos, horas.

– Não, Lestat, não estamos. É isso que quero dizer! O que deve nos preocupar não é o Ladrão de Corpos ou o corpo que ele roubou, mas o que está acontecendo com você, com sua alma, nesse corpo, neste momento.

– Está bem. Seja como você quiser. Agora, faça deste corpo um vampiro, já!

– Não posso. Ou para ser mais exato, não quero.

Lancei-me sobre ele. Não pude evitar. E agarrei as lapelas do seu miserável casaco preto e velho. Puxei Louis, pronto para rasga-lo e tirá-lo da cadeira, mas ele continuou imóvel, olhando calma e tristemente para mim. Com fúria impotente eu o larguei e fiquei parado, tentando acalmar a confusão na minha mente.

– Você não pode estar falando sério – implorei, batendo as mãos fechadas na mesa, na frente dele. – Como pode me negar isso?

– Vai deixar que eu o ame agora? – perguntou, a voz outra vez repleta de emoção, o rosto ainda profunda e tragicamente triste. – Eu não faria isso por maior que fosse seu sofrimento, por mais que implorasse, a despeito da ladainha de tudo que aconteceu. Não faria porque de modo nenhum, que Deus me ajude, eu criaria outro igual a nós. Mas você não me contou nenhum grande sofrimento! Não descreveu nenhuma série de desastres terríveis! – Balançou a cabeça, como se não pudesse continuar, e depois disse: – Você triunfou nisto de um jeito que só você poderia.

– Não, não, não está compreendendo...

– Ah, sim, estou. Será que preciso arrastá-lo para a frente do espelho? – Levantou-se lentamente da cadeira e olhou nos meus olhos. – Preciso obrigá-lo a sentar e a estudar as lições que ouvi dos seus lábios? Lestat, você realizou seu sonho! Não percebe? Você conseguiu. Renasceu como um homem mortal. Um belo e forte homem mortal!

– Não – falei. Recuei, afastando-me dele, balancei a cabeça e ergui as mãos em súplica. – Você não entende. Não sabe o que está dizendo. Odeio este corpo! Detesto ser humano. Louis, se existe um pouco de compaixão em você, esqueça essas ilusões e ouça o que estou dizendo!

– Já ouvi. Ouvi tudo. Por que você não pode ouvir? Lestat, você venceu. Está livre do pesadelo. Está vivo outra vez.

– Estou péssimo! – exclamei – Péssimo! Deus do céu, o que preciso fazer para convencê-lo?

– Não pode fazer nada. Você é que precisa ser convencido. Quanto tempo viveu nesse corpo? Três, quatro dias? Fala de desconfortos como se fossem aflições letais, fala dos limites físicos como se fossem restrições malignas e punitivas. Porém, com todas as suas queixas, você mesmo me disse que não devo fazer o que me pede! Você mesmo me implorou para recusar seu pedido! Lestat, por que me contou a história de David Talbot e sua obsessão com Deus e o Diabo? Por que me contou tudo que a freira Gretchen lhe disse? Por que descreveu o pequeno hospital do seu sonho febril? Ah, eu sei que não foi Claudia que esteve com você. Não estou dizendo que foi Deus quem pôs essa mulher, Gretchen, no seu caminho. Mas você a ama. Você admitiu que a ama. Ela está esperando por você. Pode guiar você através das dores e inconveniências da vida mortal...

– Não, Louis, você interpretou mal. Não quero que ela me guie. Não quero esta vida mortal!

– Lestat, não vê a oportunidade que recebeu? Não vê o caminho aberto para você e a luz lá na frente?

– Vou perder a cabeça se não parar de dizer essas coisas...

– Lestat, o que qualquer um de nós pode fazer para se redimir? E quem era mais obcecado por esse problema do que você?

– Não! Não! – Levantei os braços cruzando-os e descruzando-os no ar, como se estivesse tentando afastar aquele amontoado de filosofia barata que ele despejava em cima de mim. – Não! Estou dizendo, isto é falso. É a pior das mentiras.

Louis virou para o outro lado e avancei para ele outra vez, descontrolado, pronto para sacudi-lo pelos ombros, mas com um gesto rápido demais para meus olhos, ele me atirou de costas contra a cadeira.

Atordoado, com uma torção dolorosa no tornozelo, caí sobre as almofadas e bati com a mão direita fechada na palma esquerda.

– Ah, não, nada de sermões, não agora. – Eu estava quase chorando. – Nada de banalidades nem recomendações piegas.

– Volte para ela – disse ele.

– Você perdeu o juízo!

– Imagine – continuou ele, como se eu não tivesse falado, de costas para mim, olhando talvez para a janela, a voz quase inaudível, o vulto escuro recortado contra a cortina prateada de chuva. – Todos os anos de desejo inumano, de alimentação sinistra e implacável. E você renasceu.

E lá, naquele pequeno hospital na floresta, pode talvez salvar uma vida humana para cada uma que tirou. Ah, que maravilhosos anjos da guarda o protegem. Por que são tão misericordiosos? E você vem a mim pedir para trazê-lo de volta a este horror, embora afirmando, a cada palavra, o esplendor de tudo que sofreu, de tudo que viu.

– Abri minha alma e você usa isso contra mim!

– Ah, não, Lestat. Procuro fazer com que você olhe para dentro dela. Você está me implorando para mandá-lo de volta para Gretchen. Serei eu o único anjo da guarda? Serei eu o único capaz de confirmar esse destino?

– Seu bastardo miserável, filho da mãe! Se não me der o sangue...

Louis virou outra vez para mim. Seu rosto era uma estátua de mármore no escuro, olhos enormes e horrivelmente estranhos na sua beleza.

– Não vou fazer isso. Nem agora, nem amanhã, nem nunca. Volte para ela, Lestat. Viva essa vida mortal.

– Como se atreve a fazer a escolha por mim!? – Fiquei de pé outra vez e comecei a implorar com voz quase chorosa.

– Não me procure mais – disse ele, pacientemente. – Se voltar, vou machucá-lo. E não quero fazer isso.

– Ah, você me matou! Foi isso que fez. Pensa que acredito nas suas mentiras? Você me condenou a este corpo putrefato, malcheiroso, cheio de dores, foi isso que você fez! Pensa que não sei o ódio que vive no seu coração, pensa que não reconheço o rosto da vingança? Pelo amor de Deus, diga a verdade!

– Não é verdade. Eu te amo. Mas você está absorto em impaciência e atormentado por pequenas dores e pequenos desconfortos. Jamais me perdoará se eu roubar de você esse destino. Apenas vai precisar de algum tempo para compreender o que estou fazendo.

– Não, não, por favor. – Aproximei-me dele, mas dessa vez sem ira. Apoiei a mão no seu ombro e senti a fragrância da poeira e do túmulo nas suas roupas. Senhor Deus, o que havia na nossa pele para atrair a luz de modo tão belo? E os nossos olhos. Ah, a expressão nos olhos dele! – Louis, quero que você me possua. Por favor, faça o que estou pedindo. Deixe a interpretação da história por minha conta. Quero que me possua, Louis, olhe para mim. – Segurei a mão fria e sem vida e a encostei no meu rosto. – Sinta o sangue em mim, sinta o calor. Você me quer, Louis, sabe disso. Você me quer, me quer em seu poder como eu o tive em meu poder há muito,

muito tempo. Serei sua criação, seu filho, Louis. Por favor, faça isso. Não me obrigue a pedir de joelhos.

Senti a mudança nele, o olhar predatório. Mas o que podia ser mais forte do que sua sede? Sua vontade.

– Não, Lestat – murmurou ele. – Não posso. Mesmo que eu esteja errado e você esteja certo, e todas as suas metáforas nada signifiquem, não posso fazer isso.

Eu o tomei nos braços, ah, tão frio, tão esquivo, aquele monstro que eu havia feito de carne humana. Encostei os lábios no rosto dele, tremendo, e abracei seu pescoço.

Louis não se afastou. Não tinha forças para tanto. Senti o arfar silencioso do seu peito contra o meu.

– Faça o que estou pedindo, por favor, bela criatura – murmurei no seu ouvido. – Leve este calor para as suas veias e devolva-me o poder que eu lhe dei um dia. – Beijei a boca fria e sem cor. – Dê-me o futuro, Louis. Dê-me a eternidade. Tire-me desta cruz.

Com o canto dos olhos vi a mão dele se erguer. Então senti os dedos macios no meu rosto. Depois acariciando meu pescoço.

– Não posso, Lestat.

– Pode sim, sabe que pode – murmurei, beijando a orelha dele, contendo as lágrimas, abraçando sua cintura com o braço esquerdo. – Ah, não me deixe neste sofrimento, não faça isso.

– Não peça mais – disse ele, tristemente. – É inútil. Vou partir agora. Não me verá nunca mais.

– Louis! – Segurei-o com força. – Não pode me rejeitar!

– Ah, posso sim e estou rejeitando.

Senti que ele ficou rígido, tentando se livrar sem me machucar. Segurei com mais força, sem recuar.

– Não me encontrará mais aqui. Mas sabe onde encontrá-la. Ela está esperando por você. Não compreende a sua vitória? Mortal outra vez e tão jovem, tão jovem. Mortal outra vez e tão belo, tão belo. Mortal outra vez, com todo seu conhecimento e a mesma vontade indomável.

Com firmeza e facilidade, afastou meus braços e me empurrou para trás, fechando a mão sobre a minha e mantendo-me a distância.

– Adeus, Lestat – disse ele. – Talvez os outros o procurem. Depois de algum tempo, quando acharem que já pagou o bastante.

Com um último grito de desespero, tentei soltar minhas mãos, pois sabia muito bem o que ele ia fazer.

Mas com um lampejo sem luz Louis desapareceu, deixando-me deitado no chão.

A vela estava apagada, caída sobre a mesa. Só a luz do fogo iluminava a sala. A porta estava aberta e a chuva caía, fina e silenciosa, mas firme. E compreendi que estava completamente só.

Eu tinha caído para o lado, estendendo as mãos para aliviar a queda. Levantei e chamei por ele, rezando para que pudesse me ouvir, por mais distante que estivesse.

– Louis, ajude-me. Não quero ser vivo. Não quero ser mortal! Louis, não me deixe aqui! Não vou aguentar! Não quero! Não quero salvar a minha alma!

Não sei quantas vezes repeti essas palavras. Finalmente, fiquei cansado demais para continuar. O som daquela voz mortal carregada de desespero feria meus ouvidos.

Sentei no chão, com uma perna dobrada sob o corpo e o cotovelo apoiado no joelho, os dedos no cabelo. Mojo aproximou-se temeroso e sentou ao meu lado. Encostei a testa no pelo macio.

O fogo estava quase apagado. A chuva sibilava e suspirava, aumentando de intensidade, mas caindo diretamente do céu, sem nenhum sinal do vento odioso.

Finalmente levantei a cabeça e olhei aquela sala tristonha e desarrumada, o amontoado de livros e estátuas velhas, poeira e sujeira por toda a parte e as pequenas brasas na lareira. Como estava cansado, desgastado por minha fúria, muito perto do desespero.

Alguma vez, em todo meu sofrimento, me sentira assim completamente sem esperança?

Meus olhos moveram-se preguiçosos para a porta aberta, e eu ouvi o zumbido suave da chuva e vi a escuridão ameaçadora lá fora. Sim, sair para a noite, você e Mojo, que provavelmente vai gostar tanto quanto gosta da neve. Você precisa enfrentar essa chuva. Precisa sair desta casa abismal e encontrar um abrigo confortável onde possa descansar.

Minha cobertura. Devia haver um meio de entrar nela. Certamente... devia haver algum meio. E o sol ia nascer dentro de poucas horas. Ah, esta minha bela cidade, sob a luz quente do sol.

Pelo amor de Deus, não comece a chorar outra vez. Você precisa descansar e pensar.

Mas, antes de partir, por que não põe fogo nesta casa? Deixe só a grande mansão vitoriana. Ele não a ama. Mas queime o seu barracão!

Apesar das lágrimas que enchiam ainda meus olhos, senti que meus lábios se curvavam num sorriso irresistível e maligno.

Sim, queime completamente! Ele merece isso. E é claro que levou com ele tudo que escreveu, sim, é claro, mas todos os livros vão subir aos céus como fumaça! Exatamente o que ele merece.

Apanhei os quadros – um delicioso Monet, dois pequenos Picassos e um painel a têmpera vermelho-rubi do período medieval, todos danificados pelo tempo, é claro –, corri com eles para a mansão vitoriana e os guardei num canto escuro que me pareceu seguro e seco.

Voltei para a cabana e aproximei a vela do que sobrava do fogo. Imediatamente as cinzas explodiram com pequenas fagulhas cor de laranja e as fagulhas incendiaram o pavio.

– Ah, você merece isso, bastardo traidor e ingrato – murmurei furioso, aproximando a chama da vela dos livros empilhados contra a parede, soltando cuidadosamente as páginas para queimarem mais depressa. Depois pus fogo num casaco velho atirado numa cadeira que se incendiou como palha, nas almofadas de veludo vermelho da cadeira que era minha. Ah, sim, queime tudo, tudo!

Espalhei com o pé uma pilha de revistas emboloradas que estava sob a mesa, queimei e as joguei para os quatro cantos da casa como brasas incandescentes.

Mojo foi se afastando das pequenas fogueiras e finalmente saiu para a chuva e ficou me vigiando de longe, pela porta aberta.

Ah, mas estava demorando muito. E Louis tinha uma gaveta cheia de velas. Como eu podia ter esquecido – este maldito cérebro mortal! Eu as tirei da gaveta, umas vinte, mais ou menos, e comecei a acender a cera, sem me importar com o pavio, atirando-as na cadeira de veludo para intensificar o calor. Joguei outras nas pilhas de lixo e despejei livros em chamas nas venezianas molhadas, nos fragmentos de cortina esquecidos e espalhados. Chutei as paredes abrindo buracos e atirei as velas em chamas nos velhos lambris, que estavam secos como pavios, depois ateei fogo aos tapetes puídos, empurrando-os com o pé para permitir a entrada do ar.

Em poucos minutos toda a casa ardia em chamas furiosas, mas a cadeira vermelha e a mesa eram as maiores fogueiras. Corri para fora, para a chuva, e vi o fogo devorando as tábuas escuras e quebradas.

Uma fumaça úmida e horrenda subiu quando o fogo atingiu as venezianas molhadas, saiu em espiral pelas janelas em direção à massa de trepadeiras. Ah, maldita chuva! Mas, então, quando o fogo da cadeira e da mesa cresceu de intensidade e luz, a casa toda explodiu em chamas cor de laranja! As venezianas voaram para dentro da noite e um grande buraco se abriu no teto.

– Sim, queime, queime! – gritei, com a chuva batendo com violência no meu rosto, nas minhas pálpebras. Eu estava quase pulando de alegria. Mojo recuou na direção da casa vitoriana, de cabeça baixa. – Queime, queime! – exclamei. – Louis, eu queria era queimar você! Com que prazer o queimaria! Se soubesse ao menos onde você se esconde de dia!

Comecei a chorar e a gritar.

– Como pôde fazer isso comigo? Eu o amaldiçoo! – E chorando lastimosamente, ajoelhei na terra molhada.

Sentei sobre os calcanhares, com as mãos cruzadas na frente do corpo, derrotado e miserável, olhando para o grande incêndio. Luzes começaram a acender nas casas distantes. Ouvi a sirene dos bombeiros. Precisava ir embora.

Mas continuei ali ajoelhado, quase num estupor. Então Mojo me alertou com um rosnado surdo e ameaçador. Percebi que ele estava ao meu lado, encostando o pelo molhado no meu rosto e olhando para a casa em chamas.

Fiz um movimento para segurar sua coleira e sair dali quando vi a causa do alarme. Não era nenhum mortal. Mas um vulto espectral e muito branco, imóvel como uma estátua, ao lado da casa em chamas, sinistramente iluminado pela luz do fogo.

Mesmo com meus fracos olhos mortais vi que era Marius! E vi a expressão de fúria no seu rosto e tive certeza de que ele queria que eu visse.

Meus lábios se abriram, mas a voz morreu na minha garganta. Tudo que fiz foi estender os braços para ele, enviando do fundo do coração uma prece silenciosa pedindo misericórdia e ajuda.

Mojo rosnou outra vez e parecia pronto para o ataque.

E enquanto eu olhava indefeso, tremendo incontrolavelmente, o vulto fez meia-volta e, com um último olhar irado e de desprezo, desapareceu.

Só então voltei a mim e gritei seu nome.

– Marius! – Fiquei de pé e chamei com voz cada vez mais alta. – Marius, não me deixe aqui. Ajude-me! – Ergui os braços para o céu. – Marius – rugi.

Mas era inútil e eu sabia.

Fiquei ali parado com a chuva encharcando meu casaco e meus sapatos. Meu cabelo estava molhado, grudado na cabeça, e agora não importava mais que eu estivesse chorando, pois a chuva lavaria minhas lágrimas.

– Você pensa que estou derrotado – murmurei. Eu não precisava gritar para ele. – Pensa que já fez seu julgamento e que isso é o fim de tudo. Ah, você pensa que é simples assim? Pois está enganado. Eu jamais me vingarei deste momento. Mas vai me ver outra vez. Vai me ver outra vez.

Abaixei a cabeça.

A noite estava cheia de vozes mortais, do som de pés correndo. Um motor barulhento parou na esquina distante. Eu precisava forçar aquelas pernas miseráveis a sair dali.

Fiz um sinal para Mojo me seguir e passamos pelas ruínas da pequena casa, que ainda queimava alegremente, saltamos o muro baixo do jardim, seguimos por uma passagem cheia de mato e fomos embora.

Só mais tarde compreendi como estivera perto de ser capturado – o incendiário mortal e seu cão ameaçador.

Mas como podia me importar com isso? Louis me rejeitara, Marius também – Marius, que podia encontrar meu corpo sobrenatural antes de mim e destruí-lo sumariamente. Marius, que talvez já o tivesse destruído, deixando-me para sempre dentro daquela estrutura mortal.

Ah, se algum dia eu havia sofrido tanto na minha juventude mortal, eu não era capaz de lembrar. Mas, mesmo que lembrasse, não me serviria de consolo naquele momento. Quanto ao medo que sentia, era indescritível! Estava além dos limites da razão. Minha mente funcionava em círculos, numa confusão de esperanças e de planos.

"Preciso encontrar o Ladrão de Corpos, tenho de encontrá-lo, e você precisa me dar algum tempo, Marius. Se não quer me ajudar, pelo menos me deve isso."

Repeti isso várias vezes como Ave-Marias de um rosário, caminhando na chuva inclemente.

Uma ou duas vezes cheguei a gritar minha prece para a noite, debaixo de um grande carvalho, tentando ver a luz do nascer do dia no céu escuro e molhado.

Quem no mundo me ajudaria?

David era minha única esperança, embora eu nem imaginasse o que ele poderia fazer por mim. David! E se ele também me desse as costas?

19

Quando o sol nasceu, eu estava sentado no Café du Monde, pensando no melhor modo de entrar na minha cobertura. Esse pequeno problema impedia que eu perdesse a cabeça. Seria esse o segredo da sobrevivência dos mortais? *Ummm*. Como eu poderia arrombar meu luxuoso apartamento? Eu mesmo havia reforçado a entrada pelo jardim do telhado com um portão de ferro intransponível. Eu mesmo instalei várias fechaduras complexas nas portas do apartamento. As janelas tinham barras de ferro para evitar a intrusão de mortais, embora eu nunca tenha pensado em como um mortal chegaria até elas.

Ah, muito bem, tenho de passar pela porta. Posso inventar um ardil para os moradores do prédio – todos inquilinos do francês louro Lestat de Lioncourt, que os trata muito bem, devo acrescentar. Preciso convencê-los de que sou um primo francês do proprietário, enviado por ele para tomar conta do apartamento durante sua ausência, e que devem me deixar entrar. Nem que tenha de usar um pé de cabra! Ou um machado. Ou uma serra elétrica. Uma questão de técnica, como dizem nestes tempos. Eu preciso entrar.

E então, o que vou fazer? Apanhar uma faca de cozinha – pois apartamentos têm dessas coisas, embora Deus saiba que eu não preciso de cozinha – e cortar minha garganta mortal?

Não. Telefone para David. Você não tem mais ninguém no mundo para apelar e ah, pense nas coisas horríveis que David vai dizer!

Quando eu parava de pensar nessas coisas, mergulhava outra vez no desespero esmagador.

Eles me rejeitaram. Marius. Louis. Na minha pior tormenta, eles me recusaram ajuda. Ah, eu tinha zombado de Marius, é verdade. Recusei sua sabedoria, sua companhia, suas regras.

Ah, sim, eu pedi por isso, como dizem os mortais. E tinha feito uma coisa desprezível, deixar aquele Ladrão de Corpos escapar com os meus poderes. Certo. Outra vez culpado de tolices e experiências espetaculares. Mas alguma vez cheguei a imaginar como me sentiria ao ser destituído dos meus poderes e passar para o lado de fora, olhando para dentro? Os outros sabiam, deviam saber. E deixaram que Marius viesse para me julgar e me fazer saber que eu estava expulso!

Mas Louis, meu belo Louis, como *pôde* me rejeitar? Eu seria capaz de desafiar o céu para ajudá-lo! Eu estava contando com ele, certo de que naquela mesma noite o velho e poderoso sangue estaria correndo nas minhas veias.

Ah, Senhor Deus. Eu não era mais um deles. Eu não era nada, apenas um homem mortal, sentado no calor úmido de um bar, tomando café – ah, sim, café saboroso, é claro – e mastigando umas rosquinhas açucaradas, sem nenhuma esperança de recuperar meu glorioso lugar no tenebroso Elohim.

Ah, como eu os odiava. Como desejava lhes fazer mal! Mas quem era o culpado de tudo? Lestat – agora com um metro e noventa de altura, olhos castanhos, pele marrom-clara, belos cabelos castanhos e ondulados. Lestat, com braços musculosos e pernas fortes, e outro grave resfriado mortal enfraquecendo-o e atormentando. Lestat, com seu cão fiel, Mojo, procurando descobrir um meio de apanhar o demônio que tinha fugido, não com sua alma, como de hábito, mas com seu corpo, um corpo que talvez eles já tivessem – é melhor nem pensar – destruído.

A razão me dizia que era cedo demais para traçar um plano definitivo. Além disso, nunca me interessei muito por vinganças. A vingança é uma preocupação dos derrotados. Eu não estou derrotado, tentei me convencer. Não, não estou derrotado. E é muito mais interessante imaginar a vitória do que a vingança.

Ah, é melhor pensar em coisas menores que podem ser mudadas. David tem de me ouvir, pelo menos me aconselhar! Porém, o que mais ele pode fazer, mesmo que não me dê as costas? Como dois homens mortais poderiam perseguir aquela criatura desprezível? Ahhh...

E Mojo estava com fome, olhando para mim com aqueles olhos grandes e escuros. Ah, como todos no bar olhavam para ele, procurando manter distância daquela criatura ameaçadora e peluda, com focinho preto, orelhas macias e rosadas e patas enormes. Sim, eu precisava alimentar Mojo. Afinal, o chavão era verdade. Aquele monte de carne canina era meu único e fiel amigo!

Satã teria um cão quando foi atirado para o inferno? Bem, se o tivesse, tenho certeza de que o cão o seguiria.

– O que devo fazer, Mojo? – perguntei. – Como é que um mero mortal pode apanhar o vampiro Lestat? Ou será que os anciãos reduziram a cinzas meu belo corpo? Seria esse o significado da visita de Marius? Comunicar que já estava tudo acabado? Ah, Deus. O que é mesmo que a bruxa diz naquele filme horrível? Como você pode fazer isso com a minha bela malignidade. Aaah, estou com febre outra vez, Mojo. As coisas vão se resolver sem nossa intervenção. EU VOU MORRER!

Mas Deus do céu, veja o sol batendo silenciosamente nas calçadas sujas, veja a minha pobre e encantadora Nova Orleans acordando para a bela luz do Caribe.

– Vamos, Mojo. Hora de arrombar e entrar. Então podemos nos aquecer e descansar.

Parei no restaurante na frente do velho French Market e comprei ossos e carne para Mojo. Devia ser o suficiente. A bondosa garçonete encheu uma sacola com restos da noite anterior, garantindo que o cão ia gostar muito! E eu? Será que queria tomar alguma coisa? Não estava com fome naquela bela manhã?

– Mais tarde, meu bem.

Dei a ela uma nota que me pareceu mais do que suficiente. Eu era rico ainda, se é que isso podia servir de consolo. Pelo menos era o que eu pensava. Só teria certeza quando pudesse verificar no computador as atividades daquele ladrão nojento.

Mojo comeu na sarjeta sem se queixar. Um cão e tanto. Por que eu não nasci cachorro?

Muito bem, agora, onde diabos ficava meu apartamento? Tive de parar para pensar e depois andei dois quarteirões na direção errada, voltei e encontrei, sentindo-me cada vez mais gelado, embora o céu estivesse azul e o sol muito brilhante àquela hora. Eu nunca havia entrado no prédio pela porta da frente.

Entrar no prédio foi muito fácil. Foi bastante simples forçar, abrir e fechar com uma batida a porta da rua Dumaine. Ah, mas aquele portão, pensei, arrastando minhas pernas pesadas escada acima, Mojo esperando bondosamente por mim no patamar de cada andar.

Finalmente eu vi as grades do portão e a adorável luz do sol que entrava pelo jardim do telhado, esparramando-se no poço da escada, as grandes palmeiras verdes ondulando com apenas as pontas queimadas pelo frio.

Essa fechadura... Como vou abrir? Eu estava prestes a decidir quais as ferramentas de que iria precisar – que tal uma pequena bomba? – quando me dei conta de que estava olhando para a porta do meu apartamento, a uns quinze metros do portão, e de que ela estava aberta.

– Ah, Deus, o miserável esteve aqui! – murmurei. – Maldito seja! Mojo, ele assaltou meu refúgio.

É claro que isso podia ser um bom sinal. O bandido ainda estava vivo. Os outros não tinham acabado com ele. E eu ainda podia apanhá-lo! Mas como? Chutei o portão e uma dor aguda subiu do pé para a perna.

Então segurei as grades e sacudi desesperadamente, mas o portão estava muito firme, exatamente como eu pretendia que ficasse quando o desenhei! Um espectro fraco como Louis não poderia arrombar aquele portão, muito menos um mortal. Evidentemente o demônio nem precisou se importar com ele, entrando pelo telhado, como eu fazia.

Muito bem, pare com isso. Trate de arranjar algumas ferramentas agora mesmo e vamos ver o que aquele demônio fez lá dentro.

Voltei-me para a escada, mas, nesse momento, Mojo, em posição de alerta, rosnou ameaçadoramente. Alguém se movia dentro do apartamento. Vi uma sombra vaga refletida na parede do hall.

Não o Ladrão de Corpos, graças a Deus isso era impossível. Mas quem?

A resposta não demorou. David apareceu! Meu belo David, com um terno escuro de *tweed*, casaco elegante e olhando para mim com aquela expressão característica de curiosidade vigilante, na outra extremidade da passagem do jardim. Acho que nunca senti tanta satisfação com a presença de um ser humano em toda a minha vida amaldiçoada.

Eu pronunciei seu nome imediatamente. Depois, disse-lhe, em francês, que era eu, Lestat. Por favor, abra o portão.

David não respondeu de imediato. Na verdade, mais do que nunca ele me pareceu o cavalheiro britânico, digno, seguro, elegante, olhando para mim, o rosto fino e enrugado registrando apenas espanto silencioso. David olhou para Mojo. Depois para mim, outra vez. Novamente para o cão.

– David, sou Lestat, eu juro! – exclamei em inglês. – Este é o corpo do mecânico! Lembra-se da fotografia? James fez isso, David. Estou preso neste corpo. O que posso dizer para que acredite em mim? David, deixe-me entrar.

Por um momento ele ficou imóvel. Então, de repente, adiantou-se com passos rápidos e parou na frente do portão com o rosto inexpressivo.

Eu estava quase desmaiando de felicidade. Agarrei as grades com as duas mãos, como se estivesse na prisão, e então percebi que estava olhando diretamente nos olhos dele – que pela primeira vez éramos da mesma altura.

– David, não imagina como estou feliz em vê-lo – falei, agora novamente em francês. – Como foi que você entrou? David, sou Lestat. Sou eu. Certamente acredita em mim. Você reconhece a minha voz, David. Deus e o Diabo no café de Paris! Quem mais sabe disso além de mim?

Mas não foi à minha voz que ele respondeu. Olhava nos meus olhos e parecia ouvir sons distantes. Então, bruscamente, mudou de atitude e eu vi os sinais de reconhecimento no seu rosto.

– Ah, graças aos céus – disse ele, com um pequeno e cortês suspiro britânico.

Tirou do bolso uma pequena caixa, abriu, apanhou uma peça fina de metal que inseriu na fechadura. Eu sabia o suficiente do mundo para adivinhar que era um instrumento usado por ladrões. David abriu o portão para mim e depois os braços.

Foi um abraço longo e silencioso, e eu lutei bravamente para conter as lágrimas. Raramente, em todo o tempo em que nos conhecíamos, eu havia tocado aquele ser humano. Foi um momento carregado de emoção que me pegou desprevenido. Lembrei-me do calor sonolento do abraço de Gretchen. Senti-me seguro. E por um momento, talvez, não me senti tão só.

Mas eu não tinha tempo para desfrutar daquele consolo.

Afastei-me com relutância e notei outra vez como David me parecia esplêndido. Na verdade, foi uma impressão tão profunda que cheguei a acreditar que eu era tão jovem quanto o corpo que habitava. Eu precisava tanto dele.

Todos os pequenos sinais da idade que eu via em seu rosto com meus olhos de vampiro haviam desaparecido. As linhas profundas do rosto pareciam parte da sua personalidade forte, bem como a luz tranquila dos olhos. David parecia tão vigoroso ali de pé, vestido de maneira elegante, a corrente de ouro do relógio brilhando sobre o colete de *tweed* – tão decididamente sólido, capaz e sério.

– Você sabe o que o miserável fez – falei. – Ele me enganou e me abandonou. E os outros também me abandonaram. Louis, Marius. Eles me deram as costas. Estou atolado neste corpo, meu amigo. Venha, preciso verificar se o monstro invadiu minha casa.

Corri para a porta do apartamento, quase sem ouvir a afirmação de David de que tudo estava intacto.

David estava certo. O demônio não havia entrado no meu apartamento. Tudo estava exatamente como eu havia deixado, até o casaco de veludo dependurado na porta aberta do guarda-roupa. Lá estava o bloco de folhas amarelas no qual fiz anotações antes da minha partida. E o computador. Ah, eu precisava consultar o computador e descobrir a extensão do furto. E meu agente de Paris, o pobre homem, podia ainda estar correndo perigo. Eu precisava falar com ele imediatamente.

Mas minha atenção foi atraída para a luz que passava pelas paredes de vidro, o esplendor suave e quente do sol pingando nos sofás escuros e nas cadeiras e no opulento tapete persa com seu medalhão de cor pálida e sua coroa de rosas, e até nos poucos quadros grandes modernos – todos furiosamente abstratos – escolhidos por mim, há muito tempo, para aquelas paredes. Estremeci ao olhar para eles, pensando mais uma vez que a luz elétrica jamais conseguiria me proporcionar a sensação de bem-estar que eu sentia naquele momento.

Notei também o fogo alto na grande lareira de azulejos brancos – obra de David, sem dúvida – e o cheiro de café que vinha da cozinha, onde eu raramente entrava.

David imediatamente se desculpou com voz hesitante. Ele nem tinha ido ao hotel, tão ansioso que estava para me encontrar. Seguiu diretamente do aeroporto para o meu apartamento, e só saiu para comprar algumas provisões para a vigília da noite, esperando um telefonema meu.

– Maravilhoso, estou feliz por você ter feito isso – falei, achando graça naquela polidez britânica. Eu estava tão feliz por vê-lo e David se desculpava por estar à vontade na minha casa.

Tirei o casaco molhado e sentei na frente do computador.

– Não vou demorar – expliquei, digitando os vários comandos. – Depois conto tudo. Mas o que o fez vir até aqui? Teve alguma ideia do que tinha acontecido?

– É claro que sim – respondeu ele. – Não soube do crime do vampiro, em Nova York? Só um monstro poderia ter destruído aqueles escritórios. Lestat, por que não me telefonou? Por que não pediu a minha ajuda?

– Um momento... – falei.

As letras e números começavam a aparecer no monitor. Minhas contas estavam em ordem. Se aquele demônio tivesse usado meu sistema, eu veria os sinais programados indicando a invasão. Eu não podia saber com certeza se ele havia atacado minhas contas nos bancos da Europa sem examinar os arquivos referentes a elas. Além disso, que inferno, eu não conseguia lembrar as senhas. Na verdade, estava tendo dificuldade até com os mais simples comandos.

– Ele tinha razão – resmunguei. – Avisou que meu processo de raciocínio não seria o mesmo.

Passei do programa de finanças para o Wordstar, que eu usava para escrever, e imediatamente digitei uma mensagem para meu agente em Paris, enviando-a pela internet, pedindo um relatório completo e imediato sobre minhas contas e recomendando mais uma vez que tivesse o maior cuidado com a própria segurança. Câmbio final.

Recostei na cadeira e respirei fundo, o que provocou imediatamente um tremendo acesso de tosse. Percebi que David olhava para mim como se tudo aquilo fosse chocante demais para sua compreensão. Na verdade, ele me observava com uma expressão quase cômica. Então, olhou para Mojo, que examinava o apartamento silenciosa e preguiçosamente, olhando uma vez ou outra para mim, na expectativa de algum comando.

Estalei os dedos, Mojo se aproximou de mim e o abracei com força. David parecia estar vendo a coisa mais estranha do mundo.

– Bom Deus, você está realmente nesse corpo – murmurou ele. – Não apenas pairando dentro dele, mas ancorado nas células.

– Está dizendo isso para mim? – observei, aborrecido. – Tudo isso é horrível. E os outros não querem me ajudar, David. Eles me rejeitaram. – Rilhei os dentes, furioso. – Rejeitaram! – Rosnei com raiva, excitando Mojo, que lambeu meu rosto.

"Claro que eu mereço", continuei, acariciando Mojo. "É o que há de mais simples a meu respeito, ao que parece. Eu sempre mereço o pior. A pior deslealdade, a pior traição, o pior abandono! Lestat, o patife. Muito bem, eles deixaram este patife sozinho."

– Eu passei todo esse tempo procurando por você desesperadamente – comentou David, com voz controlada e calma. – Seu agente em Paris jurou que não podia me ajudar. Eu ia tentar aquele endereço em Georgetown. – Apontou para o bloco amarelo na mesa. – Graças a Deus você está aqui.

– David, meu medo maior é de que os outros tenham destruído James e meu corpo com ele. Este pode ser o único corpo que eu tenho.

– Não, não acredito – disse ele com calma convincente. – A criatura insignificante que tomou emprestado seu corpo deixou uma pista muito clara. Mas venha, tire essa roupa molhada. Está se arriscando a apanhar um resfriado.

– O que quer dizer com uma pista muito clara?

– Você sabe que nós acompanhamos as notícias de crimes dessa espécie. Agora, por favor, tire essa roupa.

– Outros crimes, depois de Nova York? – perguntei, esperançoso. Deixei que David me levasse para perto da lareira e imediatamente me senti melhor com o calor. Tirei o suéter e a camisa, que estavam molhados. Eu não tinha nada que me servisse no apartamento. – Nova York foi na noite de quarta-feira, não foi?

– Minha roupa vai servir em você – disse David, lendo meu pensamento e dirigindo-se para uma mala enorme, num canto.

– O que aconteceu? Por que vocês acham que foi James?

– Só pode ter sido – respondeu ele, abrindo a mala e retirando várias peças de roupa dobradas, assim como um terno de *tweed* muito parecido com o que vestia, ainda no cabide, que deixou na cadeira. – Tome, vista isso. Vai apanhar um resfriado mortal.

– Ah, David – falei, continuando a me despir. – Eu quase morri, várias vezes. Na verdade, passei toda a minha breve vida mortal quase morrendo. Cuidar deste corpo é uma tarefa difícil e revoltante. Como é que os vivos aguentam esse ciclo infindável de comer, urinar, fungar, defecar e comer outra vez? Quando você mistura febre, dor de cabeça, acessos de tosse e nariz escorrendo, está sendo sujeito a um verdadeiro castigo. E os profiláticos, meu Deus. Tirar aquelas coisas horríveis é pior do que ajustá-las no lugar! Não sei por que imaginei que ia gostar disso! Os outros crimes... quando aconteceram? Quando é mais importante do que onde.

David olhava outra vez intensamente para mim, chocado demais para conseguir falar. Mojo o examinava, avaliando-o, e ofereceu sua amizade passando a língua de leve na mão dele. David afagou a cabeça do cão, mas continuou a olhar para mim, petrificado.

– David – falei, tirando as meias molhadas. – Fale comigo. Os outros crimes! Você disse que James deixou uma pista.

– É tão absurdamente estranho – disse ele, atônito. – Tenho uma dúzia de fotografias desse rosto. Mas ver você dentro dele, ah, eu simplesmente não consigo imaginar. De modo nenhum.

– Quando aquele demônio atacou pela última vez?

– Ah... O último relatório foi da República Dominicana. Isso foi, deixe-me ver, duas noites atrás.

– República Dominicana! Mas o que ele foi fazer lá?

– Exatamente o que eu gostaria de saber. Antes disso, foi em Bal Harbour, Flórida. Ambas as vezes num condomínio, e o método de entrada igual ao de Nova York: através da parede de vidro. Móveis destruídos nas três cenas do crime, cofres de parede arrancados, joias, títulos, ouro, roubados. Um homem assassinado em Nova York, um corpo sem sangue, é claro. Duas mulheres sem sangue na Flórida e uma família assassinada em Santo Domingo, só o pai drenado no clássico estilo dos vampiros.

– Ele não consegue controlar a própria força. Está todo atrapalhado, como uma estátua com vida.

– Exatamente o que pensei. A primeira coisa que me alertou foi a combinação de destruição e pura força. A criatura é incrivelmente inepta! E toda a operação é tão idiota. Mas o que não compreendo é por que escolheu esses lugares para os furtos. – De repente, ele se calou e virou o rosto, quase encabulado.

Percebi então que eu acabara de tirar a roupa e estava ali parado, nu, provocando aquela estranha reticência e um leve rubor do seu rosto.

– Tome, meias secas – disse ele. – Será que não sabe que não deve ficar muito tempo com roupa molhada? – Atirou as meias para mim, sem erguer os olhos.

– Eu não sei muita coisa de nada – respondi. – Foi o que descobri. Sei o que quer dizer a respeito dos locais. Por que ele viajou para o Caribe quando podia roubar à vontade nos subúrbios de Boston ou de Nova York?

– Sim. A não ser que o frio o esteja incomodando demais, mas isso faz sentido?

– Não. Ele não sente nada com intensidade. Não é a mesma coisa.

Era bom vestir camisa e calças secas. E serviam muito bem, embora um pouco folgadas, à moda antiga – não o corte justo mais popular entre os jovens. A camisa era de lã pesada e a calça de *tweed*, pregueada, mas o colete era justo e quente.

– Escute, não posso dar o nó na gravata com estes dedos mortais – falei. – Mas por que estou me vestindo assim, David? Você nunca usa nada menos formal, como costumam dizer? Bom Deus, parece que vamos a um enterro. Por que tenho de usar este laço em volta do pescoço?

– Por que ficaria ridículo com um terno de *tweed* sem ele – respondeu David, distraidamente. – Deixe-me ajudar.

Outra vez notei a expressão de timidez quando se aproximou de mim. Compreendi que meu corpo o atraía intensamente. Ele admirava meu corpo antigo, mas este sem dúvida acendia seu desejo. Olhando para David, sentindo seus dedos trabalhando no nó da gravata, aquela leve pressão, dei-me conta de que sentia uma intensa atração por ele.

Pensei nas inúmeras vezes em que desejei tomá-lo, abraçar seu corpo, cravar meus dentes lenta e carinhosamente no seu pescoço e beber seu sangue. Ah, agora eu podia possuí-lo de um modo que não o possuiria realmente – com a mera confusão humana de braços e pernas, nas variadas combinações de gestos íntimos e deliciosos abraços breves que ele provavelmente iria gostar. E eu também.

A ideia me deixou paralisado e provocou um leve arrepio na superfície da minha pele humana. Eu me senti ligado a ele como havia me sentido ligado à pobre jovem que violentei, aos turistas que passeavam na capital, meus irmãos e irmãs – ligado a ele como me sentira ligado à minha adorada Gretchen.

Tão intensa era a sensação – de ser humano e de estar com um humano – que de repente eu a temi em toda a sua beleza. E compreendi que o medo era uma parte dessa beleza.

Ah, sim, agora eu era mortal como David. Flexionei os dedos e lentamente empertiguei o corpo, permitindo que o arrepio se transformasse numa sensação erótica.

David afastou-se de mim bruscamente, alarmado e vagamente decidido, apanhou o paletó da cadeira e me ajudou a vesti-lo.

– Tem de me contar tudo que aconteceu com você – pediu. – E dentro de uma hora mais ou menos, teremos notícias de Londres, isto é, se aquele miserável atacou outra vez.

Estendi o braço, segurei seu ombro com minha fraca mão mortal e o puxei para mim. Beijei suavemente o seu rosto. David recuou outra vez.

– Pare com essa bobagem – disse ele, como se estivesse falando com uma criança. – Quero saber tudo. Vejamos agora, já tomou café? Você precisa de um lenço. Aqui está.

– Como vamos receber notícias de Londres?

– Fax da Ordem para o hotel. Agora venha, vamos comer alguma coisa. Temos um dia cheio à nossa frente para planejar tudo.

– Se ele não estiver morto – comentei, com um suspiro. – Duas noites atrás, em Santo Domingo. – Mergulhei outra vez no mais arrasador desespero, o que quase anulou o impulso erótico, delicioso e frustrante.

David tirou da mala um longo cachecol de lã e o enrolou no meu pescoço.

– Não pode telefonar para Londres agora? – perguntei.

– É um pouco cedo, mas posso tentar.

Ele encontrou o telefone ao lado do sofá e trocou informações apressadas durante cinco minutos. Nenhuma novidade.

Aparentemente, os departamentos de polícia de Nova York, Flórida e Santo Domingo não tinham ainda entrado em comunicação, o que indicava que não haviam feito nenhuma conexão entre os três crimes.

Enfim, David desligou.

– Assim que souberem de alguma coisa, mandarão um fax para o hotel. Vamos até lá. Estou faminto. Passei a noite toda aqui, esperando. Ah, e esse cão. O que vai fazer com esse animal maravilhoso?

– Ele já comeu. Ficará muito bem no jardim. Você está ansioso para sair daqui, não está? Por que não vamos para a cama? Eu não compreendo.

– Está falando sério?

Dei de ombros.

– É claro. – Sério, eu estava começando a ficar obcecado com aquela simples possibilidade! Fazer amor antes que acontecesse qualquer outra coisa. Parecia uma ideia simplesmente maravilhosa!

Outra vez David olhou para mim com aquele irritante silêncio de transe.

– Você sabe – disse ele – que este corpo é magnífico, não sabe? Quero dizer, não é insensível ao fato de que foi depositado numa... impressionante peça de jovem carne humana masculina.

– Eu o examinei antes da troca, está lembrado? Por que você não quer...

– Você esteve com uma mulher, não esteve?

– Eu gostaria que você não lesse a minha mente. É falta de educação. Além disso, o que isso tem a ver com você?

– Uma mulher que você amou.

– Eu sempre amei homens e mulheres.

– Está empregando a palavra "amor" num sentido um pouco diferente. Escute, simplesmente não podemos fazer isso. Portanto, comporte-se. Quero saber tudo sobre esse tal de James. Precisamos de tempo para montar um plano.

– Um plano. Acredita mesmo que possamos detê-lo?

– É claro que acredito! – Fez um sinal para que eu o seguisse.

– Mas como? – perguntei. Estávamos na porta.

– Precisamos estudar o comportamento do sujeito, avaliar suas fraquezas e sua força. E não se esqueça: somos dois contra um. E temos uma vantagem poderosa.

– Que vantagem?

– Lestat, apague da sua mente todas essas exuberantes imagens eróticas e venha comigo. Não consigo pensar com o estômago vazio e está claro que você não está pensando direito.

Mojo chegou até o portão, mas o mandei ficar.

Eu o beijei no lado do focinho e ele deitou no cimento molhado olhando para mim com uma decepção solene quando descemos a escada.

O hotel ficava a poucos quarteirões do apartamento e caminhar na calçada, sob o céu azul, não era desagradável, apesar do vento cortante. Estava frio demais para começar a contar minha história e, além disso, a visão da cidade iluminada pelo sol afastava qualquer outro pensamento da minha mente.

Mais uma vez, fiquei impressionado com a descontração das pessoas que andavam na rua durante o dia. O mundo todo parecia abençoado naquela luz, a despeito da temperatura. Vendo aquilo, aos poucos fui invadido por uma profunda tristeza, pois eu não queria ficar naquele mundo de sol, por mais belo que fosse.

"Não, devolva-me minha visão sobrenatural", pensei. "Devolva-me a tenebrosa beleza do mundo à noite. Devolva minha força e minha resistência sobrenaturais e eu sacrificarei com alegria este espetáculo para sempre. O vampiro Lestat – *c'est moi.*"

David avisou na recepção do hotel que estaríamos na cafeteria e que qualquer fax que chegasse para ele devia ser entregue imediatamente.

Sentamos então a uma mesa com toalha branca, num canto quieto da enorme sala de estilo antigo, teto de gesso e cortinas de seda branca, e começamos a devorar um enorme desjejum de Nova Orleans, com ovos, biscoitos, carnes fritas, molho e flocos de milho com manteiga.

Devo confessar que a questão com relação à comida tinha melhorado sensivelmente com minha ida para o sul. Eu agora comia melhor, sem me engasgar tanto e sem morder a língua. O café forte e doce da minha cidade era mais do que perfeito. E a sobremesa de bananas cozidas com açúcar era suficiente para fazer qualquer ser humano cair de joelhos.

Entretanto, a despeito dessas comoventes delícias e da minha esperança desesperada de logo receber notícias de Londres, minha maior preocupação era contar para David toda a triste história. Ele insistia em saber os detalhes e me interrompia com perguntas, assim foi uma narrativa muito mais longa do que a que havia feito para Louis, e a que me causou maior sofrimento.

Foi uma agonia reviver minha ingênua conversa com James na casa da cidade, confessar que não tive o cuidado de desconfiar dele, convencido de que um mero mortal jamais poderia me enganar.

Em seguida a violação vergonhosa, a descrição comovida das horas com Gretchen, os terríveis pesadelos com Claudia e a despedida de Gretchen, para vir à procura de Louis, que interpretou erroneamente tudo que ouviu e insistiu na própria interpretação das minhas palavras, recusando-se a fazer o que eu pedia.

Grande parte do meu sofrimento se devia ao fato de perceber que eu não sentia mais raiva ou revolta, apenas a enorme e avassaladora dor da perda. Revi Louis mentalmente e ele não era mais meu amante terno e carinhoso, mas um anjo insensível que impedia a minha entrada na Corte das Trevas.

– Compreendo a recusa dele – comentei, com tristeza, achando difícil falar no assunto. – Acho que eu devia saber. E na verdade, não acredito que ele dê as costas para mim para sempre. Louis estava apenas tentando pôr em prática sua ideia sublime de que eu devo salvar a minha alma. Ele mesmo teria feito isso. Contudo, de certa forma, ele jamais o faria. Além disso, nunca me compreendeu. Nunca. Por isso me descreveu com tanta clareza, mas com tanta falta de exatidão no seu livro. Se eu continuar preso neste corpo, se ele se convencer de que não tenho a menor intenção de ir trabalhar com Gretchen na Guiana Francesa, acho que, no fim, vai atender o meu pedido. Mesmo sabendo que incendiei sua casa. Isso pode levar anos, é claro! Anos neste miserável...

– Está ficando furioso outra vez – disse David. – Acalme-se. E o que foi que disse? Você incendiou a casa dele?

– Eu estava zangado – respondi em voz baixa e tensa. – Meu Deus. Zangado. Essa não é a palavra exata.

Pensei que eu estava infeliz demais para ficar zangado. Compreendi que não era bem o caso. Naquele momento, no entanto, estava infeliz demais para continuar a falar no assunto. Tomei outro gole de café preto e forte e comecei a descrever da melhor forma possível como vi Marius à luz do incêndio. Marius queria que eu o visse. Tinha feito seu julgamento e eu não sabia ao certo qual era.

Então o desespero frio tomou conta de mim, apagando completamente a raiva, e olhei desanimado para o prato à minha frente, para o restaurante quase vazio com os talheres brilhantes e os guardanapos dobrados como chapéus nas mesas arrumadas. Olhei para a luz fraca do saguão, com aquela obscuridade horrível envolvendo a tudo, e depois para David, que, com todo o seu belo caráter, sua simpatia e seu encanto, não era o ser maravilhoso que teria sido se eu tivesse meus olhos de vampiro, mas apenas outro mortal, vivendo à beira da morte, como eu.

Sentia-me abatido e miserável. Não conseguia dizer mais nada.

– Escute – disse David. – Não acredito que o seu Marius tenha destruído a criatura. Se o tivesse feito, não apareceria para você. Não posso imaginar os pensamentos ou sentimentos desse ser. Não posso imaginar nem os seus, e o conheço tanto quanto os meus mais queridos amigos. Mas não acredito que ele faça uma coisa dessas. Ele apareceu para lhe mostrar a fúria que sentia, para se recusar a ajudá-lo, e esse foi o seu julgamento, sim. Mas aposto que está dando tempo a você para recuperar seu corpo. E deve lembrar-se de uma coisa: seja qual for a expressão do rosto dele, você a viu com os olhos de um mortal.

– Já pensei nisso – respondi com desânimo. – Para dizer a verdade, no que mais posso acreditar, a não ser que meu corpo ainda existe para que eu o recupere? – Dei de ombros. – Eu não sei desistir.

David sorriu, um sorriso adorável e caloroso.

– Você teve uma aventura esplêndida – disse ele. – Agora, antes de pensarmos num plano para apanhar esse pretensioso batedor de carteiras, permita que lhe faça uma pergunta. E não fique irritado, por favor. Vejo que você não conhece sua força neste corpo, como não conhecia no outro.

– Força! Que força? Isto não passa de um conjunto fraco, repulsivo, pesado e esponjoso de nervos e glândulas. Nunca mais mencione a palavra "força".

– Bobagem. Você é um jovem robusto e saudável, com mais ou menos noventa quilos de músculos, sem nem um grama de gordura! Você tem cinquenta anos de vida mortal à sua frente. Pelo amor de Deus, procure aceitar suas vantagens.

– Está bem. Está bem. É uma beleza. Estou feliz por estar vivo! – murmurei, porque se não tivesse murmurado, estaria urrando. – E posso ser amassado por um caminhão no meio da rua em pleno dia! Bom Deus, David, não compreende que eu me desprezo por não poder suportar esses simples inconvenientes? Odeio o fato de ser essa criatura fraca e covarde.

Recostei na cadeira, olhando para o teto, esforçando-me para não tossir, espirrar, chorar, dar um soco na mesa ou talvez na parede mais próxima.

– Eu odeio a covardia – murmurei.

– Eu sei – disse ele, bondosamente. Olhou para mim por um longo momento, limpou os lábios com o guardanapo e estendeu a mão para a xícara de café. – Supondo que James ainda está andando por aí com seu antigo corpo, você tem certeza absoluta de que quer desfazer a troca, de que deseja *realmente* ser Lestat com aquele corpo outra vez?

Eu ri tristemente para mim mesmo.

– Como posso deixar isso mais claro? – perguntei, com voz cansada. – Mas que inferno, *como poderei* desfazer a troca? Minha sanidade depende dessa resposta.

– Bem, em primeiro lugar, precisamos localizar James. Devotaremos toda a nossa energia na tarefa de encontrá-lo. Não desistiremos enquanto não tivermos certeza de que não existe mais nenhum James.

– Você está outra vez falando como se fosse tudo muito simples! Como podemos fazer isso?

– *Shhh*, fale baixo, você está chamando a atenção dos outros sem necessidade – disse ele, com tranquila autoridade. – Tome o suco de laranja. Você precisa. Vou pedir outro.

– Não preciso de suco de laranja e não preciso mais de enfermeiro – reclamei. – Está falando sério quando diz que temos uma chance de apanhar aquele demônio?

– Lestat, como eu já disse, pense na limitação mais óbvia e imutável do seu estado anterior. Um vampiro não pode se mover durante o dia. Um vampiro é quase indefeso durante o dia. Sim, eu sei que existe o reflexo de estender os braços e atacar quem perturba seu sono. Mas, a não ser nesse caso, ele é indefeso. E tem de ficar no mesmo lugar num período de oito a doze horas. Isso nos dá a vantagem tradicional do tempo, especialmente porque sabemos tanto sobre o ser em questão. E tudo o que precisamos é de uma oportunidade para confrontar a criatura e confundi-la tempo suficiente para fazer a troca.

– Podemos fazer contra a vontade dele?

– Sim, sei que podemos. Ele pode ser retirado daquele corpo tempo necessário para você entrar.

– David, preciso dizer uma coisa. Neste corpo não tenho nenhum poder psíquico. Eu não tinha quando era mortal. Acho que não posso... sair dele. Tentei uma vez em Georgetown. Não consegui nem me mexer dentro dele.

– Qualquer pessoa pode fazer esse truque, Lestat. Acontece que você ficou com medo. Algo do que aprendeu no corpo de vampiro permanece ainda guardada na sua mente. Obviamente as células sobrenaturais lhe dão uma vantagem, mas a mente não esquece. É evidente que James leva seus poderes mentais de corpo para corpo. Você também deve ter ficado com uma parte dos seus conhecimentos.

– Bem, eu estava assustado. Desde então, tenho medo de tentar... Medo de conseguir sair e não poder voltar.

– Vou ensinar você a sair do seu corpo. Vou ensinar como podemos atacar James. E não esqueça, somos dois, Lestat. Você e eu o atacaremos. Eu tenho um considerável poder psíquico, para resumir bastante. Posso fazer muitas coisas.

– David, farei tudo por você por toda a eternidade se conseguir isso. Pode me pedir qualquer coisa. Irei até os confins da Terra por você. Se isso puder ser feito.

David hesitou e tive a impressão de que ia fazer um comentário irônico. Mas pensou melhor e continuou:

– Começarei as lições assim que for possível. Porém, quanto mais penso no assunto, mais me convenço de que a melhor coisa que tenho a fazer é expulsar James daquele corpo! Posso fazer isso antes mesmo de ele perceber que você está lá dentro! Sim, esse deve ser o nosso plano. James não vai suspeitar de mim. Posso fechar minha mente para ele com facilidade. Isso é outra coisa que você precisa aprender: proteger seus pensamentos.

– Mas e se ele o reconhecer, David? Ele sabe quem você é. Lembra-se de você. Falou de você. O que o impede de transformá-lo em cinzas assim que perceber sua presença?

– O lugar do nosso encontro. Ele não vai arriscar uma fogueira tão perto do próprio corpo. E precisamos ter certeza de apanhá-lo quando ele não puder fazer uso dos seus poderes. Talvez tenhamos de atraí-lo para um determinado lugar. Isso exige muito estudo. Enquanto não soubermos onde ele está, essa parte pode esperar.

– Devemos nos aproximar no meio de uma multidão.

– Ou um pouco antes do nascer do sol, quando ele não pode arriscar acender um fogo perto do seu local de descanso.

– Exatamente.

– Agora, vamos fazer um estudo dos poderes dele com a informação que temos.

Ele fez uma pausa enquanto o garçom depositava com presteza sobre a toalha branca um daqueles belos e pesados bules de café de prata que todos os bons hotéis possuem. Tem uma pátina diferente de todos os outros objetos de prata e sempre pequenas depressões resultadas de batidas. Olhei a bebida preta saindo do bico fino.

Na verdade, percebi que estava observando uma porção de coisas, ali sentado, a despeito da minha ansiedade. Só o fato de estar com David me dava esperança.

David tomou um rápido gole de café e, quando o garçom se afastou, tirou do bolso do colete algumas folhas de papel fino que pôs na minha mão.

– Esses são recortes dos jornais sobre os crimes. Leia com atenção e depois me diga qualquer coisa que lhe vier à mente.

A primeira notícia, "Vampiro mata em Midtown", me deixou mais do que furioso. Notei a destruição selvagem que David havia descrito. Só podia ser falta de controle destruir os móveis daquele modo. E o roubo – idiotice completa. Quanto ao meu pobre agente, seu pescoço fora quebrado quando o vampiro sugou seu sangue. Mais falta de controle.

– Não entendo como ele consegue voar – comentei, irritado. – Mas, nesse caso, ele entrou pela parede de vidro do décimo terceiro andar.

– Isso não quer dizer que possa usar esse poder para grandes distâncias – respondeu David.

– Mas, então, como conseguiu ir de Nova York para Bal Harbour numa noite e, o mais importante, por quê? Se está usando a aviação comercial, por que Bal Harbour e não Boston? Ou Los Angeles, ou Paris, pelo amor de Deus! Pense no quanto ele poderia lucrar se roubasse um grande museu, um banco enorme? Santo Domingo eu não entendo. Mesmo que tenha dominado o poder de voar, não pode ser fácil para ele. Então por que Santo Domingo? Estará apenas tentando distanciar os crimes para que ninguém faça ligação entre os casos?

– Não – disse David. – Se ele quisesse mesmo fazer segredo, não chamaria tanta atenção com esse espetáculo todo. Ele está fazendo bobagem. Age como se estivesse bêbado!

– Sim. É exatamente o que sentimos no começo. O efeito do aumento na intensidade dos sentidos é assoberbante.

– É possível que ele esteja viajando no ar o tempo todo e atacando onde quer que os ventos o levem? – perguntou David. – Sem nenhum padrão?

Eu pensei nessa possibilidade enquanto lia as outras notícias lentamente, frustrado por não poder ler com a rapidez dos meus olhos de vampiro. Sim, mais inépcia, mais idiotice. Corpos humanos esmagados por um "instrumento pesado", que evidentemente era o punho dele.

– Ele gosta de quebrar vidros, não é mesmo? – observei. – Gosta de surpreender as vítimas. Deve sentir prazer com o medo delas. Não deixa testemunhas. Rouba todos os objetos obviamente valiosos. E nenhum deles tem grande valor. Como eu o odeio. Contudo... também fiz coisas horríveis.

Lembrei-me da conversa daquele vilão. Como não percebi quem ele era sob aqueles modos educados de cavalheiro! Mas lembrei-me também da descrição de David, antes da troca, da estupidez, da característica autodestrutiva daquele bandido. E sua inépcia, como fui me esquecer disso?

– Não – falei, finalmente. – Não acredito que ele possa cobrir essas distâncias. Você não imagina o quanto esse poder pode ser apavorante. É vinte vezes mais assustador do que sair do corpo. Nós todos o detestamos. O próprio rugido do vento provoca uma sensação de desespero, um relaxamento perigoso, por assim dizer.

Calei-me, pensando na noite em que tinha levado David comigo para Istambul sem o seu consentimento. Eu provoquei um estado de transe profundo porque do contrário ele não suportaria a experiência. Vemos esse voo nos nossos sonhos porque o experimentamos em alguma região fora desta Terra, antes mesmo de termos nascido. Mas não podemos concebê-lo como criaturas humanas, e só eu sabia o quanto havia prejudicado meu coração e minha alma.

Mas não mencionei aquela noite, nem a liberdade audaciosa que havia tomado com ele. Era uma humilhação, para mim, pensar nisso, por mais feliz que tenha sido aquela noite.

– Continue, Lestat. Estou ouvindo. Eu compreendo.

Com um pequeno suspiro, falei:

– Eu aprendi esse poder só porque estava nas mãos de uma criatura destemida para quem eu não era nada. Muitos de nós jamais o usam. Não, não acredito que ele o tenha dominado. Está viajando de outro modo qualquer e voando somente quando a presa está perto.

– Sim, isso parece estar de acordo com as evidências, se ao menos pudéssemos saber...

David desviou a atenção para a porta. Um idoso empregado do hotel caminhava para nós com irritante lentidão, um homem de expressão bondosa e com um envelope na mão.

David imediatamente tirou algum dinheiro do bolso e esperou.

– Fax, senhor, acaba de chegar.

– Ah, muito obrigado.

David abriu o envelope.

– Ah, aqui está. Telegrama, via Miami. Uma vila no alto da colina, na ilha de Curaçao. Hora provável: começo da noite de ontem, mas descoberto só às quatro horas da manhã. Cinco pessoas mortas.

– Curaçao! Onde diabo é isso?

– Mais estranho ainda. Curaçao é uma ilha holandesa, muito ao sul do Caribe. Não faz nenhum sentido.

Lemos com atenção a notícia. Mais uma vez, o furto era o motivo aparente. O ladrão quebrou os vidros de uma claraboia e destruiu completamente tudo que havia em duas salas. A família inteira fora assassinada. Toda a população da ilha estava apavorada com a crueldade impiedosa do crime. Dois corpos estavam completamente sem sangue, um deles o de uma criança.

– Acha que aquele demônio pode estar simplesmente se dirigindo para o sul?

– Mesmo no Caribe há outros lugares mais interessantes – disse David. – Veja, ele ignorou toda a costa da América Central. Vamos, quero consultar um mapa. Precisamos estudar esse padrão. Eu vi uma agência de viagens no saguão. Eles devem ter mapas. Levaremos para o seu apartamento.

O agente, um homem idoso e calvo, com voz suave e culta, demonstrou a maior boa vontade e escolheu vários mapas na sua mesa abarrotada de papéis. Curaçao? Sim, tinha um folheto ou dois. Na verdade, não era a ilha mais interessante do Caribe.

– Por que as pessoas a visitam? – perguntei.

– Bem, de um modo geral não visitam – confessou ele, passando a mão na calva. – A não ser os navios de cruzeiro, é claro. Todos voltaram a fazer escala na ilha nos últimos anos. Sim, está aqui.

Entregou-me um pequeno folheto do navio de cruzeiro *Crown of the Seas,* que parecia muito bonito na foto e que navegava entre as ilhas, com última parada em Curaçao, antes de começar a viagem de volta.

– Navios de cruzeiro! – murmurei, olhando para a fotografia. Olhei para os pôsteres enormes nas paredes da agência. – Ele tinha fotografias de navios por toda a parte da casa, em Georgetown. – David, é isso. Ele está num navio! Lembra do que ele disse? O pai dele trabalhava numa companhia de navegação. Ele próprio contou que queria viajar para a América a bordo de um grande navio de passageiros.

– Meu Deus – disse David. – Talvez tenha razão. Nova York, Bal Harbour... – Olhou para o agente. – Os navios de cruzeiro param em Bal Harbour?

– Em Port Everglades – respondeu o agente. – Bem ao lado. Mas não são muitos os que partem de Nova York.

– E Santo Domingo? – perguntei. – Param em Santo Domingo?

– Sim, é onde quase todos param. Variam muito seus itinerários. Que tipo de navio o senhor tem em mente?

David anotou rapidamente os vários pontos e as noites dos ataques do vampiro, sem explicar nada ao agente, é claro.

Então disse, desapontado:

– Não. Estou vendo que é impossível. Que navio de cruzeiro poderia ir da Flórida até Curaçao em apenas três noites?

– Bem, há um – disse o agente. – E a propósito, partiu de Nova York na noite da última quarta-feira. É o maior e melhor navio da Linha Cunard, o *Queen Elizabeth 2.*

– É isso! – falei. – O *Queen Elizabeth 2.* David, exatamente o navio que ele mencionou. Você disse que o pai dele...

– Mas eu pensei que o *QE 2* fizesse a travessia do Atlântico – comentou David.

– Não no inverno – explicou o agente, com amabilidade. – Fica no mar do Caribe até março. É provavelmente o navio mais rápido de todos os mares. Pode fazer vinte e oito nós por hora. Mas, um momento, podemos verificar o itinerário.

Outra procura na desordem sobre a mesa e finalmente encontrou um folheto grande e bonito que abriu e alisou com a mão aberta.

– Sim, partiu de Nova York na quarta-feira. Atracou em Port Everglades sexta de manhã, partiu antes da meia-noite e seguiu para Curaçao, aonde chegou ontem às cinco da manhã. Mas não parou na República Dominicana. Infelizmente não posso ajudá-los nesse ponto.

– Não tem importância, o navio passou por lá – disse David. – Passou pela República Dominicana na mesma noite! Veja o mapa. É isso, não há dúvida. Ah, o idiota. Ele praticamente contou a você, Lestat, com toda aquela conversa absurda e obsessiva. Está a bordo do *QE 2,* o navio que significava tanto para seu pai, onde o velho passou a vida.

Agradecemos muitíssimo ao agente de viagens e tomamos um táxi na frente do hotel.

– É tão estúpido, e típico dele – disse David, a caminho do meu apartamento. – Tudo é simbólico com esse cara. Ele foi vergonhosamente despedido do *QE 2*. Eu contei isso, está lembrado? Sim, você estava certo. É uma obsessão para aquele demônio, e ele mesmo deu a pista.

– Sim. Definitivamente. E a Talamasca não quis pagar sua passagem de volta para a América no *Queen Elizabeth 2*. Ele nunca os perdoou por isso.

– Eu o odeio – murmurou David, com uma intensidade que me surpreendeu, mesmo considerando as circunstâncias.

– Mas, na verdade, não é tão idiota assim, David – observei. – Não percebe que é um plano demoníaco e astuto? Sim, ele me deu a pista em Georgetown, falando sobre isso tudo, e podemos atribuir isso ao seu espírito de autodestruição, mas não creio que me achasse capaz de descobrir. E, para ser franco, se você não tivesse me mostrado as notícias sobre os crimes, eu talvez jamais tivesse pensado nisso.

– Pode ser. Acho que ele quer ser apanhado.

– Não, David. Ele está se escondendo. De você, de mim e dos outros. Ah, é um plano muito astuto. Um feiticeiro selvagem, capaz de se fechar por completo, e onde ele vai se esconder... bem no meio de um pequeno grupo de mortais em um navio muito rápido. Veja o itinerário! O navio viaja durante a noite e só para nos portos durante o dia.

– Pense o que quiser – disse David –, mas para mim ele é um idiota! E nós vamos pegá-lo! Você disse que entregou a ele um passaporte, certo?

– Com o nome de Clarence Oddbody. Mas, sem dúvidas, ele não o usou.

– Logo saberemos. Minha opinião é de que ele embarcou em Nova York normalmente. Era importante ser recebido com a maior consideração, reservar a melhor suíte e desfilar no convés superior com todos os funcionários se curvando à sua passagem. As suítes no convés de sinalização são enormes. Não seria um problema levar uma mala grande ou um baú para seu repouso diurno. Nenhum cabineiro ousaria abrir uma mala desse tipo.

Chegamos ao meu prédio. David pagou o táxi e subimos a escada.

Sentamos com os mapas com os itinerários impressos e com os recortes de jornais e procuramos determinar como os crimes foram cometidos.

Estava claro que o animal atacou meu agente de Nova York poucas horas antes da partida do navio. Teve bastante tempo para embarcar antes das onze da noite. O crime próximo a Bal Harbour foi cometido algumas horas antes de o navio atracar no porto. Ele cobriu a pequena distância voando e voltou para a cabine, ou para outro lugar de repouso, antes do nascer do sol.

Para o crime de Santo Domingo, ele deixou o navio durante cerca de uma hora e depois o alcançou a caminho do sul. Aqui também, as distâncias eram insignificantes. Não precisou sequer usar a visão sobrenatural para localizar o gigantesco *Queen Elizabeth 2* no mar aberto. O crime de Curaçao ocorreu um pouco depois do desembarque. Deve ter alcançado o navio em menos de uma hora, carregando o produto do roubo.

O navio rumava para o norte. Tinha atracado em La Guaira, na costa da Venezuela, havia apenas duas horas. Se ele atacasse em algum ponto de Caracas ou nas vizinhanças, teríamos certeza de que estaria a bordo. Mas não pretendíamos esperar mais.

– Muito bem, vamos pensar no assunto – disse eu. – Convém embarcarmos nesse navio?

– É claro, precisamos.

– Então devemos arranjar passaportes falsos. Podemos deixar uma grande confusão atrás de nós. David Talbot não pode ser implicado. E eu não posso usar o passaporte que o sujeito me deu. Nem sequer sei onde está. Talvez ainda na casa em Georgetown. Deus sabe por que ele usou seu nome verdadeiro... Provavelmente para me causar problemas na alfândega.

– Tem razão. Posso me encarregar dos documentos antes de deixarmos Nova Orleans. Vejamos, não podemos chegar a Caracas antes da partida do navio, às cinco horas. Não. Teremos de embarcar amanhã, em Granada. Temos tempo até as cinco horas da tarde. É provável que ainda tenham cabines desocupadas. Sempre há cancelamentos de última hora, às vezes até por motivo de falecimento. Na verdade, num navio tão caro quanto o *QE 2*, sempre há mortes. Sem dúvida, James sabe disso. Pode se alimentar a qualquer hora, desde que tome as devidas precauções.

– Mas por quê? Por que há mortes no *QE 2*?

– Passageiros idosos – disse David. – É um fato da vida em um cruzeiro. O *QE 2* tem um grande hospital para emergências. Um navio desse porte é uma cidade flutuante. Mas não importa. Nossos investigadores esclarecerão tudo. Vou entrar em contato com eles de imediato. Podemos facilmente ir de Nova Orleans a Granada e teremos tempo para preparar o que pretendemos fazer.

"Agora, Lestat, vamos estudar tudo nos mínimos detalhes. Suponhamos que o confronto com aquele demônio seja um pouco antes do nascer do sol. Suponhamos que o enviemos diretamente para dentro desse corpo mortal e não possamos controlá-lo depois disso. Você vai precisar de um lugar para se esconder... uma terceira cabine, reservada sob um nome que não possa de modo algum ser ligado a nós."

– Sim, um lugar no centro do navio, num convés inferior. Não no último. Isso seria óbvio demais. Mais ou menos no meio, eu acho.

– Mas com que velocidade você pode se mover? Pode chegar em segundos a um convés inferior?

– Sem dúvida. Não se preocupe com isso. Uma cabine interna, isso é importante, e que possa acomodar uma mala grande. Bem, a mala não é realmente essencial, não se eu tiver antes instalado uma fechadura na porta, mas seria uma boa ideia.

– Muito bem, compreendo. Começo a ver o que devemos fazer. Descanse, tome o seu café, um banho de chuveiro, o que quiser. Vou para a outra sala dar alguns telefonemas. Vou falar com a Talamasca e você não deve me perturbar.

– Está brincando – falei. – Quero ouvir o que você vai...

– Faça o que estou mandando. Procure alguém para tomar conta desse belo cão. Não podemos levá-lo conosco! Seria absurdo. E um cachorro desses não deve ser abandonado.

David saiu e fechou a porta do quarto para dar seus telefonemas secretos.

– Justamente quando eu começava a gostar disso tudo – comentei.

Fui procurar Mojo, que dormia no jardim frio e molhado como se fosse a coisa mais natural do mundo. Eu o levei para a velha senhora do primeiro andar. De todos os meus inquilinos, ela era a mais amável e aceitaria tomar conta do cão por algumas centenas de dólares.

Assim que fiz a sugestão, ela quase explodiu de alegria. Mojo podia ficar no quintal nos fundos do prédio e ela precisava do dinheiro e da companhia e eu não era mesmo um jovem gentil? Tão gentil quanto meu primo, *monsieur* De Lioncourt, que era um anjo da guarda para ela e nunca descontava os cheques com que ela pagava o aluguel.

Voltei para o apartamento e David continuava com seu trabalho, proibindo-me de ouvir a conversa. Ele me mandou fazer café, o que evidentemente eu não sabia fazer. Tomei o café que restava e telefonei para Paris.

Meu agente atendeu. Naquele momento ia me enviar o relatório pedido. Tudo estava bem. Não tinha nenhuma notícia de assaltos do misterioso ladrão. Na verdade, o último fora na noite de sexta-feira. Talvez ele tivesse desistido. Uma grande quantia em dinheiro estava à minha espera no banco de Nova Orleans.

Repeti toda as minhas advertências e disse que telefonaria em breve.

Sexta à noite. Isso significava que James havia tentado seu último assalto antes do *Queen Elizabeth 2* deixar os Estados Unidos. Enquanto estivesse no mar, não poderia usar o computador para seus furtos. Ao que parecia não tinha intenção de fazer mal ao meu agente em Paris. Isto é, enquanto estivesse satisfeito com as breves férias no *Queen Elizabeth 2*. Nada o impedia de deixar o navio quando bem entendesse.

Voltei ao computador e tentei acessar a conta de Lestan Gregor, o nome sob o qual foram enviados os vinte milhões para o banco de Georgetown. Exatamente como eu suspeitava, Lestan Gregor existia ainda, mas estava praticamente sem dinheiro. Saldo no banco: zero. Os vinte milhões enviados por ordem de pagamento para Georgetown, em nome de Raglan James, tinham voltado para a conta do sr. Gregor ao meio-dia de sexta-feira e sido sacados na mesma hora. A transação da retirada total fora determinada na noite anterior. A uma hora da tarde de sexta-feira, o dinheiro tomara um rumo desconhecido. A história estava toda ali, com os vários códigos numéricos e a terminologia bancária que qualquer idiota podia decifrar.

E sem dúvida era um idiota que estava olhando para o monitor do computador naquele momento.

Aquele animal dissera que era capaz de roubar através do computador e eu não acreditei. Sem dúvida, ele extraiu as informações dos funcionários do banco de Georgetown, talvez por meio de telepatia, para conseguir os códigos e os números.

Fosse como fosse, James tinha uma fortuna à sua disposição. Eu o odiei mais ainda. Odiei por matar meu agente de Nova York. Odiei por destruir todos os móveis quando o matou e por roubar tudo que havia no escritório. Odiei por sua mesquinharia e por seu intelecto, sua brutalidade e ousadia.

Fiquei ali sentado, tomando o café quase frio e pensando no que nos esperava.

É claro que eu compreendia o que James havia feito, por mais idiota que pudesse parecer. Desde o começo, percebi que seu vício de roubar estava ligado a uma carência profunda na sua alma. E o *Queen Elizabeth 2* foi o mundo do seu pai, o mundo do qual ele, flagrado num ato ilegal, fora *expulso*.

Sim, expulso, como eu fora expulso pelos outros. E como James devia estar ansioso para voltar a ele com seus novos poderes e sua nova fortuna. Provavelmente tinha planejado tudo até o último minuto, assim que acertamos a data da troca. Sem dúvida, se eu tivesse adiado, ele teria embarcado em outro porto qualquer. Mas do modo que tudo aconteceu, começou sua viagem a pouca distância de Georgetown, e matou meu agente mortal antes da partida do navio.

Lembrei-me dele sentado naquela cozinha mal-iluminada em Georgetown, consultando seu relógio a cada minuto. Quero dizer, o relógio que estava no meu pulso.

Finalmente David saiu do quarto com o caderno de anotações na mão. Tudo estava arranjado.

– Não há nenhum Clarence Oddbody na lista de passageiros do *Queen Elizabeth 2*, mas um inglês misterioso chamado Jason Hamilton reservou a luxuosa suíte Rainha Vitória dois dias antes da partida do navio de Nova York. Por ora, devemos supor que esse é o nosso homem. Teremos mais informações a respeito dele antes de chegarmos a Granada. Nossos investigadores já estão a postos. Temos reserva de duas suítes no convés superior, o mesmo do nosso amigo misterioso. Devemos embarcar amanhã antes do desembarque dos passageiros, às cinco horas da tarde. Nosso primeiro voo sai de Nova Orleans dentro de três horas. Precisamos de pelo menos uma hora para obter um par de passaportes falsos com um cavalheiro que me foi muito bem recomendado e que está à nossa espera. Tenho o endereço anotado aqui.

– Excelente. Tenho muito dinheiro disponível.

– Ótimo. Um dos nossos investigadores vai nos encontrar em Granada. É um indivíduo muito astuto e há anos trabalha para nós. Ele já reservou a terceira cabine, no centro do convés cinco. E vai contrabandear duas armas pequenas, mas sofisticadas, para dentro dessa cabine, bem como a mala que vamos precisar mais tarde.

– Essas armas não servirão de nada para um homem que está com o meu antigo corpo. Depois de a troca feita, porém, é claro…

– Exatamente – disse David. – Vou precisar de uma arma para me proteger desse belo corpo jovem. – Apontou para mim. – Continuando, meu investigador vai desembarcar sem ser notado depois de ter embarcado normalmente, deixando a cabine e as armas para nós. Nós dois passaremos pelo processo normal de embarque com nossas identidades. Já escolhi nossos nomes. Tive de escolher. Espero que não se importe. Você é Sheridan Blackwood, americano. Eu sou um cirurgião inglês aposentado chamado Alexander Stoker. É sempre bom passar por médico nessas pequenas missões. Mais tarde vai compreender por quê.

– Ainda bem que você não escolheu H. P. Lovecraft – falei, com um exagerado suspiro de alívio. – Precisamos sair agora?

– Sim, precisamos. Já chamei o táxi. Temos de comprar roupas para o clima tropical, para não parecermos ridículos. Não temos um minuto a perder. Agora, se quiser usar esses braços jovens e fortes para me ajudar com esta mala, serei grato para sempre.

– Estou desapontado.

– Por quê? – David olhou para mim e depois quase corou, como algumas horas antes. – Lestat, não temos tempo para essas coisas.

– David, supondo que tenhamos sucesso, pode ser nossa última chance.

– Está bem – disse ele –, temos muito tempo para conversar no hotel da praia, em Granada, esta noite. Dependendo, é claro, da rapidez com que você aprender as lições de projeção astral. Agora, por favor, mostre algum vigor e força construtivos e me ajude com a mala. Sou um homem de setenta e quatro anos.

– Esplêndido. Mas quero saber uma coisa antes.

– O quê?

– Por que está me ajudando?

– Ora, pelo amor de todos os santos, você sabe por quê.

– Não, não sei.

David olhou para mim muito sério por alguns momentos antes de responder:

– Eu me preocupo com você. Não importa em que corpo você esteja. É verdade. Para falar francamente, este desprezível Ladrão de Corpos, como você o chama, me assusta. Sim, ele me assusta demais. É um idiota e sempre acaba provocando a própria desgraça, isso é verdade. Mas, desta vez, acho que você tem razão. Ele não está muito ansioso para ser apanhado. Na verdade, nunca esteve. Está planejando uma longa vida de sucesso e pode se cansar do *QE 2* muito em breve. Por isso não podemos perder tempo. Agora, apanhe esta mala. Eu quase morri para trazê-la para cima.

Obedeci.

Mas estava triste e desapontado, e minha mente criava uma porção de imagens das pequenas coisas que podíamos ter feito na cama macia do meu quarto.

E se o Ladrão de Corpos já tivesse deixado o navio? Ou tivesse sido destruído naquela manhã – depois de Marius olhar para mim com tanto desdém?

– Depois vamos para o Rio de Janeiro – disse David, caminhando na minha frente para o portão. – Chegaremos a tempo para o Carnaval. Umas boas férias para nós dois.

– Eu morro se tiver de viver tanto tempo! – Passei na frente dele na escada. – O seu problema é que está acostumado a ser humano porque é humano há muito tempo.

– Estou acostumado desde os dois anos de idade – disse ele, secamente.

– Não acredito. Há séculos venho observando com interesse vários seres humanos de dois anos. São tremendamente infelizes. Eles querem correr e caem, e gritam o tempo todo. Eles detestam ser humanos! Já sabem que é uma cilada.

David riu, mas não disse nada. Também não olhou para mim.

O táxi nos esperava quando chegamos à porta.

20

A viagem de avião teria sido outro pesadelo se o cansaço não me fizesse dormir o tempo todo. Fazia vinte e quatro horas que eu tinha dormido pela última vez nos braços de Gretchen, e adormeci tão profundamente que, quando David me acordou para a conexão, em Porto Rico, eu mal sabia onde estávamos e o que estava fazendo. Durante alguns momentos, achei normal estar carregando aquele corpo pesado, num estado de completa confusão e obedecendo resolutamente às ordens de David.

Não precisamos sair do terminal para trocar de avião. E, quando finalmente aterrissamos no pequeno aeroporto de Granada, fui surpreendido pelo calor delicioso do Caribe e pelo céu azul brilhante.

O mundo todo parecia mudado pelas brisas suaves que nos receberam. Fiquei satisfeito por termos visitado a loja em Canal Street, em Nova Orleans, pois as roupas pesadas de *tweed* não fariam sentido naquele clima. No táxi, que sacudia e saltava na estrada estreita e cheia de buracos, a caminho do hotel na praia, fiquei maravilhado com a exuberância da floresta à nossa volta, os grandes hibiscos floridos além das pequenas grades, os graciosos coqueiros inclinados sobre as casas na encosta das colinas e desejei ver tudo isso, não com a visão noturna mortal fraca e frustrante, mas à luz do dia.

Havia na minha transformação sob o clima frio e impiedoso de Georgetown um elemento punitivo indiscutível. Contudo, na minha lembrança – a neve bela e branca, o calor da pequena casa de Gretchen –, eu não encontrava muito o que lamentar. Porém, onde estávamos me parecia o verdadeiro mundo, o mundo onde se podia viver de fato, e eu me admirava, como sempre que via essas ilhas, do fato de serem tão belas, tão quentes e tão extremamente pobres.

A pobreza estava por toda a parte – as precárias casas de madeira sobre palafitas, as pessoas na rua, os automóveis velhos e enferrujados e a ausência total de riqueza, uma paisagem exótica para os olhos do visitante, mas na verdade uma vida árdua para os nativos que jamais conseguiam juntar dinheiro suficiente para deixar a ilha nem por um dia.

O céu no começo da noite era de um azul brilhante e profundo, como é comum nesta parte do mundo, tão incandescente quanto o de Miami, e as nuvens brancas e macias criavam o mesmo panorama limpo e dramático no horizonte sobre o mar luminoso. Arrebatador, e aquela era apenas uma pequena parte do imenso Caribe. Por que viver em outros climas?

O hotel era, na verdade, uma pequena casa de cômodos empoeirada, de estuque branco, sob um complexo de telhados de lata enferrujada. Era conhecido por uns poucos britânicos, muito tranquilo, com um anexo assimétrico de quartos antigos com vista para a areia da praia Grand Anse. Desculpando-se profusamente pelos aparelhos de ar-condicionado que não funcionavam e pelo pouco espaço – ficamos num quarto com duas camas, e eu quase dei uma gargalhada quando David olhou para o alto como quem diz que sua provação não ia acabar nunca –, o proprietário demonstrou que o barulhento ventilador de teto arejava bastante. As janelas tinham venezianas velhas e brancas. Os móveis eram de vime branco e o assoalho de ladrilho.

Pareceu-me encantador, mais por causa do calor que me envolvia e pela pequena floresta em volta do hotel, com as inevitáveis folhas de bananeira e trepadeiras. Ah, aquela trepadeira. Uma boa lei prática seria nunca morar num lugar do mundo onde aquela trepadeira não pudesse viver.

A primeira coisa que fizemos foi trocar de roupa. Vesti a calça e a camisa de algodão leve, compradas em Nova Orleans, calcei o tênis e, desistindo de assediar David, que se trocava de costas para mim, saí do quarto e caminhei em direção à praia.

A noite estava tranquila e suave como sempre. Senti renascer meu amor pelo Caribe – ao lado de lembranças dolorosas e abençoadas. Mas desejei ardentemente ver a noite com meus antigos olhos. Desejei ver através da escuridão que se adensava e além das sombras das colinas. Desejei minha audição sobrenatural para escutar os sons rítmicos da floresta, vagar com velocidade vampírica sobre as montanhas do interior, encontrar os pequenos vales e cachoeiras secretas como só o vampiro Lestat poderia fazer.

Senti uma tristeza profunda por todas as minhas descobertas. E pela primeira vez compreendi que todos os sonhos de uma vida mortal não passavam de mentiras. Não que a vida não fosse mágica. Não que a criação não fosse um milagre, não que o mundo não fosse fundamentalmente bom. O caso era que eu já achava tão natural e garantido meu poder das trevas que jamais pude compreender as vantagens que ele me trazia. Jamais avaliei meus dons. E eu os queria de volta.

Sim, eu tinha fracassado! A vida mortal devia ser suficiente para mim!

Olhei para as estrelas frias, guardiãs impiedosas, e rezei aos deuses das trevas que não são feitos para compreender.

Pensei em Gretchen. Já teria chegado à sua floresta tropical, onde os doentes esperavam o consolo das suas mãos? Desejei poder saber onde ela estava.

Talvez já estivesse trabalhando no dispensário da floresta, com os vidros de remédio, ou viajando para os povoados próximos com uma mochila cheia de milagres da medicina. Pensei na felicidade tranquila com que descreveu a missão. Senti o calor dos seus abraços, a doçura sonolenta e o conforto daquele quarto pequenino. Vi a neve caindo lá fora. Vi os olhos grandes e castanhos fitos em mim e ouvi o ritmo lento da sua voz.

Voltei minha atenção para o céu azul profundo, senti a brisa que se movia ao meu redor como se fosse água e pensei em David, que estava ali comigo.

Eu estava chorando quando David tocou no meu braço. Por um momento não consegui distinguir os traços do seu rosto. A praia estava escura e a arrebentação tão ruidosa que nada parecia funcionar em mim. Então compreendi que David estava ao meu lado, olhando para mim com uma camisa de algodão, calça de brim desbotada e sandálias, elegante como sempre, mesmo com aqueles trajes pouco formais. Ele me pediu delicadamente para voltar para o quarto.

– Jake está aqui – disse ele. – Nosso homem na Cidade do México. Acho que você deve entrar.

O ventilador girava barulhento no teto e o ar fresco circulava no quarto. Os coqueiros estalavam, acompanhando o movimento da brisa.

Jake estava sentado numa das pequenas camas – um homem alto e magro com bermuda cáqui e camisa polo, fumando um charuto marrom de cheiro forte. Era bronzeado e seus cabelos louros começavam a ficar grisalhos. A aparência descontraída escondia a mente alerta e prevenida e seus lábios formavam uma linha reta e sem cor.

Trocamos um aperto de mãos e ele me examinou de alto a baixo discretamente. Olhos atentos, reservados, um pouco parecidos com os de David, apenas menores. Só Deus sabe o que ele estaria vendo.

– Muito bem, as armas não são problema – disse com indisfarçável sotaque australiano. – Estes portos não têm detectores de metal. Devo embarcar aproximadamente às dez horas da manhã, deixar a mala e as armas na cabine do convés cinco, e depois nos encontramos no Café Centaur em St. George's. Espero que saiba o que está fazendo, David, levando armas para o *Queen Elizabeth 2*.

– É claro que sei – respondeu David, sempre cortês, com um leve sorriso. – Agora, o que tem para nós sobre o nosso homem?

– Ah, sim. Jason Hamilton. Um metro e oitenta e três, cabelo louro comprido, olhos azuis penetrantes. Um homem misterioso. Muito britânico, muito educado. São várias as suposições sobre sua identidade. Ele dá gorjetas mais do que generosas, dorme durante o dia e aparentemente nunca deixa o navio quando está no porto. Todas as manhãs, muito cedo, antes de se retirar, ele entrega ao camareiro pequenas encomendas para serem postas no correio. Ainda não descobri para onde as envia, mas isso é uma questão de tempo. Não compareceu nem uma vez ao restaurante do navio. Muitos dizem que ele está gravemente doente, mas qual a doença, ninguém sabe. Ele é a própria imagem da saúde, o que aumenta o mistério. É o que todos dizem. Um homem forte, de porte gracioso, que se veste muito bem, ao que parece. Faz altas apostas na roleta e dança durante horas com as passageiras. Na verdade, parece preferir as mais velhas. Despertaria suspeitas se não fosse extremamente rico. Passa muito tempo andando pelo navio.

– Ótimo. Exatamente o que eu queria saber – disse David. – Está com nossas passagens?

O homem apontou para uma pasta de couro preto sobre a mesa de vime. David examinou os papéis que ela continha e fez um gesto afirmativo.

– Alguma morte no *QE 2*? – perguntou.

– Ah, esse é um ponto interessante. Seis mortes desde que saíram de Nova York, um número acima do normal. Todas de mulheres idosas, aparentemente por parada cardíaca. É esse tipo de coisa que quer saber?

– Sem dúvida – disse David.

O "pequeno drinque", pensei.

– Agora, quero que veja as armas – disse Jake – e aprenda como usá-las.

Apanhou uma bolsa velha de lona que estava no chão, o tipo de sacola própria para guardar armas caras, imaginei, e dela retirou primeiro um revólver Smith & Wesson, depois uma pistola automática pequena e preta, não maior do que a palma da minha mão.

– Sim, eu conheço essas armas – disse David, apanhando o revólver grande e prateado e apontando para o chão. – Sem problemas. – Retirou e repôs o pente de balas. – Espero não ter de usá-lo. Faz um barulho dos diabos.

David me entregou a pequena pistola preta.

– Lestat, experimente – sugeriu ele. – É claro que não temos tempo para treinar. Pedi um gatilho sensível.

– É o que tem aí – disse Jake, olhando friamente para mim. – Portanto, por favor, tenha cuidado.

– Coisinha feroz – comentei. A arma era muito pesada. Um pedacinho de destruição. Segurei o cano curto. Seis balas e um cheiro estranho.

– Não se deixe enganar pelo tamanho – disse Jake, com um leve tom de desdém. – É calibre 38. O impacto é capaz de parar qualquer homem. – Mostrou uma pequena caixa de papelão. – Aqui tem bastante munição para o que quer que pretendam fazer dentro daquele navio.

– Não se preocupe, Jake – disse David com firmeza. – Provavelmente tudo correrá sem problemas. Agradeço sua costumeira eficiência. Agora, trate de passar uma noite agradável na ilha. Vejo você no Café Centaur antes do meio-dia.

Com um olhar desconfiado para mim, Jake fez um gesto afirmativo, guardou as armas e as balas na sacola de lona, estendeu a mão primeiro para mim e depois para David, então partiu.

Assim que ele fechou a porta, falei:

– Acho que ele não gosta de mim por envolver você em alguma espécie de crime sórdido.

– Já estive em situações mais comprometedoras – respondeu David, com uma risada breve. – E, se fosse me preocupar com o que os investigadores pensam de nós, teria me aposentado há muito tempo. Vejamos, o que sabemos agora com as informações de Jake?

– Bem, ele está se alimentando de mulheres idosas. Provavelmente roubando delas também. E manda para casa o produto do roubo em pequenos volumes para não despertar suspeitas. O que faz com o grosso do furto não sei. Provavelmente joga no mar. Suspeito que tenha mais de uma caixa postal. Mas isso não nos interessa.

– Certo. Agora, tranque a porta. Está na hora de uma pequena sessão de feitiçaria intensa. Jantaremos um banquete mais tarde. Vou ensinar você a bloquear seus pensamentos. Jake leu sua mente com facilidade. Eu também leio. O Ladrão de Corpos será capaz de detectar sua presença quando estiver a mais de trezentos quilômetros de distância, em pleno mar.

– Bem, quando eu era Lestat, bastava para mim um ato de vontade. Mas agora não tenho a mínima ideia de como fazer isso.

– Do mesmo modo. Vamos treinar até eu não conseguir ler nenhuma imagem e nenhuma palavra em sua mente. Só então passaremos para a viagem fora do corpo. – Consultou o relógio, e eu me lembrei de James naquela pequena cozinha. – Tranque aquela porta. Não quero que nenhuma camareira nos surpreenda.

Obedeci. Depois sentei na outra cama, de frente para David. Com uma atitude descontraída, ele arregaçou os punhos engomados da camisa, revelando os pelos escuros do braço. O cabelo do peito aparecia entre as pontas do colarinho aberto, com um ou outro fio branco, como os pontos prateados aqui e ali no rosto escanhoado. Era difícil acreditar que David tivesse setenta e quatro anos.

– Ah, eu ouvi isso – disse ele, erguendo as sobrancelhas. – Posso ler quase tudo na sua mente. Agora, escute o que vou dizer. Deve se fixar na ideia de que seus pensamentos têm de ficar dentro de você, que não está tentando se comunicar com outros seres, nem através de expressão facial ou de qualquer tipo de linguagem corporal. Pense, na verdade, que você é impenetrável. Se precisar, crie uma imagem da sua mente fechada. Sim, está ótimo. Agora você está vazio atrás desse belo rosto jovem. Até seu olhar mudou um pouco. Perfeito. Vou tentar ler sua mente. Continue assim.

No fim de quarenta e cinco minutos, eu tinha aprendido o truque com certa facilidade, mas não conseguia captar nenhum pensamento de David, por mais que ele se esforçasse para se comunicar comigo. Como mortal, eu simplesmente não tinha capacidade para isso. Mas tínhamos conseguido fechar a minha mente, o que era crucial. Trabalhamos nisso a noite toda.

– Estamos prontos para começar sua viagem fora do corpo – disse ele.

– Vai ser um inferno – observei. – Não acredito que possa sair deste corpo. Como já viu, não possuo os seus dons.

– Bobagem – retrucou David. Relaxou mais o corpo, cruzou as pernas e recostou na cadeira. Porém, nem assim perdia o ar de professor, de autoridade, de sacerdote. Estava implícito nos gestos discretos e definidos e, acima de tudo, na sua voz.

– Deite nessa cama e feche os olhos. Procure ouvir com atenção cada uma das minhas palavras.

Fiz o que ele mandou. E imediatamente senti sono. A voz de David era cada vez mais autoritária na sua suavidade, como a de um hipnotizador, e me mandou relaxar por completo e visualizar uma imagem do meu corpo.

– Tenho de visualizar uma imagem deste corpo?

– Não, não é necessário. O importante é que se mantenha ligado completamente, você, sua mente, sua alma, sua consciência do próprio eu, à forma que criar na sua imaginação. Agora, imagine essa forma como sendo uma extensão do seu corpo e que você quer elevá-la e tirá-la de dentro dele... que *você* quer subir.

Durante trinta minutos, David continuou a aula calma e vagarosamente, reiterando a seu modo o que os sacerdotes haviam ensinado a seus iniciados durante milhares de anos. Eu conhecia a fórmula antiga. Mas conhecia também a completa vulnerabilidade mortal e a noção desanimadora das minhas limitações, além do medo sufocante e debilitante.

Depois de uns quarenta e cinco minutos, eu finalmente mergulhei no estado vibratório exigido, muito perto das fronteiras do sono. Meu corpo se tornou apenas uma sensação vibratória deliciosa, nada mais! E quando percebi isso e pensei em fazer uma observação a respeito, subitamente senti que me soltava e começava a subir.

Abri os olhos, ou pelo menos pensei que os abri. Eu flutuava bem acima do meu corpo. Podia ver o corpo de carne e osso na cama. "Suba", falei. Imediatamente subi para o teto com a deliciosa leveza e a velocidade de um balão de gás! Com facilidade, girei o corpo e olhei para o quarto.

Eu havia passado através das lâminas do ventilador! Na verdade, ele estava bem no meio do meu corpo, embora eu não sentisse coisa alguma. E lá embaixo estava o corpo mortal adormecido, o corpo que eu havia ocupado tão sofridamente nesses recentes e estranhos dias. Ele estava com os olhos e a boca fechados.

Vi David na cadeira de vime, o tornozelo direito apoiado no joelho esquerdo, as mãos relaxadas sobre as coxas, olhando para o corpo adormecido. Será que sabia que eu tinha conseguido? Eu não ouvia nem uma palavra do que ele dizia. Era como estar numa esfera diferente da que ocupavam aqueles dois corpos sólidos, mas me sentia completo e real.

Ah, que sensação deliciosa! Tão parecida com a minha liberdade de vampiro que eu quase chorei. Tive pena dos dois seres sólidos e sozinhos lá embaixo. Minha vontade era atravessar o teto e sair para a noite.

Lentamente eu subi, atravessei o telhado do hotel e enfim pairei sobre a areia branca da praia.

"Já é o bastante", pensei. O medo me dominava, como sempre me dominara todas as vezes em que experimentei esse pequeno truque antes. O que, em nome de Deus, me mantinha vivo naquele estado?! Eu precisava do meu corpo! Despenquei cegamente para dentro do corpo, na cama. Acordei com um formigamento em todo o corpo e vi David me encarando.

– Eu consegui – anunciei, chocado com a sensação de sentir outra vez os tubos de pele e de osso fechando-se em volta de mim, de ver meus dedos se movendo a um comando do meu cérebro, sentir os pés vivos dentro dos sapatos. Deus do céu, que experiência! Tantos, tantos mortais já haviam tentado descrevê-la. E muitos outros, na sua ignorância, não acreditavam que fosse possível.

– Lembre-se de fechar seus pensamentos – comentou David, de repente. – Por maior que seja seu entusiasmo. Feche sua mente por completo!

– Sim, senhor.

– Assim está melhor. Agora, vamos fazer outra vez.

À meia-noite – umas duas horas depois de termos começado –, eu já podia sair daquele corpo facilmente. Na verdade, era como um vício – a sensação de leveza, a fantástica e rápida ascensão! A deliciosa facilidade com que atravessava as paredes e o teto, e depois a volta repentina e impactante. Era um prazer profundo e pulsante, puro e cheio de luz, como uma excitação erótica da mente.

– Por que o homem não pode morrer assim, David? Quero dizer, simplesmente subir para o céu, deixando a Terra?

– Você viu uma porta aberta, Lestat? – perguntou ele.

– Não – respondi tristemente. – Eu vi este mundo. Tão claro, tão belo. Mas era este mundo.

– Meu amigo, nós somos corpo e alma – observou ele também com tristeza. – Quando aquela porta se abre, tem algo a ver com ambos. Venha, agora vai aprender a atacar.

– Mas pensei que você fosse fazer isso, David. Você o expulsa para fora do corpo e...

– Sim, e suponha que ele me veja antes que eu possa começar e me transforme numa bela e pequena tocha. O que acontece? Não, você precisa aprender esse truque também.

Era muito mais difícil. Exigia exatamente o contrário da passividade e do relaxamento necessários para a experiência anterior. Agora, eu devia focalizar minha energia em David com o firme objetivo de obrigá-lo a sair do seu corpo – um fenômeno que eu na verdade esperava jamais ver – e depois passar para dentro dele. A concentração era intensa. Calcular o momento exato era crucial. E os esforços repetidos produziram um nervosismo exaustivo e intenso como o de uma pessoa destra que tenta escrever perfeitamente com a mão esquerda.

Mais de uma vez, eu quase chorei de raiva e frustração. David insistiu inflexivelmente dizendo que devíamos continuar e que não podíamos deixar de fazer aquilo. Não, uma boa dose de uísque não vai resolver. Não, só podíamos comer mais tarde. Não, não podíamos parar para um passeio na praia e um banho de mar noturno.

Na primeira vez que consegui, foi extremamente revoltante. Lancei-me velozmente para David e senti o impacto com a mesma intensidade com que tinha sentido a liberdade do voo. Então eu estava dentro de David e por uma fração de segundo eu me vi – boquiaberto e com o olhar vazio – através das lentes fracas dos olhos dele.

Veio a seguir a escura e apavorante desorientação e o golpe invisível, como se alguém tivesse apoiado a mão enorme no meu peito. Compreendi que David tinha voltado e estava me empurrando para fora. Pairei no ar por um instante e voltei para meu corpo coberto de suor, rindo descontroladamente de excitação e fadiga.

– É tudo de que precisamos – disse ele. – Agora eu sei que conseguiremos. Vamos, mais uma vez! Repetiremos vinte vezes, se for preciso, até termos certeza de que não há nenhuma falha.

No quinto assalto fiquei no corpo dele durante trinta segundos, mesmerizado pelas sensações diferentes que o seu corpo me impunha – os membros mais leves, a visão mais fraca e a estranheza da minha voz saindo da garganta dele. Olhei para baixo e vi as mãos – magras, com veias salientes –, e toquei os pelos escuros nas costas dos dedos. Aquelas eram as minhas mãos! Como era difícil controlá-las. Uma delas tinha um tremor pronunciado que eu não havia notado antes.

Então o empurrão outra vez, e eu estava voando para cima e depois mergulhando de volta no corpo de vinte e seis anos.

Acho que repetimos umas doze vezes antes que o praticante de candomblé resolvesse que estava na hora de se defender do meu ataque.

– Agora, deve se lançar para mim com maior determinação. Seu objetivo é tomar posse deste corpo! E espere resistência.

Lutamos durante uma hora. Finalmente, quando consegui expulsá-lo e mantê-lo fora por um espaço de dez segundos, David declarou que era o bastante.

– Ele disse a verdade sobre as células! Elas vão reconhecê-lo. Vão receber você e lutar para conservá-lo. Qualquer humano adulto sabe como usar o próprio corpo muito melhor do que um intruso. E naturalmente você sabe como usar seus dons sobrenaturais de um modo que nem imagina. Acho que vamos conseguir. Na verdade, tenho certeza.

– Mas diga-me uma coisa, David. Antes de terminarmos, não tem vontade de me expulsar deste corpo e ficar com ele? Quero dizer, só para ver como é?

– Não – disse ele, em voz baixa. – Não tenho.

– Mas não está curioso? Não quer saber...

Percebi que estava abusando da sua paciência.

– Escute, a verdade é que não temos tempo para essa experiência. E talvez eu não queira saber. Lembro-me muito bem da minha juventude. Bem demais, posso dizer. Não estamos brincando. Você pode realizar o ataque, agora. Isso é o que importa. – Consultou o relógio. – São quase três horas. Vamos comer alguma coisa e dormir. Temos um longo dia pela frente. Vamos examinar o navio e confirmar nossos planos. Precisamos estar descansados e de posse de todas as nossas faculdades. Venha, vamos ver o que podemos arranjar ainda para comer e beber.

Caminhamos até a pequena cozinha – um lugarzinho engraçado, úmido e desarrumado. O bondoso dono do hotel havia deixado dois pratos para nós na geladeira enferrujada e barulhenta, com uma garrafa de vinho branco. Sentamos à mesa, devoramos o arroz, a batata-doce, a carne, sem nos importarmos com o fato de a comida estar fria.

– Você pode ler meus pensamentos? – perguntei, depois de tomar duas taças de vinho.

– Nenhum, você aprendeu bem o truque.

– E o que eu faço quando estiver dormindo? O *Queen Elizabeth 2* deve estar a umas cem milhas daqui. Deve chegar ao porto dentro de duas horas.

– A mesma coisa que faz quando está acordado. Fecha tudo. Porque, na verdade, ninguém adormece por completo. Nem em estado de coma. A vontade está sempre funcionando. E tudo isso está relacionado com a vontade.

Olhei para ele. David estava cansado, mas não parecia abatido nem debilitado. O cabelo escuro e farto com certeza contribuía para a impressão de vigor, e os olhos grandes e escuros tinham o mesmo brilho feroz e decidido de sempre.

Terminei de comer, empilhei os pratos na pia e saí para a praia sem dar nenhuma satisfação. David certamente ia dizer que precisávamos descansar e eu não pretendia me privar daquela última noite como um ser humano sob a luz das estrelas.

Desci para a praia, tirei a roupa e entrei no mar. A água estava fria, mas convidativa, e, estendendo os braços, comecei a nadar. Não foi fácil, mas também não foi difícil, a partir do momento em que me resignei a usar o método humano – braçada após braçada, contra a força do mar, deixando que a água se encarregasse de manter aquele corpo pesado junto à superfície.

Nadei até bem longe da praia, depois virei de costas e, boiando, olhei para o céu. Estava cheio ainda de nuvens leves e rápidas. Uma grande paz me invadiu, apesar do frio que sentia, da escuridão que me rodeava e da estranha sensação de vulnerabilidade flutuando ali sozinho naquele mar traiçoeiro. Pensei em voltar ao meu antigo corpo e me senti feliz, mais uma vez me convencendo de que havia falhado na minha aventura humana.

Não fui o herói dos meus sonhos. Achei a vida humana difícil demais.

Finalmente nadei de volta para a praia. Apanhei minhas roupas, sacudi para tirar a areia e, com elas dependuradas no ombro, caminhei para o pequeno quarto.

Só uma lâmpada estava acesa na mesa de cabeceira. David estava sentado na cama perto da porta, com um longo paletó de pijama, fumando um dos seus charutos finos. Eu gostava do cheiro, discreto e doce.

Como sempre, David era uma figura cheia de dignidade, braços cruzados, observando com curiosidade quando apanhei uma toalha no banheiro e enxuguei o corpo e a cabeça.

– Acabo de falar com Londres – avisou.

– Quais são as novidades? – Enxuguei o rosto e deixei a toalha no espaldar da cadeira. Estando seco, o ar era agradável ao meu corpo nu.

– Roubo nas colinas acima de Caracas. Muito parecido com os crimes de Curaçao. Uma grande vila repleta de obras de arte, joias, quadros. Muita coisa foi destruída, apenas pequenos objetos foram roubados, três pessoas mortas. Devemos agradecer aos deuses a falta de imaginação humana, a mesquinhez das ambições desse homem e o fato de a nossa oportunidade de detê-lo ter chegado tão cedo. Mais um pouco e ele despertaria para seu potencial monstruoso. Por enquanto, não passa de um idiota previsível.

– Existe algum ser no mundo que faça uso de tudo que possui? – perguntei. – Talvez um pequeno número de seres geniais e corajosos conheçam os próprios limites. O resto de nós não faz outra coisa senão se queixar.

– Eu não sei – disse David, com um sorriso triste e fugaz. Balançou a cabeça e desviou os olhos. – Alguma noite, quando tudo isso estiver terminado, conte-me outra vez como foi essa aventura para você. Como foi possível estar nesse corpo belo e jovem e odiar tanto este mundo.

– Eu contarei, mas você jamais compreenderá. Está do outro lado do vidro. Só os mortos sabem como é terrível estar vivo.

Tirei uma camisa de malha da mala, mas não a vesti. Sentei na cama ao lado dele. Beijei gentilmente seu rosto, como tinha beijado em Nova Orleans, sentindo com prazer a aspereza da barba – como gostava desse tipo de coisa quando eu era realmente Lestat e nas minhas veias corria o forte sangue masculino!

Cheguei mais para perto e de repente David segurou minha mão e me empurrou com gentileza.

– Por que, David? – perguntei.

Ele não respondeu. Com a mão direita afastou o cabelo dos meus olhos.

– Não sei – murmurou. – Eu não posso. Simplesmente não posso.

Levantou da cama com gestos leves e graciosos e saiu para a noite.

Por um momento, a fúria do desejo reprimido me paralisou. Depois eu o segui. David estava parado na praia sozinho, como eu poucos minutos antes.

Parei atrás dele.

– Por favor, diga-me. Por que não?

– Eu não sei – repetiu David. – Só sei que não posso. Eu quero. Acredite, eu quero. Mas não posso. Meu passado está... muito próximo de mim. – Suspirou profundamente e depois de algum tempo continuou: – Minhas lembranças daqueles dias são muito nítidas. É como se eu estivesse outra vez na Índia, no Rio de Janeiro. Ah, sim, no Rio. É como se eu fosse jovem outra vez.

Eu sabia que a culpa era minha. Sabia também que de nada adiantaria me desculpar. E compreendi mais. Eu era um ser perverso e, mesmo naquele corpo, David sentia o mal em mim. Sentia a avidez pura do vampiro. Era o mal, antigo e terrível. Gretchen não sentiu. Eu a enganei com meu corpo quente e sorridente. Mas quando David olhava para mim, ele via aquele demônio louro de olhos azuis que conhecia muito bem.

Eu não disse nada. Olhei para o mar. "Devolva-me meu corpo. Deixe que eu seja aquele demônio", pensei. "Liberte-me deste desejo vulgar e desta fraqueza. Leve-me de volta para as trevas que são o meu lugar." E naquele momento minha solidão e a miséria da minha existência me pareceram tão terríveis quanto sempre foram antes daquela experiência, antes daquela breve estada dentro de um corpo vulnerável. "Sim, deixe-me sair deste corpo, por favor. Deixe que eu seja apenas um observador. Como pude ser tão tolo?"

David disse alguma coisa que não entendi. Ergui os olhos devagar, afastando-me dos meus pensamentos, e vi que ele estava olhando para mim com a mão delicadamente pousada no meu pescoço. Tive vontade de dizer alguma coisa agressiva – tire a mão de cima de mim, não me atormente –, mas permaneci calado.

– Não, você não é o mal, não é isso – murmurou ele. – Sou eu que não compreendo. É o meu medo! Você não sabe o que essa aventura significa para mim! Estar aqui outra vez nesta parte do grande mundo... e com você! Eu te *amo*. Eu te amo desesperada e perdidamente, amo a alma que há em você e que, mesmo que você não compreenda isso, não é má. Não é voraz. Mas é imensa. Ela domina até mesmo esse corpo jovem e belo porque é a sua alma, destemida e indomável e fora do tempo, a alma do verdadeiro Lestat. Eu não posso ceder. Não posso... fazer isso. Perderia a mim mesmo para sempre, tão certo como se... como se...

David não concluiu a frase, abalado demais para continuar. Abominei a dor na sua voz, o leve tremor que ameaçava sua profunda segurança. Como eu poderia me perdoar? Fiquei imóvel, olhando para longe, para a noite. Os únicos sons eram as ondas quebrando na praia e o leve murmúrio das folhas dos coqueiros. Como era vasto o céu, como eram belas e profundas aquelas horas antes do nascer do sol.

Vi o rosto de Gretchen, ouvi sua voz.

Houve um momento, esta manhã, que pensei que eu podia desistir de tudo só para ficar com você... Eu me senti arrebatada, como a música costumava me arrebatar. E se você dissesse "venha comigo", mesmo agora, eu talvez fosse... O significado da castidade é não se apaixonar... eu poderia me apaixonar por você. Sei que poderia.

Então, além da imagem ardente, vaga, mas inegável, vi o rosto de Louis e ouvi a sua voz pronunciar palavras que eu queria esquecer.

Onde estava David? Precisava acordar destas lembranças. Eu não as quero. Ergui os olhos e o vi outra vez e vi nele a antiga e conhecida dignidade, a discrição, a força inabalável. Mas vi a dor também.

– Perdoe-me – murmurou com voz trêmula ainda, enquanto lutava para manter a bela e elegante aparência. – Você bebeu da fonte da juventude quando tomou o sangue de Magnus. É verdade. Jamais vai saber o que significa ficar velho como estou agora. Que Deus me ajude, detesto esta palavra, mas é verdade. Estou velho.

– Compreendo – falei. – Não se preocupe. – Inclinei-me e o beijei outra vez. – Vou deixá-lo em paz. Venha, precisamos dormir. Eu prometo que vou deixá-lo em paz.

21

— Bom Deus, olhe para isto, David.

Eu desci do táxi no cais cheio de gente. O *Queen Elizabeth 2,* azul e branco, era grande demais para entrar na pequena baía. Estava ancorado a uns dois ou três quilômetros da costa, eu não podia calcular exatamente, tão monstruosamente grande que parecia um navio de pesadelo, petrificado sobre as águas paradas do porto. Só as fileiras infindáveis de janelas impediam que parecesse o navio de um gigante.

A ilhazinha pitoresca com suas colinas verdes e a curva da sua praia parecia estender os braços para o grande navio, procurando em vão diminuir seu tamanho e trazê-lo para mais perto.

Olhei para o *Queen Elizabeth 2* com uma sensação de agradável expectativa. Eu jamais viajara num navio daquele porte. Essa parte ia ser divertida.

Uma pequena lancha de madeira, com o nome pintado em letras grandes, aproximou-se do cais de concreto trazendo alguns passageiros.

– Lá está Jake, na proa da lancha – disse David. – Venha, vamos para o Café Centaur.

Caminhamos devagar sob o sol quente, confortáveis em nossas camisas de manga curta e calças de brim – dois turistas. Passamos pelos nativos de pele escura que vendiam conchas, bonecas de pano, pequenos tambores de metal e outras lembranças. Como era linda a ilha! Com as casas pequenas nas encostas arborizadas e os prédios mais sólidos da cidade de St. George's amontoados sobre o rochedo íngreme à esquerda, além da curva do cais. A paisagem tinha uma tonalidade quase italiana, com suas paredes vermelho-escuras e manchadas e telhas enferrujadas e onduladas lembravam azulejos contra a luz do sol. Era um lugar que merecia ser explorado – em outra ocasião.

O bar estava escuro e frio. Havia poucas mesas pintadas de cores vivas e cadeiras com espaldar reto. David pediu uma garrafa de cerveja gelada e logo Jake chegou – com a mesma bermuda cáqui e camisa polo da noite anterior – e escolheu cuidadosamente uma cadeira da qual podia ver a porta. O mundo lá fora parecia feito de água cintilante. A cerveja era muito boa, com um acentuado sabor de malte.

– Muito bem, está feito – disse Jake, em voz baixa, com o rosto inexpressivo e olhar distante, como se estivesse sozinho e profundamente mergulhado em pensamentos. Tomou um gole de cerveja na garrafa e passou duas chaves para David, sobre a mesa. – O navio leva mil passageiros. Ninguém vai notar que o sr. Eric Sampson não voltou para bordo. A cabine é pequena, interna como pediu, e dá para o corredor bem no centro do navio, convés cinco, como já sabe.

– Ótimo. E você conseguiu duas chaves. Muito bom.

– A mala está aberta, com metade do seu conteúdo espalhado na cama. As armas estão na mala, dentro de dois livros. Eu mesmo arranquei as páginas para abrir espaço para elas. As fechaduras também estão lá. Não será difícil instalar uma delas na porta da cabine, mas não sei se o pessoal de bordo vai gostar. Mais uma vez, desejo sorte a vocês. Ah, sim, soube do assalto e roubo desta manhã, nas colinas? Parece que temos um vampiro em Granada. Talvez você deva ficar por aqui, David. É a sua especialidade.

– Esta manhã?

– Três horas da madrugada. Bem ali, ao lado do rochedo. A casa grande de uma austríaca rica. Todos assassinados. Uma cena horrível. A ilha inteira está comentando. Bom, eu já vou indo.

Só depois que Jake saiu David falou:

– Isto não é bom, Lestat. Às três da manhã estávamos na praia. Se ele sentiu, mesmo vagamente nossa presença, pode não estar no navio. Ou pode estar se preparando para nos enfrentar.

– Ele esteve ocupado esta manhã, David. Além disso, se tivesse sentido nossa presença, teria transformado nosso quarto numa fogueira. A não ser que não saiba como fazê-lo, mas não dá para ter certeza. Vamos embarcar agora nesse maldito navio. Estou farto de esperar. Veja, está chovendo.

Apanhamos nossa bagagem, inclusive a monstruosa mala de couro que David havia comprado em Nova Orleans, e corremos para a lancha. Uma multidão de mortais idosos e frágeis começou a surgir de toda a parte – saindo de táxis e da proteção das marquises das lojas mais próximas –

quando a chuva ficou mais forte. Levamos alguns minutos para embarcar na pequena lancha de madeira e conseguir um lugar no banco forrado de plástico molhado.

Assim que aproamos para o *Queen Elizabeth 2*, senti outra vez a empolgação da aventura – era divertido navegar sobre o mar quente num barco tão pequeno. Adorei o movimento quando a lancha ganhou velocidade.

David estava muito tenso. Abriu o passaporte, leu as informações pela vigésima sétima vez e o guardou novamente. Naquela manhã, depois do café, tínhamos estudado nossas novas identidades, mas esperávamos não ter de fazer uso de todos os detalhes.

Para todos os efeitos, o dr. Stoker, aposentado, estava no Caribe em viagem de férias, mas muito preocupado com seu amigo Jason Hamilton, que ocupava a suíte Rainha Vitória. Estava ansioso para vê-lo, como explicaria para os camareiros do convés de sinalização, porém sob a advertência de não comentarem sua preocupação com o sr. Hamilton.

Eu era apenas um americano que ele havia conhecido no pequeno hotel e que por coincidência iria embarcar também no *Queen Elizabeth 2*. Não havia nenhuma outra conexão entre nós dois, uma vez que James estaria no meu corpo depois da troca e David teria de acusá-lo de diversos crimes, se ele não pudesse ser controlado.

Havíamos estudado também justificativas para o caso de nos interrogarem sobre qualquer tipo de desordem que poderíamos provocar. Mas, de um modo geral, não acreditávamos que chegaria a tanto.

Enfim, a lancha atracou numa enorme abertura bem no meio do imenso casco azul. Como o navio parecia absurdamente grande visto daquele ângulo! Fiquei realmente atônito.

Entreguei, distraído, a passagem aos membros da tripulação que nos receberam. A bagagem seria levada para a cabine. Com uma vaga orientação sobre como chegar ao convés de sinalização, entramos num corredor infindável com teto baixo e uma fileira de portas de cada lado. Ao fim de alguns minutos percebemos que estávamos perdidos.

Continuamos a andar e chegamos a um salão aberto com assoalho rebaixado e, por incrível que possa parecer, um piano branco de cauda, pousado sobre as três pernas como se estivesse pronto para um concerto, bem na parte interna e sem janelas do navio!

– Este saguão fica no centro do navio – disse David, apontando para uma planta do navio dentro de uma moldura. – Agora sei onde estamos. Venha comigo.

– Isso tudo é absurdo – disse, olhando para o carpete de cores vivas e as peças cromadas e de plástico. – Tudo sintético e horrível.

– Fale baixo, os britânicos têm muito orgulho deste navio e você pode ofender alguém. Não podem mais usar madeira, faz parte do regulamento. – Parou na frente de um elevador e apertou o botão. – Isto nos levará ao convés principal. O homem não disse que é lá que fica o salão de refeições?

– Não tenho a mínima ideia. – Entrei no elevador como um zumbi. – Isso é incrível.

– Lestat, desde o começo do século existem navios como este. Você tem vivido no passado.

No convés principal encontrei uma nova série de maravilhas. Um enorme teatro e uma galeria de lojas elegantes. Abaixo da galeria ficava o salão de dança, com o lugar para os músicos e uma enorme área com pequenas mesas e confortáveis poltronas de couro. As lojas estavam fechadas, uma vez que o navio estava no porto, mas podíamos ver o que continham através das grades. Roupas caras, joias, louças finas, paletós escuros para a noite e camisas de crepe, artigos diversos e para presentes expostos nas pequenas vitrines do salão.

Havia passageiros por toda a parte – a maioria mulheres e homens idosos em trajes de banho, quase todos reunidos no salão iluminado abaixo de onde estávamos.

– Vamos procurar as cabines – disse David, puxando-me pelo braço.

Ao que parecia, as suítes no topo do navio ficavam separadas do corpo principal. Tivemos de passar pelo restaurante, um lugar agradável e comprido reservado para os passageiros do convés superior, e chegamos ao elevador mais ou menos secreto que ia até as suítes. O restaurante tinha janelas grandes e largas que se abriam para o mar azul e o céu claro.

Aquela era a área da primeira classe nas viagens transatlânticas. Mas no Caribe não havia essa distinção, embora o salão e o restaurante a separassem do resto da pequena cidade flutuante.

Finalmente chegamos ao convés mais alto e a um corredor mais elegante do que os outros, com uma leve sugestão de *art déco* nas lâmpadas de plástico e nos belos enfeites das portas. A iluminação era também mais generosa e viva. Um camareiro prestativo – um cavalheiro de mais ou menos sessenta anos – saiu de uma pequena cozinha e nos conduziu às suítes na outra extremidade do corredor.

– Onde fica a suíte Rainha Vitória? – perguntou David.

O camareiro respondeu com o mesmo sotaque britânico que a suíte Rainha Vitória ficava logo depois da suíte de David. Apontou para a porta.

Senti o cabelo eriçar na minha nuca. Eu sabia, com certeza absoluta, que o demônio estava lá dentro. Por que ia se dar ao trabalho de encontrar um lugar de acesso mais difícil? Ninguém precisava me dizer. Encontraríamos uma grande mala encostada na parede, naquela suíte. Vagamente ouvi David fazendo uso de todo seu charme e sua pose, explicando ao camareiro que era médico e pretendia examinar seu amigo Jason Hamilton na primeira oportunidade, mas sem alarmá-lo.

"É claro que não", disse o camareiro, informando que o sr. Hamilton dormia durante o dia. Na verdade, estava dormindo na cabine naquele momento. Ele apontou para o aviso de "não perturbe" no trinco da porta, então perguntou se não queríamos nos instalar nas nossas suítes. Ali estava a nossa bagagem chegando naquele momento.

As cabines me surpreenderam. Pude ver as duas quando o camareiro abriu as portas e antes que eu entrasse na minha.

Mais uma vez tudo era de material sintético, parecendo artificial e sem o calor que a madeira empresta ao ambiente. Mas os cômodos eram grandes, luxuosos, e uma porta entre as duas permitia que se fizesse uma suíte dupla. A porta estava fechada.

Todas as cabines eram iguais, apenas com diferença de cores, muito parecidas com quartos de hotel, com grandes camas de casal, colchas de tons pastel e penteadeiras estreitas embutidas nas paredes espelhadas. Lá estava a obrigatória televisão com sua tela gigantesca e uma geladeira bem disfarçada, e até uma pequena saleta com um belo sofá, mesa de centro e uma poltrona estofada.

Entretanto, a maior surpresa foram as varandas. Uma grande parede de vidro com portas de correr que se abriam para aquelas pequenas varandas particulares, cada uma com uma mesa e cadeiras. Era um prazer debruçar na grade da varanda e olhar para a bela ilha e para a baía cintilante. Isso significava que a suíte Rainha Vitória também tinha uma varanda, através da qual o sol da manhã penetrava claro e cheio de força!

Rindo para mim mesmo, lembrei-me dos navios do século XIX com suas pequenas vigias. Embora me desagradassem as cores pálidas da decoração, assim como a ausência completa de qualquer tipo de material de revestimento mais elegante, eu começava a compreender a fascinação que James sentia por aquele pequeno mundo especial.

Durante todo esse tempo, ouvi David falando com o camareiro, o sotaque britânico de um reagindo ao do outro, acentuando-se gradualmente, falando tão depressa que eu mal conseguia acompanhar a conversa.

Ao que parecia, era tudo sobre o pobre e querido sr. Hamilton e o fato de o dr. Stoker estar ansioso para entrar na cabine enquanto ele dormia. O camareiro morria de medo de permitir tal coisa. Na verdade, o dr. Stoker queria uma chave da suíte do sr. Hamilton, a fim de vigiar de perto o paciente, para o caso de algum imprevisto...

Só gradualmente, enquanto eu desfazia minha mala, compreendi que aquela conversa, com toda sua polidez quase lírica, caminhava para a questão de um bom suborno. Finalmente David disse, em tom de grande consideração e delicadeza, que compreendia o problema do homem e, veja bem, ele queria que o bom camareiro jantasse lautamente à sua custa, na primeira vez que descesse para terra. E se alguma coisa saísse errada e o sr. Hamilton ficasse zangado, ele podia ter certeza de que David assumiria toda a culpa. Diria que tinha tirado a chave sem o camareiro saber. Desse modo, ele não seria implicado em coisa alguma.

Aparentemente David venceu a batalha. Ele devia estar usando seu poder hipnótico de persuasão. Mas continuaram a conversa, comentando sobre a gravidade da doença do sr. Hamilton, o fato de o dr. Stoker ter sido chamado pela família para examinar a pele dele. Ah, sim a pele. Sem dúvida, o camareiro deduziu que se tratava de uma doença que podia ser fatal. Finalmente confessou que todos os outros camareiros estavam almoçando, ele estava sozinho naquele convés e, sim, ia fingir que não estava vendo, se o dr. Stoker tinha certeza...

– Meu caro, eu me responsabilizo por tudo. Agora, quero que aceite isto pelo inconveniente que lhe causei. Vá jantar num bom... Não, não, não se preocupe. Agora, deixe tudo por minha conta.

Num instante o corredor estreito e muito iluminado ficou deserto. Com um sorriso triunfante, David me chamou. Ergueu a mão mostrando a chave da suíte Rainha Vitória. Atravessamos o corredor e ele pôs a chave na fechadura.

A suíte era enorme e em dois níveis separados por uns cinco degraus acarpetados. A cama, no nível mais baixo, estava desarrumada, com travesseiros enfileirados sob as cobertas para dar impressão de que alguém dormia nela com a cabeça coberta.

No nível mais alto ficava a saleta de estar e as portas de vidro para a varanda, cobertas pela cortina pesada que não deixava entrar o menor raio de luz. Entramos na suíte, acendemos a luz do teto e fechamos a porta.

Os travesseiros na cama até podiam enganar quem olhasse do corredor, mas vistos de perto não convenciam. Era apenas uma cama desarrumada.

Então onde estava o demônio? Onde estava a mala?

– Ah, ali – murmurei –, na outra extremidade da cama. – Logo que entrei, tive a impressão de que era uma mesa coberta quase completamente por uma espécie de tapeçaria decorativa. Mas via agora que era uma grande mala de metal preto guarnecido com placas de cobre muito brilhantes, grande o bastante para acomodar um homem deitado de lado e com as pernas encolhidas. A tapeçaria provavelmente estava pregada com cola sobre a tampa. No século passado eu havia muitas vezes usado esse tipo de disfarce.

Todo o resto da suíte estava em perfeita ordem e os armários repletos de roupas finas. Revistamos rapidamente as gavetas, mas não encontramos nenhum documento importante. Evidentemente James carregava consigo os papéis necessários e estava escondido dentro daquela mala. Não havia joias ou ouro escondidos naquele quarto. Mas encontramos uma pilha de volumosos envelopes selados que o demônio usava para se livrar do produto do roubo.

– Cinco caixas postais – disse eu, examinando os envelopes.

David anotou os números no seu pequeno caderninho de bolso com capa de couro e depois olhou para a mala.

Em voz muito baixa, eu recomendei cuidado. O demônio podia pressentir o perigo mesmo dormindo. Nem pense em tocar a fechadura.

David fez um gesto afirmativo. Ajoelhou ao lado da mala, aproximou o ouvido da tampa e recuou de repente com uma expressão feroz e satisfeita ao mesmo tempo.

– Ele está lá dentro – disse, sem tirar os olhos da mala.

– O que foi que você ouviu?

– O coração. Ouça você mesmo, se quiser. É o seu coração.

– Eu quero vê-lo – disse. – Recue um pouco, saia do meu caminho.

– Acho que não deve fazer isso.

– Ah, mas eu quero. Além disso, preciso examinar a fechadura.

Assim que me aproximei da mala, verifiquei que o trinco não estava fechado. James não podia fazer isso por meio da telepatia, ou talvez não achasse necessário. Procurei ficar ao lado da mala e estendendo o braço direito, puxei a lingueta de metal para cima e abri.

A tampa bateu na parede com um ruído surdo e ficou aberta. Olhei para um tecido preto e sedoso que escondia o que havia debaixo. Nenhum movimento.

Nenhum braço com força poderosa se ergueu para a minha garganta.

Mantendo-me o mais distante possível, segurei uma ponta do tecido preto e o levantei. Meu coração mortal batia descompassadamente e quase perdi o equilíbrio quando recuei alguns passos. Mas o corpo ali deitado, perfeitamente visível, com os braços enlaçando os joelhos dobrados, quase encostados no peito como eu havia imaginado, não se moveu.

O rosto bronzeado, imóvel, os olhos fechados, o perfil que eu conhecia tão bem, incandescente sobre o forro branco funéreo. Meu perfil. Meus olhos. Meu corpo vestido de preto – típico dos vampiros, alguns diriam –, o peito da camisa engomado e gravata preta. Meu cabelo, solto, farto e dourado brilhando à luz fraca.

Meu corpo!

E eu ali de pé, tremendo no corpo mortal, segurando o pedaço de seda preta como um toureiro na arena.

– Depressa! – murmurou David.

Então eu vi o pequeno movimento do braço dentro da mala. O cotovelo enrijeceu. A mão começou a soltar o joelho. Imediatamente atirei o pano de seda sobre ele exatamente como estava antes. Com um movimento rápido segurei a borda da tampa e a fechei.

Felizmente a tapeçaria não ficou presa quando a tampa se fechou, mas voltou à posição, cobrindo o fecho. Recuei atônito, cheio de medo, e senti a pressão dos dedos de David no meu braço.

Ficamos parados e em silêncio por um longo momento até termos certeza de que o corpo sobrenatural dormia outra vez.

Finalmente consegui me controlar e olhei em volta. Eu ainda tremia, mas estava ansioso para prosseguir com aquela aventura.

Mesmo com todo o material sintético, a suíte era suntuosa. Representava o tipo de luxo e privilégio que estão ao alcance de um pequeno número de mortais. Como James devia sentir prazer com tudo aquilo. E as finas e belas roupas de noite. Paletós de veludo preto e até uma capa de ópera. Vi uma enorme quantidade de pares de sapatos no chão do armário e uma profusa coleção de bebidas no bar aberto.

Será que ele atraía as mulheres para aquela suíte, convidando-as para beber alguma coisa e então tomava seu "pequeno drinque"?

Olhei para a parede de vidro, coberta pela cortina pesada, mas deixando passar duas linhas de luz na parte superior e inferior. Só mais tarde, lembrando tudo que observei, percebi que a suíte estava voltada para sudeste.

David apertou meu braço. Não seria melhor irmos agora?

Deixamos o convés de sinalização imediatamente, sem encontrar o camareiro. David levava a chave no bolso interno do paletó.

Descemos para o convés cinco, o último com cabines, mas não o último do navio, e encontramos a pequena cabine do fictício sr. Eric Sampson, onde outra mala esperava para receber o corpo que dormia lá em cima, quando voltasse a ser meu.

Um belo quarto pequeno e sem janelas. Notei a fechadura normal na porta. Mas e as outras, levadas a bordo por Jake a nosso pedido?

Eram grandes e pesadas demais para o nosso propósito. Verifiquei, contudo, que seria impossível abrir a porta se eu encostasse nela a mala. Isso impediria a entrada dos camareiros e a de James se ele conseguisse me encontrar, depois da troca. Na verdade, se a mala fosse colocada entre a porta e o beliche, ninguém a abriria. Excelente. Então aquela parte do plano estava realizada.

Agora eu precisava determinar qual o melhor caminho entre a suíte Rainha Vitória e a pequena cabine. Isso não era difícil uma vez que havia diagramas do interior do navio em todas as saletas de cada convés.

Percebi que a Escada A era o melhor caminho no interior do navio. Na verdade, parecia ser a única que dava acesso direto do nosso convés até o de número cinco. Assim que chegamos ao fim da escada, compreendi que seria fácil para mim saltar lá do alto e deslizar pelo poço. Agora, precisava subir para o andar das salas de recreação e verificar como podia alcançá-lo do convés superior.

– Ah, você pode fazer isso, meu jovem amigo – disse David. – Mas eu vou tomar o elevador para subir esses cinco andares.

Quando nos encontramos outra vez na tranquila luz do sol que batia no salão de refeições, eu já havia planejado cada passo. Pedimos gim-tônica – uma bebida que eu achava bastante tolerável – e estudamos com muita atenção todo o plano outra vez.

Ficaríamos escondidos durante a noite até James se retirar, no começo do dia. Se ele voltasse mais cedo, esperaríamos o momento crucial para o ataque, abrindo rapidamente a tampa da mala.

David manteria a arma apontada para ele enquanto nós dois tentávamos expulsá-lo do meu corpo e, assim que isso acontecesse, eu entraria. Era importante calcular o momento exato. James perceberia o perigo da luz do sol, saberia que não poderia mais permanecer naquele corpo vampírico. Não poderíamos lhe dar qualquer chance de defesa.

Se falhasse o primeiro ataque e chegássemos a trocar palavras, deixaríamos bem clara a vulnerabilidade da sua posição. Se ele destruísse um de nós dois, o corpo ficaria na sua suíte. Nossos gritos e pedidos de socorro atrairiam a atenção de todos que estivessem por perto. E para onde James poderia ir naquelas circunstâncias? Eu duvidava que ele soubesse quanto tempo poderia se manter consciente depois do nascer do sol. Na verdade, tinha certeza de que jamais havia se aventurado até o limite máximo, como eu fizera tantas vezes.

Sem dúvidas, ele ficaria tão confuso que teríamos sucesso no segundo ataque. E depois, enquanto David estivesse mantendo sob a mira de revólver o corpo mortal de James, eu sairia com velocidade sobrenatural para o corredor do convés de sinalização, desceria a escada interna para o convés inferior, seguiria pelo corredor estreito e por outro maior logo atrás do restaurante, onde deslizaria pelo poço da Escada A para chegar oito andares abaixo, entraria na pequena cabine do convés cinco e trancaria a porta. Depois de encaixar a mala entre a porta e o beliche, eu entraria, fechando a tampa para o meu sono.

Mesmo que eu encontrasse uma multidão de mortais lentos no meu caminho, não levaria mais de alguns segundos e, durante todo esse tempo, estaria a salvo, no interior do navio, protegido contra a luz do sol.

James – de volta ao corpo mortal e sem dúvida furioso – não teria a mínima ideia do meu paradeiro. Mesmo que dominasse David, não conseguiria localizar a minha cabine sem uma busca exaustiva que, certamente, estava muito acima da sua capacidade. E David a essa altura estaria denunciando o americano às autoridades, acusando-o de toda espécie de crimes sórdidos.

É claro que David não tinha intenção de ser dominado. Manteria o poderoso revólver prateado apontado para James até o navio chegar ao porto de Barbados, quando então o obrigaria a desembarcar. Depois, ficaria atento para ter certeza de que James não havia voltado a bordo. Ao pôr do sol eu sairia da mala e iria ao encontro de David, e então aproveitaríamos a viagem até o próximo porto.

Recostado na poltrona verde-clara, David tomava o gim-tônica, estudando nosso plano.

– Acho que você sabe que eu não posso matar aquele demônio – disse ele. – Com arma ou sem.

– Bem, é claro que não pode fazer isso a bordo – observei. – O tiro seria ouvido.

– E se ele perceber isso? Se tentar me tirar a arma?

– Então ele terá o mesmo problema. Acho que ele tem inteligência suficiente para perceber isso.

– Se for preciso, eu atiro nele. Esse é o pensamento que James poderá ler na minha mente com todo o seu poder psíquico. Se for obrigado, eu atiro. Depois faço as acusações. Ele estava tentando assaltar sua cabine. Eu estava esperando por você quando ele entrou.

– Escute, e se fizermos a troca com tempo suficiente para eu atirá-lo ao mar antes de o sol nascer?

– Nada disso. Há oficiais e passageiros por toda a parte. Certamente alguém o veria e teríamos o alarme de "homem ao mar" e uma tremenda confusão.

– Eu posso amassar a cabeça dele.

– Nesse caso, eu terei de esconder o corpo. Não, vamos esperar que o monstrinho compreenda que teve sorte e desembarque alegre e faceiro. Não quero ter de... Não me agrada a ideia...

– Eu sei, eu sei, mas pode simplesmente trancá-lo dentro dessa mala. Ninguém o encontraria.

– Lestat, não quero assustá-lo, mas temos muitas razões para não o matar. Ele mesmo as enumerou para você. Não está lembrado? Ameace aquele corpo e ele sai de dentro dele e ataca outra vez. Na verdade, nesse caso ele não teria outra escolha. Além do mais, estaríamos prolongando a batalha psíquica no pior momento. Não é impossível que ele o siga até o convés cinco para tentar roubar seu corpo outra vez. E claro que seria tolice fazer isso sem ter um bom lugar para se esconder. Mas suponha que ele tenha outro esconderijo. Pense nisso.

– Sim, talvez você tenha razão.

– E nós não conhecemos a extensão dos seus poderes psíquicos. Não nos esqueçamos de que é a especialidade dele: troca de corpos e possessão! Não. Não tente afogá-lo ou amassar a cabeça dele. Deixe que ele volte ao corpo mortal. Eu o manterei sob a mira do revólver até você ter tempo de desaparecer e, enquanto isso, eu e ele conversaremos sobre o que o espera.

– Sim, eu compreendo.

– Então, se eu tiver de atirar nele, muito bem, eu atiro. Ponho o corpo na mala e torço para que ninguém ouça o estampido. Quem sabe? Pode acontecer.

– Meu Deus, já pensou que vou deixar você com esse monstro? David, por que não agimos logo depois do pôr do sol?

– Não, não devemos. Isso significaria uma tremenda batalha psíquica. E ele pode se manter no corpo tempo suficiente para fugir e nos deixar nesse navio, que estará em alto-mar durante toda a noite. Lestat, já pensei em tudo isso. Cada parte do plano é crucial. Precisamos atacar quando ele estiver mais fraco, um pouco antes do nascer do sol, com o navio chegando ao porto, de modo que, logo que James entrar no corpo mortal, possa desembarcar alegre e dando graças a Deus. Agora, quero que confie em mim para detê-lo. Você não sabe quanto eu o desprezo! Se soubesse, talvez não se preocupasse comigo.

– Pode ter certeza de que o matarei logo que o encontrar.

– Mais uma razão para ele desembarcar sem luta. Vai querer alguma vantagem de tempo para escapar de você, e eu o aconselharei a ser muito rápido.

– A caça ao animal de grande porte. Vou adorar. Eu o encontrarei mesmo que esteja escondido em outro corpo. Que jogo maravilhoso vai ser.

David ficou calado por um momento.

– Há ainda outra possibilidade, é claro...

– Qual? Não estou entendendo.

David hesitou, escolhendo as palavras certas, e depois olhou para mim.

– Podemos destruir aquela coisa, você sabe.

– David, o que deu em você, como pode pensar...?

– Lestat, nós dois podemos fazê-lo. Existem meios. Antes do pôr do sol podemos destruir aquela coisa e você será...

– Não diga mais nada! – Fiquei furioso. Mas quando vi a tristeza nos olhos dele, a evidente confusão moral, eu me sentei com um suspiro e disse, com voz mais suave: – David, eu sou o vampiro Lestat. Aquele é o meu corpo. Nós vamos recuperá-lo para mim.

Por um momento ele não respondeu e depois balançou a cabeça enfaticamente e disse, num murmúrio:

– Sim. Está certo.

Ficamos em silêncio e eu fiz uma revisão mental do plano. Quando olhei para ele outra vez, David parecia absorto em pensamentos.

– Quer saber, eu acho que tudo vai correr muito bem – disse ele. – Especialmente considerando sua descrição de James naquele corpo. Desajeitado, pouco à vontade. Além disso, devemos lembrar o tipo de ser humano que ele é, sua idade, seu *modus operandi*, por assim dizer. *Ummm*. Ele não vai tirar aquela arma de mim. Sim, acho que tudo vai sair de acordo com nossos planos.

– Eu também – afirmei.

– E, pensando bem – acrescentou ele –, é a única chance que teremos!

22

Durante as duas horas seguintes exploramos o navio. Era imperativo que ficássemos escondidos à noite, quando James percorria cada convés. Para isso, precisávamos conhecer tudo, e devo confessar que minha curiosidade sobre o *Queen Elizabeth 2* era intensa!

Saímos do restaurante tranquilo para o corpo principal do navio, passamos várias portas de cabines e chegamos ao mezanino circular com lojas elegantes. Descemos uma escada larga, atravessamos o salão de dança, o enorme salão de estar, os bares escuros, todos com carpetes de cores vivas e música eletrônica, depois passamos pela piscina interna sob o teto de vidro e mesas redondas, depois a piscina aberta, onde um grande número de passageiros tomava sol nas cadeiras de praia cochilando, lendo jornais ou livros de bolso.

Chegamos a uma pequena biblioteca, repleta de leitores silenciosos, e ao cassino escuro, que só se abria quando o navio deixava o porto. Ali estavam as máquinas caça-níqueis e as mesas de 21 e roleta.

Depois espiamos para dentro do teatro enorme, também escuro, onde umas quatro ou cinco pessoas assistiam a um filme numa tela gigantesca.

Outro salão de estar e mais outro, alguns com janelas, outros completamente escuros e mais um luxuoso restaurante para os passageiros de classe média, com acesso por meio de uma escada circular. Um terceiro restaurante – também muito bonito – servia os passageiros dos conveses inferiores. Descemos, passamos por minha cabine secreta e descobrimos duas salas de ginástica com os aparelhos para musculação e salas para banhos a vapor.

Encontramos então uma pequena seção para atendimento hospitalar, enfermeiras com uniformes engomados e quartos minúsculos e muito iluminados. Mais adiante, uma sala sem janelas onde várias pessoas trabalhavam sentadas na frente de computadores brancos. Um salão de beleza para senhoras e outro para homens. Passamos por um balcão de agência de viagens e por um banco.

Caminhamos o tempo todo por longos corredores que pareciam não ter fim, sempre entre as paredes e o teto bege opaco. As cores medonhas se sucediam nos carpetes. Na verdade, às vezes os desenhos rebuscados e modernos se entrecruzavam com tamanha violência e contraste nas portas que eu não conseguia me conter e ria alto. Perdi a conta das escadas com degraus estreitos e almofadados. Não conseguia distinguir um hall de elevadores do outro. Para onde quer que olhasse, via os números nas portas das cabines. Os quadros eram sem vida e pareciam todos iguais. Várias vezes, tive de consultar os diagramas para saber por onde passamos, onde estávamos e para onde íamos, ou, umas cinco ou seis vezes, para sair de um caminho onde andávamos em círculos.

David estava achando tudo muito divertido, especialmente porque em cada canto encontrávamos passageiros perdidos. Pelo menos seis vezes ajudamos pessoas a encontrar o caminho certo. E logo depois nos perdíamos outra vez.

Finalmente, por verdadeiro milagre, conseguimos voltar ao nosso restaurante, de onde subimos para o convés de sinalização para nossas cabines. Faltava ainda uma hora para o pôr do sol e os motores já estavam funcionando.

Assim que acabei de me vestir para a noite – uma camisa branca de gola alta e terno de algodão leve, listrado –, fui até a varanda para ver a fumaça saindo da grande chaminé. O navio todo vibrava com a força dos motores. A suave luz do Caribe desaparecia nas colinas distantes.

Senti-me dominado por uma apreensão torturante. Era como se minhas entranhas estivessem vibrando com os motores. Mas não tinha nada a ver com o navio. Eu pensava apenas que jamais veria aquela luz natural de novo. Só tornaria a ver a luz do crepúsculo, como aquele que se aproximava, mas nunca mais aquele esplendor do sol poente no mar marchetado, nunca mais o brilho dourado nas janelas distantes, nem o céu azul tão claro naquela última hora do dia, acima das nuvens.

Eu queria me agarrar ao momento mágico, saborear cada mudança suave e sutil. Séculos atrás não tive tempo de me despedir da luz do dia. Quando o sol se pôs, naquele dia fatídico, eu nem sonhava que jamais ia vê-lo até estes dias. Eu nem sequer imaginava!

Certamente eu devia ficar ali, sentindo pela última vez o calor do sol, saboreando aqueles preciosos momentos de luz total.

Mas, na verdade, eu não queria. Não me importava. Eu a tinha visto em momentos muito mais preciosos e maravilhosos. Estava acabado, não estava? Logo eu seria novamente o vampiro Lestat.

Entrei, atravessei a sala de estar e parei na frente do espelho. Sim, aquela seria a noite mais longa da minha existência, pensei – mais longa do que a noite de frio e de febre em Georgetown. Ah, e se eu falhasse?

David me esperava no corredor, elegante como sempre no seu terno de linho. Precisávamos sair dali, disse ele, antes de o sol desaparecer no mar. Mas eu não tinha tanta pressa. Não acreditava que aquele cretino idiota saltasse da mala em pleno pôr do sol, como eu gostava de fazer. Era provável que ficasse deitado no escuro, cheio de medo, até muito tempo depois de a noite chegar.

Então o que ia fazer? Abrir as cortinas e sair do navio pela varanda para saquear e matar alguma família na praia distante? Ah, mas ele já havia atacado Granada. Talvez tivesse resolvido tirar um descanso.

Não podíamos saber.

Descemos para o restaurante e depois saímos para o vento no convés. Muitos passageiros estavam ali para presenciar a saída do porto. O grande navio estava se preparando. Uma fumaça espessa e cinzenta subia da chaminé para a luz pálida do céu.

Apoiei os braços na amurada e olhei para a curva distante da terra. As ondas, no seu movimento infinito e mutante, apanhavam a luz e a transformavam em milhares de tons e de graus de opacidade. Na noite seguinte iriam parecer muito mais variadas e transparentes aos meus olhos. Contudo, olhando para o mar, esqueci os pensamentos de futuro. Eu me perdi na pura majestade do mar envolto pela luz rosada e quente que passou a banhar o azul do céu infinito.

Os mortais ao meu lado pareciam sob o efeito de um encantamento. Falavam pouco, reunidos no convés para homenagear aquele momento. A brisa soprava leve e perfumada. O sol cor de laranja, como um olho curioso no horizonte, desapareceu de repente. Uma explosão gloriosa de luz amarela atingiu a parte inferior das nuvens. A luminosidade rosada subiu para o céu infindável e através da magnífica névoa de cores surgiram as estrelas.

A água escureceu, as ondas bateram com maior violência e percebi que o navio começava a se mover. O apito estridente, anunciando a partida, ecoou em mim com um misto de medo e ansiosa expectativa. O movimento era tão vagaroso que só olhando para a praia distante era possível calcular sua velocidade. Navegávamos rumo a oeste para dentro da luz agonizante.

Voltei-me e vi David segurando com força a amurada e olhando hipnotizado para o horizonte, para as nuvens e para o céu cor-de-rosa.

Eu queria dizer alguma coisa importante, algo que definisse o amor profundo que parecia partir meu coração. Pousei minha mão esquerda sobre a direita dele.

– Eu sei – murmurou David. – Acredite, eu sei. Mas agora você precisa tomar cuidado. Mantenha sua mente fechada.

"Ah, sim, abaixe o véu. Seja mais uma entre as centenas de mentes fechadas. Silenciosas e solitárias. Mais um solitário." E assim meu último dia como homem mortal chegou ao fim.

Um fim suave e silencioso.

O apito estridente soou outra vez. O navio acabava de completar a volta. Navegava para o mar aberto. O céu escurecia rapidamente e estava na hora de nos retirarmos para o convés inferior e encontrar uma sala distante onde não fôssemos vistos.

Olhei para o céu. A luz tinha desaparecido por completo e senti um frio no coração. Um arrepio sinistro percorreu meu corpo. Mas eu não podia lamentar a fuga da luz. Não devia. Tudo que a minha alma monstruosa desejava era ter de volta meus poderes de vampiro. Mas a própria terra parecia exigir algo melhor – que eu chorasse por aquilo que estava rejeitando.

Eu não podia. Senti a tristeza, o peso do fracasso da minha aventura humana enquanto permanecia imóvel e em silêncio ali, acariciado pela brisa suave.

David me puxou pelo braço.

– Sim, vamos entrar – disse eu e dei as costas para o sereno céu do Caribe. Era noite e meus pensamentos estavam todos com James, somente com James.

Como eu gostaria de ver o idiota saindo do seu esconderijo de seda! Mas seria arriscado demais. Não havia nenhum lugar seguro de onde fosse possível observá-lo naquele momento. Devíamos nos esconder.

Tudo mudou no navio com o cair da noite.

Era grande o movimento nas pequenas lojas da galeria. Homens e mulheres, com trajes de noite, começavam a tomar seus lugares no salão do teatro.

As máquinas caça-níqueis do cassino adquiriram vida com suas luzes piscantes e uma multidão já estava em volta da mesa da roleta. Casais idosos dançavam à meia-luz, ao som da música lenta da banda.

Sentamos num canto escuro do Club Lido, pedimos nossos drinques e David disse que ia subir sozinho até o convés de sinalização e que eu não devia sair de onde estava.

– Mas por quê? Por que quer que eu fique aqui? – perguntei, furioso.

– Ele o reconhecerá assim que o vir – falou como se eu fosse uma criança. Então colocou seus óculos escuros. – Provavelmente nem vai notar a minha presença.

– Tudo bem, chefe – falei, aborrecido, furioso por ficar esperando enquanto David procurava uma aventura.

Recostei na cadeira, tomei outro gole do gim-tônica, antisséptico e frio, forçando meus olhos mortais a distinguir os pares jovens na pista de dança. O volume da música era intolerável. Mas a leve vibração do navio, deliciosa. Já estava a toda velocidade. Olhei para a janela, na outra extremidade daquele poço de sombras, e vi passar rapidamente o céu cheio de nuvens, iluminado ainda com a última luz do fim do dia.

"Navio poderoso", pensei. "Tenho de admitir. A despeito das pequenas luzes piscantes e do carpete horroroso, dos tetos opressivamente baixos e dos intermináveis e tediosos salões, é sem dúvida um navio poderoso."

Eu pensava nisso, tentando não perder a cabeça de impaciência, procurando ver o navio do ponto de vista de James, quando minha atenção foi atraída pela entrada de um jovem louro esplendidamente belo. Usava traje a rigor, exceto pelos absurdos óculos cor de violeta. Eu saboreava encantado tanta beleza e elegância quando, de repente, compreendi que estava olhando para mim mesmo!

Era James, com seu smoking preto e camisa crepe, examinando o salão por trás daquelas lentes modernas e caminhando vagarosamente para o bar.

Senti um aperto imenso no peito. Todos os músculos de meu corpo se retesaram. Num gesto lento, ergui a mão para a testa e inclinei um pouco a cabeça, olhando outra vez para a esquerda.

Mas certamente ele podia me ver com seus olhos sobrenaturais. A pouca luz não significava nada para ele. Sem dúvida podia sentir o cheiro do medo que emanava de mim com o suor profuso.

Mas o demônio não me viu. Sentou no bar, de costas para mim, e olhou para a direita. Eu via só o queixo e o rosto de perfil. E quando notei sua atitude de completa descontração, compreendi que James estava fazendo pose, com o cotovelo apoiado na madeira polida do balcão, o joelho direito um pouco dobrado, o salto do sapato no trilho de metal da banqueta.

Movia a cabeça acompanhando o ritmo lento da música. Emanava dele uma aura de magnífico orgulho, um sublime contentamento por ser quem era e estar onde estava.

Respirei profunda e lentamente. Na outra extremidade da sala, longe de James, vi David parar por um instante na porta. Então ele se afastou. Ainda bem que tinha visto o monstro, que devia parecer normal para o mundo todo – exceto pela beleza extraordinária e vistosa –, como tinha parecido para mim.

Para vencer outra onda de medo, deliberadamente pensei num emprego que nunca tive, numa cidade onde nunca morei. Pensei numa noiva chamada Barbara, bela e caprichosa, e nas brigas que jamais tivemos. Abarrotei a minha mente com essas imagens e pensei em milhares de outras coisas ao acaso – peixes tropicais que eu gostaria de ter num aquário algum dia, e se devia ou não ir ao salão do teatro e assistir à peça.

A criatura não notou minha presença. Na verdade, logo percebi que ele não estava prestando atenção em pessoa alguma. Havia algo de quase comovente na sua imobilidade, o rosto levemente erguido, aparentando estar se deliciando com aquele lugarzinho comum, escuro e feio.

"Ele adora isso", pensei. "Todos esses salões de plástico e ouropel para ele representam o máximo da sofisticação, e ele está encantado. Não precisa nem mesmo ser notado. Não está atento a ninguém que possa notar sua presença. Ele é um pequeno mundo dentro do pequeno mundo deste navio que cruza velozmente os mares do sul."

A despeito do medo que sentia, tudo aquilo me pareceu trágico e comovente. Imaginei se eu também parecia a imagem do fracasso quando estava naquele corpo. Se eu também parecia tão triste.

Tremendo violentamente, esvaziei a taça como se estivesse tomando uma dose de remédio, escondendo-me outra vez atrás daquelas imagens criadas, disfarçando o medo, até mesmo cantarolando ao ritmo da música e olhando de maneira distraída para a dança das luzes suavemente coloridas nos belos cabelos louros.

De repente, ele desceu da banqueta e caminhou devagar para a esquerda, no bar escuro, passou por mim sem me ver e entrou na área iluminada da piscina coberta. Com o queixo erguido, ele andava lenta e cuidadosamente, quase como se sentisse dor a cada passo, virando a cabeça de um lado para outro, examinando o ambiente. Então, sempre com gestos cautelosos, que na verdade indicavam fraqueza e não força, empurrou a porta de vidro que dava para o convés e saiu para a noite.

Eu tinha de segui-lo! Sabendo que não devia, levantei-me quase sem pensar, com a mente velada pela nuvem da falsa identidade, dei alguns passos e parei do lado de dentro da porta. Ele estava na outra extremidade do convés, com os braços apoiados na amurada, o vento açoitando os fartos cabelos louros. Olhava para o céu e mais uma vez parecia repleto de orgulho e contentamento, amando o vento e a escuridão, talvez, oscilando de leve o corpo, como um músico cego, saboreando cada segundo de existência naquele corpo, simplesmente nadando em felicidade.

Mais uma vez me veio à mente a interrogação dolorosa. Será que eu também parecia tão idiota e predador para os que me conheciam e me condenavam? Ah, pobre, pobre criatura, escolher para sua vida sobrenatural um lugar como aquele, artificial, com os passageiros velhos e tristes, entre o luxo vulgar daqueles salões, isolado do verdadeiro esplendor do universo.

Só depois de um longo tempo ele inclinou um pouco a cabeça para a frente e passou a mão direita na lapela do smoking, com a indulgência de um gato lambendo o próprio pelo. Com quanto amor ele acariciava o insignificante pedaço de pano! Entre tudo que ele havia feito até então, aquele gesto era a mais eloquente descrição da sua tragédia.

Então olhou para um lado e depois para outro e, vendo que havia somente dois passageiros à sua direita, olhando para outro lado, ele subiu rapidamente e desapareceu!

É claro que nada disso tinha acontecido. James apenas alçou voo. E eu fiquei parado atrás da porta, com o suor brotando profusamente no rosto e nas costas, olhando para o espaço vazio lá fora. Ouvi a voz de David junto ao meu ouvido.

– Venha, meu velho, vamos jantar.

Voltei-me e vi a expressão forçada de David. Sim, James ainda podia ouvir o que dizíamos! Podia ouvir qualquer coisa dita normalmente, sem precisar se esforçar.

– Sim, vamos – respondi, tentando não pensar conscientemente que Jake havia dito que o sr. Hamilton não aparecera nem uma vez para jantar naquele restaurante. – Na verdade, não estou com fome, mas é muito aborrecido ficar por aqui sem fazer nada, não acha?

David tremia também. Ao mesmo tempo estava empolgado com a aventura.

– Ah, sim, preciso dizer uma coisa – continuou ele no mesmo tom, enquanto atravessávamos o bar na direção da escada. – Estão todos vestidos a rigor lá, mas não podem deixar de nos servir, porque acabamos de embarcar.

– Não me importa que estejam todos nus. De qualquer modo esta noite vai ser um inferno.

A famosa sala de jantar da primeira classe era um pouco mais discreta e mais civilizada do que as outras pelas quais passamos, com estofados brancos e verniz preto. Era quase agradável, com a iluminação generosa e cálida. A decoração era um tanto frágil e fria, como tudo no interior do navio. Mas não era feia, e a comida, preparada com esmero, era muito boa.

Vinte minutos mais ou menos depois do voo do pássaro preto, arrisquei algumas observações rápidas.

– Ele não consegue usar nem um décimo da força que possui. Morre de medo dela.

– Sim, concordo. Está tão apavorado que se move como um bêbado.

– Exatamente! Então você percebeu. Ele estava a menos de seis metros de mim, David, e não tinha a menor ideia da minha presença.

– Eu sei, Lestat, acredite, eu sei. Meu Deus, tanta coisa que deixei de ensinar a você. Fiquei ali observando, apavorado, com medo de que ele tentasse algum truque telecinético, lembrando que não o ensinei a se defender disso.

– David, se ele usar seu poder, nada poderá detê-lo. E, se por acaso tentasse, eu teria reagido instintivamente, por causa de tudo que me ensinou.

– Sim, é verdade. Afinal são os mesmos truques que você conhecia e compreendia quando estava no seu corpo. A noite passada tive a impressão de que você conquistou mais vitórias quando esqueceu que era mortal e começou a agir como sempre agiu.

– Talvez. Francamente, não sei. Ah, Deus, ver James naquele corpo!

– *Shhh*, acabe sua última refeição e fale baixo.

– Minha última refeição. – Eu ri baixinho. – Vou fazer dele uma refeição quando o apanhar.

Parei, percebendo que estava falando de mim mesmo. Olhei para a mão longa de pele marrom-clara que segurava a faca de prata. Sentia alguma afeição por aquele corpo? Não, eu queria o meu corpo e não suportava a ideia das horas que ainda teria de esperar para recuperá-lo.

Só o veríamos outra vez depois de uma hora da manhã.

Eu sabia que devia evitar o pequeno Club Lido, pois era o melhor lugar para dançar – uma coisa que ele gostava de fazer – e confortavelmente escuro. Fiquei nos salões maiores, com meus óculos escuros e o cabelo penteado para trás e emplastrado de brilhantina, que consegui com um camareiro atônito. Não me importava aquela aparência horrível. Sentia-me mais seguro assim.

Quando o vimos, ele estava num dos corredores externos, entrando no cassino. Dessa vez, David foi atrás dele, para vigiá-lo, mas principalmente porque não resistiu à curiosidade.

Pensei em dizer a ele que não precisávamos seguir o monstro. Bastava estarmos na suíte Rainha Vitória na hora certa. O jornalzinho de bordo, já impresso e que seria distribuído na manhã seguinte, indicava que o sol nasceria às 6h21. Achei graça, mas depois lembrei que eu não podia fazer essa previsão com facilidade, podia? Muito bem, às 6h21 eu seria eu outra vez.

David voltou, sentou e apanhou o jornal que estava lendo antes com atenção, à luz fraca da mesa ao lado da poltrona.

– Ele está na roleta e... ganhando. O animalzinho está usando a telecinese para ganhar! É mesmo um idiota.

– Sim, você vive repetindo isso – observei. – Devemos falar agora sobre nossos filmes preferidos? Faz tempo que não vejo nada com Rutger Hauer. Sinto falta dele.

David riu.

– Sim, eu também gosto muito daquele ator holandês.

Conversávamos ainda em voz baixa quando às 3h25 vimos o belo sr. Jason Hamilton outra vez. Tão lento, tão sonhador, tão definitivamente condenado. Quando David fez menção de segui-lo, segurei a mão dele.

– Não precisa, meu velho. Só mais três horas. Conte-me a história daquele filme antigo, *Corpo e alma,* lembra? Aquele sobre o lutador de boxe. Não há uma referência nele ao tigre de Blake?

Às 6h10 a luz leitosa começava a aparecer no céu. O momento exato em que eu geralmente procurava meu lugar de descanso, e é claro que James já devia ter procurado o dele. Nós o encontraríamos na mala preta e brilhante.

A última vez que o vimos foi um pouco depois das quatro horas, com seus movimentos lentos e hesitantes, dançando na pista vazia do Club Lido com uma mulher grisalha e pequena, elegantemente vestida de vermelho. No lado de fora do bar, encostados na parede, ficamos observando e ouvindo a voz dele – ah, tão britânica. Então saímos apressados.

Tinha chegado a hora. Não íamos mais fugir dele. A longa noite estava no fim. Várias vezes ocorreu-me que eu podia morrer dentro de poucos minutos, mas, em toda a minha vida, jamais esse pensamento me impediu de fazer o que eu queria. Se pensasse na possibilidade de David ser ferido, certamente perderia toda a minha coragem.

Eu nunca vi David tão determinado. Já havia apanhado o grande revólver prateado no convés cinco e o guardou no bolso do paletó. Deixamos a mala aberta e na porta o pequeno aviso de "não perturbe". Resolvemos também que eu não podia levar a pequena pistola automática comigo, uma vez que, depois da troca, ela ficaria nas mãos de James. Não trancamos a porta da pequena cabine. As chaves ficaram do lado de dentro, pois eu também não podia me arriscar a levá-las comigo. Se algum camareiro cuidadoso trancasse a porta, eu teria de abrir a fechadura com a força da mente, o que não seria difícil para o verdadeiro Lestat.

O que eu tinha no bolso era o passaporte falso em nome de Sheridan Blackwood e dinheiro suficiente para o idiota sair de Barbados e ir para qualquer parte do mundo que escolhesse. O navio já se dirigia para a entrada do porto de Barbados. Com a ajuda de Deus, não demoraria a atracar.

Como esperávamos, a passagem larga e bem-iluminada para o convés de sinalização estava deserta. Provavelmente o camareiro cochilava atrás das cortinas do seu cubículo.

Em silêncio, chegamos à porta da suíte Rainha Vitória e David pôs a chave na fechadura. Entramos imediatamente. A mala estava aberta e vazia. Todas as lâmpadas acesas. O demônio não tinha chegado ainda.

Sem uma palavra, apaguei as luzes, uma a uma, e abri as cortinas pretas que cobriam a porta de vidro da varanda. O céu brilhava ainda com o azul-escuro da noite, mas começava a clarear aos poucos. Uma luz suave e bela inundou o quarto. Ia queimar os olhos de James assim que ele entrasse e provocaria uma dor intensa na sua pele.

Sem dúvida, ele estava para chegar, tinha de estar, a não ser que tivesse outro esconderijo.

Fiquei de pé no lado esquerdo da porta, que me esconderia dele quando entrasse.

David subiu os degraus para a sala de estar e ficou de costas para a parede de vidro, de frente para a porta da cabine segurando o revólver com as duas mãos.

Então ouvi os passos rápidos que se aproximavam. Não me arrisquei a fazer sinal para David e percebi que ele também tinha ouvido. A criatura estava quase correndo. Sua coragem me surpreendeu. A chave girou na fechadura.

A porta se abriu e foi imediatamente fechada com violência. James cambaleou para dentro do quarto, com o braço erguido, protegendo os olhos da luz que entrava pelo vidro e praguejou em voz alta, amaldiçoando os camareiros por não terem fechado as cortinas.

Com os movimentos desajeitados de sempre, virou para os degraus e parou. David, apontando a arma para ele, gritou:

– Agora!

Com todo o meu ser, eu o ataquei, minha parte invisível voou para fora do corpo mortal e lançou-se com força indescritível para meu antigo corpo. Fui imediatamente lançado para trás! A violência com que fui atirado de volta lançou o corpo mortal contra a parede.

– Outra vez! – gritou David, mas novamente fui repelido com espantosa rapidez e lutei para controlar meu corpo mortal e ficar outra vez de pé.

Vi o meu rosto de vampiro pairando acima do meu, os olhos azul-avermelhados e fechando-se cada vez mais à medida que a luz ficava mais intensa no quarto. Sim, eu sabia a dor que ele estava sofrendo! Conhecia aquela confusão. O sol chamuscava a pele sensível, nunca completamente curada da queimadura no deserto de Gobi. Provavelmente, James começava a enfraquecer com a proximidade do dia.

– Muito bem, James, o jogo acabou – disse David, furioso. – Use a esperteza do seu pequenino cérebro!

A criatura se voltou com um movimento quase espasmódico quando ouviu a voz de David e depois, encolhendo-se, procurou apoio na mesa de cabeceira de plástico, despedaçou-a com um ruído agudo e ergueu o braço outra vez para proteger os olhos. Em pânico, olhou para os pedaços de plástico e depois tentou outra vez encarar David, que estava de costas para o sol nascente.

– Agora, o que pretende fazer? – perguntou David. – Para onde pode ir? Onde pode se esconder? Se nos fizer algum mal, a cabine será revistada e encontrarão nossos corpos. Acabou, meu amigo. Desista agora.

Com um rosnado profundo, James abaixou a cabeça como um touro cego prestes a atacar. Desesperado, eu o vi fechar as duas mãos com força.

– Desista, James! – gritou David.

A criatura respondeu com uma bateria de impropérios, e eu me lancei sobre ela outra vez, levado tanto pela coragem quanto pelo pânico e pura força de vontade. O primeiro raio de sol cortou o mar! Bom Deus, era agora ou nunca, e eu não poderia falhar. Não poderia falhar! A colisão foi como um choque elétrico paralisante quando passei através dele. Depois, sem conseguir enxergar nada, senti que estava sendo sugado para baixo, para baixo, no escuro, gritando: "Sim, dentro dele, dentro de mim! No meu corpo, sim!" Então eu estava olhando para a luz dourada e ofuscante.

A dor nos meus olhos era insuportável. Era o calor de Gobi. Era a grande e final iluminação do inferno. Mas estava feito! Eu estava dentro do meu corpo! E aquela luz de fogo era o sol nascendo e escaldando meu belo e precioso rosto sobrenatural e minhas mãos.

– David, nós vencemos! – gritei com voz fraca, levantando do chão no qual tinha caído, possuidor outra vez de toda a minha gloriosa e preciosa força e da minha rapidez. Corri quase às cegas para a porta e vi vagamente meu antigo corpo mortal de quatro, arrastando-se para os degraus.

O quarto explodiu com calor e luz quando cheguei ao corredor. Eu não podia ficar ali nem mais um segundo, e nesse momento ouvi o estampido da arma de David.

– Que Deus o ajude, David – murmurei.

Desci a escada num instante. A luz do sol não entrava naquele corredor, mas meu corpo sempre forte começava a enfraquecer. Quando ouvi o segundo tiro, saltei a grade da Escada A e me atirei para baixo, para o convés cinco, e segui correndo pelo corredor.

Ouvi outro tiro antes de chegar à pequena cabine. Mas eu estava tão fraco! A mão queimada de sol que se estendeu para a porta mal conseguiu girar a maçaneta. Eu lutava contra um frio insidioso como quando vagava na neve, em Georgetown. Mas a porta se abriu e caí de joelhos dentro da cabine. Mesmo que desmaiasse, estava seguro ali dentro.

Com um imenso esforço, fechei a porta, empurrei a mala aberta encaixando-a entre a porta e o beliche e entrei nela. Puxei a tampa e, antes mesmo de ela se fechar, eu já não sentia mais nada. Deitei-me imóvel, com um profundo e áspero suspiro de alívio.

– Que Deus o ajude, David – murmurei. Por que ele havia atirado? Por quê? E por que tantos tiros com aquela arma enorme e poderosa? O mundo todo devia ter ouvido!

Mas nenhum poder na Terra me tornaria capaz de ajudá-lo naquele momento. Meus olhos se fecharam. E então eu estava flutuando na escuridão profunda e macia que não experimentava desde aquele dia fatídico em Georgetown. Estava feito, tudo acabado. Eu era o vampiro Lestat outra vez e nada mais importava. Nada.

Acho que meus lábios formaram a palavra "David" mais uma vez, como uma prece.

23

Logo que acordei, senti que David e James não estavam no navio.

Não sei ao certo como eu sabia. Mas sabia.

Depois de ajeitar minha roupa e de me entregar a uns momentos de inebriante felicidade na frente do espelho, flexionando os dedos maravilhosos das mãos e dos pés, saí da cabine para verificar se eles estavam ou não a bordo. Eu não esperava encontrar James. Mas David... O que tinha acontecido com ele depois de disparar a arma?

Sem dúvida, três balas eram suficientes para matar James! Tudo isso tinha acontecido na *minha* cabine – encontrei o *meu* passaporte com o nome de James Hamilton no bolso do paletó. Dirigi-me cautelosamente para o convés de sinalização.

Os camareiros corriam de um lado para outro, servindo drinques e arrumando os quartos dos que já haviam saído para a programação noturna. Com toda a habilidade que voltei a possuir, atravessei rapidamente o corredor e entrei na suíte Rainha Vitória sem ser visto.

A suíte já estava arrumada. A mala preta que James usava para dormir estava fechada, com a tapeçaria cobrindo o fecho. A mesa de cabeceira destruída deixou uma marca na parede ao ser retirada.

Não havia sangue no carpete. Na verdade, não havia nenhum sinal de luta. Olhei para fora, pela porta da varanda, e vi que já nos afastávamos de Barbados sob o véu glorioso e cintilante do crepúsculo, navegando para o mar aberto.

Saí para a varanda por um momento, só para ver a noite infinita e sentir outra vez o prazer imenso da minha verdadeira visão vampírica. Eu via na praia distante milhões de detalhes que mortal nenhum podia ver. Sentia-me tão feliz com aquela sensação de leveza, inteligência e graça ilimitadas que tive vontade de dançar.

Na verdade, seria delicioso subir sapateando por um lado do navio e descer pelo outro, estalando os dedos e cantando.

Mas não havia tempo para isso. Eu precisava descobrir o que tinha acontecido com David.

Abri a porta para o corredor e, rápida e silenciosamente, girei a fechadura da cabine de David, no outro lado do corredor, sem sair do lugar. Depois, fazendo uso da minha velocidade sobrenatural, entrei sem que ninguém me visse.

Tudo tinha desaparecido. A cabine estava preparada para o próximo passageiro. Evidentemente David fora obrigado a deixar o navio. Talvez estivesse em Barbados! Se estivesse, eu podia encontrá-lo rapidamente.

Mas e a outra cabine? Abri a porta entre as duas e verifiquei que também estava vazia e limpa.

O que eu devia fazer? Não queria ficar no navio mais do que o tempo necessário, pois certamente seria o centro das atenções assim que aparecesse. Tudo tinha acontecido na minha cabine.

Com facilidade identifiquei os passos do camareiro que nos tinha atendido na noite anterior e abri a porta. Quando me viu, o homem ficou extremamente confuso e nervoso. Chamei-o para dentro da cabine.

– Ah, sr. Hamilton, estão à sua procura! Pensaram que tivesse desembarcado em Barbados! Preciso avisar à segurança imediatamente.

– Sim, mas conte-me o que aconteceu – pedi, olhando nos olhos dele atenta e profundamente. Como esperava, o encanto funcionou, transformando sua hesitação em absoluta confiança.

Ao nascer do dia tinha acontecido uma coisa horrível na minha cabine. Um cavalheiro britânico idoso – que, a propósito, havia dito que era meu médico – atirou várias vezes num jovem assaltante que, segundo ele, tentou assassiná-lo, mas não acertou nenhum tiro. Na verdade, ninguém conseguiu encontrar o jovem assaltante. De acordo com a descrição do velho senhor, o jovem tinha ocupado a cabine em que estávamos naquele momento e embarcado sob nome falso.

Na verdade, o velho cavalheiro britânico também. O fato era que a confusão de nomes era uma parte importante. O camareiro não sabia realmente o que tinha acontecido, só que o velho cavalheiro fora detido e depois escoltado para terra.

O camareiro parecia confuso.

– Acho que ficaram aliviados por se livrarem dele. Mas precisamos chamar o chefe da segurança, senhor. Estão todos muito preocupados com o senhor. Não sei como não o viram embarcar em Barbados. Estiveram à sua procura o dia todo.

Eu não estava muito disposto a enfrentar a segurança, mas o problema foi resolvido sem a minha intervenção quando dois homens uniformizados apareceram na porta da suíte Rainha Vitória.

Agradeci ao camareiro, convidei os cavalheiros para entrar na suíte e pedi desculpas por não acender as luzes, como sempre fazia em encontros desse tipo. Expliquei que a luz que entrava pelas portas da varanda era suficiente, considerando a condição delicada da minha pele.

Mais uma vez, usei meu encanto e meu poder de persuasão para minimizar a preocupação e desconfiança dos dois homens.

– O que aconteceu ao dr. Alexander Stoker? – perguntei. – Ele é meu médico particular e estou muito preocupado.

Percebi que o mais jovem, um rapaz muito corado e com sotaque irlandês, não estava acreditando em mim e sentia que havia algo de estranho com minhas maneiras e meu modo de falar. Minha única esperança era deixá-lo tão confuso que ia preferir ficar calado.

Mas o outro, um inglês alto e muito educado, era mais fácil de ser dominado e começou de imediato a contar toda a história.

Aparentemente, o dr. Stoker não era na verdade dr. Stoker, mas um inglês chamado David Talbot, que se recusou a explicar porque havia trocado de nome.

– Sabia que esse sr. Talbot tinha uma arma a bordo, senhor?! – quis saber o policial mais alto enquanto o outro continuava a olhar para mim, bastante confuso. – É claro que aquela organização em Londres, ou seja lá o que for, a tal da Talamasca, apressou-se a se desculpar e a pôr tudo em ordem. Resolveram o caso com o capitão e com pessoas dos escritórios da Cunard. Não foi registrada nenhuma acusação contra o sr. Talbot quando ele concordou em ser escoltado para terra e deixar Barbados imediatamente no primeiro avião para os Estados Unidos.

– Para que parte dos Estados Unidos?

– Miami, senhor. Na verdade, eu mesmo o acompanhei até o avião. Ele insistiu em deixar uma mensagem para o senhor. Disse para encontrá-lo em Miami assim que possível. No Park Central Hotel? Ele repetiu essa mensagem várias vezes.

– Compreendo – respondi. – E o homem que o atacou? O homem em quem atirou?

– Não encontramos ninguém, senhor, embora o homem tenha sido visto a bordo por muitas pessoas e na companhia do sr. Talbot, ao que parece! A propósito, o senhor estava na cabine dele quando chegamos, falando com o camareiro?

– A coisa toda é muito estranha – falei, em tom confidencial. – Acreditam que o jovem de cabelos castanhos não está mais no navio?

– Temos quase certeza, senhor, embora seja praticamente impossível revistar um navio deste tamanho. A bagagem dele estava na cabine quando a abrimos. É claro que tivemos de abrir, uma vez que o sr. Talbot insistia em dizer que foi atacado pelo jovem e que o assaltante também viajava sob um nome falso! A bagagem está no nosso depósito, é claro. Senhor, se puder vir comigo ao escritório do capitão, talvez consigamos lançar alguma luz sobre o caso...

Apressei-me a garantir que não sabia de nada. Eu não estava na minha cabine na ocasião. Na verdade, fui à terra ontem sem saber que os dois homens estavam a bordo e desembarquei em Barbados esta manhã para conhecer o lugar, sem ter ideia do incidente.

Mas toda aquela conversa calma era um disfarce para a força mental de persuasão que eu continuava a usar contra os dois, dizendo para que me deixassem naquele momento, pois eu queria trocar de roupa e descansar um pouco.

Quando fechei a porta, eu sabia que iriam diretamente à cabine do capitão e que eu tinha apenas alguns minutos. Não importava mais agora. David estava a salvo. Deixara o navio e estava em Miami à minha espera. Era tudo que eu queria saber. Ainda bem que ele conseguiu sair imediatamente de Barbados, pois só Deus era capaz de saber onde James estaria àquela altura.

Quanto ao sr. Jason Hamilton, cujo passaporte estava no meu bolso, tinha ainda um armário cheio de roupas naquela suíte e eu pretendia fazer uso imediato de algumas. Tirei o smoking amarrotado e a fina roupa de baixo própria para a noite – típica de vampiro – e escolhi uma camisa de algodão, paletó safári de linho e calça cáqui. É claro, tudo feito sob medida para o meu corpo. Até os sapatos de lona eram confortáveis.

Apanhei o passaporte e uma boa quantia de dinheiro que encontrei na roupa que acabava de tirar.

Fui para a varanda e fiquei imóvel, sentindo a carícia doce da brisa, olhando sonhadoramente para o azul-escuro do céu e para o mar luminoso.

O *Queen Elizabeth 2* navegava majestoso, cruzando seus famosos vinte e oito nós por hora, cortando as ondas com a proa possante. Não se avistava mais a ilha de Barbados. Olhei para a enorme coluna preta, imensa e enorme como a própria chaminé do inferno. A fumaça subia, depois, levada pelo vento, fazia um arco e desaparecia na água, num espetáculo magnífico.

Olhei outra vez para o horizonte distante, o mundo todo banhado pela luminosidade azul-escura da noite. Vi as luzes trêmulas das pequenas constelações e os planetas passando lentamente no céu. Flexionei meus músculos, adorando a sensação que se espalhava em ondas nos ombros e nas costas. Sacudi o corpo, saboreando a sensação do cabelo no pescoço, e depois apoiei os braços na amurada.

– Eu vou encontrá-lo, James – murmurei. – Pode ter certeza. Mas agora preciso fazer outras coisas. Por enquanto, pode continuar com seus planos inúteis.

Então me ergui no ar – com a maior lentidão possível – até ficar muito acima do navio e olhei para baixo, admirando o desenho dos conveses um sobre o outro, enfeitados com milhares de pequenas luzes amarelas. Como parecia alegre e descuidado! Avançava bravamente cortando o mar encapelado, calado e poderoso, transportando seu pequeno reino de seres que dançavam e conversavam, de oficiais da segurança e camareiros atarefados, centenas de pessoas felizes que ignoravam completamente nossa presença e nosso pequeno drama, sem saber que estávamos partindo com a rapidez com que havíamos chegado, deixando para trás uma pequena confusão de nomes. Paz para o feliz *Queen Elizabeth 2,* pensei, compreendendo por que o Ladrão de Corpos o amava e o tinha escolhido, a despeito da vulgaridade e do mau gosto do seu interior.

Afinal, o que o nosso mundo significa para as estrelas lá em cima? O que elas pensam do nosso minúsculo planeta, repleto de insanas justaposições, circunstâncias fortuitas, a luta eterna, as ensandecidas civilizações espalhadas por toda a sua superfície, que sobrevivem não por força de vontade, fé ou ambição comum, mas por uma capacidade onírica compartilhada por milhões de ignorar e esquecer as tragédias da vida e mergulhar na felicidade, como os passageiros daquele navio – como se a felicidade fosse tão natural aos seres humanos como a fome ou o sono, a necessidade de calor e o medo do frio.

Subi mais e mais, até o navio ficar fora de alcance. As nuvens passavam céleres sobre o mundo abaixo de mim. Acima, as estrelas cintilavam majestosas e frias, e pela primeira vez eu não as odiei. Eu não podia odiar coisa alguma, na minha alegria inebriante e meu triunfo amargo e sinistro. Eu era Lestat, pairando entre o céu e o inferno e contente com isso – *pela primeira vez em minha existência.*

24

A floresta tropical da América do Sul – um imenso emaranhado de bosques e floresta virgem que se estende por quilômetros e quilômetros do continente, cobrindo as encostas das montanhas e os vales profundos, abrindo-se somente para dar passagem aos rios e aos lagos cintilantes – era macia, verde e pujante, aparentemente inofensiva quando vista através das nuvens que passam rápidas levadas pelo vento.

Para quem está dentro dela, no solo macio e úmido, a escuridão é impenetrável, as árvores tão altas que não existe céu acima delas. A criação não passa de luta e ameaça no meio daquelas sombras profundas. É o triunfo final do Jardim Selvagem e nem todos os cientistas do mundo chegarão a classificar todas as espécies de borboletas, de felinos pintados, de peixes carnívoros e de cascavéis que vivem dentro dela.

Pássaros com penas da cor do céu de verão ou do sol escaldante voam entre os emaranhados de galhos. Macacos gritam, estendendo as mãos pequenas e hábeis para os cipós grossos como corda de esparto. Mamíferos ágeis e sinistros de tamanhos e formas variadas se esgueiram na caçada, entre raízes enormes e tubérculos semienterrados, sob gigantescas folhas sussurrantes, saltando sobre troncos de árvores novas que agonizam na escuridão fétida, retirando o último alimento do solo putrefato.

Indiferente e infinitamente vigoroso é o ciclo da fome e da satisfação, da morte violenta e dolorosa. Répteis com olhos duros e brilhantes como opalas se alimentam do universo de insetos de corpo rígido e crepitante desde os tempos remotos em que nenhuma criatura de sangue quente habitava a Terra. E os insetos – alados, com presas repletas de veneno mortal, deslumbrantes na sua beleza terrível, sinistra e, acima de tudo, enganadora – se banqueteiam de todo o resto.

Não existe misericórdia nessa floresta. Nem justiça, nem encantada adoração da sua beleza, nenhuma exclamação suave de alegria ante o espetáculo maravilhoso da chuva. O próprio macaco astuto é no íntimo um idiota moral.

Isto é – nada disso existia até a chegada do homem.

Ninguém sabe ao certo há quantos anos isso aconteceu. A floresta devora os ossos. Engole silenciosamente manuscritos sagrados e rói as mais resistentes pedras dos templos. Tecidos, cestos, tigelas pintadas e até ornamentos de ouro batido de dissolvem na sua língua ávida.

Mas os povos de pequena estatura e pele escura vivem ali há muitos séculos, formando povoados com cabanas frágeis cobertas de sapé, acendendo fogueiras para preparar o alimento, caçando os animais perigosos com lanças primitivas e setas embebidas em veneno mortal. Em algumas regiões organizam plantações de batata-doce, mandioca, abacate, pimenta e milho. Muito milho macio e amarelo. Galinhas ciscam o chão na frente das casas pequenas e caprichosamente construídas. Porcos gordos e luzidios fungam e descansam nos chiqueiros.

Serão esses seres humanos o que há de melhor nesse Jardim Selvagem, eternamente em luta uns contra os outros? Ou não passam de uma parte não diferenciada da floresta, tão complexos quanto o jaguar esbelto de pele macia ou o sapo silencioso tão venenoso que um leve toque nas suas costas significa morte certa?

O que as várias torres da grande Caracas têm a ver com esse mundo imenso e selvagem tão próximo dela? De onde veio essa metrópole da América do Sul, com seu ar poluído e suas favelas nas encostas dos morros? Beleza é beleza onde quer que a encontremos. Esses *ranchitos,* como são chamados – milhares e milhares de barracos que cobrem as encostas nos dois lados da rodovia –, são belos, pois embora não tenham água nem esgoto, embora o excesso de população ultrapasse todas as normas modernas de conforto e de saúde, à noite cintilam com um esplendor de luz elétrica.

Às vezes é como se a luz elétrica fosse capaz de transformar qualquer coisa! Uma metáfora inegável e irredutível para beleza. Mas será que os moradores dos *ranchitos* sabem disso? Será que usam a luz elétrica para embelezar a paisagem? Ou querem apenas iluminar confortavelmente seus barracos?

Não importa.

Não podemos nos proibir de criar a beleza. Não podemos parar o mundo.

Olhe para o rio que passa nos pequenos postos fronteiriços de St. Laurent, uma fita de luz intermitentemente acima das copas das árvores, penetrando cada vez mais na floresta, chegando enfim à pequena missão de Santa Margarida Maria – um conjunto de casas numa clareira circundada pela espera paciente da floresta. Veja como é belo também esse amontoado de pequenas construções com telhado de zinco, paredes caiadas de branco e o som de um único rádio tocando uma canção indígena acompanhada pela batida alegre dos tambores.

São lindas as pequenas varandas com os balanços pintados de cores vivas, bancos e cadeiras. O interior das pequenas casas tem uma atmosfera suave e sonolenta produzida pelas telas finas das janelas que acentuam as cores e formas, tornando-as mais visíveis e vibrantes, fazendo-as parecer mais deliberadas – como os interiores nos quadros de Edward Hopper ou num livro infantil de gravuras.

É claro que existem vários meios para se deter a propagação da beleza. As normas da organização, a conformidade, a estética da linha de montagem e o triunfo do funcional sobre o casual.

Mas não existe quase nada disso na missão!

Este é o destino de Gretchen, do qual foram eliminadas todas as sutilezas do mundo moderno – um laboratório para uma única e repetitiva experiência moral: fazer o Bem.

A noite canta em vão sua canção de caos, fome e destruição naquele pequeno acampamento. O importante é cuidar de um determinado número de seres humanos que precisam de remédios, vacinas, cirurgia, antibióticos. Como a própria Gretchen disse: pensar no plano maior é uma mentira.

Durante horas, percorri a floresta densa, num largo círculo, descuidado e forte, atravessando a folhagem impenetrável, escalando as raízes enormes das árvores da mata tropical, parando aqui e ali, imóvel, para ouvir o coro da noite selvagem. Flores macias e frágeis cresciam nos ramos mais altos e verdes, como se dormissem embaladas pela promessa da luz da manhã.

Mais uma vez, eu estava além do medo, no centro do processo úmido de desagregação, sentindo o cheiro fétido do pântano. Aquelas coisas rastejantes não podiam me fazer mal, por isso não sentia repulsa por elas. Sim, deixe que a jiboia me ataque. Será um prazer o abraço rápido e apertado. Eu saboreava os gritos estridentes com os quais os pássaros procuravam assustar os corações mais fracos. Era uma pena que os macacos de braços peludos estivessem dormindo, pois eu gostaria de beijar suas testas enrugadas ou as bocas tagarelas e sem lábios.

E aqueles pobres mortais que dormiam nas várias casas pequenas na clareira, perto dos seus campos cultivados, da escola, do hospital e da capela, pareciam um milagre divino de criação em cada pequeno detalhe.

Ummm. Senti saudades de Mojo. Por que ele não estava ali, vagando pela floresta ao meu lado? Eu precisava treiná-lo para ser um cão de vampiro. Imaginava-o guardando meu caixão durante o dia – uma sentinela egípcia, com ordem para rasgar a garganta de qualquer intruso mortal que ousasse descer a escada para o santuário.

Mas eu logo o veria. O mundo todo esperava além daquela floresta. Fechando os olhos e transformando meu corpo num receptor, eu ouvia a quilômetros de distância o ruído do tráfego em Caracas, as vozes agudamente amplificadas. Ouvia a música rítmica daqueles antros escuros com ar-condicionado onde eu atraía os assassinos para mim como mariposas atraídas pela luz, para me alimentar.

Ali reinava a paz e as horas passavam no silêncio tropical docemente murmurante da floresta. Uma chuva fina e prateada começou a cair do céu baixo e encoberto, abaixando a poeira, salpicando os degraus limpos da escola, batendo de leve nos telhados de zinco ondulado.

As luzes se apagaram nos pequenos dormitórios e nas casas da periferia. Apenas uma luz vermelha opaca bruxuleava no interior da capela escura, com sua torre baixa e o sino brilhante e silencioso. Lâmpadas amarelas e pequenas dentro das cúpulas de metal brilhavam nos caminhos limpos e nas paredes caiadas de branco.

A luz diminuiu no primeiro prédio do hospital, onde Gretchen trabalhava sozinha.

Uma vez ou outra, eu via seu perfil, através das telas das janelas. Consegui distingui-la, quando sentou por um momento à mesa perto da porta para anotar alguma coisa, a cabeça inclinada, o cabelo preso na nuca.

Finalmente, eu me dirigi em silêncio para a porta e entrei no escritório pequeno e atravancado, com a lâmpada acesa, e cheguei à porta da enfermaria.

Hospital para crianças! Leitos pequeninos. Rústicos, simples, em duas fileiras. Eu estaria imaginando coisas naquela luz fraca? Ou eram feitos de madeira nua, amarrada nas juntas, e protegidos por cortinados? E na mesa pequena, havia mesmo um toco de vela num pires?

De repente fiquei atordoado e perdi minha visão clara e penetrante. *Não este hospital!* Pisquei os olhos, tentando separar os elementos intemporais dos que tinham sentido. Os recipientes de plástico com soro intravenoso dependurados nos suportes de metal cromado ao lado das camas, tubos de náilon descendo até as agulhas aplicadas nos bracinhos frágeis!

Não estávamos em Nova Orleans. Não era aquele hospital! Mas veja as paredes! Não são de pedra? Enxuguei o suor de sangue da minha testa e olhei para a mancha vermelha no lenço. Naquele pequeno leito distante, não estava deitada uma criança loura? Mais uma vez senti o atordoamento. Pensei ouvir uma risada fraca e estridente, alegre e zombeteira. Mas sem dúvida era o grito de um pássaro na grande noite lá fora. Não havia nenhuma enfermeira velha com saia de tecido feito a mão que se estendia até o tornozelo e um lenço sobre os ombros. Ela estava morta havia séculos, bem como aquele pequeno hospital.

Mas a criança gemia. A luz brilhava na cabeça pequena e redonda. Vi a mãozinha sobre o cobertor. Mais uma vez, tentei desanuviar minha visão. Uma sombra apareceu no chão ao meu lado. Sim, veja os números luminosos do aparelho que controla a respiração e os armários de vidro com remédios! Não aquele hospital, mas este hospital.

"Então veio me buscar, pai? Você disse que faria tudo outra vez."

"Não, não vou fazer mal a ela! Não quero fazer mal a ela", murmurei.

Lá estava ela, sentada na cadeira, na outra extremidade da sala estreita, balançando os pezinhos, os cachos do cabelo louro chegando até as mangas bufantes.

"Ah, você veio buscá-la. Sabe que veio!"

"Quieta! Vai acordar as crianças! Vá embora. Você não está aqui!"

"Todos sabiam que você sairia vitorioso. Sabiam que ia derrotar o Ladrão de Corpos. E aqui está agora... para buscá-la."

"Não, não para lhe fazer mal. Mas para deixar que ela decida."

– Monsieur, posso ajudá-lo?

Olhei para o homem velho na minha frente, o médico, com barba grisalha e óculos de aros pequenos. Não, não este médico! De onde ele veio? Olhei para o crachá no seu bolso. Aqui é a Guiana Francesa. E não há nenhuma criança na outra extremidade da enfermaria sentada na cadeira.

– Quero falar com Gretchen – murmurei. – Irmã Marguerite.

Pensei que ela estava ali, tive a impressão de vê-la pela janela. Eu sabia que ela estava ali.

Ruídos surdos na outra extremidade da enfermaria. O médico não pode ouvi-los, mas eu posso. Ela está chegando. De repente senti seu perfume, misturado com o cheiro das crianças e do velho médico.

Mas mesmo com meus olhos de vampiro eu não conseguia enxergar naquela escuridão insuportável. De onde vinha a luz que iluminava aquele lugar? Ela acabara de apagar a luz elétrica ao lado da porta, e eu ouvia seus passos rápidos, a cabeça abaixada. Com um gesto cansado, o médico se afastou, arrastando os pés.

"Não olhe para a barba grisalha, não olhe para os óculos, nem para as costas curvas. Ora, você viu o nome dele no cartão de plástico em seu bolso. Ele não é um fantasma!"

A porta de tela bateu levemente e o médico saiu com seu passo cansado.

Ela estava de pé no escuro. Como eram belos o cabelo ondulado, preso na nuca, e os olhos verde-escuros. Ela viu meus sapatos antes de me ver. De repente percebeu a presença do estranho, do vulto pálido e silencioso – eu nem sequer respirava – na quietude absoluta da noite, ali, onde ele não devia estar.

O médico desapareceu, como que engolido pelas sombras, mas devia estar lá fora, no escuro, em algum lugar.

Fiquei de costas para a luz do escritório. O cheiro dela era envolvente – sangue e o perfume limpo de um ser vivo. Deus, vê-la com aqueles olhos, ver a beleza cintilante daquele rosto! Mas eu estava bloqueando a luz na sala tão pequena. Será que Gretchen podia ver meu rosto? A cor fantasmagórica dos meus olhos?

– Quem é você? – um murmúrio cansado. Ela parou a certa distância, olhando para mim entre as pestanas espessas.

– Gretchen – falei. – Sou Lestat. Eu vim, como prometi.

Nada se movia na sala longa e estreita. Os leitos pareciam congelados sob os cortinados. Só a luz refletida nos recipientes de soro tremulava naquela quase escuridão. Eu ouvia a respiração das crianças adormecidas. E um som surdo e constante, como o de uma criança batendo de leve o pé na perna de uma cadeira.

Gretchen ergueu lentamente o braço e, num gesto instintivo de proteção, levou a mão à base do pescoço. Seu pulso começou a bater mais depressa.

Vi os dedos fechando-se em volta de um medalhão e depois a luz no cordão fino de ouro.

– O que é isso no seu pescoço?

– Quem é você? – perguntou outra vez, em voz muito baixa, com lábios trêmulos. A luz fraca do escritório atrás de mim refletiu nos seus olhos. Gretchen olhou para meu rosto, minhas mãos.

– Sou eu, Gretchen. Não quero lhe fazer mal. De modo algum. Eu vim porque prometi.

– Eu... não acredito em você. – Recuou com um leve som das solas de borracha no chão de madeira.

– Gretchen, não tenha medo de mim. Eu queria que soubesse que tudo que falei era verdade – falei em voz baixa. Será que ela podia me ouvir?

Ela se esforçou para enxergar melhor, como eu havia feito há poucos minutos. Seu coração batia freneticamente. Os seios ondulavam sob o vestido de algodão branco engomado e o sangue subiu ao belo rosto.

– Estou aqui, Gretchen. Vim para agradecer. Tome, quero dar isto para a sua missão.

Idiotamente tirei do bolso o resultado dos furtos do Ladrão de Corpos e estendi para Gretchen, meus dedos tremendo tanto quanto os dela. O dinheiro parecia sujo e idiota, inútil como lixo.

– Fique com ele, Gretchen. Para ajudar as crianças.

Voltei-me e vi a vela outra vez: a mesma vela! Que vela? Deixei o dinheiro ao lado dela e ouvi as tábuas do assoalho estalando sob os meus pés quando me aproximei da mesa.

Olhei outra vez para Gretchen e ela se aproximou de mim, com os olhos muito abertos e cheios de medo.

– Quem é você? – murmurou pela terceira vez. Os olhos imensos, as pupilas escuras me examinando como dedos estendendo-se para uma coisa que podia queimá-los. – Estou pedindo outra vez para me dizer a verdade!

– Lestat, de quem você cuidou na sua casa, Gretchen. Gretchen, eu recuperei meu corpo. Vim porque prometi que viria.

Minha antiga fúria crescia à medida que se intensificava o medo dela. Vi seus ombros ficarem rígidos, e a mão que segurava o medalhão começou a tremer.

– Não acredito em você – disse ela num murmúrio amedrontado, recuando.

– Não, Gretchen, não. Não olhe para mim com medo ou como se me desprezasse. O que eu fiz para você me olhar assim? Conhece a minha voz. Você sabe o que fez por mim. Eu vim para agradecer...

"Mentiroso!"

– Não, não é verdade. Vim porque queria vê-la outra vez.

Bom Deus, eu estava chorando? Seriam as minhas emoções agora tão inconstantes quanto meu poder? Ela veria os filetes de sangue no meu rosto e ia ficar mais assustada. Eu não suportava a expressão dos seus olhos.

Voltei-me e olhei para a pequena vela. Com um ato de vontade mental, acendi o pavio e vi a chama amarela saltar para cima. "*Mon Dieu,* a mesma dança de sombras na parede." Com uma exclamação abafada, Gretchen olhou para a vela e depois para mim e pela primeira vez viu claramente os olhos que olhavam para ela, o cabelo emoldurando o rosto voltado para ela, as unhas cintilantes, os dentes brancos talvez visíveis entre meus lábios entreabertos.

– Gretchen, não tenha medo de mim. Em nome da verdade, olhe para mim. Você me fez prometer que voltaria. Gretchen, não menti para você. Você me salvou. Estou aqui, e Deus não existe, como você mesma disse, Gretchen. Vindo de qualquer outra pessoa não seria importante, mas você mesma disse.

Gretchen levou as mãos aos lábios e recuou outra vez, soltando o cordão, e eu vi a cruz de ouro refletindo a luz. Graças a Deus, uma cruz, não um medalhão! Ela recuou outra vez. Era um movimento instintivo.

Então, disse num murmúrio entrecortado:

– Afaste-se de mim, espírito imundo! Saia desta casa de Deus!

– Não vou lhe fazer mal.

– Afaste-se destas crianças!

– Gretchen, não vou fazer mal às crianças.

– Em nome de Deus, afaste-se de mim... Vá embora. – Com a mão direita, segurou a cruz de frente para mim, com o rosto muito corado, os lábios úmidos e trêmulos, os olhos refletindo o desespero, e repetiu as palavras de rejeição. Vi que era um crucifixo, com o pequeno corpo do Cristo morto. – Saia desta casa. Deus a protege. Ele protege as crianças também. Vá.

– Em nome da verdade, Gretchen – respondi, em voz tão baixa e tão repleta de sentimento quanto a dela. – Eu dormi com você! Estou aqui.

– Mentiroso – sibilou ela. – Mentiroso! – Seu corpo tremia com tanta violência que ela parecia prestes a perder o equilíbrio.

– Não, é verdade. Se nada mais é verdadeiro, isso é a verdade. Gretchen, não vou fazer mal às crianças. Não vou fazer mal a você.

Mais alguns segundos e ela perderia a razão, seus gritos encheriam a noite e cada pobre alma da missão sairia de sua casa, talvez para juntar seus gritos aos dela.

Mas Gretchen ficou ali, tremendo e apenas soluços secos subiram do seu peito.

– Gretchen, vou embora. Vou deixá-la se é isso que quer. Mas cumpri minha promessa. O que mais posso fazer?

Um grito abafado soou vindo de uma das camas, depois um gemido, de outra, e Gretchen olhou freneticamente para um lado e para outro.

De repente, ela passou correndo por mim, atravessou o pequeno escritório, fazendo voar os papéis da mesa, a porta de tela se fechou e ela saiu para a noite.

Atordoado, ouvi os soluços distantes.

Olhei para fora, para a garoa leve e silenciosa. Eu a vi no outro lado da clareira correndo para a capela.

"Falei que você ia magoá-la."

Olhei outra vez para a enfermaria.

"Você não está aqui. Não tenho nada mais com você", murmurei.

Embora ela estivesse na outra extremidade da enfermaria, a luz da vela a iluminava claramente. Balançava a perna calçada com meia branca, batendo com o calcanhar na cadeira.

"Vá embora", falei, com a maior delicadeza possível, "está tudo acabado."

As lágrimas de sangue desciam no meu rosto. Gretchen as teria visto?

"Vá embora", repeti. "Está acabado e eu também vou agora."

Foi como se ela tivesse sorrido. Mas não sorriu. Seu rosto era a imagem da inocência, o rosto do medalhão no meu sonho. E na quietude da noite, enquanto eu olhava abismado para ela, a imagem permaneceu, completamente imóvel. Então se dissolveu.

Eu estava olhando para a cadeira vazia.

* * *

Lentamente voltei para a porta. Enxuguei as lágrimas outra vez, odiando-as, e guardei o lenço.

As moscas zumbiam na tela da porta. Eu via a chuva caindo, batendo na terra. Com um som suave, ficou mais forte, como se o céu tivesse aberto a boca num suspiro. Tinha esquecido alguma coisa. O que era? "A vela, sim, apague a vela para evitar um incêndio naquele hospital de crianças!"

"E olhe para a outra extremidade da enfermaria – a criança loura na tenda de oxigênio, o plástico enrugado refletindo pontinhos de luz. Que idiotice a minha acender uma vela naquele lugar!"

Apaguei a chama com dois dedos. Esvaziei meus bolsos. Deixei na mesa as notas sujas e amarrotadas, centenas e centenas de dólares, e as poucas moedas que encontrei.

Então saí e caminhei lentamente, passando diante da porta aberta da capela. Através do som da chuva ouvi a oração rápida e murmurada de Gretchen e vi, à luz avermelhada da vela do altar, o vulto ajoelhado com os braços abertos em cruz.

Eu queria ir embora. Nas profundezas da minha alma ferida, tudo o que eu queria era ir embora. Mas alguma coisa me impedia. Senti o cheiro de sangue fresco.

Vinha da capela e não era o que corria nas veias dela, era o sangue de um ferimento recente.

Cheguei mais perto, com cuidado para não fazer nenhum ruído, e fiquei parado na porta da capela. O cheiro ficou mais forte. Então eu vi o sangue pingando das mãos estendidas de Gretchen. Vi o sangue no chão, escorrendo dos seus pés.

– Livra-me do mal, Senhor, Sagrado Coração de Jesus, leva-me nos teus braços...

Ela não me viu nem me ouviu quando me aproximei e fiquei de pé ao seu lado. Seu rosto tinha um brilho suave, tanto da luz das velas quanto da luminosidade intensa da sua alma, do êxtase que a consumia e a isolava do mundo, inclusive do vulto escuro ao seu lado.

Olhei para o altar. Vi o crucifixo enorme no alto e, mais abaixo, o pequeno tabernáculo com a chama dentro da redoma de vidro vermelho, indicando que o Santíssimo Sacramento estava ali. Uma leve brisa entrou pela porta aberta da capela. Chegou até o sino e agitou suavemente o badalo, com um som quase inaudível, abafado pelo murmúrio da própria brisa.

Olhei outra vez para Gretchen, para o rosto voltado para cima, os olhos semicerrados que nada viam, a boca entreaberta e flácida orando ainda.

– Cristo, meu Cristo amado, leva-me em teus braços.

Através da névoa das minhas lágrimas, eu via o sangue fluindo vermelho e espesso das palmas das mãos dela.

Vozes discretas soaram lá fora. Portas eram abertas e fechadas. Ouvi o som de pés correndo na terra batida. Voltei-me e vi vultos escuros na entrada – um grupo de mulheres ansiosas. Ouvi a palavra "estranho" murmurada em francês. E o grito abafado.

– Demônio!

Caminhei pelo centro da igreja na direção delas, obrigando-as a abrir caminho, sem olhar para elas nem tocá-las, e saí apressadamente para a chuva.

Então parei e olhei para trás. Vi Gretchen ajoelhada ainda, as mulheres em volta dela, e ouvi as exclamações reverentes. Milagre! As chagas de Cristo! Faziam o sinal da cruz e ajoelhavam ao lado dela, e Gretchen continuava sua prece com a voz inexpressiva do transe.

"E a Palavra estava com Deus, e a Palavra era Deus, e a Palavra foi feita carne."

– Adeus, Gretchen – murmurei.

E parti, livre e sozinho, para o abraço morno da noite selvagem.

25

Eu devia ter ido para Miami naquela noite. Sabia que David poderia estar precisando de mim. Além disso, não tinha ideia do paradeiro de James.

Mas não tive coragem – estava ainda muito abalado. Antes do nascer do dia me encontrava muito distante, ao leste da pequena Guiana Francesa, mas ainda na floresta voraz, sem esperança de poder satisfazer a minha sede.

Mais ou menos uma hora antes do amanhecer cheguei a um templo antigo e monolítico – um enorme retângulo de pedra –, tão coberto de trepadeiras e outras folhagens que devia ser invisível aos mortais que passassem por perto. Mas não havia estrada ou trilha naquela parte da floresta e deduzi que há séculos ninguém passava por ali. Era o meu segredo aquele lugar.

A não ser pelos macacos que começavam a acordar com a chegada do sol. Uma verdadeira tribo cercava o templo rústico, saltando e gritando, amontoados no telhado plano e nas paredes inclinadas. Eu os observei distraído, sorrindo às vezes com suas brincadeiras. Toda a floresta parecia renascer. O coro dos pássaros era muito mais intenso e estridente do que no escuro da noite e, à medida que o céu ficava mais claro, eu distinguia sombras verdes à minha volta. E num sobressalto compreendi que eu ia ver o sol.

Minha estupidez me surpreendeu. Parece que realmente somos criaturas de hábitos. Mas aquela primeira luz do dia não bastava? Era um prazer enorme estar de novo no meu corpo...

... a não ser quando lembrava do olhar de Gretchen, cheio de repulsa e horror.

Uma névoa densa se erguia do solo e captava a luz, permitindo que eu vislumbrasse as mais tênues linhas e nervuras nas flores e nas folhas.

Olhei em volta sentindo aumentar minha tristeza, ou melhor, era uma sensação de vazio como se eu tivesse sido esfolado vivo. "Tristeza" é uma palavra muito fraca e muito doce. Eu pensava constantemente em Gretchen, mas apenas com imagens silenciosas. E quando pensava em Claudia, sentia um torpor, uma lembrança muda das palavras que eu havia dito no meu delírio de febre.

Como o pesadelo com o velho médico de barba grisalha. A criança-boneca na cadeira. Não, não ali. Não ali.

E o que importava se fosse verdade? Não tinha nenhuma importância.

Entretanto, no fundo dessas emoções deprimentes, eu não me sentia infeliz; saber disso, saber realmente, talvez fosse uma coisa maravilhosa. Ah, sim, eis apenas meu antigo eu outra vez.

Precisava falar com David sobre aquela floresta! David devia ir ao Rio antes de voltar para a Inglaterra. Talvez eu fosse com ele.

Talvez.

O templo tinha duas portas. A primeira, bloqueada com pedras pesadas e irregulares; a outra, aberta, pois as pedras há muito tinham despencado e estavam empilhadas no chão. Passei por cima delas, subi uma escada, atravessei vários corredores estreitos e cheguei finalmente às câmaras onde não penetrava a luz do sol. Foi numa delas, muito fria e isolada dos ruídos da floresta, que me deitei para dormir.

Criaturas pegajosas viviam ali. Quando encostei o rosto no chão frio, senti que se moviam em volta das pontas dos meus dedos. Ouvi o seu rastejar e depois o peso sedoso de uma serpente no tornozelo. Tudo isso me fazia sorrir.

Como o meu corpo mortal teria se encolhido, apavorado. Mas meus olhos mortais jamais teriam achado aquele lugar.

Pensei em Gretchen e um leve tremor sacudiu meu corpo. Eu sabia que nunca mais iria sonhar com Claudia.

"O que você quer de mim?", murmurei. "Pensou mesmo que podia salvar a minha alma?" Eu a vi como no meu delírio, naquele antigo hospital de Nova Orleans, quando a segurei pelos ombros. Ou estávamos no antigo hotel? "Falei a você que faria outra vez. Falei."

Alguma coisa foi salva naquele momento. A tenebrosa maldição de Lestat estava salva e para sempre intacta.

"Adeus, minhas queridas", murmurei outra vez.

E adormeci.

26

Miami – ah, minha bela metrópole do sul, sob o céu cintilante do Caribe, não importa o que digam os mapas! O ar parecia mais doce do que nas ilhas – envolvendo a multidão em Ocean Drive.

Atravessei rapidamente o elegante saguão *art déco* do Park Central e subi para os quartos dos quais tinha reserva permanente. Tirei a roupa usada na floresta e apanhei no armário uma camisa de gola rulê, paletó cáqui cinturado, calça cáqui, sapato macio de couro marrom. Era bom me livrar das roupas compradas pelo Ladrão de Corpos, por mais elegantes e feitas sob medida que fossem.

Telefonei para a recepção e fui informado de que David Talbot estava no hotel desde o dia anterior e me esperava na varanda do restaurante Bailey's, naquela mesma rua.

Como não me agradava a ideia de ir a um lugar público, resolvi convencer David a ir à minha suíte. Ele devia estar exausto depois de toda aquela aventura. Podíamos conversar melhor sentados nas cadeiras ao lado da mesa na frente da janela da minha sala.

Caminhei para o norte, na rua movimentada, até avistar o painel luminoso acima do toldo branco e elegante do Bailey's e as mesinhas com as velas acesas sobre as toalhas de linho rosado, ocupadas pela primeira leva de fregueses da noite. Lá estava David num dos cantos da varanda, com o mesmo terno elegante de linho branco que vestia no navio e, quando me aproximei, vi no seu rosto aquela expressão típica de curiosidade alerta.

A despeito do alívio que senti ao vê-lo, eu o surpreendi deliberadamente com a rapidez com que me sentei à sua frente.

– Ah, você é um demônio – murmurou ele. Por um momento, apertou os lábios, como se o irritasse o fato de ser apanhado de surpresa, mas depois sorriu. – Graças a Deus você está bem.

– Acha apropriado agradecer a Deus? – perguntei.

Pedi uma taça de vinho ao belo garçom, para evitar que ficasse me perguntando o tempo todo o que eu iria tomar. David tomava uma bebida exótica com uma cor horrível.

– Que diabo aconteceu? – perguntei, inclinando-me um pouco sobre a mesa por causa do vozerio do restaurante.

– Bem, foi uma confusão. Ele tentou me atacar e tive de usar a arma. Na verdade, James fugiu para a varanda, porque não consegui segurar a maldita arma com firmeza. Era grande demais para estas velhas mãos. – Suspirou. Parecia cansado, irritado. – Depois disso, telefonei para a Ordem, para me livrar da prisão. Telefonaram para a Cunard, em Liverpool. Ao meio-dia, eu estava no avião para Miami. É claro que eu não queria deixá-lo sozinho no navio, mas não tive escolha.

– Em nenhum momento estive em perigo – falei. – Temi por você. Eu o avisei para não se preocupar comigo.

– Bem, foi o que pensei. É claro que tentei convencê-los a procurar James para expulsá-lo do navio, mas nem consideraram a possibilidade de uma revista em todas as cabines. Assim, pensei que você não seria perturbado. Tenho quase certeza de que James desembarcou depois da confusão. Do contrário, eles o teriam detido. Eu o descrevi detalhadamente, é claro.

David tomou um pequeno gole da bebida estranha.

– Você não gosta disso, gosta? Onde está seu uísque horrível?

– A bebida das ilhas – disse ele. – Não, não gosto, mas não importa. Como foram as coisas com você?

Não respondi. Eu o via com minha visão antiga e sua pele estava mais transparente, todas as enfermidades do corpo idoso evidentes. Mas com aquela aura maravilhosa de todos os mortais para os olhos de um vampiro.

David parecia cansado, nervoso e tenso. Notei os olhos avermelhados e a linha rígida dos lábios, bem como a curva desanimada dos ombros. Teria envelhecido mais ainda com aquela aventura? Era insuportável para mim vê-lo naquele estado. Mas David me observava, preocupado.

– Aconteceu alguma coisa desagradável com você – disse ele, com voz mais suave, e senti o calor da sua mão sobre a minha. – Vejo nos seus olhos.

– Não quero conversar aqui – respondi. – Vamos para a minha suíte no hotel.

– Não, prefiro ficar – disse David, gentilmente. – Estou tenso demais depois de tudo aquilo. Foi uma dura prova para um homem da minha idade. Estou exausto. Eu o esperava a noite passada.

– Desculpe-me por não ter vindo. Sei que foi terrível, embora você tenha se divertido o tempo todo.

– Acha mesmo? – perguntou com um sorriso tristonho. – Preciso de outro drinque. O que foi que você sugeriu? Uísque?

– *Eu* sugeri? Pensei que fosse a sua bebida predileta.

– Uma vez ou outra – disse ele, chamando o garçom. – Em certos momentos parece séria demais. – Perguntou se tinham uísque de puro malte. Não tinham. Chivas Regal estava bem. – Obrigado por fazer a minha vontade. Gosto daqui. Gosto do movimento tranquilo. Gosto de estar ao ar livre.

Até sua voz estava cansada, faltava aquela centelha de entusiasmo. Evidentemente não era o momento para falar numa viagem ao Rio de Janeiro. E tudo por minha culpa.

– Como quiser – falei.

– Agora, conte-me o que aconteceu – disse ele, solícito. – Vejo que alguma coisa pesa na sua alma.

Só então me dei conta do quanto eu queria falar sobre Gretchen. Na verdade, era por isso que estava ali, mais do que pela minha preocupação por ele. Devia me sentir envergonhado, mas tinha de contar. Com o cotovelo apoiado na mesa, olhei para a praia. As cores da noite pareciam mais luminosas através da névoa que umedeceu meus olhos. Contei que fui procurar Gretchen porque havia prometido, embora no meu íntimo eu desejasse ardentemente trazê-la para meu mundo. Falei sobre o hospital, as coisas estranhas – o médico parecido com o outro de séculos atrás, a pequena enfermaria, a sensação absurda de que Claudia estava ali.

– Foi tudo muito frustrante – murmurei. – Jamais imaginei que Gretchen pudesse me repelir. Sabe o que eu pensei? Parece uma bobagem agora. Pensei que ela fosse me achar irresistível! Não podia ser de outro modo. Pensei que, quando ela olhasse nos meus olhos, que não eram mais aqueles olhos mortais, veria a verdadeira alma que ela amava! Nunca imaginei que sentiria uma repulsa tão absoluta, moral e física, nem que no momento que compreendesse de verdade o que somos, me rejeitasse como rejeitou. Não sei como fui tão tolo, como me deixei levar por minhas ilusões! Por vaidade? Ou será que perdi o juízo? Você nunca me achou repulsivo, achou, David? Ou estou iludido nisso também?

– Você é belo – murmurou David, com suave sinceridade. – Mas é sobrenatural, e foi isso que ela viu. – Ele parecia profundamente deprimido.

Nunca sua voz fora mais solícita e paciente. Na verdade, era como se estivesse sofrendo o que eu sofria, nas profundezas do seu ser. – Ela não seria uma boa companheira para você – disse ele, com bondade.

– Sim, eu compreendo. Eu compreendo. – Apoiei a testa na mão. Desejei estar na quietude do meu quarto, mas não quis insistir. David era meu amigo, como ninguém no mundo jamais fora, e eu queria fazer a vontade dele. – Você sabe que é o único – falei, ouvindo o cansaço e a dor na minha voz. – O único que aceita meu verdadeiro eu derrotado e não foge de mim.

– O que quer dizer?

– Ah. Todos os outros invejam meu gênio forte, minha impetuosidade, minha força de vontade! Adoram isso. Mas, quando demonstro fraqueza, me abandonam. Louis me abandonou. – Pensei então na rejeição de Louis e, com uma satisfação maldosa, pensei que em breve eu o veria outra vez. Ah, ele ia ficar surpreso. Então senti um pouco de medo. Como eu poderia perdoar-lhe? Como me controlar para não explodir numa chama destruidora?

– Em geral fazemos nossos heróis muito superficiais – comentou David, em voz lenta e quase triste. – Nós os fazemos frágeis e quebradiços. Compete a eles nos fazer lembrar do verdadeiro significado da força.

– Acha mesmo? – Cruzei os braços sobre a mesa e olhei para o vinho pálido na taça. – Sou realmente forte?

– Sim, você sempre teve força. Por isso, eles o invejam e o desprezam e ficam tão furiosos. Mas não preciso dizer isso. Esqueça aquela mulher. Seria um erro, um grande erro.

– E você, David? Não seria errado com você. – Ergui os olhos e com surpresa vi lágrimas nos olhos congestionados dele e outra vez os lábios cerrados numa linha dura. – O que há, David? – perguntei.

– Não, não seria um erro. Agora não acho que seria um erro.

– Está dizendo...?

– Leve-me para seu mundo, Lestat – murmurou ele, mas logo se controlou, voltando a ser o cavalheiro inglês, chocado e contrariado com as próprias emoções, e olhou para o mar distante.

– Está falando sério, David? Tem certeza?

Na verdade, eu não queria perguntar. Eu não queria dizer mais nada. Mas por quê? Por que David tinha chegado àquela decisão? O que eu tinha feito a ele com a minha louca aventura? Se não fosse por ele, eu não seria nunca mais o vampiro Lestat. Mas custou a ele um preço muito alto.

Lembrei-me de David na praia, em Granada, quando recusou o simples ato de fazer amor. Estava sofrendo como naquela noite. E de repente não me pareceu difícil compreender. Eu o levara a isso quando pedi que me ajudasse a vencer o Ladrão de Corpos.

– Venha – disse eu. – Está na hora de ficarmos a sós.

Eu tremia. Quantas vezes tinha sonhado com aquele momento.

Mas me pegou de surpresa, e eu queria fazer muitas perguntas.

Fui dominado por uma estranha e inesperada timidez. Não podia olhar para ele, pensando na intimidade que iríamos partilhar. Meu Deus, eu estava agindo exatamente como agira em Nova Orleans, quando eu vivia ainda naquele sufocante corpo mortal e tentava convencê-lo a ceder ao meu desejo.

Meu coração batia desesperadamente. David. David nos meus braços. O sangue de David passando para mim. E o meu para ele, e depois ficaríamos juntos na beira do mar como irmãos imortais. Eu mal podia falar ou pensar.

Levantei-me sem olhar para ele, atravessei a varanda e desci os degraus. Sabia que ele me seguia. Eu era Orfeu. Um olhar para trás e ele seria arrebatado de mim. O reflexo dos faróis de um carro no meu cabelo ou nos meus olhos poderia paralisá-lo de medo.

Continuei na frente, passei pelo desfile de mortais com suas ricas roupas de praia, pelas pequenas mesas na calçada. Segui diretamente para o Park Central, atravessei o saguão com sua elegância discreta e subi para a minha suíte.

Ouvi quando David entrou e fechou a porta.

Fui até a janela e olhei outra vez para o brilhante céu noturno. Quieto, coração! Não precipite as coisas. Muito cuidado!

Veja as nuvens fugindo rapidamente do paraíso. As estrelas, meros pontos brilhantes na torrente pálida da luz noturna.

Eu precisava dizer, precisava explicar muitas coisas. Ele ficaria para toda a eternidade como estava agora. Desejava mudar algum detalhe físico? Cortar um pouco a barba, aparar o cabelo?

– Nada disso importa – disse ele, com sua voz suave e culta. – Qual é o problema? – Como se eu precisasse ser tranquilizado. – Não é o que sempre quis?

– Ah, sim, sinceramente, sim. Mas você precisa ter certeza de que é o que deseja – falei, só então voltando-me para ele.

David estava parado na sombra, tão discreto com o terno de linho branco e a gravata de seda. A luz da rua refletia nos seus olhos e por um momento iluminou o alfinete de gravata.

– Eu não posso explicar – murmurei. – Aconteceu tão de repente, quando eu estava certo de que você jamais concordaria. Temo por você. Temo que esteja cometendo um erro terrível.

– É o que eu quero – afirmou, mas como estava tensa sua voz, sem vida, sem aquele tom leve e lírico. – Eu desejo isso mais do que pode imaginar. Faça agora, por favor. Não prolongue a minha agonia. Venha para mim. O que posso fazer para convencê-lo? Tive mais tempo do que imagina para tomar esta decisão. Lembre-se de que conheço todos os seus segredos há muito tempo.

Como seu rosto parecia estranho, os olhos duros, a boca rígida e amarga.

– David, alguma coisa está errada – disse eu. – Tenho certeza. Escute. Precisamos conversar antes. Talvez a conversa mais importante de nossas vidas. O que o fez mudar de opinião? O tempo que passamos juntos na ilha? Quero que explique. Preciso compreender.

– Está perdendo tempo, Lestat.

– Ah, mas para fazer isso é preciso tempo, David, porque é o último momento em que o tempo vai importar.

Cheguei mais perto dele, deliberadamente deixando que o odor do seu sangue penetrasse nas minhas narinas, despertando o desejo que anulava a importância de quem ou do que ele era – a fome aguda que desejava apenas sua morte. A sede se crispava dentro de mim como um grande açoite.

David recuou. Vi o medo nos seus olhos.

– Não, não tenha medo. Pensa que vou machucá-lo? Se não fosse por você, eu não teria derrotado aquele estúpido Ladrão de Corpos.

Vi o rosto dele ficar rígido, os olhos se semicerrarem, a boca se alongar num esgar estranho. Não era o David que eu conhecia. Em nome de Deus, o que se passava na mente dele? Tudo parecia errado naquele momento, aquela decisão! Não havia alegria nem intimidade. Alguma coisa estava errada.

– Abra sua alma para mim! – murmurei.

David balançou a cabeça com os olhos brilhando e semicerrados outra vez.

– Não vai acontecer isso quando o sangue começar a fluir?

A voz seca e áspera!

Então o rosto se suavizou novamente, ele sorriu com doçura e os olhos se abriram completamente.

– Dê-me uma imagem, Lestat, para guardar na mente. Uma imagem para me defender do medo.

Fiquei confuso. Não entendi o que ele queria dizer.

– Devo pensar em você e na sua beleza – disse ele, ternamente – e que seremos companheiros para sempre? Isso vai me ajudar?

– Pense na Índia – murmurei. – Pense na floresta pantanosa, quando você era feliz...

Eu queria dizer mais. Queria dizer não, isso não, mas não sabia por quê! E senti a sede e a solidão e mais uma vez vi Gretchen, o puro horror no rosto dela. Cheguei mais perto de David, finalmente David... *Faça agora,* e chega de palavras, o que importa a imagem, faça! O que há de errado com você, o que significa esse medo?

E dessa vez eu o abracei com força.

E senti o medo dele, um espasmo, mas David não lutou contra mim, e saboreei o prazer por um momento, aquela intimidade sensual, o corpo vivo nos meus braços. Meus lábios pousaram nos seus cabelos, sentindo o perfume familiar, segurei sua cabeça com as mãos. Então meus dentes penetraram a pele antes que eu tivesse me decidido de fato e o sangue quente e salgado jorrou na minha língua e encheu a minha boca.

"David, finalmente David."

As imagens chegaram em torrente – a grande floresta da Índia, o tropel ensurdecedor dos elefantes erguendo as pernas desajeitadamente, balançando as cabeças enormes, as orelhas sacudindo como folhas soltas. A luz do sol penetrando entre as copas das árvores. "Onde está o tigre? Ah, meu Deus, Lestat, você é o tigre! Você fez isso a ele! Por isso não queria pensar!" E de repente eu o vi olhando para mim na clareira banhada de sol, o David de muitos anos atrás, esplendidamente jovem, sorrindo e, por um instante, superposta à imagem, ou brotando de dentro dela como uma flor, outra figura, outro homem. Uma criatura magra e emaciada, com cabelos brancos e olhos astutos. E antes que ela desaparecesse outra vez dentro da imagem trêmula e sem vida de David, eu compreendi que aquele outro homem era James.

"O homem nos meus braços é James!"

Eu o atirei para longe, limpei com a mão o sangue dos meus lábios.

– James! – exclamei num rugido furioso.

Ele caiu ao lado da cama, olhos parados, o sangue escorrendo sobre o colarinho, uma das mãos estendida para mim.

– Agora, não se precipite! – gritou, com a voz que eu conhecia tão bem, o peito arfante, o rosto molhado de suor.

– Maldito seja – trovejei outra vez, olhando para aqueles olhos mortiços no rosto de David.

Lancei-me sobre ele, ouvindo sua risada maligna e cheia de desespero, as palavras rápidas quando meus dedos se fecharam em volta do seu pescoço.

– Grande idiota! Este é o corpo de Talbot! Você não vai fazer mal a Talbot...

Tarde demais. Tentei parar, mas eu já o tinha atirado contra a parede!

Com horror, eu o vi bater violentamente e começar a escorregar para baixo, vi o sangue espirrar da cabeça e o ruído surdo da parede se quebrando. Corri para ele e o corpo de David caiu nos meus braços. Voltou para mim os olhos bovinos, a boca contraída com o esforço de formar as palavras.

– Veja o que você fez, seu tolo, seu idiota. Veja o que... veja o que...

– Fique nesse corpo, seu monstro! – murmurei entre os dentes cerrados. – Mantenha esse corpo vivo!

Ele respirava com dificuldade. Um filete de sangue escorria do seu nariz para a boca. Os olhos quase desapareceram nas órbitas. Tentei fazer com que ficasse de pé, mas suas pernas pareciam paralisadas.

– Seu... idiota... chame minha mãe, chame... minha mãe, minha mãe, Raglan precisa de você... Não chame Sara. Não conte para Sara. Chame minha mãe... – E desmaiou, sua cabeça pendeu para o lado e o levei para a cama.

Eu estava apavorado. O que devia fazer? Poderia curar seus ferimentos com o meu sangue? Não, o ferimento era interno, no cérebro! Ah, Deus! O cérebro, o cérebro de David!

Apanhei o telefone, dei o número do quarto gaguejando e disse que era uma emergência. Um homem gravemente ferido. Um homem tinha sofrido uma queda. Um ataque! Precisavam chamar uma ambulância imediatamente.

Desliguei o telefone e voltei para o lado dele. O rosto e o corpo de David! As pálpebras tremeram, ele abriu a mão esquerda, fechou, abriu de novo.

– Mãe – murmurou. – Chame minha mãe. Diga que Raglan precisa dela... mãe.

– Ela está vindo – falei –, deve esperar por ela! – Delicadamente virei a cabeça dele para o lado. Mas, na verdade, o que importava? “Deixe que ele saia desse corpo, se puder", pensei. "Este corpo não vai viver! Este corpo nunca mais vai servir para David!"

E onde estava David?

O sangue se espalhava sobre a coberta da cama. Mordi meu pulso e deixei cair umas gotas nas marcas de dentes no pescoço dele. Talvez algumas gotas nos lábios ajudassem. Mas o que eu podia fazer com o cérebro? Ah, Deus, como fui fazer uma coisa dessas...

– Tolice – murmurou ele –, uma grande tolice. Mãe!

A mão esquerda começou a se agitar de um lado para outro. Então percebi que todo o braço se movia espasmodicamente, o lado esquerdo da boca parecia estar sendo puxado para baixo, os olhos viraram para cima e as pupilas ficaram imóveis. O sangue continuou a sair do nariz entrando na boca e tingindo os dentes.

– Ah, David, eu não queria fazer isso – murmurei. – Ah, meu Deus, ele vai morrer!

Acho que ele disse "mãe" mais uma vez.

Ouvi o grito estridente das sirenes na Ocean Drive. Alguém estava batendo à porta. Encostei junto à parede quando ela se abriu e saí do quarto sem ser visto. Outros mortais subiam a escada. Viram apenas um vulto vago quando passei por eles. Parei no saguão e, atordoado, vi o pessoal do hotel correndo de um lado para outro. O som da sirene ficou mais forte. Dei meia-volta e, quase cambaleando, saí para a rua.

"Santo Deus, David, o que eu fiz?"

A buzina de um carro me assustou, depois outra me tirou daquele torpor. Eu estava parado bem no meio da rua. Recuei para a praia.

Uma ambulância parou na frente do hotel. Um jovem enorme saltou e entrou correndo no saguão enquanto outro abria as portas traseiras. Alguém gritava lá dentro. Vi um vulto na janela do meu quarto.

Recuei mais ainda, com as pernas trêmulas como as de um mortal, apertando estupidamente a cabeça com as mãos e olhando para aquela cena horrível através dos óculos escuros, vendo as pessoas que paravam curiosas, levantavam das mesas dos restaurantes próximos e se aproximavam da entrada do hotel.

Era impossível enxergar normalmente, mas a cena se materializou ante meus olhos à medida que eu roubava as imagens das mentes das pessoas – a maca pesada atravessando o saguão com o corpo imóvel de David preso com correias, os atendentes abrindo caminho entre o povo.

As portas da ambulância se fecharam. Recomeçou o grito assustador da sirene e lá se foram, levando o corpo de David só Deus sabia para onde!

Eu precisava fazer alguma coisa. Mas o quê? Entrar no hospital, desfazer a troca de corpos! O que mais poderia salvá-lo? James está dentro dele. Onde está David? "Bom Deus, ajude-me." Mas por que Deus me ajudaria?

Entrei em ação. Segui rapidamente pela rua, passando com facilidade entre os mortais que mal me viam, encontrei uma cabine telefônica envidraçada, entrei e fechei a porta.

– Preciso falar com Londres – falei para a telefonista, completando a informação –, com a Talamasca, a cobrar.

Por que estava demorando tanto? Impaciente, bati com o punho fechado no vidro da cabine. Finalmente uma daquelas vozes bondosas e pacientes da Talamasca aceitou a ligação.

– Escute bem – falei, dizendo meu nome em alto e bom som. – Isto não vai fazer sentido para vocês, mas é extremamente importante. O corpo de David Talbot acaba de ser levado para um hospital na cidade de Miami. Eu não sei que hospital! Mas o corpo está gravemente ferido. O corpo pode morrer. Mas vocês precisam compreender. David não está naquele corpo. Está ouvindo? David está em algum lugar...

Parei de falar.

Um vulto escuro apareceu no outro lado do vidro. Olhei para ele, pronto para ignorá-lo – o que me importava se algum mortal precisava usar o telefone? –, quando percebi que era o meu corpo mortal, meu alto e belo corpo mortal, de pele marrom-clara, no qual eu tinha vivido o tempo suficiente para conhecer seus mínimos detalhes, suas fraquezas e sua força. Eu estava olhando para o rosto que vira no espelho dois dias atrás! Só que ele era uns cinco centímetros mais alto do que eu. Eu estava olhando para aqueles olhos castanhos que conhecia tão bem.

O corpo vestia o mesmo terno de algodão que eu estava usando no navio. A mesma camisa branca de gola rulê. E uma das mãos tão familiares estava erguida num gesto calmo, calmo como a expressão do rosto, mandando que eu desligasse o telefone.

Obedeci.

Com um movimento leve e fácil, o corpo abriu a porta da cabine. A mão direita segurou meu braço e me levou, sem que eu opusesse nenhuma resistência, para a calçada e para o vento brando.

– David – falei. – Você sabe o que eu fiz?

– Acho que sei. – Ergueu as sobrancelhas e aquela voz tipicamente inglesa fluiu com facilidade da boca jovem. – Vi a ambulância na frente do hotel.

– David, foi um engano, um engano terrível, terrível!

– Venha, vamos sair daqui – disse ele. E essa *era* a voz que eu conhecia, tranquila, autoritária e suave.

– Mas, David, você não compreende. Seu corpo...

– Vamos, pode me contar tudo.

– David, ele está morrendo.

– Bem, não podemos fazer nada, podemos?

E para meu espanto, David passou o braço por meus ombros e me conduziu com aquele seu modo autoritário até a esquina, onde fez sinal para um táxi que passava.

– Eu não sei para que hospital o levaram – confessei. Eu ainda tremia violentamente. Não conseguia controlar o tremor das mãos. E a proximidade de David, olhando com toda a calma para mim, era por demais chocante, e ainda mais sua voz vinda do rosto jovem e saudável.

– Eu sei – disse ele, como se estivesse procurando acalmar uma criança agitada. – Mas não é para lá que vamos. – Apontou para o táxi. – Por favor, entre.

David se sentou ao meu lado e deu o endereço do Grand Bay Hotel em Coconut Grove.

27

Eu estava ainda em puro estado de choque quando entramos no grande saguão de mármore. Atordoado, vi a decoração suntuosa, os enormes vasos com flores e os turistas vestidos de maneira elegante. O homem alto e de cabelos castanhos, meu antigo corpo, com toda a paciência me conduziu até o elevador e subimos rápida e silenciosamente.

Eu não conseguia tirar os olhos dele e meu coração batia descompassado lembrando o que tinha acontecido. Sentia ainda o gosto do sangue do corpo ferido na minha boca!

Entramos na suíte espaçosa e decorada com cores discretas, aberta para a noite, com uma parede inteira de janelas que iam do chão até o teto, de onde se avistavam as torres iluminadas ao longo das praias da serena baía de Biscayne.

– Você compreende o que estou tentando dizer. – Eu estava satisfeito por estar finalmente a sós com David, olhando para ele do outro lado da mesa. – Eu o feri, David, eu o feri gravemente num acesso de raiva. Eu... o atirei contra a parede.

– Você e seu gênio incontrolável, Lestat. – Outra vez ele falava como se estivesse lidando com uma criança assustada.

Um sorriso largo e carinhoso iluminou o rosto belo e a boca serena – o sorriso de David que eu conhecia tão bem e que não consegui retribuir.

Abaixei os olhos do rosto radiante para os ombros fortes e o corpo perfeitamente à vontade na cadeira.

– Ele me fez acreditar que era você! – falei. – Fingiu que era você. Ah, meu Deus, contei a ele toda a minha amargura, David. E James ficou ali parado, ouvindo, zombando de mim. Então ele pediu o Dom das Trevas. Disse que tinha mudado de opinião. Atraiu-me para o quarto do hotel,

David, para que eu lhe desse o dom! Foi horrível. Era tudo que eu desejava, mas eu sentia que alguma coisa estava errada! Havia algo sinistro nele. Sim, e sinais evidentes, mas eu não os vi! Que idiota fui.

– Corpo e alma – disse o jovem de pele firme diante de mim.

Tirou o paletó e o jogou na cadeira ao seu lado. Cruzou os braços sobre o peito. A camisa de gola alta acentuava os músculos fortes e a pele marrom vibrante contrastava com o branco do tecido.

– Sim, eu sei – disse ele, e a bela voz britânica fluiu naturalmente dos seus lábios. – É chocante. Tive a mesma experiência alguns dias atrás, em Nova Orleans, quando meu único amigo apareceu neste corpo! Eu compreendo perfeitamente, não precisa repetir, que meu corpo antigo provavelmente está morrendo. Apenas não sei o que podemos fazer.

– Bem, não podemos chegar perto dele, isso é certo. James pode sentir sua presença e talvez consiga concentração suficiente para sair de dentro dele.

– Você acha que James ainda está no corpo? – perguntou ele, erguendo as sobrancelhas exatamente como David fazia quando falava, inclinando um pouco a cabeça para a frente com a sugestão de um sorriso nos lábios.

David naquele corpo! O tom da voz era quase exatamente o mesmo.

– Ah... o que... ah, sim, James. Sim. James está no corpo! David, foi uma pancada violenta na cabeça. Ele murmurou alguma coisa sobre a mãe. Chamou por ela. Repetia que Raglan precisava dela. Ele estava no corpo quando eu saí do quarto.

– Compreendo. Isso significa que o cérebro está funcionando, mas gravemente ferido.

– Exatamente! Não compreende? Ele pensou que podia me impedir de feri-lo porque era seu corpo. Ele se refugiou no seu corpo! Ah, mas se enganou! Ele se enganou! Imagine tentar me fazer dar a ele o Dom das Trevas! Quanta vaidade! Devia saber que não ia conseguir. Devia ter confessado seu plano assim que me viu. Maldito seja. David, se não matei seu corpo, eu o inutilizei para sempre.

David estava imerso nos próprios pensamentos, como sempre fazia no meio de uma conversa, o olhar distante para além das janelas, além da baía escura.

– Devo ir ao hospital, não devo? – murmurou ele.

– Não, pelo amor de Deus, não. Quer ser atraído para dentro daquele corpo agonizante? Não está falando sério.

David levantou da cadeira com movimentos leves e graciosos e foi até a janela. Ficou parado, olhando a noite e eu vi o porte digno e a sabedoria dele naquele corpo jovem. Ah, ver a inteligência profunda e firme de David nos olhos castanhos!

– Minha morte espera por mim, não é mesmo? – murmurou ele.

– Pois deixe esperar. Foi um acidente, David. Não é a morte inevitável. É claro que há uma alternativa. Nós dois sabemos o que devemos fazer.

– O quê? – perguntou ele.

– Vamos juntos ao hospital. Entramos no quarto usando nossos poderes para convencer médicos, enfermeiros e o resto do pessoal. Você o expulsa do corpo e toma o lugar dele, então eu lhe dou o sangue. Trago você para mim. A completa infusão de sangue cura qualquer coisa.

– Não, meu amigo. Você sabe que não deve sugerir isso. Não pode ser.

– Sim, eu sei. Então nem chegue perto daquele hospital. Não faça coisa alguma para tirá-lo do estado de coma!

Entreolhamo-nos em silêncio. Eu não estava mais alarmado. Não tremia mais. E de repente compreendi que David, nem por um momento, ficara realmente preocupado.

Não estava assustado. Não parecia triste. Olhava para mim, pedindo a minha compreensão. Ou talvez nem estivesse pensando em mim.

David tinha setenta e quatro anos! E acabara de deixar um corpo cheio de dores e fraquezas previsíveis por aquele corpo belo e jovem.

Eu nem podia imaginar o que ele estava sentindo! Eu havia trocado o corpo de um deus por aquele. David trocou o corpo de um velho, com a morte espreitando sobre seu ombro, o corpo de um homem para quem a juventude era um conjunto de lembranças dolorosas e atormentadoras, um homem tão abalado por essas lembranças que sua paz de espírito começava a desmoronar, ameaçando fazer dele uma criatura amarga e desanimada da vida nos últimos anos que lhe restavam.

Naquele momento, tinha a juventude de volta! Podia viver toda uma vida outra vez! Num corpo que ele achava atraente, belo, magnífico – um corpo que havia desejado.

E ali estava eu, chorando pelo corpo velho, ferido, que perdia a vida gota a gota num leito de hospital.

– Sim – disse ele. – Eu diria que a situação é exatamente essa. Mesmo assim, eu sei que devia ir para aquele corpo! Sei que ele é o lar verdadeiro desta alma. Sei que a cada minuto estou arriscando o inimaginável... que meu antigo corpo expire e eu tenha de permanecer neste pelo resto da vida. Mas eu o trouxe para cá e é aqui que pretendo ficar.

Estremeci. Olhei para ele como quem acorda de um sonho e estremeci outra vez. Finalmente, com uma risada insana e irônica, falei:

– Sente-se, David, sirva-se de um pouco desse seu horrível e maldito uísque e me conte como isso aconteceu.

David não sorriu. Parecia perplexo, ou talvez num estado de grande passividade, olhando para mim, para o problema e para o mundo do interior daquele corpo magnífico.

Ficou por mais alguns momentos na janela, olhando os prédios distantes, tão brancos e limpos, com as pequenas varandas e depois para a água que se estendia até o começo do céu.

Então foi até o bar, perfeitamente à vontade nos seus movimentos, apanhou uma garrafa de uísque, um copo e os levou para a mesa. Serviu uma dose generosa da bebida e tomou metade, com aquela encantadora careta no rosto de pele lisa, exatamente como fazia com o outro, e depois os olhos irresistíveis se voltaram outra vez para mim.

– Bem, ele estava se escondendo – começou. – Exatamente como você disse. Eu devia saber que James ia fazer isso! Mas, por incrível que pareça, a ideia não me ocorreu nem por um instante. Estávamos muito ocupados, por assim dizer, com a troca. E Deus sabe que jamais pensei que ele pudesse tentar seduzi-lo para conseguir o Dom das Trevas. Tolice a dele pensar que podia enganá-lo quando o sangue começasse a fluir.

Fiz um pequeno gesto de desânimo.

– Conte-me o que aconteceu – pedi. – Ele o expulsou do seu corpo!

– Sem qualquer impedimento. E por um momento eu não sabia o que tinha acontecido. Não pode imaginar o poder daquele homem! É claro que ele estava desesperado, como nós estávamos! É claro que tentei voltar ao meu corpo imediatamente, mas ele me repeliu e começou a atirar em você!

– Em mim? Ele não podia me ferir, David!

– Mas eu não tinha certeza, Lestat. Suponha que uma bala atingisse seu olho! Eu não sabia se ele podia abater você com um único tiro e retomar seu corpo! Não tenho muita prática em viagens fora do corpo. Pelo menos, não tanto quanto ele. Eu estava apavorado. Então você desapareceu, eu ainda não tinha conseguido recapturar meu corpo e ele apontou a arma para o outro, caído no chão.

"Eu nem sabia se era capaz de me apossar dele. Nunca fiz isso antes. Eu nem quis tentar quando você sugeriu. Possuir outro corpo. Para mim é tão moralmente abominável quanto tirar uma vida. Mas ele ia estourar os miolos deste corpo – isto é, quando conseguisse controlar a arma. E onde eu estava? O que ia acontecer comigo? Aquele corpo era a minha única chance de voltar ao mundo físico.

"Entrei nele do modo que o ensinei a entrar no seu. Na hora me levantei, empurrei James para trás e quase tirei a arma da mão dele. Mas a essa altura, o corredor estava cheio de passageiros e camareiros em pânico. Ele atirou outra vez quando fugi para a varanda e saltei para o convés inferior.

"Acho que só me dei conta do que tinha acontecido quando meus pés tocaram o assoalho do convés. A queda podia ter quebrado meu tornozelo no meu antigo corpo! Provavelmente, até a perna. Preparei-me para a dor lancinante e de repente percebi que não estava ferido, não tinha quebrado nada. Levantei e corri pelo convés até a porta do restaurante.

"É claro que não podia ter escolhido um lugar pior. Os homens da segurança corriam para a escada que leva ao convés de sinalização. Tive certeza de que iam prender James. Ele estava tão desajeitado com aquela arma, Lestat. Exatamente como você o descreveu antes. James não sabe se mover com os corpos que rouba. Continua sendo ele mesmo!"

David parou, tomou mais um gole de uísque e serviu outra dose. Eu olhava para ele e o ouvia fascinado – a voz autoritária e os modos discretos combinados com o rosto quase de garoto. Na verdade, aquele corpo mal havia passado da adolescência e eu nunca pensei nisso antes. Sob todos os aspectos, estava ainda inacabado, como uma moeda com a primeira impressão estampada e sem um arranhão, nem qualquer sinal de uso.

– Nesse corpo você não se embriaga com a mesma facilidade, certo? – perguntei.

– Certo – respondeu ele. – Na verdade, nada é igual. Nada. Mas deixe-me continuar. Eu não pretendia sair do navio. Estava muito preocupado com a sua segurança. Mas tive de sair.

– Falei que não precisava se preocupar comigo. Ah, meu Deus, foi isso que falei a James... quando pensei que era você. Mas continue. O que aconteceu então?

– Bem, entrei no corredor que fica atrás do restaurante, de onde eu podia ver o que acontecia no salão através do postigo na porta. Imaginei que eles o trariam para baixo por aquele caminho. Era o único que eu conhecia. E eu precisava saber que James fora apanhado. Compreenda, eu não tinha resolvido ainda o que ia fazer. Logo apareceu um grupo de seguranças comigo, David Talbot, e o conduziram, meu antigo eu, rápida e rudemente através do restaurante, na direção da proa do navio. E lá estava James lutando para manter a dignidade, falando rápida e quase alegremente, como se fosse um cavalheiro influente, envolvido contra a vontade num caso sórdido e sem importância.

– Posso imaginar.

– "Qual é o jogo dele?", pensei. Não sabia, é claro, que James já estava pensando no futuro, no melhor meio de se proteger de você. Tudo que eu podia pensar era "o que ele pretende fazer agora?". Então ocorreu-me que ia convencer os policiais a saírem à minha procura. Naturalmente ia me culpar por tudo que aconteceu.

"Revistei meus bolsos. Encontrei o passaporte de Sheridan Blackwood, o dinheiro que você deixou para James sair do navio e a chave da cabine no convés superior. Tentei pensar com calma. Se fosse para aquela cabine, eles me encontrariam. Ele não sabia o nome do passaporte. Mas os camareiros podiam dar as indicações necessárias.

"Eu estava ainda confuso quando ouvi o nome dele nos alto-falantes. Uma voz tranquila pedia que o sr. James Raglan se apresentasse a um oficial do navio. Então James tinha me denunciado, pensando que eu estava com o passaporte que dera a você. E era só uma questão de tempo para que ligassem o nome Sheridan Blackwood ao de Raglan James. James deve ter dado a eles uma descrição deste corpo.

"Não me arrisquei a descer até o convés cinco para verificar se você estava bem. Podia ser seguido. Só tinha uma coisa a fazer, pensei, esconder-me até ter certeza de que James havia deixado o navio.

"Eu estava quase certo de que ele seria detido em Barbados por causa da arma. Além disso, não sabia o nome que constava no seu passaporte, que seria examinado no desembarque.

"Desci para o convés do Lido, onde a maioria dos passageiros tomava o café da manhã, pedi uma xícara de café e sentei num canto, mas logo percebi que não estava no lugar certo. Apareceram dois policiais, evidentemente procurando alguém. Comecei a conversar com duas simpáticas senhoras ao meu lado e mais ou menos me introduzi no seu grupo.

"Os policiais saíram depois de alguns minutos e outro aviso soou nos alto-falantes. Dessa vez já tinham o nome certo. 'O sr. Sheridan Blackwood queira, por favor, se apresentar a qualquer oficial do navio imediatamente.' E pensei então em outra assustadora possibilidade! Eu estava no corpo do mecânico de Londres que havia assassinado a família inteira e depois fugiu do hospital psiquiátrico. A polícia tinha suas impressões digitais. Eu não duvidava que James desse essa informação à polícia. E ali estávamos, no porto de Barbados, uma ilha britânica! Nem a Talamasca poderia retirar este corpo da prisão se eu fosse apanhado. Por mais que temesse abandonar você, precisava sair do navio."

– Devia saber que eu estava bem. Mas por que não o detiveram no portão de desembarque?

– Ah, quase me detiveram, mas a confusão era enorme. Bridgetown é um grande porto e estávamos ancorados no cais. Não precisávamos da lancha. Os oficiais da alfândega demoraram tanto para liberar a ordem de desembarque dos passageiros que centenas deles esperavam no convés inferior para ir a terra.

"Os policiais verificavam os passes de desembarque do melhor modo possível, mas eu consegui outra vez entrar num grupo de senhoras inglesas e comecei a falar sobre os pontos turísticos de Barbados e sobre a temperatura adorável da ilha, e assim consegui passar.

"Desci para o cais de cimento e caminhei para o prédio da alfândega, temendo que me exigissem a apresentação do passaporte.

"Além disso, eu estava neste corpo há menos de uma hora! Cada passo era estranho para mim. Cada vez que eu olhava para estas mãos, era como se levasse um choque. 'Quem sou eu?' Olhava para as outras pessoas como se estivesse espiando por dois buracos numa parede branca. Não tinha ideia do que os outros viam!"

– Eu sei, acredite.

– Ah, mas a força, Lestat. Isso você não pode saber. Era como se um poderoso estimulante saturasse cada fibra do meu corpo! E estes olhos jovens, como enxergavam longe e com nitidez!

Balancei a cabeça, concordando.

– Bem, para ser franco – continuou David –, eu não conseguia pensar. A alfândega estava repleta de passageiros e funcionários. Havia muitos navios de cruzeiro no porto. O *Wind Song*, o *Rotterdam* e acho que o *Royal Viking Sun* estavam também ancorados ao lado do *Queen Elizabeth 2*. O que sei é que era grande o número de passageiros e que os passaportes só seriam verificados quando voltassem para os navios.

"Fui a uma loja do cais, você sabe, cheia dessas coisas horríveis, e comprei óculos escuros espelhados – iguais aos que você usava quando sua pele era pálida – e uma camisa medonha com um papagaio pintado.

"Tirei o paletó e a camisa de gola alta, vesti aquela camisa horrível e procurei um lugar de onde, através das lentes espelhadas e da porta aberta, eu pudesse avistar uma parte do cais. Eu não podia fazer mais nada. Apavorava-me a ideia de que resolvessem revistar as cabines! O que fariam quando não conseguissem abrir a porta no convés cinco ou se encontrassem você na mala? Porém, pensando bem, como seria possível essa revista geral? E por que a fariam? Já tinham o homem com a arma."

Fez outra pausa e tomou um gole de uísque. David parecia quase inocente contando aquela história, com uma inocência que eu jamais tinha visto no seu antigo rosto.

– Eu estava desesperado. Tentei usar meus poderes telepáticos e levei um tempo para encontrá-los. O corpo tem mais influência sobre eles do que eu pensava.

– Isso não me surpreende – disse eu.

– Tudo que consegui captar foram os pensamentos e as imagens nas mentes dos passageiros ao meu lado. Isso não adiantava. Mas, por sorte, minha agonia terminou de repente.

"Eles levaram James para terra acompanhado por um grupo de policiais. Provavelmente o consideravam o homem mais perigoso do mundo ocidental. E minhas malas estavam com ele. Lá estava James, a própria imagem do cavalheiro britânico, digno e circunspecto, conversando com um sorriso descuidado, embora fosse evidente a suspeita e o constrangimento dos policiais que o acompanhavam. Ele tirou o passaporte do bolso e o entregou aos guardas da alfândega.

"Compreendi que estava sendo expulso do navio. Chegaram até a revistar sua bagagem.

"Durante todo esse tempo fiquei encostado na parede, um jovem desocupado, com as mãos nos bolsos, olhando para meu antigo eu através daqueles óculos horríveis. 'Qual é o jogo dele?', pensei. O que ele quer com aquele corpo? Como já disse, nem por um momento me ocorreu o plano astuto daquele homem.

"Segui o pequeno grupo para fora do prédio da alfândega, onde o carro da polícia os esperava. Depois que puseram sua bagagem no carro, James, sempre falando, apertou as mãos dos policiais que não iam acompanhá-lo.

"Eu me aproximei e ouvi-o agradecer profusamente, pedindo desculpas, usando todos os eufemismos e todas as expressões vazias da linguagem, afirmando com entusiasmo que tinha adorado sua breve viagem. Parecia estar se divertindo a valer com aquela brincadeira."

– Sim – falei, desanimado –, esse é o nosso homem.

– Então aconteceu a coisa mais estranha. Ele parou de falar enquanto um policial segurava a porta do carro aberta e olhou para trás. Olhou diretamente para mim, como se durante todo o tempo soubesse da minha presença. Disfarçou muito bem, correndo os olhos pela multidão, pelos portões e, com outro olhar rápido na minha direção, sorriu.

"Só quando o carro partiu me dei conta do que tinha acontecido. James estava indo embora com meu corpo, deixando-me nesta montanha de carne de vinte e seis anos."

Levou o copo aos lábios outra vez, tomou um gole e olhou para mim.

– Talvez naquele momento fosse impossível desfazer a troca. Francamente eu não sei. Mas o fato é que James queria aquele corpo. E eu fiquei ali parado no lado de fora da alfândega, e... eu era jovem outra vez!

David olhou para o copo e depois para mim.

– Eu era como Fausto, Lestat. Acabava de comprar a juventude. Mas a parte mais estranha é que... não vendi a minha alma!

David ficou por um momento em silêncio, depois balançou a cabeça e disse:

– Você me perdoa por ter saído do navio? Eu não podia voltar de modo algum. E James estava a caminho da prisão, ou pelo menos foi o que pensei.

– É claro que sim, David. Nós sabíamos que isso podia acontecer. Prevíamos a possibilidade de você ser preso. Não tem a menor importância. O que você *fez*? Para onde foi?

– Fui para Bridgetown. Não foi nem mesmo uma decisão. Um jovem chofer de táxi, negro e simpático, pensando que eu fosse um passageiro de algum dos navios... o que na verdade eu era... ofereceu-me um passeio turístico pela cidade por um bom preço. Disse que tinha morado muitos anos na Inglaterra. Tinha uma bela voz. Acho que eu nem respondi, apenas fiz um gesto afirmativo e entrei no táxi. Rodamos pela ilha durante horas. Ele deve ter me achado muito estranho.

"Lembro que passamos pelos mais belos canaviais que eu já vi. Ele disse que a estrada estreita fora construída para cavalos e carruagens. E eu pensei que há duzentos anos nada mudava naqueles campos, que você teria condições de me dizer, devia saber. Então eu olhava para estas mãos. Movia um pé ou estendia os braços, ou fazia qualquer outro gesto, e sentia a saúde e o vigor deste corpo! E, maravilhado, não dava a menor atenção ao que o homem dizia nem aos lugares por onde passávamos.

"Enfim chegamos ao jardim botânico. O gentil chofer negro e educado parou o carro. Comprei os ingressos com o dinheiro que você bondosamente deixou para o Ladrão de Corpos e comecei a passear pelo parque. De repente notei que era um dos lugares mais belos que eu já havia visto.

"Lestat, é um verdadeiro sonho!

"Preciso levá-lo a esse jardim, você precisa ver, já que ama tanto aquela parte do mundo. Na verdade, eu só pensava... em você!

"Preciso explicar uma coisa. Nunca, desde a primeira vez que o vi, nunca olhei em seus olhos, ouvi sua voz ou pensei em você sem uma sensação dolorosa. A sensação ligada à mortalidade, a sensação da minha idade, dos meus limites, de pensar nas coisas que jamais teria outra vez. Compreende o que estou dizendo?"

– Sim. E passeando no jardim botânico, você pensou em mim. E não sentiu essa dor.

– Exatamente – murmurou ele. – Não senti essa dor.

Esperei. David ficou calado, tomou um grande gole de uísque e afastou o copo. O corpo grande e forte, controlado por sua elegância de espírito, movia-se com graça. E outra vez ele falou com aquela voz comedida e educada:

– Precisamos ir àquele jardim. Precisamos parar naquela colina sobre o mar. Lembra-se do som das palmeiras em Granada, aquele som crepitante quando soprava o vento? Pois nunca ouviu música tão suave quanto a do jardim botânico de Barbados, e as flores, aquelas flores insanamente selvagens. É o seu Jardim Selvagem e, ao mesmo tempo, tão manso e seguro! Eu vi as palmeiras gigantes com galhos que parecem tranças! E a "pata da lagosta", uma coisa monstruosa e brilhante, e os lírios amarelos, ah, você precisa ver tudo isso. Mesmo ao luar deve ser belo, belo para os seus olhos.

"Acho que eu teria ficado ali para sempre. Mas um grupo de turistas que desceu de um ônibus me tirou do devaneio. E quer saber? Eram todos do nosso navio. Passageiros do *QE 2*."

David riu com uma expressão indescritível e bela. O corpo forte e saudável foi sacudido pela risada.

– Ah, pode ter certeza de que saí correndo.

"Voltei para o táxi e seguimos pela estrada da costa oeste da ilha, passando pelos hotéis elegantes. Muitos ingleses de férias. Luxo, solidão... e campos de golfe. Então vi um lugar especial na beira da praia, exatamente como eu sonhava sempre que pensava em sair de Londres num avião a jato e atravessar o mundo para um cantinho belo e acolhedor.

"Mandei o chofer entrar. Era um hotelzinho todo cor-de-rosa, com uma encantadora sala de refeições, telhados com beirais largos e aberto para a praia. Enquanto examinava o lugar, tentei pensar e resolvi ficar por algum tempo naquele hotel.

"Paguei o táxi e pedi um quarto de frente para a praia. Atravessei o jardim e entrei num pequeno bangalô com as portas abertas para a varanda e para uma trilha que ia até a praia. Nada entre a casa e o mar azul do Caribe, a não ser as palmeiras e alguns arbustos cobertos de flores vermelhas que pareciam sobrenaturais.

"Lestat, comecei a imaginar se não estaria morto e se aquela não era a miragem compensadora, antes da cortina se fechar para sempre!"

Balancei a cabeça afirmativamente.

– Deitei na cama e sabe o que aconteceu? Adormeci. Deitei ali com este corpo e adormeci.

– Não me surpreende – disse eu, sorrindo.

– Pois eu me surpreendo. De verdade. Mas você iria adorar aquele quarto! Era como uma concha voltada para o vento fresco. Quando acordei, no meio da tarde, a primeira coisa que vi foi o mar.

"Depois, veio o choque de ver que ainda estava neste corpo. Compreendi então que durante todo o tempo eu temia que James me encontrasse, me expulsasse dele, me deixasse vagando no espaço, invisível e incapaz de encontrar outro corpo. Estava certo de que ia acontecer alguma coisa desse tipo. Ocorreu-me até mesmo que talvez meu antigo corpo não pudesse mais me aceitar.

"Mas ali estava, e este seu relógio horrível dizia que eram três horas. Telefonei imediatamente para Londres. É claro que eles acreditaram que James era David Talbot quando ele telefonou, e só com muita paciência fiquei sabendo o que tinha acontecido – nossos advogados foram na mesma hora aos escritórios da Cunard e acertaram tudo para ele. James estava voando para os Estados Unidos. Na verdade, a Ordem pensou que eu estivesse telefonando do Park Central Hotel, nos Estados Unidos, para dizer que tinha chegado bem e recebido o dinheiro enviado por eles."

– Devíamos ter previsto que ele ia fazer isso.

– Ah, sim, uma grande quantia! E a Ordem a enviou sem questionar porque David Talbot é o superior-geral. Ouvi tudo isso pacientemente, como já disse, depois pedi para falar com meu homem de confiança e contei a ele mais ou menos o que estava acontecendo. Um homem que era meu sósia perfeito estava se fazendo passar por mim e sabia imitar a minha voz. Raglan James era um monstro, mas, se ele telefonasse outra vez, não deveriam demonstrar que sabiam da farsa, e sim fingir que estavam dispostos a fazer tudo que ele mandasse.

"Suponho que em nenhuma outra organização do mundo uma história como essa, mesmo contada pelo superior-geral, seria aceita como verdadeira. Na verdade, eu mesmo quase não podia acreditar. Porém, foi mais simples do que imaginei. Havia tanta coisa, tantos detalhes conhecidos apenas por mim e por meu assistente. A identificação não foi problema. E é claro que eu não disse que estava escondido no corpo de um homem de vinte e seis anos.

"Disse que precisava de um novo passaporte imediatamente. Não pretendia tentar sair de Barbados com o nome de Sheridan Blackwood estampado no meu retrato. Instruí meu assistente para telefonar ao bom Jake, na cidade do México, que indicaria a pessoa em Bridgetown capaz de providenciar esse pormenor naquela mesma tarde. E também precisava de dinheiro.

"Eu ia desligar quando meu assistente disse que o impostor deixara uma mensagem para Lestat de Lioncourt – para encontrá-lo no Park Central em Miami o mais cedo possível. O impostor disse que Lestat de Lioncourt iria telefonar perguntando por essa mensagem, que devia ser transmitida a ele sem falta."

David parou de falar outra vez, com um profundo suspiro.

– Sei que eu devia ter ido a Miami. Devia ter avisado a você que o Ladrão de Corpos estava lá. Mas ocorreu-me então que eu poderia chegar ao Park Hotel antes de você se me apressasse.

– Mas não queria fazer isso.

– Não, eu não queria.

– David, é perfeitamente compreensível.

– É mesmo? – Olhou para mim.

– Está perguntando a um demônio como eu?

Ele sorriu com tristeza, depois balançou a cabeça e continuou:

– Passei a noite e a metade do dia de hoje em Barbados. O passaporte ficou pronto a tempo de alcançar o último voo para Miami. Mas eu não fui. Fiquei naquele belo hotel na praia. Jantei e dei um passeio pela bela cidade de Bridgetown. Só peguei o avião ao meio-dia de hoje.

– Eu já disse que compreendo.

– Compreende? E se aquele demônio o atacasse outra vez?

– Impossível. Nós dois sabemos disso. Se ele pudesse mesmo me vencer, teria feito na primeira vez. Pare de se atormentar, David. Eu só cheguei a noite passada, mesmo pensando que você pudesse estar precisando de mim. Eu estive com Gretchen. – Ergui os ombros tristemente. – Deixe de se preocupar com coisas sem importância. Você sabe o que importa de verdade. É o que está acontecendo com seu corpo neste momento. Parece que ainda não entendeu, meu amigo. Desfechei um golpe mortal naquele corpo! Não, vejo que não compreende. Pensa que compreende, mas está ainda atordoado.

Essas palavras o atingiram duramente.

Partiu-me o coração ver a dor nos seus olhos, ver desaparecer o brilho das pupilas e notar as linhas de preocupação naquele rosto jovem e liso. Porém, mais uma vez a combinação de uma alma vivida com um corpo jovem me pareceu tão maravilhosa que apenas olhei para ele, pensando vagamente naquele dia em Nova Orleans, no quanto me irritou a expressão maravilhada de David ao me ver naquele corpo.

– Eu preciso ir até lá, Lestat. Ao hospital. Preciso ver o que aconteceu.

– Eu vou. Pode vir comigo. Mas vou entrar sozinho no quarto. Agora, onde está o telefone? Preciso ligar para o Park Central e descobrir para onde levaram o sr. Talbot! Pensando bem, ainda devem estar me procurando. O incidente aconteceu no meu quarto. Talvez seja melhor só telefonar para o hospital.

– Não! – Estendeu o braço e tocou a minha mão. – Não faça isso. Precisamos ir. Precisamos... ver... pessoalmente. Eu devo ver pessoalmente. Tenho uma... premonição de desgraça.

– Eu também.

Na verdade era mais do que uma premonição. Afinal eu tinha visto as convulsões daquele homem de cabelos grisalhos na cama ensanguentada.

28

Era um enorme hospital geral para onde levavam todos os casos urgentes e, mesmo àquela hora tardia da noite, as ambulâncias não paravam de chegar e os médicos com jalecos brancos trabalhavam freneticamente, recebendo as vítimas da violência do tráfego, de ataques cardíacos, de armas brancas ou de fogo.

Mas David Talbot estava bem longe das luzes e do barulho incessante, num andar mais alto e silencioso chamado de UTI.

– Você espera aqui – falei, com firmeza, levando-o para uma saleta com sofás, cadeiras modernas e revistas velhas espalhadas. – Não saia daqui.

O corredor largo estava silencioso e vazio. Caminhei em direção às portas na outra extremidade.

Voltei pouco depois. David estava sentado, os olhos perdidos no espaço, as pernas e os braços cruzados.

Como quem acorda de um sonho, ele ergueu os olhos.

Comecei a tremer outra vez, quase incontrolavelmente, e a calma serena daquele rosto aumentou meu medo e meu remorso.

– David Talbot está morto – murmurei, tentando não demonstrar emoção. – Morreu há meia hora.

David ficou impassível. Era como se eu não tivesse falado. E na minha mente havia um único pensamento: "Eu tomei essa decisão por você! Eu fiz isso. Eu trouxe o Ladrão de Corpos para o seu mundo, a despeito das suas advertências. E fui eu quem atacou aquele corpo! E só Deus sabe o que você vai fazer quando compreender o que aconteceu. Você na verdade não sabe."

David se levantou da cadeira lentamente.

– Ah, mas eu sei – disse em voz baixa e sensata. Pôs as mãos nos meus ombros, tão completamente o David que eu conhecia, que era como ver dois seres fundidos num só. – É o Fausto, meu querido amigo. E você não foi Mefistófeles. Foi apenas Lestat, descarregando sua fúria. E agora está feito!

Recuou um passo e olhou para longe com aquele olhar perdido, o rosto jovem livre outra vez das marcas da preocupação. David estava mergulhado nos próprios pensamentos, isolado, separado de mim, e eu ali de pé, tremendo, tentando me controlar, tentando acreditar que era aquilo que ele queria.

E então vi as coisas com sua perspectiva. Como podia não querer? E compreendi outra coisa também.

Eu o perdera para sempre. Jamais, jamais David consentiria em vir comigo. Qualquer esperança que ainda pudesse existir acabava de ser destruída por aquele milagre. Não podia ser de outro modo. A compreensão penetrou profunda e silenciosamente em mim. Pensei em Gretchen outra vez e na expressão em seu rosto. E por um breve momento me vi no quarto outra vez com o falso David olhando para mim com aqueles belos olhos escuros e dizendo que queria o Dom das Trevas.

Estremeci. Olhei para as feias luzes fluorescentes sobre os azulejos do teto. Olhei para os móveis vulgares, manchados e rasgados, para uma revista ensebada com o rosto de uma criança na capa. Olhei para ele. O sofrimento se transformou lentamente numa dor surda. Esperei. Nem que quisesse eu conseguiria dizer uma palavra sequer naquele momento.

Depois de um longo silêncio, David acordou do devaneio. A graça tranquila e felina dos seus movimentos me encantou outra vez, como sempre. Num murmúrio, ele disse que precisava ver o corpo. Certamente não seria difícil.

Concordei com um gesto.

David tirou do bolso o pequeno passaporte britânico – o falso, obtido em Barbados – e olhou para ele como se tentasse decifrar um pequeno, mas importante, mistério. Depois o estendeu para mim, e não compreendi por quê. Eu via o rosto belo e jovem com toda a sabedoria de uma vida. Para que ver o retrato? Mas olhei, como obviamente ele queria, e vi – sob o novo rosto – o velho nome.

David Talbot.

Usara o próprio nome num documento falso, como se...

– Sim – disse ele –, como se soubesse que nunca, nunca mais eu seria outra vez o velho David Talbot.

* * *

Ainda não haviam levado o falecido sr. Talbot para o necrotério porque um amigo devia chegar de Nova Orleans – um homem chamado Aaron Lightner, que havia alugado um avião e logo estaria ali.

O corpo estava num quarto imaculadamente limpo e branco. Um homem velho com cabelos grisalhos parecia dormir com a cabeça grande no travesseiro e os braços estendidos aos lados do corpo. O rosto já um pouco encovado parecia mais longo e o nariz, à luz amarelada da lâmpada, parecia mais fino e feito de osso, não de cartilagem.

Tinham tirado o terno de linho, lavado o corpo e vestido nele uma simples camisola de algodão. A barra do lençol azul estava dobrada sobre o cobertor e alisada sobre o peito. As pálpebras estavam quase grudadas nos olhos, como se a pele já estivesse ficando flácida ou até mesmo se desfazendo. Para os sentidos aguçados de um vampiro, já emanava dele o cheiro de morte.

Mas isso David não podia saber, tampouco podia sentir aquele cheiro.

De pé ao lado da cama, ele olhou para o corpo, para o próprio rosto imóvel e levemente amarelado, a barba que parecia suja e malcuidada. Num gesto hesitante, tocou o cabelo grisalho, os dedos parando por um instante nas pontas onduladas atrás da orelha direita. Então recuou e ficou parado como se estivesse prestando seus respeitos a um amigo morto.

– Está morto – murmurou. – Real e verdadeiramente morto. – Suspirou e olhou para o teto e para as paredes, para a janela com as persianas descidas e depois para os ladrilhos do chão. – Não sinto vida no corpo nem no quarto – disse ele, sempre em voz baixa.

– Não. Não há nada – respondi. – O processo de deterioração já começou.

– Pensei que ia encontrá-lo aqui – murmurou David. – Como um resto de fumaça neste quarto. Tinha certeza de que ia senti-lo perto de mim, tentando voltar para este corpo.

– Talvez esteja – falei. – E deve saber que não pode fazer isso. Uma coisa horrível, mesmo para ele.

– Não – disse David. – Não há ninguém aqui. – Olhou outra vez para seu antigo corpo, fascinado.

Os minutos passaram. Vi a leve sombra de mágoa no rosto dele, a emoção enrugando por um momento a pele jovem, desaparecendo outra vez.

Estaria resignado agora? Eu o sentia perto de mim como sempre, e mais profundamente perdido no novo corpo, embora sua alma brilhasse através dele com uma luz magnífica.

Com outro suspiro, David recuou, e caminhamos juntos para fora do quarto.

Paramos no corredor bege, sob as luzes fluorescentes. Além do vidro espesso da janela e da tela fina e escura, Miami cintilava. Um rugido surdo vinha da estrada próxima, a cascata de luzes dos faróis chegava perigosamente perto, antes de a estrada fazer a curva e se erguer outra vez sobre suas finas pernas de concreto, desaparecendo na distância.

– Você compreende que perdeu Talbot Manor – falei. – Pertencia ao homem que está naquela cama.

– Sim, pensei nisso – respondeu com voz desanimada. – Sou um inglês típico, não poderia deixar de me lembrar. E pensar que vai para um primo insignificante que só pensa em vendê-la imediatamente.

– Posso comprar para você.

– A Ordem talvez o faça. São os herdeiros da maior parte da propriedade.

– Não tenha tanta certeza. Nem mesmo a Talamasca pode estar preparada para isso! E além disso, os humanos são capazes de agir como perfeitos animais quando se trata de dinheiro. Telefone para meu agente em Paris. Darei instruções para ele lhe dar o que você quiser. Vou providenciar para que recupere sua fortuna até o último centavo e especialmente a casa. Você pode ter tudo que eu tenho para dar.

Olhou para mim surpreso, depois comovido.

Então perguntei a mim mesmo se alguma vez eu tinha parecido tão à vontade naquele corpo alto e elegante. Sem dúvida, meus movimentos eram mais impulsivos, até mesmo violentos. Na verdade, a força me levava a movimentos descuidados. Mas David parecia ter assimilado o conhecimento de cada tendão, cada osso. Ele se movia como um dançarino.

Eu o imaginei, meu velho David, andando nas ruas calçadas de pedras em Veneza, ou em Amsterdã, desviando das bicicletas. Já naquele tempo tinha a mesma pose.

– Lestat, você não precisa se sentir responsável por mim – disse ele. – Nada disso foi culpa sua.

De repente, me senti extremamente infeliz. Mas havia palavras que precisavam ser ditas.

– David – comecei tentando disfarçar minha dor –, eu não o teria vencido se não fosse por você. Em Nova Orleans, falei que faria qualquer coisa por você por toda a eternidade se me ajudasse a recuperar meu corpo. E você conseguiu. – Minha voz tremia. Eu estava detestando aquilo. Mas era melhor dizer tudo de uma vez. Por que prolongar a dor? – É claro que sei que o perdi para sempre, David. Sei que, agora, você jamais aceitará o Dom das Trevas.

– Mas por que diz que me perdeu? – quis saber em voz baixa e ardente. – Por que preciso morrer para amá-lo? – Apertou os lábios tentando controlar a emoção. – Por que esse preço, especialmente agora que estou vivo como jamais estive? Bom Deus, será que não compreende a magnitude do que aconteceu? Eu renasci!

Pôs a mão no meu ombro, os dedos tentando se fechar naquele corpo que mal os sentia, ou melhor, que sentia de um modo muito diferente do que ele podia imaginar.

– Eu te amo, meu amigo – disse, com o mesmo ardor. – Por favor, não me deixe agora. Tudo isso nos aproximou tanto!

– Não, David. Não é verdade. Nos últimos dias estivemos muito próximos porque éramos ambos mortais. Víamos o mesmo sol e o mesmo anoitecer, sentíamos a mesma força da gravidade da Terra sob nossos pés. Bebemos e comemos juntos. Poderíamos ter feito amor, se você tivesse permitido. Mas tudo isso mudou. Você tem a sua juventude, sim, e toda a maravilha inebriante que acompanha o milagre. Mas ainda vejo a morte quando olho para você, David. Vejo um homem que caminha sob o sol com o peso da morte sobre os ombros. Sei que não posso ser seu companheiro e você não pode ser o meu. Isso simplesmente me atormenta demais.

David abaixou a cabeça, silenciosa e bravamente, tentando se controlar.

– Não me deixe ainda – murmurou. – Quem mais no mundo pode compreender?

De repente, tive vontade de implorar. "Pense, David, a imortalidade com esse belo corpo." Queria falar de todos os lugares maravilhosos que poderíamos visitar juntos, as maravilhas que poderíamos ver. Queria descrever o templo escuro nas profundezas da floresta tropical e dizer como era andar pela floresta, sem medo e com uma visão capaz de penetrar os recantos mais tenebrosos... Ah, tudo isso tentava escapar de mim numa torrente de palavras e não fiz nada para esconder meus pensamentos e minhas emoções. "Ah, sim, você é jovem outra vez e agora pode ser jovem para sempre. É o mais perfeito veículo que se pode imaginar para sua viagem para as trevas. É como se os espíritos das trevas tivessem feito isso para prepará-lo. Você tem tanto sabedoria quanto beleza. Nossos deuses fizeram o encantamento. Venha, venha comigo agora."

Mas não falei. Não pedi. De pé e em silêncio no corredor, senti o cheiro do sangue que emanava dele, o cheiro de todos os mortais, diferente em cada um. Era um tormento para mim ver toda aquela vitalidade, aquele novo calor e a batida mais lenta e clara do coração que eu ouvia como se o próprio corpo estivesse falando comigo de um modo que jamais poderia falar com David.

Naquele café em Nova Orleans, eu percebi a mesma sensação de vida intensa naquele mesmo corpo, mas *não* era igual. Não, nada era semelhante.

Era simples dominar a sensação. Foi o que fiz. Eu me retirei para a quietude áspera e solitária do homem mortal comum. Evitei os olhos dele. Não queria mais ouvir palavras imperfeitas nem desculpas.

– Logo nos veremos – disse eu. – Sei que vai precisar de mim. Vai precisar da única testemunha quando o horror e o mistério disso tudo for demais para você. E eu virei. Mas quero que me dê um tempo. E lembre-se. Telefone para meu agente em Paris. Não confie na Talamasca. Espero que não queira dar a eles essa nova vida também.

Quando me virei para partir, ouvi o ruído abafado e distante das portas do elevador. O amigo estava chegando – um homem pequeno, vestido como David se vestia às vezes, com um terno antiquado e discreto, com colete. Como parecia preocupado quando caminhou com pressa para nós e, então, assim que me viu, diminuiu o passo.

Apressei-me, lembrando-me de que o homem me conhecia, sabia quem e o que eu era. "Melhor assim", pensei, "pois vai acreditar em David quando ele contar sua história."

A noite, como sempre, estava à minha espera. E a minha sede não podia esperar mais. Parei por um momento, a cabeça inclinada para trás, olhos fechados, boca aberta, sentindo a sede, com vontade de rugir como um animal faminto. Sim, sangue outra vez, quando não há nada mais. Quando o mundo, em toda sua beleza, parece vazio e sem coração e eu me sinto completamente perdido. Dê-me minha velha amiga, a morte e o sangue que jorra com ela. O vampiro Lestat está aqui, sedento, e nesta noite, dentre todas as outras, não vai deixar de saciar sua sede.

Mas, percorrendo as ruelas estreitas e sujas à procura das vítimas cruéis que eu tanto amava, sabia que tinha perdido minha bela cidade de Miami. Pelo menos por algum tempo.

Não me saía da mente a imagem daquele quarto pequeno e elegante no Park Central, com as janelas abertas para o mar e o falso David dizendo que queria o Dom das Trevas! E Gretchen. Algum dia eu seria capaz de pensar naqueles momentos sem me lembrar de Gretchen e de haver contado toda a minha história com ela para o homem que acreditei ser David? Aquele homem que fez meu coração disparar no peito enquanto pensava "finalmente, finalmente".

Amargo, furioso e vazio, eu nunca mais queria ver os belos hotéis de South Beach.

II
UMA VEZ VINDO DA NATUREZA

AS BONECAS*
de W. B. Yeats

A boneca na casa do seu criador
Olha para o berço e chora:
"Isto é um insulto para nós."
Mas a boneca mais velha,
Que tinha visto, por ser usada como amostra,
Gerações de bonecas iguais,
Grita mais alto do que todas da estante: "Embora
Nenhum homem possa falar
Mal deste lugar,
O homem e a mulher trazem
Para cá, para nossa desgraça,
Uma coisa suja e terrível."
Ouvindo-o gemer e erguer os olhos
A mulher do criador das bonecas percebe
Que ele ouviu a infeliz,
E, agachada ao lado da cadeira dele,
Murmura em seu ouvido,
A cabeça encostada no ombro dele:
"Meu querido, meu querido, meu querido,
Foi um acidente."

* Em tradução livre.

29

Voltei para Nova Orleans depois de vagar por duas noites pelas Florida Keys e por outras pequenas e belas cidades do sul, caminhando durante horas nas praias com os pés descalços na areia branca.

Enfim eu estava de volta e o frio fora levado pelos ventos da estação. O ar estava quase agradável outra vez – minha Nova Orleans – e o céu muito alto e claro acima das nuvens velozes.

Fui imediatamente ao apartamento da minha querida e velha inquilina e chamei Mojo, que dormia no quintal, pois achara o apartamento muito quente. Ele não rosnou quando me viu e reconheceu o som da minha voz. Assim que eu pronunciei o seu nome, Mojo era meu outra vez.

Correu para mim, pôs as patas macias e pesadas nos meus ombros e lambeu meu rosto com a língua comprida e rosada. Eu o abracei e beijei e enfiei o rosto no pelo cinzento e brilhante. Eu o vi outra vez como naquela primeira noite em Georgetown – todo ferocidade pura e imensa delicadeza.

Jamais um animal me pareceu tão assustador e ao mesmo tempo tão cheio de calma e de afeto. Era uma maravilhosa combinação. Ajoelhei na laje antiga do quintal, lutando com ele, fazendo-o deitar de costas e encostando a cabeça no pelo espesso do seu peito. Mojo brincava com todos aqueles pequenos rosnados e chiados e sons estridentes próprios dos cães quando nos amam. E como eu o amava também!

Minha inquilina, a velha e querida senhora que nos observava da porta da cozinha, começou a chorar porque Mojo ia embora. Imediatamente fizemos um trato. Ela tomaria conta de Mojo e eu o buscaria sempre que quisesse. Um arranjo divino, pois não era justo querer que Mojo dormisse na cripta comigo, onde eu não precisava de um guardião, por mais graciosa e tentadora que essa imagem pudesse me parecer uma vez ou outra.

Beijei ternamente a velha senhora, com rapidez para que ela não sentisse que estava sendo beijada por um demônio, e saí com Mojo para as belas ruas estreitas do French Quarter, rindo do modo que as pessoas olhavam para ele e procuravam passar ao largo, apavoradas, sem desconfiar que não era bem o cão que deviam temer.

Minha segunda parada foi no prédio da Royal Street, onde Claudia, Louis e eu passamos aqueles esplêndidos e luminosos cinquenta anos da nossa existência na Terra, na primeira metade do século passado – um lugar quase todo em ruínas, como eu já disse.

Eu havia combinado com um jovem para me encontrar ali, um rapaz inteligente e famoso por transformar casas em ruínas em mansões palacianas. Subimos a escada até o apartamento.

– Quero tudo isto como era há mais de duzentos anos – falei. – Mas preste atenção: nada americano, nada inglês, nada vitoriano. Deve ser completamente francês.

Então percorremos todos os cômodos, ele fazendo anotações no seu caderninho, quase sem enxergar no escuro, enquanto eu dizia qual o papel que devia pôr em determinada parede, que tipo de esmalte em determinada porta e que tipo de *bergère* eu queria naquele canto, qual o tapete persa para aquela sala.

Minha memória era perfeita.

Vezes sem conta eu o mandei tomar nota de tudo.

– Quero que encontre um vaso grego; não, uma reprodução não serve. Deve ter esta altura, com figuras de dançarinas. Ah, não foi a ode de Keats que inspirou aquela antiga compra? Onde estaria a urna grega? E a lareira, essa não é a cornija original. Deve encontrar uma de mármore branco, com volutas deste tipo e formando um arco sobre a abertura. Ah, e aquelas outras lareiras devem ser restauradas. Devem estar preparadas para queimar carvão.

"Vou morar aqui logo que estiver pronto", falei. "Deve se apressar. Outra coisa. Qualquer coisa que você encontrar no apartamento, escondida na antiga alvenaria, deve me entregar."

Que prazer olhar para aquele teto alto e pensar em como ficaria com os ornamentos delicados restaurados. Minha sensação era de liberdade e quietude. O passado estava ali, mas não estava. Não havia mais o murmúrio dos fantasmas, se é que houve alguma vez.

Com calma, descrevi as luminárias que eu queria. Quando não me lembrava dos nomes comerciais, descrevia detalhadamente para ele o que havia antes. Queria lampiões a óleo aqui e ali, embora, é claro, a eletricidade tivesse de ser total; as várias telas de televisão seriam disfarçadas por belos gabinetes, para não destoar do efeito geral da decoração. E ali, um gabinete para meu videocassete e o CD player, e devíamos encontrar alguma coisa apropriada – um armário oriental pintado ficaria bem. Os telefones ficariam escondidos.

– E uma copiadora! Preciso ter uma dessas maravilhas! Encontre um bom lugar para escondê-la também. Pode usar esta sala como escritório, desde que seja gracioso e belo. Não quero que fique visível nada que não seja de bronze polido, lã fina, madeira brilhante ou renda de seda ou de algodão. Quero um mural naquele quarto de dormir. Venha, vou mostrar. Mas, preste atenção, está vendo o papel de parede? É o mural original. Traga um fotógrafo para registrar cada centímetro e depois comece a restauração. Trabalhe com afinco e rapidez.

Finalmente terminamos com o interior escuro e úmido. Estava na hora de falar sobre o quintal nos fundos com a fonte quebrada e como a cozinha deveria ser restaurada. Eu queria buganvílias e coroas imperiais – como eu gostava das coroas imperiais! – e os hibiscos gigantes, sim, eu tinha visto essa flor maravilhosa no Caribe, e a flor-da-lua, é claro. Bananeiras, sim, quero também. Ah, os velhos muros estão desmoronando. Quero que sejam reparados e reforçados. Na varanda dos fundos, quero samambaias, todo o tipo de samambaias delicadas. O tempo está esquentando outra vez, não está? Elas vão crescer bem.

Agora, o andar de cima outra vez, o coração vazio da casa e a varanda da frente.

Abri as portas de vidro e saí para a varanda com as tábuas do assoalho apodrecidas. As belas grades de ferro batido não estavam muito enferrujadas. O teto teria de ser feito de novo, é claro. Mas logo eu estaria sentado ali, como nos velhos tempos, olhando as pessoas que passavam no outro lado da rua.

E claro que os fiéis e dedicados leitores dos meus livros iam me ver na varanda uma vez ou outra. Os que leram as memórias de Louis e que, curiosos, quisessem ver o apartamento onde moramos naquele tempo reconhecerão o prédio.

Não importa. Eles acreditaram na história. Mas acreditar na história não é o mesmo que acreditar no fato. E o que significava outro jovem louro sorrindo para eles do alto da varanda com os braços apoiados na grade? Eu jamais me alimentarei desses inocentes – nem quando mostram o pescoço e dizem "Lestat, bem aqui!". (Isso aconteceu, leitor, na Jackson Square, mais de uma vez.)

– Deve se apressar – disse para o jovem que estava ainda tomando notas e tirando medidas, murmurando sobre cores e tecidos e uma vez ou outra assustando-se ao descobrir Mojo atrás dele, ou na frente, ou entre seus pés. – Quero tudo terminado antes do verão.

O homem trepidava de agitação quando nos despedimos. Eu fiquei sozinho com Mojo no velho prédio.

O sótão. Nos velhos tempos, jamais subi ao sótão. Mas havia uma velha escada escondida na varanda dos fundos, logo depois da sala de estar, a sala onde Claudia atravessou minha carne tenra com aquela faca enorme. Fui até lá e subi para os quartos de teto baixo sob o telhado inclinado. Ah, um homem de um metro e oitenta podia andar dentro deles e as janelinhas na frente deixavam passar a luz da rua.

Eu podia fazer meu covil ali, pensei, num sarcófago simples com uma fechadura que nenhum mortal pudesse abrir. Era fácil construir uma câmara sob o teto, com portas de bronze reforçado desenhadas por mim. E, quando me levantar, desço para a casa e a encontro como era naqueles anos magníficos, mas com todas as maravilhas da tecnologia moderna. O passado não vai ser recuperado. O passado será apagado.

"Não é mesmo, Claudia?", murmurei, de pé, na sala dos fundos. Nada me respondeu. Nenhum som da espineta nem o canário cantando na gaiola. Mas eu teria pássaros canoros outra vez, sim, muitos, e a música de Haydn e Mozart ecoaria sempre por toda a casa.

Ah, minha querida, queria que você estivesse aqui!

E minha alma tenebrosa está feliz outra vez, porque há muito tempo não sabe sentir outra coisa e porque a dor é um mar profundo e escuro no qual posso me afogar se não conduzir meu frágil barco habilmente sobre a superfície, sempre na direção do sol que jamais vai nascer.

Passava da meia-noite. A cidade sussurrava à minha volta, com um coro de vozes variadas e o clique-claque distante do trem, o pulsar surdo de um apito no rio e o ruído do tráfego na Rue Esplanade.

Dirigi-me à antiga sala da frente e olhei para os fragmentos de luz que entravam pelas frestas da porta. Deitei no assoalho nu, com Mojo fazendo o mesmo ao meu lado, e adormeci.

Não sonhei com ela. Então por que acordei chorando mansamente quando chegou a hora de me retirar para minha cripta? E onde estava o meu Louis, meu traiçoeiro e teimoso Louis? Dor. Ah, e ia ficar pior, não ia, quando eu o visse, dentro de pouco tempo?

Sobressaltei-me quando Mojo começou a lamber as lágrimas de sangue no meu rosto.

– Não. Nunca mais faça isso! – falei, fechando a mão sobre a boca dele. – Nunca, nunca esse sangue. Esse sangue maléfico. – Fiquei abalado. E Mojo, obediente, recuou, calmo e muito digno.

Como pareciam demoníacos seus olhos. Que decepção! Eu o beijei outra vez, na parte mais macia do focinho comprido, bem debaixo dos olhos.

Pensei outra vez em Louis, e a dor no peito foi como um golpe fatal desferido por um dos anciãos.

Minha amargura era tanta e tão fora do meu controle que por um momento senti medo e apenas dor, nada além de dor.

Mentalmente eu vi todos os outros. Trouxe seus rostos para mim como se eu fosse a Feiticeira de Endor ao lado do caldeirão, evocando a imagem de Helena de Troia.

Maharet e Mekare, as gêmeas de cabelo ruivo, eu as vi juntas – as mais velhas de nós que provavelmente nem sabiam do meu dilema, tão distantes estavam com sua idade e sabedoria e tão imersas nas suas preocupações inevitáveis e atemporais; Eric, Mael e Khayman eu vi também, que pouco me interessavam, mesmo que tivessem deliberadamente recusado me ajudar. Nunca foram meus companheiros. Por que ia me importar com eles? Vi então Gabrielle, minha adorada mãe, que podia não ter tido conhecimento do perigo que eu corria, que sem dúvida vagava em algum continente remoto, uma deusa andrajosa procurando somente a companhia dos inanimados, como sempre. Eu não sabia se ela se alimentava ainda de seres humanos. Lembrei-me vagamente de ter descrito seu abraço num animal selvagem. Teria perdido o juízo, a minha mãe, onde quer que estivesse? Acho que não. Que ela ainda existia, eu tinha certeza. De que eu jamais a encontraria, não tinha dúvida.

Em seguida, vi Pandora. Pandora, a amante de Marius, devia ter morrido há muito tempo. Criada por Marius no tempo da Roma antiga, Pandora estava desesperada na última vez que a vi. Há alguns anos ela abandonou, sem avisar, a reunião dos vampiros na Ilha da Noite – uma das primeiras a desaparecer.

Quanto a Santino, o italiano, eu não sabia quase nada sobre ele. Nunca esperei nada dele. Santino era jovem. Talvez os meus chamados nunca tivessem alcançado seus ouvidos. E por que ele me atenderia se ouvisse?

Então vi Armand. Meu velho amigo e inimigo Armand. Meu adversário e companheiro Armand. Armand, a criança angelical que criou a Ilha da Noite, nosso último lar.

Onde estava Armand? Teria deliberadamente me abandonado? E por que não?

E quanto a Marius, o grande e antigo mestre que, séculos atrás, criou Armand com amor e ternura? Marius a quem procurei durante décadas. Marius, o verdadeiro filho de dois milênios, que me conduziu às profundezas da nossa história vazia de sentido e me convidou a cultuar o santuário Daqueles que Devem ser Guardados.

Aqueles que Devem ser Guardados. Morta para sempre estava Claudia. Pois reis e rainhas entre nós podem parecer tanto quanto os recém-criados para as trevas com corpo e rosto de criança.

Mas eu continuo. Estou aqui. Sou forte.

E Marius, como Louis, soube do meu sofrimento! Ele sabia e não me ajudou.

A raiva cresceu dentro de mim, cada vez mais forte, quase perigosa. Louis estaria por perto, em alguma daquelas ruas? Fechei os punhos, lutando contra a fúria, tentando conter sua inútil e inevitável expressão.

"Marius, você me deu as costas. Na verdade, não foi surpresa para mim. Você sempre foi o mestre, o pai, o grande sacerdote. Não o desprezo por isso. Mas Louis! Meu Louis, você, a quem jamais neguei coisa alguma, você me abandonou!"

Compreendi que não podia continuar ali. Não confiava no que eu faria se o visse. Não ainda.

Uma hora antes do nascer do sol, levei Mojo para seu pequeno jardim, me despedi com um beijo e caminhei rapidamente para a periferia da velha cidade. Atravessei o Faubourg Marigny, cheguei ao pântano, ergui os braços para as estrelas que nadavam cintilantes entre as nuvens e subi, subi até me perder no canto e no embalo do vento e senti a alma repleta do prazer de todos os meus dons.

30

Durante quase uma semana viajei pelo mundo. Primeiro fui a Georgetown e procurei a mulher frágil e patética imperdoavelmente violentada por meu corpo mortal. Como um pássaro exótico, ela olhou para mim, esforçando-se para me ver no pequeno restaurante escuro, sem querer admitir o encontro com "meu amigo francês", depois ficando atônita, quando estendi para ela o colar de pérolas de duas voltas. "Venda, se quiser, *chérie*", falei. "Ele queria que fosse seu para fazer o que quiser. Mas diga-me uma coisa. Você concebeu um filho?"

Ela balançou a cabeça e murmurou "não". Tive vontade de beijá-la. Ela me parecia bela outra vez. Mas preferi não arriscar. Com certeza ficaria assustada e, além disso, o desejo de matá-la era quase incontrolável. Um instinto feroz e masculino queria reclamar a posse daquela mulher simplesmente porque eu a tinha possuído de outro modo, antes.

Deixei o Novo Mundo e noite após noite percorri os bairros miseráveis da Ásia – em Bangkok, Hong Kong, Cingapura –, e na tristonha e gelada Moscou, depois nas encantadoras cidades de Viena e Praga. Passei por Paris. Não fui a Londres. No limite máximo da minha velocidade, eu mergulhava nas trevas, descendo às vezes em cidades desconhecidas. Procurei alimento entre os desesperados e cruéis, uma vez ou outra entre os insanos e inocentes que apareciam no meu caminho.

Tentava não matar. Tentava. A não ser quando a vítima era irresistível, um criminoso consumado. Então a morte era lenta e selvagem, incapaz de saciar a minha sede, e eu tinha de procurar outro antes do nascer do dia.

Eu nunca me senti tão à vontade com os meus poderes. Nunca tinha subido tão alto, entre as nuvens, nunca viajei tão depressa.

Caminhei durante horas entre os mortais nas ruas de Heidelberg e Lisboa, depois Madri. Passei por Atenas, Cairo e Marrakesh. Andei nas praias do Golfo Pérsico, do Mediterrâneo e do mar Adriático.

O que eu estava fazendo? No que pensava? Que o velho lugar-comum era verdadeiro – *o mundo era meu*.

Em todo lugar, eu fazia com que notassem minha presença. Deixava que os pensamentos emanassem de mim como notas tocadas numa lira.

"O vampiro Lestat está aqui. O vampiro Lestat está passando. É melhor abrir caminho."

Eu não queria ver os outros. Não queria procurá-los nem abrir minha mente e meus ouvidos para eles. Eu não tinha nada a dizer. Só queria que soubessem que eu tinha estado ali.

Em muitos lugares, captei os sons anônimos de vagabundos desconhecidos, criaturas fortuitas da noite que haviam escapado do massacre da nossa espécie. Às vezes era apenas um rápido contato mental com um ser poderoso que, de pronto, fechava seus pensamentos. Outras, era o som claro de um monstro caminhando pesadamente pela eternidade sem malícia, história nem objetivo. Talvez essas coisas existam para sempre!

Eu tinha toda a eternidade para conhecer essas criaturas, se tivesse vontade algum dia. O único nome nos meus lábios era Louis.

Louis.

Nem por um momento parei de pensar nele. Era como se alguém cantasse seu nome nos meus ouvidos. O que eu faria se o visse outra vez? Como dominar minha fúria? Será que pelo menos eu tentaria?

Enfim me cansei. Minha roupa estava em frangalhos. Não podia mais ficar tão distante. Tinha de voltar para casa.

31

Eu estava sentado na catedral escura. Muito tempo depois de ser trancada, entrei sorrateiramente pela porta da frente, anulando os alarmes. E a deixei aberta para ele. Cinco noites haviam se passado desde a minha volta. O trabalho no apartamento da Rue Royale progredia às mil maravilhas e, sem dúvida, ele tinha notado. Eu o vi de pé, na varanda no outro lado da rua, olhando para as janelas, e apareci na varanda apenas por um instante – nem mesmo tempo suficiente para ser visto por um mortal.

Desde então eu estava brincando de gato e rato com ele.

Nessa noite, deixei que me visse perto do velho French Market. Sobressaltado, ele olhou para mim e para Mojo e teve certeza de que era Lestat quando pisquei para ele com malícia.

O que ele teria pensado naquele momento? Que era Raglan James no meu corpo, vindo para destruí-lo? Que James estava restaurando o apartamento da Rue Royale? Não, ele teve certeza de que era Lestat.

Então caminhei devagar para a igreja, com Mojo ao meu lado. Mojo me mantinha ancorado à boa terra.

Eu queria que ele me seguisse. Mas nem uma vez olhei para trás.

A noite estava quente e um pouco antes a chuva tinha escurecido os muros do velho French Quarter, tingindo de marrom-escuro os tijolos e emprestando um brilho suave às lajotas e pedras da rua. Uma noite perfeita para passear por Nova Orleans. Úmida e perfumada, com as flores descendo em cascata pelos muros dos jardins.

Mas, para me encontrar com ele, eu precisava do silêncio da igreja escura.

Minhas mãos tremiam como acontecia vez ou outra depois que recuperei meu corpo. Não havia nenhuma causa física, apenas minha fúria que ia e vinha, os longos períodos de contentamento e depois um vazio apavorante que me envolvia, e voltava a felicidade, completa e total, mas frágil como uma fina camada de verniz. Seria correto dizer que eu não conhecia o verdadeiro estado da minha alma? Pensei na fúria incontrolável com que eu tinha amassado a cabeça de David Talbot e estremeci. Sentia medo ainda?

Ummm. Veja esses dedos queimados de sol com as unhas brilhantes. Senti o tremor quando levei a mão direita aos lábios.

Sentei no banco escuro, um pouco afastado do altar, olhando para as imagens e os quadros e todos os ornamentos dourados daquele lugar frio e vazio.

Passava da meia-noite. O ruído da Rue Bourbon continuava intenso como sempre. Tanta carne mortal. Eu tinha me alimentado mais cedo. Teria de me alimentar outra vez.

Mas os sons da noite eram reconfortantes. Nos pequenos apartamentos das ruas estreitas do Quarter, na atmosfera típica das tavernas, nos bares modernos, nos restaurantes, os mortais riam e conversavam, se beijavam e se abraçavam.

Recostei confortavelmente no banco com os braços abertos sobre o encosto, como se estivesse num parque. Mojo dormia na passagem, ao meu lado, com o focinho comprido sobre as patas.

Gostaria de ser você, meu amigo. Com a aparência do demônio e repleto de uma bondade tranquila. Ah, sim, bondade. Era o que eu sentia quando o abraçava e escondia meu rosto no seu pelo.

Então *ele* entrou na igreja.

Senti sua presença sem detectar o menor lampejo de pensamento nem ouvir seus passos. Não ouvi a porta se abrir ou fechar. Mas sabia que ele estava ali. Então, com o canto dos olhos, vi o vulto e o movimento. Ele sentou no mesmo banco, um pouco afastado de mim.

Ficamos em silêncio por vários momentos, e então ele falou:

– Você incendiou a minha casa, não foi? – perguntou com voz baixa e vibrante.

– Pode me culpar? – perguntei com um sorriso, olhando para o altar. – Além disso, eu era um ser humano quando fiz aquilo. Foi um ato de fraqueza humana. Quer morar comigo?

– Quer dizer que me perdoou?

– Não, quero dizer que estou brincando com você. Posso até destruí-lo por causa do que você fez. Ainda não resolvi. Não está com medo?

– Não. Se tivesse intenção de acabar comigo, você já o teria feito.

– Não tenha tanta certeza. Às vezes não sou eu mesmo, depois sou, depois deixo de ser outra vez.

Longo silêncio quebrado pela respiração ruidosa de Mojo.

– Estou feliz por vê-lo – disse ele. – Eu sabia que ia conseguir. Mas não sabia como.

Não respondi. De repente, a raiva ferveu dentro de mim. Por que minhas virtudes, tanto quanto minhas falhas, eram usadas contra mim? Mas de que adiantaria fazer acusações, agarrar as lapelas daquele casaco miserável, sacudi-lo, exigir respostas? Talvez fosse melhor não saber.

– Conte o que aconteceu – disse ele.

– Não. Por que diabo você quer saber?

O murmúrio de nossas vozes ecoava na nave da igreja. A luz trêmula das velas dançava nos capitéis dourados das colunas, nos rostos das imagens distantes. Ah, sim, eu gostava da quietude, da serenidade das igrejas. E bem no íntimo tinha de admitir que estava feliz por ele ter vindo. Algumas vezes, o amor e o ódio servem aos mesmos propósitos.

Olhei para ele. Estava sentado com um joelho dobrado sobre o banco e o braço estendido sobre o encosto, pálido como uma estátua, com um brilho suave no escuro.

– Você estava certo sobre minha experiência – disse eu. "Pelo menos minha voz estava firme", pensei.

– Como assim? – Nenhuma malícia na voz, nenhum desafio, apenas a vontade de saber. E como era reconfortante ver seu rosto, sentir o leve odor de poeira da roupa muito usada, o frescor da chuva no cabelo escuro.

– O que você me disse, meu amigo e amante – respondi. – Que eu na verdade não queria ser humano. Que era um sonho, um sonho construído sobre as bases da mentira, da ilusão vaidosa e do orgulho.

– Não posso dizer que cheguei a compreender. Ou que compreendo agora.

– Ah, sim, você compreendeu muito bem. Sempre compreendeu. Talvez tenha vivido tempo suficiente, talvez sempre tenha sido o mais forte. Mas você sabia. Eu não queria a fraqueza, não queria as limitações, não queria as necessidades revoltantes e a infindável vulnerabilidade. Eu não queria o suor profuso nem o frio cortante. Não queria a escuridão ofuscante que se fechava sobre mim como uma mortalha, nem os ruídos que abafavam minha audição, nem a satisfação frenética do desejo sexual. Não queria as coisas comuns, não queria a feiura, não queria o isolamento, não queria a fadiga constante.

– Você me explicou isso antes. Deve ter havido alguma coisa... por menor que fosse... alguma coisa boa!

– O quê, por exemplo?

– A luz do sol.

– Exatamente. A luz do sol na neve, a luz do sol na água, a luz do sol... nas mãos e no rosto, abrindo todas as dobras secretas, como se o mundo fosse uma flor, como se fosse parte de um grande organismo vivo. A luz do sol... na neve.

Calei-me. Na verdade, não queria contar a ele. Era como se estivesse traindo a mim mesmo.

– Havia outras coisas – completei então. – Ah, havia muitas coisas. Só um tolo não as teria visto. Numa noite destas, talvez, quando estivermos juntos novamente, aquecidos e confortáveis como se isso nunca tivesse acontecido, eu contarei.

– Mas não eram suficientes.

– Não para mim. Não agora.

Silêncio.

– Talvez essa tenha sido a melhor parte – falei –, a descoberta. O fato de não estar mais iludido. Saber que adoro ser o pequeno demônio que sou.

Olhei para ele com meu mais belo e maligno sorriso.

Louis era esperto demais para se deixar iludir. Com um suspiro longo, quase silencioso, abaixou as pálpebras por um momento, depois olhou para mim outra vez.

– Só você podia ter estado lá – disse ele. – E voltado.

Eu queria dizer que não era verdade. Porém, quem mais seria bastante tolo para confiar no Ladrão de Corpos? Quem mais teria mergulhado na aventura com tamanha imprudência? Pensando nisso, compreendi o que eu já devia ter descoberto há muito tempo. Que eu sabia o risco que corria. Para mim, era o preço que devia pagar. O demônio confessou que era um mentiroso, confessou que era um trapaceiro. Mas fiz o que fiz porque não tinha outro meio.

Sei que não era isso que Louis queria dizer, mas, de certo modo, talvez fosse. Era a mais profunda verdade.

– Você sofreu na minha ausência? – perguntei, olhando outra vez para o altar.

– Foi puro inferno – respondeu ele com voz inexpressiva.

Fiquei calado.

– Cada perigo que você enfrenta me magoa – confessou. – Mas é assunto meu e minha culpa.

– Por que você me ama? – perguntei.

– Você sabe, sempre soube. Eu queria ser você. Queria sentir a alegria que você sente o tempo todo.

– E a dor, quer também?

– A dor que você sente? – Ele sorriu. – É claro. Aceito compartilhar na dor e na alegria, como dizem.

– Seu filho da mãe, cínico, presunçoso e mentiroso – murmurei, sentindo a raiva crescer dentro de mim com tanta violência que o sangue subiu ao meu rosto. – Eu precisei de você e você negou auxílio! Você me isolou na noite mortal. Você me rejeitou. Você me deu as costas!

A fúria na minha voz o sobressaltou. A mim também. Mas estava ali e não podia ser negada e mais uma vez minhas mãos tremiam, aquelas mãos que saltaram por conta própria contra o falso David, mesmo quando todo o meu poder letal estava sob controle.

Ele não disse nada. Seu rosto registrou os sinais do choque, o leve tremor de uma pálpebra, a boca distendendo-se, depois se suavizando, uma expressão dura e fugaz nos olhos. Sustentou meu olhar acusador enquanto eu falava, depois desviou a vista.

– Foi David Talbot, seu amigo mortal, que o ajudou, não foi? – perguntou.

Fiz um sinal afirmativo.

Mas a mera menção daquele nome era como um fio em brasa em cada um dos nervos do meu corpo. Já havia sofrimento demais. Eu não suportaria falar sobre David. Não ia falar sobre Gretchen. De repente, compreendi que a coisa que eu mais desejava no mundo era voltar para ele, abraçá-lo e chorar no seu ombro como jamais havia feito.

Era vergonhoso! Tão previsível! Tão insípido. E tão doce.

Não fiz.

Outra vez silêncio. A suave cacofonia da cidade crescia e diminuía no outro lado dos vitrais que refletiam a luz das lâmpadas da rua. Chovia outra vez, a chuva leve e quente de Nova Orleans, na qual se pode andar tranquilamente como se fosse apenas uma névoa suave.

– Quero que você me perdoe – disse ele. – Quero que compreenda que não foi covardia, não foi fraqueza. O que falei naquela noite era verdade.

Eu não podia fazer o que você pedia. Não posso trazer ninguém para isto! Nem aquele homem mortal com você dentro dele. Eu simplesmente não posso.

– Eu sei de tudo isso.

Tentei encerrar o assunto, mas não foi possível. Minha raiva não se abatia, meu gênio intempestivo, o gênio que me fez amassar a cabeça de David Talbot contra a parede.

– Eu mereço tudo que você queira dizer – continuou ele.

– Ah, muito mais! – exclamei. – Porém, quero saber de uma coisa. – Olhei para ele e continuei com os dentes cerrados. – Você teria me rejeitado para sempre? Se eles destruíssem meu corpo, os outros, Marius ou outro qualquer, se eu ficasse preso naquele corpo mortal, se pedisse sua ajuda uma, duas, milhares de vezes, implorando, suplicando, você me rejeitaria para sempre? Para sempre?

– Eu não sei.

– Não responda tão depressa. Procure a verdade no seu íntimo. Você sabe. Use sua imaginação imunda. Você sabe. Teria me rejeitado para sempre?

– Não sei a resposta!

– Eu te desprezo! – murmurei com amargura. – Eu devia destruí-lo, terminar o que comecei quando o criei. Transformá-lo em cinzas e deixar escoar entre meus dedos. Sabe que posso fazer isso! Assim! Como o estalar de dedos mortais! Queimar você como queimei sua casa. E nada poderia salvá-lo, nada.

Olhei furioso para ele, para os ângulos acentuados e graciosos do rosto imperturbável, levemente fosforescente na sombra profunda da igreja. Como eram belos os olhos bem separados, com as pestanas pretas e espessas. Como era perfeito o desenho do lábio superior.

A raiva era como um ácido dentro de mim, destruindo as veias por onde passava, queimando o sangue sobrenatural.

Mas eu não podia fazer mal a ele. Não podia nem imaginar a execução daquelas ameaças covardes. Eu jamais poderia ter feito mal a Claudia. Ah, fazer alguma coisa do nada, sim. Atirar os pedaços para o alto para ver como caíam, sim. Mas vingança? Ah, árida e insípida vingança. O que é a vingança para mim?

– Pense nisso – murmurou ele. – Você poderia criar outro, depois de tudo que aconteceu? – Com voz suave, insistiu: – Poderia fazer outra vez o Truque Negro? Ah, *você* demora para responder. Procure a verdade no seu íntimo, como me mandou fazer. E, quando a descobrir, não precisa me contar.

Então ele se inclinou para a frente, diminuindo a distância que nos separava, e encostou os lábios macios no meu rosto. Eu queria me afastar, mas ele usou toda sua força para me imobilizar, e eu permiti aquele beijo frio e sem paixão. Foi ele quem finalmente recuou como uma porção de sombras, dobrando-se uma sobre a outra, sem tirar a mão do meu ombro, enquanto eu continuava imóvel, olhando para o altar.

Enfim, eu me levantei devagar, passei por ele e com um gesto acordei Mojo e mandei que me seguisse.

Caminhei pelo centro da nave em direção à porta da igreja. Vi o nicho escuro com as velas de vigília sob a estátua da Virgem, uma alcova repleta de luz bruxuleante e delicada.

O som e a essência da chuva da floresta tropical me invadiram, a escuridão envolvente das árvores poderosas. Depois, vi a pequena capela na clareira, caiada de branco, com as portas abertas, e o som lúgubre e abafado do pequeno sino na brisa errante. E o cheiro do sangue saindo das mãos de Gretchen.

Apanhei o acendedor, encostei o pavio na chama antiga e criei uma nova explosão de luz, quente e amarela, firme, exalando o perfume forte da cera queimada.

Eu ia dizer, "para Gretchen", quando compreendi que não era para ela aquela nova luz. Olhei para o rosto da Virgem. Vi o crucifixo no altar de Gretchen. Senti outra vez a paz da floresta tropical e vi a enfermaria com os pequenos leitos. Para Claudia, minha preciosa e bela Claudia? Não, também não era para ela, por mais que eu a amasse...

Eu sabia que a vela era para mim.

Era para o homem de cabelos castanhos que amou Gretchen em Georgetown. Para o triste e perdido demônio de olhos azuis que eu fora antes de ser aquele homem. Para o garoto mortal de séculos atrás que fugiu para Paris com as joias da mãe no bolso e nada além da roupa do corpo. Era para a criatura impulsiva e perversa que segurou nos braços o corpo agonizante de Claudia.

Era por todos esses seres e pelo demônio que estava ali naquele momento, porque ele amava velas e amava o ato de criar a luz da luz. Porque não existia um Deus no qual ele acreditasse, nem santos e nenhuma Rainha do Céu.

Porque controlou seu gênio irascível e não destruiu o amigo.

Porque estava sozinho, por mais próximo que estivesse aquele amigo. E porque a felicidade voltara para ele, como um tormento que jamais poderia conquistar, o sorriso perverso já aflorando aos lábios, a sede crescendo dentro dele com o desejo de sair da igreja e vagar pelas ruas lisas e brilhantes da cidade.

Sim. Para o vampiro Lestat era aquela pequena vela, aquela vela miraculosa, que aumentava a quantidade de luz no universo! E queimava numa igreja vazia a noite toda, entre todas as outras pequenas chamas. Estaria queimando de manhã, quando chegassem os fiéis, quando o sol entrasse por aquelas portas.

"Mantenha sua vigília, pequena vela, na escuridão da noite e à luz do sol. Sim, por mim."

32

Você pensou que era o fim da história? Que a quarta parte das Crônicas Vampirescas terminaria aqui?

Bem, o livro deveria acabar. Na verdade, deveria ter terminado quando acendi aquela pequena vela, mas não foi assim. Descobri isso quando abri os olhos na noite seguinte.

Por favor, leia agora o Capítulo 33 para saber o que aconteceu depois. Ou, se quiser, pare por aqui. Pode ser que depois você se arrependa de não tê-lo feito.

33

Barbados.

Ele ainda estava ali quando cheguei. Num hotel na praia.

Semanas tinham passado e, na verdade, não sei por que esperei tanto tempo. Não tinha nada a ver com bondade, tampouco com covardia. De qualquer modo, eu esperei. Acompanhei passo a passo a restauração do belo apartamento na Rue Royale, e já havia uma parte elegantemente decorada onde eu podia passar o tempo, pensando em tudo que tinha acontecido e em tudo que ainda podia acontecer. Louis estava morando comigo e escrevia numa mesa de trabalho muito parecida com a que havia na sala cem anos antes.

David havia deixado vários recados com meu agente de Paris. Logo ia partir para assistir ao Carnaval no Rio. Tinha saudades de mim. Gostaria que eu fosse com ele.

Estava tudo certo com suas propriedades. Ele era David Talbot, um jovem sobrinho do homem que morreu em Miami e o novo dono da mansão ancestral. Os membros da Talamasca se encarregaram de tudo, restituindo a fortuna que ele havia deixado para a organização e determinando o pagamento de uma pensão substancial. Não era mais o superior-geral da Ordem, embora conservasse seus aposentos naquela instituição. Estaria para sempre sob a proteção da Talamasca.

Tinha um pequeno presente para mim se eu aceitasse. Era o medalhão com a miniatura de Claudia. Ele o encontrou. Um retrato artístico e delicado, um precioso cordão de ouro. Estava com ele e podia me enviar se eu quisesse. Ou eu não preferia encontrá-lo e receber pessoalmente de suas mãos?

Barbados. David sentiu a necessidade de voltar ao local do crime, por assim dizer. O tempo magnífico. Ele estava relendo *Fausto*, escreveu. Queria me perguntar tanta coisa. Quando eu ia visitá-lo?

Não tinha visto Deus ou o Diabo conversando outra vez, embora, antes de deixar a Europa, tivesse estado em vários cafés em Paris. Não ia passar o resto da vida procurando por eles. "Só você sabe o homem que sou agora", escreveu ele. "Sinto sua falta, quero falar com você. Não pode lembrar apenas que eu o ajudei e esquecer todo o resto?"

Era o hotel de que ele havia falado, belas construções pintadas de cor-de-rosa, telhados com beirais largos, jardins perfumados e a vista infindável para a areia limpa e o mar cintilante.

Fui primeiro ao jardim no alto dos penhascos, parei nos rochedos que ele tinha visitado, olhando para as montanhas cobertas de árvores e ouvindo o vento nos galhos dos coqueiros.

David tinha me falado das montanhas? Que do alto se avista os vales e que as encostas parecem tão próximas que se tem a impressão de poder tocá-las, embora estejam longe, muito longe?

Acho que não, mas ele descreveu muito bem as flores – a planta camarão com flores pequeninas, a árvore de orquídeas e os lírios vermelhos com pétalas delicadas e trêmulas, as samambaias aninhadas nas clareiras e os salgueiros altos e rígidos, as flores com o interior amarelo das trepadeiras.

"Precisamos passear juntos por esse jardim", disse ele.

Muito bem, nós o faríamos. Nas trilhas de cascalho miúdo. E, ah, jamais os coqueiros altos me pareceram tão belos quanto naqueles penhascos.

Esperei até depois da meia-noite e desci para o hotel à beira-mar. O jardim era como David tinha dito, cheio de azaleias e arbustos floridos.

Atravessei a sala de refeições vazia, as varandas compridas e abertas e cheguei à praia. Caminhei até uma boa distância sobre os bancos de areia para olhar os bangalôs com as varandas cobertas. Eu o avistei imediatamente.

As portas para o pequeno pátio estavam escancaradas e a luz amarela se derramava sobre as cadeiras e a mesa pintadas. Dentro, como num palco iluminado, David sentado a uma mesa, de frente para o mar e para a noite, digitava num pequeno laptop, as batidas das teclas quebrando o silêncio, abafando até o suspiro preguiçoso das ondas na praia.

Vestia apenas um short, nu da cintura para cima. Estava bronzeado, como se passasse os dias dormindo sob o sol, e o cabelo tinha listras amarelas e brilhantes. A pele dos ombros e do peito tinha um brilho dourado. Músculos firmes na cintura. Um leve brilho dourado na penugem das pernas e das costas das mãos.

Quando eu estava vivo, nem tinha notado aqueles pelos nas pernas e nas mãos. Ou talvez não gostasse deles. Na verdade, não sabia dizer. Mas, naquele momento, eu gostava muito. David parecia mais magro do que eu naquele corpo. Sim, todos os ossos estavam visíveis, para acompanhar, eu suponho, o novo estilo de saúde, segundo o qual todos devem parecer ligeiramente subnutridos. Ficava bem em David, ficava bem naquele corpo. Acho que combinava com ambos.

O quarto em estilo rústico das ilhas com as vigas descoradas no teto e chão de ladrilhos rosados estava limpo e em perfeita ordem. A coberta da cama era estampada, com um desenho de motivos indígenas sobre o fundo pastel. O guarda-roupa e as cômodas eram brancos, decorados com flores de cores vivas. As várias lâmpadas simples forneciam uma iluminação generosa.

Sorri, vendo David no meio de todo aquele luxo, digitando no laptop – David, o estudioso, as ideias dançando nos olhos escuros.

Cheguei mais perto e notei que a barba estava feita, as unhas aparadas e polidas talvez por uma manicure. O cabelo era o mesmo castanho, ondulado e farto que eu tinha usado tão descuidadamente e que estava também aparado com um corte mais elegante. O exemplar de *Fausto* estava ao lado dele, aberto com uma caneta em cima, várias páginas com as pontas viradas ou marcadas com pequenos clipes prateados.

Eu o observava ainda – notando a garrafa de uísque, o copo de cristal e o maço de charutos finos –, quando ele ergueu os olhos e me viu.

Fiquei parado na areia, a uma distância da amurada baixa de cimento, mas perfeitamente visível.

– Lestat – murmurou ele. O rosto se iluminou. David levantou da cadeira e caminhou para mim com seu passo gracioso e firme. – Graças a Deus, você veio.

– Acha mesmo? – perguntei. Lembrei-me daquele momento em Nova Orleans quando observei o Ladrão de Corpos saindo do Café du Monde e pensei que aquele corpo podia se mover como o de uma pantera com outra pessoa dentro dele.

David ia me abraçar, mas, notando a minha rigidez, recuou um pouco e ficou imóvel com os braços cruzados sobre o peito – um gesto que me pareceu pertencer exclusivamente àquele corpo, uma vez que eu nunca o vira em David antes de nos encontrarmos em Miami. Aqueles braços eram mais pesados do que os do seu antigo corpo. O peito também era mais largo.

Como ele parecia nu. Como eram escuros os seus mamilos. Quanta ferocidade e quanta luz nos olhos!

– Senti sua falta – disse ele.

– É mesmo? Certamente não está vivendo como um recluso?

– Não. Acho que tenho estado demais com os outros. Muitos jantares em Bridgetown. E meu amigo Aaron já esteve aqui várias vezes. Outros membros da Talamasca também. – Fez uma pausa. – Não aguento mais estar com eles, Lestat. Não suporto ficar em Talbot Manor fingindo para os empregados que sou meu sobrinho. Há algo chocante em tudo que aconteceu. Às vezes, não suporto me olhar no espelho. Mas não quero falar sobre isso.

– Por que não?

– É uma coisa passageira, um período de adaptação. O choque vai passar com o tempo. Tenho muito a fazer. Ah, estou tão feliz por você ter vindo. Tinha o pressentimento de que você ia aparecer. Quase viajei para o Rio esta manhã, mas estava quase certo de que o veria esta noite.

– É mesmo?

– O que há? Por que essa cara? Por que está zangado?

– Não sei. Ultimamente não preciso de motivo para ficar zangado. E eu devia estar feliz. Mas logo estarei. Sempre acontece e, afinal, esta é uma noite importante.

David me olhou com atenção, tentando adivinhar o que eu queria dizer, ou, mais exatamente, qual seria a resposta certa.

– Entre – disse ele.

– Por que não sentarmos na varanda, no escuro? Gosto da brisa.

– Certamente, como quiser.

David foi até o quarto, serviu uma dose de uísque e voltou para a varanda. Sentei e olhei para o mar.

– Então, o que você tem *feito*? – perguntei.

– Ah, por onde devo começar? Estou escrevendo o tempo todo... tentando descrever as sensações, as descobertas.

– Existe alguma dúvida de que você esteja realmente instalado nesse corpo?

– Nenhuma. – Tomou um gole de uísque. – E ao que parece não há nenhum sinal de deterioração. Você sabe, eu tinha medo disso. Temia isso mesmo quando você estava nele, mas não quis comentar nada. Tínhamos muito com que nos preocupar, não é mesmo? – Olhou para mim e de repente sorriu.

Em voz baixa, como quem faz uma descoberta, disse: – Você está olhando para um homem que conhece por dentro e por fora.

– Na verdade, não – neguei. – Diga-me, como você faz com a reação de estranhos... das pessoas que não sabem. As mulheres o convidam para suas camas? O que me diz dos homens jovens?

David olhou para o mar e de repente eu vi amargura no seu rosto.

– Você sabe a resposta. Não passam de encontros passageiros. Não significam nada para mim. Não quero dizer que não tive prazer em algumas das aventuras na cama, mas tenho coisas mais importantes para fazer, Lestat, coisas muito mais importantes.

"Quero ir a muitos lugares... Terras e cidades que sempre sonhei conhecer. O Rio de Janeiro é só o começo. Preciso resolver muitos mistérios, coisas que preciso descobrir."

– Sim, eu posso imaginar.

– Na última vez que nos vimos, você disse algo muito importante. Você disse: "Espero que não queira dar essa vida a Talamasca também." Muito bem, não farei isso. O mais importante para mim é não desperdiçá-la. Preciso fazer alguma coisa realmente boa com ela. É claro que não posso saber o que é de uma hora para outra. Preciso de um período de viagens, de aprendizado, de avaliação antes de decidir o meu caminho. E enquanto estudo, escrevo. Anoto tudo. Às vezes, esse registro parece ser o meu objetivo último.

– Eu sei.

– Eu quero lhe perguntar várias coisas. As perguntas me atormentam.

– Por quê? Que tipo de perguntas?

– Sobre o que você sentiu naqueles poucos dias e se tem algum remorso por ter encerrado a aventura tão cedo.

– Que aventura? Está falando da minha vida de homem mortal?

– Estou.

– Nenhum remorso.

David ia começar a falar, mas ficou calado por um momento. Depois perguntou em voz baixa e ardente:

– O que você levou dessa vida mortal?

Olhei outra vez para ele. Sim, o rosto estava mais anguloso. Seria a personalidade que fazia os traços mais definidos? "Perfeito", pensei.

– Desculpe, David, eu divaguei. Repita a pergunta.

– O que você levou dessa vida mortal? – repetiu com sua famosa paciência. – Qual foi a lição?

– Não sei se foi uma lição. E talvez eu leve algum tempo para compreender o que aprendi.

– Sim, compreendo, é claro.

– Posso dizer que sinto um novo desejo de aventura, de ver lugares novos, exatamente o que você descreveu. Quero voltar à floresta tropical. Eu a vi rapidamente quando visitei Gretchen. Encontrei um templo. Quero vê-lo outra vez.

– Você não me contou o que aconteceu.

– Ah, sim. Eu contei, mas você era Raglan James. O Ladrão de Corpos ouviu a minha pequena confissão. Por que ele havia de querer roubar algo assim? Mas estou fugindo do assunto. Quero ir também a tantos lugares!

– Sim.

– É um desejo ardente pelo tempo e pelo futuro, pelos mistérios do mundo natural. O desejo de ser o observador que me tornei naquela noite tão distante em Paris, contra a minha vontade. Perdi minhas ilusões. Perdi minhas mentiras favoritas. Posso dizer que revisitei aquele momento e renasci para as trevas por vontade própria. E que vontade!

– Ah, sim, eu compreendo.

– Compreende mesmo? Isso é ótimo.

– Por que está falando desse modo? – David abaixou a voz e falou mais devagar: – Você precisa da minha compreensão tanto quanto preciso da sua.

– Você nunca me compreendeu – falei. – Ah, não é uma acusação. Você vive com ilusões a meu respeito, ilusões que tornam possível a você me visitar, falar comigo, até mesmo me dar abrigo e me ajudar. Não poderia fazer isso se soubesse realmente quem eu sou. Eu tentei dizer. Quando falei dos meus sonhos...

– Está enganado. É sua vaidade falando – retrucou. – Você gosta de se imaginar pior do que realmente é. Que sonhos? Não me lembro de você ter falado sobre sonhos.

Sorri.

– Não lembra mesmo? Pense um pouco, David. Meu sonho com o tigre. Eu temia por você. E agora a ameaça do sonho vai se realizar.

– O que está dizendo?

– Vou possuir você, David. Vou trazê-lo para mim.

– O quê? – Sua voz era um murmúrio. – O que está dizendo? – Inclinou-se para a frente, tentando ver melhor o meu rosto. Mas a luz estava atrás de nós e sua visão mortal não era suficiente.

– Acabei de dizer. Vou trazer você para o meu mundo, David.

– Por quê? Por que está dizendo isso?

– Porque é verdade. – Levantei-me e com o pé empurrei a cadeira para o lado.

David olhou para mim. Só então seu corpo registrou o perigo. Vi os músculos dos seus braços ficarem tensos. Seus olhos estavam fixos nos meus.

– Por que está dizendo isso? Não faria isso comigo.

– É claro que faria. E vou fazer. Agora. Eu sempre disse que sou perverso. Falei que sou o próprio mal. O demônio no seu *Fausto,* o demônio das suas visões, o tigre do meu sonho!

– Não, não é verdade. – Levantou-se, derrubando a cadeira e quase caiu. Recuou para o quarto. – Você não é o demônio e sabe que não é. Não faça isso comigo! Eu o proíbo! – Ele cerrou os dentes na última palavra. – No íntimo você é tão humano quanto eu. E não vai fazer isso.

– É claro que vou. – E então eu ri. – David, o superior-geral. David, o praticante de candomblé. Chame os seus espíritos agora. Eles não vão ajudá-lo.

David recuou no chão de ladrilhos, a luz iluminando seu rosto e os músculos fortes e tensos dos braços.

– Quer lutar comigo? É inútil. Nenhuma força na Terra pode me impedir.

– Prefiro morrer – respondeu, com voz baixa e abafada. O sangue subiu ao seu rosto. Ah, o sangue de David.

– Eu não o deixarei morrer. Por que não chama seus espíritos do Brasil? Não lembra mais como se faz, certo? Você deixou essas coisas no passado. Muito bem, não ia adiantar nada se conseguisse.

– Você não pode fazer isso – disse David, esforçando-se para manter a calma. – Não pode me pagar desse modo.

– Ah, mas é assim que o demônio paga os que o ajudam!

– Lestat, eu o ajudei contra Raglan! Eu o ajudei a recuperar esse corpo e qual foi sua promessa de lealdade? Quais foram as suas palavras?

– Menti para você, David. Eu minto para mim e para os outros. Foi isso que aprendi com minha pequena excursão no corpo mortal. Eu minto. Você me surpreende, David. Está zangado, tão zangado, mas não está com medo. Você é como eu, David, você e Claudia, os únicos que têm a minha força.

– Claudia – disse ele, com uma inclinação da cabeça. – Ah, sim, Claudia. Tenho uma coisa para você, meu querido amigo. – Deliberadamente, ele me deu as costas, deixando que eu notasse o destemor desse gesto e caminhou lentamente, recusando-se a se apressar, até a cômoda ao lado da cama. Voltou com o medalhão nas mãos. – Da Ordem. O medalhão que você descreveu.

– Ah, sim, o medalhão. Pode me dar.

Só então vi que suas mãos tremiam, tentando abrir o medalhão oval. E aqueles dedos, David ainda não os conhecia muito bem. Finalmente o abriu e o estendeu para mim. Olhei para a miniatura pintada – o rosto, os olhos, os cabelos dourados. Uma criança olhando para mim naquela máscara de inocência. Seria mesmo uma máscara?

Lentamente, do vasto e vago vórtice da memória, veio o momento em que pela primeira vez vi o medalhão e o cordão. Quando, na rua escura e enlameada, cheguei ao barracão infestado pela praga onde estava o corpo da mãe e onde a criança mortal se tornou alimento de vampiro, um corpo pequeno e branco, tremendo indefeso nos braços de Louis.

Como eu zombei dele, como apontei meu dedo e depois tirei da cama imunda o corpo da mulher morta – sua mãe – e dancei com ele, rodopiando pelo quarto. E no pescoço dela estava o cordão de ouro e o medalhão, pois nem o ladrão mais ousado teria coragem de entrar para roubar as joias das próprias garras da praga.

Eu o segurei com a mão esquerda, deixando cair o corpo inerte. O fecho partiu e eu rodei o cordão acima da cabeça como um troféu, depois o guardei no bolso. Passei sobre o corpo de Claudia agonizante e corri pela rua, atrás de Louis.

Só meses mais tarde eu o encontrei no bolso e o ergui para a luz. Ela era uma criança viva quando o retrato foi pintado, mas o Sangue Negro dera a ela a perfeição apenas imaginada pelo artista. Era a minha Claudia e numa arca eu a guardei, e como foi parar na Talamasca ou em outro lugar qualquer, eu não sei.

Segurei o medalhão. Era como se eu tivesse chegado diretamente daquela casa em ruínas para a casa na praia e olhava para David. Ele estava falando, mas eu não ouvia. Então a voz chegou clara aos meus ouvidos.

– Vai fazer isso comigo? – perguntou ele, a voz traindo seu nervosismo como as mãos tinham traído há pouco. – Olhe para ela. Faria o mesmo comigo?

Olhei para o rostinho delicado, depois para ele.

– Sim, David – respondi. – Falei a ela que faria outra vez. E vou fazer com você.

Atirei o medalhão para longe, por cima da varanda, da areia, no mar. O cordão fez um risco de ouro no céu por um instante e desapareceu na luz brilhante da água.

David recuou com uma velocidade que me surpreendeu e encostou na parede.

– Não faça isso, Lestat.

– Não lute comigo, velho amigo. Vai desperdiçar suas forças. Tem uma longa noite de descobertas pela frente.

– Você não faria isso! – exclamou ele, com voz rouca e gutural, quase um rugido.

Avançou para mim como se acreditasse que poderia me derrubar. Bateu inutilmente com os punhos fechados no meu peito. Fiquei imóvel. David recuou frustrado, ofendido, com os olhos marejados. Outra vez o sangue subiu ao rosto dele, escurecendo a pele. Só então, compreendendo a inutilidade da luta, tentou fugir.

Eu o segurei pelo pescoço antes que alcançasse a varanda. Meus dedos massagearam sua carne enquanto ele lutava com selvageria para se libertar. Eu o ergui devagar e apoiando sua nuca na palma da minha mão esquerda, cravei os dentes na carne do pescoço jovem e o primeiro jato de sangue chegou à minha boca.

Ah, David, meu amado David. Eu jamais havia descido numa alma que conhecia tão bem. Imagens maravilhosas e intensas me envolveram. A bela e suave luz do sol recortando a sombra da floresta pantanosa, a relva alta estalando na savana, o estampido da arma de caça e o tremor da terra sob as patas dos elefantes. Tudo estava lá. Todas as chuvas de verão incessantes caindo nas florestas, a água subindo pelos suportes e inundando o chão da varanda, o céu incendiado pelos relâmpagos e o coração batendo com revolta, recriminação, você está me traindo, está me traindo, está me possuindo contra minha vontade... e o calor espesso e salgado do sangue.

Eu o atirei para trás. Era bastante para o primeiro drinque. Com esforço, David ficou de joelhos. O que ele havia visto naqueles poucos segundos? Descobriu como era sombria e obstinada a minha alma?

– Você me ama? – perguntei. – Sou seu único amigo neste mundo?

David se arrastou sobre os ladrilhos. Segurou o pé da cama e se levantou, depois caiu atordoado para trás. Lutou outra vez para se levantar.

– Ah, deixe-me ajudá-lo – falei. Girei seu corpo enquanto o erguia e cravei os dentes no mesmo lugar.

– Pelo amor de Deus, pare, não faça isso, Lestat. Estou pedindo, não faça.

"Está pedindo em vão, David." Ah, como é magnífico este corpo jovem, as mãos me empurrando, mesmo em transe, como é forte a sua vontade, meu belo amigo. E agora estamos no Brasil antigo, não, estamos no pequeno quarto e ele está chamando os espíritos do candomblé, continua chamando. Será que os espíritos atenderão seu chamado?

Eu o soltei. Outra vez caiu de joelhos, depois se inclinou para o lado, olhando para a frente. Era o bastante para o segundo ataque.

Ouvi estalos no quarto, batidas leves.

– Ah, temos companhia? Nossos pequenos amigos invisíveis? Sim, veja, o espelho está dançando. Vai cair!

O espelho caiu no chão de ladrilho, explodindo em pedaços de luz.

David tentava se levantar outra vez.

– Sabe o que parecem para mim, David? Pode me ouvir? São como bandeiras de seda adejando à minha volta. Leves e fracos.

Ele ficou de joelhos e mais uma vez começou a se arrastar no chão. De repente levantou e lançou-se para a frente. Apanhou o livro que estava ao lado do laptop e o atirou na minha direção. O livro caiu aos meus pés. David cambaleava. Mal podia ficar de pé, seus olhos estavam embaçados.

Então ele se virou e, quase caindo, saiu para a varanda, saltou o muro baixo e caminhou para a praia.

Segui seus passos incertos na areia. Minha sede cresceu, sentindo apenas que tinha tomado sangue há poucos instantes e precisava de mais. David parou na beirada da água, só a vontade férrea impedindo o colapso total.

Segurei seu ombro ternamente e o abracei.

– Não, maldito seja nas profundezas do inferno. Não – disse ele. Com a pouca força que lhe restava desferiu socos no meu rosto, esfolando as juntas dos dedos na minha pele indestrutível.

Eu o segurei e David continuou a luta, com pontapés nas minhas pernas, golpes daquelas mãos impotentes e macias. Encostei a boca no seu pescoço, quase numa carícia, passei a língua na pele macia e cravei os dentes pela terceira vez. *Ummm...* puro êxtase. O outro corpo envelhecido teria me proporcionado um banquete tão especial? Senti a palma da mão dele no meu rosto. Ah, tão forte. Tão divinamente forte. "Sim, lute, lute como lutei contra Magnus. É doce sentir você lutando contra mim. Adoro isto. Sim, eu gosto."

E o que era isto agora, quando me inclinei outra vez para seu pescoço? A mais pura das preces, não para os deuses nos quais não acreditamos, não para o Cristo crucificado ou para a Virgem Maria. Mas preces para mim.

– Lestat, meu amigo. Não tire a minha vida. Não faça isso. Deixe-me ir.

Ummm. Passei o braço em volta do seu peito e apertei com mais força. Depois recuei, passando a língua nos ferimentos.

– Você escolhe mal os seus amigos, David – murmurei, passando a língua no sangue que tingia meus lábios e olhando para ele.

David estava quase morto. Como eram belos os dentes brancos e fortes e a carne macia dos lábios. Sob as pálpebras só aparecia o branco do olho. E como luta este coração... este coração jovem, perfeito e mortal. Coração que enviou o sangue pulsante ao meu cérebro. Coração que falhou e parou quando eu senti medo, quando vi a aproximação da morte.

Encostei o ouvido no peito dele. Ouvi o grito estridente da ambulância em Georgetown. "Não me deixe morrer."

Eu o vi naquele hotel de sonho, há muito tempo, com Louis e com Claudia. Seremos todos criaturas sem importância nos sonhos do demônio?

O coração estava mais lento. Quase na hora. Mais um pequeno drinque, meu amigo.

Eu o ergui, beijei as pequenas marcas, lambi, suguei e cravei os dentes. Um espasmo estremeceu o corpo de David e um grito abafado saiu dos seus lábios.

– Eu te amo – murmurou ele.

– Sim, e eu amo você – respondi, as palavras abafadas, a boca junto à carne, enquanto o sangue jorrava quente e irresistível mais uma vez.

As batidas do coração ficaram ainda mais lentas. David despencava no meio de lembranças, voltando ao berço, muito além das sílabas distintas da linguagem, gemendo como quem murmura uma canção.

O corpo quente e pesado estava apertado contra o meu, os braços caídos, a cabeça apoiada na palma da minha mão esquerda, os olhos fechados. Os gemidos morreram nos seus lábios e o coração acelerou de repente com batidas rápidas e fracas.

Mordi minha língua até não suportar mais a dor, ferindo-a seguidamente com minhas presas, movendo-a de um lado para outro e, então, juntei minha boca à dele, obriguei os lábios a se abrirem e deixei o sangue fluir na sua língua.

O tempo parou. Senti o gosto do meu sangue na boca. Então, de repente, os dentes da David se fecharam na minha língua, ameaçadores e cortantes com a força mortal das mandíbulas, e rasparam a carne sobrenatural, o sangue que a cobria, mordendo com tanta força que a teria arrancado se fosse possível.

Um espasmo violento percorreu o corpo dele. As costas se arquearam contra meu braço. Quando eu ergui a cabeça, com a boca e a língua doloridas, ele se ergueu, sedento, olhos ainda embotados. Cravei os dentes no meu pulso. Aqui está, meu amado. Aqui está, não em pequenas gotas, mas saindo do rio da minha existência. E dessa vez, quando os lábios de David se fecharam no meu pulso, a dor intensa desceu até as raízes do meu ser, envolvendo meu coração em sua chama ardente.

"Para você, David. Beba bastante. Seja forte."

Aquilo já não podia me matar, por mais tempo que durasse. Eu sabia disso, e a lembrança de dias passados, quando fiz a mesma coisa cheio de medo, desajeitado e tolo, desapareceu, deixando-me ali sozinho com ele.

Ajoelhei no chão, com David nos meus braços, deixando que a dor se espalhasse, chegando a cada artéria, como eu sabia que tinha de ser. E o calor e a dor eram tão intensos que deitei no chão abraçado com David, meu pulso na sua boca, minha mão sob sua cabeça. Fiquei tonto. As batidas do meu coração estavam perigosamente lentas. David sugava e sugava e, através das trevas cintilantes dos meus olhos fechados, vi os milhares e milhares de pequenos vasos sendo esvaziados e se contraindo e ficando flácidos como os fios de uma teia de aranha desfeitos pelo vento.

Estávamos outra vez no quarto do hotel na antiga Nova Orleans e Claudia, sentada imóvel na cadeira. Lá fora, as luzes esparsas e fracas da pequena cidade piscavam aqui e ali. Como estava escuro e pesado o céu, sem o menor sinal da grande aurora das cidades.

"Falei que faria outra vez", eu disse, olhando para Claudia.

"Por que se dá ao trabalho de me explicar?", disse ela. "Sabe muito bem que nunca perguntei. Estou morta há muitos, muitos anos."

Abri os olhos.

Eu estava deitado no ladrilho frio e David de pé, ao meu lado. A luz elétrica iluminava seu rosto. Os olhos não estavam mais castanhos, mas dourados e brilhantes. A pele marrom-clara e lisa, um pouco empalidecida, tinha aquela pátina sobrenatural que acentuava o tom dourado e o cabelo, aquele brilho maravilhoso. A luz parecia se concentrar nele, emanar dele, brincar em volta dele, como se o achasse irresistível – aquele homem alto angelical com o rosto vazio de expressão.

Ele não falou. E eu não podia ler sua expressão. Só eu sabia as maravilhas que ele estava descobrindo. Quando olhou em volta – para a lâmpada, os fragmentos do espelho, para o céu lá fora –, só eu sabia o que ele estava vendo.

Olhou outra vez para mim.

– Você está ferido – murmurou.

Ouvi o sangue na sua voz!

– Está? Você está ferido?

– Pelo amor de Deus – respondi, com voz rouca e áspera. – Como pode se importar com isso?

David recuou, abrindo bem os olhos, como se a cada segundo sua visão ficasse mais nítida e eu não existisse. Ele olhava para tudo, encantado. Então dobrou o corpo para a frente, com um esgar de dor, saiu para a varanda e caminhou para o mar.

Sentei no chão. O quarto parecia rodar. Eu dera a ele o máximo de sangue possível. A sede me paralisava e eu mal podia firmar o corpo. Abracei meus joelhos e, extremamente fraco, tentei ficar sentado sem cair.

Levantei a mão esquerda para a luz. As pequenas veias saltadas começavam a voltar ao normal.

Senti as batidas fortes do coração. E por mais aguda e terrível que fosse, a sede podia esperar. Como se fosse um mero mortal, eu não tinha ideia do modo pelo qual meu corpo processava aquela rápida recuperação. Mas algum motor dentro de mim trabalhava árdua e constantemente, restaurando a máquina da morte para a próxima caçada.

Quando enfim fiquei de pé, era outra vez o vampiro Lestat. Eu tinha dado a David mais sangue do que aos outros que criei. Estava acabado. Tudo perfeito. David seria tão forte! Deus do céu, seria mais forte do que os anciãos.

Eu precisava encontrá-lo. David estava morrendo agora. Precisava ajudá-lo, mesmo contra sua vontade.

Eu o encontrei no mar, com água até a cintura. Tremia, e a dor era tanta que não conseguia controlar os gemidos surdos. Segurava o medalhão, com o cordão de ouro em volta do pulso.

Eu o abracei para firmar seu corpo, disse que aquele sofrimento não ia durar. E quando terminasse, seria para sempre. Ele fez um gesto afirmativo.

Depois de algum tempo, senti que começava a afrouxar os músculos. Eu o conduzi para a água mais rasa, onde podíamos andar com facilidade.

– Você precisa se alimentar – falei. – Acha que pode fazer isso sozinho?

Balançou a cabeça. Não.

– Está bem. Vou com você e mostro tudo que tem a fazer. Mas, primeiro, vamos até a cachoeira. Ouço o barulho da água. Está ouvindo? Lá pode se lavar.

David me seguiu, de cabeça baixa, abraçando o próprio corpo com força, uma vez ou outra contraindo os músculos com as pontadas dolorosas que a morte sempre provoca.

Quando chegamos à cachoeira, ele passou facilmente sobre as rochas perigosas, tirou o short, entrou na torrente de água fresca, deixando-a escorrer pelo rosto, com os olhos muito abertos. Num dado momento, sacudiu todo o corpo e cuspiu a água da boca.

Eu o observei, sentindo-me mais forte a cada minuto. Então com um salto, subi até o alto da cachoeira e parei no penhasco. Eu o via lá embaixo, um pequeno vulto, recuando um pouco sob a força da água para olhar para mim.

– Pode vir até aqui? – murmurei.

Ele fez que sim com a cabeça. Audição excelente. David recuou um passo, deu impulso para cima, saiu da água para o ar e desceu na face inclinada do rochedo, poucos metros abaixo de onde eu estava. Apoiando-se com facilidade nas pedras escorregadias, subiu sem olhar para baixo nem uma vez.

Fiquei atônito com sua força. Mas não era apenas força. Era a completa ausência de medo. O medo que David parecia ter esquecido para sempre. Olhou para as nuvens velozes e para o céu. Olhou para as estrelas e depois para a terra, para a floresta nas encostas escarpadas.

– Está com sede? – perguntei.

Com um gesto afirmativo, ele olhou para o mar.

– Muito bem, agora vamos voltar ao seu quarto, você se veste adequadamente para o mundo dos mortais e vamos até a cidade.

– Tão longe? – perguntou ele, apontando para o horizonte. – Estou vendo um pequeno barco naquela direção.

Procurei o barco e o vi através dos olhos de um homem que estava a bordo. Uma criatura cruel e repugnante, numa missão de contrabando. Estava furioso porque os companheiros bêbados o deixaram sozinho para fazer o serviço.

– Muito bem – falei. – Vamos juntos.

– Não – disse ele. – Acho que devo ir... sozinho.

Sem esperar resposta, ele se virou e desceu rápida e graciosamente para a praia. Passou como um raio de luz pelos bancos de areia, mergulhou nas ondas e começou a nadar com braçadas fortes e rápidas.

Desci do rochedo por uma trilha estreita até o quarto do hotel. Olhei para a desordem – o espelho quebrado, a mesa caída, o computador deitado de lado na mesa, o livro no chão. A cadeira virada na varanda.

Saí do quarto, fui até o jardim. A lua estava alta, caminhei até o ponto mais alto e parei, olhando para a faixa branca de areia e para o mar silencioso.

Sentei encostado no tronco de uma árvore escura, sob o pálio dos ramos longos, apoiei o braço no joelho e a cabeça no braço.

Uma hora se passou.

Ouvi os passos dele no cascalho, rápidos e leves como os de um mortal jamais poderiam ser. David tinha tomado banho e trocado de roupa, o cabelo estava penteado e o cheiro do sangue que acabara de tomar emanava dele, talvez dos lábios. Não era uma criatura fraca e flácida como Louis, ah, não, era muito mais forte. E o processo ainda não estava terminado. Não sentia mais as dores da morte e a força aumentava visivelmente. Era maravilhoso o brilho dourado da pele.

– Por que você fez isso? – perguntou ele. O rosto inexpressivo era uma máscara. Então, crispou-se com raiva quando repetiu: – Por que fez isso?

– Eu não sei.

– Ora, não me venha com essa. E nem com essas lágrimas! Por que fez isso?

– Estou dizendo a verdade, eu não sei. Podia dar uma porção de razões, mas não sei. Fiz porque quis fazer, porque quis. Porque queria ver o que aconteceria se eu fizesse, eu queria... e não podia deixar de fazer. Compreendi isso quando voltei para Nova Orleans. Eu... esperei e esperei, mas não podia. Agora, está feito.

– Seu maldito, miserável, mentiroso. Você fez por crueldade e mesquinharia. Fez porque sua pequena experiência com o Ladrão de Corpos não deu certo! E dela resultou este milagre para mim, esta juventude, este renascimento e isso o deixou furioso, pensar que eu tirei proveito de uma coisa que o fez sofrer tanto!

– Talvez seja verdade!

– É verdade. Admita. Admita a mesquinharia do seu ato. Admita o fato de que não suportava a ideia de me deixar viver com este corpo que você não teve coragem de conservar!

– Talvez.

David se aproximou, segurou meu braço e tentou me levantar. É claro que não aconteceu nada. Não conseguiu mover meu corpo nem um centímetro.

– Você ainda não está bastante forte para essas brincadeiras – falei. – Se não parar, eu o derrubo de costas no chão. Você não vai gostar. É digno demais para isso. Portanto, por favor, desista desses socos mortais.

David ficou de costas para mim, cruzou os braços, abaixou a cabeça. Eu ouvia o som abafado do seu desespero e quase podia sentir sua angústia. Ele se afastou e eu escondi a cabeça entre os braços outra vez.

Então ouvi que ele voltava.

– Por quê? Eu quero alguma resposta de você. Alguma justificativa, qualquer coisa.

– Não – falei.

David agarrou meu cabelo e, quando o puxou para cima, uma dor aguda se espalhou no couro cabeludo.

– David, você está se excedendo – rosnei, livrando-me dos dedos dele. – Mais uma provocação e eu o atiro no fundo do desfiladeiro.

Mas, quando vi seu rosto, quando vi o quanto estava sofrendo, eu me calei.

Ele caiu de joelhos na minha frente com os olhos quase na altura dos meus.

– Por quê, Lestat? – perguntou com uma voz tão triste e soturna que partiu meu coração.

Cheio de vergonha, de amargo sofrimento, apertei os olhos fechados contra o braço direito e cobri a cabeça com o esquerdo. E nada, nem todas as suas súplicas e ameaças, nem mesmo sua partida silenciosa, me fizeram erguer os olhos outra vez.

Muito antes do nascer do sol parti à procura dele. O quarto estava arrumado e a mala em cima da cama. O computador estava desligado, pronto para a viagem, e o exemplar de *Fausto* sobre a capa de plástico.

Mas David não estava lá. Procurei por ele no hotel, mas não o encontrei. Procurei nos jardins, depois nos bosques, numa direção e na outra, inutilmente.

Por fim, encontrei uma pequena caverna no alto da montanha, fui até a parte mais funda, deitei e adormeci.

De que adianta descrever o meu sofrimento? Ou a dor surda e tenebrosa que sentia? De que adianta dizer que eu reconhecia a extensão da minha injustiça, da minha desonra e da minha crueldade? Eu sabia a magnitude do que tinha feito a ele.

Eu me conhecia, conhecia toda a minha maldade e não esperava do mundo nada mais do que maldade.

Acordei assim que o sol mergulhou no mar. Do alto de um rochedo, vi desaparecer a última claridade e desci para a caça nas ruas da cidade. Não demorou para que um ladrão tentasse me assaltar e eu o carreguei para uma viela escura e bebi seu sangue lentamente e com prazer, a poucos metros dos turistas que passavam. Escondi o corpo no fundo da rua sem saída e segui meu caminho.

E qual era o meu caminho?

Voltei para o hotel. Tudo ainda estava no quarto, menos David. Recomecei a busca, procurando abafar o medo de que ele já tivesse se matado, e depois lembrando que David era forte demais para conseguir facilmente a morte. Mesmo que tivesse deitado sob o calor furioso do sol, o que eu duvidava, não teria conseguido se destruir por completo.

Mesmo assim, o medo me atormentava. Talvez estivesse indefeso, muito queimado, incapaz de se mover. Ou fora descoberto por mortais. Ou talvez os outros o tivessem roubado para sempre. Ou ia reaparecer e me amaldiçoar em sua fúria. Eu temia isso também.

Então voltei para Bridgetown. Não podia deixar a ilha sem saber de David.

Eu ainda estava ali uma hora antes do começo do dia.

E na noite seguinte não o encontrei. Nem na outra.

Enfim, com a mente e a alma feridas, dizendo a mim mesmo que eu merecia tal tormento, voltei para casa.

O calor da primavera tinha chegado a Nova Orleans e a cidade estava repleta de turistas sob o céu claro e arroxeado da noite. Fui primeiro apanhar Mojo no meu antigo apartamento. A velha senhora não ficou feliz em devolvê-lo para mim, a não ser pelo fato de que ele sentia muito a minha falta.

Então nós dois fomos para a Rue Royale.

Antes de chegar ao topo da escada, eu sabia que havia alguém no apartamento. Parei por um momento, olhei para o pátio restaurado, com as lajotas muito limpas, a fonte romântica com querubins e as grandes conchas em forma de cornucópia das quais jorrava a água limpa e clara.

Havia um canteiro de flores delicadas e escuras ao lado da parede e as folhas largas das bananeiras ondulavam ao vento num dos cantos.

Tudo isso alegrou imensamente meu pequeno coração perverso e egoísta.

Entrei. A sala dos fundos estava concluída e muito bela com as cadeiras antigas escolhidas por mim e o tapete persa espesso vermelho-claro.

Examinei o corredor, o papel de parede com listras douradas e brancas e a vasta extensão do carpete escuro, e vi Louis de pé na porta da sala da frente.

– Não pergunte onde estive nem o que fiz – avisei.

Passei por ele e entrei na sala. Ah, ultrapassava todas as minhas expectativas. Lá estavam uma réplica perfeita da antiga escrivaninha de Louis, entre as duas janelas e o sofá *camelback* forrado em tom damasco-prateado, e a mesa oval marchetada de mogno, e a espineta encostada na outra parede.

– Eu sei onde você esteve – disse ele – e sei o que você fez.

– Ah? E o que acontece agora? Um sermão idiota e longo? Diga logo o que tem a dizer. Quero dormir.

Olhei para ele para ver o efeito das minhas palavras e lá estava David, ao lado dele, muito bem-vestido de veludo penteado, com os braços cruzados no peito, encostado no batente da porta.

Os dois olhavam para mim com seus rostos pálidos e inexpressivos, David, a figura mais alta e mais sombria, mas como pareciam iguais! Percebi que Louis tinha se vestido para aquela ocasião, e pela primeira vez suas roupas não pareciam ter saído de uma mala do sótão.

David foi o primeiro a falar.

– O Carnaval do Rio começa amanhã. – Sua voz estava mais sedutora do que nunca. – Achei que podíamos ir.

Olhei para ele sem disfarçar minha desconfiança. Uma luz escura parecia pairar no seu rosto. Os olhos tinham um brilho duro. Mas a boca era tão gentil, sem o menor sinal de maldade ou amargura. Nenhuma ameaça emanava dele.

Então Louis saiu do devaneio e caminhou silenciosamente pelo corredor, para seu quarto. Como eu conhecia aquele rangido leve das tábuas do assoalho e aqueles passos!

Completamente confuso e um pouco ofegante, sentei no sofá e chamei Mojo. Ele sentou à minha frente, encostado na minha perna.

– Está falando sério? – perguntei. – Quer que eu vá com você?

– Sim – disse ele. – E depois para a floresta tropical. O que acha de entrarmos naquelas florestas? – Descruzou os braços e, abaixando a cabeça, começou a andar pela sala com passos longos e lentos. – Você me disse alguma coisa, não me lembro quando... Talvez fosse uma imagem que captei da sua mente antes de tudo acontecer, alguma coisa sobre um templo desconhecido dos mortais, perdido nas profundezas da floresta. Ah, pense quanta coisa como essa podemos descobrir.

Ah, como era genuíno o sentimento, como era sonora a voz.

– Por que você me perdoou? – perguntei.

David parou de andar, olhou para mim e, admirando a marca visível do sangue nele, a mudança na sua pele, no cabelo e nos olhos, por um momento não consegui pensar. Levantei a mão pedindo a ele para não falar. Por que eu não podia me acostumar com aquela mágica? Abaixei a mão permitindo, não, pedindo a ele para continuar.

– Você sabia que eu o perdoaria – disse ele, com aquele antigo tom de voz discreto e formal. – Quando fez aquilo, sabia que eu continuaria a amá-lo. Que preciso de você. Que entre todos os seres do mundo, é você que sempre vou procurar.

– Ah, não, juro que não sabia – murmurei.

– Eu me afastei por um tempo para puni-lo. Você esgota minha paciência. Você é a mais maldita das criaturas, como já disseram seres mais sábios do que eu. Mas você sabia que eu ia voltar. Sabia que eu estaria aqui.

– Não, eu nem sequer sonhei.

– Não comece a chorar outra vez.

– Eu gosto de chorar. Preciso. Do contrário, por que acha que choro tanto?

– Muito bem, pare!

– Ah, vai ser divertido, não vai? Você pensa que é o líder deste pequeno grupo, não pensa? E que vai começar a mandar em todo mundo.

– O que você disse?

– Você nem ao menos parece o mais velho de nós dois e nunca foi. Deixou se enganar por esse rosto belo e irresistível do modo mais simples e tolo. Eu sou o líder. Esta é a minha casa. Eu resolvo se vamos ou não para o Rio.

David começou a rir. Lentamente a princípio, depois mais livremente e com naturalidade. Se havia alguma ameaça nele, estava apenas nas rápidas mudanças de expressão, no brilho escuro dos olhos. Mas eu não podia garantir que não houvesse nenhuma outra.

– Você é o líder? – perguntou, com desprezo. A antiga autoridade.

– Sim, eu sou. Então você fugiu... queria me mostrar que pode sobreviver sem mim. Pode caçar sozinho, pode encontrar um abrigo seguro durante o dia. Não precisava de mim. Mas aqui está você!

– Vai ao Rio conosco ou não?

– Conosco! Você disse conosco?

– Disse.

David sentou na cadeira perto da outra extremidade do sofá. Compreendi que ele já estava com o controle total dos seus novos poderes. Eu não podia medir sua força só olhando para ele. A pele marrom escondia muita coisa. Ele cruzou as pernas, à vontade, mas com toda a antiga dignidade de David.

Talvez fosse o modo como mantinha as costas retas encostadas na cadeira, ou o gesto elegante da mão pousada no tornozelo e a outra sobre o braço da cadeira.

Só o cabelo escuro e espesso traía aquela dignidade, caindo na testa, obrigando-o, automaticamente, a sacudir a cabeça de leve, vez ou outra.

De repente, toda aquela pose desapareceu. Vi no rosto dele as marcas da confusão e depois de puro sofrimento.

Era insuportável para mim, mas me esforcei para ficar calado.

– Eu tentei odiá-lo – confessou ele, abrindo muito os olhos e com voz quase inaudível. – Não consegui. É simples assim. – E por um momento lá estava a ameaça, a ira sobrenatural, emanando dele, antes de ser substituída pela expressão de dor e de profunda tristeza.

– Por que não?

– Não brinque comigo.

– Eu nunca brinquei com você! Eu realmente quero saber. Como pode não me odiar?

– Estaria cometendo o mesmo erro que você cometeu se o odiasse – disse David, erguendo as sobrancelhas. – Não vê o que você fez? Você me deu o dom, mas me poupou a capitulação. Você me trouxe com toda sua habilidade e toda sua força, mas não exigiu de mim a derrota moral. Você decidiu por mim e me deu o que eu não podia deixar de desejar naquele momento.

Eu não sabia o que dizer. Tudo aquilo era verdade, mas era a maior mentira que eu já tinha ouvido.

– Então estupro e assassinato são seus caminhos para a glória?! Eu não acredito. São coisas imundas. Somos todos amaldiçoados e agora você também é. Foi isso que fiz por você.

David recebeu minhas palavras como leves bofetadas, apenas esquivando-se quase imperceptivelmente e fixando outra vez os olhos nos meus.

– Você levou duzentos anos para aprender que era o que queria – disse ele. – Eu compreendi no momento em que voltei a mim e o vi deitado no chão, como uma concha vazia. Vi que você tinha ido longe demais. Fiquei apavorado por você. E eu o via com estes novos olhos.

– Sim.

– Sabe o que me passou pela cabeça? Pensei que você tinha descoberto o meio de morrer. Passando para mim todo o sangue que corria em suas veias. E que estava morrendo ali, na minha frente. Compreendi que o amava. Sabia que o perdoaria. E sabia, com cada respiração, com cada coisa que via, que eu desejava o que você me deu: a nova visão e a vida que nenhum de nós pode descrever! Ah, eu não podia admitir. Tinha de amaldiçoá-lo, lutar com você por algum tempo. Mas no fim tudo se resumiu nisso... pouco tempo.

– Você é muito mais inteligente do que eu – falei em voz baixa.

– Ora, é claro, o que você esperava?

Sorri e recostei no sofá.

– Ah, este é o Truque Negro – murmurei. – Os antigos tinham razão quando inventaram esse nome. Imagino se o truque não se virou contra mim. Pois aqui está um vampiro, um sugador de sangue com um poder enorme, meu filho, e o que significam para ele agora as velhas emoções?

Olhei para ele e mais uma vez senti as lágrimas chegando. Elas estavam sempre de prontidão.

Com a testa franzida e os lábios entreabertos, David parecia ter sofrido um golpe terrível. Mas ficou calado. Parecia confuso e balançou a cabeça como para dizer que não tinha palavras para responder.

Compreendi que não se tratava de vulnerabilidade o que eu via nele, mas compaixão e uma preocupação genuína por mim.

De repente, levantou-se da cadeira e se ajoelhou na minha frente. Pôs as mãos nos meus ombros, ignorando meu fiel Mojo, que o observava com indiferença. Por acaso ele sabia que era assim que eu falava com Claudia nos meus sonhos febris?

– Você é o mesmo – disse ele. Balançou a cabeça. – Exatamente o mesmo.

– Como o mesmo?

– Ah, sempre que vinha para mim, você me comovia, despertava em mim um sentimento de proteção. Fazia-me sentir amor. E é a mesma coisa agora. Só que parece mais perdido do que nunca e necessitando muito mais da minha ajuda, agora que o vejo com novos olhos. Eu devo conduzi-lo, compreendo agora. Sou seu elo com o futuro. Por meu intermédio é que você verá os anos à sua frente.

– Você também é o mesmo. O inocente completo. Um perfeito idiota. – Tentei afastar a mão dele do meu ombro, sem resultado. – Você está caminhando para grandes problemas. Espere para ver.

– Ah, isso é tão empolgante! Agora, vamos, precisamos ir para o Rio. Não vamos perder nada do Carnaval. É claro que podemos voltar outra vez... e outra vez... e outra vez. Mas venha.

Fiquei imóvel por um longo tempo, olhando para ele, e David ficou preocupado outra vez. Os dedos fortes apertaram meus ombros. Sim, um trabalho perfeito, sob todos os aspectos.

– O que é? – perguntou ele, timidamente. – Está chorando por mim?

– Talvez, um pouco. Como você disse, não sou tão inteligente quanto você para saber o que quero. Mas acho que estou tentando gravar este momento na minha mente. Quero me lembrar dele para sempre. Quero lembrar como você está agora, aqui comigo, antes de as coisas começarem a dar errado.

David se levantou, puxando-me bruscamente do sofá, quase sem esforço. Sorriu triunfante quando notou meu espanto.

– Ah, isto vai ser mesmo uma coisa, esta pequena luta – falei.

– Bem, pode lutar comigo no Rio enquanto dançamos na rua.

Fez um sinal para que o seguisse. Eu não sabia ao certo o que faríamos a seguir nem como seria a viagem, mas estava entusiasmado e, francamente, não queria me importar com os detalhes.

É claro que precisávamos convencer Louis a ir conosco, mas nós dois juntos íamos conseguir, por maior que fosse sua reticência.

Eu ia sair da sala quando algo sobre a mesa de Louis despertou minha atenção.

Era o medalhão de Claudia. O cordão enrolado refletia a luz nos pequenos elos de ouro, o medalhão oval estava aberto, encostado no tinteiro, e o rostinho parecia olhar diretamente para mim.

Eu o apanhei e examinei o retrato de perto. Então, com imensa tristeza, me convenci de uma verdade.

Ela não era mais a verdadeira lembrança. Tinha se transformado naqueles sonhos febris. Era a imagem do hospital na floresta, um vulto de pé contra a luz do sol, em Georgetown, um fantasma nas sombras da Notre-Dame. Na vida, Claudia jamais foi minha consciência! Não Claudia, minha impiedosa Claudia. Que sonho! Puro sonho.

Um sorriso tenebroso e secreto curvou meus lábios quando olhei para ela com amargura e, mais uma vez, quase chorando. Pois nada tinha mudado na convicção das minhas palavras acusadoras. "Exatamente a mesma coisa era verdadeira." Houve a oportunidade de salvação e eu recusei.

Segurando o medalhão, eu queria dizer alguma coisa ao ser que ela tinha sido, e à minha própria fraqueza, e ao ser voraz e perverso que havia em mim e que havia triunfado mais uma vez. Pois eu triunfei. Eu venci.

Sim, eu queria tanto dizer alguma coisa! E queria que fosse profundamente poética, profundamente significante, que resgatasse minha cupidez e minha maldade e o meu pequeno coração sedento. Pois eu ia para o Rio, ia com David e com Louis, e uma nova era estava começando...

Sim, dizer alguma coisa – pelo amor do céu e pelo amor de Claudia – para lançar as trevas sobre aquilo e mostrar a realidade de tudo isso! Deus amado, eu queria dizer alguma coisa que mostrasse o horror mais profundo.

Mas não consegui.

Na verdade, o que mais há para dizer?

A história está contada.

Lestat de Lioncourt, Nova Orleans, 1991

Impressão e Acabamento:
GEOGRÁFICA EDITORA LTDA.